Neue Deutsche Geschichte

Herausgegeben von

Peter Moraw, Volker Press, Wolfgang Schieder

Band 2

Die Neue Deutsche Geschichte

Band 1
Grundlagen und Anfänge
Deutschland bis 1056

Band 2
Aufbruch und Gestaltung
Deutschland 1056–1273

Band 3
Wahlreich und Territorien
Deutschland 1273–1500

Band 4
Reich und Glaubensspaltung
Deutschland 1500–1600

Band 5
Kriege und Krisen
Deutschland 1600–1715

Band 6
Das Reich, Österreich und Preußen
Deutschland 1715–1806

Band 7
Staatenbund und Revolution
Deutschland 1806–1866

Band 8
Machtstaat und Industriegesellschaft
Deutschland 1866–1918

Band 9
Republik und Diktatur
Deutschland 1918–1945

Band 10
Teilung und Wettbewerb
Deutschland seit 1945

ALFRED HAVERKAMP

Aufbruch und Gestaltung

Deutschland 1056–1273

BÜCHERGILDE GUTENBERG

Mit der Wiederaufrichtung des Römischen Reiches durch Karl den Großen (800) und Otto den Großen (962) wird auch der Adler des antiken römischen Reiches übernommen. Bleiben die Zeugnisse bis ins 12. Jahrhundert noch vereinzelt, so hat sich der Adler um 1200 als Reichssymbol endgültig durchgesetzt. Bei Kaiser Friedrich II. kann man beinahe von einem ,,Kult" des Adlers sprechen, so häufig erscheint er als Zeichen königlicher und kaiserlicher Herrschaft. Zu den hervorragenden Beispielen des Kaiseradlers gehören die zwischen 1231 und 1250 in Süditalien geprägten goldenen Augustales Friedrichs II., die nach spätantik-römischen Vorbildern gestaltet sind und das Bemühen des Kaisers um Wiederbelebung und Erneuerung des antiken Imperiums bezeugen. *H.-E. Korn*

Mit einer Karte

ISBN 3763229922

Lizenzausgabe für die Büchergilde Gutenberg,
Frankfurt am Main, Olten, Wien, mit Genehmigung
der C. H. Beck'schen Verlagsbuchhandlung (Oskar Beck), München

Gesamtherstellung: C. H. Beck'sche Buchdruckerei, Nördlingen
Printed in Germany

FÜR IDA, EVA UND ANITA

Vorwort

Das vorliegende Buch bietet eine Zwischenbilanz meiner Lehr- und Forschungstätigkeit über das hohe Mittelalter. Es ist kein Handbuch und ebensowenig ein Literaturbericht. Es soll ein Lesebuch sein. Es soll möglichst anschaulich und aspektreich eine faszinierende Epoche der deutschen Geschichte in ihren europäischen Zusammenhängen schildern und zur weiteren Beschäftigung mit dem nachdenkenswerten Geschehen dieses großen Zeitraums Hinweise geben.

Bei dieser Gelegenheit bin ich Vielen zu Dank verpflichtet. Dazu gehören die Teilnehmer an meinen Lehrveranstaltungen und vor allem meine wissenschaftlichen Mitarbeiter. Unter ihnen gilt mein Dank in erster Linie Herrn Dr. Alfred Heit für die Hilfe am Literaturverzeichnis und am Register, das von Herrn Frank Willgerodt erarbeitet wurde. Zusammen mit Herrn Dr. Michael Matheus und Herrn Dr. Ernst Voltmer hat er die Mühen des Korrekturlesens mit mir geteilt. Die Schreibarbeiten am Manuskript hat Frau Antje Gräber mit großer Geduld und Umsicht durchgeführt. Herrn Kollegen Peter Moraw, der diesen Band als Herausgeber betreut hat, danke ich für seine sorgfältige Durchsicht des Manuskripts. Dankbar bin ich ebenfalls für die gute Zusammenarbeit mit Herrn Dr. Ernst-Peter Wieckenberg vom Verlag C. H. Beck.

Trier, im Frühsommer 1984

Inhalt

Einführung

Die Grenzjahre des mehr als zwei Jahrhunderte umspannenden Zeitraums von 1056 bis 1273 ergeben sich aus dem Verlauf der politischen Geschichte des deutschen Reichs. Das erste Datum ist bestimmt durch den Beginn des Königtums Heinrichs IV. nach dem frühen Tode seines Vaters, Kaiser Heinrichs III. (5. 10. 1056), dessen Witwe Agnes für den damals erst sechsjährigen Kaisersohn die Regentschaft übernahm. Das andere Grenzjahr bezieht sich auf die Königswahl Rudolfs von Habsburg (1. 10. 1273) nach dem Tode Richards von Cornwall (2. 4. 1272). Damit endet der seit dem Jahre 1257 im deutschen Reich bestehende Thronstreit zwischen dem Bruder des englischen Königs und König Alfons von Kastilien, die sich beide auf eine nahe Verwandtschaft mit der staufischen Herrscherfamilie berufen konnten. Gegen Ende des folgenden Jahres entschieden sich die Kurfürsten bei der Neuwahl, die der bis dahin erfolglose Kastilier vergeblich zu hintertreiben versucht hatte, für den Grafen Rudolf von Habsburg (1273–91).

Die Wahl und die anschließende Krönung des Habsburgers in Aachen begruben auch die Hoffnungen vor allem italienischer Parteigänger, mit dem Kaiserenkel Friedrich von Meißen-Thüringen an das Geschlecht der Staufer anzuknüpfen. Die Entscheidung gegen eine Nachfolge des staufischen Hauses in der männlichen Linie war freilich schon spätestens am 29. Oktober 1268 gefallen. An diesem Tage ließ Karl von Anjou, der am Dreikönigstag 1266 in der Peterskirche zu Rom zum König von Sizilien gekrönt worden war, den erst sechzehnjährigen Konradin – den Sohn Konrads IV. und Enkel Kaiser Friedrichs II. – auf der Piazza del Mercato in Neapel enthaupten. Wenige Monate zuvor (23. 8. 1268) hatte Karl das Heer des Staufers bei Tagliacozzo in den Abruzzen besiegt.

Mit dem Tode dieses letzten Staufers aus der legitimen männlichen Nachkommenschaft Kaiser Friedrichs II. wurde das Wahlrecht der deutschen Fürsten von den Fesseln erbrechtlicher Ansprüche befreit. Es hat sich in den folgenden Königswahlen mit dem ständigen Wechsel der Dynastien bis zur Königswahl Wenzels, des Sohnes Kaiser Karls IV., im Jahre 1376 behauptet. Unter diesem Blickwinkel zeigen die Ereignisse von 1272/73 einen tieferen Einschnitt an als das Jahr 1125. In diesem Jahr wurde der Sachsenherzog Lothar von Supplingenburg nach dem kinderlosen Tode des Saliers Heinrich V. zum König gewählt und so die auf das Geblütsrecht gestützte Anwartschaft des staufischen Herzogs Friedrichs II., eines Neffen des salischen Kaisers, verdrängt. Nach dem Tode Lothars III. (1125–1137), der für die Nachfolge auf dem Königsthron seinen Schwiegersohn und inzwischen mächtigsten Fürsten im Reich – den Welfen Herzog Heinrich von Sachsen und Bayern – vorgesehen hatte, gelangten die Staufer mit Konrad III. (1138–1152) über einen erneuten Wahlakt deutscher Fürsten doch noch in den Besitz der allgemein anerkannten Königswürde. Auch der lange, nur durch vier Jahre (1208–1212) unterbrochene Thronstreit zwischen Staufern und Welfen (1198–1218) nach dem Tode Heinrichs VI. führte schließlich unter Friedrich II. wieder zur unangefochtenen Reichsherrschaft der Staufer zurück. Diese währte freilich nur bis zur Absetzung des Kaisers durch Papst Innozenz IV. auf dem Konzil von Lyon im Jahre 1245.

Die Auseinandersetzungen um die Thronfolge haben die Wirkungsmöglichkeiten der deutschen Herrscher erheblich beeinträchtigt. In Deutschland standen sie in einer engen Wechselbeziehung zu der Machtsteigerung der weltlichen und geistlichen Fürsten. Ferner hat das Papsttum auf die Thronstreitigkeiten mittelbar oder unmittelbar eingewirkt und sie zur Steigerung seiner politischen Stellung genutzt. Die erwähnten Unterbrechungen in der Thronfolge waren gleichsam Marksteine auf dem Wege zur Durchsetzung des Wahlrechts, das seinen kräftigsten Anstoß schon durch die Wahl des Gegenkönigs Rudolf von Rheinfelden auf dem Höhepunkt des Investiturstreits im Jahre 1077 erhalten hatte. Etwa gleichzeitig verfestigte sich das Erbrecht im normannisch-sizilischen Königreich, bei den Kapetingern in Frankreich und schließlich auch in der anglo-normannischen Monarchie. Diese unterschiedliche Entwicklung von Wahlrecht und Erbrecht bei der Nachfolge auf dem Königsthron zeigt zugleich die verschiedenartige Stellung der geistlichen und der weltlichen Fürsten – vornehmlich der Bischöfe und des hohen Adels – in den westlichen Königreichen an, denn die Mitwirkung am Wahlakt brachte die Abhängigkeit des Königtums von den Fürsten zum Ausdruck und verstärkte das Bewußtsein der Gleichrangigkeit vor allem der großen Adelsgeschlechter mit den Königen.

Vergegenwärtigen wir uns den hier zu behandelnden Zeitraum, bei dem die Grenzdaten aus der Reichsgeschichte nur als Anhaltspunkte dienen, so entspricht er etwa der Zeitspanne von der zweiten Hälfte des 18. Jahrhunderts bis in unsere Gegenwart. Dieses „Zeitenspiel" kann nicht nur unser Zeitempfinden schärfen, das dazu neigt, die vergangenen Zeiträume umso mehr zu raffen und zu verkürzen, je weiter sie von der eigenen erlebten Geschichte entfernt sind. Es ist auch insofern lehrreich, als Deutschland zwischen der zweiten Hälfte des 11. und dem letzten Viertel des 13. Jahrhunderts so tiefgreifende Veränderungen erfahren hat, daß sie erst wieder von jenen in den letzten zwei Jahrhunderten übertroffen wurden. Der Wandel ist jedenfalls vergleichbar fundamental. Dies gilt nicht nur für Deutschland, sondern auch für die weiteren europäischen Länder.

Eine solche Charakterisierung unseres Zeitraums unter europäischer Perspektive weist ihn als wichtigste Umbruchsphase zwischen Antike und

Neuzeit aus. Innerhalb der deutschen Geschichte wurden die schon früher geschaffenen Grundlagen gefestigt; wesentliche andere Grundzüge der späteren Entwicklung wurden erst jetzt geschaffen. Deutschland geriet aus der Peripherie in eine zentrale Lage mit engen Kontakten zu den umliegenden europäischen Ländern. In kultureller Hinsicht erhielten die deutschen Landschaften die stärksten Impulse aus dem Süden und dem Westen, womit insgesamt das Kulturgefälle zwischen Süd und Nord und zwischen Westen und Osten stärker eingeebnet wurde.

Zwar lassen sich auch in Deutschland seit dem 12. Jahrhundert erste Anfänge eines Nationalgefühls beobachten, bestimmend blieb jedoch die weit über Deutschland hinausgreifende Reichspolitik. Diese erhielt seit der zweiten Hälfte des 12. Jahrhunderts sogar noch eine stärkere universale Ausrichtung, die über die intensivierte Italienpolitik in den weiteren Mittelmeerraum ausgriff. Sie gewann damit einen unmittelbaren Zugang zu den hochentwickelten mediterranen Kulturlandschaften. Auf diese konzentrierten sich auch die Kreuzzüge: die stärkste religiös-politische Bewegung innerhalb des lateinischen Christentums dieser Periode, die deshalb unter diesem universalen Aspekt mit guten Gründen auch als „Zeitalter der Kreuzzüge" charakterisiert werden kann. Außer im Mittelmeerraum wurde die Kreuzzugsbewegung auch für die Zurückdrängung des Heidentums im kontinentalen Mitteleuropa eingesetzt. Auf diese Weise erweiterte sich ebenfalls der Geltungsbereich des „regnum teutonicum" im Osten.

Infolge dieser Expansionen im Mittelmeerraum und im kontinentalen Europa, das damals noch einen mehr oder weniger großen zivilisatorischen Rückstand zum Mittelmeerraum aufwies, bildeten sich neue Herrschaften und Staaten, die die Wirksamkeit der Universalpolitik eingrenzten. Gleichzeitig verstärkten sich die Tendenzen zur herrschaftlichen Konzentration. Sie standen in einer engen Wechselbeziehung zur Bildung von neuen genossenschaftlichen Organisationsformen – vor allem den Gemeinden – und wurden von diesen auch eingeschränkt. Die Expansion und die herrschaftlich-staatliche Intensivierung erfolgten im Zusammenhang mit einem erheblichen Anstieg der Bevölkerungszahl, mit einer großen Ausdehnung der Siedlungstätigkeit und mit der Verdichtung von Siedlungen zu urbanen Zentren wie in den schon bestehenden Städten. Diese Vorgänge waren wiederum untrennbar verknüpft mit der Ausdehnung von Anbauflächen und effektiveren agrarwirtschaftlichen Produktionsformen, mit einer räumlichen, quantitativen und qualitativen Ausweitung des Warenaustausches, der Geldwirtschaft und des Gewerbes, was eine wesentliche Zunahme der Arbeitsteilung zur Folge hatte. Nicht nur in dieser Hinsicht hat der engere Kontakt mit dem Mittelmeerraum für die weiteren europäischen Regionen und für das deutsche Reichsgebiet wichtige Anstöße vermittelt.

Solche tiefgreifenden Veränderungen setzen eine größere räumliche Beweglichkeit in breiteren Bevölkerungskreisen voraus, wie sie auch in den Kreuzzügen, den Pilger- und Handelsfahrten, in den Wanderungen zu neuen, teils weit entfernten Siedlungsgebieten oder auch in der Zuwanderung in die Städte sichtbar wurde. Dadurch wurden die Schranken der herkömmlichen Gesellschaftsordnung noch weiter geöffnet und neue Formationen ermöglicht. In der Kreuzzugsbewegung gewann die adlige Führungsschicht das neue Standesethos des Ritters, das zugleich die Aufnahme von Aufsteigern begünstigte. Eine solche Öffnung ergab sich auch aus der Konkurrenz der Herrschaftsträger und der Ausweitung und Intensivierung der Herrschaftsausübung. Zumindest im kontinentalen Europa und in den weiteren nordeuropäischen Ländern bildeten sich erst jetzt die für die spätere europäische Geschichte so fundamentalen Stände der Bauern und Bürger. Insgesamt lockerten sich die persönlichen Abhängigkeitsformen, so daß die rechtlichen Folgen der Unfreiheit – soweit diese überhaupt noch in den älteren Formen bestehen blieb – für die soziale Stellung an Bedeutung verloren.

Die politischen Auseinandersetzungen zwischen Kirche und Herrschaft waren begleitet von theologisch-philosophischen und juristischen Kontroversen über die Ordnung und Zuordnung von Kirche und Welt, wodurch neue Argumentationsformen und Denkansätze begünstigt wurden. Die Wiederaufnahme von jahrhundertelang verschüttetem Gedankengut – wie der Philosophie des Aristoteles – wurde nicht zuletzt durch die Kulturbegegnungen im Mittelmeerraum unterstützt. Ohnehin wurde der Gedankenaustausch durch die rege und oft weit ausgreifende Wandertätigkeit von Scholaren und Magistern beschleunigt und vertieft. Dazu trug die Entstehung von einflußreichen Schulen und schließlich der ersten Universitäten im Abendland wesentlich bei. Diese bildeten sich in den größeren Städten oder wurden darin gegründet. In den Städten konzentrierte sich jetzt zunehmend das geistig-religiöse Leben, das bis dahin zumindest in den Landschaften außerhalb des Mittelmeerraumes in den ländlichen Klöstern und Stiften die insgesamt wichtigsten Mittelpunkte besessen hatte. Dahinter stand das Vordringen der Schriftkultur vornehmlich in den stadtbürgerlichen Bevölkerungskreisen auch außerhalb der südalpinen, mediterranen Länder und somit eine verstärkte Ausbreitung der Schriftlichkeit unter den Laien, die dieser Kulturform zunehmend auch bei der Abwicklung alltäglicher Geschäfte bedurften. Die Laien verschafften sich auf diese Weise einen unmittelbaren, nicht mehr notwendigerweise durch Geistliche vermittelten Zugang zur schriftlich fixierten Tradition und vor allem zur Bibel, zu der für die Lebensgestaltung entscheidenden Quelle.

Der selbständige Zugang zu den Grundwahrheiten, von denen die Lebensart im Diesseits abzuleiten war und das ewige Leben abhing, wurde den Laien umso mehr aufgedrängt, als die Kirchenreformer selbst bisher weithin unstrittige Normen in Frage stellten. Das „Zeitalter der Kirchenreform", das etwa auf die Zeit zwischen der Mitte des 11. und dem ersten Drittel des folgenden Jahrhunderts begrenzt werden kann, hinterließ viele ungelöste Fragen, deren Beantwortung auch in der Folgezeit der Kontrolle der Amtskirche in bedrohlicher Weise entglitt. Daraus entwickelte sich in den zeitweise weit verbreiteten Häresien die größte Gefährdung der römischen Amtskirche vor der Reformation. Diese Gefahr konnte erst abgewendet werden, als sich die päpstliche Kurie am Beginn des 13. Jahrhunderts zu neuen Formen der Seelsorge durchrang. Jetzt erst gelang es in erster Linie mit Hilfe der Bettelorden, die religiösen Massenbewegungen, die sich vornehmlich in den großen Städtelandschaften des westlichen Mittelmeerraumes festgesetzt und sich dort teilweise weit von den kirchlichen Dogmen und Lebensformen entfernt hatten, wieder in die reiche und mächtige Amtskirche zu integrieren.

Das deutsche Reichsgebiet wurde zwar von den hier skizzierten religiösen und philosophisch-theologischen Auseinandersetzungen der Zeit berührt und beeinflußt, es blieb jedoch zumeist auch in dieser Hinsicht ein Nebenschauplatz der damaligen Weltgeschichte, die ihren Nervenstrang noch immer in der Mittelmeerkultur besaß. Deutschland war noch ein „Entwicklungsland", das von dem mediterranen Gravitationszentrum und ferner aus dem Westen die wichtigsten Impulse erhielt und diese in einem erstaunlichen Umfang fruchtbar machte. Der Mittelmeerraum war damals gleichsam der Treffpunkt der Weltgeschichte. Dort vollzog sich die Vermittlung römischer, griechisch-byzantinischer, arabischer und jüdischer Kulturströme. Dort befand sich auch der Schwerpunkt der politischen, religiösen und wirtschaftlichen Aktivitäten. Neben dem Süden ist vor allem der Westen für die deutsche Geschichte maßgebend geworden. Zum Norden und Osten wuchs das deutsche Reichsgebiet selbst in eine Vermittlungsrolle hinein. Es war daher völlig konsequent, daß sich die Reichspolitik insgesamt zunehmend auf Italien und den Mittelmeerraum konzentrierte. Italien spielte nicht zufällig eine Hauptrolle in der deutschen Geschichte des hohen Mittelalters: eines Zeitraumes, dessen Ende in dieser Hinsicht mit guten Gründen mit dem Ausklang der normannisch-staufischen Dynastie angesetzt werden kann.

Es ist daher notwendig, die wichtigsten Rahmenbedingungen und Zusammenhänge aufzuzeigen, in die die deutsche Geschichte des hohen Mittelalters eingebettet ist. Mit Hilfe dieses Rasters, der von dem unterschiedlich gewichtigen Beziehungsfeld von Süd und Nord, West und Ost bestimmt ist, soll erkennbar werden, in welcher Weise und auf welchen Gebieten die deutsche Geschichte von den Vorgängen und Tendenzen in den Nachbarländern wie auch in den übrigen Gebieten Europas und der Mittelmeerländer beeinflußt worden ist und sich auf diese auswirkte. Darauf zielt der erste Teil der Darstellung.

Die räumlich unterscheidende Betrachtungsweise soll in den folgenden Teilen – gleichsam im kleineren Maßstab – auch auf die Darstellung der deutschen Geschichte angewandt werden. Wichtig ist dabei vor allem die Unterscheidung zwischen den dichter bevölkerten Altsiedellanden im Westen und Süden – mit ihren alten Verbindungen zur „Romania" – und den später erschlossenen Gebieten im Norden und Osten und im Nordosten, wo sich die Einflüsse zwischen „Slavia" und „Germania" kreuzten. Den Grenzraum markierten die Elbe und Saale und weiter im Südosten die westlichen Abhänge des Oberpfälzer und des Bayerischen Waldes. Innerhalb der westlich anschließenden Altsiedellande besaßen die Landschaften an den größeren Flüssen – vor allem an Maas, Mosel, Rhein, Donau und Main – den höchsten Entwicklungsstand. Mit dieser Abstufung hatten sie zu Beginn unseres Zeitraums nicht nur in ihrer Siedlung, sondern ebenso in ihrer wirtschaftlichen Ausstattung mit Städten und Märkten wie auch in ihrer kirchlichen Organisation einen deutlichen Vorsprung gegenüber den Neusiedelgebieten. Erst im Verlauf des 12. und 13. Jahrhunderts wurden diese Unterschiede wenigstens teilweise eingeebnet. Auf die Kerngebiete der Altsiedellande konzentrierten sich vorerst auch die wichtigsten politischen Auseinandersetzungen.

Für unsere Betrachtung ist die landesgeschichtliche Forschung, die in den letzten Jahrzehnten viel zur Erweiterung der Fragestellungen und Aspekte beigetragen hat, eine große Hilfe. Freilich beschränkt sie ihren Blick oft auf allzu enge Räume und vernachlässigt nicht selten die großen Zusammenhänge. Förderlich ist insgesamt auch die Tatsache, daß das hohe Mittelalter schon seit langem von der deutschsprachigen Geschichtsforschung bevorzugt worden ist, so daß für viele Gesichtspunkte und Einzelfragen eine reichhaltige Literatur zur Verfügung steht. Dies gilt vor allem für die Erforschung der politischen Ereignisse und Vorgänge, der Reichs- und Kirchengeschichte und allgemein der Verfassungs-, Rechts- und Geistesgeschichte. Weniger günstig ist die Forschungssituation für wirtschafts- und sozialgeschichtliche Aspekte, was nicht zuletzt durch die Quellenüberlieferung beeinflußt ist. Dadurch wird zugleich der Versuch erheblich erschwert, das Handeln und Leiden auch der breiteren Bevölkerungskreise in die Darstellung einzubeziehen. Die Menge und die Eigenart der Quellen sind selbst wiederum Äußerungsformen der sich landschaftlich unterscheidenden kulturellen Gegebenheiten, was im letzten Kapitel des ersten Teils wenigstens angedeutet werden soll.

Mit der kulturräumlichen Ausrichtung ist im folgenden der Versuch eng verbunden, das Handeln und Leiden der Menschen möglichst umfassend in seinen vielfältigen Erscheinungsformen zu schildern. Um bei diesem weiten Blickfeld den zeitlichen Zusammenhang der Ereignisse und Zusammenhänge besser beachten zu können, wird der große Zeitraum der hier zu behandelnden deutschen Geschichte im zweiten und dritten Teil in zwei Phasen unterteilt. Die Grenzjahre sind wiederum der Reichsgeschichte entlehnt.

I. Das Zeitalter in europäischer Perspektive

1. Expansion des Westens im Mittelmeerraum

a) Schwerpunktverlagerung der Reichspolitik in den Süden

Von Heinrich IV. über Konrad III., dessen Gegenkönigtum mit dem Italienaufenthalt von 1128 bis 1130 hier mit zu berücksichtigen ist, bis hin zu Konrad IV. und Konradin suchten alle Herrscher auch das Königreich Italien persönlich auf. Unter Heinrich VI. wurde diese Nord-Süd-Achse bis in die Kerngebiete des unteritalisch-sizilischen Königreichs ausgedehnt, wohin auch der Welfe Otto IV. nach seiner Kaiserkrönung (1209) vordrang. Im normannisch-sizilischen Erbkönigreich besaß Friedrich II. sein wichtigstes Aktionsfeld. Von diesem Zentrum der traditionsgesättigten Mittelmeerkultur griff der Kaiser – in Umkehrung der bisherigen Stoßrichtung – in die nördlichen Königreiche aus, unter denen Reichsitalien eine Schlüsselrolle erhielt. Sein illegitimer Sohn Manfred, der sich 1258 in Palermo zum sizilischen König krönen ließ, überschritt bis zur Schlacht von Benevent (26. 2. 1266), die er gegen Karl von Anjou verlor und in der er auch den Tod fand, die Grenzen des Königreichs nach Reichsitalien nur in wenigen Streifzügen. Gegenüber dieser Nord-Süd-Ausrichtung, die in ihren Extremen etwa dreitausend Kilometer Wegstrecke voneinander entfernt war, blieb das burgundisch-provençalische „regnum Arelatense", wie wiederum die Herrscheritinerare anzeigen, im Windschatten der Reichspolitik, aus dem es nur zeitweise – unter Friedrich Barbarossa – etwas heraustrat.

b) Kreuzzüge und Reconquista

Auf die alten Kulturlandschaften am Mittelmeer, die somit zunehmend die Aktivitäten der Staufer in Anspruch nahmen – aber auch den welfischen Kaiser Otto IV. anzogen – zielten ebenfalls die meisten Kreuzzüge. Schon vor dem Ersten Kreuzzug (1096–1099) gewährte Papst Alexander II. in den Jahren 1063 und 1064 den christlichen Kriegern im Kampf gegen die Mohammedaner in Spanien und Sizilien einen Ablaß und sanktionierte so und auf andere Weise die auf politische Expansion ausgerichteten Kriege gegen die Heiden. In Spanien trugen vor allem König Alfons VI. von Kastilien (1072–1109), der auch den Titel „Kaiser von ganz Spanien" führte, und Rodrigo Diaz (ca. 1043–1099), der unter dem maurischen Beinamen Cid (Herr) zur Hauptfigur der spanischen Heldendichtung wurde, in wechselvollen Kämpfen die „Reconquista“ („Rückeroberung“) gegen die Mauren weiter in den Süden vor. Die Normannenfürsten Roger († 1101) und Robert Guiscard († 1085) begannen schon wenige Jahre nach der Belehnung Roberts mit Apulien, Kalabrien und Sizilien durch Papst Nikolaus II. (1059) mit der Eroberung der Insel. Erst nach dreißig Jahren konnte Roger im Jahre 1091 den letzten mohammedanischen Stützpunkt seiner Herrschaft einverleiben, die freilich schon seit der Einnahme Palermos im Jahre 1071 einen festen Rückhalt im nördlichen und östlichen Sizilien besaß. Ein knappes Jahrzehnt vor dem Ersten Kreuzzug unternahmen die Seehandelsstädte Genua und Pisa unter Mitwirkung von Römern und Amalfitanern nach päpstlicher Aufforderung und unter der Leitung eines päpstlichen Legaten einen erfolgreichen Rachezug gegen das afrikanische Mahdia, die Hauptstadt des Zeiriden-Fürsten; neben reicher Beute sicherten sich die Pisaner und Genuesen Zoll- und Handelsvorteile (1087).

Auf dem Ersten Kreuzzug, zu dem Papst Urban II. (1088–1099) auf den Synoden von Piacenza und Clermont-Ferrand aufgerufen hatte, wurde die Idee der bewaffneten Wallfahrt, die in breiten Kreisen der Bevölkerung starke Resonanz fand, schon früh von dem Eroberungsdrang der beteiligten „fränkischen“ Ritter und Fürsten in den Hintergrund gedrängt. Diese errichteten mit der Grafschaft Edessa und dem normannischen Fürstentum Antiochia weithin selbständige Herrschaften, zu denen im Jahre 1109 noch die Grafschaft Tripolis als Brücke zwischen den Franken in Syrien und Palästina hinzukam. Nach der Eroberung Jerusalems (15. 7. 1099) und dem Tode Herzog Gottfrieds von Niederlothringen, der nur den Titel eines „Beschützers des Heiligen Grabes“ angenommen hatte, ließ sich dessen Bruder Balduin am Weihnachtstag des Jahres 1100 von dem lateinischen Patriarchen von Jerusalem, Erzbischof Daimbert von Pisa, in der Geburtskirche zu Bethlehem zum König krönen. Die italienischen Seehandelsstädte Pisa, Venedig und Genua, die bereits im byzantinischen Reich Handelsprivilegien erhalten hatten, gewannen für den Einsatz ihrer Flotten, auf die die Kreuzfahrerstaaten bei der Eroberung und Sicherung der Küstenstädte und bei dem Transport von Nachschub angewiesen waren, große wirtschaftliche Vorteile in den Handelsstädten des vorderen Orients.

Mit der Reconquista in Spanien, der Verdrängung der Sarazenen von Sizilien und den kaum erhofften Erfolgen des Ersten Kreuzzugs dehnte das Papsttum seinen amtskirchlichen Geltungsbereich erheblich aus. In den Kreuzfahrerstaaten geschah dies durch den Aufbau einer lateinischen Hierarchie und durch die Unterordnung der Patriarchate Antiochia und Jerusalem. Die Unterwerfung Süditaliens durch die Normannen hatte schon zuvor die Amtsgewalt des Patriarchen von Konstantinopel zugunsten Roms erheblich eingeengt. Bedeutsamer war jedoch die Tatsache, daß damit das byzantinische Reich aus Italien endgültig verdrängt und in der Folgezeit fast ständig von dem neuen Herrschaftskomplex in Süditalien und Sizilien bedroht wurde. Die Kreuzzugsbewegung selbst, die Papst Urban II. zunächst zugunsten des byzantinischen Kaisers einsetzen wollte, entwickelte sich zu einer fast stetigen Gefahrenquelle für das Ostreich. Bezeichnenderweise konnte der Normannenfürst Bohemund, zugleich Herr des Fürstentums Antiochia, im Jahre 1104 Papst Paschalis II. dazu bewegen, den Heiligen Krieg gegen Byzanz predigen zu lassen.

Die Ausdehnung der lateinischen Christenheit gegen den Islam und gegen die Ostkirche blieb auch nach dem Ersten Kreuzzug eng mit der religiös-politischen Kreuzzugsbewegung verknüpft. Der Kreuzzugsgedanke und die zahlreichen Kreuzfahrten, die neben und nach den großen fünf Kreuzzugsunternehmungen stattfanden, haben weiterhin wesentlich zur politischen und wirtschaftlichen Expansion des Westens in den Mittelmeerraum beigetragen. Bis zum dritten Viertel des 13. Jahrhunderts, als auch hier ein Stillstand eintrat, machte die Reconquista auf der iberischen Halbinsel große Fortschritte, die im Jahre 1236 zum Fall von Cordoba, der alten Hauptstadt des Kaliphats, und 1248 zur Einnahme Sevillas führten. Nur das im Südosten gelegene Königreich Granada und kleinere Gebiete an der Südwestküste blieben noch unter maurischer Herrschaft. Die wichtigsten Träger und Nutznießer dieses Vordringens waren die Könige von Kastilien-Leon, von denen Alfons VII. (1126–1157) letztmals den freilich auch vom Papsttum nie anerkannten Kaisertitel führte, und die Könige von Aragon-Katalonien. Daran beteiligt waren ferner die zunächst von Kastilien abhängigen Grafen von Portugal, von denen Alfons I. den Königstitel annahm, im Jahre 1143 sein Land dem Schutz des Papstes unterstellte und päpstlicher Lehnsmann wurde. Englische, flämische und friesische Kreuzfahrer, die auf dem Zweiten Kreuzzug den Seeweg nach Palästina gewählt hatten, leisteten im Jahre 1147 mit ihrer Flotte bei der Eroberung der bis dahin islamischen Stadt Lissabon entscheidende Hilfe.

Im Orient hingegen sind die großen Erfolge des Ersten Kreuzzugs im Verlauf des 12. und des 13. Jahrhunderts restlos zunichte gemacht worden. Das Ende der Kreuzfahrerstaaten wurde im Jahre 1291 mit der Eroberung Akkons durch die Mamluken besiegelt. Der Fall von Akkon bewirkte einen tiefen Einschnitt in der mittelalterlichen Kreuzzugsbewegung, für die freilich schon Papst Gregor X. auf dem Konzil von Lyon 1274 weithin erfolgos geworben hat. Die Endphase der Kreuzfahrerstaaten in Syrien und Palästina war schon vor dem Konzil mit der Großoffensive des ägyptischen Mamlukensultans Bairbar zwischen 1265 und 1271 eingeleitet worden, in der er auch Antiochia eingenommen hatte.

Große Verluste waren freilich bereits im 12. Jahrhundert eingetreten. Damals riefen sie jedoch noch neue Kreuzzugsunternehmungen ins Leben. Dem Fall von Edessa (1144) folgte der Zweite Kreuzzug (1147–1149), der trotz der Teilnahme von zwei Königen – Ludwigs VII. von Frankreich (1131–1180) und des Staufers Konrads III. – erfolglos blieb. Die noch größere Beteiligung von westlichen Herrschern am Dritten Kreuzzug, zu dem Kaiser Friedrich I. und die Könige Richard I. von England (1189–1199) und Philipp II. von Frankreich (1180–1223) in den Jahren 1189 und 1190 aufbrachen, war eine Reaktion auf die schwerste Niederlage, die die Kreuzfahrerstaaten bis dahin erfahren hatten. Schon wenige Monate nach seinem vollständigen Sieg bei Hattin in Galiläa war Sultan Saladin im Oktober 1187 sogar in die auch dem Islam heilige Stadt Jerusalem eingezogen. Nach der Rückeroberung Akkons, die mit Hilfe der französischen und englischen Kreuzfahrer im Juli 1191 nach zweijähriger Belagerung gelang, hat König Richard weitere Siege errungen und schließlich einen Waffenstillstand (2. 9. 1192) erreicht, in dem Saladin den Jerusalempilgern freien Zugang zusicherte.

Das ohnehin stark von seiner ausgreifenden Mittelmeerpolitik bestimmte Kreuzzugsunternehmen Heinrichs VI. führte – nicht zuletzt wegen des frühen Todes des Staufers – im Oktober 1197 nur zur Besetzung der freilich strategisch wichtigen Städte Sidon und Beirut. Weder der Vierte (1198–1204) noch der Fünfte Kreuzzug (1217–1221) sind bis ins Heilige Land vorgedrungen. Erfolge erzielte erst der vom Papst gebannte Kaiser Friedrich II., der seit 1225 mit der Heirat der Erbtochter Isabella dynastische Ansprüche auf die Königswürde in Jerusalem erworben hatte. Auf seinem vom Papst verbotenen, diplomatisch gut vorbereiteten Kreuzzug (1228/1229) gelang es ihm, die Heilige Stadt mit einem Gebietsstreifen zwischen Jerusalem und der Küste in einem Vertrag mit dem Sultan al-Kāmil zurückzugewinnen. Die Herrschaft Friedrichs II. stieß im Königreich, wo er seit der Geburt seines Sohnes Konrads IV. (1228) nur als Regent galt, bald auf den erbitterten Widerstand der Barone. Nur etwa fünf Jahre nach dem Auslaufen des auf ca. 10 Jahre befristeten Vertrags ging Jerusalem endgültig an die Muslime verloren (1244).

Diese Machtverhältnisse hat auch der Kreuzzug des französischen Königs Ludwig IX. (1226–1270) zwischen 1248 und 1254 nicht mehr wesentlich ändern können. Der später heilig gesprochene Herrscher hat während seines vierjährigen Aufenthalts in Palästina (1250–1254) mit unangefochtener Autorität die fränkischen Positionen im Königreich festigen können. Nach seiner Rückkehr nach Frankreich trat die Vorherrschaft der italienischen Seestädte in den Städten und die Übermacht der selbst aus der Kreuzzugsbewegung hervorgegangenen Ritterorden auf dem flachen Lande noch deutlicher hervor. Die Konkurrenz zwischen dem Johanniterorden und dem Templerorden, die zeitweise sogar zu offenen Kriegen führte, und die jahrzehntelangen Kriege zwischen den italienischen Seemächten Venedig, Genua und Pisa um die Vorrangstellung im östlichen Mittelmeer haben zum Niedergang der Kreuzfahrerstaaten wesentlich beigetragen.

c) *Eroberung von Konstantinopel: die Nachfolger des byzantinischen Reichs*

Einen weiteren wichtigen Faktor bildete dabei der Untergang des byzantinischen Reichs im Verlaufe des Vierten Kreuzzugs (1198–1204). Damit kamen antibyzantinische Einstellungen, die sich schon seit dem Beginn der Kreuzzüge mit diesen verknüpften und so die Lateinerfeindlichkeit in Byzanz schürten, zu einem Ziel, das die Konzentration der Kreuzzugsbewegung auf das Heilige Land weiterhin stark beeinträchtigte. Nach dem erwähnten Kreuzzugsplan des Normannenfürsten Bohemund gegen Byzanz (1104) und einem ebenfalls gegen das Ostreich gerichteten Bündnis zwischen dem Normannenkönig Roger II. († 1154) und dem französischen König Ludwig VII. nach dem Zweiten Kreuzzug faßte auch Barbarossa auf dem Dritten Kreuzzug zeitweise die Eroberung Konstantinopels ins Auge. Sein Sohn Heinrich VI. übernahm mit dem Königreich Sizilien (1194) auch die traditionell gegen Byzanz gerichtete Politik seiner normannischen Vorgänger. Die Heirat seines jüngsten Bruders Philipp mit Irene, der Tochter des Kaisers Isaak II. (1185–1195), gab dem Staufer eine rechtliche Grundlage zur Intervention im Ostreich. Dort war Isaak II. nur wenige Tage nach der Hochzeit von seinem Bruder Alexios III. (1195–1203) abgesetzt und geblendet worden. Wegen des päpstlichen Einspruchs begnügte sich Heinrich VI. zunächst mit der Erpressung eines hohen Jahreszinses von 16 Zentnern Gold aus dem durch innere Wirren und äußere Bedrohungen geschwächten Ostreich.

Mit dem Kreuzzugsaufruf, den Innozenz III. (1198–1216) schon ein Jahr nach dem Tode Heinrichs VI. erließ, verband der Papst die Absicht, die westeuropäischen Könige – und insbesondere den Staufer Philipp – von diesem Kreuzzug fernzuhalten und damit den päpstlichen Führungsanspruch zu festigen. Tatsächlich gelang es aber dem Dogen Enrico Dandolo von Venedig, die in der Seehandelsstadt versammelten etwa 10000 Kreuzfahrer in die Dienste der venezianischen Politik zu stellen. Gegen Stundung ihrer Schulden für die geplante Überfahrt überredete sie der Doge zur Einnahme der dalmatinischen Stadt Zara. In Zara, das im November 1202 erobert wurde, konnten Gesandte des deutschen Königs Philipp und seines jungen Schwagers Alexios IV., der im Jahre 1201 aus dem Kerker geflohen war, die Kreuzfahrer dazu bewegen, in Konstantinopel Kaiser Isaak II. – also den Schwiegervater Philipps und Vaters Alexios' IV. – wieder auf den Thron zu bringen.

Am 17. Juli 1203 erlag die byzantinische Hauptstadt, die seit der Zeit Kaiser Konstantins des Großen etwa neun Jahrhunderte lang den vielen Eroberungsversuchen selbst von Persern und Arabern getrotzt hatte, dem Ansturm der Kreuzfahrer. Isaak II. wurde wieder als Kaiser, sein Sohn Alexios IV. als Mitkaiser eingesetzt. Sie waren jedoch außerstande, die in Zara gegebenen großartigen Versprechungen – die Kirchenunion mit Rom, hohe Geldsummen an die Venezianer und Kreuzfahrer und die Unterstützung des Kreuzfahrerheeres mit 10000 Soldaten – einzuhalten. Als sie schon im Januar 1204 einem Aufstand zum Opfer fielen und der Schwiegersohn Alexios' III. den Thron bestieg, setzten der Doge von Venedig und die Kreuzfahrer den vielleicht schon im Jahre 1202 gefaßten Plan in die

Tat um. Konstantinopel wurde am 13. April 1204 nochmals erobert. Viele Bewohner der Stadt, die damals mit etwa 500000 Einwohnern die bei weitem volkreichste Stadt Europas war, wurden ermordet. Zahlreiche Denkmäler und Kunstwerke, die in der fast tausendjährigen Geschichte Konstantinopels entstanden oder dort gesammelt worden waren, wurden zerstört oder erbeutet.

Wie die Beute, die allein schon einen Wert von 400000 Mark Silber ausmachte, wurde daraufhin auch das byzantinische Reich unter den Eroberern gemäß dem vorher geschlossenen Vertrag aufgeteilt. Demnach sicherte sich der Doge drei Achtel des Reiches wie auch der Hauptstadt. Die Seerepublik konzentrierte sich auf die großen Hafenstädte und die verkehrsstrategisch wichtigen Inseln einschließlich Kretas, so daß die Venezianer nun den ganzen Seeweg von Venedig bis Byzanz kontrollierten und auch im weiteren östlichen Mittelmeer über bedeutende Stützpunkte verfügten. Während Venedig so gleichsam an den Lebensadern und im Herzen des oströmischen Reichs die Grundlagen seines Kolonialreichs schuf, waren die weiteren Herrschaftsgebilde, die auf den Trümmern von Byzanz entstanden, auf Dauer kaum lebensfähig.

Dies traf auch für das neugeschaffene lateinische Kaiserreich zu. Zum Kaiser wurde Graf Balduin von Flandern gewählt. Der Kaiser wurde auf Thrakien und das nordwestliche Kleinasien beschränkt; in Konstantinopel blieben ihm fünf Achtel. Markgraf Bonifaz von Montferrat (Piemont) gründete auf den ihm zugefallenen Gebieten Thessalien und Makedonien das Königreich Thessalonike, dem auch eine Anzahl von Fürstentümern in Mittel- und Südgriechenland lehnspflichtig waren. Gestützt auf die Aversionen gegen die Fremdherrschaften und gegen die erzwungene kirchliche Unterordnung unter Rom bildeten sich unter der Führung von Angehörigen der byzantinischen Kaiserfamilie auf dem nordwestlichen Festland (mit dem Despotat Epirus) und vor allem in Kleinasien mehrere byzantinische Herrschaften. Die bedeutendste entstand um den Mittelpunkt Nikaia; dessen Inhaber ließ sich im Jahre 1208 als Nachfolger des byzantinischen Kaisers von dem von ihm eingesetzten orthodoxen Patriarchen zum Kaiser krönen. Nach der Eroberung des Königreichs Thessalonike legte sich der Herrscher von Epirus im Jahre 1224 den Titel Basileus und Autokrator der Rhomäer zu und brachte damit seinerseits den Anspruch auf das Erbe des byzantinischen Kaisers zum Ausdruck. Neben dem lateinischen entstanden so zwei griechische Kaiserreiche auf byzantinischem Boden. Hinzu kam noch das schon gegen Ende des 12. Jahrhunderts vom Kaiser anerkannte bulgarische Zarenreich (1187).

Mit der Aufsplitterung des byzantinischen Reichs schied diese Europa und Asien verklammernde Macht als große Autorität und aktive Mitgestalterin des politischen Kräftespiels in Europa aus. Seit den vierziger Jahren des 13. Jahrhunderts erweiterte jedoch der später heilig gesprochene Kaiser Johannes Vatatzes (1222–1254) das Kaiserreich Nikaia, das im Unterschied zu den Nachbarstaaten von den Mongoleneinfällen verschont blieb, erheblich und festigte es. Der Wiederaufstieg konnte in der Folgezeit auch nicht durch den staufischen König Manfred von Sizilien, der sich mit dem Despoten von Epirus und den lateinischen Kräften in Griechenland verbündete, aufgehalten werden. Noch im selben Jahre 1261, in dem Kaiser Michael VIII. von Nikaia (1259/61–1282) mit der venezianischen Konkurrenzmacht Genua ein Bündnis schloß, beendete dieser Palaiologe mit der Eroberung Konstantinopels das lateinische Kaiserreich. Seine Familie behauptete sich bis zum Fall von Konstantinopel (1453) auf dem Kaiserthron. Michaels geschicktes Taktieren zwischen Genua und Venedig bewahrte ihn nicht vor der Zwangslage, die Angriffe des sizilischen Königs Karl von Anjou, der die antibyzantinische Politik seines staufischen Vorgängers Manfred fortführte, durch das Zugeständnis der Kirchenunion an den Papst abwehren zu müssen. Die Kirchenunion wurde am 6. Juli 1274 auf dem Konzil von Lyon vollzogen. Als sich die Kurie unter dem französischen Papst Martin IV. (1281–1285) ganz in den Dienst Karls von Anjou stellte, trug sie selbst wesentlich zum Scheitern der Kirchenunion bei, die auch im byzantinischen Reich auf eine starke Opposition stieß.

Mit den jahrzehntelangen Abwehrkämpfen gegen den Westen und in den ständigen Kriegen auf dem Balkan schöpfte das wiedererrichtete byzantinische Reich seine Kräfte voll aus, ja überspannte sie. In der Folgezeit degenerierte es zu einem Kleinstaat. Das Papsttum geriet zunehmend in die Abhängigkeit des französischen Königtums, so daß sich die Schere zwischen seinem universalpolitischen Geltungsanspruch und seinem tatsächlichen Einfluß noch weiter öffnete. Das westliche Kaisertum verlor seine Verankerung im Mittelmeergebiet, auf die vor allem die Staufer – und unter diesen in exzellenter Weise Friedrich II. – ihre übergeordnete Machtstellung und Autorität gestützt hatten. Die nicht allein vom Papsttum erzwungene Verdrängung aus den zentralen Landschaften der damaligen Welt, in denen wiederum Italien eine noch lange unangefochtene Mittlerrolle innehatte, hat das westliche Kaisertum gleichsam von seinen ältesten und kräftigsten Wurzeln entfernt.

Die genannten Auswirkungen der Vorgänge im Mittelmeerraum auf die deutsche Geschichte des späteren Mittelalters sind aber nur ein Reflex jener großen Bedeutung, die das mittelmeerische Nervenzentrum der damaligen Welt in dem uns hier näher interessierenden Zeitraum auch für Deutschland besaß. Die Italienpolitik der deutschen Herrscher und die über Italien selbst noch hinausgreifenden Aktivitäten der Reichspolitik seit dem ausgehenden 12. Jahrhundert wie auch die Teilnahme deutscher Könige und Kaiser, Hochadliger, hoher Geistlicher, Ritter und weiterer Bevölkerungsgruppen an den Kreuzzügen sind Äußerungen der Schlüsselstellung des Mittelmeerraumes in dieser Zeit.

2. Ausweitung der lateinischen Christenheit im kontinentalen Europa

a) Kreuzzüge gegen die Heiden

Nur wenige Jahrzehnte nach dem Ersten Kreuzzug, der im Mittelmeerraum den ersten Höhepunkt der Expansion herbeiführte, setzte auch im kontinentalen Europa – nach etwa einem Jahrhundert der Rückschläge oder doch der Stagnation – erneut und langfristig erfolgreich eine Ausweitung der römisch-christlichen Einflußsphäre in den Osten ein. Während im Mittelmeergebiet die Vorstöße in alte Kulturlandschaften erfolgten und gegen den Islam wie auch gegen das orthodoxe Kaiserreich Byzanz zielten, richteten sich auf dem Kontinent die Angriffe gegen die noch heidnischen Slawen und andere Heidenvölker in den bis dahin überwiegend dünn besiedelten und stärker naturalwirtschaftlich bestimmten Regionen östlich der Elbe. Anders als im Mittelmeerraum, wo die verschiedenen Ansätze zur Mission fast ausnahmslos erfolglos blieben, sind im Verlaufe des 12. und 13. Jahrhunderts die Heiden in den Gebieten nordöstlich von Elbe und Saale bis hin zu den Prußen (zwischen der unteren Weichsel und der Memelmündung) und den Bewohnern der baltischen Länder – freilich mit Ausnahme der Litauer – zum Christentum bekehrt worden. Etwa zu derselben Zeit, als die letzten Bastionen der Kreuzfahrerstaaten wieder unter die Herrschaft des Islam gelangten, war die Ausweitung des Christentums in Europa abgeschlossen und gesichert.

In dieser letzten Phase der Christianisierung des kontinentalen Europa verbanden sich erneut Motive der Mission und der Überherrschung in einer vielfach untrennbaren Symbiose. Diese religiös-politische Verquikkung findet ihren deutlichsten Ausdruck in der Anwendung des Kreuzzugsgedankens auf die Heidenmission im nordöstlichen Mitteleuropa. Erstmals geschah dies vielleicht schon um 1107/8 in einem Aufruf von Bischöfen und weltlichen Fürsten aus dem östlichen Sachsen. Darin wurde die Aufforderung zur Christianisierung des heidnischen Landes mit dem Versprechen zur Inbesitznahme des besten Siedellandes verknüpft. Eine weitaus größere Wirkung ging in dieser Hinsicht vom Zweiten Kreuzzug aus. Im Jahre 1147 verbanden sich vor allem sächsische Fürsten, die nicht am Kreuzzug ins Heilige Land teilnehmen wollten, „in gleicher Weise unter dem Kreuzeszeichen", um – wie ein Zeitgenosse weiter formuliert – „die ruchlosen Übergriffe der jenseits der Elbe wohnenden Slawen zu unterbinden". Ein Jahrzehnt nach diesem Slawenkreuzzug, der gegen die Obodriten und Liutizen militärisch weitgehend erfolglos blieb, leitete der schwedische König mit einem Kreuzzug die Eroberung Finnlands ein. Im Gebiet zwischen Elbe, Saale und Oder trat jedoch die kriegerische Missions- und Unterwerfungspolitik wieder zurück. So konnte hier und später auch in den Landschaften zwischen Oder und Weichsel eine insgesamt friedlich verlaufende Bekehrung und Besiedlung durchgeführt werden.

b) Ritterorden in Kampf und Mission

Hingegen gewann die Kreuzzugsbewegung bei der Missionierung und Unterwerfung der Prußen und Kuren, der Litauer und Letten, der Liven und Esten jenseits der Weichsel seit der Wende vom 12. zum 13. Jahrhundert eine große Wirksamkeit. Dies äußerte sich nicht nur in den zahlreichen Kreuzzügen. So organisierte bereits Albert von Buxhövden, seit 1199 zum Bischof der Liven geweiht, um die Jahrhundertwende einen Kreuzzug, der im Jahre 1201 die Gründung von Riga ermöglichte. Weitere Kreuzzüge folgten schon 1218 und zwischen 1221 und 1223 gegen die Prußen. Dem Bischof von Riga unterstellte sich auch der Ritterorden der livländischen Schwertbrüder („Fratres militiae Christi de Livonia"), der im Jahre 1202 von dem Zisterziensermönch Theoderich gestiftet worden war. Dieser ganz auf die Bekämpfung der Heiden im weiteren Ostseeraum ausgerichtete Ritterorden, der an der Unterwerfung von Semgallen, Kurland, Estland und der Insel Ösel einen hohen Anteil hatte, nahm die Regel des Templerordens an. Er ordnete sich damit in eine Tradition ein, die bis in die ersten Jahrzehnte des 12. Jahrhunderts zurückreicht, an die Entstehungsgeschichte der Ritterorden im Heiligen Land anknüpft und wesentlich von dem großen Zisterzienserabt Bernhard von Clairvaux – dem wichtigsten Initiator des Zweiten Kreuzzugs – grundgelegt wurde. Zu den im Ostseeraum neu entstandenen Ritterorden gehörten auch die Ritterbrüder Christi von Dobrin; dieser Orden wurde im Jahre 1228 von Bischof Christian von Preußen – früher ebenfalls Zisterzienserabt – zusammen mit dem polnischen Herzog Konrad von Masowien und dem Bischof von Plock gegründet. Neben diesen neuen Ritterorden waren auch die Templer und der ebenfalls im Heiligen Land entstandene Johanniterorden an der Unterwerfung der Heiden im Ostseeraum beteiligt; dabei konnten sie auch auf ihre inzwischen rasch vermehrten Niederlassungen und reichen Besitzungen im westlichen Europa zurückgreifen. In Pomerellen gründete sogar der Ritterorden von Calatrava, der aus einem Zisterzienserkloster entstanden war, eine Niederlassung. Damit nahm einer jener Ritterorden, die ihre Hauptaufgabe in der Zurückeroberung der Pyrenäenhalbinsel für das Christentum sahen, an der Eroberung der heidnischen Länder im Nordosten Europas einen – freilich nur geringen – Anteil.

Die weitaus größte Wirksamkeit entfalteten hier die Brüder vom St. Marien-Hospital der Deutschen in Jerusalem („Fratres hospitalis sanctae Mariae Theutonicorum Ierusolimitanorum"), die sich verkürzt auch als Deutscher Orden („Ordo Theutonicorum") bezeichnet haben. Die Vorgeschichte dieses Ordens geht wohl schon auf ein vor 1143 in Jerusalem von Deutschen gegründetes Hospital zurück, um das sich eine Bruderschaft von Laien zur Pflege der – hauptsächlich deutschen – Hospitalsinsassen bildete. Diese Hospitalsbruderschaft weitete ihre Tätigkeiten und Besitzungen in der Folgezeit auch auf Deutschland aus. Eine kontinuierliche und selbständige Entwicklung erhielt die Hospitalsbruderschaft, die bei dem Fall Jerusalems im Jahre 1187 ihren Stammsitz verlor, mit der Gründung eines Feldhospitals bei Akkon durch Kaufleute aus Lübeck und Bremen im Jahre 1189 oder 1190, also im zeitlichen Zusammenhang mit dem Dritten Kreuzzug. Sie wurde offenbar in den Folgejahren von deutschen Adligen und Fürsten tatkräftig gefördert, ehe sie im Jahre 1198 zusätzlich auch den Kampf gegen die Heiden zu ihren Aufgaben wählte und im Jahre 1199 durch Papst Innozenz III. nach dem Vorbild der Templer zum Ritterorden erhoben wurde. Neben seinen Hauptaufgaben in Palästina und Syrien, wo der Hochmeister bis zum Jahre 1291 auf der Burg Montfort bei Akkon seine Residenz hatte, übernahm der Deutsche Orden – der bald über viele Niederlassungen auch auf Zypern, in Griechenland, Süditalien und Deutschland verfügte – schon im Jahre 1211 auf der Grundlage eines Vertrages mit dem ungarischen König Andreas II. den Schutz des siebenbürgischen Burzenlandes gegen die heidnischen Kumanen. Dort wurde der Orden jedoch schon im Jahre 1225 wegen seiner Bestrebungen zur politischen Verselbständigung vom König mit militärischer Gewalt vertrieben. Nur wenige Monate später bot Herzog Konrad von Masowien dem Deutschen Orden ein neues Wirkungsfeld im Kampf gegen die heidnischen Prußen an. Sicherlich auch auf Grund der Erfahrungen im Burzenland ließ sich der Hochmeister des Ordens, Hermann von Salza († 1239), noch im März 1226 von Kaiser Friedrich II. in der Goldbulle von Rimini eine weitgehende Vollmacht ausstellen. Sie sicherte dem Deutschen Orden in dem vom polnischen Herzog angebotenen Gebiet und in den noch im Kampf gegen die Heiden zu erobernden Regionen eine so selbständige Herrschaft zu, wie sie die Reichsfürsten inzwischen besaßen. Mit der weiteren Absicherung und mit der Realisierung dieses Maximalprogramms begann der Hochmeister erst nach der Beendigung des Kreuzzugs Friedrichs II. (1228/29), so daß der polnische Herzog sich in der Zwischenzeit selbst zur Gründung eines neuen Ritterordens veranlaßt sah; dieser wurde jedoch schon einige Jahre später – ebenso wie jener der Ritterbrüder Christi – in den Deutschen Orden einbezogen (1235 und 1237). Eine Einigung mit der päpstlichen Kurie über die Rechtsstellung des Deutschen Ordens in den zu erobernden Landen erzielte Hermann von Salza erst im Jahre 1234, als der Orden schon die ersten Erfolge jenseits der Weichsel erkämpft hatte.

Die Eroberung Preußens konnte der Deutsche Orden erst im Jahre 1283 nach zahlreichen Kriegen und der Niederwerfung von gefährlichen Aufständen (1242–1249, 1260–1274) mit nachhaltiger Unterstützung von Kreuzfahrern vor allem aus Deutschland und Polen abschließen. Litauen entzog sich weiterhin als heidnisches Fürstentum der Expansion des Deutschen Ordens. Estland blieb bis zum Jahre 1346 unter dänischer Herrschaft. Der Wechsel der Residenz des Hochmeisters von Akkon (1291) nach Venedig und von der adriatischen Seehandelsstadt im Jahre 1309 auf die Marienburg bezeichnet den Rückzug des Deutschen Ordens von seinem ursprünglichen Schwerpunkt im Heiligen Land und im östlichen Mittelmeergebiet und die so erzwungene Konzentration auf den Ausbau eines eigenen Staates im Nordosten Mitteleuropas, wo sich gegen Ende des 13. Jahrhunderts aber auch deutlich die Grenzen der Expansion abzeichneten.

3. Neue Reichsbildungen und Herrschaftsformen

a) Die Normannen in Unteritalien und Sizilien

Als Folge der Ausdehnung des Westens im Mittelmeergebiet entstanden viele neue, unterschiedlich große und verschiedenartig geformte Reiche und weithin selbständige Fürstentümer. Erinnert sei nur an die Königreiche Kastilien-Leon, Aragon-Katalonien und Portugal auf der iberischen Halbinsel, an die Kreuzfahrerstaaten mit dem Königreich Jerusalem, an die Neubildungen auf dem Boden des 1204 eroberten byzantinischen Kaiserreichs und an die normannischen Fürstentümer in Süditalien und Sizilien.

Unter diesen übte die Staatsbildung der Normannen, die seit der Wende vom 10. zum 11. Jahrhundert aus Nordfrankreich in kleinen Gruppen zugewandert waren und sich im Süden der Halbinsel und auf Sizilien als dünne Herrenschicht durchsetzen konnten, den größten Einfluß auf die Politik der deutschen Kaiser aus. Dies gilt auch schon lange vor dem Jahre 1194, als das Normannenreich unter Kaiser Heinrich VI. gegen den nachhaltigen Widerstand des Papsttums mit dem Imperium vereinigt wurde. Seitdem die Normannenfürsten im Jahre 1059 als päpstliche Lehnsträger für ihre bisherigen Eroberungen auf dem Festland und für das damals noch unter islamischer Herrschaft stehende Sizilien legitimiert waren, besaß das Papsttum damit auch einen Rückhalt gegen das römische Kaisertum. Mit dem Lehnsakt selbst wurden ohnehin schon die Rechtsansprüche des römischen Kaisers übergangen. Freilich mußte das Papsttum den normannischen Fürsten noch weiterhin Zugeständnisse machen, wenn es sich ihre Unterstützung sichern wollte. Schon Urban II. (1088–1099) ließ zu, daß Graf Roger, der die Eroberung der Insel Sizilien angeführt und dort ein von adliger Mitherrschaft weitgehend freies Regiment errichtet hatte, in kirchlichen Angelegenheiten selbständig entschied; er verzichtete sogar auf die Einsetzung eines päpstlichen Legaten.

Nachdem es Rogers Sohn, Roger II. (1101–1154), bis zum Ende der zwanziger Jahre durch Erbfälle und Eroberungen gelungen war, die verschiedenen normannischen Fürstentümer in seiner Hand zu vereinigen, nutzte er den Ausbruch eines Schisma auf dem päpstlichen Thron und ließ sich mit Zustimmung des von ihm unterstützten Gegenpapstes Anaclet II. am Weihnachtstag 1130 in Palermo zum König krönen. Die Übertragung der Königskrone als päpstliches Lehen erzwang Roger II. schließlich auch vom gegnerischen Papst Innozenz II., den er im Juli 1139 in der Nähe von Montecassino besiegte und gefangensetzte. Für die damit rechtlich fundierte „Monarchia Sicula" ließ Roger II. schon im Jahre 1140 in den „Assisen" von Ariano (ca. 30 km östlich von Benevent) ein Gesetzbuch zusammenstellen, das im hochmittelalterlichen Europa den Neubeginn einer systematischen Gesetzeskodifikation bezeichnet.

Die Aufnahme von Satzungen aus dem römischen Recht und aus dem Gewohnheitsrecht der normannisch-französischen Herrenschicht wie auch die – wenn auch geringere – Berücksichtigung griechischer und arabischer Rechtselemente sind ein Spiegelbild der heterogenen Zusammensetzung der Reichsbevölkerung, der auch noch eine größere Anzahl von Juden hinzuzurechnen sind. In kluger Einschätzung seines Vorteils betrieb Roger II. gegenüber den griechisch-orthodoxen Christen, gegenüber den Mohammedanern und auch gegenüber den Juden eine Politik der Toleranz. Unter Einbeziehung der byzantinischen und ebenso der arabischen Traditionen konnte der Monarch auf der Grundlage einer wirksamen Verwaltung, in der auch arabische Beamte tätig waren, seine autokratische Herrschaftsform stabilisieren. Die eigentlichen Gegner des Königtums bildeten die normannischen Adligen auf dem Festland, wo sie unter den Vorgängern Rogers eine große Selbständigkeit besessen hatten. Ihre Macht trat bereits wenige Jahre nach dem Tode des ersten sizilischen Königs wieder offen hervor. Unter der Regierung Wilhelms I. (1154–1166) und noch mehr während der Vormundschaft seines Sohnes Wilhelms II., der im Jahre 1189 im Alter von nur 36 Jahren kinderlos starb, gewannen die Adligen – selbst in Sizilien – einen zeitweise sogar bestimmenden Einfluß im Königreich.

Trotz dieser Verfallserscheinungen bot die „Monarchia Sicula" mit ihrer Schlüsselstellung im Mittelmeerraum, den großen Reichtümern ihrer hochkultivierten Landschaften und Städte und mit den hochentwickelten Fähigkeiten ihrer verschiedenen Kulturkreisen und Religionen angehörigen Bevölkerung ein attraktives und mit höchster Kraftanstrengung umkämpftes Erbe, auf das sich die Konkurrenz zwischen Kaisertum und Papsttum nicht zufällig jahrzehntelang konzentrierte. Friedrich II. hat nach schweren Kämpfen, die sich vor allem gegen den Adel richteten, die zentralistischen Wurzeln der sizilischen Monarchie wieder freigelegt und verstärkt. So konnte er für etwa ein Vierteljahrhundert (ca. 1225–1250) einen „Modellstaat" errichten, der der Staatsentwicklung im übrigen Europa weit vorauseilte.

Der normannisch-staufische Staat an der südlichen Peripherie Europas blieb in seiner Zeit zwar eine Ausnahme, dennoch äußerten sich in ihm auch Tendenzen, die in weiteren Gebieten Europas durchaus zeitgemäß waren, wenn sie auch in anderen Formen angestrebt oder gar realisiert wurden. Friedrich II. hat selbst versucht, die im Königreich Sizilien durchgesetzten Herrschaftsformen auch in Reichsitalien zur Geltung zu bringen. Damit ist er jedoch am Widerstand des Papsttums und der antikaiserlichen Stadtkommunen schließlich gescheitert. Vereinzelt mag in staufischer Zeit das südliche Vorbild des „Beamtenstaats" auch über die Alpen in das deutsche Reichsgebiet eingewirkt haben. Insgesamt sind die Bestrebungen zur herrschaftlichen Verfestigung und institutionellen Absicherung von diesem Vorbild jedoch unabhängig.

b) Das anglo-normannische und das kapetingisch-französische Königreich

Unter den europäischen Königreichen weist das anglo-normannische Königtum, das Herzog Wilhelm von der Normandie im Jahre 1066 auf der britischen Insel begründete, die meisten Ähnlichkeiten mit der normannisch-staufischen Monarchie auf. Zu den wichtigsten Gründen für die relativen Gleichartigkeiten gehört wohl die gemeinsame Heimat der Eroberer, die in so verschiedenartig geprägte Landschaften vorstießen und darüber hinaus auf völlig unterschiedliche Weise zum Königtum aufstiegen. Entscheidend war aber in dieser Hinsicht die Tatsache, daß beide Herrschaftsbildungen auf Eroberung beruhten. Im Unterschied zu Unteritalien und Sizilien wurde in der anglo-normannischen Monarchie das zentralistisch ausgerichtete Lehnswesen zum festen Gerüst der königlichen Gewalt. Die Vorrangstellung des Königs hatte Wilhelm I. im Jahre 1086 durch den Eid von Salisbury abgesichert, der auch von späteren Herrschern von den Aftervasallen und nichtritterlichen Landbesitzern eingefordert wurde. Damit war jeder Lehnsinhaber gehalten, seine Pflichten gegenüber dem König allen übrigen Bindungen voranzustellen. Auf das Lehnrecht stützten sich ebenfalls die wichtigsten finanziellen Leistungen, die von einer differenzierten und effektiven Finanzverwaltung eingetrieben wurden. Schon 1085/86 hatte Wilhelm I. den gesamten Grundbesitz mit allen Inhabern, mit dem jeweiligen Wert und Steuerertrag und weiteren ausführlichen Angaben, nach Grafschaften geordnet, aufgrund genauer Nachforschungen im Domesdaybook aufzeichnen lassen. Nur wenige Jahrzehnte später charakterisierte ein Chronist diesen Vorgang so: Wilhelm „war Herrscher über England. Er durchsuchte es in seiner Schläue so genau, daß es keine einzige Hufe innerhalb Englands gab, von der er nicht ihren Besitzer und ihren Wert wußte; dies hielt er dann schriftlich fest". Dieses „Buch des jüngsten Gerichts" bildete die entscheidende Rechtsgrundlage für alle Streitigkeiten vor Gericht. Schon vor dem ersten ausdrücklichen Zeugnis im Jahre 1118 wurde das Rechnungswesen der Verwaltung beim „Hof am Schachbrett" (= Rechenbrett) – der „curia ad scaccarium" – überprüft. Auch die Bischöfe und Äbte standen in einer engen, lehnrechtlich fixierten

Abhängigkeit vom König. Die Vorrechte der Stadtgemeinden blieben begrenzt.

Die Königsherrschaft war jedoch von einem autokratischen Regiment, das ohnehin mit den persönlichen, auf Gegenseitigkeit angelegten Bindungen des Lehnswesens unvereinbar war, weit entfernt. In einer tiefen Krise des Königtums, die durch Zwistigkeiten mit dem Papsttum und eine schwere Niederlage gegen den französischen König (Schlacht bei Bouvines 1214) verschärft wurde, sah sich König Johann Ohneland (1199–1216) im Jahre 1215 in der „Magna Carta libertatum" gezwungen, vornehmlich den englischen Baronen für die Zukunft bedeutsame Zugeständnisse zu machen. Dazu gehörte vor allem, daß der König künftig Hilfsgelder der Vasallen nur noch nach gemeinsamem Beschluß des königlichen Lehnsgerichtshofes erheben darf. An die in der Magna Carta niedergelegten Rechtsgrundsätze hat die Ausbildung des englischen Parlaments seit der zweiten Hälfte des 13. Jahrhunderts angeknüpft. Langfristig ist dieser Vertrag ebenso bedeutsam für die Entwicklung der Menschenrechte.

Die Eroberung Englands durch den Herzog der Normandie, der zuvor seine herzogliche Stellung seit der Niederschlagung einer Adelsrevolte im Jahre 1047 wesentlich gefestigt hatte, verstärkte die Beziehungen zwischen dem Inselreich und dem französischen Festland. Mit diesem blieben die Eroberer übrigens auch durch ihre französische Sprache lange Zeit verbunden, die durch normannische Nachzügler als Kommunikationsmittel der neuen Führungsschicht immer wieder aufgefrischt wurde. Formal unterstand der anglo-normannische König als Herzog der Normandie weiterhin der Lehnshoheit des machtpolitisch zunächst weit unterlegenen französischen Königs. Dieses Kräfteverhältnis verschob sich noch weiter zugunsten des englischen Monarchen, als sich König Ludwig VII. (1137–1180) im Jahre 1152 von seiner Gattin Eleonore von Aquitanien trennte. Die noch von seinem Vater Ludwig VI. (1108–1137) vereinbarte Ehe mit der Erbtochter des Herzogs Wilhelm X. von Aquitanien hatte dem König die seit dem 11. Jahrhundert vereinigten Herzogtümer Aquitanien (mit der Grafschaft Poitou) und Gascogne eingebracht. Damit besaß das kapetingische Königtum erstmals die Möglichkeit, sein unmittelbares Herrschaftsgebiet südlich der Loire beträchtlich zu erweitern.

Bis dahin war es nämlich auf die Ile-de-France (zwischen Seine und Loire mit den Zentren Paris und Orléans) beschränkt gewesen. Auf die weiteren Landschaften des ehemals westfränkischen Königreichs besaßen die Kapetinger zunächst nur einen geringen oder gar keinen Einfluß. Die Provence – also die Küstenlandschaft östlich der Rhône – gehörte rechtlich ohnehin zum Königreich Burgund und unterstand damit der freilich nur kurzfristig wirksamen Oberhoheit des deutschen Königs. Bezeichnenderweise wurde der Begriff „Francia" bis zur ersten Hälfte des 12. Jahrhunderts nur für das Gebiet nördlich der Loire verwendet, aber die Macht des Königs war zu dieser Zeit selbst hier im wesentlichen auf das Seinebecken begrenzt. Über die Ile-de-France, die königliche Krondomäne, konnte der Kapetinger nur dort hinauswirken, wo er einen nachhaltigen Einfluß über Bistümer und größere Abteien durchsetzen oder behaupten konnte. In der zweiten Hälfte des 11. Jahrhunderts war dies jedoch nur für etwa ein Drittel der insgesamt 77 französischen Bischofssitze der Fall. Innerhalb der Krondomäne hatte freilich König Ludwig VI. durch Unterwerfung des Adels und den Aufbau einer strafferen Verwaltung ein relativ geschlossenes Herrschaftsgebiet geschaffen. Eine ähnliche Machtkonzentration hatten seit der zweiten Hälfte des 11. Jahrhunderts auch mehrere Grafen und Herzoge in weiteren französischen Gebieten erreicht, womit die Willkür der kleineren Adelsherrschaften wenigstens partiell eingedämmt wurde. Ludwig VI. war es zwar gelungen, das Ansehen des Königtums mit wesentlicher Unterstützung von Seiten der Kirche so weit zu steigern, daß zumindest einige der großen, ansonsten selbständig handelnden Kronvasallen seinem Heeresaufgebot bei besonderen Anlässen folgten. Das kapetingische Königtum war jedoch auch noch um die Mitte des 12. Jahrhunderts weit davon entfernt, das Lehnswesen in ähnlich effektiver Weise für die Vorrangstellung des Monarchen nutzen zu können, wie es die anglonormannischen Könige vermochten.

Nur zwei Monate nach der Trennung von Ludwig VII. heiratete Eleonore im Mai 1152 den Grafen Heinrich Plantagenet, der auf diese Weise zu seinen Grafschaften Anjou und Maine noch die Verfügungsgewalt über das reiche Erbe seiner Gattin erhielt. Schon zwei Jahre später bestieg er auf Grund seiner Erbansprüche als Heinrich II. (1154–1189) den englischen Königsthron. Die nun in seiner Hand befindlichen festländischen Herrschaftsgebiete (Normandie, Anjou, Maine, Aquitanien nebst Poitou und Gascogne) vermehrte der Plantagenet im Jahre 1166 noch um die von ihm unterworfene Bretagne. Auf diese Weise befand sich der ganze Westen und der Südwesten Frankreichs unter der Herrschaft des englischen Königs. Dessen Übermacht auf dem Festlande stand somit in einem offenkundigen Gegensatz zu seiner lehnrechtlichen Abhängigkeit von dem Kapetinger. Die Machtverhältnisse zwischen den beiden Königreichen wurden erst in den ersten Jahrzehnten des 13. Jahrhunderts entscheidend zugunsten der kapetingischen Monarchie verändert. König Philipp II. August (1180–1223) benutzte seine Stellung als oberster Lehnsherr, als er im Jahre 1202 König Johann Ohneland – den jüngeren Sohn Heinrichs II. – wegen Mißachtung des königlichen Gerichts mit dem Verlust aller Lehen bestrafte. Für die Übernahme derselben Lehen hatte König Johann nach dem Tode seines Bruders und Vorgängers, Richards I. (1189–1199), dem Kapetinger die enorme Summe von 20000 Mark Silber zahlen müssen.

Während der folgenden Jahre gelang es König Philipp II. in mehreren militärischen Aktionen, den Herrschaftsbereich des englischen Rivalen auf dem Festland auf den Süden Aquitaniens und auf die Gascogne einzuengen und einen Großteil der ehemaligen englischen Lehen – vor allem die Normandie, die Grafschaften Anjou und Maine – seiner Krondomäne anzufügen. Die Vormachtstellung der französischen Monarchie auf dem Festlande sicherte Philipp II. im Jahre 1214 durch die Siege des französischen Heeres über König Johann und dessen Verbündete bei La Roche-au-Maine und Bouvines. Durch diese Niederlage wurde auch die Position des welfischen Kaisers Otto IV. – des wichtigsten Verbündeten seines englischen Verwandten – im Thronstreit mit dem Staufer Friedrich II. entscheidend geschwächt.

Der Aufstieg der kapetingischen Monarchie unter Philipp II., dem schon von seinen Zeitgenossen der eigentlich dem Kaiser zustehende Titel Augustus (im Sinne: „Mehrer" des Reichs) zugesprochen wurde, setzte sich unter seinem Sohn Ludwig VIII. (1223–1226) und seinem Enkel Ludwig IX. (1226–1270) fort. Als Ergebnis der erfolgreichen Kämpfe gegen die Grafen von Toulouse, in deren Herrschaftsgebiet schon zuvor jahrelang der Ketzerkreuzzug und die Inquisition gewütet hatten, wurde ein Großteil der Grafschaft Toulouse in die Krondomäne einverleibt. Nach dem Friedensschluß von 1229 sicherte sich das Königshaus durch eine Heirat zwischen dem Bruder des Königs und der Erbtochter des Grafen Raimund VII. von Toulouse auch noch die Anwartschaft auf die übrige Grafschaft, die im Jahre 1271 an die französische Krone fiel. Mit diesen Erfolgen gewann die Monarchie der Kapetinger endlich einen unmittelbaren Zugang zum Mittelmeer. Freilich hat der Reichtum dieser südfranzösischen Landschaft, die bis dahin von einer nur mit Oberitalien vergleichbaren Stadtkultur bestimmt war, unter den jahrzehntelangen Ketzerverfolgungen und militärischen Auseinandersetzungen schwer gelitten. Von Aigues-Mortes, der von ihm inmitten von Salzsümpfen gegründeten Hafenstadt, brach Ludwig IX. im Jahre 1248 zu seinem Kreuzzug nach Ägypten auf. Diese Kreuzfahrt und eine weitere, die er im Jahre 1270 gegen Tunis unternahm und die ihm den Pesttod brachte, waren militärisch erfolglos. Dennoch besaß der 1297 heiliggesprochene König in den letzten Jahrzehnten seines Lebens ein so hohes Ansehen, wie es damals keiner anderen Herrscherpersönlichkeit zuerkannt wurde. Daran hatte seine führende Rolle bei der Übernahme allgemeiner Aufgaben der lateinischen Christenheit im Mittelmeerraum – wo Ludwigs jüngerer Bruder Karl von Anjou, seit 1246 Graf der Provence, mit Hilfe des Papsttums das staufische Erbe der sizilischen Monarchie an sich riß – einen wesentlichen Anteil.

Der in weniger als einem Jahrhundert vollzogene Aufstieg des kapetingischen Königtums von einer eher provinziellen Stellung in der Ile-de-France zur unumstrittenen Vormacht in Frankreich und schließlich zur kaisergleichen Autorität in der westlichen Christenheit besaß in der Festigung des inneren Gefüges der Königsherrschaft ein tragfähiges Fundament. Spätestens seit der Regierungszeit Philipps II. August war das Geblütsrecht bei der Königsnachfolge unbestritten. Mit der relativ späten Übernahme der Herzogtümer und Grafschaften von den Kronvasallen – insbesondere von den englischen Königen – zogen die Kapetinger Nutzen aus den Erfolgen, die ihre Vorgänger bei der herrschaftlichen Erfassung der Territorien und beim Aufbau von Verwaltungsinstitutionen erzielt hatten. Philipp II. begann in der Krondomäne mit der Einrichtung von größeren Verwaltungssprengeln („bailliages" bzw. später im Süden „sénéchaussées"), denen adlige Beamte („baillis" bzw. „sénéchaux") vorstanden und denen die „prévôts" („praepositi") untergeordnet wurden. Dadurch wurde die Effizienz der königlichen Verwaltung vor allem in militärischer Hinsicht erhöht und eine wirksame Kontrolle der „prévôts" erleichtert. Zugleich sicherte sich das Königtum auf diese Weise hohe Geldeinkünfte. Größere Zahlungen setzen die Kapetinger auch bei der Neuvergabe der Kronlehen durch. Einen hohen Anteil leisteten die Städte, denen vor allem Philipp II. August in erster Linie aus fiskalischen Gründen großzügige Privilegien gewährte. Im weiteren Verlauf des 13. Jahrhunderts unterwarf das Königtum auch die größeren Städte in finanzieller Hinsicht einer stärkeren Kontrolle. Die Geldeinkünfte wurden unter anderem für die Besoldung der Beamten und nicht zuletzt für die Anwerbung von Söldnern eingesetzt, die für die Ergänzung der begrenzten und insgesamt unzureichenden Heerdienstverpflichtung der Vasallen benötigt wurden.

c) *Königreiche und Herzogtümer im Norden und Osten*

Im Vergleich zu Süd- und Westeuropa blieb die verfassungsgeschichtliche Entwicklung im Norden und Osten Mitteleuropas trotz der tiefgreifenden Veränderungen, die auch hier stattgefunden haben, insgesamt altertümlicher bestimmt. In Dänemark, Polen und Ungarn – Ländern, die im Unterschied zu dem Herzogtum und späteren Königreich Böhmen außerhalb der Grenzen des Deutschen Reichs lagen – äußerte sich dieser Tatbestand schon bei der Regelung der Thronfolge. In Dänemark wirkte das archaische Heerkönigtum, das dem König in Friedenszeiten nur geringe Kompetenzen beließ, noch bis weit in das 12. Jahrhundert hinein. Bis zum Regierungsantritt König Waldemars I. (1157–1182) rivalisierten des öfteren gleichzeitig drei Könige miteinander. In Polen mußten die Nachfolger Boleslaws II., der sich zu Weihnachten 1076 als dritter der Piastenherrscher zum König hatte krönen lassen, auf den Königstitel verzichten. Der Versuch Herzog Boleslaws III. († 1138), durch die Einführung der Senioratsverfassung dem jeweils Ältesten der Piasten eine Oberherrschaft über die anderen, mit einem Fürstentum ausgestatteten Mitglieder der Familie zu sichern, scheiterte. Schon in der ersten Generation folgten schwere Kämpfe um die Stellung des Seniors. Die so eingeleitete Aufteilung Polens in mehrere selbständige Herzogtümer (Großpolen, Kleinpolen, Masowien und Schlesien) wurde durch Erbteilungen fortgesetzt. Das Herzogtum Schlesien zerfiel schon 1163 in die Herzogtümer Ober- und Niederschlesien; in Niederschlesien entstanden 1248 die Herzogtümer Breslau, Liegnitz und

Glogau. In Ungarn konnte unter der Regierung König Ladislaus' I. (1077–1095) nach jahrzehntelangen Kämpfen innerhalb der arpadischen Königsfamilie und nach einer dreißig Jahre dauernden Teilung die Einheit des Reichs wieder hergestellt werden. Das Bewußtsein von der Reichseinheit wurde auch durch die Mythenbildung um den im Jahre 1083 heiliggesprochenen ersten ungarischen König, Stephan (997–1038), bestärkt. Die Thronstreitigkeiten traten aber auch noch später immer wieder auf. Unter dem steigenden Einfluß der Aristokratie und der Kirche konnten sie jedoch zunächst noch eingedämmt werden.

In allen drei Königreichen boten die Auseinandersetzungen in der jeweiligen Herrscherfamilie den deutschen Königen und Kaisern des öfteren Gelegenheit zur Intervention. Daraus ergaben sich zeitweise Lehnsabhängigkeiten von den deutschen Herrschern. Die mehrfach von ihnen unternommenen Heereszüge zielten nicht auf eine Eroberung des Landes. Andererseits beeinflußten die Könige von Ungarn, aber auch von Dänemark, vor allem in Krisensituationen des deutschen Königtums unmittelbar die Reichspolitik. Auf das zwischen den beiden Kaiserreichen gelegene Ungarn versuchte der byzantinische Kaiserhof vor allem unter Kaiser Manuel I. Komnenos (1143–1180), durch Unterstützung von Thronprätendenten und durch militärische Aktionen einen bestimmenden Einfluß auszuüben, ohne damit länger anhaltende Erfolge zu erzielen. Ein wichtiger Grund für die Frontstellung zwischen Ungarn und Byzanz war die schon unter König Ladislaus I. eingeleitete Expansion in den Südwesten zum adriatischen Meer. Schon der Vetter und Nachfolger Ladislaus', König Koloman (1095–1116), konnte Kroatien und Dalmatien – beide Landschaften lagen im Schnittpunkt der Interessen des byzantinischen Reichs wie auch der Seehandelsrepublik Venedig – in das ungarische Königreich einordnen. Unter König Andreas II. (1205–1235) gipfelte die Ausdehnungspolitik der Arpadendynastie, die schon unter Andreas' Bruder und langjährigem Rivalen König Emerich (1196–1203) auf die Durchsetzung der Lehnshoheit über die Balkanländer zielte, in der Absicht, die Kaiserkrone von Konstantinopel zu erringen. Der „Ritterkönig" Andreas scheiterte freilich auch an diesem Plan, obwohl er hauptsächlich deswegen mit hohem finanziellen Aufwand und großem Truppenkontingent an dem auch sonst erfolglosen Fünften Kreuzzug, den er frühzeitig abbrach, teilgenommen hatte (1217–1218).

Für die selbst erst gegen Ende des 10. und zu Beginn des 11. Jahrhunderts christianisierten Herzogtümer und Königreiche Dänemark, Polen und Ungarn besaßen die Kämpfe gegen die Heiden und die damit zumeist eng verknüpfte Mission einen außerordentlich hohen politischen Stellenwert. König Waldemar I. leitete mit seiner Beteiligung an der Unterwerfung der heidnischen Wenden an der Südküste der Ostsee eine weitausgreifende Expansionspolitik der dänischen Könige ein. Nach größeren Erfolgen, die im Jahre 1219 sogar zur Eroberung von Estland führten, wurde diese Expansionsphase mit der Niederlage König Waldemars II. (1202–1241) gegen norddeutsche Fürsten und die Städte Bremen, Hamburg und Lübeck im Jahre 1227 bei Bornhöved beendet. Im Kampf gegen die heidnischen Prußen blieben den polnischen Piasten langfristig wirksame Erfolge versagt. Die ungarischen Könige führten schon seit Ladislaus I., der im Jahre 1192 heiliggesprochen wurde, Abwehrkämpfe gegen die Einfälle verschiedener Turkvölker (Petschenegen, Uzen, Kumanen) an, die als Reiternomaden nur schwer unter Kontrolle zu bringen waren. Gegen die Kumanen erzielten die ungarischen Könige erst größere Erfolge, als diese in den zwanziger Jahren des 13. Jahrhunderts selbst von den Mongolen hart bedrängt wurden und zusammen mit den Russen eine schwere Niederlage erlitten. Im Jahre 1227 unterwarf sich der kumanische Fürst Barc der Lehnshoheit des ungarischen Königs, der die Mission der Dominikaner bei den westlichen Kumanen schon zuvor gefördert hatte, und ließ sich mit 15 000 Kumanen taufen.

Der von König Bela IV. (1235–1270) schon lange befürchtete Angriff der Mongolen, deren Absichten und Wirksamkeit in der westlichen Christenheit allgemein unterschätzt wurden, konzentrierte sich nach der Niederwerfung der russischen Fürstentümer auf das Königreich Ungarn. Diesem Ziel diente auch der Feldzug der Mongolen gegen Polen. Dieser endete mit einer verheerenden Niederlage Herzog Heinrichs II. von Niederschlesien in der Schlacht von Liegnitz (9. April 1241), in der auch viele Deutsche auf der Seite des Piasten kämpften. Zwei Tage später wurde das ungarische Heer von Batu Khan bei Mohi vernichtend geschlagen. Die Jagd der Mongolen auf den geflüchteten König Bela IV. hatte weitere Verwüstungen Ungarns zur Folge. Auf Grund der Nachricht vom Tode des Großkhans gaben die Mongolen ihre Ziele auf und befreiten so Mittel- und Westeuropa von einer großen Gefahr, auf die man dort nicht vorbereitet war. In Ungarn ist wohl insgesamt die Hälfte der Bevölkerung den Mongolen zum Opfer gefallen; die dichter besiedelten westlichen Gebiete des Königreichs haben darunter aber weniger gelitten. In Osteuropa hinterließen die Mongolen tiefe Spuren, die die unterschiedliche Entwicklung zwischen Mitteleuropa und den östlichen Regionen Osteuropas in den späteren Jahrhunderten verfestigt haben.

d) Verfassungsgeschichtliche Tendenzen

Die Expansion des Westens im Mittelmeerraum und im östlichen Mitteleuropa wurde in den meisten westlichen Königreichen oder Fürstentümern von politischen Absichten und Handlungen begleitet, die weit über die bisherigen Grenzen hinausreichten. Dafür bildete die Kreuzzugsbewegung in ihren Vorformen und späteren unterschiedlichen Ausformungen das wichtigste Antriebsmoment und zugleich eine wesentliche Rechtfertigung. Diese wurde nicht nur für die Kämpfe gegen Heiden und Mohammedaner, sondern auch für die Kriegszüge gegen Ketzer und gegen das orthodoxe Byzanz herangezogen und schließlich vom Papsttum auch bei den Auseinandersetzungen mit den letzten staufischen Herrschern benutzt. Die expansiven Tendenzen wurden begleitet von der Neigung zur Arrondierung, zur strafferen Organisation und zur institutionellen Verfestigung der bestehenden Herrschaftsgebiete. Sie äußerte sich auf höchst unterschiedlichem Niveau in dem Aufbau von Verwaltungsmittelpunkten mit örtlicher oder regionaler Reichweite wie auch in der Einrichtung von zentralen Ämtern und Gremien. Diese Maßnahmen zielten auf eine effektivere Durchsetzung militärischer, gerichtlicher und fiskalischer Aufgaben auf amts- und dienstrechtlicher Grundlage. Damit einher gingen zumeist Versuche, die persönlichen Bindungen und Dienstpflichten der adligen und vielfach auch der geistlichen Herrschaftsträger gegenüber den Königen oder Fürsten zu verstärken, wofür das Lehnrecht Ansatzpunkte bot. Solche Tendenzen konnten aber nur im anglo-normannischen und im kapetingischen Königreich in unterschiedlicher Weise mit mehr oder weniger großem Erfolg und nach oft jahrzehntelangen Kämpfen zur Stärkung des Königtums genutzt werden, ohne daß damit die gegenläufigen Bestrebungen vor allem des Adels für die weitere Zukunft abgewehrt worden wären. In anderen Ländern behaupteten hingegen die Fürsten, der hohe Adel und teilweise auch die Bischofskirchen mit ganz ähnlichen Mitteln ihre Position in unterschiedlicher Gewichtung gegenüber dem Königtum, das immer wieder durch Thronstreitigkeiten entscheidend geschwächt wurde, oder erhöhten sie sogar, so daß sie mindestens ein größeres Mitspracherecht durchzusetzen vermochten.

Die politischen Expansionen, die verschärfte Konkurrenz zwischen den traditionellen Herrschaftsinhabern und die Durchsetzung neuer, flächenhaft ausgerichteter Herrschaftsformen begünstigten den Aufstieg von sozialen Gruppen, die bisher nur einen geringen politischen Einfluß besaßen. Dazu gehörten vor allem jene, die nun verstärkt für militärische und verwaltungstechnische Aufgaben herangezogen wurden. Nicht zuletzt aber wurde in diesem komplexen Funktionszusammenhang, in dem auch die wirtschaftlichen Veränderungen eine wesentliche Rolle spielten, die Entstehung von genossenschaftlich-gemeindlichen Einrichtungen gefördert. In den Mittelmeerländern bestanden schon längst vor der Mitte des 11. Jahrhunderts entwickeltere urbane Zentren. Dort besaßen mehrere von ihnen – darunter vornehmlich die Seehandelsstädte – schon vor diesem Zeitraum einen größeren politischen Handlungsspielraum. Sie bildeten aber erst seit dem ausgehenden 11. Jahrhundert festere Formen der Gemeindeverfassung aus, die die Voraussetzungen für eine dauerhafte Selbstverwaltung und für die politische Selbständigkeit schuf.

Ungeachtet der zumeist ungünstigeren wirtschaftlichen Rahmenbedingungen und trotz des weitaus geringeren Fundaments urbaner Traditionen setzte die Ausbildung von Stadtgemeinden fast gleichzeitig auch in den nördlichen Landschaften ein. Größere politische Selbständigkeit konnten die Stadtgemeinden im 12. und 13. Jahrhundert aber nur in jenen Gebieten erlangen, in denen das Herrschaftsgefüge labil blieb und zugleich ein höherer Stand der Urbanisierung erreicht wurde. Beide Bedingungsfaktoren waren in exzellenter Weise in Reichsitalien gegeben, in vermindertem Umfang auch in den Altsiedellandschaften des deutschen Reichs. Hingegen standen selbst die größeren Städte in Süditalien-Sizilien, auf der iberischen Halbinsel, in Frankreich und in England unter wirksamerer Kontrolle der Fürsten oder des Königtums. Die Gemeindebildung erstreckte sich in den meisten Landschaften Süd-, West- und Mitteleuropas aber ebenfalls auf kleinere urbane und selbst auf ländliche-agrarwirtschaftliche Siedlungen, die freilich nur mehr oder weniger geringe Selbstverwaltungsaufgaben wahrnehmen konnten. Sie erhielt nicht zuletzt bei der Erschließung neuer Siedlungsgebiete eine wichtige Funktion. Sie verdeutlichte in ihren verschiedenartigen Erscheinungsweisen und Wirksamkeiten den tiefgreifenden Wandel im Herrschafts- und Sozialgefüge während des hohen Mittelalters. Tatsächlich waren die Stadt-, Land- und Dorfgemeinden nur eine – wenn auch die politisch wichtigste – Äußerungsform der nun auf breiterem Fundament wirksam werdenden genossenschaftlich-korporativen Kräfte, die für die weitere europäische Geschichte eine elementare Bedeutung erhielten.

4. Bevölkerungsvermehrung, Siedlungsverdichtung und wirtschaftliches Wachstum

a) Anstieg der Bevölkerung

Die Rolle der Bevölkerungsentwicklung für die Herrschaftspraxis, für die wirtschaftlichen Verhältnisse, für die Lebensbedingungen breiter Bevölkerungskreise und für die Formen der zwischenmenschlichen Beziehungen ist offenkundig. Leider läßt sich jedoch die Bevölkerungsgeschichte Europas im hohen Mittelalter nur in sehr groben Annäherungswerten aus wenigen Quellennachrichten mit höchstens regionaler Aussagekraft und aus einzelnen siedlungsgeschichtlichen Befunden bestimmen. Dennoch ist weithin unbestritten, daß der Zeitraum vom 11. bis zum ausgehenden 13. Jahrhundert für Europa den Höhepunkt der Bevölkerungsexpansion während des Mittelalters darstellt. Diese Tatsache ist umso auffälliger, als seit dem Anfang des 14. Jahrhunderts in weiten Teilen West-, Mittel- und Südeuropas die Bevölkerungszahl stagnierte und seit der Mitte desselben Säkulum sogar ein erheblicher Rückgang (bis etwa zu einem Drittel) eintrat. In manchen Regionen wurde die im hohen Mittelalter erreichte Bevölkerungsdichte erst im 19. Jahrhundert wieder übertroffen.

Der Umfang der hochmittelalterlichen Bevölkerungsvermehrung war offenbar für die europäischen Großlandschaften unterschiedlich. In den europäischen Mittelmeerländern, wo um das Jahr 1000 bereits ein relativ hohes Niveau erreicht war, rechnet man im allgemeinen in den drei Jahrhunderten höchstens mit einer Verdoppelung, wobei etwa für Italien der Bevölkerungsstand am Ende des 13. Jahrhunderts auf 7 bis 9 Millionen geschätzt wird. Für die slawischen Länder und auch Ungarn, wo die Mongoleneinfälle im zweiten Drittel des 13. Jahrhunderts zum Teil erhebliche Bevölkerungsverluste herbeigeführt haben, wird die Steigerungsquote mit etwa 50% (von 9,5 auf 13 Millionen) noch geringer taxiert. Für das westliche Mitteleuropa, für Nordeuropa und für Frankreich kann mit guten Gründen eine Verdreifachung von ca. 12 auf 36 Millionen angenommen werden. Innerhalb dieser Großlandschaft ist wiederum mit unterschiedlichen Wachstumsraten zu rechnen, die vor allem in den bis dahin siedlungsleeren Gebieten von einem niedrigen Niveau aus zu wesentlich höheren Steigerungen führten. Für das spätere Land Sachsen ist für die Zeit zwischen 1100 und 1300 sogar ein Bevölkerungswachstum um das Zehnfache erschlossen worden.

b) Ausdehnung und Vermehrung der Siedlungen

Die Siedlungsverdichtung als Folge des ungewöhnlich hohen Bevölkerungszuwachses äußerte sich in regional unterschiedlicher Gewichtung in der starken Ausdehnung der bestehenden Siedlungen, in der Gründung und in dem Wachstum zahlreicher ländlicher und urbaner Orte wie auch in der Ausweitung der landwirtschaftlichen Nutzungsflächen selbst in solchen Landschaften, die bisher nur dünn besiedelt waren. Die Erweiterung der Siedlungsflächen läßt sich am besten bei den größeren Städten beobachten. In der lombardischen Metropole Mailand reichte das von den römischen Stadtmauern geschützte Wohngebiet von 133 ha seit dem 10. Jahrhundert nicht mehr aus. Mit der neuen, im Jahre 1157 begonnenen Mauer wuchs diese Fläche um weitere 100 ha, ohne daß sie den folgenden Bevölkerungsanstieg fassen konnte, der bis zum Jahre 1300 gut 100000 erreichte. Für Piacenza, das nach den Maßstäben Reichsitaliens als mittlere Großstadt anzusprechen ist, konnte mit guten Argumenten eine Verdoppelung der Stadtbevölkerung zwischen dem 10. und dem endenden 12. Jahrhundert (15000) erschlossen werden; im Verlaufe des 13. Jahrhunderts stieg sie nochmals um dieselbe Quote auf etwa 30000 an. Dabei wurde die ummauerte Fläche von 45 ha um die Mitte des 12. Jahrhunderts auf 65 und zwischen 1218 und 1232 erneut auf 75 ha ausgedehnt. Derartige Erweiterungen der Stadtmauern, die in erster Linie aus politisch-militärischen Gründen unternommen wurden, häuften sich in den Städten Reichsitaliens seit der Mitte des 12. Jahrhunderts, in französischen Städten zwischen etwa 1180 und 1250.

Parallelerscheinungen zu diesen Vorgängen, die in unterschiedlichen Dimensionen und Zeitstufen auch in anderen west- und mitteleuropäischen Ländern während des 12. und 13. Jahrhunderts stattfanden, bildeten die Umwandlung von bisher agrarwirtschaftlichen Siedlungen zu urbanen, in der Regel ummauerten Zentren und die Neugründung von befestigten Siedlungen. In Reichsitalien wurden seit der zweiten Hälfte des 12. Jahrhunderts zwar nur ganz wenige Städte, unter denen hier ausschließlich Bischofsstädte verstanden werden, gegründet. Die Neuansätze in der Urbanisierung konzentrierten sich hier – weit überwiegend auf Grund der Initiative der größeren Stadtkommunen – auf die zahlreichen Burgsiedlungen („castra" und „burgi"). Sie massierten sich in den territorialpolitisch umkämpften Grenzräumen und an sonstigen verkehrsgeographisch wichtigen Punkten. Nur ganz vereinzelt erreichten sie den Status einer „civitas" (= Bischofsstadt). Einige von ihnen – z. B. Prato, San Gimignano – beherbergten im ausgehenden 13. Jahrhundert jedoch mehr als 10000 Einwohner. In Frankreich äußerten sich ähnliche Vorgänge in verschiedenartigen regionalen Ausprägungen und zeitlichen Schwerpunkten in den „burgi" und „salvitates", in den „villeneuves" und „bastides". Im Unterschied zu Reichsitalien, das in dieser Hinsicht eine Sonderstellung einnahm, wurden sie auch in Frankreich von weltlichen oder geistlichen Herren oder von den Königen initiiert und gefördert. Bei der Mehrzahl dieser Gründungen ist nur schwer zu entscheiden, ob sie auf Grund ihrer rechtlichen Stellung oder wirtschaftlichen Entwicklung als Dörfer oder Städte anzusprechen sind. Ähnliches gilt auch für die „poblaciones" in Innerspanien. Diese Gründungen sind Bestandteil der Wiederbesiedlung siedlungsleerer Räume im Rahmen der Reconquista. Daraus ergab sich der stark ausgeprägte militärische Charakter dieser befestigten Siedlungen, die oft nur ganz wenige Einwohner zählten und sich nur vereinzelt zu Städten mit mehreren tausend Einwohnern entwickelten. Die Urbanisierung wurde im Norden der Halbinsel hauptsächlich von Zuwanderern aus dem südlichen Frankreich getragen, die sich bevorzugt in Orten an größeren Handelsstraßen und an den Pilgerstraßen nach Santiago di Compostela niederließen.

c) Ausweitung und Verbesserung der landwirtschaftlichen Nutzflächen

In ihrer Reichweite und in ihren Ergebnissen stellte die Wiederbesiedlung Innerspaniens innerhalb der Siedlungstätigkeit im Südwesten und Süden Europas ein Extrem dar. Sie ist am ehesten mit der Erschließung großer, bis dahin nur dünn besiedelter Räume oder Wildnisse im nördlichen und östlichen Mitteleuropa vergleichbar.

In den weiteren alten Kulturlandschaften der Romania, die im Unterschied zur iberischen Halbinsel nicht von den jahrhundertelangen Kämpfen zwischen Mohammedanern und Christen heimgesucht wurden, waren die Siedlungsreserven weitaus begrenzter und relativ früh erschöpft. Hier –

wie beispielsweise in der Poebene – war eine Ausweitung der Anbauflächen in größerem Umfang nur durch Trockenlegung von Sümpfen möglich oder auch durch die Anlage von Terrassen im hügeligen Land. Die Ertragsfähigkeit wurde in den Mittelmeerländern mit trockenen Sommermonaten – wie vor allem in Spanien, Südfrankreich und Italien – während des 12. und 13. Jahrhunderts auch durch die Verbesserung der Bewässerungsanlagen erheblich gesteigert. Dazu wurden zum Teil lange Kanäle und ganze Netze von kleineren Kanälen angelegt. Jetzt wurden hier auch, oft durch Vermittlung über die Araber, neue Nutzpflanzen angebaut, wie dies etwa in Norditalien seit dem 13. Jahrhundert in größerem Umfang mit Reis geschah. Das ohnehin schon hohe Niveau der Agrarkultur ließ ansonsten in den Ländern am Mittelmeer nur noch wenige größere Verbesserungen zu.

Hingegen konnten in West- und Mitteleuropa nicht nur weite Räume agrarwirtschaftlich intensiver erschlossen werden, sondern es standen auch noch in nächster Nähe der Altsiedellandschaften größere Wald-, Weide-, Heide- und Sumpfflächen für die Ausweitung von Anbau- und Siedlungsflächen zur Verfügung. Diese Möglichkeiten wurden hier in der Zeit vom 11. bis zum 13. Jahrhundert so weit genutzt, daß vor allem im westlichen Kontinentaleuropa und auf den britischen Inseln an der Wende vom 13. zum 14. Jahrhundert selbst extreme Höhenlagen, die für die Getreidewirtschaft mit großen Risiken belastet waren, erreicht wurden. So lag die Akkerbaugrenze im nördlichen England während des 12. und 13. Jahrhunderts höher als heute, was freilich hier wie in anderen Regionen durch günstigere klimatische Verhältnisse erleichtert wurde. Bei den mageren Böden traten bei mangelnder Düngung schnell Ermüdungserscheinungen auf. Durch das Vordringen der Dreifelderwirtschaft konnte auf den fruchtbareren Böden der Ertrag an dem wichtigsten Grundnahrungsmittel der Zeit, dem Getreide, wesentlich gesteigert werden. Dazu trug auch der Einsatz von effektiveren Ackergeräten – wie dem Eisenscharpflug mit Streichbrett und der Egge – erheblich bei. Durch die Verwendung des Kummet bei den Pferden und des Stirnjochs für die Ochsen wurde die Zugkraft gesteigert. Zugleich wurde das schnellere und ausdauerndere Pferd verstärkt neben Ochsen auch in den bäuerlichen Betrieben verwendet. Dadurch wurden größere Entfernungen zwischen Wirtschaftshof und Anbauflächen wirtschaftlich tragbar. Auf diese Weise dürfte die Konzentration in dörflichen Siedlungen begünstigt worden sein. Durch den Anbau von proteinreicheren Hülsenfrüchten wurden weitere Fortschritte bei der Versorgung der wachsenden Bevölkerung erzielt.

Die enorme Ausweitung der Siedlungs- und Anbaugrenzen und die weit ausgreifende Rodungstätigkeit und Urbarmachung anderer Grenzböden ist – wie neuere Untersuchungen nahelegen – in West-, Mittel- und Nordeuropa während des hohen Mittelalters durch eine langfristig wirksame Verbesserung des Klimas begünstigt worden. Etwa vom endenden 10. bis ins 13. Jahrhundert hat demnach hier eine höhere Temperatur mit durchschnittlich wärmeren Sommern und milderen Wintern und insgesamt verminderten Niederschlagsmengen wichtige Voraussetzungen für die agrarwirtschaftliche Expansion in diesen Großlandschaften geschaffen. Für Osteuropa werden hingegen eher negative klimatische Rahmenbedingungen angenommen. In den Ländern am Mittelmeer dürfte der Rückgang der Niederschläge die Trockenlegung der Sümpfe erleichtert haben; zugleich erhalten dadurch die ungewöhnlich hohen Anstrengungen zur Verbesserung der Bewässerung besondere Bedeutung. Mit Hilfe solcher Maßnahmen konnten dort Erträge erzielt werden, die im nordalpinen Raum völlig ungewöhnlich waren. So charakterisiert der hochgelehrte und vielgereiste Bischof Otto von Freising um die Mitte des 12. Jahrhunderts Oberitalien geradezu als einen „Lustgarten" („hortus deliciarum"): „Durch den Po ... und andere Flüsse wird das Land bewässert und wegen des fruchtbaren Bodens und des milden Klimas trägt es Getreide, Wein und Öl in solchen Mengen, daß es geradezu Wälder von fruchttragenden Bäumen – vor allem Kastanien-, Feigen- und Ölbäume – hervorbringt".

Die größere Fruchtbarkeit hat in den mediterranen Landschaften wesentlich dazu beigetragen, daß hier während des hohen Mittelalters weitaus weniger Hungersnöte aufgetreten sind als in den nördlichen Gebieten, wo sie im 11. Jahrhundert und in der folgenden Jahrhunderthälfte besonders häufig bezeugt sind. Nördlich der Alpen betrugen die Ernteerträge beim Getreide, das in diesen Regionen als Grundnahrungmittel unersetzlich war, im Durchschnitt kaum mehr als das Dreifache der Aussaat. Zudem waren die Ernten viel stärker von Witterungseinflüssen abhängig. Ausfälle eines größeren Teils der Ernte, die auch durch Kriege und Fehden schwer geschädigt werden konnte, zwang die Bevölkerung der betroffenen Region rasch dazu, auch Saatgetreide zu verzehren. So konnte aus der Nahrungsmittelknappheit eines Jahres schnell eine Hungerperiode entstehen. Die Transportmittel und die allgemeinen Verkehrsverhältnisse, die größere Warenmengen ohnehin nur auf den Schiffahrtswegen zuließen, erschwerten im kontinentalen Europa die Einfuhr von Getreide aus weiter entfernt liegenden Überschußgebieten. Unter diesen Umständen blieb den Hungernden nur der Ausweg, sich selbst in jene Orte oder Landschaften zu begeben, in denen sie eine Linderung ihrer Not erwarteten. Hingegen wurde in dem weitausgreifenden Mittelmeerhandel schon seit dem 11. Jahrhundert Getreide in größeren Mengen transportiert. Zudem trafen die größeren Stadtkommunen insbesondere in Reichsitalien seit dem späteren 12. Jahrhundert Maßnahmen, um die Versorgung ihrer Bevölkerung mit Getreide sicherzustellen.

Bei der Verarbeitung der landwirtschaftlichen Produkte wurden zunehmend und mit verbesserten Techniken Wasser- und Windmühlen eingesetzt. Die vielfältigen Verwendungsmöglichkeiten des Wassers als Energiequelle schilderte zu Beginn des 13. Jahrhunderts anschaulich ein Mönch aus dem Zisterzienserkloster Clairvaux: „Einer der Flußarme fließt" – wie dies bei vielen anderen Zisterzienserklöstern ähnlich der Fall war – „durch zahlreiche Werkstätten der Abtei und wird überall wegen seiner guten Dienste hochgeschätzt ... Das (durch Mauerbauten regulierte) Wasser stürzt zuerst auf die Mühle. Es setzt seine Kraft ein, um das Getreide mit den Mühlsteinen zu zerstoßen und um mit dem feinen Sieb die Kleie vom Mehl zu trennen ... Neben den Mühlen liegen die Walken ... War es früher für die Ernährung der Mönche tätig, so jetzt für ihre Kleidung ... Abwechselnd hebt und senkt das Wasser jene Schlegel und Hämmer oder besser gesagt: hölzerne Füße (denn dieser Name bezeichnet die „springende" Tätigkeit der Walker besser). So befreit es die Walker von schwerer Arbeit ... Von dort aus tritt es in die Lohgerberei, wo die für das Schuhwerk der Brüder notwendigen Materialien zubereitet werden und wo es großen Fleiß entfaltet ..." (Nr. 10, Migne, Pl 185, Sp. 570f). In der Tat – so hat man errechnen können – ersetzte eine solche Walkmühle die Arbeitskraft von 40 Menschen. Seit dem 11./12. Jahrhundert wurden die Windmühlen technisch erheblich verbessert, indem die Windräder und das Mahlwerk freibeweglich auf einer Achse montiert wurden. Eine solche „Maschine", die bis dahin nur im Abendland bekannt war, wurde während des Dritten Kreuzzugs von Kreuzfahrern erstmals in Syrien errichtet. In der unmittelbaren Umgebung der westflandrischen Stadt Ypern existierten im 13. Jahrhundert bereits etwa 120 Windmühlen.

d) Handel und Gewerbe

Die engen Wechselbeziehungen zwischen der politisch-religiösen Expansion des lateinischen Westens und der Ausweitung und Vertiefung des Handels zwischen Orient und Okzident wurden schon angedeutet und ebenso die führende Rolle, die die italienischen Seehandelsstädte – vor allem Venedig, Pisa und Genua – seit dem endenden 11. Jahrhundert im Mittelmeerhandel gespielt haben. Diese besaßen seit dem Ersten Kreuzzug einen direkten Zugang zu den Handelswegen aus dem asiatischen Raum. Nach dem Ende des byzantinischen Reichs (1204) steigerten vornehmlich die Venezianer ihre Handelstätigkeit im nordöstlichen Mittelmeerraum nochmals erheblich, was der Konkurrenzstadt Genua erst später (nach 1261) gelang. Über das Schwarze Meer hatten die Italiener Anschluß an die Handelswege in das südliche Rußland mit dem überragenden Zentrum Kiew, wo sich die Handelswege aus dem Westen bis nach Regensburg, aus dem Norden bis nach Nowgorod nahe bei der Ostsee und aus dem Osten kreuzten. Den Handel mit den mohammedanischen Ländern an der Nordküste Afrikas, mit dem östlichen Spanien und mit den südfranzösischen Küstenstädten vermittelten hauptsächlich Genua und Pisa. Die Kaufleute von Barcelona, Narbonne, Montpellier und Marseille konnten im Vergleich zu den Venezianern, Genuesen und Pisanern nur einen bescheidenen

Anteil am Mittelmeerhandel gewinnen, auch wenn die Katalanen seit dem Anfang des 13. Jahrhunderts Handelsfahrten selbst bis nach Alexandria unternahmen. Die Schiffahrt auf dem Mittelmeer und im Schwarzen Meer ermöglichte nicht nur den Transport von Luxuswaren, die – wie wertvolle seidene Tuche, Gewürze und Drogen – in die Länder des westlichen Mittelmeers eingeführt wurden. Noch größere Bedeutung für die Wirtschaftsentwicklung der Mittelmeerländer besaß der Warenverkehr mit Massengütern, zu denen neben Baumwolle, Glaswaren, Farbstoffen, Edelhölzern und Tuchen nicht zuletzt Sklaven und Getreide zählten. Die Seefahrt wurde wesentlich erleichtert durch die Verwendung des Kompasses. Er wurde seit dem 12. Jahrhundert im westlichen Europa von Seefahrern und übrigens auch von Bergleuten benutzt und im 13. Jahrhundert wesentlich verbessert, so daß er nun viel genauer war als der bei den Chinesen schon im 11. Jahrhundert bekannte Kompaß. Der „Meister der Experimente", Pierre de Maricourt, beschrieb im Jahre 1269 den Nutzen des von ihm konstruierten Geräts: „Mit diesem Kompaß könnt ihr euch auf Städte, Inseln oder jeden Ort auf der Welt zubewegen".

Bis zu den siebziger Jahren des 13. Jahrhunderts, als die ersten genuesischen Galeeren über die Straße von Gibraltar entlang den atlantischen Küsten einen direkten Kontakt mit den Häfen an der Nordsee, insbesondere mit dem flandrischen Brügge, herstellten, war der Handelsverkehr zwischen den Mittelmeerländern und dem kontinentalen Europa ausschließlich auf die zumeist beschwerlichen Landstraßen angewiesen. Die wohl wichtigste Verbindung zwischen dem Mittelmeerhandel und dem nordwesteuropäischen Raum, in dem Flandern und das Maas-Schelde-Gebiet seit dem 11. Jahrhundert die am höchsten entwickelten Gewerbelandschaften bildeten, führte über die Flußtäler von Rhône, Saône und Maas. Zwischen Oberitalien und Frankreich wie auch dem deutschen Reichsgebiet verlief der Handelsverkehr, der seit dem 12. Jahrhundert erheblich gesteigert wurde, über die verschiedenen Alpenpässe.

Seit der Mitte des 12. Jahrhunderts wurde ein hoher Anteil des Handels zwischen den Mittelmeerländern und dem nördlichen Europa auf den Messen der Champagne abgewickelt. Seit dem letzten Viertel desselben Jahrhunderts wurden hier auch Kaufleute aus Ober- und Mittelitalien tätig. Die wichtigsten Messeorte der Champagne waren Troyes (Juli/August und Oktober), Provins (im Mai und im September) jeweils an zwei Terminen und Lagny und Bar-sur-Aube jeweils mit einer Messe (im Januar und zu Mittfasten). Ihren enormen Aufschwung verdankten diese, in einem langdauernden Zyklus aufeinander abgestimmten Messen, die seit der Mitte des 13. Jahrhunderts auch zum Zentrum des europäischen Geld- und Kredithandels wurden, dem Schutz der Grafen der Champagne wie auch später dem Geleit des französischen Königs und einer wirkungsvollen Kontrolle durch die Messerichter. Wichtigstes Handelsprodukt auf diesen Messen waren die verschiedensten Tuche, die insbesondere aus England,

Flandern und Nordfrankreich stammten; besonders wertvolle Textilien aus Seide, Gewürze, Zucker, Alaun, Lacke und Farbstoffe wurden hauptsächlich von den italienischen Kaufleuten hier abgesetzt, die ihrerseits vor allem Tuche in den Mittelmeerhandel zurückbrachten. Eine größere Rolle spielten auch noch hochwertige Lederwaren, die hauptsächlich von der iberischen Halbinsel (Córdoba), aus der Provence und aus der Toskana (Pisa) herrührten. Von dieser Drehscheibe des damaligen Welthandels wurden auch Kaufleute aus den östlich anschließenden Landschaften – also vor allem aus dem deutschsprachigen Raum – angezogen.

Gegenüber der deutlich dominierenden Süd-Nordachse des Fernhandels, die sich auch über die Alpenpässe in das deutsche Altsiedelland erstreckte, gewann der Warenaustausch zwischen dem nordwestlichen und dem nordöstlichen Europa erst mit dem Einsetzen der deutschen Ostsiedlung und der damit verknüpften Urbanisierung ein stärkeres Profil. Darin wuchs dem nordeutschen Gebiet eine Mittlerrolle zu. Der hohe Entwicklungsstand von Handel und Gewerbe im nordwesteuropäischen Raum bot für diesen Brückenschlag bis hin nach Rußland günstige Voraussetzungen.

Die tiefgreifenden Veränderungen, die seit dem 11. Jahrhundert im europäischen Handelsverkehr zu beobachten sind, erhielten ihre wichtigsten Anstöße durch die Ausweitung des Mittelmeerhandels und durch die kräftig einsetzende Urbanisierung, die seit derselben Zeit auch außerhalb der Mittelmeerländer und jenseits der Grenzen des antiken römischen Reichs wirksam wurde und damit dem großflächigen Warenaustausch neue Märkte in wirtschaftlich höher entwickelten Landschaften erschloß. Die wachsenden wie auch die werdenden bzw. neugegründeten Städte und die präurbanen Marktorte gaben dem Fernhandel nun ein festes Gerüst von Märkten, auf denen der lokale oder sogar regionale Warenaustausch konzentriert war. Als höchst bedeutsame Folge dieser Vorgänge erweiterte sich der Handel, der im lateinisch-christlichen Westeuropa jahrhundertelang auf Luxuswaren beschränkt und demnach nur auf den Bedarf der kleinen politischen Führungsgruppen ausgerichtet war, zu dem Vertrieb von Gegenständen, die von breiteren Bevölkerungsschichten, insbesondere von den Stadtbewohnern, benötigt und erworben wurden. Der Fernhandel wurde nun stärker durch die zumeist in den Städten beheimatete gewerbliche Produktion bestimmt. Im Wechselspiel zwischen dem Import von Rohstoffen für die gewerbliche Verarbeitung und dem Export von Fertigprodukten gewann er eine neue Dimension. Darin ist zugleich die Nähe oder gar Identität zwischen den Berufen des Kaufmanns und des Handwerkers begründet: derselbe Mann produzierte Waren und beteiligte sich zugleich am Handel mit diesen Waren oder den dafür notwendigen Rohstoffen.

Der Nah- und Fernhandel wie auch das Wachstum der Städte förderten die Spezialisierung im Gewerbe. Sie ging freilich von einem lokal und kulturräumlich höchst unterschiedlichen Niveau aus. In den größeren

Städten des Mittelmeerraumes reichte sie zumeist schon im 11. Jahrhundert über die primitiven Formen der Arbeitsteilung in Bäcker, Metzger, Schmiede, Töpfer, Weber, Kürschner und dergleichen weit hinaus. In den kleineren Städten vor allem der östlichen Neusiedellande ist dieses Niveau hingegen selbst bis zum Ende des 13. Jahrhunderts im allgemeinen wohl nicht wesentlich überschritten worden. Hier wie dort erreichte die Arbeitsteilung bei den großen Exportgewerben den höchsten Stand. Als solche Exportgewerbestädte seien beispielhaft genannt das spanische Córdoba, das schon in islamischer Zeit für seine Lederverarbeitung berühmt war – so daß etwa in Trier im 13. Jahrhundert die entsprechenden Gewerbetreibenden als „corduanarii" bezeichnet wurden – oder das toskanische Lucca, das sich seit der Mitte des 12. Jahrhunderts zu einem weit bekannten Zentrum der Seidenindustrie entwickelte. Zumeist bildeten sich derartige Exportgewerbe etwa gleichzeitig in mehreren Orten und Städten einer Landschaft aus. Dies galt etwa für die Wolltuchproduktion in Flandern, die sich noch weit über die Grafschaft hinaus erstreckte, oder auch in England. In vielen Städten Oberitaliens und der Toskana gewann die Herstellung von Baumwolltuchen und Barchent (aus dem arabischen „barrakān") seit der zweiten Hälfte des 12. Jahrhunderts größere Bedeutung.

Im gewerblichen Bereich sind im Verlaufe des 12. und 13. Jahrhunderts viele technische Neuerungen erprobt und durchgeführt worden. Von den wichtigsten Maschinen vor dem 19. Jahrhundert – den Mühlen, die auch bei der Tuchherstellung eingesetzt wurden – und vom Kompaß, der in der Schiffahrt und im Bergbau Verwendung fand, war schon die Rede. Bedeutende technische Innovationen setzten sich auch in der Baukunst durch, wofür die Hochbauten der gotischen Kathedralen noch heute Zeugnis ablegen. Der „Bauboom" des hohen Mittelalters, der das Gesicht einer großen Zahl europäischer Altstädte noch heute bestimmt, vermittelte den Architekten ein hohes Ansehen, das sich auch in ihren künstlerischen Selbstdarstellungen äußerte. Vielleicht haben lombardische Baumeister, die schon im frühen Mittelalter als Experten im kontinentalen Europa gewirkt haben, sogar auf die Ausbreitung der Backsteinbauten im nördlichen Europa seit der Mitte des 12. Jahrhunderts eingewirkt. Da die Anfertigung von Backsteinen einen hohen Grad von Arbeitsteilung und Vorratshaltung voraussetzte, ist auch dieser Vorgang von dem Vordringen der Geldwirtschaft mitbeeinflußt.

e) Entwicklung der Geldwirtschaft

Der regional unterschiedliche Entwicklungsstand des Handels und des Gewerbes und damit auch der Arbeitsteilung und der beruflichen Spezialisierung spiegelte sich im Münzwesen und in der Geldwirtschaft. Während im römisch-christlichen Westen die Goldwährung schon seit dem frühen Mittelalter keine Rolle mehr spielte, blieb sie in den byzantinischen und muslimischen Mittelmeerländern vorherrschend oder doch erhalten. Darin äußerte sich zweifellos die wirtschaftliche Unterlegenheit des christlichen Westens. Hier wurde nur noch das Silber als Grundlage der Geldwirtschaft genutzt, die in vielen Regionen ohnehin von der Naturalwirtschaft fast völlig verdrängt worden war. Die alten Städtelandschaften Reichsitaliens und des südlichen Frankreich besaßen im 10./11. Jahrhundert gegenüber den anderen Ländern im christlichen Westeuropa, von denen damals die Landschaften östlich des Rheins und mehr noch östlich von Elbe und Saale naturalwirtschaftlich bestimmt waren, einen deutlichen Vorsprung. Trotz der enormen Fortschritte, die in der Folgezeit diesseits der Alpen erzielt wurden, blieb Reichsitalien bis zum Ende des 13. Jahrhunderts und auch noch später das geldwirtschaftlich am höchsten entwickelte Land, das nunmehr sogar im Mittelmeerraum in dieser Hinsicht ebenfalls eine führende Stellung innehatte. Vor diesem Hintergrund ist auch der Übergang zur Goldprägung zu sehen, der nach einigen früheren Ansätzen um die Mitte des 13. Jahrhunderts von den Stadtkommunen Florenz und Genua (1250 und 1252) vollzogen wurde. Sie übernahmen damit das Vorbild der Goldaugustalen, die Kaiser Friedrich II. seit 1231 – also im Zusammenhang mit den Konstitutionen von Melfi – unter Anlehnung an antike Kaisermünzen wohl vornehmlich aus Prestigegründen hatte prägen lassen. Der Gulden („florentinus", daher „fl" als Abkürzung für Gulden) wurde schon seit 1266, wenn auch zunächst mit geringem Erfolg, vom französischen König nachgeahmt. Später als in anderen westlichen Ländern wurde er etwa seit der Mitte des 14. Jahrhunderts auch in Deutschland zur Leitwährung. Die Ausbreitung der hochwertigen Goldmünzen in Westeuropa bot vor allem dem Fernhandel ein günstigeres Zahlungsmittel. Denn inzwischen waren die Silbermünzen in den meisten Ländern – eine Ausnahme stellt der Sterling des englischen Königs seit der Mitte des 12. Jahrhunderts dar – durch geringeren Zusatz von Silber ständig verschlechtert worden. So wies etwa der unter Philipp II. August um 1200 ausgeprägte Denar nur noch ein Drittel des Metallwertes auf, den die Münze des französischen Königs noch um das Jahr 1000 besessen hatte.

Die italienischen Kaufleute und Unternehmer entwickelten am frühesten moderne Formen der Handelsorganisation und des Kreditwesens. Jene finanzkräftigen Bürger aus den Städten des Binnenlandes – wie Siena, Florenz und Piacenza –, die vom direkten Seehandel zumeist ausgeschlossen waren, verwandten ihre Geldmittel seit dem 13. Jahrhundert auch für große Kreditgeschäfte mit geistlichen und weltlichen Herrschaftsträgern. In gleicher Weise, wenn auch mehr auf das nördliche Frankreich und auf Flandern beschränkt, betätigten sich die reichen Bürger von Arras (Artois). Etwa seit der Mitte des 13. Jahrhunderts traten in den Städten des westlichen Mitteleuropa Geldhändler aus Piemont („Lombarden") und Südwestfrankreich („Kawer(t)schen" nach Cahors, Dép. Lot) auf, die mit besonderer Genehmigung und unter großen finanziellen Gegenleistungen an die Stadtherren kleinere Darlehensgeschäfte abwickelten. Diese christlichen „Wucherer“ konkurrierten mit den Juden, womit deren Tätigkeit erneut eingeschränkt wurde.

5. Armut, Buße und Häresie

a) Armut und Fürsorge

Der gesamtwirtschaftliche Aufschwung, die Ausweitung und Intensivierung der Agrarwirtschaft, die Zunahme und Ausdehnung des Handelsverkehrs, die Erhöhung und Spezialisierung der gewerblichen Produktion, das Vordringen des Geldes in das alltägliche Leben breiterer Bevölkerungsschichten, die fortschreitende Verstädterung und die mit diesen Vorgängen eng verknüpfte Zunahme der Bevölkerung zwischen der Mitte des 11. und der zweiten Hälfte des 13. Jahrhunderts wirkten sich keineswegs zu jeder Zeit für alle Bevölkerungsgruppen und -schichten positiv aus. Die hohe räumliche Beweglichkeit konnte zwar für breitere Bevölkerungskreise nunmehr auch neue Chancen eröffnen, doch waren diese vielfach auch mit einem hohen Risiko behaftet. Es darf nicht übersehen werden, daß der Aufbruch aus der engeren Heimat und der gewohnten Umgebung oft genug durch eine aktuelle Notlage hervorgerufen wurde. Für die Mittellosen war das Leben in der Fremde mit großen Anstrengungen und Gefahren verbunden. Der Neuaufbau einer Existenz war selbst in benachbarten Städten oder bei der Neulanderschließung vielfach mit unvorhersehbaren Entbehrungen durch wechselnde Konjunkturlagen und Versorgungsschwierigkeiten und mit physischen Bedrohungen verbunden. Hinzu kam, daß in der Fremde die herkömmlichen sozialen Absicherungen im Kreise der eigenen Familie, der Verwandtschaft und der weiteren herrschaftlichen Bindungen – wie der „familia“ – entfielen und erst neu geschaffen werden mußten.

Die Versorgungsschwierigkeiten bei Hungers- und Teuerungsperioden ließen das Phänomen der Mittellosigkeit breiter Bevölkerungskreise in den Städten, in denen schon wegen der oft enorm gesteigerten Zuwanderung die herkömmlichen Formen des Almosens nicht mehr ausreichten, erst kraß hervortreten und machten es allgemein bewußt. Der im Okzident wie auch im Orient „bewanderte“ Kreuzzugsprediger und Kardinalbischof Jakob von Vitry († 1254) definiert die Armen („pauperes“) als solche, die ihren Lebensunterhalt mit ihrer Hände Arbeit erwarben, ohne damit mehr als das tägliche Essen bestreiten zu können. Die „pauperes“ sind in den Städten mit größerer Gewerbeproduktion geradezu heimisch geworden. Vor allem das Gewerbe der Weber, in dem auf Grund der besonders hochentwickelten Arbeitsteilung der Anteil der unselbständigen Handarbeiter groß war, brachte viele Menschen in die Städte, die von ihrem Lohn keine Ersparnisse für Not- und Teuerungszeiten bilden konnten. Diese und andere Hand- und Lohnarbeiter konnten sich im Unterschied zu den Handwerksmeistern nicht in Zünften und anderen Bruderschaften zusammenschließen und somit auch nicht gegen extreme Notfälle absichern. Davon betroffen war aber vielfach auch jene unruhige, intellektuelle Elite, die seit dem Anfang des 12. Jahrhunderts an den neuen geistigen Zentren lernte und lehrte. So hat auch Arnold von Brescia, als er nach dem Weggang Abälards die Schule seines Lehrers in Paris fortsetzen wollte, zusammen mit seinen Schülern unter so großer Armut gelitten, daß sie von Tür zu Tür um Almosen betteln mußten.

Für die Milderung der materiellen Armut wurden seit dem endenden 11. Jahrhundert vor allem an den Brennpunkten des sozialen Wandels – an den Handels- und Wallfahrtsstraßen und in den Städten – neue Anstrengungen unternommen. Die bruderschaftlich organisierten Kaufleutegilden und die Handwerkerzünfte strebten in ihren religiös-karitativen Zielsetzungen auch eine gegenseitige Unterstützungspflicht ihrer Mitglieder insbesondere für aktuelle Notlagen an. Vornehmlich um die Unterstützung der Pilger und die Pflege der Kranken bemühten sich die neu aufkommenden Hospitalsbruderschaften und auch die Ritterorden. In derselben Zeit förderten ebenfalls die Regularkanoniker das Hospitalswesen.

Selbst ältere Benediktinerklöster erneuerten und verstärkten im 12. und 13. Jahrhundert ihre Aktivitäten auf diesem Gebiet. Gleichzeitig beteiligten sich auch Mitglieder der städtischen Führungsschichten in der Form von Bruderschaften am Ausbau des Hospitalswesens, der Armenfürsorge und der Krankenpflege bis hin zur Einrichtung und Unterstützung von Leprosenhäusern.

b) Freiwillige Armut in der Nachfolge Christi

Auf dem sozialgeschichtlichen Hintergrund der massenhaft auftretenden materiellen Armut erhielt die aus religiösen Gründen freiwillig angenommene Armut einen neuen Akzent. Dieses Ideal geht auf eine lange Tradition bis in die Urkirche zurück. Es wurde im benediktinischen Mönchtum als Norm bewahrt, tatsächlich aber besaßen die Mönche in den alten, zumeist reichen Klöstern eine materiell gesicherte Existenz. Nach einigen früheren Ansätzen in Italien gewann die radikale Lebensweise in der Nachfolge Christi gegen Ende des 11. und zu Beginn des 12. Jahrhunderts vor allem in Frankreich bei Geistlichen und Laien eine neue, in dieser Ausstrahlungskraft im Mittelalter bisher unbekannte Faszination. Die von Eremiten und Wanderpredigern getragene Bewegung führte zu neuen Formen monastischen Lebens; damit waren aber auch scharf antikirchliche und sogar häretische Einstellungen und Verhaltensweisen verwoben.

Die Grenze zwischen beiden Richtungen ist freilich nur schwer festzulegen, da der Begriff des Häretikers, der natürlich vom jeweiligen Kirchenverständnis abhängig ist, seit dem Reformpapsttum um die Mitte des

11. Jahrhunderts erhebliche Veränderungen erfuhr und zwischen den Anhängern und Gegnern der Reform kontrovers war. Dieser Sachverhalt ist weniger wichtig für die Entscheidung über theologische Grundsatzfragen, wie sie der hochgebildete Berengar von Tours (ca. 1000–1088) in seiner Sakramentenlehre wieder aufgeworfen hat. Berengar wurde deswegen von Papst Leo IX. (1049) und – nach einigem Zögern – auch von Gregor VII. (1079) verurteilt. Der Kausalzusammenhang zwischen Kirchenverständnis und Häresiebegriff zeigte sich jedoch in seiner vollen Tragweite in der Beurteilung jener radikalen Parteigänger der Kirchenreform, die unter dem späteren Sammelnamen Pataria seit 1057 in der lombardischen Metropole Mailand und bald auch in anderen Städten der Lombardei gegen die simonistischen und zumeist auch beweibten hohen Kleriker sogar mit Gewalt vorgingen. In diesen Kämpfen fanden sie bei den Laien, nicht zuletzt bei den unteren städtischen Schichten, lange Zeit zahlreiche Anhänger. Die Reformgegner beschimpften die Patarener als Ketzer. Die römische Kurie unterstützte sie jedoch spätestens seit dem Anfang der sechziger Jahre. Der ritterliche Anführer der mailändischen Pataria – Erlembald – erhielt vom Papst Alexander II. um 1064 sogar die Petersfahne. Mit Hilfe der Pataria konnte das gregorianische Papsttum seine religiösen und politischen Ziele in Mailand auch gegen König Heinrich IV. durchsetzen. Nach dem gewaltsamen Tode Erlembalds (1075) erhob ihn Gregor VII. zum Märtyrer. Zwei Jahre später hat sich derselbe Papst zugunsten eines Priesters eingesetzt, der zuvor vom Bischof von Cambrai als Ketzer verurteilt und anschließend verbrannt worden war. Dieser war zunächst wegen angeblicher dogmatischer Abweichungen angeklagt worden, hatte sich aber dagegen erfolgreich verteidigt. Seine Verurteilung erfolgte erst, als er sich weigerte, von den Anklägern, die er allesamt für Simonisten hielt, die Kommunion zu empfangen. Gregor VII. urteilte nachträglich völlig gegensätzlich; für ihn waren die geistlichen Ankläger die wahren Ketzer.

c) Wanderprediger und Häretiker

Die zunächst vom gregorianischen Papsttum geübte Kritik an den Reformgegnern wurde einige Jahrzehnte später von den Wanderpredigern und ihren Anhängern fortgeführt und teilweise noch verschärft. Inzwischen hatte sich das Papsttum nach Durchsetzung seiner Hauptforderungen wieder stärker den Interessen der kirchlichen Amtsträger geöffnet. Die Bischöfe und weitere kirchliche Amtsinhaber vermuteten bei den „wahren Armen Christi" („veri pauperes Christi") umso eher ketzerisches Gedankengut, als diese auch durch ihren Lebenswandel von den bisherigen Normen abwichen und damit wie auch mit ihren scharfen Vorwürfen gegen den verweltlichten Klerus in der Bevölkerung großen Anklang fanden. In dem engen Kontakt mit dem theologisch ungebildeten Volk waren die Wanderprediger, die selbst weit überwiegend Kleriker oder Mönche waren, auf eine starke Vereinfachung theologischer Sachverhalte angewiesen.

Ihre Lehre konnte somit bei ihren Anhängern eine Resonanz finden, die es den Gegnern leicht machte, dieses Gedankengut als heterodox zu brandmarken. Aus der ersten Hälfte des 12. Jahrhunderts sind aber nur insgesamt wenige Ketzer und Sektenstifter bekannt. Die meisten von ihnen haben in Frankreich gewirkt, nur ganz wenige auch im Westen des deutschen Reichsgebiets.

In diese Tradition der Armutsbewegung und Kirchenkritik ist auch noch Arnold von Brescia († 1155) einzuordnen. In seiner norditalienischen Heimatstadt geriet der damalige Propst eines Kanonikerstifts in Konflikt mit seinem Bischof, als er die Forderung der wohl noch von der Pataria beeinflußten städtischen Bevölkerung nach einer Reform des dortigen Klerus unterstützte. Eine deswegen angestrengte Klage vor Papst Innozenz II. zwang ihn zur Flucht. Er begab sich nach Paris und wurde dort Schüler Abälards. Die Gegnerschaft Bernhards von Clairvaux, der im Jahre 1140 eine Verurteilung der Lehren Abälards durchgesetzt hatte, trieb Arnold, der die Schule Abälards fortsetzen wollte, erneut zur Flucht. Er fand in Zürich Aufnahme. Nach einer Aussöhnung mit der päpstlichen Kurie wandte er sich nach Rom. Dort beteiligte er sich an der Aufstandsbewegung der römischen Kommune, die mit der Erneuerung des Senats im Jahre 1144 eingesetzt hatte, gegen den päpstlichen Stadtherrn und Freund Bernhards von Clairvaux, Eugen III. In diesen Auseinandersetzungen gewann Arnolds Eintreten für die Reform der Kirche an Haupt und Gliedern große politische Brisanz. Den Päpsten warf er vor, sie hätten ihre wahre Aufgabe als Seelenhirten verfehlt und damit ihre Autorität eingebüßt; ebensowenig stehe dem Papsttum die weltliche Herrschaft über die Stadt Rom zu. Das Kardinalskollegium nannte er eine Räuberhöhle. Mit Unterstützung Friedrichs I. wurde Arnold während des ersten Italienzugs dieses Staufers gefangengesetzt und getötet; sein Leichnam wurde verbrannt und seine Asche im Tiber verstreut, um jedes Andenken an ihn zu tilgen. Dennoch bildete sich aus seinem Anhängerkreis eine Sekte, die unter der Bezeichnung „Arnoldisten" im ersten Ketzergesetz von 1184 genannt wird. Zum Begründer einer Sekte wurde im dritten Viertel des 12. Jahrhunderts auch Ugo Spero aus Piacenza. Die antiklerikale Einstellung Ugos, die eine wichtige Triebfeder für seine dogmatischen Deduktionen bildete, besaß einen konkreten politischen Hintergrund in einem Prozeß, den er wegen wichtiger Zollrechte gegen das Kloster S. Giulia zu Brescia geführt hatte. Der in Bologna als Jurist ausgebildete Konsul, Richter, reiche Grundherr und Kaufmann stand während der sechziger Jahre als kaiserlicher Hofrichter im engen Kontakt mit dem Hofe Barbarossas, als dieser selbst gegen das alexandrinische Papsttum vorging.

d) Die Katharer

Im Unterschied zu diesen verschiedenen, regional mehr oder weniger eng begrenzten Sekten, deren Gründer wohl ausnahmslos keine Verbindung untereinander hatten, trat seit den vierziger Jahren des 12. Jahrhunderts in den alten Kulturlandschaften des westlichen Europas eine Häresie auf, die sich innerhalb weniger Jahre in Frankreich und auch im Westen des deutschen Reichs ausbreitete: die Katharer (die Reinen). In ihrem Lebenswandel glichen die Anführer dieser Sekte, deren Mitglieder sich selbst auch „Arme Christi" nannten, den Wanderpredigern und den Angehörigen der westeuropäischen Armutsbewegung. Sie besaßen jedoch von Anfang an ein dualistisches Glaubenssystem, mit dem sie sich vom katholischen Dogma kraß abhoben. Ihr Glaubensgut war in den Grundformen schon etwa zweihundert Jahre zuvor in Bulgarien festgelegt worden, als dort der Priester Bogumil die ersten Anhänger fand. Die Ausbreitung dieser Sekte im westlichen Europa wurde durch die Verfolgung der Bogumilen im byzantinischen Reich begünstigt. Bei ihrer Mission errichteten sie zugleich das Grundgerüst einer eigenen kirchlichen Organisation: sie hatten eigene Bischöfe und Auserwählte und auch ausgebildete Glaubenslehrer. Selbst innerhalb dieser Führungsgruppe befanden sich Frauen, die insgesamt in großer Zahl in der häretischen Gegenkirche vertreten waren. Diese gewann schnell viele Anhänger aus allen Bevölkerungsschichten: Adlige, Kleriker, Mönche und Nonnen, Bauern und nicht zuletzt Weber. In den europäischen Ländern wurden sie unterschiedlich bezeichnet: in Deutschland als Katharer, in Frankreich als „texerant ab usu texendi" – also als Weber – und in Italien zumeist in Anknüpfung an die ursprünglich rechtgläubige Pataria als „Patareni".

Der zunächst noch diffuse dogmatische Gehalt der katharischen Kirche, die vor allem in Südfrankreich früh zahlreiche Bistümer gründete, wurde seit dem Ende der sechziger Jahre im Sinne einer radikaldualistischen Lehre verändert und zugespitzt. Mit dieser Dogmatisierung trat die Bedeutung der religiösen Lebensführung für die Masse der Gläubigen in den Hintergrund. Die „Vollendeten" entlasteten die übrigen Gläubigen, die den strengen asketischen Normen nicht folgen konnten oder wollten, von den religiösen Verpflichtungen. Durch reiche Spenden konnte man sein Gewissen entlasten. Die Katharerkirche, die von den „Vollendeten" bei Eintritt deren gesamtes Vermögen forderte, wurde so zunehmend zur reichen Kirche. Politisch wurden die Katharer vor allem in Südfrankreich schon früh auch von Hochadligen unterstützt. Dort waren die Grafen Raimund von Toulouse (1194–1222) und Raimund-Roger von Foix (1188–1223) ihre wichtigsten Schutzherren. Auf diese Weise wurden sie auch in die politischen Gegensätze hineingezogen. Andere Adlige der Provence hofften, durch Unterstützung der Katharer ihre Machtbasis auf Kosten der katholischen Kirchen und Klöster verbessern zu können.

Die Ketzerverfolgungen, die in Südfrankreich zwischen 1209 und 1229 in enger Verknüpfung mit territorialpolitischen Interessen ihren Höhepunkt erreichten, führten zwar nicht zu einer vollständigen Ausrottung des Katharismus; immerhin aber bewirkten sie einen Stillstand in der Ausbreitung dieser Kirche und schließlich deren Isolierung. In Oberitalien wurden die Katharer auch noch nach 1229 durch die Stadtkommunen und durch den zumeist ebenfalls in den Städten wohnenden Adel begünstigt. Die päpstliche Inquisition erzielte gegen den Widerstand der Städte und der dort aufsteigenden frühen Signorien nur wenige Erfolge. Pavia, Piacenza, Lodi und Brescia galten unter den verfolgten Ketzern des Languedoc als sichere Aufenthaltsorte. In der ersten Hälfte des 13. Jahrhunderts näherte sich die katharische Anstaltskirche unter dem Druck der Verfolgung in ihrer sozialen Zusammensetzung einer „Mittelstandsreligion" an. Danach sank das soziale Niveau der Katharer, deren kirchliche Organisation seit dem ausgehenden 13. Jahrhundert auch in Italien verfiel.

e) Die Waldenser und andere häresienahe Gemeinschaften

Während die Katharer seit ihrem ersten Auftreten im westlichen Europa als organisierte Gegenkirche erschienen, waren die später oft mit ihnen zusammen genannten Waldenser in der Frühphase noch ganz von der Persönlichkeit ihres Stifters, des Lyoneser Kaufmanns Petrus Waldes († vor 1218) geprägt. Nach der sozialen Stellung ihres Gründers wiesen sie die größten Ähnlichkeiten mit den Speronisten auf, die zum überwiegenden Teil um die Wende vom 12. zum 13. Jahrhundert in die Gemeinschaft der Waldenser aufgenommen wurden, wie damals vermutlich auch die Arnoldisten. In ihrer sozial-religiösen Motivation sind sie am ehesten mit den Humiliaten vergleichbar, mit denen sie in ihrem Verhältnis zur katholischen Hierarchie und zu Innozenz III. vieles gemeinsam hatten. Allerdings führten die überwiegend in oberitalienischen Städten beheimateten „Humiliati" (die Demütigen), die vielleicht noch an die Pataria-Bewegung anknüpften, ihr evangeliengemäßes Leben, das sie zumeist mit Handarbeit vornehmlich im Textilgewerbe fristeten, innerhalb ihrer Familien und in anderen festen gemeinschaftlichen Formen. Wucher und das im Alltagsleben der italienischen Kommunen häufige Schwören lehnten sie ab. Auf dem dritten Laterankonzil von 1179 wurde ihre Bitte, in der Öffentlichkeit zu predigen, zurückgewiesen. Da sie sich diesem Verbot nicht beugten, wurden sie schon im Ketzergesetz Papst Lucius' III. und Friedrichs I. vom Jahre 1184 unter den Ketzern aufgeführt. Papst Innozenz III. band schon zu Beginn seines Pontifikats mit Erfolg einen Teil der Humiliaten wieder in die Kirche ein. Im Jahre 1201 verlieh er den gemeinsam lebenden Humiliaten einen festen Status, in dem sie nach Klerikern und Laien getrennt den Rang eines Ordens erhielten. Bei ihren sonntäglichen Zusammenkünften durften sie sogar unter gewissen Auflagen selbst predigen.

Etwa um die Mitte der siebziger Jahre des 12. Jahrhunderts wurde der reiche Kaufmann Petrus Waldes aus der Rhônetal-Metropole Lyon vom Anhören des Alexius-Liedes – in dem nach einem Legendenmotiv des 5. Jahrhunderts die Weltflucht und die Annahme der freiwilligen Armut eines patrizischen Römers geschildert wird – zum radikalen Wandel seines bisherigen Lebens bewegt. Er ließ sich von Klerikern in der Bibel, die er in der damals üblichen lateinischen Fassung selbst nicht lesen konnte, unterweisen, verzichtete dann auf seinen Besitz zugunsten der Armen, verließ seine Familie und betätigte sich zusammen mit einigen Gefährten als armer Wanderprediger. In ihrer Predigt wandten sich die Laien auch gegen die Katharer und deren inzwischen reich gewordene Kirche, damit verbanden sie aber zugleich auch Kritik am katholischen Klerus. Den dadurch hervorgerufenen Widerstand des lokalen Klerus hofften sie überwinden zu können, indem sie Papst Alexander III. auf dem Laterankonzil von 1179 um die Erlaubnis zur Predigt baten. Da sich die theologisch ungebildeten Laien nicht gegen die geschickt gestellten Fangfragen der Theologen wehren konnten, ernteten sie von diesen nur Spott und Hohn. Trotz des ausgesprochenen Verbots nahmen sie die Laienpredigt wieder auf, mit der sie sich auf den Straßen und Plätzen der Städte und Dörfer an Christen und Ketzer wandten. Sie machten ihre Zuhörer mit dem muttersprachlichen Text der heiligen Schrift vertraut und riefen zur Buße und Umkehr auf. Im Ketzeredikt von 1184 wurden sie daraufhin im engen Zusammenhang mit den Humiliaten als „Arme von Lyon" verketzert, obwohl Waldes und seine Anhänger bis dahin rechtgläubig waren. Aus dem dadurch hervorgerufenen Gegensatz zur kirchlichen Hierarchie entwickelten sich später dogmatische Abweichungen. Sie entzündeten sich vornehmlich an der andersartigen Stellung der Laien und – unter diesen – nicht zuletzt der Frauen, die ebenfalls das Predigtamt wahrnahmen. Dennoch blieb die Abgrenzung gegenüber den Katharern in Glaubensdingen auch weiterhin bestehen. In Südfrankreich und Oberitalien – also in ausgeprägten Städtelandschaften – waren die Waldenser und die Katharer am stärksten verbreitet.

Noch zu Lebzeiten des Gründers spaltete sich die Waldenserbewegung vornehmlich in die Lombardischen Armen, die ihrerseits auch Teile der Humiliaten aufgenommen hatten, und in die Armen von Lyon. Hauptstreitpunkt scheint bei dieser Spaltung, die sich auch auf die deutschen Waldenser auswirkte, gewesen zu sein, ob alle Waldenserprediger auf jeglichen Besitz und auf Erwerb durch Handarbeit verzichten, also nur vom Betteln leben müßten, oder ob sie ähnlich wie die Humiliaten ihren Lebensunterhalt auch in „Arbeitsgemeinschaften" finden könnten. Die Lombardischen Armen vertraten ferner die Auffassung, daß ihre Anhänger nur in Ausnahmefällen und bei gegenseitigem Einvernehmen eingegangene Ehen lösen könnten. Wie bei den oberitalienischen Humiliaten gelang es Papst Innozenz III. noch im ersten Jahrzehnt des 13. Jahrhunderts, aus der Waldenserbewegung einzelne Gruppen herauszulösen.

Nach der Absplitterung dieser zur Orthodoxie neigenden Waldensergruppen wurden die übrigen Waldensergemeinden, die sich nun auch im deutschen und im ostmitteleuropäischen Raum ausbreiteten, umso schärfer von der Ketzerverfolgung und Inquisition erfaßt. In diesem Vorgang blieb die überregionale Organisation der waldensischen Gemeinden im Vergleich zu den Katharern weiterhin unterentwickelt, doch läßt sich nun auch bei ihnen eine deutliche Tendenz zur Verkirchlichung feststellen. Die Frauen wurden zunehmend als kirchliche Amtsträger zurückgedrängt. Die Waldenser setzten sich seit dem späteren 13. Jahrhundert hauptsächlich aus Handwerkern und Angehörigen der Unterschichten zusammen; sie verloren also zunehmend den Kontakt vor allem zu den städtischen Führungsschichten. Nur als Splittergruppen konnten sie in abgelegenen Rückzugsgebieten überdauern.

In den Zusammenhang der hochmittelalterlichen Armuts- und Bußbewegung in ihren vielfältigen Erscheinungsformen sind auch die Beghinen und Begharden einzuordnen. Bei ihnen war der Anteil der Frauen, der Beghinen, von Anfang an auch zahlenmäßig viel höher als jener der Männer. Das Ursprungsgebiet der Beghinen, deren Bezeichnung etymologisch ungeklärt ist, dürfte im Bistum Lüttich und im Herzogtum Brabant liegen. Es hat sich jedoch schon zu Beginn des 13. Jahrhunderts nach Frankreich und in andere Regionen des deutschen Reichs ausgedehnt. Sie waren auch in Italien unter dem Namen Bizoken aktiv. Durch Vermittlung Jakobs von Vitry gab ihnen Papst Honorius III. im Jahre 1216 mündlich die Erlaubnis, unter dem Gelöbnis von Armut und Keuschheit zusammenzuleben. Ihre Niederlassungen befanden sich hauptsächlich in den größeren Städten, wo jedoch – ebenso wie in ländlichen Siedlungen – auch allein lebende Beghinen und Begharden nachzuweisen sind. Sie widmeten sich oft der Krankenpflege in Hospitälern und Leproserien. Ansonsten bestritten die mit ihrem grauen Kleid von den Laien abgehobenen Beghinen und Begharden ihren Lebensunterhalt mit Handarbeit – zumeist im Textilgewerbe – oder auch mit dem Bettel. Noch im 13. Jahrhundert gehörten ihnen viele Mitglieder des ländlichen Adels und der städtischen Führungsschichten an. Die seelsorgerische Betreuung übernahmen vielfach die Bettelorden, mit denen ihre Konvente in vielen Städten auch topographisch verbunden waren. Dennoch gerieten sie später immer wieder in den Verdacht der Ketzerei.

6. Papsttum, Kirche und Mönchtum

a) Papsttum und Amtskirche

In den mehr als zwei Jahrhunderten, die hier zu berücksichtigen sind, dehnte die römische Kirche ihren Amtsbereich stark aus. Gleichzeitig veränderte sie ihre Selbsteinschätzung, ihren inneren Aufbau, ihre Wirksamkeit und ihre Stellung in der Welt grundlegend. Die stärkste Antriebskraft ergab sich aus dem Willen des Reformpapsttums, den Einfluß der Laien auf die Kirche insgesamt und auf die einzelnen Kirchen und Klöster zurückzudrängen. Daraus erwuchs der Kampf gegen die Investitur von Geistlichen durch Laien. Damit wurden die Beziehungen zwischen Kirche und weltlicher Herrschaft, zwischen Geistlichkeit und Laien, im Kern getroffen. Bei der engen Verknüpfung von Kirche und weltlicher Herrschaft – wie sie schon seit der Spätantike angelegt, in Westeuropa während der Karolingerzeit vertieft und in der Folgezeit noch verfestigt worden war – mußte eine neue Ordnung dieser Beziehungen das gesamte politische und gesellschaftliche Leben betreffen. Darin war auch der Kampf gegen die Priesterehe eingebunden, denn die beweibten Priester verstießen nach Auffassung der Reformer gegen die reinliche Scheidung von Geistlichen und Laien; sie bildeten notwendigerweise ein Ärgernis für die Sonderstellung und den Vorrang der Geistlichen.

Andererseits wurden neben den Adligen auch die Könige, die bis dahin durch Salbung und Weihe einen geistlichen Status besaßen, als Laien bloßgestellt. Mit der sakralen Stellung des Königtums, die im antiken römischen Kaisertum vorgegeben war und im alttestamentarischen Priesterkönigtum ihre vorbildhafte Ausprägung gefunden hatte, wurde der eigenständige heilsgeschichtliche Anspruch des Königtums angegriffen. Der fundamentale Konflikt äußerte sich nicht nur in den harten und vielfältigen religiös-politischen Auseinandersetzungen um die Zuordnung von geistlicher und weltlicher Gewalt, wofür der „Investiturstreit" nur ein Schlagwort bietet. Daraus ergab sich vielmehr auch eine stärkere Eingrenzung des Kirchenbegriffs auf die Angehörigen der Amtskirche und auf die Inhaber des Priesteramts, die sich damit von der Masse der laikalen Gläubigen distanzierten. Das Aufkommen des Lettners, der seit dem ausgehenden 12. Jahrhundert in vielen Kirchen den den Priestern und Mönchen vorbehaltenen Chorraum von den Gläubigen in der übrigen Kirche abschirmte, ist dafür nur ein Symptom. In die Kirchen der Bettelorden, die ihre Kirchenbauten gemäß ihrem Armutsideal und der Predigt ausrichteten, wurden die Lettner bezeichnenderweise nicht übernommen.

Der Wandel ist am deutlichsten an der Spitze der Amtskirche, am Papsttum, erkennbar. Noch kurz vor der Mitte des 11. Jahrhunderts befand es sich in den Händen der miteinander rivalisierenden römischen Adelsgeschlechter, deren beherrschender Einfluß auf den römischen Bischofsstuhl erst durch das Eingreifen Kaiser Heinrichs III. (1046) entscheidend zurückgedrängt worden ist. Weniger als drei Jahrzehnte später beanspruchte der ehemalige Mönch Hildebrand aus nichtadliger Familie, Papst Gregor VII., in seinen 27 Leitsätzen – dem „Dictatus papae" von etwa 1075 – für das Papsttum auch das Recht, den Kaiser absetzen zu können. Bald danach (1076) vollzog derselbe Papst, der die Päpste in derselben Quelle als „unzweifelhaft heilig" erklärt hatte, dieses Recht gegen König Heinrich IV., den Sohn Heinrichs III. Papst Gregor VII. unterhielt zeitweise ein eigenes Söldnerheer, das ihm als „militia sancti Petri" ganz für die Ziele des päpstlichen Stuhles zur Verfügung stehen sollte. Wenig später gelang es dem

Papsttum, das militärische Potential des westlichen Europa für die Kreuzzüge zu mobilisieren. Zu Anfang des 13. Jahrhunderts forderte der hochgebildete, aus gräflichem Hause stammende Papst Innozenz III., der in Paris Theologie und in Bologna Recht studiert hatte, für den Nachfolger Petri und Statthalter Christi die Fülle der Macht („plenitudo potestatis") auf dem ganzen Erdkreis. Diese bezog er zwar in erster Linie auf die geistliche Gewalt. Doch sollten auch die Inhaber der weltlichen Gewalt, zu denen sich Innozenz III. als Herr des Patrimonium Petri selbst rechnete, der päpstlichen Weisungsgewalt unterworfen sein. In seiner Rolle als „arbiter mundi" (Richter über die Welt) griff dieser geistliche Monarch auch in den deutschen Thronstreit entscheidend ein. Sein Namens-Nachfolger ließ Kaiser Friedrich II. auf dem Konzil von Lyon am 17. Juli 1245 absetzen. In der Endphase des Kampfes gegen die letzten Staufer geriet die römische Kurie zunehmend unter französischen Einfluß. Damit kündigte sich der Niedergang der universalen Stellung des Papsttums an.

Dem Anspruch auf die Führungsrolle des Papstes in der Welt lag ein amtskirchlicher Zentralismus zugrunde. Dieser zielte schon seit den Anfängen des Reformpapsttums unter Leo IX. (1048–1054) auf die Durchsetzung des päpstlichen Primats. Die Notwendigkeit zur Stärkung der päpstlichen Vorrechte gegenüber den Patriarchaten, den Erzbistümern und den Bistümern ergab sich bereits aus dem Reformwillen. Denn der Kampf gegen die Simonie und die beweibten Priester (Nikolaiten), den die Reformer für die Freiheit der Kirche und das Seelenheil aller Gläubigen als unabdingbar erachteten, war gegen die vielen regionalen Widerstände nur dann mit Aussicht auf Erfolg zu führen, wenn er sich auf wirkungsvolle päpstliche Kompetenzen und ein starkes Papsttum stützen konnte. Erstmals in der langen Geschichte der Kirche wurde jetzt die Kanonistik, die Lehre vom kirchlichen Recht, von den Päpsten und ihren engeren Beratern wirksam gefördert. Diese seit dem Reformpapsttum einsetzende Entwicklung erhielt ihren ersten Höhepunkt in der Privatarbeit des Magisters Gratian, der als Angehöriger eines Eremitenordens – der Camaldulenser – in einem Bologneser Kloster um 1140 seine kritisch sichtende Sammlung der Kanones („Concordia discordantium canonum") abschloß – also etwa gleichzeitig zu dem Erlaß der Assisen von Ariano durch König Roger II. Als „Decretum Gratiani" wurde sie zur wichtigsten, offiziellen Grundlage des Kirchenrechts. Etwa zwei Jahrzehnte später bestieg mit Alexander III. (1159–1187) ein großer Förderer des Kirchenrechts den päpstlichen Stuhl, auch wenn er vielleicht selbst nicht – wie früher angenommen – als Rechtsgelehrter in Bologna gewirkt und selbst wichtige theologische Sentenzen verfaßt hat. Seitdem kamen längere Zeit überwiegend nur noch Juristen zur höchsten kirchlichen Würde. Dafür sei hier nur an Lothar von Segni – Innozenz III. – erinnert.

Mit der Verrechtlichung der Kirche, insbesondere aber mit der Durchsetzung des päpstlichen Primats war eine Tendenz zur Vereinheitlichung innerhalb der römischen Kirche verknüpft. Sie äußerte sich in radikaler Form bereits im Jahre 1054 in dem Verhalten der päpstlichen Legaten, insbesondere Humberts von Silva Candida, gegenüber dem Patriarchen Michael Kerrularios von Konstantinopel. Die auch durch die Persönlichkeiten der Verhandlungspartner bestimmte Konfrontation hat wesentlich zur Entstehung des Schismas zwischen West- und Ostkirche beigetragen. Bezeichnend sind auch die Versuche des Reformpapsttums, den traditionellen ambrosianischen Ritus in der Erzdiözese Mailand, die darauf ihre Eigenständigkeit gegenüber Roms stützte, und die mozarabische Liturgie auf der iberischen Halbinsel zurückzudrängen. So führte König Sancho von Aragon im Jahre 1071 in seinem Land, das er drei Jahre zuvor dem Papsttum als Lehen aufgetragen hatte, die römische anstelle der mozarabischen Liturgie ein. Von dem Recht der Ein- und Absetzung der Bischöfe, das Gregor VII. im „Dictatus papae“ allein dem Papst vorbehalten hatte, haben die Päpste nach Zurückdrängung der Laieninvestitur besonders seit Innozenz IV. (1243–1254) auch in der Weise häufig Gebrauch gemacht, daß sie sogar das Wahlrecht der Domkapitel umgingen. Als wirkungsvolles Instrument zur Durchsetzung der päpstlichen Ziele gegenüber den regionalen Amtsträgern und Herrschaftsinhabern erwies sich das Legatenwesen, das die Päpste seit der Mitte des 11. Jahrhunderts in einem bisher unbekannten Umfang nutzten und im Kampf gegen die Staufer seit dem zweiten Viertel des 13. Jahrhunderts nochmals ausweiteten. Die in den ersten Jahrzehnten des 13. Jahrhunderts entstandenen Bettelorden der Franziskaner und Dominikaner waren eine weitere Stütze der universalen Stellung des Papsttums. Auch die von Innozenz IV. im Jahre 1252 als feste und stetige Einrichtung formalisierte Ketzerinquisition, bei der im Unterschied zu früheren Vorschriften die Folterung der Angeschuldigten zugelassen war, wurde von der päpstlichen Kurie zentral geleitet.

Der Aufstieg des Papsttums von der Abhängigkeit von römischen Adelsfamilien zum Höhepunkt seiner Wirksamkeit im 13. Jahrhundert wurde von der Ausbildung neuer Institutionen begleitet, die für die römische Kirche bis heute maßgeblich geblieben sind. Dazu gehörte das Kardinalskollegium, das im Laufe der zweiten Hälfte des 11. Jahrhunderts eine festere Organisationsform erhielt. Diesem wurden schon auf der Reformsynode von 1059 im Papstwahldekret die wichtigsten Kompetenzen bei der Papstwahl übertragen, die damit dem Einfluß des deutschen Königs wie auch der Stadtrömer weitgehend entzogen wurde. Auf dem dritten Laterankonzil von 1179 wurde die im wesentlichen bis heute geltende Regelung getroffen, daß für die gültige Papstwahl eine Zweidrittelmehrheit im Kardinalskollegium erforderlich ist. Seit dem zweiten Viertel des 12. Jahrhunderts verfestigten sich die schon seit den Anfängen des Reformpapsttums vorhandenen Ansätze zur Ausbildung einer eigenständigen Behördenorganisation am päpstlichen Hof, der sich schon wegen der häufigen Abwesenheit von der Stadt Rom aus der früheren stadtrömischen Verankerung lösen mußte. Infolge des gestiegenen Ansehens und der zentralistischen Tendenzen des Papsttums kamen viele neue Aufgaben – insbesondere in der Rechtsprechung – hinzu, die eine Differenzierung und Aufblähung der päpstlichen Kurie bewirkten.

Die Durchsetzung des päpstlichen Führungsanspruchs innerhalb der Amtskirche und in der Welt wie auch der Ausbau der kirchlichen Amtsorganisation führten zu einem starken Anstieg der finanziellen Ansprüche der Papstkirche und der römischen Kurie. Das Papsttum versuchte diesen Bedarf auf vielfältige Weise zu decken. Auf die Unterstellung einzelner Herrschaftsgebiete, die nach der Belehnung der Normannen (1059) auch gegenüber anderen Herrschern – wenn zumeist auch nicht auf längere Dauer – durchgesetzt werden konnte, gründete es die Forderung nach Lehnssteuern. Seit der Mitte des 12. Jahrhunderts verpflichteten die Päpste weitere Länder – wie insbesondere Schweden und Norwegen – zur Zahlung des Peterspfennigs. Hinzu kamen die Zinszahlungen der geschützten und von der jeweiligen Bischofsgewalt eximierten Kirchen und Klöster, deren Zahl seit dem ausgehenden 11. Jahrhundert erheblich zunahm. Schon Leo IX. hat die Patriarchen, Erzbischöfe, Bischöfe und Äbte zu freiwilligen Zahlungen aufgefordert, die vornehmlich beim Besuch des päpstlichen Hofes zu leisten waren und von Innozenz III. in ein festes Taxensystem eingeordnet wurden. Seit dem Anfang des 13. Jahrhunderts mußten Bischöfe und Äbte bei der Ernennung und Bestätigung durch den Papst hohe Servitien leisten, wozu seit der Mitte desselben Jahrhunderts auch die Inhaber anderer geistlicher Pfründen verpflichtet wurden. Darüber hinaus hatten die Bittsteller und Privilegienempfänger eine Fülle von Gebühren und Handgeldern zu zahlen. Seit dem Dritten Kreuzzug erhob die römische Kurie eine spezielle Kreuzzugssteuer von den hohen Geistlichen, die im Laufe des 13. Jahrhunderts immer häufiger gefordert wurde. Der Fiskalismus der Päpste und der römischen Kurie förderte ein gleichartiges Verhalten unter den hohen Geistlichen. Daran entzündete sich schon seit dem Investiturstreit eine scharfe Kritik, die sich gegen die Geldgier am päpstlichen Hofe, aber auch allgemein gegen die reiche Amtskirche richtete.

b) Reformpapsttum und Mönchtum von Cluny

Der Entwicklungsstrang zur mächtigen und reichen Amtskirche läßt sich bis auf das Mönchtum von Cluny zurückverfolgen, womit freilich nur ein Bedingungsfaktor unter anderen angedeutet ist. Das von der burgundischen Reformzentrale bestimmte Mönchtum hat auf das Reformpapsttum einen nachhaltigen Einfluß ausgeübt. Das Kloster unterstand bereits seit seiner Gründung unmittelbar dem apostolischen Stuhl. Erstmals in der Geschichte des benediktinischen Mönchtums hat Cluny zahlreiche Klöster, Priorate und Kirchen in einen hierarchisch aufgebauten, dem Mutterkloster unterstehenden Verband eingeordnet und damit der Bindung an die

Diözesen und auch dem Zugriff der laikalen Gewalten weitestmöglich entzogen.

Den verschiedenartigen Reformzweigen Clunys standen viele Mitstreiter des Reformpapsttums und sogar einige Päpste sehr nahe, etliche von ihnen waren Mönche in einem cluniazensisch geprägten Kloster gewesen. Hervorgehoben seien der bereits erwähnte Kardinalbischof Humbert von Silva Candida, Hugo Candidus (aus dem Vogesenkloster Remiremont), der dem lothringischen Herzogshaus angehörige Friedrich, der als Abt von Montecassino zum Papst (Stephan IX., 1057–1058) gewählt wurde, dessen Nachfolger Papst Nikolaus II. (1058–1061) und Hildebrand-Gregor VII. (1073–1085), der schon unter dem Pontifikat seines Vorgängers, Alexanders II. (1061–1073), entscheidend auf die päpstliche Politik eingewirkt hat. Dem kurzen Pontifikat Viktors III. (1086–1087), der schon von Stephan IX. zum Abt von Montecassino erhoben worden war, folgte der frühere Mönch und Prior von Cluny Odo als Urban II. (1088–1099). Der Höhepunkt des cluniazensischen Mönchtums deckte sich weitgehend mit dem Zeitalter des Reformpapsttums (– 1130) und mit der Regierungszeit des Abtes Hugo (1049–1109). Zu dieser Zeit weitete sich der cluniazensische Wirkungsbereich nochmals erheblich über das bisherige Verbreitungsgebiet, das von dem burgundischen Zentrum in den Westen Mittelfrankreichs und in die Rhône-Landschaft ausstrahlte, vor allem in das nordöstliche und südwestliche Frankreich (mit wenigen Ausläufern in England und im nördlichen Spanien) und nach Oberitalien aus.

Ohne eine engere Anbindung an Cluny wurden cluniazensische Reformansätze erst seit dem Ende der sechziger Jahre des 11. Jahrhunderts auch in Deutschland wirksam, wo bis dahin die eng mit der Reichsherrschaft verbundene Klosterreform von Gorze-St. Maximin (Trier) vorgeherrscht hatte. Die cluniazensischen Klöster nutzten ihren zumeist großen Grundbesitz in den herkömmlichen Formen, ohne daß die Mönche – gegen den Wortlaut der Benediktregel – selbst noch körperliche Arbeit verrichteten. Die grundherrschaftlichen Einnahmen, die an der Wende vom 11. zum 12. Jahrhundert zumeist schon in Geldleistungen erfolgten, und die wertvollen Stiftungen von Adligen und Königen erlaubten den Mönchen einen geradezu verschwenderischen Lebenswandel. Sie konzentrierten sich auf die in großer Pracht entfaltete Liturgie, in der das Gedächtnis für die (adligen) Toten einen hohen Stellenwert besaß. Mit ihren religiösen Lebensformen sprachen sie die adligen Führungsschichten an, aus denen – fast ausnahmslos – die Konventsmitglieder stammten. Ein äußeres Zeichen des cluniazensischen Mönchtums am Ende der Blütezeit war die Architektur der 1088 begonnenen dritten Basilika von Cluny, die mit ihren riesigen Ausmaßen (187 × 77 m) zur bei weitem größten Kirche in der westlichen Christenheit wurde. Der Konvent des Klosters soll sich zwar in wenigen Jahrzehnten auf ca. 200 Mönche verdreifacht haben, die völlig ungewöhnlichen Dimensionen verkörpern aber in erster Linie die Herrschaftsansprüche der „monarchia monachorum" (der Monarchie der Mönche) von Cluny.

c) Eremiten und Eremitenorden

Während der Bauzeit dieser Basilika (1088–1130) war das cluniazensische Mönchsideal schon heftig umstritten. Bereits vor dieser Zeit wurden religiöse Gemeinschaftsformen praktiziert, die sich deutlich von Cluny und Gorze unterschieden und außerhalb des benediktinischen Mönchtums lagen. Eine solche Alternative bot das Eremitenwesen. Die frühesten Ansätze entwickelten sich in Mittelitalien mit den Einsiedlergemeinschaften von Camaldoli, Fonte Avellana und Vallombrosa während der ersten Hälfte des 11. Jahrhunderts. Diese Bewegung erhielt in Petrus Damiani (1006/7–1072), der unter Papst Stephan IX. zum Kardinalbischof von Ostia aufgestiegen war, eine überragende Führungsgestalt. Erst seit der Mitte des 11. Jahrhunderts gelang es diesen Eremitenzentren, größere Klösterverbände zu bilden. Von diesen konnte jedoch nur Vallombrosa, dessen Mönche während des Investiturstreits auch vor militanten Aktionen gegen die Gegner der gregorianischen Kirchenreform nicht zurückschreckten, über Mittelitalien hinaus in Oberitalien monastische Stützpunkte gewinnen. Insgesamt hatten diese Reformrichtungen um die Mitte des 12. Jahrhunderts den Höhepunkt ihrer Wirksamkeit bereits überschritten.

Erst gegen Ende des 11. Jahrhunderts griff die Eremitenbewegung auch nach Frankreich über. Sie war auch dort noch stark vom süditalienisch-byzantinischen Vorbild geprägt. Dies gilt auch für Stephan von Thiers († 1124). Er hatte das Eremitenwesen in Kalabrien kennengelernt, bevor er in der Nähe von Limoges eine Gemeinschaft gründete. Diese bildete die Grundlage zum Orden von Grandmont, in dem die Laienbrüder eine führende Stellung behielten. In engen Kontakt mit dem süditalienischen Eremitenwesen kam auch der Weltpriester Bruno von Köln (ca. 1030–1101). Nach seiner Tätigkeit als Leiter der philosophisch-theologischen Studien an der Domschule zu Reims führte Bruno, der seine Bischofsstadt als ein neues Babylon verachtete, das Leben eines Eremiten. Seit dem Jahre 1084 hielt er sich mehrere Jahre in einer kleinen Eremitengemeinschaft im Tal der Grande Chartreuse (Dauphiné) auf. Danach wurde er von Urban II., seinem Schüler, an die Kurie berufen. Der Papst erlaubte ihm jedoch schon ein Jahr später, in Süditalien wieder die Einsamkeit aufzusuchen. Aus der Einsiedlergemeinschaft von Grande Chartreuse erwuchs in den nächsten Jahrzehnten die Keimzelle des Kartäuserordens, dessen Hauptverbreitungsgebiet zunächst im Südosten Frankreichs lag. Erst im 14. Jahrhundert wurden auch im deutschen Reichsgebiet viele Kartausen gegründet.

d) Die Zisterzienser

Hingegen hat der Zisterzienserorden bereits ein Vierteljahrhundert nach der Gründung von Cîteaux (1098) in Deutschland seine ersten Niederlassungen erhalten. Robert von Molesme († 1111), der Gründer dieses Ordens, hatte sich vom benediktinischen Mönchtum traditioneller Prägung schon vor dem Jahre 1075, in dem er mit Eremiten in Burgund die Abtei Molesme errichtete, abgewandt. Er verließ Molesme mit einigen Gefährten, als das Kloster nicht mehr seinen Idealen entsprach, und gründete um 1098 in dem abgelegenen Cîteaux – unweit von Cluny – ein neues Kloster. Erst unter seinen Schülern und insbesondere seit dem Eintritt Bernhards von Fontaines in Cîteaux (1112) wurden weitere bedeutende Konvente errichtet: La Ferté 1113, Pontigny 1114, Morimont und Clairvaux 1115. Abt der Neugründung Clairvaux wurde Bernhard, der eine größere Anzahl von jungen Adligen für die neue monastische Lebensform gewann. Im Jahre 1119 bestätigte Papst Calixt II. (1119–1124) die bisherige Verfassung; er gab den Zisterziensern ferner die Vollmacht zur selbständigen Regelung ihrer Konstitution.

Mit der stärkeren Betonung des Eremos und des Armutsideals standen die Zisterzienser unter Berufung auf die Benediktregel von Anfang an in einem bewußten Gegensatz zum Mönchtum von Cluny. Im Unterschied zum cluniazensischen Mönchtum verzichtete der Zisterzienserorden wenigstens zunächst auf Eigenkirchen, auf Einkünfte aus Grundrenten und Herrschaftsrechten, auf Zehnten und auf Eigenleute. Die Mönche leisteten vielmehr selbst körperliche Arbeit; darin wurden sie von Laienbrüdern (Konversen) und vor allem Lohnarbeitern unterstützt, die schon bald die Hauptlast der Handarbeit übernahmen. Sie betrieben so an Stelle der alten klösterlichen Grundherrschaften eine anfangs auf Autarkie ausgerichtete Eigenwirtschaft, die zumeist durch Rodungen und andere Kultivierungsmaßnahmen dem Wald und der Wildnis abgerungen wurde. Jedes neugegründete Kloster erhielt unter einem eigenen, vom Konvent gewählten Abt eine weitreichende Selbständigkeit, die durch die jährliche Versammlung aller Äbte und ferner durch das Visitationsrecht der Generaläbte in die Einheit des Ordens eingebunden wurde. Vom burgundischen Stammland breiteten sich die Klöster in der gesamten römischen Christenheit rasch aus. Um 1130 bestanden bereits etwa 80 Konvente. Bis zum Todesjahr Bernhards von Clairvaux (1153) – in dessen letztem Lebensjahrzehnt hatte mit Eugen III. (1145–1153) sein Schüler und Ordensbruder die höchste kirchliche Würde inne – wuchs der Orden auf etwa 350 Klöster an. Die Zahl stieg bis um 1200 auf ca. 500, bis zur Mitte des 13. Jahrhunderts auf 650; in der zweiten Hälfte desselben Jahrhunderts kamen nur noch etwa 50 hinzu. Nach groben Schätzungen betrug die Zahl der Mönche und Laienbrüder um die Mitte des 12. Jahrhunderts etwa 11000, im folgenden Jahrhundert dürfte sie sich verdoppelt haben. Nicht berücksichtigt sind dabei die zahlreichen Frauenkonvente, die vom ausgehenden 12. bis zur Mitte des 13. Jahrhunderts dem Zisterzienserorden inkorporiert wurden, obwohl der Orden nur für wenige Jahrzehnte die Angliederung von Nonnenklöstern guthieß und sie spätestens im Jahre 1228 wieder einschränkte.

Zu dieser Zeit hatten die grauen Mönche, deren Klöster inzwischen zumeist über größeren Grundbesitz verfügten und die nun auch stärker mit den Städten und mit den städtischen Märkten verbunden waren, sich von den ursprünglichen Ordensidealen in vielerlei Hinsicht schon entfernt. Die Mönche des relativ zentralistisch organisierten und weit verbreiteten Ordens wuchsen im Laufe des 12. Jahrhunderts immer mehr in die Rolle von Helfern der Amtskirche und des Papsttums, so daß ein Vergleich mit den Jesuiten des 16. und 17. Jahrhunderts nicht abwegig erscheint. Dafür sind der Aufstieg vieler Zisterzienser zu Bischöfen und Kardinälen und nicht zuletzt ihre große Bedeutung bei der Vorbereitung und selbst bei der Durchführung der Kreuzzüge wie auch bei der Ketzerbekämpfung und schließlich bei den Ketzerkreuzzügen im südlichen Frankreich kennzeichnend. Die seit dem Anfang des 13. Jahrhunderts entstehenden Bettelorden, die im krassen Unterschied zur Anfangsphase der Zisterzienser auf die Städte ausgerichtet waren, trugen zum Funktionsverlust des Ordens von Cîteaux bei. Langfristig machte sich die Vernachlässigung der Seelsorge für die weitere Entwicklung des Ordens negativ bemerkbar. Die einfach gehaltenen Klosterkirchen, die in deutlichem Kontrast zu den Kirchen der Cluniazenser standen, sahen weder Raum für Pilgerscharen noch für einfache Gläubige vor.

e) Wanderprediger als Ordensgründer

Von Anfang an weitaus bedeutsamer war die Rolle der Frauen bei jenen Orden, die zu Beginn des 12. Jahrhunderts aus der Tätigkeit von eremitisch lebenden, charismatischen Wanderpredigern erwachsen sind. Diese Einsiedler wurden zu „Wanderpredigern aus den Wäldern". Selbst in äußerster Armut lebend, forderten sie in ihren Bußpredigten, die sie auf ihren Zügen durch Stadt und Land zumeist außerhalb der Kirche vor vielen Zuhörern hielten, dazu auf, „die Welt zu verlassen und nackt dem nackten Christus am Kreuze zu folgen". Sie übten damit seit dem Ende des 11. Jahrhunderts vornehmlich im mittleren und nördlichen Frankreich und in den Niederlanden auf breite Bevölkerungskreise eine bis dahin unbekannte Faszination aus. Völlig neu war die große Resonanz, die sie bei den Frauen fanden. Ihre oft scharfe Kritik an den reichen Geistlichen, die sie an dem Ideal der „paupertas ecclesiae" (Armut der Kirche) maßen, steigerte noch das Mißtrauen, ja die Feindschaft vieler Angehöriger der etablierten Amtskirche gegen diese predigenden Vaganten. Nur jene, die sich und ihre Anhänger in die Amtskirche einfügten, entgingen auf Dauer der Verketzerung. Dafür war die Einholung der Predigererlaubnis, die von Bischöfen und Päpsten nur vereinzelt erteilt wurde, und die Einordnung der jeweiligen Anhängerschaft in monastische Formen notwendig. Die sich so in die Amtskirche einfügenden Wanderprediger wurden in der Folgezeit sogar vielfach zu den wirksamsten Kämpfern gegen die Ketzergruppen.

Leben in Armut nach dem Vorbild der Evangelien und Wanderpredigt (vita apostolica) waren auch die Grundlagen der großen Erfolge, die der Weltpriester Robert von Arbrissel (ca. 1060–1117) – früher Berater des Bischofs von Rennes und dann Leiter einer Eremitengemeinschaft – bei der Bevölkerung im Westen Frankreichs hatte. Auf seinen Predigtzügen wurde er von einer großen Schar begeisterter Männer und Frauen begleitet. Um für seine Begleiter und Anhänger einen festen Wohnsitz zu schaffen, errichtete er zuerst (1100/1101) das Doppelkloster Fontevrault (an der Loire) und weitere gleichartige Konvente. Diese unterstellte er kurz vor seinem Tode einer Kongregation unter Leitung der Großäbtissin von Fontevrault. Um dieselbe Zeit entstanden aus der Eremiten-, Armuts- und Wanderpredigerbewegung weitere Orden in Frankreich.

Eine wichtige Ausnahme bildete der Orden von Prémontré (Btm. Laon). Er ging auf die Initiative des niederrheinischen Adligen, kaiserlichen Hofkapellans und Wanderpredigers Norbert von Gennep zurück (1120). Der Prämonstratenserorden breitete sich schon früh vornehmlich im nordöstlichen Frankreich und in den Rheinlanden aus; im späteren Verlauf des 12. Jahrhunderts errichtete er Niederlassungen bis nach England und Irland und bis ins nördliche Spanien wie auch im weiteren mitteleuropäischen Raum. In Italien und im südlichen Frankreich blieb er auf wenige Klöster beschränkt. In der Anfangsphase waren auch bei den Prämonstratensern Doppelklöster üblich. Um 1140 wurden jedoch die Nonnen in gesonderten, allerdings oft in der Nähe der Männerklöster gelegenen Konventen angesiedelt, die der geistlichen Leitung der Prämonstratenser unterstellt blieben. Um die Mitte des 12. Jahrhunderts sollen dem Prämonstratenserorden allein in der Diözese Laon 1000, insgesamt sogar 10000 Frauen angehört haben. Seit dem ausgehenden 12. Jahrhundert (1198) wurden die noch bestehenden Doppelklöster aufgehoben und keine Frauenklöster mehr in den Orden inkorporiert, was vielleicht zu der gleichzeitig einsetzenden Öffnung des Zisterzienserordens gegenüber den Nonnenklöstern beigetragen hat.

f) Die Regularkanoniker

Im Unterschied zu den Cluniazensern und Zisterziensern verstand sich der Prämonstratenserorden als Reformzweig in der Tradition der Kanonikergemeinschaften. Für diese Regularkanoniker sind bereits während des späteren 11. Jahrhunderts vor allem in Italien und Frankreich Reformzentren entstanden. Die dort befolgten Anforderungen genügten jedoch nicht mehr den Ansprüchen, die die stärker vom Eremitentum bestimmten Reformer zu Beginn des 12. Jahrhunderts hinsichtlich der persönlichen Armut und Askese an die Kanonikergemeinschaften stellten. In diesen Bemühungen stützten sie sich zunehmend auf eine dem Kirchenvater Augustinus zugeschriebene Regel. Die „Augustinerchorherren" gliederten sich in zahlreiche Reformgruppen und Kongregationen. Bis etwa 1125 waren vielen Konventen auch Gemeinschaften von Chorfrauen in der Form des Doppelklosters angegliedert; danach wurden sie in weithin selbständigen Stiften abgesondert. Innerhalb der strengeren Richtung äußerte sich die Vielfalt unter den Augustinerchorherren auch in der unterschiedlichen Gewichtung von Chordienst (vita contemplativa) und Seelsorge (vita apostolica). Insgesamt aber wurden die regulierten Chorherren und die Prämonstratenser im 12. Jahrhundert zu den wichtigsten Stützen der Pfarrseelsorge, die seit der ersten Lateransynode von 1123 ganz der Leitung der jeweiligen Diözesanbischöfe unterstellt wurde. Viele der regulierten Chorherrenstifte befanden sich an wichtigen Verkehrs- und Wallfahrtsstraßen und am Rande der alten Städte bei den aufsteigenden gewerblichen Produktionsorten und Verteilungszentren; ihnen waren vielfach Hospitäler zugeordnet. Innerhalb der Gesamtkirche gewannen die Regularkanoniker ihre größte Bedeutung zwischen dem dritten und sechsten Jahrzehnt des 12. Jahrhunderts. Während das gregorianische Reformpapsttum der vorhergehenden Jahrzehnte stark vom benediktinischen Mönchtum (mit den Zentren Cluny und Montecassino) geprägt war, gewannen jetzt die Regularkanoniker einen größeren Einfluß an der päpstlichen Kurie und im Kardinalskollegium. Mit Ausnahme des ehemaligen cluniazensischen Mönches und späteren Gegenpapstes Anaklet II. (1130–1138) und des früheren Zisterziensermönches Eugen III. (1145–1153) waren alle Päpste zwischen Honorius II. (1124–1130) und Hadrian IV. (1154–1159) Regularkanoniker.

An die Stelle des relativ einheitlichen benediktinischen Mönchtums trat in der Zeit der Kirchenreform unter dem gregorianischen Papsttum eine Mannigfaltigkeit von neuen Orden und Kongregationen. Diese beriefen sich teils auf die Benediktregel, teils auf die angebliche Regel des hl. Augustinus. Die neuen Impulse entsprangen einer vertieften Religiosität. Diese fand ein großes Echo unter den Laien, so daß durchaus von der ersten religiösen Massenbewegung in der europäischen Geschichte gesprochen werden kann. Darin traten die Frauen in einem bisher unbekannten Maße hervor. Der traditionelle Rahmen der Amtskirche erwies sich als unzureichend. Die vielfach von den lokalen Würdenträgern bekämpften Wanderprediger übernahmen in neuartigen Formen Seelsorgeaufgaben, womit sie sich vielfach dem Verdacht, dem Vorwurf oder gar der Anklage der Häresie aussetzten. Die dem Armutsideal anhängenden Wanderprediger inspirierten viele neugegründete Klöster, Orden und Kongregationen zur verstärkten Seelsorgetätigkeit, womit sie freilich oft in Konflikt mit dem eremitischen Lebensideal gerieten. Die hohe Aktivität der Laien äußerte sich auch noch in der rechtlichen Einbindung von Laienbrüdern und -schwestern (Konversen) in das Klosterleben.

g) Die frühen Ritterorden

Die neuartige Vielfalt der religiös-monastischen Lebensformen wurde in demselben Zeitraum noch ergänzt durch das Aufkommen der ersten

Ritterorden. Darin kam es zu einer bis dahin unvorstellbaren Symbiose von zwei bisher streng geschiedenen Lebensformen: dem Rittertum und dem Mönchtum. Sie wurde erst im Zusammenhang mit den Kreuzzügen möglich, rief aber selbst damals noch heftige Kritik hervor. Unter diesem Zwiespalt litt in ihrer Anfangsphase auch die Gemeinschaft der „milites templi" (Tempelritter), die der aus der Champagne stammende Adlige Hugo de Payns († 1136) 1118/19 am Tempel Salomons in Jerusalem begründet hatte. Neben Armut, Ehelosigkeit und Gehorsam hatten sich die Mitglieder „zum bewaffneten Kampf gegen die Feinde des Glaubens und des Friedens und zur Verteidigung der Christen" verpflichtet. Zur Abwehr dieser Kritik verfaßte Bernhard von Clairvaux um 1128/29 im Interesse der Tempelritter seine später weit verbreitete Schrift „De laude novae militiae" (Vom Lob der neuen Ritterschaft), um die ihn sein Verwandter Hugo de Payns gebeten hatte. Darin rechtfertigte der damals schon weit bekannte Zisterzienserabt unter scharfer Kritik an dem weltlichen Rittertum diese religiös-militärische Gemeinschaft, die auf dieser Autorität auch ihre 1130 abgeschlossene Ordensregel abstützen konnte. Bald danach setzte die Blütezeit des Templerordens ein, der sich auch im Hospitalswesen betätigte – vor allem in Frankreich –, viele Niederlassungen errichtete und reiche Besitzungen erwarb. Die Templer betätigten sich in der zweiten Hälfte des 12. Jahrhunderts in erheblichem Umfang im Kreditgeschäft.

In diesen neuen Zweig des Ordenslebens mündete auch die Geschichte der Johanniter ein. Dieser Orden ist aus einer um 1070 von Kaufleuten aus Amalfi bei einem ursprünglichen Klosterhospital in Jerusalem begründeten Bruderschaft hervorgegangen, die nach dem Ersten Kreuzzug auch in Westeuropa eine Vielzahl von Niederlassungen und vorbildhaft geführter Hospitäler einrichtete. Neben der Armen-, Pilger- und Krankenpflege übernahmen die Johanniter seit den endenden dreißiger Jahren auch militärische Aufgaben. Die damit eingeleitete Militarisierung ergab sich langfristig aus den besonderen Verhältnissen im Heiligen Land. Die Angleichung an den Templerorden wurde in den vor 1153 verfaßten Statuten der Johanniter abgeschlossen und verankert. Wie der Templer- so war auch der Johanniterorden in drei Gruppen gegliedert: die Ritter, die davon zunächst nicht klar zu scheidenden Brüder und die Kleriker. Die Spitalarbeit wurde zunehmend von den Brüdern geleistet. Die militärischen Aufgaben wurden noch längere Zeit von „servientes" wahrgenommen, die im Solde des Hospitals standen. An diesen Mustern haben sich in der Folgezeit weitere Ritter- und Hospitalsorden orientiert. Sie haben zur Verchristlichung des Ritterideals, zugleich aber auch zur Sanktionierung des Krieges gegen die Heiden und Andersgläubige wesentlich beigetragen.

h) Die Bettelorden

Bis gegen Ende des 12. Jahrhunderts verlief die Geschichte des Mönchtums in den bis etwa 1130 vorgeformten Bahnen. Neue Formen wurden innerhalb der inzwischen hierarchisch gefestigten Amtskirche erst an der Wende zum 13. Jahrhundert teils gegen erhebliche innerkirchliche Widerstände durchgesetzt. Damals befand sich die römische Amtskirche auf dem Höhepunkt ihrer politischen Stellung; zugleich erlebte sie den bis dahin tiefsten Einbruch ihrer Glaubwürdigkeit. Die Kritik und Ablehnung erwuchsen aus den kraftvollen Laienbewegungen der freiwilligen Armut und Buße, die zu einem beträchtlichen Teil die Heilswirkung der katholischen Kirche schon aus dogmatischen Gründen bestritten. Von dieser akuten Bedrohung ist die Amtskirche vor allem durch die Bettelorden und die entscheidende Mitwirkung von Papst Innozenz III. befreit worden. Im Unterschied zu den bisherigen Klöstern verzichteten die Bettelorden für ihre Konvente wenigstens anfangs auf jeglichen oder doch auf größeren Besitz, so daß ihre Mitglieder tatsächlich arm lebten und teilweise auch auf den Bettel angewiesen waren. Innozenz nutzte seine unangefochtene Führungsposition dazu, einen Teil der häresieverdächtigen oder bereits verketzerten Gemeinschaften wieder in die Kirche einzufügen und mit den Bettelorden der Franziskaner und Dominikaner neue Formen der Seelsorge und der monastischen Lebensweise in der Kirche zu verankern. Letzteres war schon infolge der Herkunft und Einstellung des Gründers bei den Franziskanern ein wesentlich größeres Problem als bei den Dominikanern.

Don Dominingo de Guzmán, der Begründer des Dominikanerordens, entstammte einer Familie aus dem Adel der spanischen Reconquista. Als theologisch gebildetes Mitglied des regulierten Domkapitels von Osma war Dominikus Angehöriger der traditionellen Hochkirche in einer reformierten Ausrichtung, ehe er im Jahre 1206 zusammen mit Bischof Diego von Osma in Südfrankreich neue Formen in der Bekämpfung der dort weit verbreiteten Ketzer vorschlug und erprobte. Im Unterschied zu den erfolglosen Zisterziensern glichen sie sich in freiwillig angenommener Armut der bedürfnislosen Lebensweise und dem Predigtapostolat der häretischen Wanderprediger an. Nach dem Tode Diegos (1207) verhalf Dominikus, der bis dahin im Schatten seines Bischofs gestanden hatte, diesem Konzept, das durch die gute theologische Ausbildung der neuen Prediger ergänzt wurde, durch seine unermüdliche Organisationstätigkeit nicht nur im Midi zu einer weitausgreifenden Wirksamkeit. Seine Gemeinschaft erhielt im Jahre 1215 durch Stiftungen zweier hochangesehener Bürger aus Toulouse eine erste materielle Grundlage. Im folgenden Jahr wurde sie durch Übertragung der Augustinerregel noch von Papst Innozenz III. als Orden anerkannt.

Zwischen 1216 und 1221 – dem Todesjahr des Dominikus – breitete sich der Orden unter Bevorzugung der großen Gewerbe- und Handelsstädte in Frankreich, Spanien, Italien, Deutschland und England aus. Bis zum Jahre 1230 besaß der Orden – dessen Leitung nach dem Tode des Gründers an Jordan von Sachsen (1222–1237), der in Paris studiert hatte, überging – schon Niederlassungen in Schottland und Syrien. Um das Jahr 1300 verfügte der Orden über 537 Konvente mit etwa 15000 Mitgliedern. Mit der Gründung eines Ordens für Nonnen berücksichtigten Diego und Dominikus auch die religiöse Frauenbewegung; auch darin spielten die Angehörigen der städtischen Führungsschichten eine hervorragende Rolle. Von diesem Vorbild und jenem der Zisterzienserinnen wurden weitere Frauenorden beeinflußt. Das monastische Modell des hl. Dominikus wirkte sich auch auf die Bildung von Laienbruderschaften aus, die schließlich im Dritten Orden der „Brüder und Schwestern von der Buße des hl. Dominikus" einen institutionellen Rahmen erhielten.

Trotz späterer Angleichungen zwischen den Dominikanern und den Franziskanern hat sich die Persönlichkeit der Gründer doch langfristig prägend auf die Geschichte beider Gemeinschaften ausgewirkt. In seiner sozialen Herkunft steht Franz von Assisi – Sohn des reichen Tuchhändlers Pietro Bernadone und der vermutlich aus der Picardie stammenden adligen Donna Pica – dem Kaufmann Waldes aus Lyon, dem Initiator der bald verketzerten Waldenser, viel näher als dem Stifter des Dominikanerordens. Zu derselben Zeit, als Dominikus und Diego die neue Form der Wanderpredigt im Languedoc erstmals praktizierten, beschloß der gut zwanzigjährige Franz, im Jahre 1206, die radikale Abkehr von seinem bisherigen Leben, das ihm Reichtum und hohes gesellschaftliches Ansehen in der städtischen Oberschicht, die die Lebensformen des Adels nachahmte, in sichere Aussicht stellte. Mit seinem Entschluß, die Welt zu verlassen und ein Leben in Armut, Buße und Absonderung zu führen, stand Franz unter seinen Standesgenossen selbst in Mittelitalien nicht allein. Diesen Weg hatte schon im 12. Jahrhundert der Tuchhändlersohn Galganus von Chiusdino beschritten, zahlreiche andere Angehörige von Kaufleutefamilien vor allem der Toskana haben sich dazu unabhängig von Franz entschlossen. Zweifellos drückte sich darin auch eine Bewußtseinskrise der vom Geld- und Besitzstreben bestimmten führenden Kaufleutefamilien aus. Das Leben nach dem Vorbild des heiligen Evangelium („vivere secundum formam sancti evangelii") war zugleich das Ideal vieler verketzerter Gemeinschaften. Franz von Assisi stand zwar in dieser Tradition und weit verbreiteten Stimmung, woraus sich seine Wirksamkeit leichter erklärt. Er und seine Gefährten haben jedoch dieses Leben in Armseligkeit geradezu extrem verwirklicht. Zugleich hat er die von ihm inspirierte Bewegung von Anfang an unter den Gehorsam der Amtskirche gestellt und seine Mitbrüder zur Ehrfurcht gegenüber den Priestern aufgefordert.

Innozenz III. erteilte Franz und seinen frühen Anhängern schon im Jahre 1210 eine mündliche Bestätigung der Regel, die jedoch kaum mehr als eine Sammlung von Schriftstellen beinhaltet haben dürfte. Bis zu seinem Tode im Jahre 1226 unternahm der „Poverello" selbst nur wenig, um seine Anhängerschaft – zu der unter Führung Klaras von Assisi, der Gründerin des Klarissenordens, auch viele Frauen gehörten – in einer festen Ordensform zu organisieren. Schon bald nach 1210 übergab er die Leitung des

Ordens der Minoriten (Minderbrüder) einem seiner ersten Gefährten und führte selbst ein unstetes Pilger- und Missionarsleben. Er begab sich sogar in das vom Kreuzfahrerheer belagerte Damiette, um vom Sultan die Erlaubnis zur Mission zu erhalten und so den Kreuzzug und weiteres Blutvergießen zu verhindern. Die Initiative zu einer festeren Organisation ging von der päpstlichen Kurie aus, an der Hugolin von Ostia – der spätere Papst Gregor IX. (1227–1241) – zum ersten Kardinalprotektor der Minderbrüder ernannt wurde. In der 1223 erlassenen „Regula bullata" wurde ihnen die innere und äußere Mission zur Hauptaufgabe gesetzt; zugleich wurde die Armut des einzelnen und der Gemeinschaft festgelegt. In seinem Testament betonte Franz von Assisi drei Jahre später das Armutsideal nochmals scharf und verpflichtete die Brüder, ihren Lebensunterhalt vor allem durch Handarbeit zu bestreiten; das Betteln sollte hingegen die Ausnahme bleiben. Auch in dieser Hinsicht nahm der Poverello ältere Vorstellungen über den asketischen Wert der Handarbeit auf, wie ihn die Zisterzienser erstmals wieder in deutlicher Absetzung vom adlig-benediktinischen Lebensstil hervorgehoben, freilich selbst auch nur für kurze Zeit ernstgenommen hatten. Auch von den Franziskanern wurde die Handarbeit außerhalb der Konvente wohl nur in den ersten Jahrzehnten in größerem Umfang praktiziert. Immerhin glichen sie sich so an die Lebensweise der breiten Bevölkerung vor allem in den Gewerbezentren an.

Trotz des Unverständnisses und auch Widerstandes von seiten mancher Vertreter der Amtskirche breiteten sich die Franziskaner sehr schnell auch außerhalb Mittelitaliens, wo die Häufung der Konvente auch später am dichtesten blieb, aus. Im Jahre 1217 wurden bereits Frankreich, Spanien, Deutschland und das Heilige Land in die Provinzeinteilung des Ordens einbezogen. Gemäß einer Liste von 1282 verfügte der Orden damals über 1271 Konvente. Um 1300 hatte er etwa 30000 Mitglieder, also mehr als das Doppelte der Dominikaner. In der Anfangsphase bot der Orden für jeden Platz, der sich auf eine kompromißlose Nachfolge Christi verpflichtete. Diese Offenheit wurde auch durch die Vernachlässigung der theologischen Studien unter den Franziskanern während dieser Zeit beeinflußt. Im Jahre 1224 billigte jedoch auch Franz von Assisi, der im wissenschaftlichen Studium eine Verführung zur menschlichen Selbstüberschätzung sah, ordensinterne Studien. Mit der stärkeren Einbindung des Ordens in die kirchliche Seelsorge wuchs die Bedeutung der Studien auch bei den Franziskanern.

Die Öffnung des Ordens für die aufblühenden Wissenschaften wurde zugleich durch den Eintritt großer Gelehrter begünstigt. Dazu gehörte der Theologe und Aristoteleskenner Alexander von Hales (ca. 1185–1245), der als Magister regens der Theologischen Fakultät in Paris (seit 1225) schon 1236 Franziskaner wurde und damit den Minderbrüdern den ersten theologischen Lehrstuhl an der Universität Paris einbrachte. In seinem Hauptwerk – der „Summa theologica" – schuf er unter Heranziehung der griechischen und arabischen Philosophie eine neue Synthese der auf augustinischen Grundlagen beruhenden Theologie. Etwa gleichzeitig gewann der Franziskanerorden auch engen persönlichen Kontakt zu dem weiteren überragenden Bildungszentrum der Zeit: zur Universität Oxford, an der die Naturphilosophie eine besonders wirkungsvolle Pflegestätte erhielt. Dort wurde der Engländer Robert Grosseteste (1175–1253) im Jahre 1224 Rektor der Franziskaner und stieg zum ersten Kanzler der Universität auf. Als Kenner des Griechischen übersetzte der Freund und Lehrer der Minoriten unter anderem die „Nikomachische Ethik" des Aristoteles. Er leistete ebenso Hervorragendes in der Astronomie und Mathematik. Als Naturphilosoph stützte er seine Erkenntisse vor allem auf die experimentelle Methode. So erkannte Robert die Wirkung optischer Linsen und schuf auf diese Weise wichtige Voraussetzungen für die im letzten Viertel des 13. Jahrhunderts erstmals angefertigten Lesebrillen.

Als Schüler Grossetestes bezeichnete sich auch der bedeutende Theologe und Naturphilosoph Roger Bacon (1214–1292), der als Professor für Philosophie in Paris – und später in Oxford – in den Franziskanerorden eintrat (1257). Sein großes Wissen über die heidnischen, arabischen, jüdischen und griechischen Philosophen stützte seine Hochschätzung der Mathematik innerhalb der Wissenschaften. Aufgrund seiner mathematischen Studien schlug er wesentliche Verbesserungen des Julianischen Kalenders vor. In seinem erfahrungswissenschaftlich-experimentierenden Forschungsdrang, der ihn auch in seinen Arbeiten auf dem Gebiete der Optik leitete, hielt er sogar die Konstruktion von Dampfmaschinen, Flugzeugen und Tauchapparaten für möglich.

Ein Schüler Alexanders von Hales in Paris war der aus Mittelitalien stammende Arztsohn Johannes Fidanza (1217–1274), der um 1243 unter dem Namen Bonaventura Mitbruder seines Lehrers wurde. Bonaventura beteiligte sich führend an dem „Mendikantenstreit" an der Pariser Universität. Diese Auseinandersetzung wurde seit 1252 während zwei Jahrzehnten zwischen den Bettelorden, die an der Universität Magisterstellen beanspruchten, und der „Professorenpartei" ausgetragen, die diesen eine solche Lehrtätigkeit nicht zubilligen wollte. Die Mendikanten errangen schon 1255 einen wichtigen Erfolg, als ihnen Papst Alexander IV. Lehrstühle an der Universität zusprach. Als Pariser Professor wurde Bonaventura schon zwei Jahre später zum General des Franziskanerordens, der damals bereits durch interne Streitigkeiten belastet war, gewählt. In dieser Position hat er maßgeblich auf die Verfassung und Organisation seines Ordens eingewirkt.

Mit der nicht kritiklos vollzogenen Öffnung zu den Studien ging eine zunehmende Klerikalisierung des Ordens einher. Nach dem etwa seit 1260 schreibenden Franziskaner Salimbene de Adam (aus Parma: 1221–ca. 1288) sollen in der Toskana während der vierziger Jahre weit mehr Laienbrüder als Kleriker gelebt haben. Die Aufnahme dieser ungebildeten Laienbrüder, die den Gebrauch der lateinischen Sprache als verwerflich empfanden, sei jedoch in der Folgezeit verdientermaßen fast gänzlich untersagt worden. Spätestens in der zweiten Phase des Ordens, die etwa ab 1230 einsetzte, wurden die Angehörigen der gehobenen stadtbürgerlichen Schichten innerhalb des Ordens bestimmend. Dieser Vorgang hob den grundsätzlichen Unterschied zu den älteren Mönchsorden, deren Mitglieder sich überwiegend aus dem Adel rekrutierten, nicht auf. Er war aber ein wichtiges Symptom für die Angleichung der Minoriten an die Leitbilder der städtischen Gesellschaft.

An diesen ,,Verbürgerlichungstendenzen" entzündeten sich neue Konflikte innerhalb des Ordens. Schon beim Tode des Gründers gab es Auseinandersetzungen zwischen den ,,Laxen" um Elias von Cortona, der 1239 endgültig wegen seines adelsgleichen Lebenswandels als General des Ordens abberufen wurde, und den Eiferern wegen der Einhaltung des Armutsideals. Dieses wurde schon unter dem Pontifikat Gregors IX. in der Weise umgangen, daß die Minoriten Rechtsgeschäfte durch Bevollmächtigte aus dem Laienstande in ihrem Interesse abschließen konnten. Innozenz IV. löste im Jahre 1245 diese Rechtskonstruktion durch eine andere ab, indem nun alle Besitzungen des Ordens in das Eigentum des päpstlichen Stuhls übernommen wurden. Der aufkommende Armutsstreit, der gegen Ende des 13. Jahrhunderts eine neue Zuspitzung erfuhr, war mit chiliastischen Vorstellungen versetzt.

Im Anschluß an den Kalabreser Zisterzienserabt Joachim von Fiore (ca. 1130–1202), dessen Lehre auf dem Laterankonzil von 1215 verurteilt wurde, kündigten die schon in der ersten Hälfte des 13. Jahrhunderts verbreiteten pseudojoachitischen Schriften den Anbruch eines neuen Weltzeitalters, des dritten, an. In diesem Zeitalter des Heiligen Geistes werde an die Stelle der verweltlichten und korrupten Amtskirche eine neue kirchliche Ordnung treten, in der die beiden Bettelorden die führende Stellung innehätten. Diese Vorstellungen konnten so gedeutet werden, daß in diesem letzten Zeitalter die gesamte Kirche in jeder Hinsicht zur Armut zurückzuführen sei, wie dies ähnlich auch in den Manifesten Kaiser Friedrichs II. während der vierziger Jahre propagiert wurde. Im Unterschied zum Dominikanerorden, der selbst zum konsequentesten Verfechter der Inquisition wurde, trat im Franziskanerorden immer wieder das Spannungsverhältnis zur Amtskirche hervor.

Mit den Dominikanern und Franziskanern sind nur die erfolgreichsten Orden innerhalb des breiten, überaus differenzierten Spektrums der innerkirchlichen Armuts- und Bußbewegungen des 12. und 13. Jahrhunderts genannt. Dazu gehörten vor allem die bedeutenden Bettelorden der Augustiner-Eremiten und der Karmeliter. Erstere verdankten ihre Entstehung den Bemühungen des Papsttums, durch Zusammenfassung und Zuordnung lokal und regional verschiedener monastischer Neuansätze den amtskirchlichen Zentralismus zu wahren. Der Orden wurde von Alexander IV. im Jahre 1256 durch die Vereinigung italienischer Eremitengemeinschaften gebildet. Er wandte sich ebenfalls der Seelsorge zu und förderte zu diesem Zweck das Studium seiner Mitglieder. Die Karmeliter gehen ebenfalls auf eine Eremitengemeinschaft zurück, die im 12. Jahrhundert auf dem Berge Karmel (Samaria) begründet wurde. Seit dem zweiten Viertel des 13. Jahrhunderts wurden ihre Angehörigen in Europa in der Seelsorge tätig, im Jahre 1247 erhielten sie den Status eines Ordens. Neben diesen großen Bettelorden entstanden im zweiten und dritten Viertel des 13. Jahrhunderts noch verschiedene andere Bettelorden hauptsächlich in Italien und Frankreich.

Die Bettelorden trugen wesentlich dazu bei, daß die päpstliche Herrschaftskirche die schwere Krise des 12. und 13. Jahrhunderts überlebte. Zwar blieben der weitausgreifenden Missionstätigkeit der Bettelorden in Nordafrika, Syrien und Palästina – in den vierziger und fünfziger Jahren drangen sie sogar bis in die Mongolei vor – größere Erfolge versagt. Umso wirksamer aber waren ihre Bemühungen in der Seelsorge in den vom gesellschaftlichen Wandel am stärksten geprägten großen Städtelandschaften und urbanen Zentren. Dort haben sie die herkömmlichen, unzureichend gewordenen Formen der Seelsorge stark beeinflußt, ergänzt und umgestaltet und insgesamt das kirchlich-religiöse Verhalten der Laien nachhaltig bestimmt. Sie haben wesentlich die Anpassung der Kirche an die vorwärtsdrängende Stadtkultur vermittelt. In ihrer Rückwärtsgewandtheit zu den Ursprüngen des Christentums, bei der sie an die Vorgänger des 11./12. Jahrhunderts anknüpfen konnten, waren sie zugleich Neuerer. Nirgendwo wurde dies offenkundiger als in dem starken Engagement der Bettelorden – zuerst der Dominikaner und dann auch der Franziskaner – in der theologisch-philosophischen Wissenschaft. Die Theologie blieb weiterhin die Mutter der Wissenschaften und Deuterin der Welt. Diese Rolle konnte sie nur behaupten, indem sie neuentdecktes Gedankengut und neue Denkweisen in sich aufnahm.

7. Bildung und Wissenschaft

a) Die Aneignung antiker Traditionen im Westen

Wichtige Neuansätze in Wissenschaft und Bildung des europäischen Westens im hohen Mittelalter beruhten auf einer erneuten und umfassenden Aneignung antiker Traditionen, insbesondere der griechischen Philosophie und Naturkunde und des spätantiken römischen Rechts. Dieser Lernvorgang wurde im Westen Europas im 12. Jahrhundert eingeleitet und erhielt in demselben Säkulum bereits eine festere Gestalt, die für das folgende Jahrhundert bestimmend blieb. In diesem Zusammenhang kann mit guten Gründen von einer „Renaissance“ im Sinne einer „Wiedergeburt“ der Antike im 12. Jahrhundert gesprochen werden. Diesem Zeitraum kann somit eine welthistorisch bedeutsame Mittlerrolle zwischen Antike und Moderne zugewiesen werden. Im Unterschied zu den vorhergehenden Wiederaufnahmen antiker Traditionen in der Karolingerzeit und an der Wende vom 10. zum 11. Jahrhundert begründete die „Renaissance" des 12. Jahrhunderts im westlichen Europa eine nicht mehr unterbrochene Kontinuität wissenschaftlichen Denkens, das in der scholastischen Methode ein festes Fundament erhalten hat. Insofern war diese „Wiedergeburt" für die Geschichte Europas mindestens ebenso bedeutungsvoll wie die „Renaissance" an der Schwelle vom Mittelalter zur Neuzeit, als eine Rückwendung zur Antike um ihrer selbst willen zunächst in Italien eingeleitet und vollzogen wurde.

Bei einer solchen Zuordnung ist jedoch zu betonen, daß die „Renaissance des 12. Jahrhunderts" (Ch. H. Haskins, 1927) in den zentralen Bereichen der Philosophie und der Naturkunde auf der Rezeption und Verarbeitung von muslimischen und jüdischen Gelehrten beruhte. Diese hatten vor allem seit dem 9. Jahrhundert die Tradition der griechischen Philosophie – insbesondere des Aristoteles, die im lateinischen Westen nur teilweise berücksichtigt worden war – aufgenommen und nicht zuletzt in der Medizin selbständig weiterentwickelt. Die großen naturwissenschaftlichen und medizinischen Lehrbücher aus dem islamischen Kulturkreis wurden bereits zwischen 1070 und 1087 durch die Übersetzungen des Constantinus Africanus – wahrscheinlich eines getauften Juden – für die Medizinschule von Salerno zugänglich gemacht. Daran knüpfte seit der Mitte des 12. Jahrhunderts die Übersetzerschule im spanischen Toledo an. Unter den dort tätigen Gelehrten ragte der Lombarde Gerhard von Cremona (1114–1187) mit Übersetzungen arabischer Schriften hervor, mit denen er dem lateinischen Westen Abhandlungen der Griechen – wie Hippokrates, Archimedes, Galen und Pseudo-Aristoteles – erschloß.

Auch am sizilischen Hofe Kaiser Friedrichs II. wurden viele allgemein naturkundliche Schriften aus dem Arabischen übertragen. Andere kleinere Übersetzungszentren, wie beispielsweise in Toulouse, erweiterten den Kenntnisstand. Dazu trug auch der Zeitgenosse Abälards, Adelard von Bath (ca. 1070–1146) bei. Nach seiner Schulbildung in Nordfrankreich unternahm er weite Reisen, die ihn bis nach Salerno, Sizilien und Antiochien führten. Er kam so mit der aus arabischen Quellen vermittelten antiken Naturforschung in enge Berührung. Aus seinen Bemühungen, die Bildungswelt der Araber zu erforschen („Arabum studia scrutari"), erwuchsen Bearbeitungen und Übersetzungen mehrerer astronomischer, astrologischer und mathematischer Werke aus dem Arabischen und Griechischen, darunter auch eine Euklidübersetzung. In den Zonen des lebendigsten Kontaktes der Mittelmeerkulturen – in Spanien, auf Sizilien und in der Provence – wurden seit dem Ende des 11. und verstärkt seit der Mitte des 12. Jahrhunderts auch die bis dahin im christlichen Westen unbekannt gebliebenen Schriften des Aristoteles von muslimischen, jüdischen und christlichen Gelehrten aus dem Arabischen – zumeist mit den arabischen Kommentaren – und bald auch aus dem Griechischen in die westliche Gelehrtensprache des Lateinischen übertragen. Des öfteren wurde auch eine hebräische Vorlage benutzt.

Zu Anfang des 13. Jahrhunderts waren somit die meisten Schriften des Aristoteles in Westeuropa bekannt. Die Wirkungsgeschichte seiner Werke und ihrer überwiegend arabischen Kommentare setzte in größerem Umfang aber erst im weiteren Verlauf des 13. Jahrhunderts ein. Sie wurde wesentlich durch die aristotelisch beeinflußten Abhandlungen muslimischer Gelehrter – vor allem des im islamischen Osten lebenden Avicenna (ca. 980–1037) und des überwiegend in Córdoba wirkenden Averroës (1126–1192) – und nicht zuletzt durch den jüdischen Arzt und Philosophen Maimonides (1135–1204) bestimmt. Die naturphilosophischen Schriften des Aristoteles und deren arabische und jüdische Kommentare enthielten Lehren, die teilweise mit dem christlichen Glaubensverständnis unvereinbar waren. Schon im Jahre 1210 verbot daher eine Pariser Synode die Lektüre dieser aristotelischen Schriften. Solche Verbote wurden in den nächsten Jahrzehnten wiederholt. Dennoch wurde schon im Jahre 1255 das Studium derselben Werke für die ganze Artistenfakultät der Pariser Universität verbindlich vorgeschrieben. Gestützt auf Aristoteles und vor allem Averroës vertraten bald Pariser Philosophen – wie der 1276 aus seinem Lehramt entfernte Siger von Brabant – eine rationale Philosophie und begründeten Thesen, die in offenem Gegensatz zu den christlichen Glaubenslehren standen. Sie wurden 1270 und erneut 1277 auf Pariser Synoden verurteilt, ohne daß damit derartige Denkansätze insbesondere unter Medizinern und Juristen fortan unterbunden werden konnten.

Inzwischen hatte die Rezeption des aristotelischen Gedankenguts im lateinischen Westen die hier wirksamen theologischen und philosophischen Traditionsstränge in unterschiedlichen Formen beeinflußt. Für die verschiedenen Richtungen sei nur auf die wichtigsten Repräsentanten hingewiesen: auf den in Mittelitalien beheimateten Franziskaner Bonaventura, dessen Geschichtstheologie stark von Augustinus geprägt blieb; auf den aus einer schwäbischen Ritterfamilie stammenden Dominikanermönch Albertus Magnus (um 1200–1280), der den Aristotelismus mit dem Platonismus, insbesondere mit dem Neuplatonismus, verknüpfte; schließlich auf den süditalienischen Grafensohn, Ordensbruder und Schüler Alberts, Thomas von Aquin (um 1225–1274), der die Werke des Aristoteles in sein eigenständiges philosophisches System einfügte.

Neben der Aneignung der griechischen Philosophie und Naturkunde – insbesondere der Medizin – in ihren muslimischen und jüdischen Vermittlungsformen setzte an der Wende vom 11. zum 12. Jahrhundert auch die Rezeption des spätantiken römischen Rechts ein. Die wissenschaftliche Beschäftigung mit dieser Rechtsüberlieferung war zunächst auf Bologna beschränkt. Dort schuf der Rechtslehrer Irnerius († nach 1125) mit seinen

Kommentaren und Erklärungen zum „Corpus iuris civilis", das unter Kaiser Justinian um die Mitte des 6. Jahrhunderts zusammengestellt worden war und gegen Ende des 11. Jahrhunderts im lateinischen Westen wieder bekannt wurde, die Grundlagen für eine Rechtsschule. Die an den justinianischen Rechtsquellen entwickelten dialektischen Methoden wurden in der Folgezeit auch auf das Kirchenrecht und weitere Rechtskomplexe angewandt. Neben der Zivilrechtswissenschaft wurde Bologna seit der Mitte des 12. Jahrhunderts auch zum wichtigsten Schulzentrum für die Kanonistik, für die der bereits erwähnte Camaldulensermönch Gratian um 1140 in seiner „Concordia discordantium canonum" ein neues Fundament gelegt hat. Aus diesen Rechtsstudien entwickelte sich Bologna an der Wende vom 12. zum 13. Jahrhundert, als dort etwa 1000 Studenten aus vielen westeuropäischen Ländern studierten, zu der neben Paris bedeutendsten Universität Europas.

b) Hohe Schulen und Universitäten

In der ersten Hälfte des 13. Jahrhunderts breitete sich die neue Organisationsform des wissenschaftlichen Unterrichts – die aus Genossenschaften von Lehrern und Schülern erwachsene Universität – vornehmlich in Italien und Frankreich, aber auch in Spanien und England schnell aus. Neben den Hohen Schulen von Paris, Bologna und Oxford erhielten auch die schon früher bekannten Medizinschulen von Salerno und Montpellier diesen Rang. Allein in Italien kamen während dieses Zeitraums Reggio, Vicenza, Arezzo, Padua, Vercelli und Piacenza hinzu; Kaiser Friedrich II. gründete im Jahre 1224 in Neapel für sein Königreich Sizilien die erste „Landesuniversität". Die fast ausschließlich in größeren Städten entstehenden Universitäten waren gleichsam nur die Wachstumsspitze einer Entwicklung, die seit der zweiten Hälfte des 11. Jahrhunderts aus den bis dahin vorherrschenden Kloster- und Domschulen herausführte. Eine Vorstufe bildete der Bedeutungsverlust der Klosterschulen gegenüber den städtischen Kathedralschulen. An den Kathedralschulen von Laon fanden sich schon am Ende des 11. und zu Beginn des 12. Jahrhunderts Schüler aus England, Italien und sogar Ungarn ein, um dem Unterricht des Anselm von Laon († 1117) – eines Schülers des Benediktinermönchs und späteren Erzbischofs Anselm von Canterbury im nordfranzösischen Bec († 1109) – und des Wilhelm von Champeaux († 1122) zu folgen. Mit der von ihnen betriebenen begrifflich-dialektischen Erhellung und Vertiefung der Theologie der Kirchenväter gehörten diese Lehrer zu den Begründern der Frühscholastik.

Trotz seiner scharfen Kritik an seinen Lehrern stand auch Abaelard (1079–1142) in dieser Tradition. Seine Anhänger feierten ihn u. a. als „Sokrates der Gallier, erhabener Platon des Westens, unseren Aristoteles ..., Fürst in der Welt der Wissenschaften": Heute wird er mit gewissem Recht als erster europäischer Intellektueller gekennzeichnet. Schon als junger Mann fand er in seinen Lehrveranstaltungen in Orten außerhalb von Paris großen Anklang, noch bevor er seit 1114 der bekannteste Lehrer an der Kathedralschule von Notre-Dame in Paris wurde. Sein Liebesverhältnis zu seiner jungen Schülerin Heloïse führte in eine persönliche Tragödie. Trotz Anfeindungen und Verurteilungen übte er als Lehrer bald wieder selbst an entlegeneren Orten eine große Anziehungskraft aus. Gegen Ende seines Lebens konnte er sie nochmals auf dem Genovevaberg bei Paris für wenige Jahre voll entfalten, womit er zum Aufstieg von Paris zur größten Unterrichtsstätte Frankreichs und zum Zentrum des Philosophie- und Theologiestudiums in Europa einen wichtigen Beitrag leistete. In seinen Lehrveranstaltungen und vor allem in seiner Schrift „Sic et non" (So und nicht so), in der er in einer wegweisenden Systematik die unterschiedlichen oder gar gegensätzlichen Äußerungen der Autoritäten gegenüberstellte, beeinflußte Abaelard die weitere Entwicklung zur Hochscholastik entscheidend.

Seit dieser Zeit gewann die Dialektik innerhalb der traditionellen Artes liberales (der freien Künste), deren Niveau im Westen bereits während des 10. und 11. Jahrhunderts insgesamt erheblich gestiegen war, einen höheren Rang; als Lehr- und Denkform durchdrang sie die anderen Fächer. Dieser Vorgang bereitete den Boden für die Rezeption aller Schriften des Aristoteles. Davon beeinflußt wuchs fast gleichzeitig die Medizin aus dem Rahmen der Artes liberales als eigenständige Wissenschaft hinaus, für die diese jedoch weiterhin erforderlich waren. Die Verbesserung der Logikkenntnisse war auch eine wesentliche Voraussetzung für die Entstehung der Glossatorenschulen und damit der Hohen Rechtsschulen. Die Dialektik und die Bereicherung der Naturkunde vermittelten dem Studium der Theologie seine wichtigsten neuen Impulse.

Insgesamt förderte die Beschäftigung mit der antiken Naturphilosophie das Ansehen des Quadrivium (Arithmetik, Geometrie, Musik und Astronomie) innerhalb der Artes liberales, in denen das Trivium (Grammatik, Rhetorik, Logik) das herkömmliche Fundament bildete. Schon Thierry von Chartres († ca. 1155) war davon überzeugt, daß die Entstehung des Universums nur durch die im Quadrivium vermittelte Bildung hinreichend erklärt werden könne. Wie angedeutet, wurden in diesen Bereichen im 12. und 13. Jahrhundert – nicht zuletzt durch Anwendung experimenteller Methoden – erstaunliche naturwissenschaftliche Kenntnisse erzielt und große technische Leistungen vollbracht. Das weit verbreitete, durch die Zeitumstände wesentlich erleichterte Streben nach Aneignung auch längst verschütteter Traditionen war das Fundament für kräftige Neuansätze, wie sie bis dahin im lateinischen Westen unbekannt waren. Darin liegt eine die Zeiten überdauernde Leistung. Sie wurde begünstigt durch eine freiere Entfaltung des Spannungsverhältnisses von Vernunft und Glaube. Sie stützte sich auf eine Einstellung, wie sie der hervorragende Grammatiker und zeitweilige (1119–1126) Kanzler an der Schule von Chartres Bernhard

– wohl ein Bruder des erwähnten Thierry – in einer Weise, die auch heute noch Beachtung verdient, formuliert hat: „Wir sind Zwerge, die auf den Schultern von Riesen sitzen. Wir sehen mehr und weiter als sie, nicht weil unser Blick schärfer oder unser Körper größer ist, sondern weil sie uns in die Lüfte tragen und uns um ihre Riesenhaftigkeit größer machen“ (vgl. Nr. 229, Antiqui, S. 54).

c) *Religiöse, politische und soziale Zusammenhänge*

Die Renaissance der Wissenschaften im 12. und ihre erste Blütezeit im folgenden Jahrhundert war also das Ergebnis des Zusammenspiels vieler Faktoren. Die Rezeption der antiken Bildungsgüter wurde im lateinischen Westen erst ermöglicht, weil hierfür vorzüglich in Italien und Frankreich günstige Voraussetzungen geschaffen waren und ein fruchtbarer Nährboden bestand und gepflegt wurde. Dazu gehörte eine erstaunliche räumliche Mobilität der Lehrenden und Lernenden, wodurch der Austausch von Ideen erheblich beschleunigt und vertieft wurde. Dafür bietet die Schule von Toledo ein weiteres Beispiel. Zu diesem Kommunikationszentrum zwischen dem Orient und dem Okzident eilten junge Gelehrte aus England und Frankreich, aus Dalmatien und Brabant, aus Sizilien und Oberitalien. Die zahlreichen persönlichen Kontakte und Erfahrungen, die auf den Reisen in und durch das byzantinische Reich und in den arabischen Kulturkreis entstanden, können für die Bildungsgeschichte Westeuropas kaum überschätzt werden. Mit der Zugänglichkeit neuer Werke, die nun erstmals direkt aus dem Griechischen durch Übersetzungen ins Lateinische bekannt wurden, und mit der Ausbreitung des Schulwesens wuchs das Bedürfnis nach schnell angefertigten und preiswerten Abschriften, womit schon im 13. Jahrhundert in den großen Universitätsorten Berufsschreiber ihr Auskommen fanden. Neben der verstärkten Verwendung von einfacheren Schriftformen (Kursive) begünstigte dieser gestiegene Bedarf auch die Ausbreitung des billigeren Papiers als Beschreibstoff. Die früheste Papiermühle ist im westlichen Europa für das 12. Jahrhundert in einem spanischen Ort bezeugt, der damals noch unter arabischer Herrschaft stand. Im folgenden Jahrhundert waren solche Fabrikationsstätten, die in der arabischen Welt schon seit dem 8. Jahrhundert anzutreffen waren, bereits im christlichen Spanien und in Italien (1276) tätig. Frankreich folgte um die Mitte und Deutschland erst am Ende (ca. 1390) des 14. Jahrhunderts.

Es bedarf keines weiteren Nachweises, daß das enorme Wachstum der Städte, das im westlichen Europa seit dem 11. Jahrhundert und zuerst in den mediterranen Landschaften stattfand, den Austausch der Ideen und Lehren in der Öffentlichkeit – auf dem Markte – gefördert hat. Dementsprechend stiegen Städte nun zu den führenden Schulzentren und ersten Universitäten auf. Mit den genossenschaftlichen Einungen, die in den Städten Westeuropas seit demselben Zeitraum in vielfältigen Formen wirksam wurden, gaben sie zugleich ein Modell für die neuartigen Zusammenschlüsse von Magistern und Scholaren, die zuerst an den großen Schulzentren entstanden und aus denen die wichtigsten Organisationsformen der Universitäten erwuchsen. In demselben herrschaftlich-sozialen Milieu, das in dieser Konstellation auch in welthistorischer Perspektive einmalig ist, war auch der Spielraum für die Aufnahme und Weiterführung von neuartigen Ideen und Theorien verankert.

Die Balance zwischen Kirche und Welt, zwischen Religion und Staat, war im „Investiturstreit" erneut fragwürdig geworden. Die Vorherrschaft der einen oder der anderen Seite blieb in den meisten westeuropäischen Ländern noch lange unentschieden. Die Kontrollmöglichkeiten der sich gegenseitig bedrängenden Kräfte wurden zumeist bis zum letzten Viertel des 13. Jahrhunderts nur ansatzweise entwickelt. Die Wertmaßstäbe blieben oft auch in wesentlichen Dingen umstritten. Dies galt beispielsweise auch für den Ketzerbegriff in der Kontroverse zwischen Friedrich II. und dem Papsttum, so daß der kaiserliche Ketzerverfolger von den Päpsten selbst als Ketzer gebrandmarkt wurde. Eine langfristig wirksame Verengung des Spielraums für die philosophisch-theologischen Erörterungen durch die kirchliche Amtshierarchie scheint erst am Ende unseres Zeitraums einzutreten. Dafür können die Verurteilungen Roger Bacons und Sigers von Brabant um die Mitte der siebziger Jahre als Belege dienen.

Die Ausweitung und Vertiefung des Unterrichts wurde nicht zuletzt gefördert durch den erhöhten Bedarf an Schriftkundigen, Fachleuten und Intellektuellen bei der Herrschaftsausübung und -begründung, im Gerichtswesen und in der Verwaltung – darunter nicht zuletzt der Finanzverwaltung – vornehmlich der größeren Territorien und Städte, und bei der rechtlichen Absicherung des komplizierter werdenden Wirtschaftslebens und der Vermögensverhältnisse. Für diese sich gegenseitig bedingenden Vorgänge ist bezeichnend, daß seit dem Beginn des 12. Jahrhunderts einige westliche Herrscher selbst literarisch gebildet oder doch stark interessiert waren, gebildete Männer auch als Fachleute an ihren Höfen versammelten und Wissenschaft und Ausbildung zielstrebig förderten. Genannt seien der anglonormannische König Heinrich I. (1100–1135), dem eine Anekdote den Spruch: „ungebildeter König – gekrönter Esel" („rex illiteratus – asinus coronatus") in den Mund legt, und dessen späterer Nachfolger Heinrich II.; der französische König Ludwig VII., der selbst Schüler an der Pariser Kathedralschule gewesen ist; der normannisch-sizilische Herrscher Roger II., der den Araber Idrisi († 1166) zur Anfertigung einer Erdbeschreibung und einer Erdkarte veranlaßte und diesen bei den dafür nötigen Nachforschungen beriet und unterstützte. In diese Reihe sind auch die staufischen Herrscher einzuordnen; Friedrich II. überragte in dieser Hinsicht alle zeitgenössischen weltlichen Herrscher Europas. Sein Sohn Manfred setzte diese Tradition fort. Der Bedarf an juristisch geschulten Fachleuten äußerte sich ebenfalls in der steigenden Gesetzestätigkeit und in der

Häufung von Rechtskodifikationen für Länder und – vornehmlich in Reichsitalien – auch für Städte, so daß die neuere Forschung für die Zeit von 1231 (Konstitutionen von Melfi) bis 1281 geradezu von einer „Kodifikationswelle" im lateinischen Europa spricht.

In der Seehandelsstadt Pisa wurde im Jahre 1160 die jahrelange Arbeit an der Sammlung und Systematisierung des städtischen Gewohnheitsrechts – einschließlich des komplizierten Handels- und Seerechts – abgeschlossen, das in einem zweiteiligen Gesetzbuch („constitutum usus") fixiert wird. Danach häuften sich in den Städten Reichsitaliens die Statutenbücher. Die große Bedeutung des Rechtslebens für diese Städte läßt sich auch an dem öfter hohen Anteil ablesen, den geschulte Juristen – darunter auch bedeutende Gelehrte – seit der zweiten Hälfte des 12. Jahrhunderts in den Konsulatsgremien besaßen. Zum Regiment der Podestà, das in vielen Städten Reichsitaliens seit dem letzten Viertel des 12. Jahrhunderts üblich wurde, gehörten ebenfalls juristische Fachleute; schließlich übten erfolgreiche Podestà dieses Amt in wechselnden Städten sogar berufsmäßig aus. Die Juristen selbst bildeten in Bologna bereits im 12. Jahrhundert einen eigenen Berufsstand.

Ähnliches gilt in Reichsitalien auch für die Notare, die sich zu Anfang des 13. Jahrhunderts ebenfalls in „societates" organisierten. Ihre Rechtskenntnisse wurden im Rahmen der Artes liberales grundgelegt; seit dem Anfang des 13. Jahrhunderts wurden sie vielfach schon in eigenen Notarsschulen auf ihren Beruf vorbereitet. In Bologna entstand schon zu Beginn des 12. Jahrhunderts die neue Gattung der Briefsteller-Literatur, die – aus der Rhetorik erwachsend – zunächst hauptsächlich auf die tägliche Praxis des Briefe- und Urkundenschreibens ausgerichtet war. Diese Literatur entfaltete sich in Oberitalien in kurzer Zeit; in Frankreich wurde sie gegen Ende des 12. Jahrhunderts selbständig weitergeführt, während sie in Deutschland nur ganz vereinzelt Nachahmer fand. Diese regionale Verbreitung ist insgesamt ein Spiegelbild für die Ausbreitung der Schriftkunde unter den Laien. Auf diesen Rezipientenkreis zielten wohl auch in erster Linie die erotischen und frivolen Inhalte mancher Musterbriefe.

8. Wandel der Gesellschaft

a) Soziale Beweglichkeit und Differenzierung

Die weit ausgreifende räumliche Beweglichkeit, die die Menschen des westlichen Europas im Zeitraum vom 11. bis 13. Jahrhundert auszeichnet, stand in einer engen Wechselbeziehung zu der Auflösung oder doch Lockerung der älteren Formen persönlicher und herrschaftlicher Bindungen. Zusammen mit der Eröffnung neuer herrschaftlich-politischer und wirtschaftlicher Chancen entstand eine hohe soziale Mobilität: also eine starke Veränderlichkeit des sozialen Status für Einzelpersonen, Familien, institutionalisierte Personenverbände und andere Gruppen. Zugleich kam es zu neuen Formen des Zusammenlebens und der sozialen Zuordnung. Dabei entfaltete das genossenschaftliche Einungswesen, aus dem zahlreiche Bruderschaften, Gemeinschaften, Gemeinden und andere Korporationen hervorgingen, eine so starke Wirksamkeit, wie sie nie zuvor in der europäischen Geschichte anzutreffen ist; sie besaß auch in den anderen Kulturen keine Parallele. Das Einungswesen wurde von dem im Christentum – vornehmlich im Neuen Testament – verankerten Gedanken der Brüderlichkeit mitgetragen. Es war auf diese Weise auch mit der Vertiefung der Religiosität verbunden, die ebenfalls seit dem 11. Jahrhundert im westlichen Europa stattfand und sich auch in den erwähnten religiösen Laienbewegungen äußerte. Diese komplexen Vorgänge sind freilich nicht allein auf die Verchristlichung zurückzuführen. Sie standen vielmehr – wie die religiöse Vertiefung selbst – im unablösbaren Verbund mit den herrschaftlichen, wirtschaftlichen und kulturellen Veränderungen innerhalb desselben Zeitraums. So bot die Umgestaltung der Herrschaftsverhältnisse dem genossenschaftlichen Einungswesen neue Wirkungsmöglichkeiten, die auch von den traditionellen Herrschaftsträgern in ihrem eigenen Interesse direkt unterstützt werden konnten.

Unter dem Einfluß der fortschreitenden Arbeitsteilung wie auch neuer Aufgabenbereiche wurde die soziale Gliederung in bisher unbekanntem Ausmaße differenziert. Dafür sei an die Neubildung von Berufen und Berufsständen unter den laikalen „Intellektuellen“ (Magister an den Schulen und Universitäten, Juristen, Notare, Ärzte usw.) im vornehmlich städtischen Umfeld erinnert; dazu können seit der Mitte des 12. Jahrhunderts ebenfalls berufsmäßige Dichter und Troubadours, die zumeist dem höfischen Leben zugewandt waren, gezählt werden. Unter Auswirkung auf breitere Bevölkerungsschichten war die berufliche Spezialisierung sehr eng mit der Verstädterung verknüpft; sie gedieh in den größeren Städten, vor allem in den nun entstehenden Gewerbeexportzentren, am weitesten. Der jeweilige Beruf wurde zu einem wichtigen sozialen Geltungskriterium und drängte so die bisher sehr stark vorherrschende Fixierung nach der Abstammung zurück. Die geburtsständische Ordnung wurde dadurch freilich keineswegs aufgehoben; vielmehr wurde sie von den Anhängern und Sinndeutern der traditionalen Ordnung verteidigt und hervorgekehrt.

Mit dem Wachstum der Städte und ihrer rechtlichen und herrschaftlichen Verselbständigung sonderten sich die Stadtbewohner zunehmend von der übrigen Bevölkerung ab. Sie unterschieden sich damit von den Adligen und von den Bauern. Freilich bleibt schon hier festzuhalten, daß diese Absonderungen nicht zu scharfen Trennungslinien führten, daß vielmehr weiterhin viele Verquickungen zwischen Adel, Bauern und Stadtbewohnern bestanden.

b) Die Geistlichen

Selbst die Abgrenzung zwischen diesen laikalen Großgruppen und den Geistlichen ließ noch Übergänge offen. So besaßen viele Geistliche – auch wenn sie bereits kirchliche Pfründen innehatten – nur die niederen Weihen, die eine Rückkehr in den Laienstand zuließen. Zahlreiche Scholaren begnügten sich mit der Tonsur – sie verzichteten also auf die Weihe, die noch bis zum 11. Jahrhundert für den Status der Geistlichen erforderlich war – und erwarben so die vielfach privilegierte Rechtsstellung des Klerikers. Der Begriff „clericus" gewann auf diese Weise den Bedeutungsgehalt von „Gebildeter", was auch noch im englischen „clerk" (= Schreiber, Sekretär) nachwirkt. Eine schwer definierbare Zwischenstellung besaßen ferner die „Semireligiosen" wie die Beghinen und Begharden. Hinsichtlich ihrer religiösen Lebensformen unterschieden sich die Geistlichen untereinander in einem Maße wie nie zuvor.

Wieweit sich innerhalb der lateinischen Christenheit die soziale Zusammensetzung der Geistlichkeit gewandelt hat, ist aufgrund der Quellen- und Forschungslage nur schwer zu beantworten. Immerhin kann als gesichert gelten, daß die Stellung der Geistlichen in der kirchlichen Amtshierarchie ein getreues Spiegelbild des jeweiligen Sozialgefüges darstellte und dementsprechend auch auf die darin stattfindenden Veränderungen reagierte. Demgemäß stiegen in den alten Städtelandschaften auch Geistliche stadtbürgerlicher Herkunft zum Bischofsamt auf. Hier wie auch in anderen Ländern eröffnete das Studium für die Geistlichen niederer Herkunft neue Chancen. Für die mittellosen geistlichen Scholaren sollte nach einer kirchenrechtlich verbindlichen Vorschrift Papst Alexanders III. von 1179 an jedem Bischofssitz eine Magisterstelle für gebührenfreien Unterricht geschaffen werden. Im Vergleich zu den älteren geistlichen Gemeinschaften und zur kirchlichen Amtshierarchie, auf die auch die weltlichen Herrschaftsträger selbst nach dem Investiturstreit zumeist noch einen starken Einfluß ausübten, besaß die soziale Herkunft bei den Bettelorden eine weitaus geringere Bedeutung. Allerdings leitete der Minoritenbruder Salimbene de Adam aus Parma seine im Jahre 1261 begonnene Chronik mit einer ausführlichen Beschreibung seiner stadtbürgerlichen Familie ein, deren Ansehen und Einfluß ihn mit sichtlichem Stolz erfüllte.

Obwohl die „oratores", wie die Geistlichen schon in den älteren Ständelehren charakterisiert wurden, einen Berufsstand bildeten, ist die Annahme einer einheitlichen Mentalität (im Sinne von Geistesverfassung) der Geistlichen für die Zeit nach der Mitte des 11. Jahrhunderts noch weniger zu begründen als für die vorhergehenden Jahrhunderte. Sie ist angesichts der Vielfalt der sozialen Herkunft, der Bildung und der religiösen Lebensformen, der Ämter und der anderen Tätigkeitsbereiche, aber auch der zum Teil harten Kontroversen, die unter den Geistlichen ausgetragen wurden, eher noch bei Adligen, bei den Bürgern und bei den Bauern zu erwarten als bei den Geistlichen.

c) Adlige und Ritter

Freilich war auch der Adel in den Ländern des lateinischen Westens – und er war eigentlich nur in diesem Kulturkreis beheimatet – keineswegs eine uniforme, klar abgrenzbare soziale Schicht. Vielmehr vollzog sich die Absonderung der Adligen von den Freien und von den Hörigen, von den Bauern und von den Bürgern erst im Laufe unseres Zeitraumes, ohne gegen Ende des 13. Jahrhunderts bereits überall abgeschlossen zu sein. So war der Abstand zwischen den nichtadligen Stadtbürgern und den Adligen in den alten Städtelandschaften Italiens und Südfrankreichs, wo zahlreiche Adlige – selbst Grafen – in den Städten lebten und das Bürgerrecht besaßen, weitaus geringer als in jenen Landschaften West- und Mitteleuropas, in denen sich die Städte erst seit dem 11./12. Jahrhundert entwickelten. In den Städten Reichsitaliens fiel es bereits den Zeitgenossen im 13. Jahrhundert oft schwer, diejenigen Stadtbewohner, die sich selbst als adlig bezeichneten oder Adlige genannt wurden, von den übrigen Großen in der Stadt zu unterscheiden, so daß sie diese Gruppen als Magnaten zusammenfaßten.

Derartige Unklarheiten über die Adelsqualität waren nicht zuletzt eine Folgeerscheinung der großen Ausweitung des Adelsprädikats seit dem 11. Jahrhundert auf die überaus zahlreichen Gruppen von bis dahin nichtadligen Kriegern freier, ja sogar unfreier Herkunft. Der Adelstitel wurde gleichsam inflationär – ein Vorgang, der durch gleichzeitige Bemühungen um feste Abgrenzungen nach unten nur teilweise beschränkt werden konnte. Denn diese Ausweitung war so stark mit den vorherrschenden Kräften und Tendenzen unseres Zeitraums verknüpft, daß sie von entgegenstehenden, auf die Wahrung der althergebrachten Ordnung bedachten Vorschriften nicht oder nur teilweise gehemmt wurde. Eine solche Beeinflussung hatte nur dann Aussicht auf Erfolg, wenn sie von mächtigen Herrschern betrieben wurde, wie dies für Friedrich II. auf dem Höhepunkt seiner Macht im sizilischen Reich zutrifft. Unter den Bedingungsfaktoren für die Einbeziehung neuer Gruppen in die adlige Elite seien hervorgehoben: im Zusammenhang mit der Bevölkerungsvermehrung die Ausdehnung und Erschließung neuer Siedlungsräume, die Eroberung neuer wie auch die Erweiterung und die Verfestigung der bestehenden Herrschaftsgebiete und nicht zuletzt die Kreuzzugsbewegung. Daraus ergaben sich zahlreiche neue Möglichkeiten zum Aufstieg in selbständigere Herrschaftspositionen oder auch Dienststellungen, die mit wichtigen Kompetenzen in Heer und Verwaltung versehen waren. Die stark ansteigende Zahl von Burgen und burgartigen Befestigungen, die seit der Mitte des 11. Jahrhunderts in vielen Ländern des lateinischen Westens begann und sich dann in unterschiedlicher Intensität fortsetzte, ist dafür ein Indiz. Die Auswirkungen des herrschaftlichen Wandels auf die Zusammensetzung der adligen Führungsschichten auch im städtischen Umfeld umschrieb kurz nach der Mitte des 12. Jahrhunderts der hochadlige deutsche Reichsbischof Otto von Freising im Hinblick auf die Städte der Lombardei. Um über genügend Machtmittel zur Unterdrückung ihrer Nachbarstädte verfügen zu können, hätten diese Städte sogar junge Leute geringer Herkunft oder irgendwelche Handwerker zum Rittergürtel und zu höheren Würden zugelassen und damit eben jene, die die übrigen Völker wie die Pest von den ehrenhafteren und freieren Stellungen ausschlössen. In Polen wurden – um nur ein weiteres Beispiel zu nennen – im 13. Jahrhundert selbst landesherrliche Bauern zu Rittern erhoben, wobei diese zumeist weiterhin ein bäuerliches Leben führten.

Verschiedene Herrschaftsträger unternahmen seit der Mitte des 12. Jahrhunderts wenigstens vereinzelt den Versuch, ihren erhöhten Bedarf an militärischem Potential durch Anwerbung von Söldnerverbänden zu dekken. Zu diesem Mittel griffen die englischen und die französischen Könige und – übrigens wahrscheinlich am frühesten – Kaiser Friedrich I. (1166/67), indem sie die sogenannten Brabanzonen anwarben. Der Einsatz solcher Scharen, die vor Plünderungen und anderen Gewalttaten nicht zurückschreckten, blieb jedoch begrenzt, zumal sie überwiegend nur zu Fuß kämpften. Gegen sie erließ auch das dritte Laterankonzil von 1179 ein allgemeines Verbot, das dann freilich selbst von den Königen Englands und Frankreichs nicht eingehalten wurde. Insgesamt bildeten weiterhin die Reiterheere den Kern der Heeresaufgebote. Diese Reiter stellten – wie dies schon lange Tradition war – ihre Ausrüstung selbst. Dabei stützten sie sich in höchst unterschiedlichen Formen auf ihre Eigengüter und – jedenfalls in den Gebieten des ehemaligen Karolingerreichs und Englands – auf ihre Lehen oder auch Dienstlehen. Diese Selbstausrüstung und die damit verknüpfte Einbindung in das Dienstrecht und in das Lehnswesen, in dem neben den Lehnspflichten auch die eigenständigen Rechte des Lehnsinhabers zum Ausdruck kamen, waren schon seit der Karolingerzeit wesentliche Voraussetzungen für die Adelsqualität. Unter diesen Bedingungen begünstigte die Tätigkeit als kämpfender Reiter eine adelsgleiche Stellung, wenn nicht eine Einordnung in den weiteren Kreis des Adels.

Diese Vorgänge überkreuzten sich mit der neuen, religiös-politisch motivierten Bewertung des Krieges und des Kriegshandwerks im Vorfeld und im Zusammenhang mit der Kreuzzugsbewegung. Nach früheren Ansätzen im 10. Jahrhundert, die bereits den Beruf des Kriegers bei Unterordnung unter die kirchliche Wertordnung religiös überhöhten, verfestigte sich seit der Mitte des 11. Jahrhunderts die Höherschätzung des Kriegers im Dienste der Kirche. So erhob Papst Leo IX. alle, die im Zusammenhang mit dem von ihm selbst angeführten Kriegszug gegen die Normannen (1053) gefallen waren, zu Märtyrern. Derselbe Papst wurde kurze Zeit später als Heiliger angesehen. Neben seinem Kampf gegen die Simonie wurden dafür auch seine „frommen“ Kriegstaten als Hauptgrund genannt, auch wenn ihm vereinzelt noch der Vorwurf gemacht wurde, daß er selbst in den Kampf gezogen sei. Das Verhalten des Papstes und dessen Beurteilung durch die Mit- und Nachwelt müssen vor dem Hintergrund der Gottesfriedensbewegung gesehen werden, die seit der Wende vom 10. zum 11. Jahrhundert zunächst im südlichen Frankreich einsetzte und sich bald auch im weiteren französischen Raum bis nach Oberitalien ausdehnte. Wie hier nicht mehr auszuführen ist, hatte sie bereits eine Aufwertung des von kirchlichen Zielsetzungen bestimmten Krieges und eine religiöse Rechtfertigung des Kriegers eingeleitet, sofern er für die Wahrung des Gottesfriedens („pax Dei“) kämpfte. Dies wurde in der Folgezeit vertieft und kirchenrechtlich verfestigt.

Im engen Zusammenhang mit der Förderung der Kreuzzugsidee durch das Reformpapsttum stand die Aufforderung Gregors VII., den 1075 im Kampf gefallenen Anführer der Pataria in Mailand – den Ritter Erlembald – kultisch zu verehren. Dasselbe sollte für den römischen Präfekten Cencius gelten, der zunächst Mönch werden wollte, aber dann – nachdem Gregor VII. dies verboten hatte – „als ein unermüdlicher Ritter St. Peters im Kampf gegen die Schismatiker“ (vgl. Nr. 133, Erdmann, S. 198) im Sommer 1077 in Rom erschlagen worden war. Cencius und Erlembald galten seitdem als die großen Vorbilder kirchlichen Rittertums. Papst Urban II. veranlaßte im Jahre 1095 – also im unmittelbaren zeitlichen Zusammenhang mit den Kreuzzugsaufruf – eine feierliche Translation der Gebeine Erlembalds. In seiner Kreuzzugspredigt auf dem Konzil von Clermont formulierte derselbe Papst den Legitimationszuwachs des kriegsfähigen Reiters durch die Beteiligung an dem von der höchsten kirchlichen Autorität ausgerufenen Kreuzzug: „Jetzt sollen Ritter werden, die vordem Räuber waren“ („nunc fiant milites, qui dudum extiterunt raptores“); (vgl. Nr. 131, Althoff). An dieses Bewertungsschema knüpft auch Bernhard von Clairvaux in seinem „Lob der neuen Ritterschaft“ an.

Die Gottesfriedens- und die davon stark beeinflußten Kreuzzugsbewegungen vermittelten dem Krieger ein neues religiös überhöhtes Ethos. Dieses griff über geburtsständisch gebundene Qualitäten hinaus. Es bezog sich nämlich in erster Linie auf die Einstellung und das Verhalten des Kriegers in seinem Beruf und damit auch auf individuelle Fähigkeiten und Verhaltensweisen. Dieses zunächst offene „Ritterideal“ sprach aber auch den alten Adel an. Dieser stützte – im Zusammenwirken mit der territorialen Verfestigung seiner Herrschaft um Burgen und auch um geistliche Mittelpunkte – sein Ansehen jetzt stärker auf sein Stammhaus, auf seine Abstammung im Mannesstamm, auf sein Geschlecht. Trotz der gegenläufigen Tendenzen von Seiten des herkömmlichen Adels bildete das religiös gefestigte Ritterideal eine Klammer zwischen den herrschaftlich-sozial überaus unterschiedlichen Rittern, die sich dieser übergreifenden Ethik verpflichtet fühlten oder sich ihr nicht entziehen konnten. Auch auf diese Weise wurde der Aufstieg der bis dahin nichtadligen Reiter in den Adel erleichtert. Begriffsgeschichtlich läßt sich der wichtige Vorgang, der die Neuordnung dieser Elite begünstigte, am Bedeutungswandel von „miles" und „militia" am frühesten in Frankreich seit der Mitte des 11. Jahrhunderts fassen. Dort wurden seit dieser Zeit auch Adlige als „milites" bezeichnet. Zugleich wird mit Ausdrücken wie „ordo equester" ein Einheitsbewußtsein im Sinne eines Ritterstandes faßbar. Das Rittertum wurde somit in Frankreich während der ersten Hälfte des 12. Jahrhunderts zum gemeinsamen Kennzeichen der Aristokratie, so daß auch die einfachen Ritter den „nobiles" und die hohen Adligen der „militia" zugerechnet wurden. Die Ritterturniere, die seit dem Ende des 11. Jahrhunderts häufiger veranstaltet wurden, waren gleichsam der Schauplatz dieser Gemeinsamkeit. Sie hob die tatsächlichen Unterschiede im Rang nicht auf, sondern überwölbte sie nur. Selbst die Aufnahme in den Ritterstand durch formelle Akte – wie die Schwertleite oder die Übergabe oder Übernahme des Rittergürtels – beseitigte nicht die durch Geburtsstand und herrschaftlich-soziale Position bedingten Differenzierungen innerhalb des Ritterstandes, die wiederum landschaftlich verschiedenartig ausgeformt waren.

Im Laufe des 13. Jahrhunderts verstärkten sich in den Königreichen Aragon und Sizilien und dann auch in Frankreich die Bemühungen, die Aufnahme in den Ritterstand von der geburtsständischen Zugehörigkeit abhängig zu machen, also auf die Söhne von Rittern zu beschränken. So bestimmte Kaiser Friedrich II. 1231 in den Konstitutionen von Melfi, daß niemand zu ritterlichen Ehren kommen dürfe, der nicht aus einem Rittergeschlecht stamme. Der Kaiser behielt sich freilich vor, Ausnahmen zu erlauben, womit er seine eigenen Interessen verfolgte. Fast gleichzeitig gewannen die Abschichtungen innerhalb des Adels auch als Folge der Verfestigungen im Herrschaftsgefüge klarere Konturen, so daß die Ritter auf den niederen Adel begrenzt wurden.

Die Höfe der Könige, des hohen Adels und der Geistlichkeit bildeten die wichtigsten Bezugspunkte ritterlichen Lebens. Für die Mehrzahl der Ritter, die auf Dienste und Lehen angewiesen waren, gehörte das Leben an den zumeist noch wandernden Höfen zu ihrer Existenzsicherung und bot ihnen die besten Aufstiegsmöglichkeiten. In diesem Milieu wurde ein Erzählgut der Heldensagen tradiert, das bis auf die Kriegszüge Karls des Großen zurückreichte. Diese Traditionsstränge wurden seit dem endenden 11. Jahrhundert schriftlich fixiert und dichterisch in den Chansons de geste gestaltet. Auf diese wirkten auch die Veränderungen der Feudalgesellschaften in Frankreich während des 12. Jahrhunderts ein. Daran knüpften auch die Kreuzzugsepen an. Seit dem Anfang desselben Jahrhunderts setzte mit der Troubadourlyrik, die sich zuerst im südlichen Frankreich unter der Initiative Wilhelms IX., Grafen von Poitiers und Herzogs von Aquitanien († 1127), entfaltete, eine neue Literaturgattung ein. In dieser höfischen Dichtung gewann der Tugendadel einen größeren Stellenwert, der Dienst und die Aventure wurden als Existenzform des höfischen Ritters moralisch überhöht, die höfische Liebe – die Minne, die in den Chansons de geste noch fehlt – wurde zum „gesellschaftlichen Ordnungsprinzip" stilisiert.

Diese Ideenwelt, in der die sozialen Unterschiede unter den Rittern harmonisiert wurden, nahm auch der höfische Roman auf. Seit der Mitte des 12. Jahrhunderts wurde in ihm zuerst in Frankreich (Chrétien de Troyes, † vor 1190) die Sagenwelt von König Artus, seinem Hof und seinen Rittern übernommen und ausgeformt. Die Heldenepen und die ganz anders geartete höfische Dichtung verbreiteten sich schnell in den Ländern West- und Mitteleuropas. In den unterschiedlichen volkssprachigen Fassungen wurden sie jedoch zumeist auch in ihrem geistigen Gehalt umgestaltet. Unter dem Deckmantel der ritterlichen Leitbilder in der Ritterdichtung verbarg sich also eine Vielfalt von manchmal auch gegensätzlichen Wertvorstellungen und Lebensformen.

d) Bauern, Hörige und Sklaven

Die Gegensätzlichkeit von Rittertum und Bäuerlichkeit gehörte zu den Wesensmerkmalen der höfischen Dichtung. Dem widersprach aber keineswegs die Gleichartigkeit des Lebenswandels vieler Ritter und zahlreicher Bauern. Tatsächlich blieb eine breite Berührungszone mit vielen Übergängen zwischen Bauern und Rittern bestehen. Bauern wurden auch noch weiterhin zu Kriegsdiensten herangezogen oder griffen bei Fehden selbst zu den Waffen, so daß sie dem Kriegshandwerk nicht gänzlich entfremdet wurden. Andererseits „verbauerten" viele Ritter auch aus wirtschaftlichen Gründen. Insgesamt aber begünstigten die Veränderungen sowohl in der Landwirtschaft, in der die verfeinerten Anbaumethoden mit der Zunahme des Getreideanbaus einen größeren persönlichen Einsatz des Bauern forderten, als auch in der Kriegsführung die „Spezialisierung" in Bauer und Ritter.

Anders als jene Ritter, die aus Hörigkeitsverhältnissen stammten und diese über ihren qualifizierten Dienst mit dem Übergang in das Lehnsrecht abgeschüttelt hatten, blieben die Bauern und die übrige ländliche Bevölkerung den verschiedenartigen persönlichen Abhängigkeitsformen verhaftet. Diese verloren jedoch seit dem 11. Jahrhundert in den meisten westlichen Ländern erheblich an Bedeutung, so daß der Rechtsstatus von frei oder unfrei in seinen ohnehin verschiedenartigen Ausprägungen im allgemeinen für die soziale Stellung der ländlichen Bevölkerung ein geringeres Gewicht erhielt. Stattdessen wurden nunmehr die wirtschaftlichen und ebenfalls die herrschaftlichen Rahmenbedingungen für die soziale Gliederung vorrangig. Da diese Faktoren eine noch weit größere Variationsbreite aufwiesen als die früher vorherrschenden leibrechtlichen Abstufungen, verstärkte sich in unserem Zeitraum die soziale Differenzierung innerhalb der ländlich-bäuerlichen Bevölkerung.

Trotz großer regionaler Unterschiede in der Ausgangslage und in den Auswirkungen kann doch allgemein festgehalten werden, daß in den ehemals karolingischen Gebieten die Grundherrschaften älteren Typs, die den Lebensraum des jeweiligen Hörigenverbands („familia") bildeten, zwischen dem 11. und dem späteren 13. Jahrhundert von neuen, territorial ausgerichteten Herrschaftsformen zurückgedrängt oder überlagert wurden. Sofern es den Grundherren nicht gelang, diese Rechte selbst in die Hand zu bekommen, mußten sie es zulassen, daß nun ebenfalls die Gerichts- oder auch Vogteiherren, die Burg-, Orts- oder größeren Territorialherren über die Angehörigen der „familia" eigene Zwing- und Bannrechte bis hin zur Steuererhebung mit zum Teil drückenden wirtschaftlichen Lasten geltend machten. Die Bauern empfanden dabei besonders die Belastung, die dem Herkommen und ihren Gewohnheitsrechten widersprachen, als bedrückend.

Auf diese Weise wurden auch die herkömmlichen Organisationsformen (Villikationsverfassung) der größeren Grundherrschaften unterhöhlt, soweit sie noch aus ausgedehnteren Eigenwirtschaften mit den jeweils zugeordneten Bauernhufen bestanden. In Reichsitalien und in Südfrankreich scheint die Eigenwirtschaft, die mit einer großen Zahl von arbeitspflichtigen Hörigen betrieben wurde und viele Frondienste der ansonsten selbständig wirtschaftenden Bauern erforderte, schon vor der Mitte des 11. Jahrhunderts eine geringere Bedeutung gehabt zu haben als in vielen Landschaften des kontinentalen Mittel- und Westeuropa. Diese Unterschiede dürften auch von dem höheren Entwicklungsstand des Marktes und damit des Warenaustausches beeinflußt sein, der die alten Städtelandschaften des Südens von den übrigen Regionen Europas abhob. Jedenfalls haben das Vordringen der ländlichen und städtischen Märkte und die Weiterentwicklung der Geldwirtschaft auf den Rückgang der auf Selbstversorgung abzielenden grundherrschaftlichen Eigenwirtschaft eingewirkt.

Bei der Reduzierung oder Auflösung ihrer Eigenwirtschaft waren die Grundherren selbst an der Ablösung von Frondiensten gegen einmalige oder dauernde Zahlungen interessiert. Die Hörigen konnten damit ein wesentliches Merkmal ihrer Unfreiheit abschütteln und mit der dadurch gewonnenen Freizügigkeit anderweitigen Erwerbschancen nachgehen. Aber auch andere Folgen der Hörigkeit – wie die Einschränkung der Heiratsfähigkeit auf die Angehörigen der jeweiligen „familia" – verloren für die Grund- und Leibherren an Attraktivität, wenn sie dafür Entschädigungen erhielten oder stattdessen andere, ertragreichere Rechte durchsetzen konnten. Höhere und vielfach auch leichter erreichbare Gewinne versprachen jetzt vor allem Marktabgaben, die vielfältigen Bannrechte (Mühlen, Backöfen, Weinkauf usw.) und die unterschiedlichen Steuern von den Bewohnern größerer Orte und der Städte. Darüber hinaus waren jene Herrschaftsinhaber, die über dörfliche oder auch städtische Siedlungen ein möglichst konkurrenzloses Regiment durchsetzen wollten, bestrebt, die

Bewohner von grundherrschaftlichen Bindungen und Verpflichtungen gegenüber anderen Herren zu lösen. Sie waren daher bereit, den Interessen der Hörigen in dieser Hinsicht entgegenzukommen.

Die in dieser Weise aus höchst unterschiedlichen Gründen erfolgten Statusveränderungen wurden unter verschiedenartigen Rechtsformen vollzogen. Wie schon in den vorhergehenden Jahrhunderten wurden weiterhin Befreiungen einzelner oder auch mehrerer Höriger vorgenommen. Doch mußten die Freigelassenen auch zur besseren Absicherung ihrer Rechtsstellung Schutzverhältnisse eingehen, aus denen sich unter ungünstigen Verhältnissen wiederum neue persönliche Abhängigkeiten ergeben konnten. Weitaus öfter wurden den Hörigen nur Befreiungen von bestimmten leibrechtlichen Verpflichtungen zugestanden; sie konnten so auch künftig als unfrei gelten, ohne sich noch wesentlich von der rechtlich freien Bevölkerung zu unterscheiden. Charakteristischer für unseren Zeitraum insbesondere seit dem 12. Jahrhundert waren jedoch derartige Freilassungen und Befreiungen für Bewohner einzelner oder mehrerer Siedlungen – seien es Dörfer, Städte oder auch andere privilegierte Orte. Diese Entwicklung stand im engen Zusammenhang mit der Förderung von Dorf- und Landgemeinden wie auch von städtischen Gemeinwesen.

In vielen französischen Landschaften äußerte sich dieser Vorgang in den seit etwa 1100 häufiger erteilten „chartes de franchises“ für „villeneuves“, „bourgs“ und „sauvetés“ (von lateinisch „salvitas“ = Sicherheit). In Reichsitalien bildeten dafür die Privilegien für Burg-, Dorf- und Landgemeinden gewisse Parallelen. Etwa gleichzeitig setzten in Frankreich die beurkundeten Befreiungen von einzelnen Hörigenlasten ein und auch die Freilassungen von Hörigen einer ganzen Region, mehrerer Dörfer oder einer Stadt. So schaffte König Ludwig VII. im Jahre 1147 für die Bewohner der Stadt und des Bistums Orléans die Sterbefallabgabe ab. Sein Nachfolger Philipp II. bestätigte dann im Jahre 1180 die Freilassung aller königlichen Hörigen in derselben zur Krondomäne gehörigen Stadt und in einem Umkreis von fünf Meilen. Ähnliche Kollektivfreilassungen sind in Reichsitalien, wo die Unterschiede zwischen hörigen Bauern und „freien“ Pächtern vielfach schon seit dem 10./11. Jahrhundert nivelliert waren, um die Mitte des 13. Jahrhunderts öfter bezeugt. Das bekannteste Beispiel ist die Kollektivbefreiung, die die Stadtkommune Bologna in den Jahren 1256/57 für 6000 Unfreie in ihrem Herrschaftsgebiet gegen eine insgesamt hohe Entschädigung zugunsten der fast 400 Leibherren vornahm. Die Freigelassenen verloren damit ihren Anspruch auf ihre Besitzrechte, die Stadtkommune dehnte ihrerseits ihr Besteuerungsrecht über die ehemaligen Hörigen aus.

Die Reduzierung oder völlige Aufhebung der Hörigkeit konnte also auch für die Leib- und Grundherren mit Vorteilen verbunden sein. Die Hörigen mußten bei solchen Rechtsakten nicht selten auch erhebliche Gegenleistungen und Nachteile in Kauf nehmen. Durch zahlreiche Zugeständnisse oder durchgesetzte Freiheiten wurde die Grenze zwischen Freiheit und Unfreiheit weiter verwischt. Auf diesem Hintergrund sind vielleicht auch einige Anzeichen für eine neue Bewertung der Unfreiheit zu sehen. In Anknüpfung an die Tradition, die dem Mittelalter von Augustinus und Gregor dem Großen vornehmlich über Isidor von Sevilla († 636) überliefert worden war, hatten noch der einflußreiche Kenner des Kirchenrechts, Bischof Burchard von Worms († 1025), und der ähnlich bedeutsame Bischof Ivo von Chartres († 1116) die Knechtschaft („servitus") als eine Folge der Erbsünde gedeutet. Gott habe die einen als Knechte, die anderen als Herren eingesetzt, damit die Möglichkeit des Frevels von seiten der Knechte durch die Macht der Herren eingeschränkt werde. Die Unfreiheit wurde also heilsgeschichtlich legitimiert. Freilich hatte der Zeitgenosse Burchards von Worms, Bischof Adalbero von Laon, die Unterschiede zwischen Adligen („nobiles") und Kriegern („bellatores") einerseits und Knechten („servi") andererseits nicht auf das göttliche Recht („lex divina") zurückgeführt, sondern auf das von Menschen gesetzte Recht („lex humana"). Demgegenüber verdient es Beachtung, daß die Reformorden der Zisterzienser und Prämonstratenser in ihren frühesten Statuten aus der ersten Hälfte des 12. Jahrhunderts ausdrücklich auf unfreie Leute verzichtet haben, was sie freilich bald wieder zurücknahmen oder doch nicht mehr einhielten.

Diese Reformzentren setzten sich mit ihren ursprünglichen Zielen deutlich von dem älteren cluniazensischen Mönchtum ab. Auf solche kritische Stimmen reagierte um die Mitte des 12. Jahrhunderts Petrus Venerabilis († 1156), der Abt des Klosters Cluny und selbst einer der größten Grundherren seiner Zeit, mit einem aufschlußreichen Traktat. Darin begründete er die Berechtigung der Klöster zur Ausübung von Herrschaft auch über die hörigen Bauern zunächst mit einer Anklage gegen die weltlichen Herren: „Es ist ja allen bekannt, wie die weltlichen Herren über ‚rustici, servi et ancillae' herrschen. Sie sind nämlich nicht zufrieden mit deren üblicher und schuldiger Knechtschaft (‚servitus'). Vielmehr eignen sie sich erbarmungslos stets die Sachen mit den Personen und die Personen mit den Sachen an. Dementsprechend fordern sie nicht nur die üblichen Zinsen, sondern plündern deren Güter drei- oder viermal im Jahr oder sooft sie wollen. Sie peinigen sie mit unzählbaren Dienstleistungen und bürden ihnen schwere und unerträgliche Lasten auf. Dadurch zwingen sie diese zumeist, ihren eigenen Boden zu verlassen und in die Fremde zu flüchten. Und – was noch schlimmer ist – sie schrecken nicht davor zurück, jene Menschen für das wertlose Geld zu verkaufen: eben jene Menschen, die Christus mit einem so kostbaren Preis, nämlich mit seinem eigenen Blut, erlöst hat. Mönche hingegen, wenn sie über jene verfügen, besitzen sie nicht in derselben, sondern auf eine völlig verschiedene Weise. Sie verwenden die rechtmäßigen und schuldigen Dienste der Bauern nämlich nur für ihren Lebensunterhalt, sie quälen sie nicht mit Abgaben, sie fordern von ihnen nichts Unerträgliches. Wenn diese bedürftig sind, unterstützen sie sie aus eigenen Mitteln. Sie behandeln die Hörigen nicht wie ‚servi' und ‚ancillae', sondern wie Brüder und Schwestern; und sie nehmen von ihnen nur angemessene, ihrem Leistungsvermögen entsprechende Dienste entgegen" (Nr. 10, Migne, PL 189, Sp. 146).

In seiner Verteidigung der Herrschaftsausübung von Klöstern über Bauern und Hörige argumentierte der Abt von Cluny also mit einer verchristlichten Auffassung von Herrschaft und Knechtschaft. Er entfernte sich damit weit von einer heilsgeschichtlichen Interpretation der Hörigkeit, die angesichts der gegnerischen Stellungnahmen offenbar unhaltbar geworden war. Das verstärkte Bewußtsein von der Erlösertat Christi, das von den religiösen Erneuerungsbewegungen seit dem Ende des 11. Jahrhunderts entfacht und gestützt wurde, überlagerte und verdrängte die älteren Argumentationsstränge, die sich auf die Erbsünde und insgesamt auf einzelne Vorgänge aus dem Alten Testament beriefen. In diesem Licht konnte auch die Schöpfungsgeschichte als Argumentationsbasis für die Gleichheit und Freiheit der Menschen herangezogen werden. So begründeten die geistlichen Fälscher eines angeblichen Diploms König Heinrichs I. von Frankreich um die Mitte des 12. Jahrhunderts die von ihnen gewünschte Gleichstellung der klösterlichen Hörigen mit Freien vor dem Gericht damit, daß die Schöpfung und das Bekenntnis zur einen Religion die Menschen gleichgemacht hätten und daß bei der Schöpfung keiner einem anderen vorgesetzt worden sei. Der Mensch dürfe nicht gegenüber seinem Mitmenschen, sondern nur gegenüber den anderen Lebewesen und den wilden Tieren einen Vorrang haben. Etwa hundert Jahre später berief sich auch die Stadtkommune Bologna bei der erwähnten Kollektivbefreiung auf die von Gott gegebene Freiheit aller Menschen.

Von der religiös-christlichen Argumentation war die Existenz heidnischer Sklaven nur mittelbar betroffen. In den west- und mitteleuropäischen Ländern – eben mit Ausnahme der Mittelmeerlandschaften – hatte die Sklaverei schon vor der Mitte des 11. Jahrhunderts nur noch in den Kampfgebieten gegen die heidnischen Slawen überlebt, wo auch noch später, etwa bis zur Mitte des 12. Jahrhunderts, Sklaven für den Fernhandel in den Mittelmeerraum rekrutiert wurden. In den christlichen Städten am Mittelmeer erlebte die Sklaverei seit den Kreuzzügen gleichsam eine „Renaissance". Der Sklavenhandel nahm dort an Umfang zu. Zugleich wurden Sklaven – freilich wohl in geringem Umfang – für Arbeiten im Haus und vereinzelt auch im Gewerbe gehalten. Auf den Großgrundbesitzungen in Unteritalien und Sizilien sind offenbar im 13. Jahrhundert weit mehr Sklaven eingesetzt worden als in den vorhergehenden zwei Jahrhunderten. Für die christlichen Länder auf der iberischen Halbinsel ist für denselben Zeitraum wohl eine ähnliche Entwicklung anzunehmen. Hier wie dort haben Sklaven aber auch in den Städten unter höchst unterschiedlichen Bedingungen ihr Dasein fristen müssen.

e) Stadtbewohner und Stadtbürger

Wie bereits angedeutet wurde, ist es gerade in dieser Phase, in der das Städtewesen erstmals seit der Spätantike in vielerlei Hinsicht Neuland erreichte, äußerst schwierig, die Vielfalt der urbanen Erscheinungen in einem allgemein gültigen Stadtbegriff zu fassen. Die Übergänge zwischen ländlichen und städtischen Siedlungen blieben in vielen Fällen fließend. Nur die Begrenzung auf die städtischen Bischofssitze scheint einen Ausweg anzubieten. Doch weisen selbst diese Siedlungstypen in ihrer wirtschaftlichen, sozialen und herrschaftlichen Ausstattung im west- und mitteleuropäischen Vergleich eine überaus große Variationsbreite auf. Dies ließe sich durch die enormen Unterschiede etwa zwischen dem holsteinischen Ratzeburg, das im Jahre 1154 erneut zum Bischofssitz erhoben wurde, und der lombardischen Metropole Mailand leicht erhärten.

Entsprechend fragwürdig sind Versuche, die Stadtbewohner einer Schablone vom Stadtbürger oder gar vom Bürgertum einzuordnen. Dagegen spricht schon die Tatsache, daß sich das Bürgerrecht in zahlreichen urbanen Siedlungen – insbesondere in den Neusiedelgebieten – während des 12. und 13. Jahrhunderts erst auszubilden begann. Davon abgesehen, besaßen selbst in den voll ausgebildeten Städten keineswegs alle Bewohner das Bürgerrecht. Außerhalb des Bürgerrechts standen in der Regel die geistlichen Stadtbewohner, die vornehmlich in den Bischofsstädten einen größeren Anteil unter den Einwohnern stellten. Ähnliches galt für die Juden, die schon aufgrund ihrer religiösen Sonderstellung aus der christlichen Bürgergemeinde ausgeschlossen waren; in vielen größeren Städten bildeten die Juden eine eigene Gemeinde. Den weitaus größten Anteil an der städtischen Bevölkerung ohne Bürgerrecht stellten jene Bewohner, die vor allem aufgrund ihrer mangelnden wirtschaftlichen Leistungsfähigkeit das Bürgerrecht nicht erwarben oder nicht erwerben konnten. Des öfteren wurde die Verleihung des Bürgerrechts ausdrücklich vom Besitz an Grund und Boden oder eines Hauses in der Stadt abhängig gemacht. Das Bürgerrecht, das somit keineswegs selten nur die Minderzahl der städtischen Bewohner innehatte, war seinerseits die Voraussetzung für die politische Mitwirkung in der Bürgergemeinde. Darin spielte ohnehin nur ein mehr oder weniger enger Kreis von Personen und Familien die ausschlaggebende Rolle.

Zu dieser engeren städtischen Führungsschicht gehörten in vielen mediterranen Städtelandschaften – wie Altkatalonien, Südfrankreich, Italien und Dalmatien – vor allem die Stadtadligen, die zumeist über umfangreiche Besitzungen und Herrschaftsrechte in der jeweiligen Stadt und in deren Umland verfügten. Hingegen haben in vielen deutschen, aber auch in französischen Städten Ministeriale eine ganz ähnliche Bedeutung – und dies, obwohl sie noch weit bis in das 12. Jahrhundert hinein und vielfach auch noch im folgenden Jahrhundert leibrechtlich gebunden waren und dementsprechend rechtlich als Hörige galten. Neben den Ministerialen sind in diesen Gebieten auch breitere städtische Bevölkerungskreise in unterschiedlichen Formen – etwa auch als Zensuale – hörig gewesen, ohne daß dadurch ihr Status als Bürger infrage gestellt war. Insgesamt bestand freilich bei den Stadtherren die Tendenz, Hörigkeitsverhältnisse der Stadtbewohner zu anderen Herren zurückzudrängen oder sogar auszuschalten, was auch im Interesse der jeweiligen Stadtgemeinde liegen konnte. Umgekehrt versuchten die Stadtbürger selbst zumeist mit Erfolg, die Wirksamkeit solcher Abhängigkeiten zu reduzieren oder ganz zu beseitigen. Keinesfalls immer wollten sie damit aber zugleich auch den Rechtsstatus aufheben, denn er konnte durchaus erhebliche politische und wirtschaftliche Vorteile für den Hörigen bieten. Festzuhalten ist unter europäischer Perspektive auch, daß weder der Adels- noch der Hörigenstatus in einem grundsätzlichen Gegensatz zur städtischen Lebensform standen. Hierin äußerten sich vielmehr die unterschiedlichen Rahmenbedingungen bei der Ausformung und Entstehung des Städtewesens.

Noch vielfältiger als die sozialrechtliche Stellung der Stadtbewohner waren ihre wirtschaftlichen Tätigkeitsfelder. Diese reichten von bäuerlicher Arbeit über gewerblich-handwerkliche Produktion und Handel bis hin zu ritterlichen und adligen oder adelsgleichen Lebensformen. Sie waren vielfach nur schwer voneinander abzugrenzen, wodurch die soziale Mobilität innerhalb der städtischen Bevölkerung gefördert wurde. Dem widerspricht auch nicht die in den Städten am höchsten entwickelte Arbeitsteilung, denn auch diese bot Aufstiegschancen.

Auf diesem Hintergrund erledigt sich die Frage nach einem einheitlichen Selbstbewußtsein der Stadtbürger oder gar des „Bürgertums" von selbst. Davon kann keine Rede sein. Hingegen kann wohl ein Gemeinschaftsgefühl der Bewohner einzelner Städte festgehalten werden, auch wenn dieses nicht überschätzt werden darf und wahrscheinlich nur von Teilen der städtischen Einwohner getragen wurde. Dieses gewann im Zusammenhang mit der Gemeindebildung hohe politische Bedeutung. Es äußert sich am deutlichsten in der städtischen Geschichtsschreibung. Diese entwickelt sich am frühesten in den Städten Reichsitaliens: also in jener traditionsreichen Städtelandschaft, in der die „civitates" im Vergleich zu allen anderen Städten während des hohen Mittelalters die größte politische Bedeutung besaßen und in der zugleich die laikale Schriftkultur ihren insgesamt höchsten Stand im westlichen Europa erreicht hat.

Beispielhaft hingewiesen sei auf den Pisaner Hugo Etherianus, der als Laie in Frankreich auch theologische Bildung erworben hat. Bei seinem Aufenthalt am Kaiserhof zu Konstantinopel griff er in theologische Diskussionen ein, worüber Gesandte Barbarossas in Österreich berichteten. Mit der griechischen Sprache und Kultur bestens vertraut war sein Mitbürger Burgundio von Pisa (ca. 1110–1193). Er ist neben seiner Tätigkeit als Richter und Gesandter seiner Heimatstadt vor allem als bedeutender Übersetzer griechischer Abhandlungen der Theologie, Philosophie, Medizin und Rechtswissenschaft hervorgetreten. Als Jurist war etwa gleichzeitig in derselben Seehandelsstadt Bernardo Maragone (ca. 1110–nach 1188) tätig. Aus seiner Feder stammen die „Annales Pisani". Es ist eine Geschichte Pisas, die mit dem Jahre 1000 einsetzt und bis in die Gegenwart Maragones führt. Um die Mitte des 12. Jahrhunderts erklärten die Konsuln von Genua, der ligurischen Konkurrenzstadt Pisas, die von ihrem Mitbürger, Konsul, Feldherrn und Gesandten Caffaro verfaßten Annalen zur offiziellen Stadtgeschichte. Etwa gleichzeitig entstanden ähnliche Stadtgeschichten in Mailand und auch in Lodi. In Deutschland entwickelt sich eine vergleichbare städtische Geschichtsschreibung – nach ganz sporadischen Anfängen in Köln gegen Ende des 13. Jahrhunderts – erst im Verlauf des folgenden Jahrhunderts.

9. Quellenüberlieferung und Quellenarten

Das überlieferte Schriftgut ist im hochmittelalterlichen Deutschland bis auf wenige Ausnahmen noch von Geistlichen, von Klerikern und Mönchen, geschrieben worden. Die Ausnahmen setzten erst an der Wende zum 13. Jahrhundert ein. Die Auswirkungen dieser dominierenden Rolle wurden noch dadurch verstärkt, daß die Kirchen und Klöster besonders gut dazu geeignet waren, Schriftgut über längere Zeiträume in ihren Bibliotheken und Archiven aufzubewahren. Auch in dieser Hinsicht unterschieden sie sich wesentlich von den Adelsfamilien und selbst von den Königen und Kaisern, die in Deutschland und in Reichsitalien nicht über eine feste Residenz verfügten. Diese weltlichen Herrschaftsträger konnten freilich für die Aufbewahrung wichtiger Schriftstücke auf einzelne, ihnen nahestehende Klöster und Kirchen zurückgreifen. Ähnliches gilt auch für die Gemeinden, die im allgemeinen frühestens im 12. Jahrhundert eine dauerhaftere organisatorische Verfestigung erhielten und so auch erste Ansätze zu einem Archiv ausbilden konnten. Vornehmlich für die kleineren Kirchen und Klöster besaß die schriftliche Fixierung ihrer Rechtstitel ohnehin einen höheren Rang als für die weltlichen Herrschaftsträger. Während die Adligen, die Fürsten und die Könige und schließlich auch die größeren Stadtgemeinden zur Durchsetzung ihrer Rechtsansprüche auch militärische Gewalt einsetzen konnten, waren jene viel stärker darauf angewiesen, ihre ihnen verliehenen Rechtstitel oder übertragenen Besitzungen gegen Anfechtungen durch schriftlichen Nachweis abzusichern. Dementsprechend schreckten sie in Konflikten umso weniger vor Verfälschungen und Fälschungen von Urkunden zurück. Statt des Schwertes führten die Mönche und Kleriker die Feder. Die hohen Geistlichen – insbesondere die Bischöfe und Reichsäbte – verfügten freilich zugleich über Schwerter und Federn.

Die geistlichen Autoren widmeten der Geschichte ihrer Klöster, Kirchen und Bistümer zumeist besondere Aufmerksamkeit, so daß sie oft nur auf das lokale oder regionale Geschehen achteten. Einige Verfasser haben jedoch weiterhin die allgemeine Kirchengeschichte einbezogen und ebenfalls die Reichsgeschichte berücksichtigt. Dafür boten die scharfen Auseinandersetzungen während des Investiturstreits und auch die fortdauernden Konflikte zwischen Kaisertum und Papsttum in staufischer Zeit neue Anstöße. Dies zeigen z. B. die „Jahrbücher" des gegen Heinrich IV. eingestellten Mönches Lampert aus dem ansonsten königsfreundlichen Kloster Hersfeld auf, denn diese wichen von der Zuspitzung der Kämpfe gegen Heinrich IV. an (seit 1069) immer mehr von dem vorgegebenen Rahmen der Klosterannalen ab. Schließlich waren zahlreiche Klöster und Kirchen im deutschen Reichsgebiet – vor allem in den königsnahen Landschaften – politisch und verfassungsrechtlich eng mit dem Königtum verknüpft. Mehrere dieser Autoren standen der jeweiligen Herrscherfamilie nahe oder gehörten dem engeren Kreis des königlichen oder kaiserlichen Hofes an. Zu diesen zählt auch der schon öfter erwähnte Bischof Otto von Freising (nach 1111–1158). Als Sohn des babenbergischen Markgrafen Leopold III. und der Tochter Kaiser Heinrichs IV., Agnes, war er mit den staufischen Herrschern Konrad III., seinem Halbbruder, und Friedrich Barbarossa eng verwandt. Der frühere Zisterzienserabt von Morimond (1133–1138) verfaßte mit seiner Weltchronik (Chronica sive historia de duabus civitatibus) in Anlehnung an Augustinus das wohl bedeutendste geschichtsphilosophische Werk des Mittelalters. Mit seiner Beschreibung der Taten Friedrich Barbarossas (Gesta Friderici), für die er auch Schriftstücke aus der kaiserlichen Kanzlei benutzte, hat dieser welterfahrene Bischof die beste Darstellung zur Geschichte der frühen Stauferzeit geschrieben.

Unter den erzählenden Quellen verdeutlichen die überlieferten Lebensbeschreibungen (in der Form der traditionellen Vita) die Bevorzugung der Geistlichen wohl am klarsten. Besondere Aufmerksamkeit verdient z. B. die Lebensbeschreibung des Erzbischofs Anno von Köln (1056–1075). Diese „Vita" ist nach dessen Tode von einem Mönch aus dem Kloster Siegburg, das Anno selbst um 1070 als Reformkloster gegründet hatte, mit dem Ziel verfaßt worden, die Heiligsprechung des Erzbischofs durchzusetzen. Mit dieser Schrift wie auch mit den Jahrbüchern Lamperts von Hersfeld steht das Annolied – eine wohl um 1080 auf mittelhochdeutsch verfaßte Dichtung zum Lobpreis desselben Helden – in Zusammenhang. Einem Klostergründer ist auch die am Ende des 11. Jahrhunderts entstandene Lebensbeschreibung Bischof Bennos von Osnabrück (1068–1088) gewidmet. Der Verfasser – Mönch des neugegründeten Reformklosters Iburg – bemühte sich jedoch nicht, seinen Helden zum Heiligen zu stempeln. So tritt uns dieser Reichsbischof und Anhänger des salischen Königtums, dem Benno seinen sozialen Aufstieg von relativ niederer Herkunft zur Bischofswürde verdankte, umso plastischer als ein Repräsentant des Reichsepiskopats entgegen. Etwa in derselben Zeit – unmittelbar nach dem Tode Heinrichs IV. (1106) – wurde von einem anonymen Anhänger des Saliers die Vita dieses Kaisers geschrieben, die die Reihe der wenigen mittelalterlichen Herrscherviten ergänzt. Der Autor war vielleicht Bischof Erlung von Würzburg, der dem Kaiser zuletzt auch als Kanzler gedient hatte.

Erstmals wurden seit der zweiten Hälfte des 11. Jahrhunderts in der schriftlichen Überlieferung auch einzelne Adelsfamilien stärker berücksichtigt. Dies geschah zunächst innerhalb der Geschichte der von Adligen gegründeten Klöster und Stifte, die ihren Gründern gleichsam ein schriftliches Denkmal errichteten. Im Laufe des 12. und 13. Jahrhunderts wurden diese Ansätze zur Geschichte einzelner hervorragender Stifterfamilien weiterentwickelt. In Deutschland äußerten sie sich am frühesten bei den Welfen seit dem Jahre 1125, als dieses Hochadelsgeschlecht mit Herzog Heinrich dem Schwarzen erstmals entscheidenden Einfluß auf die Königswahl gewann. In Reichsitalien hat der Mönch Donizo aus dem Kloster S. Appolonio zu Canossa, das die Markgräfin Mathilde von Tuszien an der Stammburg ihres Geschlechts gegründet hatte, kurz nach dem Tode dieser mächtigsten Helferin des gregorianischen Papsttums († 1115) eine Lebensbeschreibung abgeschlossen. Diese beschäftigt sich zwar hauptsächlich mit der Hochadligen, sie bietet aber darüber hinaus bereits eine Geschichte ihrer Familie, die seit der Heirat (1054) der markgräflichen Witwe Beatrix – der Mutter Mathildens – mit Herzog Gottfried von Lothringen einen hervorragenden Einfluß auf die Reichspolitik ausgeübt hat.

Die urkundliche Überlieferung ist für das deutsche Reichsgebiet fast lückenlos in zahlreichen lokalen und regionalen Editionen und Regestenwerken faßbar, wenn diese auch eine höchst unterschiedliche Qualität aufweisen. Darunter besitzen die Königs- und Kaiserurkunden noch immer einen besonderen Rang. Leider sind sie vor allem für die Zeit nach dem zweiten Drittel des 12. Jahrhunderts noch immer nicht vollständig in der Diplomata-Abteilung der Monumenta Germaniae Historica ediert. Dadurch wird vornehmlich die Forschung über die Regierungszeit Friedrichs II. und seiner Söhne erheblich behindert. Seit dem Investiturstreit nahmen die Papsturkunden für deutsche Empfänger zu, worin sich auch der gestiegene politische Einfluß des Papsttums äußerte.

Der Unterschied in der Schriftkultur zwischen dem nordalpinen Reichsgebiet einerseits, wo insbesondere im Norden und Osten die Überlieferung zumeist erst im 12. Jahrhundert in zunächst noch sehr bescheidenem Umfang einsetzte, und Reichsitalien andererseits zeigte sich auch in den Notariatsurkunden. Diese sind z. B. im südwestdeutschen Raum erst seit dem ausgehenden 13. Jahrhundert vereinzelt bezeugt. Hingegen sind für die Seehandelsstadt Genua aus der zweiten Hälfte des 12. Jahrhunderts allein 4500 Notariatsinstrumente überliefert. Diese bilden aber nur einen Bruchteil der in derselben Stadt damals tatsächlich ausgefertigten Urkunden. Nach verläßlichen Schätzungen sind in Genua gegen Ende des 12. Jahrhunderts jährlich etwa 20000 Notariatsinstrumente verfaßt worden. Nur die Kölner Schreinsurkunden, die einen Teil der Grundstücksgeschäfte in den Kölner Stadtpfarreien etwa seit der Mitte des 12. Jahrhunderts festhalten, bieten eine gewisse Parallele im deutschen Reichsgebiet. Sie nahmen seit dem Beginn des 13. Jahrhunderts kräftig zu, als sie auch in Schreinsbüchern zusammengefaßt wurden.

Weiter verbreitet und zahlreicher überliefert sind in Deutschland die Traditionsurkunden oder auch -notizen. Sie stammen zumeist aus dem südostdeutschen-bayerischen Raum. Die darin festgehaltenen Rechtsgeschäfte beziehen sich in der Regel auf Stiftungen von Adligen oder auch Personen niederen Ranges und auf weitere Abmachungen, die Kirchen und Klöster mit Mitgliedern ihres eigenen grundherrlichen Personenverbandes („familia") geschlossen haben. Im Unterschied zu den meisten Diplomen und den Urkunden der geistlichen und weltlichen Fürsten treten in diesen Quellen auch die mittleren und manchmal sogar die unteren sozialen Gruppen in das Blickfeld. Insgesamt hat dieses Material noch nicht genügend Beachtung gefunden.

Neue Aufschlüsse vornehmlich über die größeren geistlichen Grundherrschaften und über die bäuerliche, vereinzelt aber auch über die städtische Bevölkerung versprechen ferner die Urbare und weitere Güter- und Einkünfteverzeichnisse. Sie sind ebenfalls weit überwiegend nur von geistlichen Herrschaftsträgern überliefert. Genannt seien die Urbare der Reichsabtei Werden wie auch des stadtnahen alten Benediktinerklosters St. Maximin zu Trier oder auch das zu Beginn des 13. Jahrhunderts angelegte Einkünfteverzeichnis der Erzbischöfe von Trier. Seit der Wende vom 12. zum 13. Jahrhundert haben auch weltliche Herren auf ähnliche Weise ihre Rechte und Einkünfte schriftlich niederschreiben lassen. Das früheste Beispiel sind die zwischen 1164 und 1170 entstandenen Rechtsaufzeichnungen der Grafen von Falkenstein. Etwa ein Menschenalter später folgten die erste Anlage des Landbuchs der Herzoge von Bayern und ähnliche Einkunftsverzeichnisse des babenbergischen Herzogs für Niederösterreich und Steiermark. Diese Quellen sind ein Produkt des Aufbaus von Amtsorganisationen in den entstehenden Landesherrschaften.

Vereinzelt sind aus dem 12. und 13. Jahrhundert auch vergleichbare Akten aus dem Umkreis des deutschen Königshofs überliefert. Die bekanntesten sind das „Tafelgüterverzeichnis" des Königs, dessen Abfassung die neuere Forschung etwa in die Mitte des 12. Jahrhunderts datiert, und die sogenannte Reichssteuerliste von 1241/42. Diese Verzeichnisse sind freilich keineswegs Produkte einer systematischen Verwaltungstätigkeit. Sie sind vielmehr aus besonderem Anlaß – also ohne langfristige Zielsetzung – angefertigt worden. Die Unterschiede etwa zum anglonormannischen „Buch des jüngsten Gerichts" (Domesdaybook) aus dem ausgehenden 11. Jahrhundert sind offenkundig. Sie wurzeln in den völlig andersartigen Herrschaftsgrundlagen und Verwaltungsformen beider Königreiche. In demselben Jahr 1066, in dem der Normannenherzog Wilhelm die Schlacht bei Hastings gewann und damit die Eroberung des angelsächsischen Königreichs einleitete, stand der gerade mündig gewordene, damals sechszehnjährige König Heinrich IV. vor den Trümmern einer Reichspolitik, die während einer fast zehnjährigen Vormundschaftsregierung die Macht und das Ansehen des salischen Königtums schwer beeinträchtigt hatte.

II. Deutschland von der Mitte des 11. bis zur Mitte des 12. Jahrhunderts: Traditionen und Umbrüche

1. Die Reichsherrschaft in der Zeit zwischen Heinrich III. und Barbarossa (1056–1152)

a) Die Entfremdung zwischen Reformpapsttum und salischem Königtum (1056–1076)

Bei der Nachricht vom Tode Heinrichs III. soll Kardinalbischof Humbert von Silva Candida seine Trauer mit der geradezu „wegweisenden" Bitte verbunden haben: Gott möge sich erbarmen und Fürsten einsetzen, welche sich und alle ihre Untergebenen zu lenken verstehen. „Denn von diesem unserem kleinen König können wir – o weh – keinen herrschaftlichen Rückhalt erhalten" (vgl. Nr. 267, Meyer von Knonau I, S. 13).

Der aus Lothringen stammende Kardinal, der mit Bischof Brun von Toul, Papst Leo IX., nach Rom gekommen war, wußte den Einschnitt, den der Tod des erst neununddreißigjährigen Kaisers (5. Oktober 1156) bewirkt hatte, richtig einzuschätzen. Das Reformpapsttum, dem auch der Mönch Humbert seinen Aufstieg am päpstlichen Hof verdankte, hatte sich nur unter dem kräftigen Schutz des salischen Kaisers gegen die Macht der römischen Adelsfamilien behaupten können. Der Kampf war noch keineswegs entschieden. Die vom Kaiser unterstützte Kirchenreform, deren Träger weit überwiegend Zuwanderer aus dem nordalpinen Reichsgebiet oder doch Nichtrömer waren, war in Rom noch nicht heimisch geworden. Deutsche Reichsbischöfe – unter ihnen vor allem Leo IX. – hatten den Bemühungen um die Kirchenreform, die ihrerseits die Autorität des Kaisers stärkte, am päpstlichen Hof zum Durchbruch verholfen. Die salische Reichskirchenpolitik, die die Macht des Adels zurückdrängen sollte, dabei jedoch zumeist auf adlige Geistliche angewiesen war, hatte somit auch das Papsttum einbezogen. Das Reformpapsttum seinerseits war vom Kaiser abhängig. Leo IX. hatte vergeblich versucht, die kaiserlich-päpstliche Machtbasis zum Süden hin im militärischen Vorgehen gegen die Normannen abzusichern und zu erweitern. Der Papst war nach der Niederlage von Civitate (1053) sogar zum Gefangenen der normannischen Sieger geworden, die ihn erst kurz vor seinem Tode wieder freigelassen hatten. Als Nachfolger Leos hatte Heinrich III. mit Bischof Gebhard von Eichstätt, der sich Viktor II. nannte (1055 März bis 1157 Juli) nochmals einen Deutschen auf den päpstlichen Thron erheben können. Bezeichnenderweise blieb Viktor II. weiterhin Bischof von Eichstätt.

Der reichsbischöfliche Papst, der sich nur kurze Zeit in Rom aufgehalten hatte, verlor – wie Humbert sicherlich wußte – im Kaiser seinen wichtigsten Rückhalt. Damit war das Reformpapsttum tatsächlich in seinen Wurzeln getroffen. Ein Ersatz bot sich höchstens in der Person Herzog Gottfrieds von Lothringen (des Bärtigen) an, der gegen den Willen des Kaisers Beatrix geheiratet hatte, die Witwe des Markgrafen von Tuszien und Herrin bedeutender Herrschaftsgebiete beiderseits des Apennin.

Gegen den derart beiderseits der Alpen und des Apennin herrschaftlich verankerten Herzog hatte Heinrich III. im Jahre 1055 seinen letzten Italienzug geführt und dabei – nicht zuletzt durch die Unterstützung von Städten im markgräflichen Machtgebiet – einige Erfolge erzielt. Herzog Gottfried hatte schon längere Zeit enge Beziehungen zum Kreis der Reformer am päpstlichen Hof. Sein Bruder Friedrich war unter Leo IX. sogar zum Leiter der damals freilich noch bescheidenen päpstlichen Kanzlei aufgestiegen. Während des Italienzugs, auf dem Heinrich III. und Viktor II. im gemeinsamen Interesse von Kaisertum und Reformpapsttum zusammengewirkt hatten, hatte sich Friedrich in das Kloster Montecassino zurückgezogen. Was lag für den lothringischen Kardinalbischof und führenden Kopf der strengen Richtung der Kirchenreform näher, als beim Tode des Kaisers, den er im Gefolge des Papstes am Hof in Goslar aus nächster Nähe erlebte, an die herzoglichen Brüder Gottfried und Friedrich aus Lothringen als Rettungsanker für die päpstliche Reformkirche zu denken?

Der sterbende Kaiser hatte das Reich und den erst sechsjährigen Nachfolger dem Schutz seines Papstes anvertraut. Viktor II. ist dieser Aufgabe auch nachgekommen. Der Papst verhalf dem König, für den Heinrich III. schon 1053 die freilich bedingte Zustimmung der Hochadligen eingeholt hatte, zur Rechtsnachfolge in der Königswürde. Der Kaiserwitwe Agnes, der Tochter des Herzogs von Aquitanien und Poitou, sicherte der Papst die Stellung als Regentin. Zugleich beendete er den Konflikt mit Gottfried, der als Herzog von Lothringen und Markgraf von Tuszien wieder eingesetzt wurde. Danach ist der Papst nach Italien zurückgekehrt. Er starb, bevor er Rom wieder betreten konnte. Mit Viktor II. hat das Reformpapsttum seine Verwurzelung im salischen Kaisertum verloren.

Einen Monat vor dem Tode Viktors II. war Gottfrieds Bruder Friedrich, der zuvor noch von Humbert zum Abt von Montecassino geweiht worden war, zum Kardinal erhoben worden. Ohne Rücksprache mit dem „kleinen König", dem unter dem Rechtstitel des Patricius das von Heinrich III. mehrfach ausgeübte Erstwahlrecht zustand, wurde derselbe Kardinal zum Nachfolger Viktors II. gewählt und als Stephan IX. geweiht. Die Reformer waren zum schnellen Handeln gezwungen, um der Wahl eines römischen Adligen zuvorzukommen. Zum deutschen Königshof schickten sie eine Gesandtschaft, die sich um eine nachträgliche Zustimmung zur Papstwahl bemühen sollte. Ehe sie dort eintraf, war Stefan IX., der nur acht Monate regierte (1057 August–1058 März), bereits gestorben. Unter ihm knüpfte der mittlerweile zum Archidiakon aufgestiegene Mönch Hildebrand die ersten Kontakte zur mailändischen Pataria. Stephan IX. designierte nicht nur seinen Nachfolger in der Abtswürde von Montecassino, eben jenen Desiderius, der 1086 unter dem Namen Viktor III. der erste Nachfolger Gregors VII. wurde. Der lothringische Papst bestimmte auch noch seinen Nachfolger auf dem Stuhl Petri. Mit dem aus Burgund stammenden Bischof Gerhard von Florenz, der sich als Papst Nikolaus II. (1058–1061) nannte, übernahm wiederum ein Vertrauter Herzog Gottfrieds die Führung der Reformkirche. Dafür haben die in Siena versammelten Wähler – angeführt von fünf Kardinalbischöfen – vielleicht schon vor ihrem Wahlakt die Zustimmung des deutschen Königshofes eingeholt. Die politische Absicherung war umso notwendiger, als die Adelspartei der Tuskulaner schon unmittelbar nach dem Tode Stephans IX. in Rom mit Benedikt X. einen eigenen Papst durchgesetzt hatte. Nikolaus II. konnte diesen Adelspapst erst zu Anfang des Jahres 1059 mit massiver militärischer Unterstützung Herzog Gottfrieds aus Rom verdrängen.

Diese Ereignisse und politischen Zusammenhänge fanden ihren Niederschlag in der Papstwahlordnung, die auf der Lateransynode von 1059 ausdrücklich zur Wahrung der Freiheit der Kirche („libertas ecclesiae") erlassen wurde. Darin wurden dem Kardinalskollegium, dessen Mitglieder ursprünglich nur liturgische und karitative Funktionen an den stadtrömischen Kirchen innehatten, die entscheidenden Kompetenzen bei der Wahl des Nachfolgers Petri zugewiesen. In Anlehnung an die bis dahin ungewöhnliche Form der Erhebung Nikolaus' II. wurde den (sieben) Kardinalbischöfen noch vor den (28) Kardinalpriestern und den Kardinaldiakonen das Vorschlagsrecht zuerkannt. Bei Gefährdung der Wahlfreiheit in der Stadt erhielten sie sogar noch weitergehende Vollmachten, so daß sie den Wahlakt außerhalb Roms faktisch unter sich entscheiden konnten. Die Rechte des Königs wurden nur in einer wohl bewußt unklar gehaltenen Formulierung berücksichtigt. Eindeutig wurde jedoch festgehalten, daß das dem König vorbehaltene Recht von einer päpstlichen Verleihung abhängig sei, so daß es irgendeinem Nachfolger Heinrichs IV. auch vorenthalten oder entzogen werden konnte. Die Hauptabsicht des Papstwahldekrets richtete sich jedoch nicht gegen den fernen deutschen König, sondern gegen den nahen römischen Adel, der das Reformpapsttum unmittelbar und aktuell bedrohte. Das Papstwahldekret kann so geradezu als eine Notwehrmaßnahme des Reformpapsttums gedeutet werden, das von seinem legitimen Schutzherrn – dem noch immer kindlichen König – keine Hilfe erwarten konnte.

Unter Berücksichtigung dieser Zusammenhänge verliert auch die Auffassung an Überzeugungskraft, daß das auf derselben Synode in einem einzigen Satz ausgesprochene Verbot der „Laieninvestitur" sich in besonderer Weise gegen das Investiturrecht des Königtums gerichtet und so die Rechtsgrundlagen der Reichskirchenherrschaft untergraben habe. Das

Verbot lautete: Von Laien darf kein Kleriker oder Priester auf irgendeine Weise eine Kirche – weder umsonst noch gegen Geld – erhalten (Nr. 15, MG, Const. I, Nr. 384, S. 547). Es richtete sich nicht nur gegen die Simonie, wogegen auch Kaiser Heinrich III. vorgegangen war, sondern gegen die Investitur von Geistlichen durch Laien überhaupt. Inzwischen ist fragwürdig geworden, ob dieser Satz gleichsam als Kurzfassung der Ausführungen Humberts von Silva Candida interpretiert werden darf, wie sie dieser in seiner 1057/58 abgefaßten Schrift („Libri tres adversus Simoniacos") formuliert hatte. Darin hatte nämlich der am päpstlichen Hof zweifellos einflußreiche Kardinalbischof dem König, den er den Laien gleichstellte, das Recht zur Verleihung der bischöflichen Insignien (Ring und Stab) bestritten. Diese Schrift blieb jedoch offenkundig ohne größere Resonanz. So kann nicht ausgeschlossen werden, daß in dem Verbot der Laieninvestitur von 1059 der König nicht den Laien zugerechnet wurde und darin nur die niederen Kirchen angesprochen wurden.

Festzuhalten bleibt jedenfalls, daß das Investiturverbot in den politischen Auseinandersetzungen zwischen Königtum und Papsttum in den nächsten Jahrzehnten nur eine untergeordnete Rolle spielte. Das dann eindeutig gegen den deutschen König oder den Kaiser – wie gegen alle anderen Könige – gerichtete generelle Investiturverbot sprach Papst Gregor VII. erst im Jahre 1078 aus, als der erste Höhepunkt in dem Konflikt zwischen Heinrich IV. und Gregor VII. bereits zurücklag. Die Lateransynode von 1059 war also auch in dieser Hinsicht kein Fanal für den prinzipiellen Kampf zwischen Reformpapsttum und der Reichskirchenherrschaft des deutschen Königs. Immerhin aber zeigen die dort gefaßten Beschlüsse, daß die Reformer in erster Linie die Interessen der päpstlichen Kirche verfolgten, ohne auf die speziellen Rechtsansprüche des faktisch für sie weit entfernten salischen Königtums größere Rücksicht zu nehmen.

Nur wenige Monate später zog der päpstliche Hof aus dieser Situation weitere politische Konsequenzen. Die Belehnung der Normannenfürsten im August 1059 zeigt ein weiteres Stadium der Verselbständigung des Reformpapsttums gegenüber dem königlichen Hof an. Mit den den Normannen zugestandenen Lehnsobjekten überging Nikolaus I. kaiserliche Rechtsansprüche in Unteritalien und Sizilien. Dementsprechend verpflichtete der Papst seine normannischen Vasallen im Konfliktfall sogar zur Unterstützung gegen den deutschen König und Kaiser. Die Normannen und Herzog Gottfried von Lothringen-Tuszien unterstützten auch die Wahl des bisherigen Bischofs Anselm von Lucca aus einer mailändischen Adelsfamilie, der als Papst den Namen Alexander II. (1061–1073) führte. Wenige Wochen später setzten ihm einflußreiche Kreise am deutschen Königshof im Zusammenwirken mit römischen und oberitalienischen Adligen wie auch Reichsbischöfen in Bischof Cadalus von Parma (Honorius II., † 1071/72) einen eigenen Papst entgegen. Die Verkehrung der ursprünglichen Fronten schien perfekt. Sie hielt jedoch nur bis zum Jahre

1064, als der königliche Hof unter der Leitung des Kölner Erzbischofs Anno den Gegenpapst Honorius II. zugunsten Alexanders II. aufgab. Im März des folgenden Jahres begann mit der Schwertleite Heinrichs IV. die selbständige Regierung des nun vierzehnjährigen Saliers.

In der Zeit der Regentschaft waren die Schwächen der salischen Reichsherrschaft, die während der Regierungszeit Heinrichs III. durch die persönliche Autorität des Kaisers vielfach nur mühsam überdeckt worden waren, auch in anderen Beziehungen offen hervorgetreten. Sie äußerten sich auch darin, daß für die Vormundschaft keine allgemein anerkannten Regeln galten. Nach dem Tode Papst Viktors II. stützte sich die Kaiserinwitwe Agnes auf den Rat verschiedener Hochadliger und hoher Geistlicher. Diese versuchten mit ihrem Einfluß am Königshof zumeist auch ihre eigenen Interessen durchzusetzen.

Unter den Reichsbischöfen waren die Erzbischöfe Anno II. von Köln (1056–1075) und Adalbert von Hamburg-Bremen (1043–1072) die politisch wirksamsten Persönlichkeiten. Beide standen schon unter Heinrich III. in enger Beziehung zum salischen Königtum. Der noch von demselben Kaiser investierte Anno, der einem wenig bedeutsamen schwäbischen Adelsgeschlecht entstammte, konzentrierte sich zunächst erfolgreich auf den Ausbau des Kölner Erzstifts. Daneben versuchte er schon früh, seine Verwandten und Vertrauten zu fördern und ihnen vor allem innerhalb der Reichskirche einflußreiche Positionen zu verschaffen. Im Jahre 1059 gelang es ihm, seinen Neffen Burchard auf den Bischofsstuhl von Halberstadt zu bringen. Die Reichspolitik der Folgezeit bot ihm schließlich eine Rechtfertigung, sich des königlichen Knaben selbst zu bemächtigen und so die Reichspolitik entscheidend zu bestimmen. Der Anlaß ergab sich, als die Kaiserinwitwe Agnes nach der Aufstellung des Gegenpapstes Honorius II. den Schleier nahm und damit faktisch auf die Regentschaft verzichtete. Nur wenige Monate später – im April 1062 – entführte Anno den König von der Insel Kaiserswerth nach Köln und brachte gleichzeitig die Reichsinsignien an sich.

Mit diesen Faustpfändern bestimmte Anno zunächst unangefochten die Reichspolitik, in der nun die Vorgänge in Reichsitalien einen höheren Stellenwert erhielten. Im folgenden Jahr konnte er seinen Bruder Werner als Erzbischof von Magdeburg durchsetzen, obwohl für dieses Amt schon ein Hochadliger gewählt worden war. Wenig später mußte Anno freilich Erzbischof Adalbert von Hamburg-Bremen als gleichberechtigten Partner am Königshof akzeptieren. Wie der Kölner Erzbischof hatte sich zuvor auch Adalbert als Territorialpolitiker bewährt, der dabei auch den Konflikt mit den Herzogen von Sachsen nicht scheute. Im Unterschied zu Anno waren Adalberts politische Interessen vornehmlich auf den Norden und Osten ausgerichtet. Dort verfolgte der aus einer thüringischen Grafenfamilie stammende Erzbischof große Missionspläne, die bis nach Finnland, Island und Grönland reichten. Damit und mit seiner Missionstätigkeit bei den benachbarten heidnischen Stämmen verband Adalbert das Ziel, für sein Bistum den Status eines Patriarchats zu gewinnen. Auf diese Weise wollte er die Pläne des dänischen Königs zur Errichtung eines eigenen, auf das königliche Herrschaftsgebiet bezogenen Erzbistums durchkreuzen. Diese divergierenden Interessen haben die Konkurrenz der beiden Erzbischöfe am Königshof noch weiter verschärft.

Die geringe Autorität und Durchsetzungsfähigkeit des Königshofes während der Vormundschaft haben vor allem die Machtverhältnisse zwischen Königtum und Hochadel weiter zuungunsten des Königtums verschoben und so eine Entwicklung beschleunigt, die selbst Heinrich III. nur mühsam hatte eindämmen können. Die rasche Aussöhnung mit Herzog Gottfried von Lothringen-Tuszien kurz nach dem Tode des Kaisers deutete die veränderte Grundsituation bereits an. Während Heinrich III. die Herzogtümer Bayern, Schwaben und Kärnten jahrelang selbst verwaltet hatte, verlieh die Kaiserinwitwe Schwaben nach dem Tode des bisherigen Inhabers noch im Jahre 1057 an den aus Burgund stammenden Adligen Rudolf von Rheinfelden. Ihm wurde gleichzeitig die Verwaltung des Königreichs Burgund übergeben, das seit dem Jahre 1032 mit dem Reich in Personalunion verbunden war; das Königtum hatte in diesem „regnum Arelatense“ freilich eine sehr schwache Stellung. Der neue Herzog von Schwaben und „rector“ von Burgund band sich gleichzeitig durch die Heirat mit einer Kaisertochter eng an die salische Königsfamilie. Nach dem frühen Tode dieser Salierin im Jahre 1060 heiratete Rudolf die Schwester jener Bertha von Savoyen und Turin, mit der noch Heinrich III. seinen Sohn und Nachfolger im Jahre 1055 verlobt hatte.

Schien in diesem Falle die Anbindung des neuen Herzogs an die salische Herrscherfamilie gesichert, so gelang dieses nicht mehr bei der Vergabe des Herzogtums Bayern, das die ersten Salier faktisch als Kronland behandelt hatten und das Heinrich III. zuletzt seiner Gattin überlassen hatte. Agnes setzte im Jahre 1061 den aus Sachsen stammenden Hochadligen Otto von Northeim als ihren Nachfolger ein. Im selben Jahre betraute der Königshof den schwäbischen Hochadligen Berthold von Zähringen mit der Herzogswürde in Kärnten, wo dieser sich freilich ebensowenig durchsetzen konnte wie seine letzten Vorgänger. Bedeutsamer für die weitere Entwicklung wurde der schon im Jahre 1059 vollzogene Übergang des Herzogtums Sachsen an Ordulf, den Sohn des bisherigen Herzogs Bernhard aus der Familie der Billunger. Unter Ordulf spitzte sich der Konflikt mit Erzbischof Adalbert von Hamburg-Bremen zu. Durch seine Heirat mit einer Tochter des norwegischen Königs besaß Ordulf enge persönliche Kontakte zu diesem nordischen Königreich. Der König von Norwegen, Harald, war wiederum mit einer Schwester des Großfürsten von Kiew, Jaroslav, verheiratet, womit die engen Beziehungen zu Skandinavien fortgesetzt wurden; dessen weitere Schwestern waren Gattinnen des Königs von Frankreich, des Königs von Ungarn und des Herzogs von Polen.

Noch klarer als bei dem Herzog von Sachsen ist bei Herzog Gottfried von Lothringen-Tuszien die Reichweite des politischen Aktionsfeldes deutscher Hochadliger erkennbar. Dessen Herrschaftsbereich erweiterte der gerade mündig gewordene König im Jahre 1065 noch um das von Gottfried als Erbe beanspruchte Herzogtum Niederlothringen, so daß dessen Machtbereich im Norden bis zum Rheinmündungsgebiet und im Süden bis an die Grenzen des Patrimonium Petri reichte. Auch das Hochadelsgeschlecht der Welfen besaß über die Heirat einer Tochter mit dem Markgrafen von Este enge Kontakte nach Oberitalien. Nach dem Aussterben des welfischen Hauses mit dem Tode Welfs III. (1055) wurde der Sohn dieses Markgrafen Albert Azzo II. von Este und der Welfin Chuniza – Welf IV. – der Begründer der jüngeren welfischen Linie, die in der Folgezeit eine nachhaltige Wirksamkeit in der Reichsgeschichte entfalten sollte.

Der junge König wurde hingegen auch noch nach seiner Mündigkeit daran gehindert, die bereits angekündigte Romfahrt anzutreten und so sein Ansehen durch die Kaiserwürde zu erhöhen. Zunächst machte Erzbischof Adalbert seinen Einfluß geltend, daß der Italienzug, auf dem sein Konkurrent Anno schon aufgrund seiner Funktion als Erzkanzler für Italien Vorteile gewinnen konnte, verschoben wurde. Der neu angesetzte Italienzug kam auch im Jahre 1067 nicht zustande, weil Herzog Gottfried von Lothringen-Tuszien dem König mit einem dann erfolglosen Kriegszug gegen die Normannen zuvorgekommen war.

Noch im Jahre 1065 wurde die königliche Machtgrundlage durch Verleihungen von Reichsgut und Reichsklöstern noch weiter verengt. Bezeichnenderweise versuchten die Erzbischöfe von Köln und von Hamburg-Bremen sich die größten Anteile zu sichern. Anno sorgte für die königliche Verleihung der Reichsklöster Malmedy und Kornelimünster an sein Erzstift. Etwa gleichzeitig ließ sich Adalbert neben Reichsgut in Duisburg auch die alten Reichsklöster Lorsch und Corvey zusprechen. Im selben Jahr wurde das salische Hauskloster Limburg an den Bischof von Speyer übertragen. Adalbert rief mit diesen Aneignungen jedoch den Widerstand anderer Reichsfürsten hervor, so daß er sich gegen den Willen Heinrichs IV. fluchtartig vom Königshof entfernen mußte. Diese Machteinbuße des Erzbischofs wirkte sich vor allem für den Herzog von Sachsen vorteilhaft aus, während sie die heidnischen Obodriten zu einem folgenreichen Aufstand ermunterte. Unmittelbar nach dem Sturz Adalberts gelang es Anno, seinen Neffen Konrad zum Erzbischof von Trier wählen und investieren zu lassen. Dieses Verfahren stieß jedoch in der Stadt Trier auf Widerstand. Unter Anführung des Trierer Burggrafen wurde Konrad auf der Reise nach Trier mit seiner Begleitung in Bitburg überfallen, gefangengesetzt und wenig später von Leuten des Burggrafen von einem Felsen gestürzt und ermordet. Auch dieser Vorgang zeigt, wie weit der Autoritätsverlust des salischen Königtums zu Beginn der selbständigen Herrschaft Heinrichs IV. gediehen war.

Da dem König selbst kein Herzogtum mehr unmittelbar zur Verfügung stand und ihm auch die Kontrolle über die Reichskirchen und Reichsklöster erheblich erschwert war, war er bei der Festigung der königlichen Machtstellung umso mehr darauf angewiesen, eine vom Hochadel und den hohen Geistlichen unabhängige Herrschaftsbasis aufzubauen. Heinrich IV. konzentrierte diese Bemühungen zunächst auf das Herzogtum Sachsen: das Stammland seiner ottonischen Vorgänger. In diesem ehemaligen Kronland war inzwischen freilich auch schon ein großer Teil des Reichsguts in andere Hände übergegangen. Eine Ausnahme stellte das relativ dünn besiedelte Harzgebiet mit dem Zentrum Goslar dar, wo Heinrich III. mit der Kaiserpfalz und dem diesem eng verbundenen, von demselben Kaiser gegründeten und reich ausgestatteten Stift Sankt Simon und Juda günstige Grundlagen für den Aufbau eines geschlossenen Reichsherrschaftsgebietes geschaffen hatte. Zudem lag hier in den Silberbergwerken am Rammelsberg die weitaus ergiebigste Finanzquelle des deutschen Reiches.

In diesem engeren Gebiet und in dem angrenzenden ostsächsischen Raum begann Heinrich IV. schon im Jahre 1067 – also etwa ein Jahr nach der Eroberung des angelsächsischen Königreichs durch den Normannenherzog Wilhelm – mit einer Burgenpolitik, die in ihrer Hartnäckigkeit und Rücksichtslosigkeit von vielen Zeitgenossen als beispiellos empfunden wurde. In wenigen Jahren ließ er im Osten des sächsischen Stammesgebietes ein engmaschiges Netz von Burgen anlegen, sicherte diese durch Burgbesatzungen und übertrug deren Aufsicht überwiegend stammesfremden Männern vornehmlich aus Schwaben, die zudem zumeist niederer oder sogar unfreier Herkunft waren. Von diesen Burgen betrieben die ganz vom König abhängigen kriegstüchtigen Verwalter – in der Regel wohl Ministeriale – die Rückgewinnung der tatsächlichen oder auch nur angeblichen Besitzungen und Rechtstitel des Königs. Bei der Ermittlung dieser Ansprüche sollen sie sich auch auf Zeugenaussagen gestützt haben; demnach wandten sie in der Tat ähnliche Methoden an wie die normannischen Eroberer in England. Wurde zugunsten des Königs entschieden – und dies geschah nach Auffassung der betroffenen Sachsen oft willkürlich –, so mußten die bisherigen Besitzer verschiedene Naturalabgaben, Geldzahlungen und auch Frondienste leisten. Ohnehin mußten die Bauern mit ihrem Burgwerk die Burgbauten erstellen und für deren Erhaltung sorgen.

Für die aus dieser Politik erwachsenden Widerstände hatte Heinrich IV. seinen Gegnern auch persönlich weitere Angriffsmöglichkeiten geschaffen, als er im Jahre 1069 die Scheidung von seiner Gattin Bertha betrieb und diesen Plan erst aufgab, als auch der päpstliche Legat Petrus Damiani scharf dagegen protestiert hatte. Allem Anschein nach benutzte der König ein Jahr später nur einen Vorwand, um gegen den bayerischen Herzog Otto von Northeim unter der Anklage, er habe den König stürzen und ermorden wollen, gerichtlich vorgehen zu können. Die Verurteilung und die im Jahre 1071 erfolgte Gefangennahme Ottos setzten Heinrich IV. in die Lage, sich der umfangreichen Allodialbesitzungen und der Lehen zu bemächtigen, über die der Herzog im Einflußbereich der königlichen Territorialpolitik im weiteren Harzgebiet verfügte. Das dem Northeimer ebenfalls entzogene Herzogtum Bayern verlieh der Salier an Welf IV. Dieser Sohn des Markgrafen von Este hatte seine Ehefrau – eine Tochter Ottos von Northeim – unmittelbar nach der Verurteilung seines Schwiegervaters verstoßen und bald darauf eine hochadlige Witwe aus England (eine Tochter des Grafen von Flandern) geheiratet. Die Stimmung in Sachsen gegen Heinrich IV. steigerte sich noch, als der König nach dem Tode Herzog Ordulfs von Sachsen dessen Sohn Magnus, der sich an der Fehde Ottos von Northeim beteiligt hatte, weiterhin gefangenhielt und so die Nachfolge im Herzogsamt hinauszögerte.

Aufgrund dieser verschiedenartigen Vorgänge entwickelte sich im östlichen Sachsen während des Sommers 1073 ein offener Aufstand. In diesem übernahmen die Verwandten Annos von Köln – Bischof Burchard von Halberstadt und Erzbischof Werner von Magdeburg –, der Bischof von Hildesheim, der Herzogssohn Hermann Billung und bald auch der aus der königlichen Gefangenschaft entlassene Otto von Northeim die Führung. Heinrich IV. ging auf die Forderungen der Sachsen nicht ein, die insbesondere die Aufgabe der königlichen Territorialpolitik erreichen wollten. Der drohenden Übermacht der Aufständischen, die den König in der Harzburg belagerten, konnte sich Heinrich IV. nur durch die Flucht nach Süden entziehen. Sicherheit und tatkräftige Unterstützung fand er schließlich bei den Bürgern von Worms inmitten des alten salischen Hausguts. Die Flucht des Königs von der Harzburg in die städtische „Großburg" Worms – aus einem Zentrum des ottonischen Kronlandes in das salische Erbland – verdeutlicht die Zwangssituation des salischen Königtums zu Beginn des gleichzeitig einsetzenden Kampfes zwischen Kaisertum und Papsttum. Inzwischen hatten sich auch die süddeutschen Herzoge, Rudolf von Rheinfelden und der von diesem unterstützte welfische Herzog von Bayern, dem König entfremdet. Unter den Hochadligen besaß Heinrich IV. nur noch in Herzog Gottfried dem Buckligen von Lothringen-Tuszien eine verläßliche Stütze. Dieser hatte nach dem Tode seines Vaters im Jahre 1069 dessen großes Erbe diesseits und jenseits der Alpen übernommen und durch die Heirat mit Mathilde, der Tochter der Beatrix von Tuszien-Canossa, abgesichert.

Unter diesen ungünstigen Umständen mußte Heinrich IV. den Sachsen Anfang Februar 1074 im Frieden von Gerstungen die Schleifung der königlichen Burgen versprechen, was er freilich in der Folgezeit nur hinhaltend erfüllte. Nachdem die Verteidigungsanlagen der Harzburg niedergerissen worden waren, plünderten Bauern aus der Umgebung die Burg und die dortige Kirche und schreckten auch vor einer Schändung der darin befindlichen Gräber von Mitgliedern der königlichen Familie nicht zurück. Wegen dieses dem König zugefügten offenkundigen Unrechts erhielt Heinrich IV. breitere Unterstützung gegen die Aufständischen. Jetzt forderte der König die bedingungslose Unterwerfung der Sachsen und der mit ihnen verbündeten Thüringer, die sich dem sächsischen Widerstand vornehmlich wegen einer gegen sie und zugunsten des Mainzer Erzbischofs gefällten Entscheidung über Zehntleistungen angeschlossen hatten. Das königliche Heer besiegte die stark mit Bauern aufgefüllten Truppenkontingente der Sachsen und Thüringer am 9. Juni 1075 bei Homburg an der Unstrut. Bis Ende Oktober desselben Jahres erzwang Heinrich IV. die bedingungslose Unterwerfung seiner Gegner: Die Anführer der sächsischen und thüringischen Aufständischen wurden verhaftet, ihre Besitzungen konfisziert; damit erhielt die vom König sofort wieder aufgenommene Burgenpolitik große Entfaltungsmöglichkeiten. Zu Weihnachten 1075 konnte Heinrich IV. in Goslar die Fürsten sogar zur Anerkennung der Thronfolge für seinen erst anderthalbjährigen Sohn Konrad eidlich verpflichten.

Nur wenige Monate nach dem Sieg über die Sachsen und Thüringer und nur einige Wochen nach dem Erfolg in der Thronfolgeregelung sprach Papst Gregor VII. auf der Fastensynode im Februar 1076 demselben König die Herrschaft über Deutschland und Italien ab, löste alle Christen von dem dem König geleisteten Eid und bannte ihn. Der Papst, der diesen Rechtsakt in die Form eines feierlichen Gebets an den Apostelfürsten Petrus gekleidet hatte, machte damit von dem Recht der Kaiserabsetzung Gebrauch, wie es im Dictatus Papae sicherlich unter dem Einfluß Gregors VII. formuliert worden ist. Die faktische Absetzung des Königs durch den Papst – ein bis dahin einmaliger Vorgang – war der vorläufige Höhepunkt einer Eskalation, die aus der Entfremdung zwischen Königtum und Reformpapsttum zur scharfen und grundsätzlichen Auseinandersetzung zwischen beiden Gewalten führte.

Der Konflikt hatte sich an der Besetzung des erzbischöflichen Stuhls in der lombardischen Metropole Mailand entzündet. Auf seinen Verlauf haben die Kämpfe zwischen der vom Reformpapsttum unterstützten Pataria und der königlichen Partei in dieser größten Stadt Reichsitaliens einen entscheidenden Einfluß ausgeübt. Darauf wirkten aber ebenso die geschilderten Vorgänge in Sachsen ein. Im Jahre 1071 hatte Erzbischof Wido von Mailand (1045–1071), der seit dem Beginn der Pataria im Zentrum der Angriffe dieser religiös-politischen Bewegung gestanden hatte, auf sein Amt verzichtet und die Insignien seiner Würde – Ring und Stab – an Heinrich IV. gesandt. Der König investierte sogleich den ebenfalls adligen Mailänder Kleriker Gottfried (1071–1075). Gegen Gottfried, den Papst Alexander II. exkommunizierte, verschärfte die vom Ritter Erlembald angeführte Pataria ihre Maßnahmen. Unter Mißachtung der Investiturrechte des deutschen Königs erhob sie mit dem Kleriker Atto einen eigenen, vom Papst unterstützten Erzbischof. Noch kurz vor seinem Tode bannte Papst Alexander II. auf der Fastensynode von 1073 einige Berater Heinrichs IV.

wegen Simonie, was als scharfe Warnung an den König verstanden werden sollte.

Unter dem Eindruck des Aufstands der Sachsen, die ebenfalls gegen die Ratgeber des Königs protestiert hatten, reagierte Heinrich IV. im Spätsommer 1073 in versöhnlichem Ton auf die Vorwürfe des Reformpapsttums. Der inzwischen zum Nachfolger Petri erhobene Gregor VII., bei dessen Amtsübernahme erneut das königliche Zustimmungsrecht nicht beachtet worden war, lenkte daraufhin seinerseits ein. Die königlichen Räte wurden im Frühjahr 1074 durch eine päpstliche Gesandtschaft vom Bann gelöst. Der von denselben päpstlichen Legaten betriebene Plan einer Reformsynode in Deutschland scheiterte jedoch am Widerwillen vornehmlich der Reichsbischöfe. Diese wehrten sich gegen den wachsenden Zentralismus des Papsttums, das bereits mehrfach gegen hohe Geistliche unter dem Vorwurf der Simonie vorgegangen war und sie zur Rechtfertigung am päpstlichen Hof gezwungen hatte. Die Wortführer der deutschen Bischöfe, die zu Weihnachten 1074 auf einer Versammlung zu Straßburg ihre Eigenständigkeit gegenüber dem Papsttum offen bekundet hatten, setzte Gregor VII. auf der Fastensynode von 1075 ab. Zugleich drohte der Papst erneut den königlichen Räten den Bann an. Die Maßnahmen des Papstes gegen verschiedene deutsche Bischöfe – darunter auch gegen Erzbischof Liemar von Bremen (1072–1101) – konnten durch persönliches Erscheinen vor dem Papst wenigstens teilweise gemildert werden.

Während so auf der Konfliktebene „Papsttum und deutsche Reichskirchen" bald wieder eine gewisse Beruhigung eintrat, erhielt der Streit zwischen Heinrich IV. und Gregor VII. durch die Eingriffe des Königs in Reichsitalien einen neuen Anstoß. In Mailand hatten sich die Kämpfe zuletzt so stark zugespitzt, daß der Patarener-Führer Erlembald selbst ein quasidiktatorisches Regiment in der Stadt und dem weiteren Umland ausübte; schließlich wurde er kurz nach Ostern 1075 ermordet. Bestärkt durch seine Erfolge gegen die Sachsen und Thüringer suchte Heinrich IV. die günstige Situation zu nutzen. In Übereinstimmung mit den Gegnern der Pataria investierte er den mailändischen Kleriker Tedald, der als Mitglied der königlichen Hofkapelle enge Kontakte zum Königshof besaß, zum Erzbischof von Mailand. Er ließ also den von ihm selbst eingesetzten Erzbischof Gottfried fallen, der sich gegen die Pataria und deren Erzbischof Atto nicht hatte behaupten können. Zudem ließ Heinrich IV. im engeren territorialen Interessengebiet des Papsttums – in Fermo und Spoleto – weitere Bischöfe absetzen.

Gegen diese Maßnahmen erhob Gregor VII. Anfang Dezember 1075 scharfen Protest, in dem er bereits mehr oder weniger offen mit der Exkommunikation des Saliers drohte. Auf einer Reichsversammlung in Worms vom 24. Januar 1076 reagierte darauf der von Erzbischof Siegfried von Mainz angeführte deutsche Episkopat mit dem offenen Bruch. Die Bischöfe kündigten Gregor VII., den sie auch wegen seines angeblich verwerflichen Lebenswandels anklagten, den Gehorsam auf. Diesem Schritt schlossen sich wenig später auch die Bischöfe der Lombardei an. Ebenso verurteilte Heinrich IV. den Papst, den er als „falschen Mönch“ diffamierte. In einem Brief an die Römer forderte er zum Aufstand gegen Gregor VII. und zur Neuwahl eines auch ihm genehmen Nachfolgers auf. Seine Befugnisse gegenüber dem Papsttum begründete er mit der ihm von den Römern übertragenen Stellung als Patricius. In einem für die Veröffentlichung in Deutschland bestimmten Manifest, das sich teilweise von dem Schreiben an die Römer unterschied, betonte Heinrich IV. nochmals den Sakralcharakter des Königtums: der König ist der Gesalbte des Herrn, über den niemand als Gott allein zu richten habe, es sei denn bei offenem Abfall vom Glauben. Gregor VII. nahm diese Herausforderung an und verkündete auf der Fastensynode 1076 – wie erwähnt – die Absetzung und Bannung Heinrichs IV.

b) Von Canossa bis zum Machtkampf zwischen Heinrich IV. und Heinrich V.

Diese fast drei Jahrzehnte umfassende Zeitspanne bezeichnet mit ihren Anfangs- und Enddaten – dem Bußgang des vom Papst abgesetzten Königs und der Entmachtung des Kaisers durch seinen eigenen Sohn – den Niedergang des salischen Königtums und des weströmischen Kaisertums. Im Zusammenwirken mit dem Reformpapsttum hat der hohe Adel in Deutschland aus der Macht- und Autoritätseinbuße des Königtums gerade in dieser Zeit entscheidende und langfristig wirksame Vorteile gezogen. Hingegen wurde die Stellung der Reichskirchen in Deutschland und noch mehr in Reichsitalien von den schweren Auseinandersetzungen zwischen Kaisertum und Papsttum, die sich zumeist auf die Bischofssitze und damit auf die Bischofsstädte konzentrierten, insgesamt in Mitleidenschaft gezogen. Die Machtkämpfe um die Besetzung der Bischofsstühle führten oft zu jahrelangen Schismen. Sie haben vielfach die bischöfliche Herrschaft in ihrem Zentrum – der Bischofsstadt – schwer beeinträchtigt. In dem dadurch geschaffenen Machtvakuum fanden die sich bildenden Stadtgemeinden günstige Entfaltungsmöglichkeiten.

Schon in den nächsten Monaten nach seiner Bannung durch Gregor VII., den Heinrich IV. seinerseits auf Synoden öffentlich exkommunizieren ließ, mußte der König erfahren, daß sein Rückhalt im Kampf gegen den Papst selbst unter den Reichsbischöfen schwand. Durch die Ermordung Herzog Gottfrieds von Lothringen (Februar 1076) verlor der Salier seine wichtigste Stütze unter den weltlichen Fürsten. Gottfrieds Witwe Mathilde trat nach dem Tode ihrer Mutter Beatrix (April 1076) die alleinige Nachfolge in der Markgrafschaft Tuszien und in den weiteren Herrschaftskomplexen in Reichsitalien an. Die Markgräfin war längst eng mit dem Reformpapsttum verbunden. Bald darauf setzten auch die Aufstände in Sachsen wieder ein.

Eine Fürstenversammlung in Tribur zwang den König im Oktober 1076 zu einem Widerruf der in Worms beschlossenen Absetzung Gregors VII. Der Salier mußte dem Papst Gehorsam versprechen und sich verpflichten, seine gebannten Räte zu entlassen und auf die Unterstützung von Seiten der Stadt Worms zu verzichten. Die weitere Anerkennung Heinrichs IV. machten die Fürsten davon abhängig, daß er sich bis zum Februar 1077 vom päpstlichen Bann löse. Mit Gregor VII. vereinbarten sie, daß er Anfang Februar in Augsburg persönlich über den Streit zwischen den Fürsten und dem König entscheide. Scharfe Gegner Heinrichs waren zur Neuwahl eines Königs entschlossen.

Heinrich IV. kam diesen Plänen zuvor, indem er um Weihnachten 1076 mit seiner Familie und kleinem Gefolge trotz strengem Winter nach Italien aufbrach. Als Gregor VII. von diesem Italienzug des Königs erfuhr, brach er seine Reise nach Deutschland ab und begab sich auf die Stammburg der Markgräfin Mathilde – Canossa –, in den Schutz dieser mächtigsten Hochadligen Reichsitaliens. Nach längeren Verhandlungen, an denen auch Mathilde und Abt Hugo von Cluny, der Taufpate Heinrichs IV., beteiligt waren, und einer dreitägigen öffentlichen Buße des Königs nahm der Papst den König am 28. Januar 1077 wieder in die Kirchengemeinschaft auf. Zugleich erkannte Gregor VII. den Salier wieder als König an. Heinrich IV. mußte sich freilich seinerseits eidlich mit dem geplanten päpstlichen Schiedsgericht einverstanden erklären und dafür Gregor VII. freies Geleit zusichern.

Es gehört zu den Erfolgen Heinrichs IV., daß er mit dem Bußgang von Canossa dem Schiedsgericht des Papstes den Boden entzog. Seine fürstlichen Gegner verloren mit der Lösung des Königs vom Bann ihre religiöspolitische Rechtfertigung und nicht zuletzt einen Teil ihrer Parteigänger. Schwerwiegender und langfristig wirksamer war jedoch die Einbuße, die die sakralrechtliche Legitimation des Königtums – die noch kurz zuvor von Heinrich IV. so stark betonte Unmittelbarkeit seines Herrscheramtes vor Gott – in Canossa erfahren hat. Durch den Bußakt, den Heinrich wie ein Laie gegenüber dem Papst vollzog, wurden die Grundlagen des königlichen Vorrangs gegenüber den Hochadligen und zugleich der Königsherrschaft über die Reichskirche beeinträchtigt, wenn nicht infrage gestellt.

Der taktische Vorteil, den Heinrich IV. in Canossa erreicht hatte, hat die Aktionen der antiköniglichen deutschen Fürsten zwar gestört, aber nicht verhindert. Die Zahl dieser entschlossenen Saliergegner blieb freilich beschränkt. Wahrscheinlich nicht mehr als ein Dutzend dieser Fürsten – unter ihnen die drei süddeutschen Fürsten Rudolf, Welf IV. und Berthold, ferner Otto von Northeim nebst den Erzbischöfen von Mainz, Salzburg und Magdeburg – nahm Mitte März 1077 im fränkischen Forchheim eine neue Königswahl vor. Als Nachfolger für den ihrer Auffassung nach noch immer abgesetzten Salier erhoben sie den Schwabenherzog und königlichen Schwager Rudolf von Rheinfelden. Vor den Fürsten und den päpstlichen Legaten mußte sich Rudolf dazu verpflichten, Bischöfe nur gemäß den kirchlichen Vorschriften einzusetzen und auf das Erbrecht am Königtum zugunsten eines uneingeschränkten Wahlrechts der Fürsten zu verzichten. Entgegen der bisherigen Designationspraxis und dem dadurch gestärkten Geblütsrecht, auf das ja Heinrich IV. die Fürsten noch zu Weihnachten 1075 festgelegt hatte, wurde auf diese Weise das Königtum als ein Amt aufgefaßt, dessen Inhaber nur aufgrund seiner persönlichen Eignung von den Fürsten im Namen des Volkes in freier Wahl eingesetzt wird. Anstelle der Neuwahl eines Papstes, wie sie Heinrich IV. noch ein Jahr zuvor mit Zustimmung vor allem vieler Bischöfe geplant hatte, war nun mit Billigung der päpstlichen Legaten der erste Gegenkönig in der deutschen Geschichte gewählt worden.

Trotz einiger militärischer Erfolge, die die Partei des Gegenkönigs im Jahre 1078 und erneut zu Anfang des Jahres 1080 erzielen konnte, brachten die anschließenden Kämpfe zwischen beiden Königen keine Entscheidung. Der Kreis der Anhänger Rudolfs blieb jedoch weiterhin auf seine Wähler beschränkt. Heinrich IV. verlieh im Jahre 1079 das Herzogtum Schwaben an den Staufer Friedrich, den er auch durch die Verheiratung mit seiner einzigen Tochter Agnes an die salische Dynastie band. Der Staufer mußte sich freilich in Schwaben gegen den von der Gegenseite eingesetzten Sohn Rudolfs, Berthold, erst noch durchsetzen. Gregor VII. verhielt sich in dem Thronstreit, der die Parteiungen und Interessengegensätze im Reich auch auf anderen Ebenen verschärfte, zunächst neutral. In dieser Haltung ist er zweifellos auch durch den mächtigen Rückhalt des Saliers in Reichsitalien, insbesondere beim Episkopat, bestärkt worden.

Erst nach der Niederlage Heinrichs IV. bei Flarchheim an der Unstrut (27. Januar 1080) erneuerte Gregor VII. auf der folgenden Fastensynode wiederum in der Form eines feierlichen Gebets die Bannung und die Absetzung des Saliers. Den Anhängern König Rudolfs gewährte er sogar die Lossagung von allen Sünden, womit er sich wieder dem Kreuzzugsgedanken näherte. In der Osterpredigt prophezeite der Papst dem Salier sogar den Tod oder Untergang, falls Heinrich IV. nicht bis zum 1. August Buße geleistet habe. In seiner Zuversicht wird Gregor VII. wohl auch dadurch gestützt worden sein, daß Markgräfin Mathilde von Tuszien-Canossa kurz zuvor ihre gesamten Eigengüter diesseits und jenseits der Alpen der römischen Kirche geschenkt hatte, womit sie diese zugleich vor dem Zugriff Heinrichs IV. schützte.

Die Prophezeiung Gregors VII., die der Papst ganz aus dem Bewußtsein seiner vollen Übereinstimmung mit dem Willen Gottes formuliert hatte, erfüllte sich nicht. Im Juni 1080 beschlossen die Teilnehmer einer Synode in Brixen – überwiegend Bischöfe aus der Lombardei – in Übereinstimmung mit dem anwesenden salischen König, Gregor VII. in einem kirchenrechtlichen Verfahren abzusetzen. Zugleich erhoben sie Erzbischof Wibert von Ravenna, der als Anführer der Papstgegner Reichsitaliens von Gregor VII. im Jahre 1078 bereits seines Amtes enthoben worden war, zum Papst. Das Gottesurteil gegen Heinrich IV., das Gregor VII. ausgesprochen hatte, kehrte sich gegen ihn selbst, als Rudolf von Rheinfelden unmittelbar nach der für ihn erfolgreichen Schlacht an der Elster von Mitte Oktober 1080 starb. Für Heinrich IV. war der Weg frei für den schon anderthalb Jahrzehnte zuvor geplanten Krönungszug nach Rom, wo die Entscheidung zwischen dem Salier und dem gregorianischen Papsttum fallen mußte.

Die Erfolgsaussichten des Romzugs, zu dem Heinrich IV. im März 1081 mit einem vornehmlich aus Ministerialen bestehenden Heer aufbrach, schienen günstig. Die Handlungsfähigkeit der Markgräfin Mathilde war durch eine militärische Niederlage, die sie im Oktober 1080 durch Anhänger Heinrichs IV. erlitten hatte, stark beeinträchtigt worden. Gregor VII. hatte sich zwar kurz zuvor mit dem Normannenfürsten Robert Guiskard, den er im Jahre 1075 ebenfalls gebannt hatte, ausgesöhnt, doch verfolgte dieser päpstliche Vasall weiterhin vorrangig seine eigenen Pläne in einem Kriegszug gegen das byzantinische Reich, an dessen Westgrenze er sich in Durazzo und auf der Insel Korfu wichtige Stützpunkte sicherte. Trotz dieser günstigen Bedingungen mußte Heinrich IV. im Juni 1081 die Belagerung Roms erfolglos abbrechen. Ein erneuter Vorstoß schlug auch im folgenden Jahr fehl, obwohl der König inzwischen vor allem in den toskanischen Städten Pisa und Lucca Rückhalt gefunden hatte. Den Bürgern von Pisa verbriefte Heinrich IV. sogar ein Mitwirkungsrecht bei der Nachfolgeregelung für das Amt des tuszischen Markgrafen, das er der von ihm geächteten Markgräfin Mathilde abgesprochen hatte. Bei einem weiteren Eroberungsversuch konnte Heinrich IV. im Juni 1083 wenigstens die westlich des Tibers gelegene Leostadt mit der Peterskirche – freilich ohne die Engelsburg, das einstige Grabmal Kaiser Hadrians – einnehmen.

Das Hauptziel seines nun schon fast drei Jahre dauernden Italienzugs erreichte Heinrich IV. erst im März 1084. Inzwischen hatte er ein hauptsächlich gegen Robert Guiskard gerichtetes Bündnis mit dem byzantinischen Kaiser geschlossen und auch aus den Gegensätzen unter den Normannen Vorteile gewonnen. Begünstigt durch einen politischen Umschwung in der Stadt Rom, bei dem wohl auch das dem Salier vom byzantinischen Kaiser zur Verfügung gestellte Geld eine Rolle gespielt hatte, erhielt Heinrich IV. mit dem zum Papst bestimmten Erzbischof Wibert von Ravenna jetzt auch Zugang zu der östlich des Tibers gelegenen Stadt. Eine Synode verurteilte Gregor VII., der in der Engelsburg Zuflucht gefunden hatte, als Hochverräter, exkommunizierte ihn und setzte ihn ab. Wibert wurde in Rom erneut zum Papst gewählt und am Palmsonntag in der Peterskirche als Clemens III. in anfechtbarer Form inthronisiert. Der von Heinrich IV. abhängige Papst vollzog am Ostermontag die Kaiserkrönung. Damit machte der Salier seine Kaiserwürde seinerseits vom Schicksal des von ihm erhobenen Papstes abhängig.

Erst unter der äußersten Bedrohung seines päpstlichen Lehnsherrn entschloß sich Robert Guiskard († 1085), mit einem großen Heer dem in der Engelsburg vom Kaiser belagerten Gregor VII. zu Hilfe zu kommen. Die militärische Überlegenheit des Normannenfürsten, der bei einem Siege des Kaisers weitere Interventionen Heinrichs IV. in seinen noch keineswegs gefestigten unteritalischen Herrschaftsgebieten gewärtigen mußte, veranlaßte den Salier und seinen Papst, Rom zu verlassen. Die Stadt wurde von den Truppen Guiskards erobert, Gregor VII. befreit. Das normannische Heer verübte aber in Rom so große Greueltaten und Verwüstungen, daß sich Gregor VII. darin ohne den Schutz seiner Befreier nicht mehr sicher fühlen konnte. In Salerno verbrachte er sein letztes Lebensjahr. Im selben Jahr konnte Clemens III. sogar für längere Zeit wieder nach Rom zurückkehren. Im normannischen Exil zu Salerno starb der „heilige Satan", wie Gregor VII. von dem gemäßigten Reformer, Kardinalbischof Petrus Damiani, charakterisiert worden ist, am 25. Mai 1085. Seine gut verbürgten letzten Worte: „Ich habe die Gerechtigkeit geliebt und das Unrecht gehaßt: deshalb sterbe ich in der Verbannung" zeugen nochmals von dem tief verankerten Bewußtsein dieses erst in der Gegenreformation (1606) heiliggesprochenen Papstes, in Übereinstimmung mit dem göttlichen Willen gehandelt zu haben.

Mit dem Tode Gregors VII., der auf das Reformpapsttum mehr als ein Vierteljahrhundert einen bestimmenden Einfluß ausgeübt und es während seines Pontifikats ganz in seinem Sinne geprägt hatte, geriet die Reformpartei auch durch Spaltungen innerhalb des Kardinalkollegiums in eine länger anhaltende Krise. Während der kaiserliche Papst Clemens III. weit über den Machtbereich Heinrichs IV. Anerkennung fand, konnte die Gegenseite erst ein Jahr nach dem Tode Gregors VII. in Abt Desiderius von Montecassino einen Nachfolger (Viktor III.) wählen, der im März 1087 unter normannischem Schutz in Rom geweiht werden konnte. Nach dessen nur halbjährigem Pontifikat dauerte es wiederum ein halbes Jahr, bis die Reformpartei im März 1088 mit dem früheren Prior von Cluny, dem von Gregor VII. zum Kardinalbischof erhobenen Odo einen neuen Papst (Urban II.) wählte. Trotz seiner Erfolge, die Urban II. in den nächsten Jahren mit seiner kompromißbereiten Politik vornehmlich in Frankreich erzielte, konnte er in der Stadt Rom erst seit dem Jahre 1093 dauernd residieren. Die dadurch eingeleitete Konsolidierung des Reformpapsttums nach mehr als einem Jahrzehnt äußerer Bedrängnis und auch interner Spannungen unter den Reformern setzte in demselben Jahr ein, in dem das Kaisertum Heinrichs IV. seinen bisher tiefsten Niedergang erfuhr.

Dabei hatte der Italienzug Heinrichs IV., von dem er im Sommer 1084 nach Deutschland zurückkehrte, auch die Stellung des Kaisers im deutschen Reichsgebiet gefestigt. Seit August 1081 war zwar das Gegenkönigtum mit der Wahl des Grafen Hermann von Salm aus einem früher höchst einflußreichen lothringischen Hochadelsgeschlecht erneuert worden. Dieser zweite deutsche Gegenkönig, der selbst nur über eine bescheidene eigene Herrschaftsbasis verfügte, fand jedoch bei den entscheidenden deutschen Adligen und unter den Bischöfen von Anfang an eine weitaus geringere Unterstützung als sein Vorgänger. Hermann blieb in den folgenden Jahren weitgehend auf das östliche Sachsen mit dem Zentrum Goslar – also etwa auf den ehemaligen Wirkungsbereich der Burgenpolitik Heinrichs IV. – beschränkt. So war es ihm auch nicht möglich, in Reichsitalien zugunsten Gregors VII. gegen den Salier einzugreifen. Nach dem Ende des Italienzugs Heinrichs IV. verlor der Gegenkönig weiteren Rückhalt insbesondere beim sächsischen Episkopat. Im Jahre 1088 mußte sich Hermann sogar aus Sachsen in seine lothringische Heimat zurückziehen, wo er noch im selben Jahr, wohl bei Erbauseinandersetzungen mit seinen Verwandten, getötet wurde.

Das vom Papsttum unterstützte deutsche Gegenkönigtum war gescheitert. Es wurde in dieser Form erst mehr als anderthalb Jahrhunderte später – nach der Absetzung Kaiser Friedrichs II. – erneuert. Hingegen hatte Heinrich IV. schon im Mai 1087 die Krönung seines damals dreizehnjährigen Sohnes Konrad in Aachen vornehmen lassen und so die Thronfolge in der eigenen Familie gesichert.

Auch bei der Erneuerung der Reichskirchenherrschaft hat der Kaiser nach seiner Rückkehr vom Italienzug Erfolge erzielen können. Im Frühjahr 1085 beschloß eine kaiserliche Synode zu Mainz, an der etwa zwanzig Erzbischöfe und Bischöfe und viele weltliche Fürsten und andere Adlige teilgenommen haben, Maßnahmen gegen die antikaiserliche Partei. Fünfzehn Erzbischöfe und Bischöfe, die jedoch insgesamt in weniger wichtigen Bistümern wirkten, wurden als Gegner des Kaisers gebannt und abgesetzt. Soweit dies noch nicht geschehen war, hat Heinrich IV. in den folgenden Jahren seine Anhänger auf diese Bischofsstühle gesetzt, so daß in vielen Diözesen Schismen herrschten. Auf derselben Mainzer Synode verkündeten die Reichsbischöfe einen für das Reich geltenden Gottesfrieden. Der Kaiser war in Mainz erstmals unmittelbar an dieser politisch bedeutsamen Form der Friedenswahrung beteiligt, die seit wenigen Jahren vereinzelt von seinen Anhängern, aber auch von seinen sächsischen Gegnern jeweils mit regionaler Geltung angewandt worden war. Über seine Bischöfe gewann der Kaiser so Anschluß an die Gottesfriedensbewegung, die auch in breiten Bevölkerungskreisen starke Resonanz fand.

Ebenfalls noch in Mainz ließ der Kaiser Herzog Wratislaw von Böhmen zum König von Böhmen und Polen († 1092) erheben und festigte mit diesem nur persönlich geltenden Königstitel die Bindung seines Parteigängers an die kaiserliche Politik. Die Unterstützung Wratislaws bewährte sich erneut in den folgenden Jahren bei den Kämpfen Heinrichs IV. in Sachsen. Einen weiteren Konfliktherd beseitigte Heinrich IV. im Jahre 1089 mit der Verleihung des Herzogtums Niederlothringen an den Markgrafen von Antwerpen Gottfried (von Bouillon), dem Neffen und angenommenen Sohn des 1076 ermordeten Herzogs Gottfried. In Anknüpfung an die frühere salische Politik hatte Heinrich IV. dieses Herzogtum bis dahin einbehalten und seinem ältesten Sohn – dem inzwischen zum König gekrönten Konrad – übertragen. Dem Kaiser gelang es jedoch nicht, die Gegnerschaft der süddeutschen Herzoge – Berthold von Rheinfelden († 1090), Berthold von Zähringen und Welf IV. – zu überwinden oder durch Verhandlungen zu einem Kompromiß zu kommen. Vielmehr wurde die von dieser mächtigen Gruppe ausgehende Gefahr noch erhöht, als Papst Urban II. im Jahre 1089 die Heirat zwischen dem erst siebzehnjährigen Sohn Welfs IV., Welf V., und der bereits dreiundvierzig Jahre alten Witwe Mathilde von Tuszien-Canossa zustande brachte. Diese aus politischem Kalkül gefügte Klammer zwischen den wichtigsten antikaiserlichen Kräften beiderseits der Alpen hat zum Einbruch der kaiserlichen Macht wesentlich beigetragen.

Den Kampf gegen diese gefährliche Koalition nahm der Kaiser gleich zu Beginn seines Italienzuges im Jahre 1090 auf. Die militärischen Auseinandersetzungen in Oberitalien gegen die Markgräfin verliefen jedoch gegen Ende des Jahres 1092 zuungunsten des Kaisers. Etwa zur selben Zeit hat Mathilde den Sohn Heinrichs IV. – König Konrad, der damals im Auftrage des Kaisers im westlichen Oberitalien den Kampf um das reiche Erbe seiner Großmutter Adelheid von Savoyen-Turin († 1091) aufgenommen hatte – zum Abfall vom Kaiser bewegen können. Mathilde und Welf V. unterstützten den Königssohn auch soweit, daß er zu Anfang des Jahres 1093 in Mailand zum König von Italien gekrönt wurde. Mit diesem Rechtsakt anerkannte der Salier ein vom deutschen Königreich unabhängiges Königtum für Reichsitalien. Etwa gleichzeitig schlossen die Kommunen Mailand, Cremona, Piacenza und Lodi ein gegen den Kaiser gerichtetes Bündnis, das das wachsende Gewicht der italienischen Städte in der Reichspolitik unterstreicht und das darüber hinaus als erster Städtebund in der mittelalterlichen Geschichte bezeichnet werden kann.

Diese Ereignisse zwangen den Kaiser zum Rückzug in die weitere Umgebung von Mantua, Verona und Padua, wo er nur noch eine sehr beschränkte Bewegungsfreiheit besaß. Diese weitgehende Machtlosigkeit Heinrichs IV., dem durch Herzog Welf IV. der Weg nach Deutschland versperrt blieb, dauerte bis zum Anfang des Jahres 1097 an. Inzwischen hatte sich auch die zweite Gattin Heinrichs IV. Praxedis (eine Tochter des Großfürsten von Kiew), die der Kaiser 1089 nach dem Tode seiner ersten Frau Bertha († 1087) geheiratet hatte, unter vielen Anschuldigungen von ihrem kaiserlichen Ehemann losgesagt. König Konrad († 1101) blieb selbst nach seiner engen lehnrechtlichen Bindung an Papst Urban II., der auch die Heirat dieses Königs mit einer Tochter des Grafen Roger von Sizilien – ebenfalls eines päpstlichen Lehnsmannes – vermittelt hatte, ohne größeren Einfluß in Reichsitalien. Die Rückkehr Heinrichs IV. nach Deutschland im Frühjahr 1097 wurde erst nach dem Ausgleich des Kaisers mit Welf IV.

möglich, dem er im Jahre 1096 das Herzogtum Bayern erneut verliehen hat. Für den Übertritt des welfischen Herzogs zum machtlosen Kaiser hatte die Trennung seines Sohnes von der Markgräfin Mathilde im Jahre 1095 eine wichtige Voraussetzung geschaffen.

In denselben Jahren, in denen das Kaisertum eine so schwere Autoritätseinbuße hinnehmen mußte, hat das Reformpapsttum unter Urban II. mit dem erfolgreichen Aufruf zum Kreuzzug und dem Beginn dieses – im umfassenden Sinne – verheißungsvollen Heiligen Krieges ins Heilige Land seine Führungsrolle in der christlichen Welt so deutlich wie nie zuvor bewiesen. Die Beteiligung deutscher Ritter am Kreuzzug war gering. Von den Hochadligen nahm nur Gottfried von Bouillon, der als Herzog in Niederlothringen nur wenig Einfluß hatte gewinnen können, daran teil. Für sein großes Kontingent an Vasallen und Rittern vornehmlich aus Lothringen setzte er auch erhebliche Eigenmittel ein, die er aus dem Verkauf seiner Güter – darunter sogar seiner Stammburg – gewonnen hatte. Nach der grausamen Einnahme Jerusalems, die zur Begründung des Königreichs unter Gottfried und wenig später unter dessen Bruder Balduin führte, brach auch Herzog Welf IV. († 1101) in Begleitung weiterer Hochadliger aus dem bayerischen Herzogtum zum Kreuzzug auf. Bei Kämpfen in Kleinasien verlor er jedoch den größten Teil seines Heeres. Wie in Frankreich hatten sich schon vor dem August 1096, dem vom Papst festgesetzten Aufbruch zum Ersten Kreuzzug, Angehörige unterer Schichten, die von einer gleichzeitigen Hungerperiode besonders stark betroffen waren, zu Kreuzfahrerhaufen zusammengeschlossen. Sie nutzten die Kreuzzugsstimmung, um von den Judengemeinden mehrerer Städte Geldzahlungen zu erpressen. Plündernd und mordend bewirkten sie die bisher schlimmste Judenverfolgung in der mittelalterlichen Geschichte.

Der Vorsteher der Mainzer Judengemeinde hatte sich schon vor dem Pogrom hilfesuchend an den Kaiser gewandt, doch dieser konnte in seiner mißlichen Lage nur mit einem Brief zum Schutz der Juden auffordern. Bald nach seiner Ankunft in Deutschland erlaubte Heinrich IV. noch im Jahre 1097 jenen Juden, die von ihren Verfolgern zur Taufe gezwungen worden waren, die Rückkehr zu ihrem Glauben. Diese Maßnahme des Kaisers, mit der Heinrich IV. seine Stellung als Schutzherr der Juden hervorhob, wurde wenig später sogar von seinem eigenen Papst als unerhörter Frevel („inauditum nefarium") verurteilt. Der Salier ging im folgenden Jahre gegen Erzbischof Ruthard von Mainz (1089–1109) vor, weil dieser den Mainzer Juden, die vor dem Massaker von 1096 mit 600–700 Personen die größte und angesehendste Judengemeinde in Deutschland gebildet hatten, nicht ausreichend Schutz gegen die Verfolger gewährt habe. Zudem hätten sich die Verwandten des Erzbischofs und wohl auch dieser selbst an dem Vermögen der getöteten Juden bereichert. Ruthard entzog sich dem gegen ihn eingeleiteten Gerichtsverfahren und begab sich zu den Gegnern des Kaisers im östlichen Sachsen und in Thüringen. Heinrich IV. nutzte in den folgenden Jahren die Stadt Mainz als einen seiner wichtigsten Stützpunkte im Mittelrheingebiet, wo ohnehin der Schwerpunkt seiner ihm verbliebenen Macht lag.

Durch weitere Zugeständnisse an die Welfen, denen er im Jahre 1098 die Nachfolge des ältesten Herzogsohnes, Welfs V., im Herzogtum Bayern zusicherte, konnte Heinrich IV. endlich die schon etwa ein Vierteljahrhundert andauernde Gegnerschaft dieses auch im südlichen Schwaben einflußreichen Hochadelsgeschlechts beseitigen. Zur selben Zeit gelang ihm der Ausgleich zwischen dem staufischen Herzog Friedrich und dem Zähringer Berthold II. Der zähringische Herzog hatte nach dem Tode seines Schwagers Berthold von Rheinfelden auch dessen Besitzungen und Herrschaftsrechte in Schwaben und Burgund übernommen und war im Jahre 1092 von den Gegnern Heinrichs IV. zum Herzog von Schwaben erhoben worden. Unter Wahrung seines Herzogtitels verzichtete Berthold zugunsten des Staufers Friedrich – also des Schwiegersohns Heinrichs IV. – auf das Herzogtum Schwaben. Dafür belehnte ihn der Kaiser mit dem Reichsgut in und um Zürich. Wenig später bezog Berthold seinen Herzogtitel, der seine Unabhängigkeit vom Herzogtum Schwaben zum Ausdruck brachte, auf seine Stammburg Zähringen. Nach diesem großen Erfolg konnte Heinrich IV. im Mai 1098 sogar die Thronfolge neu regeln. An Stelle seines abgesetzten Sohnes Konrad, der sein vom Papsttum abhängiges Königtum in Reichsitalien mit noch geringerem Erfolg wahrnahm als der vom Kaiser abhängige Wibert (Clemens III.) seine päpstliche Autorität, wurde der zweite Sohn Heinrichs IV., der damals noch minderjährige Heinrich V., – unter Leistung eines besonderen Treueids für seinen Vater – auf einem Hoftag in Mainz zum König gewählt und zu Beginn des folgenden Jahres in Aachen gekrönt.

Heinrichs IV. Versuch, mit dem Nachfolger Urbans II., Paschalis II. (1099–1118), zu einer Einigung zu kommen, schlug fehl. Paschalis, unter dem sich der Streit zwischen Kaisertum und Papsttum noch stärker auf die Investiturfrage einengte, setzte sich ohne Schwierigkeiten gegen den kaiserlichen Papst Clemens III. durch. Nach dessen Tode wurde das Gegenpapsttum von den Gegnern des Reformpapsttums zwar noch mehrfach erneuert, doch bildeten die Nachfolger Clemens' III. für Paschalis keine ernsthafte Gefahr. Paschalis II. wiederholte im Jahre 1102 die Exkommunikation des Kaisers. Da ein Ausgleich mit dem Reformpapsttum aussichtslos erschien, verfolgte der gebannte Kaiser im Jahre 1103 den Plan, mit einer Wallfahrt nach Jerusalem die Lösung vom Bann zu erreichen. In diesem Zusammenhang erließ Heinrich IV. auf dem Reichstage zu Mainz zu Beginn des Jahres 1103 einen von den anwesenden Fürsten beschworenen Reichslandfrieden, der – unter Einbeziehung auch der Juden – für vier Jahre gelten sollte. Doch schon im folgenden Jahre wurden die vom Kaiser inzwischen erzielten Erfolge wieder zunichte gemacht, als sein gleichnamiger Sohn einen Aufstand hervorrief, der die Absetzung des gebannten Kaisers zum Ziele hatte.

c) Vom Aufstand Heinrichs V. bis zur Lösung der Investiturfrage

Der fünf Jahre zuvor gekrönte Kaisersohn, dem Heinrich IV. einen besonderen Treueschwur abverlangt hatte, benutzte im Dezember 1104 einen geplanten Kriegszug des Kaisers nach Sachsen, um den kaiserlichen Hof in Fritzlar heimlich zu verlassen. Er begab sich nach Regensburg: in jene Stadt, in der sich zu Beginn desselben Jahres aufsehenerregende Vorgänge abgespielt hatten. Graf Sigehard von Burghausen war dort von Ministerialen verschiedener Herren nach längerer Belagerung seiner Herberge ermordet worden. Er hatte gegen seine Ministerialen eine Entscheidung gefällt, die nicht nur von den unmittelbar Betroffenen als unrechtmäßige Einschränkung ihres Rechtsstandes empfunden worden war. Der in Regensburg schon länger anwesende Kaiser hatte nichts zum Schutz des Grafen unternommen, der ihm aus anderen Gründen verhaßt gewesen sein soll. Ebensowenig hatte er die Täter, zu denen wohl auch Bewohner der Stadt gehörten, zur Rechenschaft gezogen. Die adligen Verwandten des Ermordeten gehörten zu den ersten Helfern Heinrichs V. nach seinem Abfall vom Kaiser. Zweifellos hatte der Kaisersohn befürchtet, daß die Nachwirkungen der Regensburger Vorgänge, die das Mißtrauen und die Feindschaft gegen den Kaiser unter den Fürsten – vornehmlich unter den weltlichen – gesteigert haben, seine Aussichten auf die Thronfolge noch weiter mindern könnten. Die erneute Bannung Heinrichs IV., der seine Kaiserwürde dem gescheiterten, inzwischen verstorbenen Gegenpapst verdankte, hatte schon zuvor die Gefahr verdeutlicht, daß die Anwartschaft seines Sohnes auf die Nachfolge im Zusammenwirken von Papsttum und Fürsten zunichte gemacht würde.

Der Aufstand gegen den Vater erschien hingegen als aussichtsreich. Heinrich V. erhielt rasch die Unterstützung Paschalis' II., der ihn vom Eid gegenüber seinem Vater befreite und ihn vom Bann löste. Er gewann zugleich die Anhänger des Papstes wie auch jene Adligen und Geistlichen für sich, die schon längere Zeit unter der Führung Erzbischofs Ruthard von Mainz in Sachsen und Thüringen gegen den Kaiser wirkten. Mit Hilfe des päpstlichen Legaten, der den bis dahin gebannten Bischöfen großzügiges Entgegenkommen des Papstes in Aussicht stellte, zog Heinrich V. sogar viele Bischöfe auf seine Seite, die von seinem Vater investiert worden waren. Im übrigen setzte der König in derselben Weise wie sein Vater Bischöfe ein. Dem aufständigen Königssohn kam der Tod des staufischen Herzogs Friedrich von Schwaben im Juli 1105 gelegen. Dessen Söhne Friedrich (II.) und Konrad waren zu diesem Zeitpunkt erst fünfzehn und zwölf Jahre alt; sie fielen als Helfer des kaiserlichen Großvaters aus. Hingegen vermittelte Heinrich V. wenige Monate später die Heirat seiner Schwester Agnes – der Witwe des staufischen Herzogs – mit dem babenbergischen Markgrafen Luitpold von Österreich. Dieses so befestigte Bündnis zwischen dem salischen König und dem Babenberger wirkte sich in der Auseinandersetzung zwischen Vater und Sohn entscheidend aus, denn der Babenberger versagte dem Kaiser im Herbst 1105 die zugesagte militärische Hilfe unmittelbar vor der geplanten Schlacht am Regen. Mit Luitpold verlor der Kaiser gleichzeitig die Hilfe von dessen Schwager, Herzog Boriwoi von Böhmen. Von diesen bisher mit ihm eng verbündeten Fürsten verlassen, mußte der Kaiser aus der Oberpfalz vor seinem Sohn flüchten. Er zog sich an den Rhein zurück, wo er zunächst in Mainz und dann in Köln Zuflucht fand.

Unter der Vortäuschung einer Versöhnung setzte Heinrich V. seinen Vater kurz vor Weihnachten 1105 auf der Burg Böckelheim (an der Nahe) und anschließend in der Pfalz Ingelheim gefangen. Der Kaiser verweigerte jedoch selbst in dieser Lage das ihm abverlangte öffentliche Sündenbekenntnis vor dem päpstlichen Legaten, womit er seine Absetzung selbst besiegelt hätte. Auf dem von Heinrich V. einberufenen Reichstag zu Mainz, wo sich fast alle deutschen Fürsten (von 52 oder eher mehr ist die Rede) eingefunden hatten, übergab Erzbischof Ruthard von Mainz zu Anfang Januar 1106 dem König mit Zustimmung der päpstlichen Legaten die Reichsinsignien. Die Fürsten leisteten Heinrich V. den Treueid. Unterstützt von den päpstlichen Legaten und anerkannt von den meisten deutschen Fürsten schien das Königtum Heinrichs V. an Stelle des abgesetzten Kaisers gesichert. Heinrich IV. nahm die Entscheidung dennoch nicht hin. Nach seiner Flucht aus Ingelheim fand der Kaiser Hilfe bei der Stadt Köln und in Niederlothringen. In den folgenden Monaten konnte er gegen seinen Sohn sogar einige Erfolge erzielen.

Erst der Tod des Kaisers in Lüttich zu Anfang August 1106 hat den Thronstreit zwischen Vater und Sohn entschieden. Entgegen seinem letzten Wunsch wurde die Leiche Heinrichs IV. nicht im Dom zu Speyer, dessen Bau er wesentlich gefördert hatte, bestattet, sondern in einer noch ungeweihten Seitenkapelle der Domkirche. Heinrich V. ließ seinen Vater erst an dessen fünftem Todestag – am 7. August 1111 – in den Speyerer Dom überführen und neben dem Grabe Heinrichs III. beisetzen. Dazu hatte er einige Monate zuvor die Zustimmung Paschalis' II. erhalten, freilich erst, nachdem er den Papst gefangengesetzt hatte, um von ihm das Investiturrecht und die Kaiserkrönung zu erzwingen.

Die Hoffnung Heinrichs V., durch die Absetzung seines Vaters den schon etwa drei Jahrzehnte andauernden offenen Konflikt zwischen Kaisertum und Papsttum beseitigen zu können, hat sich nicht erfüllt. Zwar wurde der aktuelle politische Streit zwischen beiden Gewalten durch die politische Interessengemeinschaft zwischen dem König und Paschalis II. wenigstens vorläufig beendet. Zugleich ermöglichten die päpstlichen Legaten bereits während des Kampfes zwischen den beiden Saliern vielen bisher gebannten Geistlichen, denen seit dem Tode Clemens III. ein eigener „kaiserlicher" Papst fehlte, die Rückkehr in die Papstkirche. Wo noch Schismen zwischen kaiserlichen und päpstlichen Bischöfen bestanden, zeichneten sich nun dauerhafte Lösungen ab. Auf der von Paschalis II. einberufenen Synode von Guastalla – einem Besitz der Markgräfin Mathilde am Po – beließ der Papst alle Bischöfe und Geistlichen, die während der Kirchenspaltung eingesetzt worden waren, in ihrem Amt, sofern sie nicht Simonisten waren oder andere Verbrechen begangen hatten. Auf derselben Synode hielt aber Paschalis II. uneingeschränkt an dem Verbot fest, daß Laien Investituren vornehmen. Das so nochmals erneuerte Verbot traf auch den salischen König, der zuvor viele Bischöfe in derselben Weise wie Heinrich IV. eingesetzt hatte.

Auf die Laieninvestitur, die bisher in dem viel tiefergehenden Konflikt zwischen Kaisertum und Papsttum – zwischen dem geistlichen und weltlichen Schwert – nur eine eher untergeordnete Rolle gespielt hatte, konzentrierte sich in der Folgezeit die Auseinandersetzung zwischen dem Reformpapsttum und dem salischen Königtum. Jetzt erst begann auch für das Römische Reich der Investiturstreit im engeren Sinne. Er war für die Herrschaft des Königs der Römer („rex Romanorum"), wie Heinrich V. sich nun öfters titulieren ließ, vor allem hinsichtlich des deutschen Reichsgebiets von weitaus größerer Bedeutung als für alle anderen Königreiche, denn nirgendwo sonst verfügten Bischöfe und Äbte großer Abteien aufgrund königlicher oder kaiserlicher Verleihungen über ähnlich wichtige Herrschaftsrechte und Besitzungen wie in Deutschland. Als in der Investiturfrage schließlich noch unter Heinrich V. im Wormser Konkordat ein tragfähiger Kompromiß getroffen wurde, war für den Streit über die Kompetenzabgrenzung zwischen weltlicher und geistlicher Gewalt nur eine – freilich wichtige – Teillösung ausgehandelt worden. Die grundlegende Frage nach dem Verhältnis von Papsttum und Kaisertum, von geistlicher und weltlicher Gewalt, von Kirche und Staat war damit noch nicht beantwortet. Sie hat auch noch in der Folgezeit weit über das 12. Jahrhundert hinaus Kontroversen entfacht und ist bis in die Gegenwart hinein für viele Regionen und Staaten ein offenes Problem geblieben. In diesem Zusammenhang verdient die wenig mehr als anderthalb Jahrzehnte andauernde Regierungszeit des letzten Saliers besondere Beachtung.

Als der Investiturstreit zwischen dem König der Römer und dem Haupt der römischen Kirche spätestens seit dem Romzug Heinrichs V. von 1111 nochmals zu scharfen Auseinandersetzungen führte, waren zwischen dem Papsttum und den wichtigsten anderen westlichen Königreichen – Frankreich und England – längst Kompromisse gefunden worden. Für die Beseitigung der Streitursache hatte der scholastisch geschulte, theologisch und kirchenrechtlich gebildete Bischof Ivo von Chartres bereits in den letzten Jahren des 11. Jahrhunderts begrifflich-theoretische Grundlagen geschaffen, indem er scharf zwischen den Spiritualia und den Temporalia unterschied. Dementsprechend untersagte er den Laien die Verleihung des Bischofsamtes als eines sakramentalen Akts, während er die Vergabe der Temporalien dem König zubilligte. Dieser Unterscheidung paßte sich der französische König Philipp I. erstmals im Jahre 1098 an. Er verlangte seither von dem mit seinem Einverständnis gewählten Bischof – unter Verzicht auf die Investitur mit Ring und Stab und auf den sonst beim Lehnsakt üblichen Handgang (Hominium) – nur den Treueid. Danach wurde der Geistliche in seine Güter und Herrschaftsrechte eingewiesen, die freilich bei den weitaus meisten französischen Bischöfen erheblich geringer waren als bei den deutschen. Mit deutlicher Stoßrichtung gegen den salischen König schloß Paschalis II. mit König Philipp I., der früher des öfteren wegen seiner nach kirchlicher Auffassung ehebrecherischen Beziehungen gebannt worden war, und dessen Sohn Ludwig VI. im Frühjahr 1107 ein Bündnis. Es sollte sich noch lange in den ingesamt guten Beziehungen zwischen dem französischen Königtum und dem Papsttum bewähren.

Im August desselben Jahres traf der anglo-normannische König Heinrich I. mit Erzbischof Anselm von Canterbury im „Londoner Konkordat" ein Übereinkommen über die Investiturfrage, dem auch Paschalis II. zustimmte. Demnach sollte die Wahl des geistlichen Amtsinhabers im Beisein des Königs oder seines Vertreters stattfinden, der dadurch seinen Einfluß auf den Wahlausgang sicherte. Der König verzichtete auf die Investitur mit Ring und Stab, den Symbolen des geistlichen Amtes. Dafür wurde ihm zugestanden, daß der gewählte Bischof vor seiner Weihe den Handgang für den Empfang der Temporalien leistete. Die Beibehaltung des Hominium – also nicht nur des Treueids – stand in krassem Gegensatz zu früher erhobenen Forderungen des Reformpapsttums. Die Rechtsform für die Verleihung der Temporalien blieb im übrigen offen.

Hingegen beharrte die Delegation Heinrichs V., die im Mai 1107 – also nur kurze Zeit nach der Übereinkunft des Papstes mit dem französischen König – unter der Führung des Trierer Erzbischofs mit Paschalis II. in Châlons-sur-Marne verhandelte, auf dem herkömmlichen Verfahren: Vor der Bekanntgabe der Wahl eines Geistlichen muß die Zustimmung des Kaisers eingeholt werden. Der Geistliche begibt sich daraufhin zum Kaiser, der ihn mit Ring und Stab investiert und von ihm Handgang und Treueid für die Regalien entgegennimmt. Als Regalien werden Städte, Burgen, Brücken, Zölle und andere kaiserliche Rechte bezeichnet, womit offenbar der gesamte Temporalienbesitz der jeweiligen Kirche gemeint war. Dieser Forderung des Königs, die am Eigenkirchenwesen grundsätzlich festhielt, widersprach der Papst in aller Schärfe. In einer im Jahre 1109 der römischen Kurie übergebenen Abhandlung über die Investitur der Bischöfe wurde der Standpunkt des deutschen Königshofes wiederholt und ausführlich begründet.

Die gegensätzlichen Standpunkte in der Investiturfrage blieben jedoch vorläufig ohne wesentliche politische Konsequenzen. Nach seiner Verlobung mit der damals achtjährigen Tochter des anglo-normannischen Königs, Mathilde, und der im Juni 1110 erfolgten Krönung seiner Braut trat Heinrich V. im August seinen schon längere Zeit zuvor angekündigten

Romzug an. Als Konsequenz der inzwischen erfolgten Festigung der salischen Königsherrschaft nahmen daran viele Bischöfe und Adlige teil. Bei der Anwerbung des relativ großen Gefolges konnte der König auch auf jene enorm hohe Summe von mindestens 10000 Mark Silber zurückgreifen, die er vom englischen König als Mitgift erhalten hatte.

In Reichsitalien fand der König, der mehrfach erfolgreich gegen opponierende Städte vorging, weitere Unterstützung. Insbesondere gelang es ihm im Herbst 1110 Markgräfin Mathilde, deren Machtbasis inzwischen vornehmlich durch die größeren Städte erheblich geschmälert worden war, auf eine neutrale Stellung festzulegen. Der Ausfall dieser bisher eng mit dem Reformpapsttum verbündeten Hochadligen hat den Handlungsspielraum Paschalis' II. gegenüber Heinrich V. mindestens ebenso stark eingeengt wie die geringe Aussicht des Papstes, von seinen normannischen Vasallen aus Süditalien und Sizilien wirksame Unterstützung zu erhalten.

In dieser Lage – in Erwartung des erfolgreichen königlichen Heeres und des Saliers, der auf seinem uneingeschränkten Investiturrecht bestand – schloß Paschalis II. am 4. Februar in der Kirche S. Maria in Turri (bei der Peterskirche) mit den königlichen Unterhändlern einen Vertrag, der eine radikale Lösung des Investiturstreits beinhaltete. Unter Aufnahme älterer Auffassungen innerhalb der Kirche und wohl auch unter dem Einfluß von Ideen aus der zeitgenössischen – von kirchlichen Amtsträgern mehrfach verketzerten – Armutsbewegung verpflichtete sich der frühere Mönch und jetzige Papst, daß dem König und künftigen Kaiser für den vollkommenen Verzicht auf die Investitur von allen Kirchen im Reich die gesamten Güter und Rechte zurückgegeben werden sollten, die diese jemals von den Königen oder Kaisern erhalten hatten. Die Kirchen – also auch die Bischofskirchen und die großen Abteien – sollten nur noch die Zehnten und jene Güter behalten, die ihnen von anderen, nichtköniglichen Stiftern geschenkt worden waren oder in Zukunft übertragen würden. Diese Regelung sollte freilich für den römischen Bischof und das Patrimonium Petri nicht gelten.

Die Erfüllung dieses dann auch von Heinrich V. gebilligten Vertrags hätte die in Jahrhunderten gewachsene Reichsverfassung vollkommen umgestülpt und die Säkularisationen zur Zeit der Reformation und infolge der Französischen Revolution vorweggenommen. Riesige Besitzungen und umfangreiche Herrschaftsrechte in Städten und auf dem Lande – bis hin zu Grafschaften und Markgrafschaften – wären in die Verfügungsgewalt des Königs gekommen. Die weit überwiegend adligen Bischöfe und Äbte wären entmachtet worden und teilweise wohl auch verarmt, womit dem amtskirchlichen Zentralismus des Papsttums neue Möglichkeiten eröffnet worden wären. Nicht zuletzt hätten die Adligen, die fast ausnahmslos Kirchengut als Lehen innehatten, einen großen Teil ihrer Herrschaft verloren. Andererseits hätte das Kaisertum mit der Reichskirchenherrschaft sein bisheriges Fundament aufgegeben und ein völlig neues Herrschaftsgefüge aufbauen müssen, wofür ihm bis dahin freilich fast alle institutionellen und organisatorischen Voraussetzungen fehlten. Insgesamt hätten Kaisertum und Papsttum aus dem Vertrag den größten Nutzen, freilich unter großen Risiken, ziehen können.

Der Vertrag erwies sich schon acht Tage später – bei seiner Veröffentlichung in der Peterskirche am 12. Februar 1111 – als Utopie. Schon bei der Verlesung rief er den erbitterten Widerstand der dort versammelten Reichsbischöfe und der Adligen hervor. Diese verurteilten das Vorgehen des Papstes sogar als Ketzerei. Der entstehende Tumult und die scharfen Auseinandersetzungen verhinderten auch die für denselben Tag vorgesehene Kaiserkrönung. Heinrich V. ließ schließlich den Papst und die anwesenden Kardinäle mit weiteren Geistlichen gefangennehmen. Wenige Tage später zog sich der König mit seinem Heer und den Gefangenen aus der Leostadt zurück. Der von den Normannen und von Markgräfin Mathilde im Stich gelassene, gefangene Papst ging am 11. April 1111 in der Nähe von Rom am Ponte Mammolo mit dem Salier einen neuen Vertrag ein, in dem er dem König das so lange bestrittene Investiturrecht mit Ring und Stab vor der Weihe des Bischofs oder Abtes zugestand. Die ebenfalls zugesicherte Kaiserkrönung vollzog der Papst am folgenden Donnerstag (14. April) in der Peterskirche. Der vom gefangenen Papst gekrönte Kaiser trat schnell den Rückweg an. Noch im Mai 1111 erzielte er einen weiteren, langfristig bedeutenderen Erfolg, als Markgräfin Mathilde dem ihr verwandten Salier die erbliche Nachfolge in allen Allodialgütern zusicherte, womit die Markgräfin ihre früheren Schenkungen an das Papsttum korrigierte.

Der erzwungene Vertrag von Ponte Mammolo stellte sich rasch als Scheinlösung heraus. Schon im März 1112 erneuerte eine hauptsächlich von italienischen Geistlichen besuchte Lateransynode das Verbot der Laieninvestitur. Gleichsam in Stellvertretung des Papstes, der sich auch hatte verpflichten müssen, nichts gegen den Kaiser zu unternehmen, bannte Erzbischof Guido von Vienne im September 1112 auf einer Synode in seiner burgundischen Bischofsstadt den Kaiser. Nach einer Unterbrechung von nur einem halben Jahrzehnt schien sich nun die Konstellation im Reich zu wiederholen, wie sie seit den siebziger Jahren des 11. Jahrhunderts – also seit etwa vierzig Jahren – bestanden hatte.

Noch im Jahre 1112 formierte sich im Herzogtum Sachsen und bald auch in Thüringen eine Adelsopposition gegen den Salier. Daran war auch der sächsische Herzog Lothar von Supplingenburg führend beteiligt. Heinrich V. hatte den jetzt gegen ihn kämpfenden Supplingenburger, der schon gegen Heinrich IV. vorgegangen war, im Herbst 1106 unter Zurückdrängung von Ansprüchen anderer Hochadliger als Herzog in Sachsen eingesetzt. Dieser antikaiserlichen Gruppierung schloß sich noch im Jahre 1112 auch Erzbischof Adalbert von Mainz (1111–1137) aus der Familie der Grafen von Saarbrücken an. Der Kaiser hatte seinen früheren Kanzler und fähigsten Berater, der noch in den Verhandlungen mit Paschalis II. die

Interessen des Kaisers wirkungsvoll vertreten hatte, erst im August 1111 investiert. Der Konflikt zwischen Erzbischof Adalbert und dem Kaiser, der das bereits seit 1109 vakante Erzstift in der Zwischenzeit selbst genutzt hatte, war hauptsächlich territorialpolitisch motiviert. Er ergab sich aus den Gegensätzen zwischen der von Heinrich V. seit 1111 intensiver betriebenen Burgen- und Ministerialenpolitik am Mittelrhein einerseits und den Interessen des Erzstifts Mainz wie auch der Grafen von Saarbrücken andererseits. Gegen Ende des Jahres 1112 gelang es dem in dieser Hinsicht skrupellosen Kaiser, den Erzbischof in Sachsen gefangenzunehmen. Der Kaiser hielt ihn drei Jahre – wohl zumeist auf der Reichsburg Trifels, wo in dieser Zeit weitere adlige Gefangene des Kaisers festgehalten wurden – in Haft. Erst ein von dem adligen Burggrafen von Mainz und Klerikern der Stadt organisierter Aufstand zwang den Kaiser gegen Ende des Jahres 1115, Adalbert freizulassen. Dieser schloß sich sofort wieder den inzwischen zahlreicher gewordenen Gegnern des Kaisers an.

Dem Salier war es zunächst gelungen, die Adelsopposition in Sachsen und Thüringen zu zerschlagen. Herzog Lothar mußte sich sogar zu Anfang des Jahres 1114 auf einem Reichstag zu Mainz dem Kaiser unterwerfen. Doch schon im Sommer 1114 bildete sich unter der Führung des Kölner Erzbischofs Friedrich (1100–1131) am Niederrhein, in Niederlothringen und in Westfalen ein weiterer Aufstand. In den bald einsetzenden Kämpfen erhielt die mit ihrem Erzbischof verbündete Stadt Köln eine militärische Schlüsselstellung. Noch zu Anfang jenes Jahres, in dem der Kaiser unter Zwang die Freilassung des Mainzer Erzbischofs zulassen mußte, fügten die sächsischen Aufständischen unter Herzog Lothar dem kaiserlichen Heer in der Schlacht am Welfesholz (an der Saale) am 11. Februar 1115 eine entscheidende Niederlage bei. Künftig blieben dem Salier in Sachsen nur noch geringe Einflußmöglichkeiten. Mit weiteren Erfolgen der Fürstenopposition konnte ein päpstlicher Legat im Herbst 1115 den Bann gegen den Kaiser sogar im alten Zentrum der salischen Macht, in Goslar, erneut verkünden. Außer den Erzbischöfen von Mainz, Köln, Magdeburg und Salzburg fielen noch weitere von den Saliern investierte Bischöfe, die der Papst oder seine Legaten vom Bann lösten, vom Kaiser ab. Somit hat der erzwungene Erfolg am Ponte Mammolo die Brüchigkeit der traditionellen Reichskirchenherrschaft nur kurzfristig überdecken können. Der dadurch heraufbeschworene Konflikt mit dem Papsttum hat die Stellung der deutschen Fürsten gegenüber dem Königtum noch weiter gestärkt und der Handlungsfähigkeit des Saliers in Deutschland noch engere Grenzen gesteckt.

Inzwischen hatte der Tod der Markgräfin Mathilde (25. Juli 1115) dem Kaiser jedoch Aussichten auf bedeutende Allodial- und Reichsgüter und wichtige Herrschaftskomplexe in Reichsitalien eröffnet. Vorrangig aus diesem Grunde trat Heinrich V. mit kleinem Gefolge im Frühjahr 1116 seinen zweiten Italienzug an. Tatsächlich konnte er ohne Schwierigkeiten über das mathildische Erbe verfügen und bei mehreren oberitalienischen Städten Rückhalt finden. Zugleich gewann der Kaiser Kontakt zu jenen Juristen, die auch schon am Hofe der Markgräfin tätig gewesen waren. Irnerius, der bedeutendste Vertreter der Rechtsschule von Bologna, weilte längere Zeit in der Umgebung des Kaisers, dem er zusammen mit einem weiteren hervorragenden Rechtsgelehrten, Ubaldus von Carpineti, auch im kaiserlichen Hofgericht diente. Trotz dieser Erfolge führten die Verhandlungen mit Paschalis II., der vom Kaiser den Widerruf des „Pravilegs" von 1111 forderte, zu keinen Ergebnissen. Als sich auch der Nachfolger Paschalis' II., Gelasius II. (1118–1119), den Forderungen des Kaisers entzog, stellte der Kaiser – unterstützt von römischen Adelsfamilien und auch beraten durch Irnerius – mit dem bisherigen Erzbischof Mauritius von Braga einen Gegenpapst auf, der sich bei seiner Inthronisation im März 1118 Gregor VIII. nannte. Unter dem Schutz seiner normannischen Vasallen verhängte daraufhin Gelasius II. im April erneut den Bann über den Kaiser.

Die Bannung des Kaisers gab der Opposition in Deutschland nochmals Auftrieb. Dort hatten die staufischen Neffen des Kaisers – Herzog Friedrich II. von Schwaben und dessen hauptsächlich in Franken tätiger Bruder Konrad – wie auch der lothringische Pfalzgraf Gottfried als Stellvertreter des Kaisers nicht verhindern können, daß nach militärischen Erfolgen des Mainzer Erzbischofs und Herzog Lothars eine Fürstenversammlung in Würzburg geplant wurde, auf der der Kaiser zur Rechenschaft gezogen oder bei Nichterscheinen abgesetzt werden sollte. Diese Gefahr konnte der Kaiser bei seiner Rückkehr nach Deutschland im Herbst 1118 abwenden. Mit dem Beginn des Pontifikats Calixts II. (1119–1124) – des früheren Erzbischofs Guido von Vienne, der im Februar 1119 im Kloster Cluny in einem anfechtbaren Verfahren zum Nachfolger des dort verstorbenen Gelasius' II. gewählt worden war – wurden die Verhandlungen zwischen Kaiser und Papst wieder aufgenommen. Unter dem Einfluß des Abtes Pontius von Cluny und Wilhelms von Champeaux, des Gründers der Schule von St. Victor zu Paris, erklärte sich Heinrich V. nunmehr sogar zum Verzicht auf die Investitur mit Ring und Stab bereit, sofern dadurch die Leistungen der Reichskirchen gegenüber dem Kaiser nicht gemindert würden. Der Abschluß des schon vorformulierten Vertrags scheiterte jedoch im Oktober 1119 in Mouzon (bei Reims) an der Absicht Calixts II., dem Kaiser auch das Recht auf die Investitur der Bischöfe und Äbte mit den Regalien abzusprechen.

Als der Kaiser sich weigerte, verfiel er erneut dem päpstlichen Bann. Die politischen Auswirkungen dieses Bannspruchs blieben jedoch gering. In den Jahren 1119 und 1120 konnte Heinrich V. sogar am Niederrhein und in Sachsen wieder Einfluß gewinnen. Im Unterschied zu den Zeiten Heinrichs IV. blieben die Welfen mit ihren wichtigen Positionen in Bayern und Schwaben auf kaiserlicher Seite. Nach dem Tode Welfs V. († 1120) erhielt dessen Bruder Heinrich der Schwarze das Herzogtum Bayern. Dessen Tochter Judith heiratete im Jahre 1121 Herzog Friedrich II. von Schwaben, also den ältesten Neffen des Kaisers. Als Heinrich V. mit dieser politischen Rückendeckung im selben Jahre die Stadt Mainz belagerte und Erzbischof Adalbert mit seinen vornehmlich sächsischen Verbündeten seiner Residenzstadt, die er im Jahre 1118 großzügig privilegiert hatte, zu Hilfe kam, schritten die Fürsten ein. Eine Kommission von 24 Fürsten, der je zur Hälfte Anhänger beider Parteien angehörten, bereitete den Frieden vor, der im Herbst 1121 auf einem Reichstag in Würzburg geschlossen wurde. Darin verpflichteten sich die Fürsten auch dazu, zwischen Kaiser und Papst unter Wahrung der Rechte des Reichs eine Vereinbarung über die Investiturfrage herbeizuführen.

Die Verhandlungen zwischen den päpstlichen Legaten, dem Kaiser und den Fürsten begannen am 8. September 1122 in Worms. Als Ergebnis dieser langwierigen Verhandlungen wurden auf der „Laubwiese" vor Worms am 23. September die gegenseitigen Zugeständnisse von Kaiser und Papst verkündet. In der von Heinrich V. für die „katholische Kirche" ausgestellten Urkunde verzichtet der Kaiser mit Zustimmung und Rat der Fürsten auf die Investitur mit Ring und Stab und gesteht allen Kirchen im Königreich und Kaiserreich kanonische und freie Wahl zu. Er verpflichtet sich ferner, dem Papst alle entfremdeten Besitzungen und Regalien zurückzuerstatten beziehungsweise sich für deren Rückgewinnung einzusetzen. Dasselbe soll auch für die Besitzungen aller anderen Kirchen und der Fürsten gelten. In der Urkunde, die im Namen Calixts II. für Kaiser Heinrich V. – also nicht ausdrücklich auch für dessen Nachfolger – ausgestellt wurde, räumt der Papst dem Kaiser das Recht ein, daß die Wahlen von Äbten und Bischöfen in Deutschland in Gegenwart des Kaisers erfolgen. Bei Parteiungen innerhalb des Wahlkollegiums soll der Kaiser nach Einholung des Rats und Urteils des zuständigen Erzbischofs und der Suffraganbischöfe die „bessere" Partei („sanior pars") unterstützen. Der gewählte, also noch nicht geweihte Bischof oder Abt erhält daraufhin vom Kaiser unter dem Symbol des Zepters die Regalien: also die weltlichen Besitzungen und Herrschaftsrechte der Kirche oder der Abtei (Temporalien). Dafür soll der investierte Geistliche dem Kaiser die schuldigen Leistungen erbringen. Die Weihe der Geistlichen wird demnach für das „regnum teutonicum" erst nach der Investitur vollzogen. In den anderen Königreichen – Burgund und Italien – soll die Zepterverleihung hingegen erst nach der Wahl und Weihe des Geistlichen innerhalb von sechs Monaten mit denselben Konsequenzen erfolgen.

Die vagen Formulierungen über die Leistungspflicht der Bischöfe und Äbte gegenüber dem Kaiser ließen die Möglichkeit offen, daß dieser von den Geistlichen im Zusammenhang mit der Regalieninvestitur auch Treueid und sogar Handgang verlangt und diese so – in ähnlicher Weise wie der anglo-normannische König und Schwiegervater Heinrichs V. – lehnrechtlich bindet. Die Nachfolger Heinrichs V. haben den Spielraum tatsächlich in diesem Sinne zu nutzen versucht. So konnten sie den im Wormser Konkordat besiegelten Substanzverlust ihrer Eigenkirchenherrschaft mit Hilfe des Lehnrechts wenigstens teilweise auffangen, was zweifellos auch schon von Heinrich V. beabsichtigt war.

Auch nach dem Friedensschluß mit dem Papsttum konnte Heinrich V. den von Herzog Lothar angeführten Widerstand in Sachsen nicht mindern oder gar brechen. Vielmehr zeigte sich im Laufe der folgenden Jahre, daß die antisalischen Kräfte in Sachsen, die schon seit einem halben Jahrhundert von den Gegensätzen zwischen Königtum und Papsttum Vorteile gezogen hatten, sich auch ohne diesen Rückhalt durchsetzen konnten. Der Kaiser scheiterte auch mit dem Plan, seinen anglo-normannischen Schwiegervater in dessen Auseinandersetzungen mit dem französischen König in Frankreich zu unterstützen. Der französische König und sein einflußreicher Berater Abt Suger von St. Denis konnten im Jahre 1124 unter dem Banner des hl. Dionysius ein so starkes Heer aufstellen, daß Heinrich V. den Heereszug gegen Frankreich abbrechen mußte. Da der Sohn des englischen Königs Heinrich I. im Jahre 1120 gestorben war, besaß Kaiserin Mathilde als einziges überlebendes Kind ein aussichtsreiches Erbrecht auf die englische Königskrone. Derartige Aktionen und Hoffnungen des Saliers auf die Ausweitung seiner Herrschaft haben offenbar in den Hungerjahren 1124 und 1125 Gerüchte genährt, der Kaiser wolle auf Rat seines Schwiegervaters in Deutschland eine allgemeine Reichssteuer einführen. Daß ein solches Unterfangen in krassem Gegensatz zu dem Verfassungszustand im deutschen Reich stand, zeigte sich in aller Schärfe nach dem Tode des kinderlosen Kaisers im Mai 1125 bei der Regelung der Thronfolge.

d) Das Wahlkönigtum unter Lothar III. und Konrad III.

Die Reichsherrschaft Lothars III. war ebenso wie jene seines langjährigen Gegners und Nachfolgers Konrad III. wesentlich von ihrer Ausgangslage bestimmt. Sie war jeweils das Produkt einer mehr oder weniger stark ausgeprägten Interessenkoalition zwischen den weniger mächtigen Fürsten und dem Papsttum. Papsttum und Fürsten strebten aus unterschiedlichen Gründen ein von ihnen beeinflußbares Königtum an. Die Ausschaltung des verwandtschaftlich, also geblütsrechtlich Bevorrechtigten stärkte das seit 1078 neufundierte Wahlrecht der Fürsten und damit auch die Einflußmöglichkeit des Papsttums auf die Thronfolge. Dies hatte zugleich zur Folge, daß der in dieser Weise gewählte König nicht nur auf die Unterstützung von Seiten der wählenden Fürsten und auch des Papsttums angewiesen war. Es bedeutete ebenfalls, daß der König sich gegen die Macht des übergangenen, geblütsrechtlich begünstigten Thronkandidaten durchsetzen mußte. Die so herbeigeführte Diskontinuität in der Thronfolge verhinderte eine allmähliche Machtanhäufung in der Königsfamilie und eine zunehmende Distanz zwischen der königlichen Dynastie und den übrigen Fürsten. Lothar III. konnte erst nach neun Jahren seiner insgesamt etwa zwölf Jahre umfassenden Regierungszeit ein Arrangement mit seinem staufischen Gegner treffen. Unter Konrad III. blieb der Konflikt mit den Welfen für die gesamte Regierungszeit fast anderthalb Jahrzehnte bestehen. Umso mehr waren Lothar III. wie auch Konrad III. gezwungen, zur Stärkung ihres Königtums auf verwandtschaftliche Bindungen zurückzugreifen. Die Mängel in der institutionellen Wirksamkeit des Königtums mußten umso mehr durch personale Beziehungen aufgefangen werden. Diese waren wiederum von vielen biographischen Zufällen abhängig.

Die Bindung des Königtums an das Papsttum, das noch Heinrich V. zeitweilig mit Gewaltanwendung – freilich mit wenig Erfolg – seinem Willen hatte unterordnen wollen, erreichte unter Lothar III. eine bis dahin unbekannte Festigkeit. Der König und Kaiser war wegen seiner eigenen Schwäche auf das Zusammenwirken mit der päpstlichen Autorität angewiesen, die ihm auch einen größeren Rückhalt bei den Reichskirchen verschaffen konnte. Andererseits zwang das päpstliche Schisma zwischen 1130 und 1138, das nicht zuletzt durch Rivalitäten unter führenden römischen Adelsfamilien entstand, zur Anlehnung des Papstes an Protektoren: im Falle Anaklets II. an Roger II., bei Innozenz III. an Lothar III. Deshalb war Innozenz II. seinerseits an einem stärkeren Engagement des Supplingenburgers in Italien – insbesondere an dessen militärischem Vorgehen gegen Roger II. – interessiert, soweit dadurch nicht die Herrschaft und die Rechtsansprüche des Papsttums berührt wurden. Innerhalb dieser Grenzen kam es somit unter Lothar III. und Innozenz II. zu einer Scheinblüte des Zusammenwirkens von Kaisertum und Papsttum – den beiden universalen Gewalten des Abendlandes –, das auf dem zweiten, weit bis nach Süditalien vordringenden Italienzug Lothars III. und seines welfischen Schwiegersohns, Heinrichs des Stolzen, den Höhepunkt erreichte. Aus den dargelegten Gründen war es für denselben Papst ebenso konsequent, daß er nach dem Ende des Schismas und nach dem Tode Lothars III. der so geförderten Machtkonzentration des Welfen mit der Wahl des ehemaligen antipäpstlichen Gegenkönigs, des Staufers Konrad, ein Gegengewicht entgegenstellte. Der staufische Gegenkönig blieb jedoch aus denselben Gründen zu schwach, um seinerseits dem Papsttum Innozenz' II. eine wirksame Hilfe gegen den Normannenkönig Roger II. bieten zu können.

Die Gegensätze zwischen dem staufischen König und den Welfen waren aufgrund günstiger personeller Gegebenheiten im Jahre 1142 durch die Heirat zwischen Gertrud – der Witwe Heinrichs des Stolzen und Mutter Heinrichs des Löwens – und dem Halbbruder des Staufers, dem Babenberger Heinrich II. überbrückbar gemacht worden. Auf dem Frankfurter Reichstag vom Mai 1142 belehnte Konrad III. den noch minderjährigen Heinrich den Löwen mit dem Herzogtum Sachsen. Seinem babenbergischen Halbbruder und Gatten der Mutter Heinrichs des Stolzen verlieh

Konrad III. zu Anfang des Jahres 1143 das Herzogtum Bayern. Der so familiär-politisch abgesicherte Kompromiß war jedoch mit dem Tode Gertruds im April 1143 zum Scheitern verurteilt.

Heinrich V. hatte kurz vor seinem Tode die Thronfolge zugunsten seines ältesten Neffen, Herzog Friedrichs II. von Schwaben, zu beeinflussen versucht, indem er diesem das salische Hausgut, das während der langen Regierungszeit der Salier eng mit dem Reichsgut verknüpft worden war, übergab. Neben Herzog Friedrich II. und seinem Bruder Konrad kam für die Königswahl nach Geblütsrecht auch der babenbergische Markgraf Leopold III. von Österreich als Gatte der Kaisertochter Agnes in Frage. Auf das Wahlverfahren gewann bald nach dem Begräbnis Heinrichs V. in Speyer (Anfang Juni 1125) der langjährige Gegner des Kaisers wie auch der Staufer, Erzbischof Adalbert I. von Mainz, einen bestimmenden Einfluß. Ihm gelang es auch, über die Kaiserinwitwe Mathilde, die bald darauf nach England zurückkehrte, in den Besitz der auf dem Trifels verwahrten Reichsinsignien zu kommen. Durch geschicktes Taktieren setzte er auf der Wahlversammlung in seiner Residenzstadt Mainz im August 1125 im Wahlgremium, das aus Vertretern der großen deutschen Stämme (Franken mit Lothringern, Schwaben, Sachsen und Bayern) bestand, in Anwesenheit eines päpstlichen Legaten seinen langjährigen Verbündeten Herzog Lothar von Sachsen durch.

Der damals etwa fünfzigjährige Supplingenburger empfahl sich den Fürsten auch deshalb, weil er keine männlichen Erben besaß, so daß ihr Wahlrecht auch beim nächsten Thronfall uneingeschränkt zur Geltung kommen konnte. Lothars einzige Tochter Gertrud wurde schon bei der Wahl – gleichsam in der Form einer Wahlkapitulation – dem Sohn des bayerischen Herzogs, dem Welfen Heinrich dem Stolzen, versprochen. Mit dieser Gegenleistung für die Unterstützung durch die Welfen schuf Lothar, der übrigens in seinem Halbbruder Herzog Simon von Oberlothringen einen weiteren Verbündeten besaß, ein entscheidendes Gegengewicht zu den familiär-politischen Bindungen zwischen den Welfen und den Staufern, von denen ja Herzog Friedrich II. bereits seit einigen Jahren mit der Schwester Heinrichs des Stolzen, Judith, verheiratet war. Bei der Isolierung der Staufer unter den süddeutschen Hochadligen erzielte Lothar III. einen weiteren Erfolg, als er dem zähringischen Herzog Konrad im Jahre 1127 die Grafschaft Hochburgund (um Besançon) übertrug.

Als sich die staufischen Brüder im Jahre 1127 im Kampf um das Reichsgut in Franken gegen Lothar III. behaupten konnten, riefen schwäbische und fränkische Fürsten im Dezember 1127 den Staufer Konrad, der sich auch Herzog von Franken nennen ließ, zum König aus. Der von Erzbischof Adalbert und bald darauf auch von Papst Honorius II. gebannte Staufer, der also im Unterschied zu den unter Heinrich IV. erhobenen Gegenkönigen von Anfang an im Gegensatz zum Papsttum stand, begab sich im folgenden Jahre nach Reichsitalien. Dort wurde er im Juni 1128 vom mailändischen Erzbischof, der seinerseits gegen die römische Kurie eingestellt war, in Monza zum König von Italien gekrönt. Durch Anlehnung an die Kommune Mailand geriet Konrad in die lombardischen Parteiungen, die sich schon damals um die beiden mächtigsten Kommunen – Mailand und Cremona – gruppierten. Vor allem aber vermochte es der Staufer nicht, die Verfügungsgewalt über die Mathildischen Güter zu erreichen, auf die er als Neffe Kaiser Heinrichs V. Erbansprüche besaß. Im Jahre 1130 kehrte Konrad nach Deutschland zurück.

Dort waren inzwischen die Aussichten für die Durchsetzung seiner Königswürde weiter gesunken. Im Bündnis mit seinem welfischen Schwiegersohn, der im Jahre 1126 nach dem Tode seines Vaters die Nachfolge im Herzogtum Bayern angetreten hatte, war es Lothar III. gelungen, die Machtbasis der Staufer einzuengen. Etwa zur selben Zeit, als sich das staufische Gegenkönigtum als wenig aussichtsreich erwies, kam es in Rom zu einem päpstlichen Schisma. Dies entstand ohne Einfluß des deutschen Königshofs nach dem Tode Honorius' II. als Folge von Rivalitäten zwischen den römischen Adelsfamilien der Frangipani und der Pierleoni, die schon in den vorhergehenden Jahrzehnten eine bedeutende Rolle für das Papsttum gespielt hatten. Die Mehrheit des Kardinalkollegiums entschied sich im Februar 1130 für den Kardinal Petrus Pierleoni, der den Namen Anaklet II. annahm. Eine mächtige Minderheit hatte kurz zuvor für den Kardinaldiakon Gregor von S. Angelo votiert, der ebenfalls einer römischen Adelsfamilie, den Papareschi, angehörte. Letzterer – Innozenz II. – wurde zunächst von den Frangipani gefördert, dann aber fallengelassen. Er mußte bald vor Anaklet II. aus Rom weichen. In Frankreich und England gewann der stärker den neuen Orden der Zisterzienser und Prämonstratenser zugeneigte Innozenz II. einflußreiche Anhänger. Beide Rivalen wandten sich an Lothar III. Dieser entschied sich im Oktober 1130 mit der Mehrheit der deutschen Bischöfe für Innozenz II.

Im Spätsommer 1132 brachen Lothar III. und Innozenz II. nur mit einem kleinen Heer, zu dem hauptsächlich die sächsischen Bischöfe Kontingente gestellt hatten, zum Romzug auf. Es gelang dem Kaiser jedoch nicht, Anaklet II. aus der Stadt zu vertreiben. Da der Pierleoni-Papst die Leostadt mit der inzwischen zur Hauptkirche gewordenen Peterskirche beherrschte, mußte die Kaiserkrönung am 4. Juni 1133 in der Lateranbasilika vollzogen werden. Entgegen seinen Erwartungen kam Innozenz II. dem Kaiser bei der Investiturfrage, bei der Lothar III. Vorteile gegenüber dem Wormser Konkordat angestrebt hatte, nicht entgegen. Zielstrebig nutzte Innozenz II. auch seine Möglichkeiten bei der Vergabe der Mathildischen Güter. Er investierte den Kaiser, der im Unterschied zu den Staufern keine Erbansprüche stellen konnte, mit dem Allod der Markgräfin nur auf Lebenszeit gegen einen Jahreszins von 100 Pfund Silber unter der weiteren Verpflichtung, daß die Burginsassen und Verwaltungsträger dem Papst einen Treueid leisteten. Bei einer Weitergabe der Mathildischen Güter an Lothars Schwiegersohn Heinrich den Stolzen und dessen Frau Gertrud sollte der Welfe dem Papst zu Handgang und Lehnseid verpflichtet sein. Der Belehnungsakt ist offenkundig erst auf dem zweiten Italienzug Lothars III. vollzogen worden, als Heinrich der Stolze auch die Markgrafschaft Tuszien innehatte. Diese Regelung wurde von der römischen Kurie im Sinne einer Lehnsnahme des Kaisers interpretiert. In einem Gemälde im Lateran wurde sogar unterstellt, Lothar III. habe auch die Kaiserkrone vom Papst als Lehen erhalten. Für diese Interpretation wurde auch der Strator- und Marschalldienst (Führen des Pferdes und Halten des Steigbügels) herangezogen, den Lothar III. dem Papst bereits bei der ersten Zusammenkunft im März 1131 in Lüttich erwiesen hatte.

Nach der Rückkehr vom Italienzug (August 1133) erzielte der Kaiser im Zusammenwirken mit seinem welfischen Schwiegersohn im Herbst 1134 wichtige militärische Erfolge gegen die staufischen Brüder, die sich seit nunmehr neun Jahren der Reichsherrschaft des Supplingenburgers widersetzt hatten. Wohl unter Vermittlung des päpstlichen Legaten, der sich in dieser Zeit dauernd am Kaiserhof aufhielt, erfolgte die Aussöhnung Herzog Friedrichs II. mit dem Kaiser im März 1135 unter günstigen Bedingungen. Der Staufer wurde nur zur Teilnahme an dem geplanten Italienzug verpflichtet. Eine ähnliche Behandlung erfuhr auch der bisherige Gegenkönig Konrad im Herbst 1135. An der Heerfahrt nach Italien, zu der der Kaiser im Spätsommer 1136 aufbrach, hat Herzog Konrad sogar als kaiserlicher Bannerträger teilgenommen, während sein Bruder dafür nur ein größeres Kontingent zur Verfügung gestellt hat.

Das Hauptziel dieses Italienzugs war die Bekämpfung des Normannenkönigs Roger II., dem sein päpstlicher Schützling Anaklet II. die Königswürde verliehen hatte. In dieser Zielsetzung trafen sich die Interessen Lothars III., Innozenz' II. und des byzantinischen Kaisers Johannes II. Komnenos (1118–1143), ohne daß freilich die schon seit 1135 geknüpften Kontakte zwischen den beiden Kaiserreichen auf diesem Italienzug zu gemeinsamen Aktionen führten. Während seines längeren Aufenthalts in Oberitalien versuchte Lothar III. mit einigem Erfolg, die Reichsherrschaft vornehmlich gegenüber den größeren Stadtkommunen zur Geltung zu bringen. Dabei äußerten sich bereits die Unterschiede der politischen Interessen von Kaiser und Papst. Sie traten noch deutlicher auf dem Heereszug hervor, den der bayerische Herzog Heinrich der Stolze durch die Toskana bis nach Montecassino, Capua und Benevent unternahm. In derselben Zeit drang Lothar III. mit dem übrigen Heer bis nach Apulien vor, wo er im Frühsommer 1137 sogar die damals bedeutendste Stadt an der südlichen Ostküste Italiens, Bari, einnehmen konnte. Nach der Vereinigung beider Heere vor Bari erzielte Lothar III. weitere Erfolge gegen Melfi und Salerno. Der Widerstand im deutschen Heer gegen eine Fortsetzung des Krieges gegen Roger II., der sich nach Sizilien zurückgezogen hatte, zwang den Kaiser schließlich zur Rückkehr. Noch vor dem Aufbruch kam es zwischen Kaiser und Papst zum offenen Streit über die Oberhoheit über Apulien. Um das eroberte Gebiet gegen Roger II. zu sichern, einigten sich die Kontrahenten schließlich auf eine gemeinsame Belehnung des von ihnen eingesetzten Herzogs von Apulien. Dieser besaß freilich nur geringe Aussichten, sich gegen den Normannenkönig langfristig durchzusetzen.

Lothar III. hat aus diesem mit großem Aufwand betriebenen Kampf gegen Roger II. keine größeren Vorteile gewonnen. Der Kaiser starb auf dem Rückweg nach Deutschland im Dezember 1137. Aber auch für Innozenz II. erwies sich der Italienzug des Kaisers als weitgehend wirkungslos. Der Tod Anaklets II. befreite ihn zwar schon im Januar 1138 von seinem gefährlichsten Konkurrenten, doch mußte er schließlich im Jahre 1139 die Bedingungen Rogers II. akzeptieren. Auf demselben Italienzug von 1136/37 hatte Innozenz II. zur Genüge erfahren, welche Gefahren sich aus der Machtkonzentration des welfischen Herzogs von Bayern für die päpstliche Politik ergeben konnten. Neben den Mathildischen Gütern hatte Heinrich der Stolze bereits im Jahre 1137 die Markgrafschaft Tuszien übernommen. Kurz vor seinem Tode hatte Lothar III. seinem welfischen Schwiegersohn zudem das Herzogtum Sachsen übertragen und ihm ferner die Reichsinsignien übergeben. Mit seinen großen Herrschaftsgebieten und ausbaufähigen Rechtsansprüchen in Deutschland und Reichsitalien überragte der welfische Doppelherzog jede andere Fürstenmacht im Reich.

Die Furcht vor der welfischen Übermacht vereinigte die Interessen des Papsttums und der deutschen Fürsten. Im Beisein des päpstlichen Legaten konnte so Erzbischof Adalbero von Trier, den Innozenz II. erst im Oktober 1137 als ständigen päpstlichen Legaten für das deutsche Reichsgebiet eingesetzt hatte, im März 1138 in einem anfechtbaren Wahlverfahren den einstigen Gegenkönig Lothars III., den staufischen Herzog Konrad, in Koblenz erheben. Die anschließende Krönung in Aachen vollzog der päpstliche Legat Kardinalbischof Dietwin. Der Staufer erfüllte die Wahlkriterien der Fürsten und des Papstes nicht zuletzt deshalb, weil seine eigene Machtbasis auch im Vergleich zu anderen weltlichen Fürsten gering war. Das Scheitern seines Gegenkönigtums lag nur wenige Jahre zurück. Sein Titelherzogtum besaß in Franken nur eine schwache Verankerung. Freilich konnte er auf das salische Hausgut zurückgreifen und mit der Hilfe seines Bruders Herzog Friedrich von Schwaben rechnen, der nach dem Tode seiner welfischen Gattin Judith um 1131/32 Agnes, die Tochter des Grafen Friedrich von Saarbrücken, geheiratet hatte. Als weitere Verbündete boten sich Konrads Halbbrüder, die babenbergischen Markgrafen Leopold IV. und Heinrich II. Jasomirgott, an. Die Markgrafschaft Österreich gehörte damals noch zum Herzogtum Bayern, so daß sich die Babenberger schon aus diesem Grunde gegen eine starke Stellung des welfischen Herzogs wenden mußten.

Heinrich der Stolze erkannte zwar die Königswahl Konrads III. rasch an; er übergab ihm sogar die Reichsinsignien. Er forderte freilich die Belehnung mit dem Herzogtum Sachsen, das sein kaiserlicher Schwiegervater selbst besessen und ihm übergeben hatte. Der staufische König verweigerte jedoch diese Belehnung und verlieh das sächsische Herzogtum schon im Juli 1138 an den Askanier Albrecht den Bären, den Markgrafen der sächsischen Nordmark und territorialpolitischen Gegner des sächsischen Herzogs. Zugleich ließ Konrad III. dem Welfen in einem lehnsrechtlichen Verfahren auch das Herzogtum Bayern absprechen und verhängte über ihn den Reichsbann. Das dadurch formal frei gewordene Herzogtum Bayern übergab der König im Jahre 1139 seinem Halbbruder Leopold IV., dem babenbergischen Markgrafen in der bayerischen Ostmark. Beide Maßnahmen waren politische Verzweiflungsakte, mit denen Konrad III. weniger mächtige Gegner der Welfen mit Rechtstiteln versah. In dieser Krisensituation griff er bevorzugt auf seine Verwandten zurück. Im selben Jahre 1139 verlieh Konrad III. das Herzogtum Niederlothringen an seinen Schwager Gottfried von Löwen. Zwei Jahre später übertrug er auch die Pfalzgrafschaft bei Rhein seinem weiteren Schwager Hermann von Stahleck.

In dieser aussichtslosen Lage verschaffte der frühe Tod Heinrichs des Stolzen, der im Oktober 1139 im Alter von 35 Jahren verstarb, dem staufischen Königtum unerwartete Chancen. In Sachsen blieb der askanische Herzog dennoch gegen die Kaiserwitwe Richenza (aus der Familie der Northeimer) und deren erst zehnjährigen Enkel Heinrich den Löwen ohne Erfolge. Der babenbergische Herzog von Bayern Leopold IV. mußte jetzt gegen Welf VI. den Kampf aufnehmen: den Bruder Heinrichs des Stolzen und Onkel Heinrichs des Löwen, der sich auch auf die großen welfischen Hausgüter im bayerisch-schwäbischen Grenzgebiet stützen konnte. Eine gewisse Beruhigung trat erst ein, als Konrad III. dem Welfen vor Weinsberg (bei Heilbronn) gegen Ende des Jahres 1140 eine Niederlage zufügen konnte.

Für Konrad III. schien sich ein Ausweg aus der Konfrontation mit dem Welfen zu ergeben, als die Kaiserwitwe Richenza und der Babenberger Leopold IV. im Jahre 1141 starben. Auf dem Frankfurter Reichstag vom Mai 1142 verlieh der König dem jungen Heinrich dem Löwen das Herzogtum Sachsen, in dem sich Albrecht der Bär ohnehin nicht hatte durchsetzen können. Bayern behielt Konrad III. zunächst, ohne darüber neu zu verfügen. Schon zuvor hatte der König die Heirat zwischen Gertrud – der Witwe Heinrichs des Stolzen, Tochter Lothars III. und Mutter Heinrichs des Löwen – mit dem Babenberger Heinrich II. Jasomirgott, dem Bruder Leopolds IV., vermittelt. Erst im Januar 1143 belehnte der Staufer seinen babenbergischen Halbbruder Heinrich II. mit dem Herzogtum Bayern. Dieser interfamiliäre Ausgleich zwischen Welfen und Babenbergern zerfiel jedoch schon drei Monate später, als die Gattin Heinrichs II. im Kindbett starb.

Welf VI. hatte sich ohnehin nicht mit dem Arrangement des Reichstags von Frankfurt einverstanden erklärt. Er blieb der wichtigste Gegner Konrads III. In seinem Kampf gegen den Staufer fand Welf VI. politische und finanzielle Unterstützung beim Normannenkönig Roger II. und bei König Geza II. von Ungarn (1141–1162). Gleichzeitig bestanden bereits intensive Kontakte zwischen dem deutschen Königshof und dem byzantinischen Kaiser. Der gegen Roger II. gerichtete Bündnisplan zwischen den beiden Kaiserreichen sollte durch die Heirat des Kaisersohnes mit einer Schwester der Königin, Bertha von Sulzbach, verfestigt werden. Da Kaiser Johannes II. Komnenos im April 1143 starb, mußten die weiteren Bündnis- und Heiratsvorbereitungen verschoben werden. Die Ausweitung des welfisch-staufischen Gegensatzes in die europäische Mächtekonstellation zeichnete sich bereits deutlich ab. Darin spielte wiederum Italien, wo auch die Welfen als Nachfolger Heinrichs des Stolzen noch immer Ansprüche auf die Mathildischen Güter und die Markgrafschaft Tuszien geltend machen konnten, eine zentrale Rolle. Wohl schon im Jahre 1138 hatte Konrad III. den deutschen Adligen Ulrich von Attems zum Markgrafen von Tuszien bestellt; dieser blieb jedoch fast einflußlos. Die Durchführung des längst geplanten Krönungszugs scheiterte vor allem an den Schwächen der Reichsherrschaft in Deutschland.

Die Situation des Papsttums, das nach der militärischen Niederlage Innozenz' II. das Königtum Rogers II. hatte anerkennen müssen, verschärfte sich erneut im Jahre 1143, als in der Stadt Rom ein Aufstand gegen die päpstliche Herrschaft ausbrach und der kommunale Senat nach antikem Vorbild ein eigenes Stadtregiment bildete. Darin übernahm schon ein Jahr später ein Bruder des früheren Papstes Anaklet II., Johannes Pierleoni, unter dem Titel des Patricius die Führung. Papst Lucius II. (1144–1145) knüpfte daraufhin wieder intensivere Beziehungen zu Roger II. an und erhielt von diesem auch Hilfstruppen. Von Konrad III. konnte der Papst eine derartige Unterstützung nicht erwarten. Der folgende Papst – Eugen III. (1145–1153), der aus Pisa gebürtige ehemalige Zisterzienserabt und Vertraute Bernhards von Clairvaux – erbat im Jahre 1145 vergebens die Hilfe des deutschen Königs. Der päpstliche Hilferuf wurde im Jahre 1146 mit dem Angebot der Kaiserkrönung an den Staufer wiederholt. Im selben Jahr realisierte der Papst das Versprechen, den letzten Herrscher aus dem ottonischen Geschlecht, Heinrich II., heiligzusprechen. Etwa gleichzeitig führten die Verhandlungen zwischen Konrad III. und dem byzantinischen Kaiser Manuel I. Komnenos (1143–1180) zum Vertragsabschluß und zu Anfang des Jahres 1146 zu der schon früher geplanten Heirat der Schwägerin Konrads mit dem Kaiser. In denselben Jahren 1145/46 ging Welf VI. mit König Geza von Ungarn und mit Roger II. förmliche Bündnisse mit gegensätzlichen politischen Zielen ein.

Damit ist bereits die politische Konstellation vorgezeichnet, die für den Verlauf des Zweiten Kreuzzuges bestimmend wurde. Die Intensität der Wechselbeziehungen zwischen den Gegensätzen im deutschen Reich und den Bündnissen unter den führenden europäischen Mächten ist in der bisherigen deutschen Reichsgeschichte einzigartig. Diese Verklammerung des staufisch-welfischen Konflikts hat die Reichsherrschaft Konrads III. bis zum Ende der Regierungszeit des ersten staufischen Königs entscheidend geprägt. Dieser weit ausgreifende Zusammenhalt ist seinerseits durch die politisch-religiöse, universalistische Bewegung des Zweiten Kreuzzuges beeinflußt worden. Im Unterschied zum Ersten Kreuzzug, der ganz auf das Heilige Land ausgerichtet war, spaltete sich der Zweite in mehrere Ziele auf. Sie bezogen jetzt auch die spanische Reconquista und die gewaltsame Heidenmission im Osten des deutschen Reichs, dem geographisch naheliegenden Interessenbereich des welfischen Herzogs von Sachsen – Heinrichs des Löwen – ein.

Der Kreuzzug war ausgelöst worden durch den Fall der Grafschaft Edessa, deren gleichnamige Hauptstadt zu Weihnachten 1144 von dem Atabeg von Mossul und Aleppo erobert worden war. Gegen Ende des Jahres 1145 rief Eugen III. den französischen König Ludwig VII. zum Kreuzzug auf. Aufgrund der prekären Situation Eugens III., der wegen der Auseinandersetzung mit dem römischen Senat auf die Hilfe des staufischen Königs angewiesen war, hatte der Papst eine Beteiligung Konrads III. am Kreuzzug nicht beabsichtigt. So warb Bernhard von Clairvaux im päpstlichen Auftrag seit dem Frühjahr 1146 in zahlreichen Predigten zunächst nur in Frankreich für den Kreuzzug. Als der Zisterziensermönch Rudolf in den Rheinlanden ohne Erlaubnis zum Kreuzzug aufrief und mit seinen Predigten, in denen er nicht nur zur Rache an den Muslims, sondern auch zur Ausrottung der Juden in den deutschen Städten aufforderte, zahlreiche Judenverfolgungen vornehmlich in den rheinischen Bischofsstädten einleitete, begab sich Bernhard von Clairvaux auch nach Deutschland. Dort wandte er sich energisch gegen den Mißbrauch des Kreuzzugsaufrufs, für den er nun selbst in mehreren Predigten gemäß seinen Zielsetzungen in Deutschland warb. Auf einem Hoftag zu Frankfurt bat er im November 1146 gegen den Willen des Papstes, der etwa gleichzeitig von Viterbo nach Frankreich aufbrach, den deutschen König, sich persönlich an dem Kreuzzug zu beteiligen. Konrad III. ließ sich schließlich nach längerem Widerstreben dazu bewegen. Der König nutzte dieses Vorhaben, das auch unter den deutschen Fürsten große Resonanz fand, um auf dem Reichstag zu Frankfurt im März 1147 die Wahl seines erst zehnjährigen Sohnes Heinrich zum König und Nachfolger durchzusetzen. Damit schien erstmals seit dem Tode Heinrichs IV. wieder die Erbfolge gesichert. Zugleich wurde ein allgemeiner Landfriede für das Reich erlassen, der während des Kreuzzugs auch die welfischen Gegner des Königs band.

Der Landfriede schien umso mehr gesichert, als auch Welf VI., der sich ursprünglich dem französischen Kreuzfahrerheer anschließen wollte, an dem Kreuzzug unter Führung Konrads III. teilnahm. Dazu gehörte auch der Neffe Konrads III. und Welfs VI., Herzog Friedrich, der nach dem Tode seines gleichnamigen Vaters im April 1147 die Nachfolge im Herzogtum Schwaben angetreten hatte. In dem Streit zwischen seinen Onkeln hat der spätere König Friedrich I. (Barbarossa) keineswegs eine eindeutig prokönigliche Stellung bezogen.

Der Aufbruch zum Kreuzzug erfolgte im Mai 1147. Im Herbst desselben Jahres erreichte das deutsche Kreuzfahrerheer noch vor dem französischen Byzanz. Zusammen mit Konrad III. überstand auch Welf VI. die schwere Niederlage eines Teils der Kreuzfahrer am 25. Oktober 1147 bei Doryläum. Der König, Welf VI. wie auch deren Neffe Friedrich von Schwaben kehrten zunächst nach Konstantinopel zurück. Nach längerem Aufenthalt am kaiserlichen Hof trafen sie erst im April 1148 auf byzantinischen Schiffen in Akkon ein. Die stark dezimierten Kreuzfahrerheere unternahmen einen politisch völlig sinnlosen Kriegszug gegen das Königreich Damaskus. Die Belagerung der Hauptstadt dieses Königs, der als einziger unter den muslimischen Herrschern zu einem Bündnis mit den Kreuzfahrerstaaten bereit gewesen wäre, mußte erfolglos abgebrochen werden. Nach diesem katastrophalen Ausgang des Kreuzzugs schloß Konrad III. auf dem Rückweg im Oktober 1148 in Thessaloniki einen Vertrag mit Manuel I. Komnenos. Darin verpflichtete sich der Staufer, im nächsten Jahr mit finanzieller und militärischer Unterstützung seines kaiserlichen Schwagers einen Heereszug gegen Roger II. zu unternehmen und Teile des Normannenreichs nach der Eroberung an das byzantinische Reich abzutreten. Zur weiteren Absicherung dieses Bündnisses, in das auch die italienischen Seehandelsstädte Venedig und Pisa einbezogen werden sollten, diente die Heirat zwischen dem babenbergischen Herzog von Bayern, Heinrich II. Jasomirgott, und Theodora, einer Nichte Manuels I. Zudem wurde eine Heirat zwischen dem Sohn Konrads III., König Heinrich, und einer byzantinischen Prinzessin geplant. Die militärisch-politische Aktion gegen Roger II. war inzwischen für den byzantinischen Kaiser umso dringlicher geworden, als der Normannenkönig im Herbst 1147 das byzantinische Korfu eingenommen und auf seinen Plünderungszügen ins Kaiserreich auch in Theben und Korinth die Zentren der byzantinischen Seidenindustrie zerstört hatte.

Welf VI. hatte an dem Zug gegen Damaskus nicht teilgenommen. Auf einem sizilischen Schiff hatte er schon zuvor das Heilige Land verlassen und sich an den Hof Rogers II. begeben. Dort wurden konkrete Maßnahmen des Welfen gegen König Konrad III. abgesprochen, um den Staufer an dem Vorgehen gegen Roger II. zu hindern. Unmittelbar nach seiner Rückkehr aus Italien im März 1149 leitete Welf VI. die Aktionen gegen den König ein, der erst im Mai 1149 wieder in Deutschland eintraf. Der Normannenkönig, der inzwischen seine Stellung in Korfu wieder an Byzanz verloren hatte, schloß im Herbst desselben Jahres mit Ludwig VII. von Frankreich bei einem Treffen in Kalabrien, wohin sich der Kapetinger auf seinem Rückweg aus dem Heiligen Land begeben hatte, ein Bündnis gegen Byzanz. Demnach sollte ein neuer Kreuzzug stattfinden, der – gleichsam als Vorgriff auf das Jahr 1204 – zunächst gegen Byzanz gerichtet sein sollte. Als Partner war der ungarische König Geza vorgesehen. Beide Könige versuchten, für diesen Plan den Papst zu gewinnen. Eugen III. weigerte sich jedoch nach längerem Schwanken, diesem Bündnis beizutreten. Noch bevor der Papst sich in diesem Sinne festgelegt hatte, versuchten die Anführer der papstfeindlichen Römer, erneut Kontakte mit Konrad III. aufzunehmen. Sie wandten sich etwa im Sommer 1149 an den König mit der Bitte um Unterstützung gegen die römische Kurie und gegen den normannischen König. Dafür boten sie ihm in Anlehnung an die antike römische Tradition die Verleihung der Kaiserkrone durch den Senat an.

Die von Welf VI. schon vor der Rückkehr Konrads III. aufgenommenen Kämpfe gegen das staufische Königshaus blieben zunächst auf Schwaben beschränkt. Heinrich der Löwe, der seinen Anspruch auf das Herzogtum Bayern bereits kurz vor dem Beginn des Kreuzzugs wieder geltend gemacht hatte, hatte sich an diesen militärischen Auseinandersetzungen nicht direkt beteiligt. Wohl schon bald nach dem Ende des Wendenkreuzzugs, an dem anscheinend als einziger süddeutscher Fürst Herzog Konrad von Zähringen teilnahm, hatte der Herzog von Sachsen die Tochter des Zähringers, Clementia, geheiratet und damit die welfische Partei unter den süddeutschen Fürsten verstärkt. Erst gegen Ende des Jahres 1151 begannen die militärischen Auseinandersetzungen zwischen Heinrich dem Löwen und Albrecht dem Bären, dem Verbündeten Konrads III., in Sachsen. Etwa gleichzeitig schlossen Konrad III. und Welf VI. unter Vermittlung Herzog Friedrichs von Schwaben und Konrads von Zähringen einen für den süddeutschen Welfen günstigen Frieden. Darin blieb nämlich weitgehend unberücksichtigt, daß Welf VI. im Februar 1150 bei Flochberg (in der Nähe von Nördlingen) gegen den schon wenige Monate später gestorbenen König Heinrich eine schwere Niederlage hatte hinnehmen müssen. Dennoch schwächte dieser Friede den Zusammenhalt der Welfen.

In dieser Situation erhielt die Aufforderung Eugens III. vom Sommer 1151 an König Konrad III., zur Kaiserkrönung nach Rom zu kommen und dem Papst gegen die aufständischen Römer zu helfen, einen realistischen Gehalt. Auf dem Reichstag zu Würzburg vom 15. September 1151 wurden der Krönungszug und die Heerfahrt gegen Roger II. beschlossen. Als Termin für den Aufbruch wurde der 9. September 1152 festgesetzt. Die lange Frist bis zum Beginn des Italienzuges sollte wohl dazu dienen, erneut mit dem byzantinischen Kaiser ein gemeinsames Vorgehen abzusprechen. Der Tod Konrads III. am 15. Februar 1152 machte aber alle bisherigen Vorbereitungen für diesen Plan zunichte. Die Aussicht auf eine direkte Thronfolge innerhalb der engeren Königsfamilie war schon zuvor mit dem Tode König Heinrichs, des ältesten Sohnes Konrads III., stark gemindert worden. In der Erkenntnis, daß sein weiterer, erst etwa acht Jahre alter Sohn Friedrich für die Nachfolge keine Chancen besaß, hatte Konrad III. noch kurz vor seinem Tode seinen Neffen, den schwäbischen Herzog Friedrich

– den Neffen Welfs VI. und Vetter Heinrichs des Löwen – für die Thronfolge designiert.

Mit Friedrich Barbarossa, der fast vier Jahrzehnte die Reichsherrschaft ausüben sollte, wurde – so stellt es sich aus der Wirkungsgeschichte dieser Regierungszeit dar – eine neue Phase der Reichspolitik möglich. Darin wirkten zwar die in dem Jahrhundert zwischen dem Beginn der Regierungszeit Heinrichs IV. und dem Tode des ersten staufischen Königs geschaffenen, tiefgreifenden Veränderungen der Reichsverfassung als prägende Rahmenbedingungen nach. Sie wurden jedoch nochmals umgestaltet und unter Aufnahme neuer Faktoren in ein Gerüst gefaßt, das für die deutsche Geschichte bis zur Gegenwart wesentliche Grundzüge festgelegt hat. Versuchen wir uns zunächst die Grundelemente und die Wandlungen des Herrschaftsgefüges zu vergegenwärtigen, die in jener langen Zeitspanne von etwa einem Jahrhundert zwischen der Mitte des 11. und der Mitte des 12. Jahrhunderts auf dem skizzierten Hintergrund der Reichsgeschichte erkennbar werden.

2. Elemente und Wandlungen des Herrschaftsgefüges

In dem ereignisgeschichtlichen Überblick über die Reichsherrschaft sind bereits Konstanten und Veränderungen des Herrschaftsgefüges im deutschen Reich angesprochen worden. Sie sollen im folgenden in ihren Konturen verdeutlicht und in ihrem Zusammenwirken beschrieben werden. Dabei erscheint die Betrachtung des Beziehungsgeflechts von Königtum, Adel und Kirchen als vordringlich. Institutionsgeschichtlich läßt sich dieses komplexe und überaus wirksame Verhältnis in der Ausformung von Allod, territorialpolitisch fundiertem Landesausbau und Lehnswesen fassen. Damit wird auch die Frage nach dem Anteil von eigenständiger und – jedenfalls formalrechtlich – abgeleiteter Herrschaft aufgeworfen. Die unterschiedliche Ausformung der Trias von Königtum, Adel und Kirchen fand ihre Entsprechung in der Teilnahme und in der Durchsetzung von Gottes- und Landfrieden. Der Wandel trat am deutlichsten in der Ausbildung von Gemeinden hervor, die in den größeren deutschen Städten innerhalb dieses Zeitraums bereits ein beachtliches politisches Gewicht erhielten. Neben religiösen, politischen und militärischen Faktoren wirkte darauf auch der wirtschaftliche und soziale Wandel stark ein, womit der Zusammenhang dieser verfassungsgeschichtlichen Ausführungen mit den in den folgenden Abschnitten behandelten Aspekten betont wird.

a) Adel und Königtum, Kirchen und Klöster

Die Ottonen und frühen Salier hatten die Einsetzung der Bischöfe und Äbte im deutschen Reichsgebiet – und dies im deutlichen Unterschied zu

Burgund und Reichsitalien – weithin unter ihre Kontrolle bringen können. Freilich hatten sie für diese leitenden Positionen in der Regel wiederum auf Adlige zurückgreifen müssen, gegen deren Machtpositionen die ottonisch-salische Reichskirchenherrschaft in erster Linie gerichtet war. Die königliche Hofkapelle sollte gleichsam als Gelenkstück für die Umorientierung der geistlichen Adligen auf die kirchlichen und die königlichen Interessen dienen. Mit der Investiturpolitik war das Bemühen der Könige verbunden, die kirchlichen und klösterlichen – vor allem aber die bischöflichen – Herrschaftskompetenzen zu erweitern und mit zahlreichen Immunitäts- und Schutzprivilegien rechtlich zu festigen. Die Herrschaftskompetenzen der Immunitätsinhaber wurden vor allem hinsichtlich der Gerichtsrechte stärker an jene der hohen Adligen angeglichen und dementsprechend vornehmlich seit dem Beginn des 11. Jahrhunderts auch ganze Grafschaften an Bistümer verliehen. Damit war zumeist eine Ausdehnung der Immunitätsrechte weit über den engeren grundherrschaftlichen Bereich in der Form von Bannimmunitäten verbunden. Derartige geschlossene Herrschaftsbezirke konzentrierten sich in den Hochstiften vor allem auf die Bischofsstädte selbst und deren nähere Umgebung, wo der Einfluß anderer – d. h. adliger – Gewalten ganz ausgeschlossen werden sollte. Auf diesen Rechtstiteln beruhte die bischöfliche Stadtherrschaft in Deutschland. Zugleich versuchten die Könige, auch die Einsetzung der Vögte als Vollzieher der Gerichtsbarkeit in den Immunitäten zu kontrollieren und deren Kompetenzen zugunsten der geistlichen Immunitätsinhaber zu beschneiden.

Die Machtgrundlage des Königtums beruhte im wesentlichen auf den Mitnutzungsrechten an den Reichskirchen und Reichsklöstern und nicht zuletzt auf den Servitialpflichten der jeweiligen geistlichen Amtsinhaber und ihrer Institutionen. Dazu gehörten Heerfahrt und Hofdienst, zu dem die Tätigkeit von Geistlichen in der Kanzlei oder die Übernahme von politischen und diplomatischen Aufgaben im Interesse der Reichspolitik zählten. Hinzu kamen Gastungs- und Herbergspflichten für den wandernden Königshof, der nur auf diese Weise die auch räumlich weitreichende Wirksamkeit des Königtums sichern konnte. An die ottonisch-salische Reichskirchenpolitik knüpfte auch Heinrich IV. an.

Mehr als seine Vorgänger scheint er seit seiner Mündigkeit bis zur Zuspitzung des Konflikts mit Gregor VII. Geistliche niederer Herkunft als Bischöfe eingesetzt zu haben. Vielseitige Fähigkeiten besaß der von Heinrich IV. im Jahre 1068 zum Bischof von Osnabrück erhobene Benno aus einer schwäbischen Ministerialenfamilie. Benno war bereits unter Heinrich III. als Lehrer in Stifts- und Domschulen – darunter auch in Sankt Simon und Juda zu Goslar – tätig gewesen und in die Hofkapelle aufgenommen worden. Danach übernahm er in den Diözesen Hildesheim und Köln verschiedene hohe Verwaltungsfunktionen. Er tat sich ferner als „Architekt" von Kaiserpfalzen und Kirchen hervor, eine Tätigkeit, womit er sich auch noch als Reichsbischof beschäftigte. Aus einer bayerischen

Reichsministerialenfamilie stammte Erzbischof Liemar von Hamburg-Bremen, den Heinrich IV. im Jahre 1072 zum Nachfolger des hochadligen Adalbert bestimmte. Als Angehörige von Klerus und Volk aus Köln sich nach dem Tode Erzbischof Annos zu Weihnachten 1075 an den Hof des Königs nach Goslar begaben, schlug – wie Lampert von Hersfeld berichtet – „der König einen gewissen Hildolf vor, einen Goslarer Kanoniker" und königlichen Hofkapellan. Heinrrich IV. „drang nachdrücklich darauf, daß sie ihn wählten. Doch sie widersetzten sich dem mit aller Kraft, indem sie gegen ihn einwandten, er sei ein kleines Männchen (‚homo statura pusillus') mit einem abstoßenden Gesicht und von niederer Herkunft (‚genere obscurus'). Er habe weder an geistigen noch an körperlichen Vorzügen irgendetwas aufzuweisen, was ihn eines so hohen Amtes würdig mache. Die Empörung über dieses Verfahren erregte am ganzen königlichen Hof einen solchen Haß gegen ihn, daß ihm alle, sobald er sich in der Öffentlichkeit zeigte, wie einem antiken Ungeheuer mit schmähenden Zurufen und Spottliedern zusetzten und ihn mit Steinen und Schmutz ... bewarfen." Heinrich IV. habe aber trotz des großen Widerstandes an der Wahl hartnäckig festgehalten, um so „einen Nachfolger einsetzen zu lassen, dessen Willfährigkeit er nach Belieben zu allem, was er wünsche, mißbrauchen könne" (Nr. 3, AQ, Bd. 13, Lampert, S. 342f). Um seine Absicht durchsetzen zu können, zog der König schließlich selbst nach Köln. Hildolf war während seiner kurzen Amtszeit (1076–1078) tatsächlich einer der engsten Berater und Helfer Heinrichs IV.

In den folgenden Jahrzehnten verringerten sich die Einflußmöglichkeiten Heinrichs IV. auf die Bischofsstühle erheblich, zumal seine Gegner in vielen Fällen den königlichen Kandidaten ihre antiköniglichen Bischöfe entgegenstellten. Heinrich V. verfügte jedenfalls zunächst über bessere Voraussetzungen zur Fortführung der traditionellen Kirchenpolitik. Schließlich aber mußte auch der letzte Salier bei der Besetzung von Bischofs- und Abtsstühlen größere Rücksichten auf die jeweiligen Kräfteverhältnisse in den Diözesen und Klöstern nehmen. Der im Wormser Konkordat geschaffene Rechtsrahmen beließ dem König für das deutsche Reichsgebiet zwar noch Einwirkungsmöglichkeiten auf das Wahlverfahren. Insgesamt festigte sich jedoch die Stellung der Domkapitel und der Konvente der großen Abteien. Diese aber waren beherrscht von einzelnen Adligen wie auch adligen Familienverbänden. Es bedeutete einen weiteren Schritt in der Mitherrschaft des weltlichen Adels über die Reichskirchen, als Herzog Heinrich der Löwe nach dem Wendenkreuzzug Anspruch auf die Investitur der Bischöfe in den wieder zu errichtenden Bistümern Oldenburg, Ratzeburg und Mecklenburg erhob und diesen im Falle Ratzeburgs im Jahre 1150 auch durchsetzte. Damit durchbrach der welfische Herzog in diesem königsfernen Gebiet seines Herzogtums erstmals das bisher von den Königen im deutschen Reich gewahrte Monopol auf die Investitur der Bischöfe.

Langfristig noch bedeutsamer war der im Wormser Konkordat verfestigte Tatbestand, daß die bis dahin eigenkirchenrechtlich geprägte Reichskirchenherrschaft der Ottonen und Salier nunmehr lehnrechtlich umgeformt wurde. Daß sich damit aus der Sicht von zeitgenössischen radikalen Kirchenreformern eine weitere Gefahr der Verweltlichung des hohen Klerus ergab, läßt sich aus den Äußerungen des bayerischen Regularkanonikers Gerhoch von Reichersberg aus den Jahren 1128/29 ablesen. Seit dem Wormser Konkordat seien „Bischöfe, Äbte und Äbtissinnen ... nach der Wahl gezwungen, an den Königshof zu kommen, um die Regalien zu empfangen, wofür sie hominium und Fidelitätseid zu leisten haben". Mit Regalienleihe und Handgang seien die Geistlichen verpflichtet, „dem Reiche Abgaben und Dienste zu leisten". Die von Gerhoch leidenschaftlich kritisierte Konsequenz bestand darin, daß sie „ihrerseits Reichskirchengüter an Fürsten, Edle und auch Ministerialen ausgeben und dafür wiederum ein hominium entgegennehmen, an die Welt gekettet werden und statt ein geistliches Amt in Armut zu führen und sich dem geistlichen Amt zu widmen, sich dem weltlichen Leben hingeben, wie Fürsten auftreten, unter Umständen gar Kriegsdienst leisten, in jedem Fall aber das Gut der Kirche an Krieger ausgeben, weil das Reichsrecht dies zu verlangen scheint" (Nr. 77, Classen, S. 428, 430).

Mit der Einbeziehung der deutschen Bischöfe, Äbte und Äbtissinnen in das Lehnswesen erhielten diese eine verfassungsrechtliche Stellung, die bisher allein dem weltlichen Adel vorbehalten war. Der Kompetenzbereich des Lehnrechts wurde also in Deutschland nach dem Investiturstreit um die große Gruppe der geistlichen Herrschaftsinhaber erheblich erweitert. Sie wurden damit grundsätzlich dem Adel gleichgeordnet und erreichten insofern eine neue Stufe der Verweltlichung. Die lehnrechtliche Abhängigkeit Geistlicher vom Königtum setzte sich – wie wir uns erinnern – auch in anderen Königreichen durch. Dies gilt vor allem für das anglo-normannische Königreich. Zur Zeit Friedrichs I. ist dieselbe Zuordnung auch für einige Bischöfe und Äbte Reichsitaliens und Burgunds nachzuweisen. Nur in Deutschland bildeten sich auf dieser Grundlage geistliche Fürstentümer. Diese deutsche Sonderentwicklung ist hauptsächlich darin begründet, daß die Reichskirchen und größeren Reichsklöster in Deutschland viel mehr als in den anderen europäischen Regionen im Rahmen der ottonisch-salischen Reichskirchenherrschaft mit umfangreichen und zugleich wichtigen Herrschaftsrechten und Besitzungen ausgestattet worden waren. Ebenso entscheidend wurde das Faktum, daß ihnen auf dieser Grundlage mit dem Ausgang des Investiturstreits durch die inzwischen erfolgte Schwächung des Königtums ein großer Handlungsspielraum gegenüber dem Königtum zuwuchs und daß vornehmlich die Bischöfe – jedenfalls in den Altsiedellanden – zumeist eine ausreichende Machtbasis besaßen, um sich trotz vieler Krisen gegen die adligen Konkurrenten zu behaupten.

Aus denselben Gründen blieb aber auch nach dem Wormser Konkordat eine Interessengemeinschaft zwischen Königtum und Reichskirchen bestehen. Selbstverständlich blieb der vorgegebene Unterschied zwischen den geistlichen und weltlichen Fürsten weiterhin bedeutsam: Bei der Nachfolge der geistlichen Herrschaftsinhaber galt nicht das Erbrecht, sondern das Wahlrecht. Diese Grundsituation bot dem Königtum auch noch nach Heinrich V. vielfältige Möglichkeiten, die herkömmlichen Leistungsverpflichtungen der Reichskirchen und Reichsklöster zu beanspruchen oder zu reaktivieren. Der Verlauf und der Abschluß des Investiturstreits bewirkten somit keinen Einbruch der Reichskirchenherrschaft, sondern nur ihren Wandel.

Nach dem Ende der sechziger Jahre stattete Heinrich IV. die deutschen Reichskirchen mit wenigen Ausnahmen nur noch dann mit wichtigen neuen Herrschaftsrechten aus, wenn diese sich zuvor im Besitz seiner Gegner befunden hatten oder noch befanden. Die Ausnahmen bezogen sich zudem auf relativ wenige Bistümer – wie Speyer, Hildesheim und Osnabrück –, die zur Zeit der Schenkung in besonders engen Beziehungen zum Königtum standen. Unter Heinrich IV. häuften sich hingegen die Privilegien für Reichsministerialen. Auch die Nachfolger Heinrichs IV. beschränkten sich zumeist auf die Bestätigung früherer Privilegien und beurkundeten darüber hinaus in größerer Zahl Einschränkungen der Vogteirechte zugunsten der Kirchen und Klöster gegen die Interessen des Adels.

Auch bei der Heranziehung der Reichskirchen und Reichsabteien zu den Servitialpflichten zeichnete sich eine eher kontinuierliche Entwicklung ab. Sie äußerte sich langfristig auch in den Aufenthaltsorten der Könige und Kaiser. Schon seit Heinrich II. benutzten sie neben den Königspfalzen und -höfen zunehmend die Bischofsstädte. Seit dem Jahre 1073 – also seit dem Scheitern der Burgenpolitik Heinrichs IV. in Sachsen – traten die Bischofsstädte in dem Itinerar desselben Saliers noch stärker hervor. Heinrich V. benutzte sie fast ausschließlich. Unter Konrad III. gewannen daneben wieder die Pfalzorte an Bedeutung. Darin kündigte sich die größere Distanz zwischen Königtum und Reichsbistümern an. Sie wurde teilweise durch den stärkeren Rückgriff des Königtums auf seine eigenen, direkten Machtgrundlagen ausgeglichen. Die im Herrscheritinerar wieder wichtiger werdenden Pfalzorte waren inzwischen zumeist mit entwickelteren urbanen Siedlungen ausgestattet, so daß sie umso eher in der Lage waren, einen Funktionsersatz für die Bischofsstädte zu bieten. Diese spielten jedoch auch noch weiterhin als Aufenthaltsorte der Könige und Kaiser eine große Rolle.

Noch größer als gegenüber den älteren Reichsbistümern und Reichsabteien war die Machteinbuße des Königtums gegenüber jenen Klöstern und Kirchen, die vor allem seit der zweiten Hälfte des 11. Jahrhunderts in großer Zahl neugegründet wurden. Bis zur Mitte des 11. Jahrhunderts war es den Königen fast ausnahmslos – wenn auch mit offenkundig wachsenden Schwierigkeiten – gelungen, die von den Adligen selbst gegründeten Klöster und Stifte mit Hilfe der Immunitäts- und Schutzverleihungen in die Reichskirchenherrschaft einzubeziehen und so das Eigenkirchenrecht des Adels wirkungsvoll einzudämmen. Nach dem Tode Heinrichs III. strebten die Adligen, wie übrigens auch Bischöfe, verstärkt danach, die Mitherrschaft des Königs über ihre Neugründungen auszuschließen, indem sie die Übergabe dieser Klöster und Stifte an den König möglichst vermieden. Sie bemühten sich nun vielmehr um ein päpstliches Schutzprivileg. Im Unterschied zu der königlichen Schutz- und Immunitätsurkunde ergaben sich aus dem päpstlichen Schutz nur geringe Einbußen für den Eigenkirchenherrn. Jedenfalls konnten die adligen wie auch die bischöflichen Kloster- und Kirchengründer hierdurch einen größeren Einfluß auf ihre Neugründungen wahren. Die Adligen mußten sich zwar in der Regel zu einem förmlichen Verzicht auf ihre Eigenkirchenherrschaft bereit erklären. Dafür wurde ihnen jedoch vor allem seit dem Pontifikat Urbans II. vom Papsttum selbst die Erbvogtei zugestanden.

Dieses Bündnis zwischen dem Reformpapsttum und deutschen Dynasten widersprach freilich oft den Interessen der zahlreichen Neugründungen. Denn ohne das Königtum besaßen sie gegen ihren Gründer und Erbvogt oft genug keinen Rückhalt. So wird erklärlich, daß schon unter Paschalis II. vereinzelt selbst in Papsturkunden wieder die königliche Bannleihe für den Klostervogt erwähnt wird. Da die Bannleihe von seiten des Königtums dem Vogt erst die Berechtigung zur Ausübung seiner Funktionen geben sollte, wurde dem Königtum damit eine gewisse Kontrollmöglichkeit über die Vögte zugestanden. Während der Regierungszeit Heinrichs V. haben viele neugegründete oder reformierte Klöster aus diesen Gründen den Kontakt zum König gesucht. Dabei wurde vielfach auf ein Verfassungsmodell zurückgegriffen, das noch unmittelbar vor dem Höhepunkt des Streites zwischen Königtum und Papsttum im sogenannten Hirsauer Formular für das Schwarzwaldkloster und spätere Reformzentrum (1075) vereinbart worden war. Heinrich V. war bemüht, diesen Rahmen in Einzelfällen noch zu erweitern und die Kompetenzen des Vogtes noch mehr einzugrenzen. Derartige Rechtstitel verschafften sich damals mehrere Klöster auch durch Fälschungen, die freilich nach ihrem Rechtsverständnis durchaus legitim, und keineswegs ‚Betrug' im modernen Sinn waren.

Für das Königtum kamen diese Neuansätze unter Heinrich V. insgesamt zu spät, zumal auch der letzte Salier darin durch seine Konflikte mit dem Papsttum behindert wurde. Die adligen Vögte, nicht der Kaiser, gewannen den Kampf um die Herrschaft über die Gründungs- und Reformklöster. Das laikale Eigenkirchenrecht war zwar auch unter dem Druck des Reformpapsttums formal beseitigt und auch faktisch zurückgedrängt worden: es wurde jedoch durch neue Herrschaftsformen ersetzt, die eine weitere Mitherrschaft des Adels an den Kirchen und Klöstern zuließen. Den weitaus wirkungsvollsten Rechtstitel bildete nunmehr die von Adligen ausgeübte Vogtei. Diese wurde während des 12. und 13. Jahrhunderts zu einem der wichtigsten Bausteine bei der Ausbildung der Landesherrschaften.

Trotz der vielfältigen Reibungsflächen zwischen den Klöstern oder Stiften und ihren adligen Erbvögten waren die Beziehungen vielfach auch für die geistlichen Institutionen vorteilhaft. Mit der möglichst begrenzten Anbindung an den nahegelegenen Adel erhielten sie einen Förderer ihrer materiellen Existenz in einer Zeit, in der das Königtum eine wesentliche Einbuße in seiner religiös-politischen Stellung hatte hinnehmen müssen. Es war auch aus diesem Grunde zumeist nicht mehr in der Lage, einen wirksamen Schutz für die zahlreich gewordenen Klöster und Stifte auszuüben. Das Königtum vermochte also mit dem Zuwachs an kirchlich-religiöser Aktivität, wie er sich in den Neugründungen äußert, nicht mehr Schritt zu halten.

Neben dem Adel versuchten auch einige Bischöfe, sich unter weitgehender Zurückdrängung anderer Gewalten Einfluß auf die neugegründeten Klöster und Stifte zu verschaffen und sie als territorialpolitisch wichtige Stützpunkte zu benutzen. Eine derartige Politik betrieben wohl am konsequentesten die Erzbischöfe von Mainz an der Wende vom 11. zum 12. Jahrhundert. In Analogie zu den Reformpäpsten ließen sie sich Klöster oder Stifte übertragen, wobei sie das Vorbild der päpstlichen Freiheit („Libertas romana") in der erzbischöflich-mainzischen Freiheit („Libertas moguntina") kopierten. Im Unterschied zum Papsttum – dem in Deutschland ausreichende Machtgrundlagen fehlten, um die nominelle Oberhoheit über die ihm tradierten geistlichen Institutionen mit wirksamen Herrschaftsfunktionen zu füllen – strebten die Erzbischöfe danach, ihre Stellung als Eigenkirchenherren zu wahren und unter Ausschaltung des Vogtes und anderer weltlicher Gewalten die geistliche und weltliche Herrschaft in ihrer Hand zu vereinigen. Ähnlich verhielten sich etwa die Erzbischöfe von Köln hinsichtlich der Klöster, die der von Anno begründeten Siegburger Reform angehörten.

b) Allod, Lehen und Territorialpolitik

Der Kern der eigenständigen adligen Hausherrschaft bestand in dem allodialen Charakter der Besitz- und Herrschaftsrechte der Adligen. Darauf beruhte auch die adlige Grundherrschaft, die in der neueren Forschung ebenfalls als unmittelbarer Wirkungsbereich der Hausherrschaft aufgefaßt wird. Dementsprechend bedurfte der Adel auch keiner Legitimation von Seiten des Königtums, um die in der älteren Grundherrschaft verankerte Herrschaft über Land und Leute auszuüben. Er besaß sie kraft eigenen Rechts. Nur die geistlichen Herrschaftsträger waren wenigstens formal auf eine Herleitung ihrer Rechte angewiesen. Die in der älteren Grundherrschaft noch miteinander verknüpften Komplexe wie Gefolgs-, Leib-, Gerichtsherrschaft, Vogtei und Verfügungsgewalt über Grund und Boden sonderten sich erst seit dem hohen Mittelalter stärker voneinander ab und wurden vielfach auch von verschiedenen, oft miteinander konkurrierenden Inhabern ausgeübt. Sie konnten aber auch in einer Hand vereinigt bleiben. Diese Umwandlung vollzog sich in Deutschland verstärkt seit der Mitte des 11. Jahrhunderts. Wie noch zu verdeutlichen sein wird, stand dieser grundlegende Wandel im engen Zusammenhang mit wirtschaftlichen und sozialen Veränderungen. Er wurde aber nicht zuletzt durch territorialpolitische Maßnahmen beeinflußt, die seit derselben Zeit insgesamt mit zunehmender Intensität von den unterschiedlichen Herrschaftsträgern angewandt wurden.

Die Auswirkungen der Territorialpolitik auf den Wandel des Herrschaftsgefüges waren in Deutschland besonders groß, weil in den meisten deutschen Gebieten der Adel über umfangreiche Allodialgüter verfügte. Allod war im engeren Sinne ,,volles Eigentum", in der allgemeineren Bedeutung ,,Nicht-Lehnsbesitz". Es bezog sich damit auf alles, was zur uneingeschränkten Verfügung stand. Was jeweils als Allod oder als Lehen galt, war wesentlich von den Machtverhältnissen zwischen Königtum und Adel abhängig. Dieser Sachverhalt hat im deutschen Reichsgebiet schon weit vor der Mitte des 11. Jahrhunderts die allodiale Verfestigung der Adelsherrschaften begünstigt. Während der anglo-normannische Erobererkönig in England die allodialen Grundlagen des Adels unterdrücken und formalrechtlich im Eid von Salisbury von 1086 beseitigen konnte, haben die Auseinandersetzungen des Investiturstreits in Deutschland den allodialen Charakter adliger Herrschaft noch verstärkt.

Der Vorrang des Allods wirkte sich unmittelbar auf die Ausgestaltung des Lehnrechts aus. Damals gelang es den mächtigen Adligen, ihren Erbanspruch selbst auf die hohen Amtslehen der Herzogtümer auszudehnen und durch ihre Macht weiter abzusichern. Dafür bieten die Welfen im Herzogtum Bayern und seit Heinrich dem Stolzen auch im Herzogtum Sachsen die auffälligsten Belege. Dies geschah in demselben Zeitraum, in dem das Geblütsrecht in der Thronfolge zurückgedrängt wurde. Für eine aktive Lehnspolitik fehlte den Königen die Machtgrundlage. Im Unterschied zu den anglo-normannischen Königen, aber auch zu den Kapetingern waren sie nicht in der Lage, das Lehnrecht zu einem Instrument gegen die adligen Allodialherren und Reichsvasallen auszubauen. Es gelang ihnen ebensowenig, auf die Lehnsleute der großen Reichsvasallen selbst größeren Einfluß zu gewinnen. Lothar III. erließ zwar im Jahre 1136 ein Lehnsgesetz, doch war dieses auf Reichsitalien beschränkt. Die zentrifugale Ausformung des Lehnrechts im deutschen Reich zeigt auch die Gefahren auf, die sich aus der Einordnung der Reichskirchen und Reichsabteien in das Lehnrecht langfristig für die Wirksamkeit der Reichskirchenherrschaft ergaben.

Diese Rahmenbedingungen verdeutlichen den hohen Rang der königlichen Territorialpolitik. Erste Ansätze dazu lassen sich bereits unter Heinrich III. beobachten. Sie konzentrierten sich auf das Gebiet der Oberpfalz und des bayerischen Nordgaus wie auch insbesondere auf Sachsen und hier auf den Harz mit dem Zentrum um Goslar. Die kaiserliche Burgen- und Ministerialenpolitik richtete sich unter Heinrich III. in Franken mit Schwerpunkten um Nürnberg und Forchheim auch gegen das Bistum Bamberg, das erst Heinrich II. gegründet und mit viel Reichsgut ausgestattet hatte. Bezeichnenderweise wurde jedoch der noch von Heinrich III. im Nordgau unterstützte Reichsministeriale Otnant während der Vormundschaftsregierung für Heinrich IV. in seinen Kompetenzen – insbesondere in dem ihm von Heinrich III. gewährten Rodungsrecht („ius extirpandi") – beschnitten. Der Bamberger Domscholaster Meinhard charakterisierte diese Zurückdrängung des Reichsministerialen aus der Sicht der Bamberger Kirche als „Entrinnen aus dem eisernen Ofen, in dem jener Höllenhund sie so lange habe schmachten lassen" (Nr. 279, Bosl, S. 53). Zusammen mit anderen Reichsministerialen konnte Otnant dennoch wichtige Positionen des Königtums im Nordgau auch noch in der Folgezeit halten.

An diese Territorialpolitik knüpfte auch Heinrich IV. wenige Jahre nach seiner Mündigkeit vornehmlich im östlichen Sachsen an, das damals auch als „coquina imperatoris" („Küche des Kaisers") – also gleichsam als Nährboden des Kaisers – bezeichnet wurde. Lampert von Hersfeld hebt die geringe Abkunft der von Heinrich IV. dort eingesetzten Landfremden hervor (Nr. 3, AQ, Bd. 13, S. 176, 180, 182, 384). Sie stammten in der Tat wohl großenteils aus Schwaben. Viele von ihnen waren offenbar ministerialischer Herkunft. Die systematische Burgenpolitik Heinrichs IV. scheiterte – wie wir sahen – schließlich doch am Widerstand der sächsischen Fürsten und den damit verknüpften weiteren reichspolitischen Vorgängen.

Als Folge der fürstlichen Opposition und seines Konfliktes mit dem Papsttum mußte Heinrich IV. bei seinem Italienzug von 1081 bis 1084 vornehmlich auf die militärische Unterstützung durch die Reichsministerialen zurückgreifen. Während seines letzten Italienaufenthalts ernannte der Kaiser um 1093/94, als seine eigene Stellung auch in Reichsitalien äußerst prekär wurde, sogar einen Reichsministerialen namens Werner („regni teutonici famulus") zum Markgrafen von Ancona und Herzog von Spoleto. Auf dessen Initiative wurde im Jahre 1105 sogar ein dann freilich erfolgloser Gegenpapst aufgestellt. Werner selbst heiratete die Erbtochter eines italienischen Grafengeschlechts, womit er seine Stellung festigen konnte. Seine Nachkommen behielten diese Reichsämter bis zum Ende der sechziger Jahre des 12. Jahrhunderts.

Die schwierigen Anfangsjahre Heinrichs V. boten dem letzten Salierkönig kaum Möglichkeiten für eine Wiederaufnahme der Reichsministerialenpolitik. Nach dieser Phase, in der er mindestens bis zum Tode seines Vaters auf die Unterstützung der Fürsten angewiesen war, folgte er wieder dem ihm von seinen Vorfahren vorgezeichneten Weg einer systematischen Burgen- und Reichsministerialenpolitik. Seine Bemühungen konzentrierten sich auf die mittleren und niederen Rheinlande, auf die Pfalz und wiederum auf Sachsen. Unter demselben Salier wurden – nach ersten Belegen schon unter Heinrich IV. seit 1077 – mehrfach Reichsministeriale als Intervenienten oder Zeugen in Königsurkunden genannt: ein eindeutiger Beleg für ihre gefestigte Stellung innerhalb der Reichsherrschaft und für ihren damit untrennbar verknüpften gesellschaftlichen Aufstieg. Einzelne Reichsministeriale fanden nun auch in Deutschland für Aufgaben Verwendung, die früher Hochadligen vorbehalten waren. Ein hervorragendes Beispiel bietet hierfür Heinrich Haupt aus der in staufischer Zeit berühmt gewordenen Reichsministerialenfamilie von Pappenheim. Diesen setzte Heinrich V. als Burggrafen von Meißen und damit gegen den Markgrafen von Meißen und den Erzbischof von Magdeburg ein. Wie schon bei der Organisation der Reichsvogtei um Goslar unter Heinrich IV. übten die Reichsministerialen unter seinem Sohn stellenweise – so in den Reichsvogteien Aachen und Zürich – auch bisher dem Adel reservierte Gerichtsrechte im Auftrage des Königs aus. Damit dämmte Heinrich V. jedenfalls für die Gebiete seiner intensiven Reichsterritorialpolitik die Gefahr ein, daß Adlige durch Hochgerichtsbarkeit – die sich auf schwere Tatbestände bis hin zu Mord und größerem Diebstahl bezog – über die königlichen Eigenleute allmählich auch Verfügungsrechte über das Reichsgut gewannen.

Es war eine Folge des Thronwechsels von 1125, daß Lothar III. an diese Ansätze der salischen Territorialpolitik nicht anknüpfen konnte. Er blieb in seinen gleichgerichteten Bemühungen weitgehend auf den engeren Einflußbereich seines Herzogtums, auf Sachsen und Thüringen, beschränkt. Konrad III. konnte wiederum an die spätsalischen Kernräume, jedoch mit Ausnahme von Sachsen, anschließen. Seine Ministerialenpolitik zielte vor allem auf das Egerland, auf den Mittelrhein und auf die unteren Mosellande, insbesondere aber auf Franken mit den Zentren um Nürnberg und Rothenburg ob der Tauber. Damit traten jene Gebiete in den Vordergrund, in denen Konrad III. schon in seiner hochadligen Stellung als Herzog von Franken und Teilerbe des salischen Hausguts tätig gewesen war.

Sein Bruder Friedrich II. hat als Herzog von Schwaben eine ähnliche Politik – insgesamt wohl mit größerem Erfolg – in Schwaben und im Elsaß betrieben, wo ihm jeweils umfangreiche Hausgüter als Ausgangsbasis dienten. Sein Halbbruder Otto von Freising charakterisiert die Burgenpolitik dieses Staufers mit den Worten: „Herzog Friedrich zog am Schweife seines Pferdes stets eine Burg hinter sich" (Nr. 3, AQ, Bd. 17, Otto von Freising, S. 152f). Die neu errichteten Burgen ließ er durch Ministeriale und durch niedere Adlige verwalten und zu Burgbezirken ausweiten. Wie wichtig dem Herzog die Burgen erschienen, äußerte sich auch darin, daß er für den Kauf von zwei Burgen ein wertvolles goldenes Reliquienkreuz aus Byzanz, das ihm von seiner welfischen Gattin Judith zugekommen war, als Zahlungsmittel verwandte: und dies sogar, obwohl er dieses Reliquiar bei seinen zahlreichen militärischen Unternehmungen als „siegverleihendes Unterpfand göttlicher Hilfe" (vgl. Nr. 129, Zeit der Staufer III, S. 10) sehr geschätzt hatte. Offenbar erschien ihm der Besitz der Burgen sicherer als die so begründete Aussicht auf die Hilfe Gottes.

Einen wesentlichen Bestandteil der Territorialpolitik bildete auch bei den Staufern die Verfügungsgewalt über Klöster. Die staufischen Herzöge von Schwaben hatten schon früh im Bereich ihrer zumeist durch Heiraten erworbenen Hausgüter Klöster gegründet. Nachdem Herzog Friedrich I. in Staufen eine Burg errichtet hatte, die für dieses Hochadelsgeschlecht namengebend wurde, wandelte er seine Burg auf dem Berge bei Lorch in ein Benediktinerkloster (geweiht zwischen 1097 und 1102) um, das zur Grablege der Staufer wurde. Ebenso errichtete er in Schlettstadt, das aus dem großen elsässischen Heiratsgut seiner Mutter Hildegard von Bar-Mousson stammte, eine Abtei. Etwa um 1100 erwarb er die Vogtei über das wichtige und mit einer umfangreichen Grundherrschaft ausgestattete Reichskloster Weißenburg im Elsaß. Hinzu kamen weitere Klöster im Elsaß und im Fränkischen, ferner im zweiten Viertel des 12. Jahrhunderts mehrere Zisterzienserabteien und Prämonstratenserklöster. An diese von den staufischen Herzögen in Schwaben geschaffenen territorialpolitischen Grundlagen konnte Friedrich III. anknüpfen. Nach seiner Wahl zum König verstärkte Barbarossa damit die Machtbasis des Königtums. Dabei griff er auch auf die Erbfolge zurück, die sein Vorgänger und Onkel Konrad III. als Herzog und König erzielt hatte.

Insgesamt hat jedoch die seit der Mitte des 11. Jahrhunderts einsetzende herrschaftliche Verfestigung in territorialen Formen das allodiale Element in der Reichsverfassung zugunsten der Adligen wie auch der Reichskirchen gekräftigt. Nach dem Scheitern der Burgen- und Ministerialenpolitik Heinrichs IV. im östlichen Sachsen war auch das Königtum in seinen territorialpolitischen Bemühungen, die ohnehin während der jahrzehntelangen Auseinandersetzungen des Investiturstreits fast vollständig wirkungslos geblieben waren, weitgehend auf die Hausgüter als Ausgangsbasis beschränkt. Das Königtum wurde somit insbesondere unter den Wahlkönigen Lothar III. und Konrad III. auch in dieser Hinsicht auf seinen hochadligen Kernbestand zurückgedrängt und befand sich in einer ähnlichen Lage wie die hochadligen Konkurrenten. Für die Könige, die Adligen und die sich verselbständigenden Reichskirchen galt gleicherweise, daß sie für ihre Territorialpolitik in den bis dahin dünn besiedelten Gebieten die besten Chancen besaßen. Die herrschaftliche Durchdringung dieser Regionen erfolgte in vielfältigen Formen und Methoden. Sie beschränkte sich nicht nur auf die Burgen- und Klosterpolitik, sondern erstreckte sich ebenso auf den Landesausbau im weiteren Sinne: also auf Rodungsmaßnahmen, auf die Anlage und Förderung von Siedlungen bis hin zu Städtegründungen und auf die damit untrennbar verbundenen wirtschaftspolitischen Aktivitäten.

Wegen ihrer regional eng begrenzten Wirksamkeit waren die territorialpolitischen Ansätze des Königtums nur wenig geeignet, den Einfluß der

Könige über weite Räume – wie er auf der Grundlage der Reichskirchenherrschaft in ottonisch-frühsalischer Zeit möglich gewesen war – abzusichern. Die Frage, wie weit das Königtum sich in der Beteiligung an der Gottesfriedensbewegung und deren Umformung in dieser Hinsicht einen Ersatz verschaffen konnte, war daher auch für das Kräfteverhältnis zwischen Königtum und Fürsten von großer Bedeutung.

c) Gottesfrieden und Landfrieden

Heinrich III. hatte zwar die Idee des Gottesfriedens, die mit ihrer großen Resonanz in der Bevölkerung die erste religiös-politische Volksbewegung des Mittelalters hervorgerufen hat, aufgegriffen; er hatte sie jedoch in seine vom Priesterkönigtum geprägte Herrschaftsausübung durch regional begrenzte kaiserliche Friedensgebote einbezogen, ohne die Verfahrensweise des Gottesfriedens zu übernehmen. Nach dem Tode des Kaisers konnte der salische Königshof dieses Erbe nicht fortführen. Die von Heinrich IV. seit 1068 vereinzelt verordneten Frieden (1068, 1074) blieben auf Sachsen beschränkt. Die Einbindung der Bischöfe in die traditionelle Reichskirchenherrschaft verhinderte noch mehrere Jahrzehnte, daß die Reichsbischöfe gemäß dem Vorbild des südfranzösischen Episkopats selbst Gottesfrieden aufrichteten. Erst zu Anfang der achtziger Jahre, als sich Heinrich IV. auf dem Italienzug befand, nahmen zunächst einzelne Bischöfe im Westen des Reichs diese Friedensbewegung auf. Der Gottesfriede verpflichtete die Schwörenden zum Schutz der Geistlichen und anderer schutzbedürftiger Personen – insbesondere der Armen, Witwen und Waisen – wie auch insgesamt der Kirchen und der kirchlichen Besitzungen. Er verbot ferner jegliche Fehde während bestimmter Zeiten: so vor allem während der Sonn- und Feiertage und während der Advents- und Fastenzeit. Gegen die Friedensbrecher wurden in erster Linie geistliche und generell peinliche (körperliche) Strafen verhängt.

Die erste derartige Friedensordnung auf deutschem Boden, die damit also neues Recht nutzte, wurde im Jahre 1082 im Bistum Lüttich beschworen. Dafür wurde sogar ein eigener Gerichtshof eingesetzt. Nach allerdings unsicheren Quellen soll Heinrich IV. von Italien aus seine Zustimmung zu diesem Frieden erteilt haben. Dieselben Quellen berichten aber auch von einer Beteiligung des Grafen von Namur am Zustandekommen des Lütticher Gottesfriedens. Schon im nächsten Jahr (1083) wurde ein solcher „heiliger Friede“ im Kölner Bistum beeidet. Bei der Vollstreckung der verhängten Strafen soll, wie darin festgelegt wurde, neben Grafen, Amtsleuten und anderen Mächtigen auch die weitere Bevölkerung – das ganze Volk insgemein – beteiligt sein. Die Anhänger des Papstes und Gegner Heinrichs IV. errichteten im folgenden Jahr unter ausdrücklich bezeugter Anwesenheit des Gegenkönigs Hermann von Salm in Goslar einen Gottesfrieden. Da dieser Goslarer Friede nicht an Diözesangrenzen gebunden war, sind darin bereits Übergänge vom Gottes- zum Landfrieden erkennbar. Diesem unter persönlicher Beteiligung des Gegenkönigs beschworenen Frieden folgte bald der Mainzer Gottesfriede von 1085 auf einer von Heinrich IV. und seinem Papst Clemens III. einberufenen Synode. Trotz der persönlichen Anwesenheit des Kaisers vollzogen die kaisertreuen Bischöfe die Rechtshandlung.

In den nächsten Jahren entglitt dem salischen Kaisertum wieder die Initiative in der Gottesfriedensbewegung. Sie ging bezeichnenderweise auf seine hochadligen Gegner über. Unter der Führung Welfs IV. und Bertholds II. von Zähringen und unter der Teilnahme zahlreicher schwäbischer Adliger wurde im Jahre 1093 in Ulm ein Friede zunächst bis Ostern 1094 und dann auf weitere zwei Jahre beschworen. Dieser sollte für Schwaben insgesamt gelten. Herzog Welf IV. sorgte für die Ausweitung des Friedens nach Bayern; angeblich wurde er auch im Elsaß und in Franken beeidet. Damit war die Friedensbewegung endgültig aus dem kirchlichen Rahmen herausgewachsen. Wenn auch in Ulm noch der antisalische Bischof Gebhard von Konstanz, der zugleich päpstlicher Legat war, einen großen Einfluß ausgeübt hatte, so lag die Initiative bei diesem oberdeutschen Frieden der Jahre 1093/94 jedoch bereits bei den weltlichen Fürsten, die auf diese Weise die antisalische Front verfestigen wollten. Aus der Gottesfriedensbewegung entstand in Deutschland so der Landfriede, in dem die weltlichen Strafen vorherrschten. Vereinzelt sind freilich auch später noch Gottesfrieden des älteren Typs verkündet worden.

Der Kaiser fand an diese Form der Friedenswahrung erst wieder Anschluß, als er im Jahre 1103 auf dem Mainzer Reichstag seinen Plan zu einer Wallfahrt nach Jerusalem bekanntgab. Wie bei dem Beschluß zum Ersten Kreuzzug im Jahre 1095 in Clermont-Ferrand ein Gottesfriede verkündet wurde, so erließ nun der Kaiser einen für das Reichsgebiet geltenden, auf vier Jahre befristeten Frieden. Der Kaiser verpflichtete sich selbst zum Frieden und verlangte auch von allen anderen Herrschaftsträgern die Selbstbindung an das Friedensprogramm. Mit diesem ersten Reichslandfrieden ordnete Heinrich IV. die Idee der Landfrieden, die selbst wiederum aus den Gottesfrieden entstanden waren, in die Reichsherrschaft ein. Damit gewann er auch ein Instrument gegen das unbegrenzte Fehderecht des Adels. Bei der Durchsetzung dieses Reichslandfriedens blieb er freilich wiederum auf die Mitwirkung der Adligen angewiesen.

Mit dem Mainzer Reichslandfrieden trug der Kaiser dazu bei, daß die Friedensordnungen in Deutschland während des 12. Jahrhunderts „in erster Linie von Kaiser und Reich getragen wurden“ (Nr. 341, Wadle, S. 173). Er verhinderte so, daß Adel und Episkopat diese „Staatsidee“ allein zur Geltung brachten. Sein Sohn und Nachfolger Heinrich V. wiederholte solche Reichslandfrieden in den Jahren 1119, 1122 und 1125. Lothar III. versuchte, dieses Instrument schon unmittelbar nach seiner Wahl – gleichsam programmatisch – einzusetzen. Damit hatte er jedoch nur wenig Erfolg. Kurz vor dem Aufbruch zu seinem zweiten Italienzug verkündete er im Jahre 1135 einen Reichslandfrieden mit einer Geltungsdauer von zehn Jahren. Konrad III. nutzte im Jahre 1147 den kurz bevorstehenden Kreuzzug, um einen Reichslandfrieden durchzusetzen. Diesen verletzte sein damaliger Hauptgegner Welf VI. freilich schon vor der Rückkehr des Königs, ohne daß Konrad III. ihn dafür zur Rechenschaft ziehen konnte. Trotz solcher Mißerfolge haben die Reichslandfrieden dem Königtum neue Sinngehalte, und auch reichspolitische Wirkungsmöglichkeiten erschlossen.

d) Entstehung der Gemeinden

Die Rahmenbedingungen des Investiturstreits förderten die Entstehung der Stadt- wie auch der Dorf- und Landgemeinden wesentlich. Dies äußerte sich am auffälligsten in den größeren Bischofsstädten in den Altsiedellanden. Sie erfuhren in den jahrzehntelangen Auseinandersetzungen einen starken Bedeutungszuwachs. Ihre Rolle als Großburg und militärischer Stützpunkt von unvergleichlichem Wert tritt besonders plastisch in den Worten Lamperts von Hersfeld über Worms hervor. Dort hatte Heinrich IV. gegen Ende des Jahres 1073 Zuflucht und von seiten der Bewohner – darunter auch Juden – tatkräftige Unterstützung gefunden: „So verfügte nun der König über eine sehr starke befestigte Stadt. Sie war seitdem sein Hauptaufenthaltsort im Kriege, die Schutzwehr seines Königtums. Sie bot ihm, wie auch immer sich die Lage entwickeln sollte, einen ganz sicheren Zufluchtsort. Denn sie hatte zahlreiche Bewohner, sie war wegen der Stärke ihrer Mauern uneinnehmbar. Wegen der Fruchtbarkeit des Umlandes war sie äußerst wohlhabend und aufs beste mit allem versorgt, was für die Kriegsführung notwendig ist“ (Nr. 3, AQ, Bd. 13, Lampert, S. 208f). Der König entschädigte die Wormser zusammen mit den in der Stadt lebenden Juden wenige Wochen später – zu Anfang des Jahres 1074 – mit wichtigen Zollbefreiungen und band sie weiterhin an seine Interessen.

Noch im Jahre 1074 suchten Kölner Bürger bei ihrer Revolte gegen Erzbischof Anno bei Heinrich IV. Rückhalt. Nach der Absetzung Heinrichs IV. durch seinen Sohn nahmen sie den Kaiser bereitwillig in die von ihnen stärker befestigte Stadt auf, während ihr erzbischöflicher Stadtherr auf der Seite Heinrichs V. stand. Damals sollen die Kölner sogar eine Kriegssteuer für die Finanzierung ihrer Verteidigungsanlagen erhoben haben. Etwa gleichzeitig unterstützten auch die Bürger von Mainz den Kaiser, der sich in dieser mittelrheinischen Metropole vor allem während der Vertreibung des Erzbischofs Ruthard zwischen 1098 und 1105 oft aufhielt und in dieser Zeit eine unmittelbare Stadtherrschaft ausübte. Einzelne städtische Funktionsträger baten im Jahre 1105 zusammen mit den Ministerialen und weiteren Bürgern der Stadt den Kaiser brieflich um Hilfe gegen ihren erzbischöflichen Stadtherrn und gegen die übrigen Anhänger Heinrichs V. Sie teilten ihm auch mit, daß sie sich ihrerseits mit einer großen Zahl von Leuten aus dem Rheinland verbündet („coniurare") hätten, so daß nun ein Heer von 20000 Rittern und Fußtruppen bei der Stadt Mainz versammelt sei. „Wenn uns Gott den Sieg schenkt, dann werden wir alle gesichert sein: du auf deinem Thron und wir an unserem Platz".

Dieses enge Bündnis zwischen dem Kaiser und den Mainzer Bürgern war jedoch situationsgebunden. Spätestens zwischen 1118 und 1122 traten sie auch in militärischen Aktionen selbst außerhalb der Stadt für ihren antisalischen Erzbischof Adalbert I. gegen Kaiser Heinrich V. ein. Dafür gewährte ihnen derselbe Erzbischof etwa gleichzeitig wertvolle Sonderrechte. Die Kölner Bürger schlossen sich im Jahre 1114 – zusammen mit ihrem ebenfalls antisalischen Erzbischof – einer großen niederrheinischen Oppositionsgruppe gegen den Kaiser an und kämpften ebenfalls außerhalb der Stadtmauern auch mit Unterstützung von bisher nur aus England bekannten Bogenschützen gegen das Heer des Kaisers. Fünf Jahre später nahmen sie hingegen – im strikten Gegensatz zu dem gleichzeitigen Verhalten der Mainzer – den vom Papst erneut gebannten Kaiser gegen den Willen ihres Erzbischofs in der Stadt auf. Auch die Bürger von Worms unterstützten keineswegs immer das salische Königtum. Obwohl ihnen Heinrich V. im Jahre 1112 eine Bestätigung und Erweiterung des Zollprivilegs von 1074 gewährt und ihnen zudem zwei Jahre später wichtige Teilbefreiungen von leibrechtlichen Lasten zugestanden hatte, wandten sie sich im Jahre 1124 gegen den Kaiser, wobei sie jedenfalls teilweise in Herzog Friedrich II. von Schwaben eine Stütze hatten.

So wenig wie die Stadtbürger grundsätzlich eine prokönigliche Politik betrieben, so wenig verfochten die Salier und ihre Nachfolger prinzipiell die Interessen der Stadtbewohner. Diese wiederum waren – wie die gegenteilige politische Stellungnahme von Köln und Mainz um 1119 zeigt – in ihrer Einstellung und Reaktion keineswegs einheitlich. Ihr Handeln war vielmehr ebenso wie jenes ihrer Gegner und Partner stark von den regionalen und auch lokalen Kräfteverhältnissen bestimmt. Sie standen auch keineswegs immer in einem strikten Gegensatz zu ihrem jeweiligen bischöflichen Stadtherrn, mit dem sie vielmehr oft genug gemeinsame Interessen auch außerhalb der Stadtmauern verfochten. Zutreffend aber bleibt, daß die zahlreichen Auseinandersetzungen zwischen den traditionellen Herrschaftsträgern nicht nur in vielen Fällen die bischöfliche Stadtherrschaft erschüttert und zugleich die Position des Königtums insgesamt und auch speziell gegenüber den Bischofsstädten geschwächt haben. Im Konkurrenzkampf der herkömmlichen Gewalten waren die städtischen Führungsgruppen gezwungen, im Interesse auch der übrigen Stadtbewohner Partner zu suchen. Diese waren ihrerseits auf die militärische und wirtschaftliche Unterstützung der Städte angewiesen oder versprachen sich davon Vorteile, so daß sie zu Gegenleistungen für die Stadtbewohner bereit waren. Die städtischen Führungsgruppen waren daher geradezu zu einer stärkeren politischen Selbständigkeit gezwungen. Aus dieser Grundsituation ergaben sich Anstöße für eine organisatorische Verfestigung genossenschaftlicher Formen innerhalb der Stadtbevölkerung und damit auch zu einer korporativen Verankerung der politischen Willensbildung. Daraus erwuchsen ebenso Chancen für eine Verbesserung der wirtschaftlichen und sozialrechtlichen Stellung der Stadtbewohner.

Unter den Stadtbewohnern besaßen die Ministerialen die besten Voraussetzungen, um die wachsenden politischen und militärischen Aufgaben zu erfüllen. Sie waren schon zuvor von den Stadtherren zu militärischen Diensten wie auch zu Verwaltungsaufgaben herangezogen worden und verfügten somit auch über entsprechende Erfahrungen und politisch wichtige Beziehungen. Viele von ihnen hatten Besitzungen und Dienstlehen auch außerhalb der Bischofsstadt. Zudem waren sie oft selbst am Handel beteiligt oder zogen daraus durch die Verwaltung von finanziell ergiebigen Hoheitsrechten an Markt, Münze und Zoll Vorteile. Für die weitreichende Wirksamkeit eines stadtsässigen Ministerialen an der Wende vom 11. zum 12. Jahrhundert sei etwa auf den Mainzer Wignand hingewiesen. Um 1092 finanzierte er die Errichtung von Gebäuden des Schwarzwaldklosters und Reformzentrums Hirsau. Noch größer waren seine Stiftungen für das bei Schwäbisch Hall gelegene hirsauische Kloster Comburg, das zuvor dem Mainzer Erzbischof übertragen worden war. Weitere Güter, die Wignand von seinem erzbischöflichen Herrn zu Erbrecht besaß, kamen dem vor der Stadt Mainz gelegenen Kloster St. Alban zugute.

Welche Einflußmöglichkeiten auf die Machtverhältnisse in einer Stadt sich aus einer so fundierten Stellung unter günstigen Bedingungen ergeben konnten, zeigt die „Karriere“ des Trierer Ministerialen Ludwig aus der Familie von der Brücke, die ihren Sitz in den nahe der Römerbrücke gelegenen Barbarathermen hatte. Ludwig stand seit 1107 an der Spitze der erzbischöflichen Ministerialen; seit 1115 hatte er das Amt des erzbischöflichen Kämmerers, seit Anfang der zwanziger Jahre auch dasjenige des Trierer Stadtpräfekten inne. Er verdrängte Erzbischof Gottfried (1124–1127) aus der Herrschaft über das Erzstift und wollte ihn auf die Ausübung des geistlichen Amtes beschränkt wissen. „Für die Mahlzeiten des Bischofs gab Ludwig“, wie die Trierer Quellen berichten, „täglich einen Sester Wein und zwei Sester Bier, während er selbst mit einem ansehnlichen Gefolge wie ein großer Fürst Tafel hielt . . . und er regierte in jeder Weise das ganze Land“ (Nr. 12, MG SS VIII, S. 250). Als nach zweijähriger Sedisvakanz (1129–1131) ein Teil des Domkapitels den Metzer Domherrn Albero (Adalbero) zum Erzbischof (1131–1152) wählte, organisierte Ludwig im Jahre 1132 eine Verschwörung („coniuratio“) und ging gewaltsam gegen diese Wähler und deren Anhang vor. Zu seinen Verbündeten gehörte jedenfalls zeitweise auch der rheinische Pfalzgraf und Hochstiftsvogt Wilhelm. Lothar III. bezeichnete Ludwig im Jahre 1131 als Anführer der Trierer („primorem Trevirorum“) und beauftragte ihn nebst den Angeseheneren („meliores") der Stadt, die Ludwig auswählen könne, mit der Verbreiterung des Flußtals der Sauer (Nr. 16, MG DD Lo III 36). Obwohl Ludwig in der Folgezeit Erzbischof Albero anerkennen mußte, konnte er seine Stellung auch in der Stadt Trier bis zu seinem Tode (ca. 1141) behaupten. Nach dem Ende dieser persönlichen Vorherrschaft des erzbischöflichen Ministerialen führten die Trierer während der schweren Kämpfe zwischen Erzbischof Adalbero und dem Grafen von Namur weitgehend selbständig den Bau ihrer Stadtmauern durch und beteiligten sich auch an militärischen Aktionen gegen den Grafen außerhalb der Stadt. Nur wenige Jahre später – vielleicht schon 1147 – besaßen die Trierer ein eigenes Stadtsiegel. Sie benutzten dieses möglicherweise älteste Stadtsiegel Europas im Jahre 1149 in einer von ihnen ausgestellten Urkunde, die neben der Festsetzung von Zöllen für die Trierer Kaufleute in Köln eine allgemein gehaltene Übereinkunft zwischen den Trierern und den Kölnern enthielt. Etwa gleichzeitig verfügten auch die beiden anderen rheinischen Metropolitanstädte Köln und Mainz über Stadtsiegel, die zu den frühesten Europas zählen.

Trotz der weitreichenden politischen Selbständigkeit der größeren Bischofsstädte und der erwähnten Belege für Stadtsiegel ist die kommunale Organisation der deutschen Städte bis zur Mitte des 12. Jahrhunderts und vielfach noch weit darüber hinaus nur schwer faßbar. Offenbar blieben hier noch lange Zeit – im deutlichen Unterschied zu den Städten Reichsitaliens und auch Südfrankreichs – einzelne genossenschaftlich geprägte Führungsgruppen bestimmend, die auf ältere Organisationsformen zurückgingen. Einen wichtigen Anknüpfungspunkt bildeten offenbar die Schöffenkollegien, die im Auftrage des Stadtherrn Gerichts- und Verwaltungsaufgaben in der Stadt wahrnahmen. Sie sind jedoch mit wenigen Ausnahmen nur in den Städten an Rhein, Maas und Mosel seit der zweiten Hälfte des 11. Jahrhunderts bezeugt. In Köln wurden sie sogar seit etwa 1130 mit dem antikisierenden Titel „senatores" bezeichnet. Wieweit die Schöffen jeweils als Beauftragte des Stadtherrn oder als Gremium der eigenständig handelnden Stadtgemeinde tätig gewesen sind, läßt sich in der Regel selbst um die Mitte des 12. Jahrhunderts nicht sicher entscheiden. Die Verknüpfung beider Kompetenzen war – wie schon das vielfach belegte politische Zusammenwirken von Stadtbewohnern und Stadtherrn nahelegt – keineswegs ausgeschlossen. In diesen Schöffenkollegien spielten offenbar die stadtsässigen Ministerialen in vielen Städten eine größere Rolle.

Die Verselbständigung der Schöffenkollegien als städtische Verwaltungsorgane wurde begünstigt und begleitet von der Befreiung der Stadtbewohner von den Forderungen anderer Gewalten und der Entwicklung eigener Stadtrechtsbezirke. Darauf bezogen sich im wesentlichen auch die frühen Privilegien, die im ersten Viertel des 12. Jahrhunderts der gesamten Einwohnerschaft deutscher Städte gewährt wurden. Die Aussonderung der Städter aus der Gewalt anderer Herrschaftsträger war eine wichtige Voraussetzung für die Ausbildung eines eigenen Stadtrechts. In derartige Stadtrechte, die vereinzelt – wie in Straßburg – schon in der ersten Hälfte des 12. Jahrhunderts schriftlich festgehalten worden sind, wurden vielfach Bestandteile der älteren Marktrechte aufgenommen und um Kaufleuterechte ergänzt und durchsetzt. Das Recht der Kaufleute bezog sich zwar im Unterschied zu den Marktrechten, die ortsgebunden waren, in erster Linie auf eine Personengruppe, doch waren diese vielfach auch schon auf einen Ort bezogen. Das Kaufmannsrecht war ebenso wie das Marktrecht auf die besonderen Bedürfnisse des Handels und der am Warenaustausch beteiligten Gruppen ausgerichtet. Beide waren also insoweit Sonderrechte innerhalb der ansonsten noch stark agrarwirtschaftlich geprägten Umwelt. Dazu gehörten nicht zuletzt rationalere Formen bei der Schlichtung von Streitigkeiten und in der Strafgerichtsbarkeit, wobei vor allem das Gottesurteil und der Zweikampf zurückgedrängt wurden.

Derartige Vorrechte strebten schon früh Personenverbände, die vornehmlich Handel betrieben, an und setzten sie seit dem frühen 11. Jahrhundert teilweise auch durch. Im nordfranzösisch-flandrischen, niederländischen und niederdeutschen Raum – wie übrigens auch in England – wurden seit dieser Zeit Kaufleutegilden tätig; sie sind freilich nur in wenigen Städten nachzuweisen. Der Anteil dieser Bruderschaften an der Entstehung der Stadtgemeinden ist schwer abzuschätzen. Sie konnten durchaus im allgemeinen Interesse der Stadtbewohner handeln und auch zur Ausformung eines städtischen Gemeinschaftsbewußtseins beitragen. Sie blieben jedoch in allen bekannten Fällen ein Personenverband, der nur einen relativ kleinen Teil der städtischen Bevölkerung vereinte, so daß nicht einmal alle Kaufleute der jeweiligen Stadt darin zusammengeschlossen waren.

In den Kreis dieser Genossenschaften, die wenigstens Teile der städtischen Bevölkerung aneinander band, gehörten auch die Bruderschaften, Zünfte oder Ämter, von weiteren Händlern oder auch von Handwerkern. Die ersten sicheren Belege reichen freilich in Deutschland nicht über den Anfang des 12. Jahrhunderts zurück. Ebenso wie die Gilden nicht nur der Wahrnehmung der wirtschaftlichen Interessen ihrer Mitglieder dienten, so versuchten auch die Zünfte, ihren Angehörigen weitergehende Hilfe zu verschaffen, so daß sie auch in Todes-, Krankheits- und Unglücksfällen tätig wurden. Die gegenseitige Unterstützung äußerte sich wohl schon früh auch in religiösen und geselligen Formen bis hin zu gemeinsamen Gottesdiensten, Totenfeiern, Mahlzeiten und Trinkgelagen. Derartig umfassende Zielsetzungen sind ein Spiegelbild der Erfordernisse und Bestrebungen in einer Gesellschaft, in der Vorsorge und Fürsorge von den traditionellen Herrschaftsträgern nur in einem sehr begrenzten Umfang wahrgenommen wurden. Dies gab den familiären, verwandtschaftlichen, religiösen und darüber hinaus wirtschaftlich orientierten Personenverbänden ein weitreichendes Betätigungsfeld, das auch im engeren Sinne herrschaftliche Funktionen einschließen konnte. Sie waren nicht nur genossenschaftliche Bildungen; sie konnten auch von der Stadtherrschaft für die Marktkontrolle wie auch für die Versorgung des Hofes eingesetzt werden. Letzteres traf für die Kammerhandwerker zu, die bereits in dem Straßburger Stadtrecht von 1131/2 genannt werden. Mit der Münzprägung und dem Geldwechsel waren die Münzer- und Wechslerhausgenossenschaften betraut, die in mehreren deutschen Städten vermutlich schon vor der Mitte des 12. Jahrhunderts vorhanden waren.

Als Ausdrucksformen der weiterreichenden genossenschaftlichen Elemente in der städtischen Gesellschaft bildeten die Gilden, Zünfte und andere Bruderschaften wie auch weitere Gemeinschaften und Genossenschaften wohl den Nährboden für die Ausbildung der Stadtgemeinden als Körperschaften und förderten diese auch bei ihrer weiteren Verfestigung. Sie waren freilich nicht die Keimzellen der Stadtgemeinden, wie dies in der älteren Forschung öfter angenommen wurde. Umstritten ist auch die Rolle der Schwureinung („coniuratio") bei der Grundlegung der Stadtgemeinden. Festzuhalten ist jedenfalls, daß für den gesamten Bereich der süd- und südwestdeutschen Städte Belege für solche Schwureinungen fehlen. Im Unterschied zu früheren Deutungen wird auch der Aufstand von Kölner Bürgern gegen Erzbischof Anno aus dem Jahre 1074 nicht mehr als ein Akt angesehen, der für die Ausbildung der Stadtgemeinde unmittelbar wirksam war. Selbst die beschworene Einung für die Freiheit („coniuratio pro libertate") entfällt nach neueren Interpretationen als wesentliche Stütze für die These von der Schwureinung als unabdingbarer Grundlegung der Stadtgemeinde. Denn dieser Vorgang kann mit guten Gründen als ein Bündnis zwischen dem erzbischöflichen Stadtherrn und der Kölner Bürgerschaft aus dem Jahre 1114 verstanden werden, als beide Partner – zusammen mit weiteren – gegen den Kaiser vorgingen.

3. Wirtschaftliche Grundlagen und Entwicklungen

a) Bevölkerungswachstum und Versorgungslage

Der grob geschätzte Bevölkerungsanstieg im westlichen Mitteleuropa um das Dreifache zwischen dem Beginn des 11. und dem Ende des 13. Jahrhunderts ist in seinem zeitlichen Ablauf kaum näher zu bestimmen. Manches deutet darauf hin, daß er jedenfalls in den Altsiedellanden relativ kontinuierlich – wenn auch mit einer stärkeren Beschleunigung im 12. Jahrhundert – erfolgt ist. So wurde für die Mosellande, die in den Tallagen schon früh dicht besiedelt waren, für das 11. Jahrhundert ein Anstieg der urkundlich belegten Orte von 350 auf 590 beobachtet. Die Zahl erhöhte sich im Verlauf des 12. Jahrhunderts nochmals auf 990. In dem hier behandelten Zeitraum dürfte demnach eine Verdoppelung der ländlichen Siedlungen erfolgt sein, was wiederum auf ein etwa gleich hohes

Bevölkerungswachstum zurückzuschließen erlaubt. Die weitaus meisten dieser neuen Siedlungen wurden in den höheren Lagen von Eifel und Hunsrück angelegt. Dabei wurden wohl schon damals vielfach Höhen von 400 bis 600 Meter erreicht, in denen die intensive landwirtschaftliche Nutzung wegen ihrer hohen Witterungsabhängigkeit mit großen Risiken belastet war.

Ein Teil des Bevölkerungsanstiegs wurde durch Zuwanderung in städtische Siedlungen, insbesondere in die größeren Bischofsstädte, aufgefangen. Darauf weisen auch die vielfach vorgenommenen Erweiterungen der Stadtmauern hin, wenn diese auch in erster Linie aus militärisch-fortifikatorischen Gründen erfolgten. In Köln wurde beispielsweise durch den Mauerbau von 1106 die geschützte Siedlungsfläche von 122 auf 203 ha vergrößert. Für die im Laufe des 12. Jahrhunderts wahrscheinlich auf mehr als 20000 Menschen angewachsene Bevölkerung schuf die Stadtgemeinde seit dem Jahre 1180 einen noch größeren Mauerring, der die ummauerte Fläche beinahe um das Doppelte (403 ha) erweiterte. Weniger gut bezeugt sind die Wachstumsraten in den kleineren Städten und in den noch zahlreicheren Marktsiedlungen mit fließenden Übergängen zu den Dörfern wie auch zu den urbanen Siedlungen. Die wachsende städtische Bevölkerung war in besonderem Maße auf eine Ausweitung der Agrarproduktion angewiesen.

Gegen Ende des 11. Jahrhunderts mehrten sich die Anzeichen, daß die Landwirtschaft den gestiegenen Bedarf an Nahrungsmitteln nicht mehr befriedigen konnte. Der Mangel an Nahrung war nicht mehr allein durch einzelne Mißernten bedingt; er war vielmehr in dem sich langfristig auswirkenden Mißverhältnis von Agrarproduktion und Bevölkerungswachstum begründet. So notierte der in Klöstern des Schwarzwalds lebende Mönch Bernold aus eigener Erfahrung zum Jahre 1090: „Eine große Hungersnot hat erneut viele Gebiete heimgesucht, obwohl kein großer Ernteausfall vorhergegangen war.“ Für das Jahr 1094 erwähnte derselbe Autor ein großes Sterben in Bayern, aber auch in anderen Regionen. Zweifellos weit übertreibend behauptete er, allein in der damals sicherlich großen Stadt Regensburg seien in zwölf Wochen 8500 Menschen gestorben (Nr. 12, MG, SS V, S. 450, 459). Die auch in anderen zeitgenössischen Quellen überlieferte Katastrophe von 1094 setzte sich in den folgenden Jahren fort. Die Annalen von Lüttich bemerkten zum Jahre 1095 lakonisch: „Die schon länger anhaltende Hungersnot verstärkte sich noch“ (Nr. 12, MG, SS IV, S. 29). Wiederum für die Maaslandschaft bezeugte Sigebert von Gembloux zum selben Jahr: „Dieses Jahr ist für viele Hungerleidende schlimm gewesen und ebenso für die Armen. Diese bedrängten ihrerseits die Reicheren durch Diebstahl und Brandstiftung“ (Nr. 12, MG, SS VI, S. 367). In einigen Landschaften reichten die Hungersnöte bis in die ersten Jahre des 12. Jahrhunderts. Um sie einzudämmen, soll Graf Karl von Flandern damals angeordnet haben, daß ein Drittel der Saatflächen mit Saubohnen und Erbsen bestellt wird. Nach dem Urteil eines Zeitgenossen diente diese Maßnahme vor allem dazu, bei Hungersnöten die ärmere Bevölkerung schnell mit Nahrungsmitteln zu versorgen. Tatsächlich waren diese Gemüsearten, deren Anbau zugleich den Böden neuen Stickstoff zuführte, wegen ihres schnellen Wachstums und ihrer frühen Reife besonders gut geeignet, die Zeit bis zur nächsten Ernte zu überbrücken oder vorhersehbare Ernteausfälle zu mildern.

Es ist derselbe Zeitraum, in dem die Kreuzzugsbewegung auch in breiteren Bevölkerungskreisen eine starke Resonanz fand. Ausdrücklich wird berichtet, daß es den Kreuzzugspredigern im Jahre 1095 vor allem in Frankreich wegen der schweren politischen Auseinandersetzungen, wegen des Hungers und der hohen Sterblichkeit leicht fiel, die Bewohner zum Verlassen ihres heimatlichen Bodens zu bewegen. Dies war zugleich der Hintergrund für die schlimmen Verfolgungen der Judengemeinden in Lothringen und in anderen deutschen Gebieten wie auch für das räuberische Verhalten verschiedener Kreuzfahrerhaufen auf dem Weg ins Heilige Land.

Eine größere Häufung von überregional wirksamen Hungersnöten ist auch im Vorfeld des Zweiten Kreuzzugs festzustellen. Im südlichen Holland, in Flandern und in benachbarten Regionen traten seit dem Jahre 1139 von Seuchen begleitete Hungersnöte auf. Diese griffen im Jahre 1144 bis nach England, in die westlichen Rheinlande und in die oberen Maaslande über. Im folgenden Jahre breiteten sie sich weiter aus. In dieser weiträumigen Wirksamkeit dauerten sie bis 1147 an, als die Kreuzfahrer aufbrachen. Sie haben offenbar wiederum die Judenpogrome des Jahres 1146 in Deutschland beeinflußt. Erneut beteiligten sich viele Menschen niederer und höriger Herkunft an dem Kreuzzug. Manche wollten neue Länder kennenlernen. Andere folgten – wie in zeitgenössischen Quellen weiter ausgeführt wird – aus Not und hofften, ihre Armut lindern zu können; weitere dachten, ihren Verpflichtungen gegenüber ihrem Herrn entfliehen zu können; sie waren also entschlossen, ihre Heimat auf Dauer zu verlassen. Nach einer kurzfristigen Verbesserung der Ernährungslage traten in mehreren deutschen Landschaften während der Jahre 1149 und 1150 erneut Hungersnöte auf. Im Jahre 1151 weiteten sie sich zu einer schrecklichen Katastrophe mit großem Sterben von Mensch und Vieh in ganz Deutschland wie auch im östlichen Frankreich und in Lothringen. In der Folgezeit trat offenbar eine Normalisierung der Ernährungslage ein, die mit wenigen Einbrüchen für die gesamte Regierungszeit Friedrich Barbarossas anhielt.

Kamen zu den Hungerperioden noch kriegerische Ereignisse hinzu, so verstärkten sich die Zwänge, der Not zu entfliehen und in der Ferne Linderung zu suchen. Eine solche Verquickung war beispielsweise in den Mosellanden zwischen 1140 und 1146 während der erbittert geführten Kämpfe zwischen Erzbischof Adalbero von Trier und dem Grafen Heinrich von Namur-Luxemburg gegeben. Die Folgen solcher Auseinandersetzungen für die Bevölkerung werden in einer Trierer Quelle exemplarisch geschildert: „So wird das erbarmungswürdige Volk von der väterlichen Schwelle vertrieben, flüchtig und unstet lebend kommt es – von verschiedenen Seiten gequält – um. Die Verbliebenen gingen keiner Arbeit nach, so groß war ihre Sorge, sich vor dem Feind zu verbergen. Das Vieh war weggetrieben und die Gegend ringsum verwüstet, die Bauern beklagten das Jahr, weil auch die Jungtiere geraubt waren. Es ruhte der Landbau im ganzen ... Land. Und während der Feind dieses Böse verursachte, hat Gott wenig dagegen bewirkt, denn das Vieh, das aus Furcht vor dem Feind weggetrieben worden war, zerriß nachts der Wolf ... (Nr. 12, MG SS VIII, S. 241).

In derartigen Notsituationen fanden Gerüchte oder auch Schilderungen über „paradiesische" ferne Länder umso eher Gehör. So stießen auch die Boten, die Graf Adolf II. von Holstein im Jahre 1143 in alle westlich und südlich angrenzenden Landschaften – Flandern und Holland, Friesland und Westfalen – schickte, auf große Resonanz. Sie forderten alle, die unter Mangel an Ackerland litten, auf, mit ihren Familien in die dem Grafen unterstehende Landschaft Wagrien zu kommen, in der der Graf etwa gleichzeitig die Kaufmannssiedlung Lübeck neugründete und mit einer Burg absicherte. „Daraufhin brach eine große Menge aus verschiedenen Stämmen auf, nahm Familien und Habe mit und kam zu Graf Adolf von Wagrien, um das Land in Besitz zu nehmen, das er ihnen versprochen hatte" (Nr. 3, AQ, Bd. 19, Helmold, S. 210). Eine ähnliche Wirkung mögen später auch Schilderungen mancher Rückkehrer vom Zweiten Kreuzzug über Ungarn hervorgerufen haben. Eine wohl weit verbreitete „Ansicht" über dieses Land bietet der Kreuzzugsteilnehmer Otto von Freising: „Felder erstrecken sich in der weiten Ebene, die von Flüssen und Strömen durchzogen wird, reich an Wäldern voller Wild verschiedener Art. Das Land ist in seiner natürlichen Lieblichkeit anmutig. Es ist reich wegen der Fruchtbarkeit seiner Äcker, so daß es so schön erscheint wie das Paradies Gottes oder Ägypten (ut tamquam paradisus Dei vel Egyptus spectabilis esse videtur)" (Nr. 3, AQ, Bd. 17, Otto von Freising, S. 192–195). Wahrscheinlich sind diesen lockenden Aussichten im Zusammenhang mit dem Zweiten Kreuzzug die ersten Siedler aus den Maas- und Mosellanden nach Ungarn gefolgt und haben dort die Anfänge der deutschen Siedlungen im ungarischen Siebenbürgen geschaffen.

b) Landesausbau und Anfänge der Urbanisierung

Die gegen Ende des 11. und zu Beginn des 12. Jahrhunderts zu beobachtenden schweren Versorgungskrisen, die sich in längeren Hungerperioden und den oft anschließenden Epidemien äußerten, gaben offenbar den Anstoß zu einer stärkeren Erschließung bisher nicht oder nicht intensiv genutzter Siedlungsräume in Dauerkultur hauptsächlich für Getreide. Zugleich häufen sich die Hinweise auf Siedlungstätigkeiten in östlicheren

Gebieten, die von Siedlern aus weiter entfernt liegenden Gegenden getragen wurden. In größerem Umfang setzte die Ostsiedlung aber erst um die Mitte des 12. Jahrhunderts ein, nachdem in vielen Altsiedellanden nochmals der Hunger für mehrere Jahre geherrscht hatte.

Leider erschwert die Eigenart der Quellen und der Forschungslage, die bis jetzt viel zu wenig auf archäologische Befunde zurückgreifen kann, eine genauere Beschreibung des Ausmaßes der Kolonisationstätigkeit. Der Optimismus der früheren Forschung, durch die Zuweisung einzelner Ortsnamentypen in eine bestimmte Zeitschicht zu chronologisch differenzierten Aussagen über den Siedlungsvorgang zu gelangen, ist schon seit längerer Zeit gedämpft worden. So lassen sich die weit verbreiteten Gruppen der Ortsnamen auf -rode, -rade oder -reuth (usw.) des öfteren schon seit der Karolingerzeit nachweisen. Diese Ortsnamen reichen also als einziges Indiz für die Datierung der Rodung in die hochmittelalterliche Zeit nicht aus. In dieser Hinsicht stellen die Ortsnamen auf -hagen eher eine Ausnahme dar. Sie sind eindeutig der Zeit nach der Mitte des 11. Jahrhunderts und somit der engeren hochmittelalterlichen Rodungsperiode zuzuordnen. Das Grundwort (Hag = Gebüsch, Holz, Hain) deutet bereits auf die Rodungstätigkeit der Siedler hin. Diese Ortsnamen konzentrieren sich auf das Gebiet der Mittelweser und auf die östlich anschließenden Landschaften.

Die Rodungstätigkeit der Zisterzienser begann in Deutschland erst im zweiten Viertel des 12. Jahrhunderts. Zu den ersten Zisterzen gehörten Kamp am Niederrhein (1122) wie auch Ebrach und Walkenried (1127), die von Morimond aus gegründet wurden. Seit dem Anfang der dreißiger Jahre mehrten sich die Niederlassungen dieses Ordens in Deutschland, wofür beispielhaft Himmerod bei Trier, Otterberg in der Pfalz, Pairis im Elsaß und Salem am Bodensee genannt seien. Der Orden blieb bis zur Mitte des 12. Jahrhunderts auf die deutschen Altsiedellande beschränkt. Mit ihrer systematisch betriebenen Rodungstätigkeit nahmen die Zisterzienser Bestrebungen auf, die schon zuvor von anderen Herrschaftsträgern gefördert worden waren. Im Unterschied zu den Zisterzen, die mit ihren Mönchen und Konversen zunächst selbst den Hauptteil der Rodung leisteten, setzten die meisten anderen Förderer dieses Landausbaus Bauern für diese zumeist harte und entbehrungsreiche Arbeit ein.

Abgesehen von bloßen Erweiterungen schon bestehender Feldfluren durch die ansässigen Bauern boten sich in der Nähe von älteren Siedlungen günstige Ansatzpunkte für die Neulandgewinnung. Eine solche ältere Siedlung war auch Eschershausen, wo der Hildesheimer Bischof spätestens im Jahre 1114 zugewanderte Bauern für die Rodungsarbeit einsetzte und ihnen im selben Jahre in vertraglicher Form ihre Rechte zusicherte. Demnach blieben die Rodungsbauern so lange von Abgaben und Zehnten frei, wie sie damit beschäftigt waren, die Bäume zu fällen, die Wurzeln zu entfernen und andere Hindernisse zu beseitigen. In dieser Zeit konnten sie den Boden nämlich nur mit der Hacke bearbeiten. Die Befreiung galt auch noch für die ersten sechs Jahre, in denen sie den Acker bereits pflügen konnten. Erst im siebenten Jahr setzte die Abgaben- und Zehntpflicht zunächst mit kleinen Beträgen ein, die bis zum zehnten Jahr auf die endgültige Belastung anstiegen. An der Nutzung der Wälder zur Schweinemast hatten die Zuwanderer erheblich weniger Rechte als die bereits längere Zeit in Eschershausen ansässigen bischöflichen Hörigen. Falls der Neusiedler überhaupt kein Schwein für die Mast besaß – und dies war offenkundig kein Einzelfall –, so konnte er durch die Übernahme von Vieh eines anderen auf seinen Nutzungsanteil vielleicht doch noch zu einem Schwein kommen. Das von ihnen gerodete Land besaßen die Bauern zu Erbrecht. Sie blieben freizügig, mußten jedoch bei einem Verkauf ihres Besitzes eine Abzugsgebühr zahlen. Sie waren zu einer Sterbefallabgabe verpflichtet, womit sie in dieser Hinsicht den bischöflichen Hörigen angeglichen wurden (Nr. 3, AQ, Bd. 31, Nr. 71, S. 178–185).

Nachweislich eine große Entfernung von ihrem Heimatort haben jene Siedler zurückgelegt, die Graf Wiprecht von Groitzsch zu Anfang des 12. Jahrhunderts in hoher Zahl in Franken angeworben hat. Sie sollten für ihn in der Diözese Merseburg ein größeres Gebiet roden. Wie die Annalen des Klosters Pegau, das Wiprecht in derselben Diözese im Jahre 1091 gegründet hatte, zum Jahre 1104 berichten, ordnete der Graf an, daß die landfremden Kolonisten den Wald völlig roden und dann das Land zu Erbrecht besitzen sollen. Die Maßnahme hatte offenkundig Erfolg. Mit Hilfe der Zuwanderer konnte Wiprecht in kurzer Zeit zahlreiche Dörfer zwischen den Flüssen Mulde und Wiera (einem Nebenfluß der Pleiße) gründen. Ihre mit eigener Arbeit mühsam errungenen Rechtstitel versuchten die Rodungsbauern auch dadurch abzusichern, daß sie die Besitzungen und Orte nach ihren eigenen Namen benannten, womit sie das Beispiel adliger Haus- und Grundherren nachahmten. Inmitten des Rodungsgebietes stiftete Wiprecht ein kleines Kloster, dem die Zehnten der Rodungsbauern übertragen wurden (Nr. 3, AQ, Bd. 31, Nr. 65, S. 164–167).

Ein weiteres Schlaglicht auf die Formen des Landesausbaus und die Lebensbedingungen der bäuerlichen Bevölkerung, die dieses Kolonisationswerk schuf, wirft ein Vertrag, den der Erzbischof von Hamburg-Bremen im Jahre 1106 mit Leuten aus Holland über die Urbarmachung der Weserbrüche schloß. Demnach wandte sich eine kleine Gruppe von Holländern an den Erzbischof mit der Bitte, ihnen bisher unbebautes und sumpfiges Land im Bistum Bremen zum Ausbau („ad excolendam“) zu überlassen. Zu den Anführern der aus der Diözese Utrecht stammenden Siedler gehörte auch ein Priester. Diesem wurden die noch von den Siedlern zu errichtenden Kirchen auf Lebenszeit übertragen. Seinen Unterhalt sollte er von den für die Kirchen festgelegten Abgaben (Zehnten) und von der wirtschaftlichen Grundausstattung der jeweiligen Kirche (einer Hufe) bestreiten. Auch diesen Siedlern wurde das Erbrecht zugestanden, ohne daß jedoch von Abzugsgebühr oder gar Todfallabgabe die Rede ist. Sie waren nur zu gemessenen, genau fixierten Abgaben in Höhe von einem Zehntel oder Elftel der Erträge verpflichtet. Sie erhielten ferner weitgehende Selbstverwaltungsrechte (Nr. 3, AQ, Bd. 31, Nr. 67, S. 168–173). Die Holländer, die in ihrer etwa 200 Kilometer entfernten Heimat mit der Trockenlegung von Sümpfen bereits seit längerer Zeit vertraut waren, rechneten damit, daß eine größere Zahl von Landsleuten diese Chance nutzen werde. Dafür dürfte zweifellos auch die Erfahrung eine Rolle gespielt haben, die sie in den Jahren zuvor während der lang anhaltenden Hungerperioden in ihrer Heimat gemacht hatten.

Die verstärkte Binnenkolonisation und die ersten Ansätze zur Ostsiedlung waren Äußerungsformen eines wirtschaftlichen Wandels, der gleichzeitig auch in den herkömmlichen Grundherrschaften des Altsiedellandes wirksam wurde. Die zunehmende Marktorientierung der Agrarwirtschaft beeinflußte diese Veränderungen wohl am stärksten. Sie machte sich vor allem bei der ausgeprägten Spezialkultur des Weinbaus früh bemerkbar. So leisteten etwa die Winzer in dem an der Mosel gelegenen Marktort Wasserbillig schon vor den vierziger Jahren des 11. Jahrhunderts langdauernden Widerstand gegen ihren Grundherrn, den Abt von St. Maximin vor den Toren Triers. Dieser charakterisierte sie deshalb als hartnäckige und rebellische Hörige. Neben der Bestätigung ihres Erbrechts setzten die Winzer damals auch die Fixierung ihrer Abgaben und Zinsen – wenn auch nicht der Frondienste – durch (vgl. Nr. 355, Haverkamp, S. 37f). In der zweiten Hälfte des 11. Jahrhunderts war die Grundherrschaft des alten Benediktinerinnenklosters Kitzingen am Main ebenfalls schon stark durch Geldwirtschaft, Marktbeziehungen und auch Gewerbetätigkeit bestimmt, obwohl die Organisationsform noch weitgehend der Villikationsverfassung entsprach. Zu der Grundherrschaft gehörten ein Markt in Kitzingen und eine in der Nähe des Klosters gelegene Fähre, die besonders hohe Einnahmen brachte (Nr. 3, AQ, Bd. 31, Nr. 55, S. 138–143). Seit dem Anfang des 12. Jahrhunderts läßt sich für viele Landschaften – wie zum Beispiel für die Mosellande – ein Rückgang der grundherrschaftlichen Eigenwirtschaft – des Kernstücks der Villikationsverfassung – beobachten. Dies führte zur Abnahme der Dienst- und Fronleistungen.

Außer durch das Wachstum der Bischofsstädte ergab sich die engere Marktbezogenheit der Agrarwirtschaft auch aus der Entwicklung vieler Marktorte zu größeren urbanen Siedlungen und aus dem Aufkommen neuer Märkte. So verfügte der Ort Schaffhausen am Hochrhein, wo im Jahre 1045 die Münzstätte eines Hochadligen bezeugt ist, im Jahre 1111 bereits über einen Jahrmarkt und eine Fähre. Um die Mitte des 12. Jahrhunderts befanden sich dort mindestens 112 Hofstätten, neun Bier- und zwei Weinschenken, ferner Bäcker und Metzger. Zwischen 1100 und 1140 erhielt der Pfalzort Goslar die letzten Anstöße zu einer urbanen Siedlung, deren Kern schon im Jahre 1073 mit einem Holz-Erde-Wall gesichert worden war. Eine Steinmauer wurde freilich erst seit der Mitte des

12. Jahrhunderts von der Bürgerschaft begonnen. Damit wurde die seit 1131 stets als Stadt („civitas") bezeichnete Siedlung auf immerhin 84 ha ausgedehnt.

Zu den Marktgründungen gehört jene von Radolfzell am Bodensee unter dem Abt von Reichenau im Jahre 1100. Das bekannteste Beispiel ist die Gründung des Marktes Freiburg im Breisgau durch die Herzoge Konrad und Berthold III. von Zähringen im Jahre 1120. An einer bis dahin kaum besiedelten Stelle sollten die von überall herbeigerufenen Kaufleute nach dem Willen der Herzoge aufgrund einer beschworenen Vereinbarung mit der Marktsiedlung beginnen und diese weiter ausbauen. Die Herzoge versprachen den Marktbesuchern Frieden, Sicherheit und nötigenfalls auch Entschädigung für geraubtes Gut aus ihren eigenen Mitteln. Jedem Kaufmann wurde eine Hausstätte gegen einen festgesetzten Jahreszins zugeteilt, auf der er ein eigenes Haus errichten konnte. Jedem Bürger wurde neben der Zollfreiheit uneingeschränktes Erbrecht zugesichert wie auch ein Nutzungsrecht an den Weiden, Wasserläufen und Wäldern. Die Bürger erhielten das Wahlrecht für ihren Vogt und für ihren Priester. Die Streitigkeiten sollten nach der Gewohnheit und dem Recht aller Kaufleute, vor allem aber der Kölner Kaufleute, entschieden werden (Nr. 310, Keller). Der Marktort, der zunächst nur durch Graben und Pfahlwerk gesichert war, entwickelte sich rasch zu einer städtischen Siedlung.

Eine solche geradlinige Entwicklung trat freilich keineswegs immer ein. Wesentlich bescheidener blieb etwa der von Abt Wibald von Stablo im Jahre 1138 gegründete Burgort Logne (sü. Lüttich), dessen Marktplatz auf ein Rechteck von 330 mal 60 Fuß festgelegt wurde. In der Siedlung, für die der auch in der Reichspolitik hervorgetretene Abt durch die Verlegung einer anderen Ortschaft die Grundlage geschaffen hatte, sollten die erwünschten Zuwanderer die Baugrundstücke mit Garten zu Erbrecht sogar ohne Zinsverpflichtungen besitzen. Der Abt war hauptsächlich an den Marktabgaben interessiert. Deswegen machte er auch Zugeständnisse hinsichtlich der persönlichen Rechtsstellung der zuziehenden Klosterleute (vgl. Nr. 355, Haverkamp, S. 29).

c) Geld, Handel und Gewerbe

Es war eine Folge der zentrifugalen verfassungsgeschichtlichen Entwicklung in Deutschland seit dem 10. Jahrhundert, daß das Münzrecht im wesentlichen nur von den geistlichen Herrschaftsinhabern und dann auch von Adligen ausgeübt wurde. Durch Einbehaltung wenigstens eines Teils des Schlagschatzes – der Differenz zwischen dem Wert des Münzmetalls und dem Nennwert der Münzen – gewannen sie zusätzliche Einkünfte. Bei den geistlichen Münzherren, die insgesamt weit überwogen, konnten die Könige im Rahmen der Reichskirchenherrschaft an den Münzgewinnen teilhaben. Die wichtigsten Münzstätten befanden sich bis zur Mitte des 11. Jahrhunderts fast ausschließlich in den Bischofsstädten der Altsiedellande. Seit dem 10. Jahrhundert wurden sie aber auch in zunächst noch agrarischen Siedlungen im Zusammenhang mit Marktgründungen errichtet. Derartige Neuansätze der Geldwirtschaft massierten sich im weiteren sächsischen Raum und damit in dem Kerngebiet der ottonisch-salischen Reichsherrschaft. Bis zum Beginn des hier behandelten Zeitraumes bezeichnete aber noch immer der Rhein eine Grenzlinie zwischen den geldwirtschaftlich entschieden höher entwickelten Schelde-, Maas-, Mosel- und Rheinlanden einschließlich Flanderns einerseits und den östlich anschließenden Landschaften bis zur Elbe andererseits.

Der Rückstand der Geldwirtschaft im nordwestlichen Deutschland wurde seit der Mitte des 11. Jahrhunderts weiter verringert. Bis zum Beginn der Stauferzeit entwickelten sich zwischen Ems und Elbe Münzstätten mit einem bedeutenden Ausstoß. Darunter befanden sich nicht nur Bischofsstädte – wie Magdeburg, Merseburg, Bremen und Hildesheim –, sondern auch größere Marktorte wie vor allem Goslar, Bardowick, Jever und Braunschweig. Weiter westlich traten die Handelsorte Soest und Dortmund hervor. In den Rheinlanden blieb die monetäre Vorherrschaft der alten Bischofsstädte erhalten. Daneben gewannen auch Duisburg und weiter im Süden Zürich an Bedeutung. Im südlichen Deutschland kamen nicht viele neue Münzstätten hinzu. Hier blieb die Münze von Regensburg beherrschend. Mit Ausnahme von Regensburg und Goslar befanden sich die wichtigsten Münzstätten im deutschen Reich in den rheinischen Bischofsstädten Köln, Mainz, Worms und Speyer. Eine deutlich hervorragende monetäre Verdichtungszone mit einer Häufung kleinerer und größerer Münzstätten bildete die Maas- und Scheldelandschaft mit Flandern einerseits und den niederen Rheinlanden andererseits (Köln, Aachen, Maastricht, Lüttich, Deventer, Huy, Namur, Brüssel).

Auf diese Weise wurde die sich schon früher ankündigende West-Ost-Achse im nordwesteuropäischen Bereich noch verstärkt. Sie bot nun eine günstige Ausgangsbasis für die Vermittlung des Handels in die Gebiete östlich der Elbe bis nach Rußland. Daß dieser Handel schon im 11. Jahrhundert bestand, ergibt sich auch aus den zahlreichen Funden deutscher Münzen im Norden und Osten seit dem 10. Jahrhundert. Um die Mitte des 11. Jahrhunderts betrieben sächsische und wohl auch friesische Kaufleute trotz kriegerischer Auseinandersetzungen, die im Jahre 1066 zur Zerstörung der wichtigen Handelsplätze Schleswig und Hamburg führten, Handel mit den Slawen jenseits der Elbe. Sie tauschten in erster Linie Pelze, besonders die kostbaren Marderfelle, vornehmlich aus Preußen gegen wollene Tuche aus dem Westen. Selbst im fernen Nowgorod war um 1100 das Tuch aus dem flandrischen Ypern so bekannt und geschätzt, daß es als Gebühr für den Eintritt in die Kaufleutegilde gefordert wurde.

Es war eine Folge der andauernden Gegensätze und immer wieder aufflammenden Kriege zwischen Christen und heidnischen Slawen, daß beide

Seiten weiterhin ihre Gefangenen versklavten. Die heidnischen Sklaven wurden wohl bis zum Ende des 11. Jahrhunderts teilweise von Juden in den mittelmeerischen Sklavenhandel vermittelt oder direkt ins muslimische Spanien an die Höfe der Kalifen gebracht. Dieser weiträumige Sklavenhandel scheint noch bis zur Mitte des 12. Jahrhunderts betrieben worden zu sein.

Ansonsten erhielt der Handel mit den Ländern jenseits der Elbe und im Ostseeraum erst in der zweiten Hälfte desselben Jahrhunderts stärkeren Auftrieb. Größeren Umfang hatte schon zuvor der Handel der Donaulande, der in Regensburg ein überragendes Vermittlungszentrum besaß, zum Osten, Südosten und zum Süden angenommen. Die alte Nord-Süd-Richtung des Handels am „Leitfaden" des Rheins bis über die Alpenpässe, wo der geldwirtschaftlich noch wesentlich höher entwickelte italienische Wirtschaftsraum erreicht wurde, bildete allerdings das wichtigste Rückgrat des Fernhandels im deutschen Reich. Der West-Ost-Handel gewann erst seit der Mitte des 12. Jahrhunderts größere Dimensionen.

Es war eine Konsequenz der engen Verbindung von Münzstätte und Markt in Deutschland – in Reichsitalien blieben hingegen die Münzstätten auf wenige Bischofsstädte beschränkt –, daß die regionalen Unterschiede in der Münzprägung sich in der Entwicklung des Marktwesens widerspiegeln. Die Anzahl der Marktorte stieg im 10. Jahrhundert von 40 auf 90. Sie steigerte sich im Verlauf des 11. Jahrhunderts auf 140 und erreichte im folgenden Jahrhundert 250. Unter den fünfzehn bedeutendsten Marktorten verfügten nur ein Drittel – nämlich Magdeburg, Dortmund, Goslar, Würzburg und Bamberg – nicht über eine alte, bis in die Römerzeit zurückreichende Tradition. Die größte wirtschaftliche Bedeutung besaßen zweifellos die rheinischen Metropolen Köln und Mainz und das südostdeutsche Handelszentrum Regensburg. Allein ein Drittel der fünfzehn Orte sind am Rhein gelegen: neben Köln und Mainz noch Konstanz, Basel und Worms. Dieser engeren Gruppe der wichtigsten Marktorte können auch noch die Moselstädte Metz und Trier zugerechnet werden.

Jahrmärkte mit weitem Einzugsbereich wurden im rechtsrheinischen Raum erst seit dem 11. Jahrhundert eingerichtet, wobei die linksrheinischen Märkte auch in dieser Hinsicht vorbildgebend waren. Eine Sonderstellung nahm in dieser Hinsicht wiederum Köln ein. Zu Anfang des 12. Jahrhunderts fanden hier drei Jahrmärkte statt. Nach der Vita Annonis sollen am Jahrmarkt zu Ostern Menschen aus allen rheinischen Städten, aber auch aus „überseeischen" Gebieten und weiter entfernten Ländern in großer Zahl teilgenommen haben (Nr. 12, MG, SS XI, S. 518). Schon seit der Wende vom 10. zum 11. Jahrhundert war Köln ein wichtiger Treffpunkt des weitreichenden Handels der Juden.

Die Schiffahrtswege behielten als Hauptverkehrsadern für größere Warenmengen weiterhin den Vorrang. Dementsprechend konzentrierte sich der Handelsverkehr im deutschen Altsiedelland vor allem auf den Rhein mit seinen Nebenflüssen wie auch auf die Donau. Wie aufwendig der Landweg beim Transport schwererer Gegenstände war, zeigt die Materialbeschaffung zum Neubau des Klosters St. Trond (nordwestlich von Lüttich) etwa im dritten Viertel des 11. Jahrhunderts. Die Steine zur Errichtung der Säulen wurden von Worms mit dem Schiff bis nach Köln transportiert. Dort wurden sie mit weiteren Steinen auf Wagen umgeladen. Mit Zugtieren wurden sie dann über die Landstraßen gefahren. Daran beteiligte sich auch die Bevölkerung, die die Wagen mit Stricken von Ort zu Ort weiterziehen half. Ohne Benutzung einer Brücke wurden die Steine schließlich über die Maas nach St. Trond gebracht. Zur Verbesserung der Landstraßen wurde offenkundig wenig unternommen. Immerhin hebt die Vita Bennos von Osnabrück als eine bemerkenswerte Leistung dieses auch technisch begabten Bischofs, der bei der Sicherung der Fundamente des Salierdoms von Speyer vor Unterspülung durch den Rhein erfolgreich war, noch ausdrücklich hervor, er habe etwa um 1070 feste Wege durch unwegsame Sümpfe anlegen lassen (Nr. 3, AQ 3, Bd. 22, S. 396f).

Neue Brücken wurden in Deutschland in größerem Umfang erst seit dem späten 11. Jahrhundert errichtet. Diese zeichneten sich auch durch einen technischen Fortschritt aus, der „von der Schiffsbrücke zur Pfeilerbrücke, von der hölzernen zur steinernen Brücke führte“ (Nr. 363, Maschke, S. 274). Bischof Embricho von Würzburg rühmte in einer Urkunde von 1133 den Dombaumeister Enzelin, einen Laien, der auch den Bau der Brücke über den Main geleitet hatte. Etwa gleichzeitig (1135) begannen die Regensburger mit dem Bau der steinernen Brücke, die mit sechzehn Bogen die Donau überspannte. Dieser Brückenbau hat wesentlich dazu beigetragen, daß der Verkehr vom nördlichen Frankreich in die Donauländer von der Linie Worms-Wimpfen-Passau zunehmend auf die Achse Würzburg-Nürnberg-Regensburg umgeleitet wurde. Es verwundert daher nicht, wenn Bischof Reginbert von Passau im Jahre 1143 – kurz vor der Fertigstellung der Regensburger Brücke – versicherte, daß ihm für sein Seelenheil nichts wünschenswerter sei, „als über den Inn bei Passau eine Brücke zu bauen“ (Nr. 374, Stein, S. 216f).

Den wichtigsten Neuansatz erfuhr der Handel in Deutschland durch die Ausweitung der gewerblichen Tätigkeit. Aus den Zollsätzen und Zollprivilegien um die Wende vom 11. zum 12. Jahrhundert – wie der Koblenzer „Zollrolle“ – ergibt sich, daß ein größerer Teil der Handelsobjekte aus Rohstoffen für die gewerbliche Produktion wie auch aus den Fertigprodukten des Gewerbes, insbesondere des Metallgewerbes, bestand. So kauften Händler aus den Maasorten Lüttich und Huy Kupfer in Köln ein. Sie zogen aber auch von Köln weiter über Dortmund nach Sachsen und erwarben dort – wohl vor allem in Goslar – dieses Metall. Kupfer wurde ebenfalls rheinabwärts aus dem Oberrheingebiet bis nach Koblenz und darüber hinaus transportiert. Rheinaufwärts bis nach Koblenz trieben aber auch Kaufleute aus den Maaslanden – Huy, Lüttich, Dinant und Namur werden als Herkunftsorte genannt – Handel mit Fertigprodukten des Metallgewerbes wie Kochkessel und Pfannen.

Außer in den Maaslanden erreichten die metallverarbeitenden Gewerbe damals auch in Köln einen höheren Entwicklungsstand. Schwerter aus Köln werden beispielsweise im Straßburger Stadtrecht von 1131/32 genannt. Köln dürfte auch als Produktionsort für die Schwerter in Frage kommen, die um 1100 in Koblenz in größerer Zahl zum Verkauf zu kommen pflegten. Hohes Ansehen genossen um dieselbe Zeit die in Mainz gefertigten Harnische, die ebenfalls bis nach England verhandelt wurden.

In Köln war freilich gleichzeitig das Textilgewerbe von noch größerer Bedeutung. Hierin äußerte sich bezeichnenderweise die Spezialisierung am frühesten. Dieser Vorgang war um die Mitte des 12. Jahrhunderts schon weit fortgeschritten, als die Kölner Bettdeckenweber eine eigene Zunft bildeten und im Leinengewerbe die Schleier- und Kopftuchweber eigene Organisationsformen besaßen. Während die Kölner Tuche jenen aus Flandern an Qualität unterlegen und dementsprechend auf eine finanziell weniger „betuchte“ Käuferschicht ausgerichtet waren, genossen die Regensburger Tuche schon in der ersten Hälfte des 12. Jahrhunderts einen besonderen Ruf als Luxuswaren. Abt Petrus Venerabilis von Cluny verbot in den von ihm redigierten Statuten seines Klosterverbandes den Mönchen ausdrücklich die Regensburger Scharlach- und Barchenttuche. Daß diese kostbaren Kleidungsstoffe, zu denen auch Seide und Pelzwaren gehörten, damals vorwiegend in Regensburg hergestellt wurden, ist freilich wenig wahrscheinlich. Vielmehr dürften es hauptsächlich Importwaren aus dem Osten und Süden, nicht zuletzt aus Byzanz, gewesen sein, die die Regensburger Fernkaufleute auch über Kiew bezogen haben können. In Regensburg waren bereits vor 1135 in der Gasse „inter latinos“ (später Walengasse) romanische Kaufleute – wohl hauptsächlich Italiener – ansässig.

Die Textilherstellung wurde nun auch zum Thema der Literatur. Gemäß dem um 1070 in Nordfrankreich entstandenen Gedicht: „Streit zwischen Schaf und Flachs“, zeichneten sich die Rheinlande und Schwaben damals durch die Produktion naturfarbiger, schwarzer und roter Tuche aus. Noch hochwertiger waren nach derselben Quelle die aus Flandern stammenden Stoffe, „die den Herren anstehen“ und in grünen, grauen und tiefblauen Farben hergestellt wurden. Die Überlegenheit der flandrischen Tuchproduktion gegenüber jener in den anderen nordalpinen Landschaften ist vielleicht auch in technischen Neuerungen begründet, die sich hier – wie vermutlich auch in der Grafschaft Champagne – zuerst seit der Mitte des 11. Jahrhunderts durchsetzten.

Der vertikale Webstuhl, der als typisches Frauengerät auch in den Gynaecea (Arbeitshäuser für Frauen mit gewerblicher Tätigkeit) der großen Grundherrschaften teilweise noch im 11. Jahrhundert verwandt wurde, war schon zuvor durch den horizontalen Tritt-Webstuhl zurückgedrängt worden. Dieses schon längere Zeit gebräuchliche Gerät wurde nun wesentlich verbessert. Unter fachmännischer Bedienung durch zwei Personen konnten nicht nur Tuche von 15–20 Metern Länge, sondern auch breitere mit gleichmäßiger Qualität hergestellt werden. Zur Qualitätsverbesserung trug auch die Walkmühle bei, die ebenfalls eine höhere Produktivität erbrachte. Die Arbeitsvorgänge wurden so auf mehrere Spezialisten verteilt und erforderten einen hohen Grad von Organisation, wofür die Städte die besten Voraussetzungen boten. Für den Erfolg war auch die Zusammenarbeit zwischen den Handwerkerspezialisten – den Webern, Walkern und Färbern – und den Fernhandelskaufleuten eine wesentliche Voraussetzung und damit die Zuordnung von Gewerbe und Handel.

Der Handel beschränkte sich also nicht mehr nur auf Luxusgüter und andere Bedarfsgegenstände für die Herrenhöfe, sondern bezog nun in den deutschen Altsiedellanden auch Gegenstände des täglichen Gebrauchs für eine breitere Bevölkerungsschicht ein. Dementsprechend wurden die Händler zunehmend stadtorientiert und auch in den Städten und Märkten ansässig. Die Städte wurden zugleich die wichtigsten Heimstätten der gewerblichen Produktion. Letztere gab mit ihrem Bedarf an Rohstoffen und der Notwendigkeit zum Export der Fertigprodukte entscheidende Anstöße für die quantitative und qualitative Ausweitung des Handels. Gleichzeitig zeichneten sich die ersten Umrisse von größeren Gewerbelandschaften in Deutschland ab, wobei beispielsweise in den Maaslanden das Metallgewerbe und in dem teilweise französischen Flandern die Tuchproduktion einen besonders hohen Standard erreichten.

d) Ansätze zu neuen Wirtschaftsformen

Viele Anzeichen deuten darauf hin, daß in Deutschland zwischen der Mitte des 11. und des 12. Jahrhunderts in wirtschaftlicher Hinsicht tiefgreifende Veränderungen eingetreten sind. Insbesondere um die Wende zum 12. Jahrhundert scheint eine Beschleunigung von zumeist schon zuvor angelegten Entwicklungen eingetreten zu sein. Das Anwachsen der Bevölkerung in den Altsiedellanden bewirkte längere Hungerperioden, die zu erhöhter Mobilität und zur Erprobung neuer Formen der Existenzsicherung auch in der Ferne zwangen. Die damit verbundene Siedlungsbewegung führte zur Ausweitung und Verdichtung der dörflichen wie auch der urbanen Siedlungen und zur Ausdehnung der landwirtschaftlichen Nutzflächen in den Siedlungsreserven der Altsiedellande und auch in den weiter entfernten Gebieten im Osten. Hier wie dort war damit eine stärkere Eigenständigkeit der bäuerlichen Wirtschaftsweise verknüpft. Durch diese Faktoren und durch eine größere marktwirtschaftliche Orientierung wurden die herkömmlichen Organisationsformen der Agrarproduktion noch weiter aufgelockert, wenn nicht ersetzt.

Die Geldwirtschaft erreichte in den meisten Gebieten einen Stand, der die Einbeziehung auch der Gegenstände des täglichen Bedarfs für eine breitere Bevölkerung in das Marktgeschehen ermöglichte. Damit wurde die Arbeitsteilung gefördert, deren Kern die städtischen und ländlichen Märkte bildeten. Erstmals wurden nicht nur Siedlungen mit Marktrechten ausgestattet, sondern auch Marktsiedlungen von urbanem Charakter gegründet. Die Arbeitsteilung äußerte sich in der Ausweitung und Differenzierung des Gewerbes auf dem Lande und vor allem in den städtischen Siedlungen. Gleichzeitig verstärkten sich Ansätze zu einer regionalen Konzentration bestimmter gewerblicher Produktionen.

Durch die Einbeziehung von gewerblichen Produkten, die für den Bedarf breiterer Bevölkerungsschichten bestimmt waren, und durch die Versorgung der Gewerbe mit Rohstoffen wurden die Handelsgüter mengenmäßg und qualitativ ausgeweitet. Die herrschaftlichen Zentren traten als Zielorte des Fernhandels gegenüber den Märkten und vor allem gegenüber den größeren Städten zurück. Auch im Interesse ihrer finanziellen Einkünfte aus den Verkehrs- und Marktabgaben setzten sich die Herrschaftsträger für eine Verbesserung der Handelsmöglichkeiten und der Verkehrswege ein. Hinzu kam eine regionale Ausweitung des Handels. Diese wurde im Norden langfristig von der allmählichen Siedlungsverdichtung zwischen Rhein und Elbe begünstigt. Die Begrenzung zum heidnisch-slawischen Osten blieb jedoch noch weiterhin wirksam. Der Warenaustausch mit dem Mittelmeerraum beschränkte sich noch immer gleichsam auf dünne Rinnsale. Auch für den Handel mit dem Westen fehlten noch stärkere Antriebskräfte.

So zeichneten sich bis zur Mitte des 12. Jahrhunderts wohl vielfältige neue Ansätze im Wirtschaftsleben vor allem der höher entwickelten Altsiedellande ab, sie konnten sich aber noch nicht stärker entfalten. Der große Abstand zum mittelmeerischen Wirtschaftsraum – insbesondere zu Reichsitalien – verringerte sich wohl kaum; vielleicht vergrößerte er sich sogar nochmals, weil dort in demselben Zeitraum die neuen Anstöße unmittelbarer und kräftiger wirksam wurden.

4. Kirche, Frömmigkeit und Bildung

a) Kloster- und Kirchenreformen

Seit dem ausgehenden 11. Jahrhundert gewannen die vielfältigen nichtadligen Bevölkerungsschichten auch in Deutschland nicht nur im politischen Geschehen und in Wirtschaft und Handel eine ständig wachsende Bedeutung. Mit diesen Vorgängen stand die Umgestaltung der religiösen und kirchlichen Lebensformen in enger Wechselwirkung. Die neuen Formen der Religiosität, die insgesamt eine vertiefte Verchristlichung beinhalteten, sind am deutlichsten in der Umwandlung der klösterlichen und anderer kirchlicher Gemeinschaften faßbar.

Nach dem Zeugnis des kirchenrechtlich geschulten Priestersohns und Priesters Bernold von Konstanz († 1100), der längere Zeit in dem Reformkloster St. Blasien im Schwarzwald lebte, hat in den letzten Jahrzehnten des 11. Jahrhunderts – also in dem Zeitraum der schweren religiös-politischen Auseinandersetzungen – das religiöse Gemeinschaftsleben innerhalb des „regnum Teutonicum" bei den Klerikern und Mönchen, aber auch bei den Laien einen großen Aufschwung genommen. Laien entsagten demnach in großer Zahl dem weltlichen Leben und schlossen sich – wohl zumeist in dem Rahmen des sich später verfestigenden Konverseninstituts – in dienenden Funktionen den verschiedenen kirchlichen Gemeinschaften an, ohne selbst Kleriker oder Mönche zu werden. Darunter befanden sich, wie Bernold hervorhebt, zahlreiche Frauen und zwar auch solche bäuerlicher Herkunft. Vorbild dieser Frömmigkeitsbewegung, die demnach vornehmlich in der dörflichen und bäuerlichen Bevölkerung wirksam wurde, war das Zusammenleben in der Urkirche, in der „primitiva ecclesia". Diese Rückwendung zu den Ursprüngen des Christentums, die die traditionellen Formen und Normen in Frage stellen konnte, stieß – wie Bernold weiterhin berichtet – freilich auch auf Ablehnung (Nr. 12, MG, SS V, S. 452f).

Wie in anderen Gebieten Westeuropas fanden auch in Deutschland derartige Neuansätze in unterschiedlichen Formen statt. Eine wichtige Neuerung zeigte sich gegen Ende der sechziger und zu Beginn der siebziger Jahre: in einem Zeitraum also, in dem sich die Opposition deutscher Hochadliger und Reichsbischöfe gegen das Königtum Heinrichs IV. zu formen begann. In diesem politischen Zusammenhang wurde in zwei mitten im Reichsgebiet gelegenen Klöstern von hohen Herrschaftsinhabern das Reformmönchtum cluniazensischer Prägung, wie es sich in besonders strenger Form in dem oberitalienischen Kloster Fruttuaria ausgebildet hatte, eingeführt. Mit Ausnahme der königsfernen Grenzlandschaft Lothringen, wo der cluniazensische Einfluß schon weit vor der Mitte des 11. Jahrhunderts – mit wesentlichen Konsequenzen für das Reformpapsttum – wirksam geworden war, war im deutschen Reich bis dahin das Mönchtum nach dem Vorbild von Gorze seit dem 10. Jahrhundert bestimmend gewesen. Im Unterschied zu dem cluniazensischen Mönchtum, das eine weitgehende Unabhängigkeit von den weltlichen Gewalten anstrebte, war die Klosterreform von Gorze von den Ottonen und frühen Saliern im Rahmen ihrer Reichskirchenherrschaft gefördert worden.

Auf diesem Hintergrund ist es umso auffälliger, daß Erzbischof Anno von Köln um das Jahr 1070 in das von ihm gegründete, territorialpolitisch höchst bedeutsame Kloster Siegburg Mönche aus Fruttuaria einsetzte und dabei die aus dem Trierer Kloster St. Maximin stammenden Mönche vertrieb. Bald darauf sorgte Anno für die Ausbreitung dieser Reformrichtung in anderen ihm unterstehenden Klöstern. Im Jahre 1072 führte der schwäbische Herzog Rudolf von Rheinfelden, der spätere Gegenkönig, die Gewohnheiten von Fruttuaria in das für seine Herrschaftsabsicherung wichtige Schwarzwaldkloster St. Blasien ein. Die Übernahme der innerklösterlichen Lebensgewohnheiten von Fruttuaria in Siegburg und St. Blasien, die wiederum für eine größere Zahl anderer Klöster vorbildgebend wurden, kann aber trotz der politischen Verwicklungen nicht als ein „Angriff auf das Reichskirchensystem" gewertet werden. Sie war vielmehr eine Äußerung der stärkeren Verselbständigung der Reichsfürsten, die schon in den vorhergehenden Jahrzehnten deutlichere Konturen gewonnen hatte. Daß nun auch mitten im Reichsgebiet die strengeren Regeln cluniazensischer Prägung übernommen wurden, hing zudem mit den gewandelten religiösen Vorstellungen innerhalb der politischen Führungsschicht zusammen, ohne daß eine solche Einstellung notwendigerweise mit einer antiköniglichen Haltung verknüpft war. Ein Gegenbeispiel bietet etwa auch der Geschichtsschreiber und Mönch Lampert von Hersfeld, der das „neue" Mönchtum kritisierte und zugleich scharf gegen Heinrich IV. eingestellt war.

Neben Siegburg und St. Blasien wurde das bis dahin unbedeutende Hirsau unter dem aus St. Emmeram zu Regensburg stammenden Abt Wilhelm ein Zentrum für die Ausbreitung des Mönchtums cluniazensischer Ausrichtung. In Hirsau wurden die Gewohnheiten von Cluny – direkt aus dem Mutterkloster – im Jahre 1079 eingeführt, als sich die politische Konfrontation zwischen dem salischen Königtum und dem von der päpstlichen Partei unterstützten Gegenkönigtum Rudolfs von Rheinfelden zugespitzt hatte. In den folgenden Jahren agitierten die Mönche aus dem erst um die Mitte des 11. Jahrhunderts neugegründeten Kloster Hirsau auch in „öffentlichen" Predigten gegen die Anhänger des salischen Königtums. Diese mit den Traditionen des herkömmlichen Mönchtums unvereinbare Tätigkeit stieß auf scharfe Kritik von Mönchen aus den Reichsklöstern Hersfeld und Lorsch, von denen sie als Schismatiker und Häretiker, als Streuner und Heuchler beschimpft wurden.

Bis zur Mitte des 12. Jahrhunderts, in der das Mönchtum von Cluny bereits seit einigen Jahrzehnten den Höhepunkt seiner Wirksamkeit überschritten hatte, sind im deutschen Reichsgebiet fast 200 Klöster – darunter in der Mehrzahl Gründungsklöster von Bischöfen oder Dynasten – von den sogenannten jungcluniazensischen Reformzentren Siegburg (39), St. Blasien (36) und Hirsau (114) beeinflußt worden. Hinter diesen Zahlen verbirgt sich eine religiöse Erneuerung, die hauptsächlich auf die Adligen und die mit ihnen zumeist verwandten geistlichen Führungsgruppen ausgerichtet war. Die Reform, die bereits zu Anfang des 10. Jahrhunderts in dem burgundischen Cluny entstanden war, befand sich schon auf dem Höhepunkt ihrer religiös-politischen Bedeutung, als sie sich in Deutschland mit erheblichen Modifizierungen ausbreiten konnte. Allem Anschein nach setzte sich ebenfalls in den hirsauischen Klöstern, die anfangs wohl auch Nichtadlige in ihre Konvente aufnahmen, zunehmend die Bevorzugung der Adligen durch.

Im Unterschied zum Mönchtum von Cluny, das sich in seiner langen Entwicklung vielfach von den Normen der Benediktinerregel entfernt hatte, versuchte das Zisterziensermönchtum, das an der Wende zum 12. Jahrhundert – ebenfalls in Burgund – entstanden war, nochmals eine radikale Rückwendung zu den ursprünglichen Idealen des benediktinischen Mönchtums. In der weltabgeschiedenen einfachen Lebensweise der Mönche strebte es die Rückkehr zum Armutsideal an, was auch mit der Forderung nach körperlicher Arbeit der Mönche verknüpft wurde. In Deutschland breitete es sich freilich erst in größerem Umfang seit den dreißiger Jahren des 12. Jahrhunderts aus, als der ursprüngliche Reformansatz insbesondere im Hinblick auf die Handarbeit der Mönche bereits gemildert wurde. Obwohl die Zisterzienser wiederum auf den Adel ausgerichtet waren und wohl von Anfang an die meisten Mönche aus dem Adel stammten, blieb der Orden auch anderen sozialen Gruppen geöffnet. Dies geschah im Laufe der Zeit freilich hauptsächlich nur noch im Rahmen des Konverseninstituts.

Während die verschiedenen, außerhalb des deutschen Reichsgebiets entstandenen Reformrichtungen des benediktinischen Mönchtums Deutschland erst relativ spät erreichten und die extremeren Formen des Eremitenwesens hier weitgehend unwirksam blieben, faßte die Reform der Kanonikerbewegung bereits früh Wurzeln. Die ersten Zentren entstanden im letzten Viertel des 11. Jahrhunderts in dem im Bistum Freising gelegenen Rottenbuch (1079) und im elsässischen Marbach (um 1090). Mit Rückbesinnung auf die Urkirche und unter Anknüpfung an die strengere Form der sogenannten Augustinus-Regel mit höheren Anforderungen an die Armut, die Handarbeit, an das Fasten und an die nächtlichen Gebete entwickelte Richard von Springiersbach († 1158), Sohn eines pfalzgräflichen Ministerialen, noch vor 1119 in dem von seiner Mutter gegründeten Kloster an der Mittelmosel ein neues, monastisches Vorbild innerhalb der Regularkanonikerreform. Der von Richard in den nächsten Jahrzehnten gegründete Klosterverband, zu dem auch mehrere Nonnenkonvente gehörten, blieb aber auf einen engeren Wirkungsbereich an der Mosel und am Mittelrhein beschränkt.

Bedeutungsvoller war die Übernahme dieses Vorbilds durch die Salzburger – und wahrscheinlich auch durch die Halberstadter – Kanonikerreform-Gruppen, die unter der Initiative der jeweiligen Bischöfe sich besonders der Seelsorge annahmen. Die im Chorherrenstift Springiersbach entwickelte Regel beeinflußte nicht zuletzt die religiösen Lebensformen in dem von Norbert von Gennep († 1134) um 1120 gegründeten Prémontré, dem Ursprungsort des Prämonstratenserordens. Norbert, Angehöriger einer niederrheinischen Adelsfamilie, hatte zuvor als Kanoniker von Xanten und als Mitglied der Hofkapelle Heinrichs V. eine vielversprechende Karriere gemacht. Davon wandte er sich jedoch ab und wirkte ab 1115 einige Jahre als Wanderprediger in Frankreich und Deutschland. Dabei fand er –

wie die meisten anderen Wanderprediger der Zeit – große Resonanz auch bei Frauen, von denen sich viele seinem Gefolge anschlossen. Mit dieser Tätigkeit stieß auch Norbert auf den Widerstand von Angehörigen der Amtskirche, so daß er auf einer Fritzlarer Synode wegen unberechtigter Predigt angeklagt wurde. Er erhielt daraufhin zwar von Papst Gelasius II. im Jahre 1118 die Erlaubnis zur Wanderpredigt, diese wurde jedoch im folgenden Jahre nicht mehr erneuert. Norbert scheiterte anschließend mit dem ihm vom Bischof von Laon aufgetragenen Versuch, die Reform eines Kanonikerstifts in Laon durchzuführen, an dem Widerstand der Stiftsherren gegen seine strengen Forderungen. Nun erst gründete er in der bei Laon gelegenen Einöde Prémontré eine eigene Gemeinschaft. Dieser gliederte er einen Nonnenkonvent an. Norbert nahm auch danach seine Wanderpredigt – freilich ohne ständiges Gefolge – zeitweise wieder auf, ehe er im Jahre 1126 zum Erzbischof von Magdeburg aufstieg.

Zwischen 1120 und 1126 gründete Norbert trotz größeren Widerstands deutscher Bischöfe neun weitere Niederlassungen in den Diözesen Laon, Soissons, Cambrai, Lüttich, Münster, Mainz und Metz. Diese Neugründungen fügte er zu einem Klosterverband zusammen, der ihm und den Mönchen von Prémontré auch besitzrechtlich untergeordnet war. Einen festeren institutionellen Rahmen erhielten die Prämonstratenserklöster – unter Anlehnung an die Organisation des Zisterzienserordens – jedoch erst unter Norberts Nachfolger Hugo von Fosses (1128–1161). Bis zur Mitte des 12. Jahrhunderts wurden im deutschen Reich annähernd hundertfünfzig Prämonstratenserstifte gegründet. Zusammen mit den den Prämonstratensern nahestehenden Augustinerchorherrenstiften und den jeweils zugehörigen Nonnenkonventen wuchs die Zahl dieser Reformklöster in Deutschland bis dahin auf etwa dreihundert an, von denen die meisten Neugründungen waren. Von den circa 150 Kanonikerstiften diesen Typs lagen übrigens ungefähr 40 in Städten oder ganz in der Nähe von Städten. Viele unter ihnen verfügten über ein Hospiz, was erneut ihre Ausrichtung auf die wichtigen Straßenverbindungen und Verkehrszentren und damit auch auf die Bedürfnisse der urbanen Bevölkerung verdeutlicht.

Die vielfältigen Neuansätze, die auch in Deutschland seit dem letzten Viertel des 12. Jahrhunderts zu beobachten sind, gaben nicht nur den religiös-kirchlichen Erneuerungen einen institutionell gefestigten Rahmen. Damit waren auch neue Einstellungen und Aktivitäten verbunden, die weit über den kirchlichen Rahmen hinausgewirkt haben. Hervorgehoben sei die Rückwendung zu den Idealen der Urkirche, die Aufwertung der freiwilligen Armut, der Handarbeit und nicht zuletzt der Seelsorge. Es ist jedoch ebenso festzuhalten, daß daneben traditionelle Verhaltensweisen wirksam, ja vielfach bestimmend blieben und die Neuansätze oft genug wieder überdeckten.

Derartige Unterschiede und Gegensätze offenbart beispielsweise der aus der Mitte des 12. Jahrhunderts stammende Briefwechsel zwischen den beiden Vorsteherinnen von Nonnenkonventen Tenxwind von Andernach und Hildegard von Bingen. Die Ministerialentochter und „magistra" des Augustinerinnenklosters Tenxwind, Schwester und Vertraute Richards von Springiersbach, kritisierte darin in aller Schärfe unter Berufung auf das Neue Testament und auf die Zustände in der Urkirche die prachtvolle Liturgie und vor allem den rigorosen Ausschluß von Nichtadligen in Hildegards Konvent. Die adlige Benediktinerin Hildegard verteidigte ihre Maßnahmen mit Belegen aus dem Alten Testament und unter Berufung auf die heilsgeschichtliche Funktion adliger Herrschaft, womit sie auch an dem traditionellen Typus des „Adelsheiligen" festhielt. Diesen sich widerstreitenden, religiös und sozial unterschiedlich verwurzelten „Weltanschauungen" lagen geradezu gegensätzliche Gottesvorstellungen zugrunde: Für die in der „pauperes Christi"-Bewegung aufgewachsene Tenxwind ist der „pauper Christus" das Leitbild, für Hildegard der Weltenherrscher, der „rex potentissimus" und „fortissimus et nobilissimus Deus", dem Furcht und Ehre gebührt.

b) Seelsorge und Mission

Uneins war man sich ebenfalls über die Formen der Seelsorge. Der Streit zwischen den gregorianischen Mönchen von Hirsau, die sich in den achtziger Jahren des 11. Jahrhunderts in ihren Predigten auch an die breite Öffentlichkeit wandten, und den prosalischen Mönchen von Lorsch und Hersfeld wurde bereits erwähnt und ebenso der Konflikt zwischen dem Wanderprediger Norbert von Gennep und dem Amtsklerus im zweiten Jahrzehnt des folgenden Jahrhunderts. Auch in Deutschland wurde der Streit über die kanonische Lebensweise der Kleriker insbesondere im Hinblick auf die Simonie und den Zölibat in aller Schärfe ausgetragen. In demselben Jahre 1075, in dem in der Lombardei die Kämpfe zwischen der Pataria und ihren Gegnern den Höhepunkt erreichten und Gregor VII. auf der Fastensynode nochmals das Verbot der Simonie und Priesterehe einschärfte, wurde Bischof Altmann von Passau von den Gegnern des Zölibats unter seinem Diözesanklerus so stark bedroht, daß er um sein Leben fürchtete. In der Diözese Konstanz versammelten sich in demselben Jahr auf einer Synode 3600 Geistliche und verwarfen ausdrücklich das päpstliche Gebot des Zölibats, das vor allem beim niederen Klerus auf Widerstand stieß. Um dieselbe Zeit beklagte der prosalische Mönch und Geschichtsschreiber Sigebert von Gembloux (ca. 1030–1112) die heftigen Angriffe gegen die unenthaltsam lebenden Priester: „Sie werden in aller Öffentlichkeit verhöhnt; wo sie sich zeigen, werden sie wüst beschimpft; man zeigt mit den Fingern auf sie, man mißhandelt sie. Manche hat man um Hab und Gut gebracht; sie sind – weil sie nicht als Arme und Bettler leben wollten, wo sie bisher in hohem Ansehen standen – geflüchtet. Andere sind verstümmelt worden ..." (Nr. 13, MG, Lib. de lite II, S. 438).

Da die radikalen Kirchenreformer die Simonie und den Nikolaitismus als Häresie verurteilten, galten nach diesen päpstlich autorisierten Maßstäben jene geistlichen Amtsinhaber, die dagegen verstießen, als exkommuniziert. Sie waren also auch nicht zur Spendung gültiger Sakramente fähig. Demgegenüber war jedoch dogmatisch schon seit langem unbestreitbar, daß auch unwürdig lebende Priester gültige Sakramente spenden konnten. Diese gegensätzlichen Standpunkte gaben den Parteien die Möglichkeit, ihre jeweiligen Gegner der Häresie zu bezichtigen.

So wurde im Herbst 1130 auch der Chorherr Gerhoch, der nach seinem Eintritt in das Rottenbucher Reformzentrum als Pfarrer im oberpfälzischen Markt- und Handelsort Cham aktiv als Seelsorger tätig gewesen war, in Regensburg wegen Häresie angeklagt, weil er die Gültigkeit der von simonistischen oder beweibten Priestern gespendeten Sakramente bestritt. Seine Lehre, die durch die Ausweitung des Simoniebegriffs das gesamte kirchliche Pfründenwesen in Frage stellte, wurde vom Regensburger Klerus als häretisch verdammt. Gerhoch selbst konnte sich der Verurteilung mit knapper Not entziehen, weil er vom Regensburger Bischof Kuno (1126–1132), der früher Mönch in Siegburg gewesen war, von Erzbischof Konrad von Salzburg (1106–1147), dem größten Förderer des Regularkanonikertums in Süddeutschland, wie auch von dem päpstlichen Legaten Erzbischof Walter von Ravenna (1118–1144) geschützt wurde. Der Ravennater Erzbischof war zuvor Domherr in seiner Heimatstadt Regensburg und als Abt von S. Maria in Porto zu Ravenna Leiter eines weiteren wichtigen Zentrums der Regularkanoniker gewesen. Zudem hatte er in engen Beziehungen zu dem Kreis um die Eremitin Herluca von Epfach (am Lech), einer Schülerin Wilhelms von Hirsau, gestanden. Gegen die vom traditionellen Klerus betriebene Verurteilung als Häretiker mußte der Rottenbucher Chorherr und engagierte Seelsorger also von maßgeblichen Repräsentanten einer durchgreifenden Seelsorgereform in Schutz genommen werden. Obwohl einige dieser Reformer im zweiten Viertel des 12. Jahrhunderts auch in Deutschland bereits führende Stellungen innehatten, blieben ihre vom Armutsideal geprägten Zielsetzungen weiterhin umstritten.

Aus der kirchlichen Erneuerung ergaben sich nicht nur richtungsweisende Impulse für eine intensivere Seelsorge, sondern auch für die Heidenmission. Grundlegende Bedeutung gewann die Missionstätigkeit Bischof Ottos von Bamberg (1102–1139) in dem zuvor vom polnischen Herzog unterworfenen Pommern während der zwanziger Jahre des 12. Jahrhunderts. Etwa gleichzeitig leitete der Bremer Domherr Vicelin, der in Frankreich studiert hatte und von Norbert von Xanten zum Priester geweiht worden war, in Wagrien wieder die Mission der Elbslawen ein. Dafür schuf er mit dem von ihm gegründeten späteren Augustinerchorherrenstift Neumünster ein wichtiges Zentrum. In den folgenden Jahrzehnten erlitt das Missionswerk Vicelins jedoch viele Rückschläge und Mißerfolge, die sich vor allem aus der engen Verknüpfung von Mission und politischer Unterwerfung der heidnischen Slawen ergaben. Im Zusammenhang mit dem Wendenkreuzzug von 1147 kam es zwar zu einer Massentaufe, doch erwies sich diese als Scheinerfolg, denn gleichzeitig machte ein Überfall des Slawenfürsten Niklot die missionarischen und kolonisatorischen Ansätze zunichte.

Der Wendenkreuzzug des Jahres 1147 brachte in die Heidenmission neue Akzente. Zwar waren Bekehrung und Überherrschung schon eng miteinander verknüpft, auf diesem Nebenschauplatz des Zweiten Kreuzzugs wurde aber erstmals die Zwangsbekehrung von kirchlicher Seite legitimiert. Der Zisterzienserabt Bernhard von Clairvaux, der sich gleichzeitig gegen die Verfolgung von Juden durch Kreuzfahrerhaufen wandte, verbot den Teilnehmern an diesem deutschen Kreuzzugsunternehmen, mit den heidnischen Slawen – wie bisher offenbar vielfach üblich – gegen Geld- oder Tributzahlungen Frieden zu schließen. Gestützt auf die Theorie des gerechten Krieges gegen gewalttätige Gegner forderte der Zisterzienserabt in einem Werbeschreiben dazu auf, die Heiden entweder gänzlich zu vernichten oder sie endgültig zu bekehren. Die sich daraus ergebende Losung „Tod oder Taufe" ist wohl nur von jenen Kreuzfahrern, die in dem zu erobernden Land keine eigenen politischen Interessen besaßen, in dieser grausamen Konsequenz verfolgt worden. Die sächsischen Fürsten und Ritter gingen aus solchem Eigeninteresse weiterhin Kompromisse mit den heidnischen Feinden ein. Das religiöse Motiv diente freilich auch ihnen dazu, die Eroberungspolitik zu legitimieren, wie dies auch die Kanzlei Heinrichs des Löwen im Jahre 1163 formulierte: „Da die himmlische Gnade unseren Unternehmungen Erfolg geschenkt hat, haben wir über die Menge der Slawen derart triumphieren können, daß wir den Gehorsam der Demütigen durch die Taufe zum ewigen Leben, den Trotz der Hochmütigen durch Vergießen ihres Blutes zum ewigen Tod geführt haben" (Nr. 17, MG, Dynastenurkunden, Nr. 53, S. 86f).

c) *Häretiker und Ketzer*

Nach der Gründung von Prémontré predigte Norbert von Xanten, der selbst einige Jahre zuvor als Wanderprediger mit der Amtskirche in Konflikt geraten war, zu Beginn der zwanziger Jahre erfolgreich gegen die sogenannten Tanchelmisten in Antwerpen und gegen Häretiker in Köln und Cambrai. Die Tanchelmisten waren Anhänger des 1115 von einem Priester erschlagenen angeblichen Mönches Tanchelm. Diesem hatten während seiner Wanderpredigt in Antwerpen, Flandern, Seeland und Brabant ein Priester Everwacher und ein Schmied Manasse zur Seite gestanden. Tanchelm gehörte ursprünglich zum Kreis jener religiös-politischen Reformer, die sich gegen die verweltlichten, unwürdigen Priester wandten. Seine Gegner aus der Diözese Utrecht warfen ihm hingegen Mißachtung des Priesteramtes, des Papstes, der Bischöfe und des Klerus vor. Daß ihm ebenfalls die Ablehnung der Sakramente und des Kirchenzehnten zur Last gelegt wurde, ist wohl nur die Folge seiner heftigen Agitation gegen die Amtskirche. Tanchelm gewann damit viele Anhänger. Bei seinen Zügen durch das Land sollen ihm Tausende gefolgt sein, darunter auch viele Frauen. Von seinen Anhängern, die sogar sein Badewasser als heilig verehrt haben sollen, habe er reiche Gaben erhalten. Er selbst habe sich – wie ihm seine Gegner weiterhin vorwarfen – für Gott oder Gottes Sohn gehalten. Es muß offenbleiben, wieweit diese Anklagen wirklich begründet waren.

Tanchelm ist jenen Wanderpredigern zuzurechnen, die seit dem Ende des 11. Jahrhunderts auch in anderen westeuropäischen Landschaften tätig waren. Wegen ihrer scharfen Kritik an der reichen Amtskirche wurden sie von ihren Gegnern vielfach der Häresie angeklagt. Ein solcher Vorwurf ließ sich umso leichter erhärten, wenn die Wanderprediger in der breiten, dogmatisch ungeschulten, bis dahin zumeist seelsorgerlich vernachlässigten Bevölkerung großen Widerhall fanden. Dabei geriet ihre Lehre in den Sog vereinfachender Muster der Volksreligion. Eine derartige Wirkung übte im zweiten Jahrzehnt des 12. Jahrhunderts in der Bischofsstadt Utrecht auch der Kanoniker Ellenhard aus. Aus Ungenügen an dem weltlichen Leben als Utrechter Domherr hatte sich Ellenhard in das Regularkanonikerstift Springiersbach begeben, um dort als einer der „pauperes Christi" dem Leben des „pauper Christus" nachzueifern. Da er den strengen Anforderungen körperlich nicht gewachsen war, war er nach Utrecht zurückgekehrt. Dort fand er mit seiner Schriftauslegung, die seine Gegner als häretisch verurteilten, viele Anhänger unter den einfachen Klerikern und den Laien.

Die Gegnerschaft der Amtskirche gegen die Wanderprediger erhielt vielfach dann ein ganz konkretes Motiv, wenn diese – was des öfteren geschah – die Gläubigen zur Verweigerung von Abgaben, insbesondere der Zehnten, an die reichen Kleriker aufforderten. Im Jahre 1074 haben Bauern in Süddeutschland angeblich den Zehnten auf ihren Feldern lieber verbrannt, als ihn den Geistlichen zu überlassen. Um unwillige Zehntzahler umzustimmen, riet der um 1100 schreibende, am Mittelrhein lebende Dichter Amarcius den Priestern folgende Argumentationsweise: „Elender Mensch, was zweifelst du an deiner Pflicht, eine kleine Schuld zu erstatten? Wenig nur fordert Gott, obwohl er Großes verlangen könnte. Denn er schuf den Acker, den du mit der gebogenen Pflugschar zerteilst. Von ihm stammt die Kunst im Fortschritt des Pflügens; er gab dir die Ochsen; er sandte dir Regen und milde Westwinde ... Und weil alles Gottes ist und dir nur freisteht, mit deiner Hände Arbeit den Acker zu durchfurchen, wofür du dir den zehnten Teil nehmen darfst, müßtest du das Übrige Christus überlassen. Er aber in seiner Mildtätigkeit und Freigebigkeit schenkt dir neun Teile, damit du den Zehnten umso bereitwilliger gibst ..." (Nr. 16, MG, QzG VI, S. 172).

Insgesamt bleibt festzuhalten, daß die häresieverdächtigen oder tatsächlich häretischen, zumeist dem rigorosen Armutsideal verpflichteten Bewegungen sich im deutschen Reichsgebiet auf den Niederrhein und die Maas-Schelde-Region konzentrierten. In diesen Landschaften vollzog sich damals ein besonders tiefgreifender wirtschaftlicher und sozialer Wandel. Dort lassen sich in Deutschland auch die ersten Spuren der Katharer fassen. Sie sind erstmals in der Stadt Köln im Jahre 1143 bezeugt. Sie bezeichneten sich selbst als „Arme Christi". Von den vorhergehenden, aus der Armutsbewegung erwachsenen Häretikern unterschieden sie sich nicht durch ihre Lebensweise, sondern durch ihre festgefügten Dogmen und durch ihre eigenständige kirchliche Organisation. Noch im selben Jahr wurden Katharer in Köln und Bonn verbrannt. Wenig später entdeckte man sie auch im Bistum Lüttich.

d) Schule und Wissenschaft

Angesichts des noch keineswegs befriedigenden Forschungsstandes lassen sich für die Aspekte von Schule und Wissenschaft nur wenige verläßliche Aussagen machen. Gemessen an den Fortschritten, die gleichzeitig in den Nachbarländern Frankreich und Italien erzielt wurden, verlief die Entwicklung in Deutschland eher in den traditionellen Bahnen. Dieser Rückstand hatte mehrere Ursachen. Dazu gehörte auch, daß es den deutschen Domschulen nicht gelang, sich einem größeren Personenkreis außerhalb der bepfründeten Kanoniker zu öffnen und sich somit zu stadtsässigen Schulen zu entwickeln, wie sie seit der Wende zum 12. Jahrhundert in Frankreich und – auf anderer Grundlage – in Italien entstanden. Beispielhaft dürfte dafür die Bamberger Domschule sein, die ohne wesentliche Veränderungen und größere Einflüsse von außen weiterhin eine „Schule des Reichskirchensystems" blieb.

Die Klosterschulen verloren seit dem 11. Jahrhundert auch in anderen westeuropäischen Ländern allgemein an Bedeutung, da sie sich unter dem Einfluß der Reformen auf eine innermonastische Theologie konzentrierten. Dies gilt wohl mehr für die Reformklöster als für die alten Reichsklöster, die die früheren Formen und Inhalte ihres Unterrichts bewahrten. Anders verhielt es sich offenkundig mit Regularkanonikerstiften, die ohnehin vielfach auch topographisch dem urbanen Leben näherstanden. Innerhalb der Klöster und Stifte wurden zwar auch Schriften der französischen Theologen und Philosophen zur Kenntnis genommen, die dafür charakteristische dialektische Methode blieb jedoch ohne tieferen Einfluß oder stieß sogar auf offene Ablehnung. Der Benediktinertheologe Rupert von Deutz († 1129/30) und der schon öfters erwähnte Augustinerchorherr Gerhoch von Reichersberg († 1169) – zwei unterschiedliche Leitfiguren des deutschen Geisteslebens in der ersten Hälfte des 12. Jahrhunderts – sind dafür repräsentativ.

Zu diesen Befunden steht die Tatsache, daß zahlreiche deutsche Geistliche seit dem ausgehenden 11. Jahrhundert einen längeren Studienaufenthalt in Frankreich – vor allem in der Île-de-France und in der Normandie – verbracht haben, nur in einem scheinbaren Widerspruch. Offensichtlich war es nunmehr selbst für die hohen Adligen förderlich, sich mit einem Studium an den berühmten Schulen Frankreichs eine „Zusatzqualifikation" für ihre Karriere zu verschaffen. Genannt seien die späteren Erzbischöfe von Köln, Rainald von Dassel (1159–1167) und Philipp von Heinsberg (1167–1191), Erzbischof Eberhard von Salzburg (1147–1154), Bischof Gebhard von Würzburg (1122–1127), dessen Nachfolger Embricho (1127–1146), der auch an italienischen Schulen studiert hatte und sogar über Griechischkenntnisse verfügte, der Babenberger Otto, der nach seinem Studium zunächst Zisterziensermönch und dann Bischof von Freising wurde, und ebenso der aus einer nichtadligen Familie stammende Missionar und Bischof von Oldenburg (1149–1154) Vicelin.

Für den Mainzer Erzbischof Adalbert II. (1138–1141) aus dem Grafengeschlecht von Saarbrücken ist der von seinem Onkel und Vorgänger Adalbert I. (1109–1137) bestimmte Bildungsgang näher bekannt: Er studierte zunächst an der Domschule von Hildesheim, wurde dann nach Reims geschickt, wo er auch zahlreiche heidnisch-antike Schriften und ebenfalls ein wenig römisches Recht kennenlernte. Dem schloß sich ein längerer Studienaufenthalt in Paris an, wo er vor allem seine Kenntnisse in der Rhetorik, Grammatik und Logik vertiefte. Im Zusammenhang einer Pilgerreise nach St. Gilles begab sich Adalbert für kurze Zeit nach Montpellier, an die berühmte Hochschule mit Schwerpunkten in den Naturwissenschaften und vor allem in der Medizin. Es bleibt aber festzuhalten, daß in Deutschland für den Aufstieg ins Bischofsamt die adlige Abkunft entscheidend blieb und eine noch so hohe wissenschaftliche Qualifikation – im Unterschied zu Frankreich – keineswegs allein für eine solche kirchlich-weltliche Führungsposition ausreichte.

5. Gruppen und Gemeinschaften im Wandel

a) Soziale Deutungsschemata und sozialer Wandel

Wie schon durch die Stellungnahme Hildegards von Bingen (Mitte des 12. Jahrhunderts) angedeutet wurde, blieb in Deutschland die heilsgeschichtliche Legitimierung der adligen Herrschaft weit verbreitet. Die adlige Benediktinerin stützte sich dabei auf eine bis in das Frühmittelalter zurückreichende Tradition, die vornehmlich über Isidor von Sevilla († 636) dem Mittelalter vermittelt worden ist. Demnach war die Knechtschaft („servitus") eine Folge der Erbsünde oder auch eine Konsequenz von Noahs Fluch über seinen Sohn Cham, um nur einige dieser Erklärungsversuche zu nennen. Das prinzipiell zweigliedrige Deutungsschema hob die qualitativen Unterschiede zwischen Freien und Knechten, zwischen Herrschenden und Beherrschten, zwischen Adligen und Nichtadligen hervor. Diese Gliederung wurde im Laufe des 12. Jahrhunderts zu einem Dreierschema modifiziert, wie dies der vermutlich aus England stammende und zuletzt in Regensburg wirkende Honorius Augustodunensis († nach 1130) vorgenommen hat: In Anlehnung an die drei Söhne Noahs teilte er die Gesellschaft ein in Freie = Adlige („liberi de Sem"), Krieger („milites de Japhet") und Unfreie („servi de Cham"). Offenkundig war es dem gelehrten Theologen so eher möglich, die heilsgeschichtliche Deutung auf die konkreten gesellschaftlichen Verhältnisse seiner Zeit zu beziehen, in denen die Grenze zwischen Freien und Unfreien längst an Bedeutung verloren hatte.

Neben diesem Traditionsstrang, in dem Herrschaft und Knechtschaft auf göttliche Einsetzung zurückgeführt und damit überzeitlich abgesichert wurde, kamen spätestens zu Beginn des 11. Jahrhunderts Deutungen auf, die – wie bei Bischof Adalbero von Laon – die Unterschiede zwischen „nobiles" und „servi" als Folge menschlicher Satzung verstanden. Aus einer solchen Sichtweise ergaben sich auch Ansatzpunkte zu funktionalen „Ständelehren". Darin wurde die gegenseitige Zuordnung der „Stände" („ordines") betont, so daß die wertende hierarchische Über- und Unterordnung in den Hintergrund gedrängt, wenn nicht aufgehoben wurde. Diese funktionale Deutung bot auch das Gerüst für eine berufsständische Interpretation, in die neue Berufsgruppen einbezogen werden konnten. Gegen das bei geistlichen Autoren weit verbreitete Vorurteil gegenüber den Kaufleuten wandte der mit dem städtischen Leben vertraute Gerhoch von Reichersberg ein: Wenn das Handelsgewerbe „ohne Lug und Trug betrieben wird, ist darin an sich nichts Schlechtes". Derselbe Autor wies den Kaufleuten unter den Laien im Kreise der Könige, Fürsten, Herzoge, Gerichtsherren, der „milites" und der Bauern sogar eine eigenständige Stellung zu. Mit der Berücksichtigung der Kaufleute und übrigens auch der Handwerker als eigene Berufsstände, die zwischen Adligen und herrschaftlichen Beauftragten einerseits und den Bauern andererseits plaziert wurden, wurde der inzwischen eingetretene gesellschaftliche Wandel gleichsam nachgeholt.

Die tradierten Ordolehren reagierten – wenn überhaupt – nur zögernd auf Veränderungen in der sozialen Umwelt: sie wollten die gesellschaftlichen Verhältnisse nicht beschreiben, sondern deuten. Darin spiegelt sich die Einstellung vornehmlich der hohen, überwiegend dem Adel entstammenden Geistlichkeit. Aus dem Schweigen der Quellen darf aber nicht geschlossen werden, daß derartige Deutungsschemata von allen Gruppen und Schichten akzeptiert worden sind. In diesem Zusammenhang sei auch an die Kritik erinnert, die die Ministerialentochter Tenxwind von Andernach an der Adligen Hildegard von Bingen geübt hat. Beide Nonnen widerlegten jeweils schon durch ihren eigenen Lebenslauf die herkömmlichen „Ständelehren", die über die Frauen zumeist nichts aussagten. Daß sich die soziale Einschätzung der Frauen seit dem Ende des 11. Jahrhunderts zu bessern begann, läßt sich wohl am deutlichsten an der Zunahme der Marienverehrung ablesen.

Aus den „Ständelehren", die sich nach traditionell vorgegebenen Schemata um eine überzeitlich und auch universal gültige Interpretation der in sich gegliederten Menschheit bemühten, ist also keinesfalls – wie dies früher oft genug geschah – eine Stabilität der gesellschaftlichen Verhältnisse abzuleiten. Dementsprechend können sie auch nicht als Belege für eine scharfe Trennung in Herren und Knechte oder in Beter, Krieger und Arbeitende bzw. Bauern herangezogen werden und ebensowenig für eine innere Homogenität dieser schematischen Gliederungen. Mit den Juden haben wir ohnehin eine soziale Gruppe vor uns, die in den christlichen „Ständelehren" überhaupt unbeachtet geblieben ist.

b) Adel, Krieger und Ritter

Eine tiefgreifende Veränderung innerhalb des Adels in Deutschland äußerte sich darin, daß seit dem 11. Jahrhundert Adlige immer öfter neben ihrem Vornamen und eventuellen Amtsbezeichnungen noch zusätzlich mit dem Namen einer Burg in den Quellen aufgeführt wurden. Solche nach Burgen benannte Adelsgeschlechter waren etwa im schwäbischen Raum die Adligen von Calw, von Nellenburg, die Staufer und auch die Habsburger. Aus der Einnamigkeit wurde also zunächst für die Gruppe des höheren Adels im Verlaufe des 11. Jahrhunderts eine Zweinamigkeit, die die Zuordnung verschiedener Personen zu einzelnen Familien und Geschlechtern erheblich erleichtert. In der ersten Phase variierte noch öfters die Angabe des „Wohnsitzes", bis sich schließlich die Hauptburg als Bezeichnung durchsetzte. Dieser Vorgang gibt zu erkennen, daß sich nunmehr die Burg als Zentrum und Charakteristikum der jeweiligen Adelsfamilie verfestigte. Er ist zugleich ein Symptom für die Territorialisierung der Herrschaft.

Zeitlich parallel dazu veränderte sich das Selbstverständnis der Adligen. Mit der Orientierung an einzelnen Herrschaftszentren entstand ein stärker vertikal – also nach der Generationenfolge – ausgerichtetes Selbstbewußtsein der Adelsfamilie. Sie gründete ihren Herrschaftsanspruch auf die Leistungen und somit auch auf die Besitzungen und Positionen ihrer Vorfahren, unter denen gemäß der Erbrechtsfolge die männliche Linie eine größere Rolle spielte. Die Ausdehnung des Erbrechts auf die Lehen, das die mächtigeren Adligen am frühesten durchsetzen konnten, stand mit dieser Bewußtseinsveränderung des hohen Adels in einem Kausalzusammenhang. Dafür war aber ebenso die große Welle adliger Kirchen- und Klostergründungen bedeutsam, die in Deutschland seit der zweiten Hälfte des 11. Jahrhunderts zu beobachten ist. Etwa zur gleichen Zeit, als die Adligen nach ihren Burgen zubenannt wurden, gründeten sie ihre Hausklöster, die ihnen in der Regel als Grablege ihrer Familie dienten. Wie die Burg das herrschaftliche, so bildete das damit oft auch topographisch verbundene Hauskloster das geistlich-religiöse Zentrum der Adelsherrschaft. Im Zusammenhang der jeweiligen Kloster- oder Stiftschroniken entstanden die ersten schriftlichen Fassungen der Geschichte einzelner Adelsfamilien. Die Auseinandersetzungen des Investiturstreits haben diese vielfältige Symbiose zwischen Adel und Geistlichkeit, die ihrerseits überwiegend aus Adelsfamilien stammte, nicht aufgehoben, sondern nur auf neue Grundlagen gestellt.

Gegenüber diesen Tendenzen zur Festigung des Adels in Familien und Geschlechtern ist aber ebenso festzuhalten, daß die langandauernden, schweren Kämpfe während des hier behandelten Zeitraums in Deutschland das innere Gefüge des Adels aufgelockert haben. Die politischen Rahmenbedingungen begünstigten den schnellen Aufstieg oder auch den raschen Niedergang einzelner Adliger und Adelsfamilien. Einen steilen Aufstieg erlebten beispielsweise die Staufer. Durch eine geschickte Heiratspolitik, durch Anlehnung an das Königtum, die durch verwandtschaftliche Bande gefestigt wurde, und nicht zuletzt durch eine hartnäckige Territorialpolitik gelangten sie aus relativ bescheidener Position, die noch um die Mitte des 11. Jahrhunderts auf einen kleinen Aktionsradius innerhalb Schwabens beschränkt war, zunächst in den Besitz der schwäbischen Herzogswürde (1079). Bereits eine Generation später griffen sie nach dem Tode des letzten Saliers in die Thronfolge ein. Knapp anderthalb Jahrzehnte danach begründeten sie eine Herrscherdynastie, die die Geschichte Europas für mehr als ein Jahrhundert wesentlich beeinflußt hat.

Auf anderem Niveau verdeutlicht diese Dynamik auch der Lebenslauf Wiprechts von Groitzsch, den wir als Kolonisator und als Gründer seines Hausklosters Pegau bereits kennengelernt haben. Wiprecht, der edelfreier Abkunft war, gehörte ursprünglich sicher nicht den führenden Familien Sachsens an. Nach den Pegauer Annalen soll sich der Großvater Wiprechts in der östlichen Altmark mit Waffengewalt ein Herrschaftsgebiet geschaffen haben, das er seinem gleichnamigen Sohn vererbte. Jener Wiprecht der Ältere heiratete die Angehörige einer sonst nicht bekannten Grafenfamilie; er ist wohl schon früh gestorben. Von seiner Mutter wurde der gleichnamige Sohn dem Markgrafen Udo II. von Stade zur Erziehung und Ausbildung übergeben. Nachdem er erwachsen war, belehnte ihn der Markgraf mit der Burg Tangermünde, die in der Nähe des väterlichen Erbguts Wiprechts gelegen war. Aus unbekannten Gründen entfernte ihn der Markgraf aber bald aus der Nordmark und übergab ihm als Ersatz den Burgward Groitzsch (zwischen Pleiße und Elster), wo Wiprecht sich jedoch gegen den Widerstand vieler anderer Adliger nicht durchsetzen konnte. So begab er sich etwa zwischen 1075 und 1080 an den Hof des böhmischen Herzogs Wratislaw. Von Wratislaw, der 1075/76 von Heinrich IV. mit den Marken Niederlausitz und Meißen gegen die ostsächsischen Geschlechter der Brunonen und Wettiner belehnt worden war, erhoffte er sich Unterstützung für die Rückeroberung von Groitzsch. Am Hofe des prosalischen böhmischen Herzogs gewann Wiprecht schnell einen großen Einfluß. Nach der Rückkehr vom Italienzug Heinrichs IV. heiratete er eine Tochter des damals vom Kaiser zum König erhobenen Böhmen. Damit fielen ihm auch umfangreiche Besitzungen vornehmlich im Lande Bautzen zu. Mit diesem Rückhalt gelang ihm die gewalttätige Eroberung seiner Rechte um Groitzsch. In diese Zeit fällt auch seine weitausgreifende Siedlungspolitik. Noch zu Lebzeiten Heinrichs IV. stieg Wiprecht endgültig in den Kreis der Reichsfürsten auf. Unter Heinrich V. festigte er seine Position. Seit dem Jahre 1112 betrieb er jedoch eine antikaiserliche Politik, im folgenden Jahre geriet er in kaiserliche Gefangenschaft auf dem Trifels. Das über ihn gefällte Todesurteil ließ der Kaiser jedoch gegen Überlassung der gesamten Besitzungen Wiprechts nicht vollstrecken. Erst im Jahre 1116 wurde er mit zwei weiteren sächsischen Adligen im Austausch gegen den Reichsministerialen Heinrich Haupt aus der Haft entlassen. In der Folgezeit hat er wohl seine gesamten Rechte zurückerhalten. Im Jahre 1123 belehnte der Kaiser ihn sogar unter Umgehung der Wettiner mit der Markgrafschaft Meißen, wo er sich jedoch nicht durchsetzen konnte.

Die in diesen Beispielen deutlich werdende Dynamik wirkte innerhalb eines großen Spektrums unterschiedlicher Positionen der Adligen. Darin bildete ein kleinerer, jedoch offener Kreis von Adelsfamilien mit – jedenfalls zeitweise – starkem Einfluß auch auf die Reichspolitik und zugleich mit einer oft auch verwandtschaftlich vermittelten Nähe zum Königsgeschlecht eine Führungsgruppe, deren Abstand zum Königtum infolge des Investiturstreits und mit dem Vordringen des Wahlrechts bei der Thronfolge wesentlich verringert wurde. Nach unten reichte das Spektrum bis in eine offene und breite Zone von Edelfreien und sogar bis in die Führungsgruppe der Unfreien, die Ministerialen, hinein.

Die Offenheit des Adels selbst gegenüber den Unfreien und die noch keineswegs vollzogene Abschichtung innerhalb dieser Elite äußern sich auch im Text eines nur unbestimmt auf das Ende des 11. Jahrhunderts datierbaren Gottesfriedens (Nr. 15, MG, Const. I, Nr. 426, S. 608f). In den Bestimmungen über Friedensverletzungen wie auch über die Verweigerung der militärischen Verfolgung von Friedbrechern wurden folgende Gruppen unterschieden: die Adligen („nobiles"), unter denen wiederum die Fürsten des Landes („principes terrae") hervorgehoben werden; die Freien oder Ministerialen („liber aut ministerialis"); die Hörigen („lito aut servus"). Bei der Regelung des Gerichtsverfahrens über Verletzung des Gottesfriedens wurde hingegen nur zwischen dem Freien („ingenuus aut liber") einerseits und dem „Unfreien" („servus, tam lito quam ministerialis") andererseits differenziert. Hinsichtlich des Gerichtsverfahrens, also im engeren rechtstechnischen Sinne, blieb demnach weiterhin die Grenze zwischen Freiheit und Unfreiheit wirksam. In herrschaftlicher Hinsicht wurden die rechtlich Freien jedoch in Fürsten des Landes, Adlige und weitere Freie untergliedert. In dieser Hinsicht wurden die Ministerialen, die im Gerichtsverfahren hingegen wie die Unfreien behandelt wurden, den „einfachen" Freien gleichgesetzt. Neben diesen Kategorien wurde in derselben Quelle bei der Bestrafung von Verleumdungen noch zwischen „miles" und „rusticus", also zwischen Krieger und Bauer, nach Tätigkeitsbereichen unterschieden, wobei ebenfalls der Rechtsstand von frei oder unfrei unerheblich war. Es wurde offengelassen, ob dieser „miles" Adliger oder Ministeriale war oder einer weiteren Gruppe angehörte. Entscheidend war in diesem Zusammenhang nur, daß er mindestens überwiegend als Krieger tätig war.

Noch in der zweiten Hälfte des 11. Jahrhunderts und auch später haben sich Bauern und Stadtbürger an Kriegszügen beteiligt. So zogen die Mitglieder der sächsischen Adelsopposition in der ersten Hälfte der siebziger Jahre mehrfach neben ihren Vasallen und Dienstleuten auch Gruppen bäuerlicher Herkunft zum Kriegsdienst heran. Als Heinrich IV. im Jahre 1075 nach Sachsen vorrückte, hat sich – wie Lampert von Hersfeld berichtet – unter seinen Truppen ein großer Optimismus über die Siegeschancen ausgebreitet, „weil das aus erfahrenen Kriegsleuten bestehende königliche Lehnsaufgebot im Kampf mit dem gegnerischen Heer, das mehr zum Akkerbau als zur Kriegsführung geeignet sei und seine Aufstellung vor allem dem Zwang der sächsischen Fürsten verdanke, vor keine besonderen Probleme gestellt werde" (Nr. 3, Bd. 13, Lampert, S. 286f). Nach derselben Quelle soll Herzog Otto von Northeim, der um 1070 das Königsgut mit seinen Vasallen und Ministerialen verwüstet hatte, einen Teil seiner Beute seinen durch die Kämpfe landlos gewordenen Bauern zugewiesen und diese gleichzeitig aufgefordert haben, ihm durch ihr Gebet beizustehen, da sie für das Kriegshandwerk untauglich seien (Nr. 3, Bd. 13, Lampert, S. 128f). Derselbe adlige Autor sprach auch den Kaufleuten jede militärische Fähigkeit ab. Dennoch konnte er nicht umhin, das Auftreten von Bauern und Kaufleuten in den zahlreichen kriegerischen Auseinandersetzungen festzustellen.

Sicher ist jedenfalls, daß Erfahrung und Tüchtigkeit im Kriegsdienst und damit eine längere Tätigkeit als Krieger für die Zugehörigkeit zu den „milites" entscheidend waren, nicht die Herkunft allein und noch weniger der Rechtsstand. Der soziale Status wurde also auch in dieser Hinsicht durch die Funktion bestimmt, was die Angleichung zwischen „liber" und „ministerialis" erklärt. So war es keineswegs ausgeschlossen, daß auch „rustici" zu „milites" aufsteigen konnten. Daß ein solcher Aufstieg nicht selten war, geht aus dem Landfrieden Friedrichs I. aus dem Jahre 1152 hervor. Darin wurde nur jenem der Status des Ritters („miles") – mit dem das Vorrecht zum Zweikampf in Gerichtsverfahren verbunden war – zuerkannt, der nachweisen konnte, daß er seit langem seiner Herkunft nach rechtmäßiger Ritter war (Nr. 16, MG, DDFI, Nr. 25, S. 43). Es gab also auch solche Ritter („milites"), die diese geburtsständischen Kriterien nicht erfüllten, aber als Ritter auftraten und auch weiterhin als Ritter galten. Daß auch Bauern die rittermäßigen Waffen, Lanze und Schwert, trugen, ergibt sich aus einem Verbot desselben Landfriedens. Tatsächlich war also die Grenze zwischen Ritter und Bauer um die Mitte des 12. Jahrhunderts noch offen, auch wenn dieser programmatische Landfriede Barbarossas eine schärfere Abgrenzung anstrebte.

Zweifellos galten in Deutschland schon vor der Mitte des 12. Jahrhunderts Ministeriale, also Unfreie, als Ritter und unterschieden sich damit von den Bauern und „Bürgern", der Masse der Bevölkerung. Dadurch wurden sie zwar den adligen „milites" angeglichen, aber keineswegs mit ihnen gleichgestellt. Wieweit in Deutschland das vom Kreuzzugsgedanken geförderte Ritterideal bis zur Mitte des 12. Jahrhunderts den Abstand zwischen Ministerialen und Adligen zu überbrücken vermochte, ist nur schwer abzuschätzen. Jedenfalls scheint ein solches Gemeinschaftsbewußtsein in Deutschland später wirksam geworden zu sein als in Frankreich. Das erste Ritterturnier ist für Deutschland zum Jahre 1127 vor Würzburg bezeugt: es wurde von den staufischen Herzogen Friedrich und Konrad – gleichsam als Demonstration gegen König Lothar III. – veranstaltet.

c) Freiheiten und Unfreiheiten in Stadt und Land

Die Offenheit und die Dynamik, die beim Adel mit seinen Abstufungen und mit seinen bis zur Ministerialität reichenden Übergängen zu beobachten sind, waren untrennbar verknüpft mit der sozialen Beweglichkeit in der unfreien Bevölkerung. Um die Mitte des 11. Jahrhunderts betrug der Anteil der Unfreien an der Gesamtbevölkerung in den deutschen Altsiedellanden wohl bis zu neunzig Prozent. Dieses Zahlenverhältnis hat sich innerhalb der folgenden hundert Jahre kaum wesentlich verschoben. Grundlegend gewandelt haben sich jedoch die Formen und die Auswirkungen der Unfreiheit. Deren Variationsbreite erweiterte sich erheblich. Da die vielfältigen Vorrechte innerhalb der Hörigkeit auch in den zeitgenössischen Quellen als Freiheiten („libertates") bezeichnet wurden und die rechtliche Grenze zwischen unfrei und frei für die soziale Stellung ohnehin geringere Bedeutung erhielt, ist es umso mehr gerechtfertigt, bei der Beschreibung der rechtlich unfreien Bevölkerung die Kategorien Freiheiten und Unfreiheiten zugrundezulegen. So wird auch verständlich, daß gegen Ende des 11. Jahrhunderts eine freie Frau sich und ihre drei Töchter an das Kloster St. Emmeram zu Regensburg unter der Bedingung übergab, daß sie und ihre Nachkommen als Zensuale bei Zahlung eines jährlichen Kopfzinses den Status einer freien Unfreiheit („libera servitus") erhalten werden (Nr. 25, Traditionen, Nr. 684, S. 329f).

Nicht nur diese Abhängigkeitsformen innerhalb des Hörigenverbandes der „familia" waren äußerst vielfältig, sondern ebenso die wirtschaftlichen

Tätigkeitsfelder und herrschaftlichen Zuordnungen der Hörigen. Viele lebten innerhalb der Grundherrschaften auf abhängigen Bauernstellen. Sie bewirtschafteten diese Hufen weitgehend selbständig gegen zumeist festgelegte Abgaben und begrenzte Frondienste, die sie für die herrschaftliche Eigenwirtschaft auf dem Salland leisten mußten. Mit dem Rückgang der Eigenwirtschaft, der seit der Wende zum 12. Jahrhundert offenbar in größerem Umfang stattfand, vermehrte sich die Zahl der Hufenbauern, unter denen das Salland aufgeteilt wurde, und verringerte sich zugleich der Bedarf an Frondiensten, die dann gegen Geldzahlungen abgelöst wurden. Sie waren in der Regel noch mit einer Todfallabgabe – dem Besthaupt oder Bestkleid – belastet. Da sie ihre Hufen oder auch kleinere Wirtschaftseinheiten fast ausnahmslos zu Erbleihe besaßen, bestand die Gefahr, daß bei Heiraten mit Angehörigen einer fremden „familia" das Leihegut und die Kinder aus einer solchen Ehe entfremdet wurden. Daher durften sie solche Ehen nur mit Erlaubnis ihres Herrn eingehen.

Andere wohnten im und am Herrenhof oder am Herrschaftssitz auf den Burgen und in den Städten und Märkten. Im Unterschied zu den Hufenbauern, die schollengebunden waren, genossen diese Hörigen eine größere Freizügigkeit, soweit sie nicht durch bestimmte Dienstaufgaben – etwa als Knechte und Mägde am Herrenhof – wiederum örtlich gebunden waren. Diese große Gruppe von Hörigen war in sich noch stärker differenziert als jene der Hufenbauern. Außer den Knechten und Mägden, die – überwiegend wohl unverheiratet – zu ungemessenen täglichen Arbeiten am Herrenhof verpflichtet waren, gehörten dazu auch Dienstleute mit qualifizierten Aufgaben für den Herrenhof etwa als Handwerker oder auch Kaufleute, Inhaber von Verwaltungsfunktionen innerhalb der Grundherrschaft und die mit militärischen Aufgaben betrauten Ministerialen, die zumeist auch Verwaltungsaufgaben wahrnahmen. Für die Durchführung der qualifizierten Dienste erhielten sie von ihrem Herrn verschiedenartige materielle Gegenleistungen in der Form von Dienstlehen. Je nach der Dienststellung des Hörigen und der politischen und wirtschaftlichen Position des Herrn konnten die auch als „beneficia" bezeichneten Dienstlehen in agrarwirtschaftlich nutzbaren Flächen, Hufen, Burgen, größeren Rodungsgebieten, in naturalwirtschaftlichen oder finanziellen Einkünften aus der Grundherrschaft oder auch in Marktabgaben und in weiteren Herrschaftsrechten über Land und Leute bestehen. Während für diese Gruppe – wie für alle anderen Hörigen – das Heiratsverbot mit Partnern aus fremden „familiae" galt, ist die Todfallabgabe seit dem Anfang des 12. Jahrhunderts mindestens den Reichsministerialen, die unter den Hörigen insgesamt eine Spitzenstellung einnahmen, vielfach erlassen worden. Sie entfiel zumeist auch für die ohnehin vermögenslosen, zu unbegrenzten niederen Diensten verpflichteten Knechte und Mägde.

In Unterschied zu diesen beiden Hörigengruppen, die in ihrer wirtschaftlichen Existenzgrundlage und mit ihren Dienstaufgaben an ihren jeweiligen Herrn gebunden waren, standen weitere Hörige nur in lockeren Beziehungen zu ihrem geistlichen oder weltlichen ,,pater familias". Sie besaßen eine von ihrem Leibherrn unabhängige, wenn auch oft nur geringe wirtschaftliche Basis. Dazu boten sich vor allem in den entstehenden und wachsenden Städten und Märkten Tätigkeiten als Tagelöhner, Handwerker oder Kaufleute, aber auch in der Kolonisation neue Möglichkeiten. Die Bindung dieser Hörigen beruhte im wesentlichen nur noch auf einem persönlichen Schutzverhältnis, für das sie einen jährlichen Kopfzins zu zahlen hatten. Darüber hinaus konnten sie zu Ablösesummen für die Frondienste verpflichtet sein. Zu dieser Gruppe gehörten ferner Freigelassene, die auch noch nach dem Rechtsakt der Freilassung auf ein Schutzverhältnis angewiesen waren. Gemäß den bei der Freilassung festgelegten Bedingungen konnte ihr Kopfzins um jährliche Zahlungen für diesen Rechtsakt erhöht sein. Die Todfallabgabe war für diese Hörigen, die wegen ihrer Kopfzinse auch als Zensualen bezeichnet werden, keineswegs allgemein verbindlich.

Die individuell ausgeprägten Rechte der den verschiedenartigen Herren unterstehenden ,,familiae" – die Hofrechte – wurden bis zum Beginn des 11. Jahrhunderts fast ausnahmslos als Gewohnheitsrechte überliefert. Erst seit dieser Zeit wurden Hofrechte zunehmend schriftlich fixiert. An solchen Abfassungen, die sich seit dem Anfang des 12. Jahrhunderts häuften, waren Angehörige der jeweiligen ,,familia" mindestens in der Weise beteiligt, daß sie auf Befragen über ihren Rechtsstatus Auskunft oder sogar als Zeugen ihre Zustimmung gaben. Bei Streitigkeiten konnten sie ihren Herrn auch zum Entgegenkommen zwingen. Bereits um die Mitte des 11. Jahrhunderts traf der Abt von St. Maximin zu Trier mit seinen Hörigen aus dem Moselort Wasserbillig – die, wie eigens formuliert wird, sich bis dahin den Forderungen des Klosters hartnäckig verweigert und sich als rebellisch und kaum bezwingbar erwiesen hatten – eine Vereinbarung. Diese war, so wird betont, für die Eigenleute nicht unerträglich und für das Kloster nicht ungünstig.

Die zahlreichen militärischen Kämpfe und die scharfen religiös-politischen Auseinandersetzungen haben in der Folgezeit die Position der miteinander konkurrierenden Herren gegenüber ihren Hörigen weiter geschwächt, zumal sich gleichzeitig für die Hörigen neue Chancen im Heerwesen, in der Verwaltung, im Landesausbau und in der Rodung wie auch im Handel und Gewerbe boten. Auch im Altsiedelland bestand die Gefahr, daß die Hörigen sich in die ,,familia" eines anderen Herrn mit günstigeren Bedingungen begaben. So berichtet der etwa um 1135 schreibende Mönch Ortlieb aus dem an der Donau gelegenen schwäbischen Kloster Zwiefalten: Seit der Gründung dieses hirsauischen Reformklosters (ca. 1090) hätten sich viele Hörige von ihren früheren Leibherren wegen der schweren und vielfältigen Lasten der Knechtschaft freigekauft und seien Angehörige der ,,familia" des Klosters geworden, in der sie ein ruhiges Leben führen könnten. Darin lebten sie nun als Bauern, Weingärtner, Bäcker, Schuster,

Schmiede oder auch Kaufleute oder in irgendeinem anderen Gewerbe (Nr. 27, Chronik, S. 44–49).

In Aufstiegsmöglichkeiten innerhalb der Grundherrschaft und den damit verbundenen Wandel in den Einstellungen und Verhaltensweisen gibt der Fortsetzer der Klostergeschichte von St. Gallen für die Mitte des 11. Jahrhunderts einen Einblick. Der Abt habe jene Hörigen, die die Ländereien des Klosters zu verwalten hatten, zu wenig beaufsichtigt. Diesen Freiraum hätten die grundherrschaftlichen Meier für sich genutzt. Sie hätten damit begonnen, geglättete Schilde und Waffen zu führen. Sie hätten gelernt, anders als die übrigen Dorfbewohner die Hörner zu blasen. Sie hätten Hunde gehalten und für die Jagd abgerichtet. Zunächst hätten sie nur Hasen gejagt, dann auch Wölfe, schließlich sogar Bären und Eber. Die hörigen Amtsträger haben also unter Vernachlässigung ihrer Dienstpflichten auf der wirtschaftlichen Grundlage ihrer Dienstlehen „elitäre", adlige Lebensformen eingeübt (Nr. 3, AQ, Bd. 31, Nr. 53, S. 132–135).

Wie bereits anhand der Reichsministerialen aufgezeigt wurde, besaßen die Ministerialen für einen solchen Aufstieg seit der Mitte des 11. Jahrhunderts noch bessere Chancen. Diese nutzten neben den Reichsministerialen auch die Ministerialen der Reichsbistümer, der großen Reichsklöster wie auch der mächtigeren Adligen. Aufgrund ihrer militärischen Aufgaben besaßen die Ministerialen ohnehin ein hohes Maß an Freizügigkeit. Sie haben in spätsalischer Zeit bereits auch andere Merkmale ihrer Unfreiheit abstreifen können. Ihre dienstrechtliche Bindung an den Leibherrn war schon früh von der Vergabe eines Dienstlehens abhängig. In dem um 1061/62 verfaßten Recht der Bamberger Hochstiftsministerialen wurde festgehalten, daß ein Ministeriale, dem der Bamberger Bischof kein Dienstlehen zur Verfügung stellt, einem anderen Herrn nach freier Wahl dienen, mit diesem jedoch kein Lehnsverhältnis eingehen darf. Damit sollte verhindert werden, daß sich der so freigestellte Ministeriale ganz von seinem Leibherrn lösen und auf diese Weise eine adlige Position erreichen konnte (Nr. 3, AQ, Bd. 32, Nr. 31, S. 120–123).

Dementsprechend charakterisiert die Chronik des elsässichen Klosters Ebersheimmünster um die Mitte des 12. Jahrhunderts die Ministerialen, die innerhalb der klösterlichen „familia" eine Spitzenstellung einnehmen, als so adlig und kriegstüchtig, daß sie sicherlich dem Rechtsstand der Freien nahestehen (Nr. 12, MG, SS XXIII, S. 433). Es braucht nur noch daran erinnert zu werden, daß die Ministerialen aufgrund ihrer wirtschaftlichen Stellung, ihrer militärischen Fähigkeiten und politischen Erfahrungen an der Ausbildung der Stadtgemeinden einen wesentlichen Anteil hatten und so auch im städtischen Umkreis Führungspositionen übernahmen.

In den städtischen wie auch in den ländlichen Siedlungen lebte seit der Mitte des 11. Jahrhunderts eine weitere, zahlenmäßig zunehmende Schicht innerhalb der „familia", die sich von der Stellung der anderen Hörigen positiv absetzen kann: die Zensualen. In der Chronik von Ebersheimmünster wird sie unmittelbar nach der Ministerialität aufgeführt und umschrieben als ,,zinspflichtig und gehorsam, sehr angesehen und mit ihrem Rechtsstand zufrieden". Obwohl sie über einen eigenen Rechtsstand innerhalb der ,,familia" verfügten, sind unter den Zensualen erhebliche soziale Unterschiede anzutreffen.

Bis zur Mitte des 12. Jahrhunderts sind – wie das reichhaltige süddeutsche Quellenmaterial ausweist – weit überwiegend nur Frauen in die Zensualität eingetreten, wobei freilich der Anteil der Frauen in den vorhergehenden hundert Jahren bereits langsam angestiegen war. Dieser Tatbestand dürfte wohl auch darin begründet sein, daß der ,,Arbeitswert" der Frauen geringer war. Die Leibherren waren daher am ehesten bereit, weibliche Hörige gegen eine Freikaufsumme freizulassen. Hinzu kam, daß bei vielen Traditionen von Frauen in den Zensualenstand durch ihre früheren Leibherren auch sehr persönliche Beziehungen eine Rolle gespielt haben. So übergab um 1120 ein Mann mit Zustimmung seiner Frau und seiner Söhne an St. Emmeram zu Regensburg seine Tochter, die er mit einer Konkubine gezeugt hatte (Nr. 24, Traditionen, Nr. 755, S. 352f). Nicht zuletzt haben sich auch viele bis dahin freie Frauen selbst tradiert, um auf diese Weise eine Sicherung ihrer gefährdeten Rechtsstellung oder ihrer Besitzansprüche zu erreichen. Dieses Motiv wird in der Selbstübergabe der aus Friesland stammenden Willerad, Witwe eines in Mainz-Kastel ansässigen Freien, am Ende des 11. Jahrhunderts deutlich ausgesprochen. Sie tradierte sich und ihre Tochter an das Kloster St. Georg mit der Begründung, daß sie so gegen die Verwandten ihres verstorbenen Mannes, die sie gewaltsam um ihr Erbe bringen wollten, Schutz erhalte. Neben einem bescheidenen Kopfzins von nur zwei Pfennigen verpflichtete sie sich für ihre Nachkommen auch zur Zahlung der Todfallabgabe. Zu ihrem Besitzanspruch gehörte ein Haus mit einer kleinen ,,familia". Die Zensualin besaß demnach selbst wiederum mehrere Hörige (Nr. 3, AQ, Bd. 32, Nr. 41, S. 156–159).

Das Schutzverhältnis erwies sich freilich keineswegs immer als eine Garantie gegen Statusverschlechterungen. Offenbar wurden Zensualen oft durch andere Herrschaftsträger – vor allem durch den Vogt oder auch durch Ministeriale der Kirchen und Klöster – zusätzlich belastet oder sogar als Hörige behandelt. So sind die Nachkommen einer edelfreien Frau, die sich und ihre Nachkommenschaft an der Wende zum 12. Jahrhundert in die Zensualität des Klosters St. Emmeram tradiert hatte, schon in der ersten Generation zu ungerechten Dienstleistungen herangezogen worden. Nachdem dies durch den Abt mit Hilfe des Regensburger Bischofs wieder rückgängig gemacht worden war, traf auch die folgende Generation dasselbe Schicksal, so daß erneut eine Wiederherstellung ihrer Freiheit und ihres Rechtsstandes (,,libertas et iusticia") notwendig wurde (Nr. 24, Traditionen, Nr. 864, S. 417f).

Mit Recht hat die neuere Forschung auf die große Bedeutung der Zensualität für den sozialen Wandel der städtischen Bevölkerung hingewiesen.

Dies ist für mehrere flandrische Städte, soweit deren Entstehungsgeschichte eng mit geistlichen Institutionen verknüpft war, und vor allem für Regensburg aufgezeigt worden. Die Freizügigkeit und die Befreiung von den Servitialpflichten, also typische Vorteile des Zensualenstatus, gaben der städtischen Bevölkerung den notwendigen Handlungsspielraum in Gewerbe und Handel. Es bedarf aber noch weiterer Forschungen um zu klären, inwieweit dieser Rechtsstand allgemein in den Städten verbreitet war. Dies gilt insbesondere im Hinblick auf die Abgrenzung der Zensualität von anderen Formen der Hörigkeit.

Die Stadt- oder Ortsherren strebten danach, die Rechte anderer Herren an den Bewohnern und damit auch deren leibrechtliche Abhängigkeiten möglichst weitgehend zu beseitigen. So bestimmte der Graf von Namur schon um die Mitte des 11. Jahrhunderts für die Bewohner der „villa" Dinant, daß jeder Zuwanderer, der sich dauerhaft niederlassen wolle, ihm gehören solle. Der Bischof von Lüttich gestand hingegen im Jahre 1066 den Leibherren zu, daß deren Unfreie auch nach der Ansiedlung in der bischöflichen „villa" Huy ihnen weiterhin dienstpflichtig sein sollten. Diese Leibherren mußten aber die Beweislast für die Unfreiheit der Zuwanderer tragen. Darüber hinaus durften sie ihre in Huy wohnenden Hörigen nicht mit ungewöhnlichen Dienstleistungen behelligen, so daß der Bischof die Realisierung der Forderungen von seiten der Leibherren erheblich erschwerte.

Die Befreiung von den Lasten der Leibherrschaft war nicht von Anfang an mit dem Rechtsstatus der Bürger verknüpft, sondern war das Produkt einer längeren und keineswegs geradlinigen Entwicklung. In dem ersten umfassenden Privileg eines mittelalterlichen Kaisers für die Bewohner einer deutschen Stadt befreite Heinrich V. im Jahre 1111 die Bewohner der mit den Saliern politisch eng verbundenen Bischofsstadt Speyer „von jener nichtsnutzigen und ruchlosen Vorschrift, nämlich von jener Teillast, die man gewöhnlich ‚buteil' nennt, wodurch die ganze Stadt wegen allzu großer Armut ruiniert wurde" (vgl. Nr. 340, Voltmer, S. 21 f). Von dieser hier sicher übertriebenen Belastung waren alle jene Bewohner betroffen, die ohne Erlaubnis ihres Leibherrn Ehen mit Angehörigen fremder „familiae" eingegangen waren. Von diesen forderten ihre Leibherren auf Kosten der Erben einen erheblichen Anteil – bis zu zwei Drittel – am Nachlaß. Der Kaiser sicherte hingegen mit dem Diplom von 1111, das er in ähnlicher Form drei Jahre später auch für die benachbarte Bischofsstadt Worms ausstellte (Nr. 3, AQ, Bd. 32, Nr. 48, S. 178–183), das volle Erbrecht der Stadtbewohner. In beiden Fällen wurde also keine förmliche Freilassung der Stadtbewohner aus der Hörigkeit verfügt, sondern nur eine – freilich wesentliche – Reduzierung der daraus sich ergebenden Belastungen für das Erbrecht.

Das ungeschmälerte Erbrecht wurde übrigens auch in dem ersten Gründungsprivileg für eine deutsche Marktsiedlung mit städtischem Charakter

– in der Urkunde des Herzogs von Zähringen für Freiburg aus dem Jahre 1120 – verfügt, was in ähnlicher Weise auch bei den Neusiedlerrechten des beginnenden 12. Jahrhunderts festgelegt wurde. Mit der Geltung des ungeschmälerten Erbrechts verbreiterte sich die wirtschaftliche Basis für die Familie im modernen Sinne, d. h. mit der Lockerung der Abhängigkeiten in der „familia" wurde die bäuerliche und städtische Familie erst ermöglicht. So entschied Kaiser Heinrich V. in seinem Diplom für die Bewohner von Worms ausdrücklich, daß die Ehen der Bürger auch dann gültig sein sollten und nicht etwa durch einen Vogt (Gerichtsherrn) getrennt werden dürften, wenn die Partner aus zwei „familiae" stammten. Noch achtzig Jahre zuvor hatte der erste Salierkaiser dem Abt seines Hausklosters Limburg das Recht zugestanden, derartige eheliche Verbindungen nach Gutdünken aufzuheben.

Weitaus stärker, als dies die frühere Forschung wahrhaben wollte, ist in den deutschen Städten und vorstädtischen Siedlungen des 11. und 12. Jahrhunderts mit dem Weiterwirken leibrechtlicher Abhängigkeitsformen zu rechnen. In der entscheidenden Phase der Urbanisierung Deutschlands wurde die städtische Führungsschicht von der führenden Gruppe innerhalb der Hörigenverbände, den Ministerialen, getragen. Daneben waren auch rechtlich freie Kaufleute in derartigen Positionen tätig. Hierin äußerte sich erneut der enge Zusammenhang von Stadt und Land. Hier wie dort wurde die soziale Differenzierung durch den unterschiedlichen persönlichen Rechtsstatus nur noch partiell berührt. Die leibrechtliche Bindung erwies sich keineswegs immer als abträglich, sie konnte auch wichtige Vorteile vermitteln. Größeres Gewicht für die soziale Stellung erhielten nun die unterschiedlichen wirtschaftlichen und herrschaftlichen Tätigkeitsfelder. An der Zurückdrängung der negativen Folgen von Hörigkeit waren viele Faktoren beteiligt. Unter diesen hat der Wandel religiöser Wertvorstellungen, wie er in der Armutsbewegung seit dem Ende des 11. Jahrhunderts auch in seinen sozialen Konsequenzen am deutlichsten faßbar wird, sich auch deshalb ausgewirkt, weil er mit der Veränderung im herrschaftlichen und wirtschaftlichen Bereich in einer engen Wechselbeziehung stand.

d) Juden als fremde Minderheit

In der Geschichte der Juden, die als religiöse Minorität in den traditionellen christlichen Ordolehren keinen Platz gefunden haben, spiegeln sich die Grundzüge der christlichen Gemeinschaft. Wie keine andere Gruppe sind die Juden in Deutschland – wie im westlichen Kontinentaleuropa überhaupt – auf die urbanen Siedlungen konzentriert. Sichere schriftliche Zeugnisse für jüdische Siedlungen im deutschen Reichsgebiet beziehen sich bis zum Ende des 11. Jahrhunderts ausschließlich auf Bischofsstädte an den bedeutenderen Verkehrswegen von Rhein, Main, Mosel, Donau, Elbe, Moldau und Saale. Neben Prag, Magdeburg, Merseburg, Regensburg,

Mainz, Köln, Speyer, Worms, Bamberg und Metz ist auch Trier zu nennen. Erst in der ersten Hälfte des 12. Jahrhunderts lassen sich Juden-Siedlungen auch in anderen urbanen Zentren nachweisen. Die Zuwanderung der Juden, die in Deutschland im wesentlichen wohl erst seit dem 10. Jahrhundert eingesetzt hat, scheint vom Westen und Südosten, teilweise auch vom Süden erfolgt zu sein: also aus Landschaften, die über eine höher entwickelte Städtekultur als Deutschland verfügten.

Der große Beitrag der Juden zu der Urbanisierung in Deutschland ist auch bereits von zeitgenössischen Herrschaftsträgern erkannt worden. So ließ Bischof Rüdiger von Speyer in seinem Privileg von 1084 für jene Juden, die sich in Speyer niederlassen wollten, ausdrücklich hervorheben, daß er das Ansehen seines Residenzortes, den er aus einem Dorf in eine Stadt umwandeln will („urbem facere"), tausendfach zu steigern hoffte, wenn er dort Juden ansiedelte. Neben vielen Einzelrechten verlieh der Bischof derselben Judengemeinde ganz allgemein das beste Recht, das die Juden in irgendeiner Stadt des deutschen Reiches besäßen (vgl. Nr. 300, Geschichte I, S. 266f).

Die Kultgemeinschaft der Juden legte es nahe, daß sie sich in möglichst geschlossener Siedlung innerhalb der Städte niederließen, wo sie ihr intensives religiös-politisches Gemeindeleben ungestörter pflegen konnten. Zumeist befanden sich die Judensiedlungen im Stadtkern, an der Hauptstraße, am Hauptmarkt oder auch in der Nähe der Domfreiheit bzw. der Burg. Diese topographische Grundsituation war nicht nur die Folge der religiösen Stellung und der wirtschaftlichen Tätigkeit der Juden, sondern auch ihres Bedürfnisses nach herrschaftlichem Schutz. Bis zu den großen Verfolgungen von 1096 haben sich die Juden hauptsächlich im Warenhandel betätigt, vornehmlich mit Luxuswaren aus dem Orient oder mit Sklaven aus den Grenzgebieten im Osten.

Ihre Handelsbeziehungen reichten bis in den Mittelmeerraum, also in das Gravitationszentrum des Welthandels. Sie erstreckten sich im 11. Jahrhundert ferner bis nach Rußland, wo die Regensburger zusammen mit den Pragern und wahrscheinlich auch mit den Mainzer Juden tätig waren. Im Mittelmeerhandel waren sie spätestens seit dem 10. Jahrhundert von der wachsenden Konkurrenz vor allem der italienischen Seehandelsstädte bedrängt worden, während sie in Deutschland auch noch im 11. und 12. Jahrhundert als Lehrmeister und Wegbereiter des Fernhandels den Prototyp des Kaufmanns bildeten. Dementsprechend erteilte Heinrich IV. im Jahre 1074 in seinem Zollprivileg für die Bewohner von Worms als Dank für die ihm in einer schweren Krisensituation gewährte Unterstützung den Juden und den anderen Wormsern („judei et coeteri Wormatienses") die Befreiung von Zollabgaben (Nr. 3, AQ, Bd. 32, Nr. 33, S. 132–135).

Am Ende der achtziger und zu Beginn der neunziger Jahre stellte Heinrich IV. den Judengemeinden in den salischen Bischofsstädten Speyer und Worms umfassende Schutzurkunden aus. Nach dem Vorbild der Privilegien Ludwigs des Frommen für einzelne Juden wurde darin den jüdischen Gemeinden Schutz des Lebens und Eigentums, aber auch der Religionsausübung gewährt. Sie durften weiterhin den Handel mit heidnischen Sklaven treiben, während ihnen der Kauf christlicher Sklaven verboten sein sollte. Andererseits durften ihnen aber heidnische Sklaven nicht durch die Taufe entzogen werden. Ausdrücklich wurde ihnen gestattet, Christen bzw. Christinnen als Lohnarbeiter bzw. Dienstboten und Ammen zu beschäftigen. Für alle Streitfälle untereinander durften sie nach ihrem eigenen Recht verfahren, so daß also der eigenständigen, religiös begründeten und im Talmud verankerten Rechtstradition ein weiter Wirkungsbereich innerhalb der Judengemeinde zugesichert wurde. Schon damals verfügten die Juden in den größeren deutschen Städten über eine ausgebildete Gemeindeverfassung.

Die schon mehrfach angedeuteten Ereignisse des Jahres 1096, die zu den ersten größeren, in mehreren Städten wirksamen Pogromen in der deutschen Geschichte führten, fanden unter außergewöhnlichen Bedingungen statt. Wie schon zuvor in Frankreich bedrohten nun in Metz, Speyer, Worms, Mainz, Köln und Trier üble Horden, die den Kreuzfahrern vorauszogen und nachfolgten und denen sich auch Stadtbewohner anschlossen, die Juden unter dem Vorwand, sie müßten als Feinde Christi bestraft werden. Die ungeordneten Haufen, von denen das mörderische Vorgehen gegen die Juden ausging, waren zweifellos nicht nur durch die Kreuzzugsstimmung fanatisiert, sondern ebenso durch eine schon länger anhaltende Hungerperiode in Bewegung gesetzt worden. Diese religiös-psychischen und wirtschaftlich-existentiellen Extrembefindlichkeiten weiter Bevölkerungskreise trafen schließlich auf eine schwere Krise des traditionellen Herrschaftsgefüges. In ihr wurde einerseits die Autorität des Kaisers und der Bischöfe – der wichtigsten Schutzherren der jüdischen Minderheit – im weiteren Gefolge des Investiturstreits auf das schwerste erschüttert; andererseits hatten die sich bildenden Stadtgemeinden noch keine festeren Organisationsformen zur wirksamen Wahrung von Friede und Recht gefunden.

Als die ersten Nachrichten über die Verfolgung von Juden durch die ungeordneten Massen der Kreuzfahrer im Frühjahr 1096 nach Deutschland kamen, trafen die bischöflichen Stadtherren wie auch viele Mitglieder der städtischen Führungsschichten in den meisten deutschen Städten Schutzmaßnahmen zugunsten der Juden. Einer der Anführer solcher Kreuzfahrerhaufen war Peter der Eremit, der beredsame, aus der Pikardie stammende, meist schmutzstarrend auf einem Esel durch die Lande reitende Wanderprediger, in dessen Gefolge der Ritter Walther mit dem kennzeichnendem Beinamen „ohne Habe" besonders bekannt wurde. Peter hatte von den Trierer Juden zunächst nur Geld und Wegzehrung verlangt. In einer etwa zeitgenössischen hebräischen Quelle wird bezeugt, daß die antijüdische Stimmung der Kreuzfahrer auch auf die Trierer Stadtbürger übergriff.

Bisher hätten die Bürger nie davon gesprochen, der jüdischen Gemeinde überhaupt etwas Böses zu tun. Jetzt seien die Bürger neidisch geworden, weil an vielen Orten bereits Judenverfolgungen stattgefunden hätten, in ihrer Stadt aber die Juden unbehelligt geblieben waren. Die Juden, die bereits einzelnen Kreuzfahrerhaufen höhere Summen gezahlt hatten, versuchten, auch die Bürger durch Geldzuwendungen von weiteren Gewalttaten abzuhalten. Erzbischof Egilbert von Trier wurde schließlich selbst von den Kreuzfahrern bedroht, so daß er die in die erzbischöfliche Pfalz geflüchteten Juden aufforderte, sich durch die Taufe der Ermordung zu entziehen. Als diese sich weigerten, ließ er einige Juden zu den Kreuzfahrern führen, von denen sie ermordet wurden. Erzbischöfliche Bedienstete schleppten jüdische Frauen und Kinder gewaltsam zur Taufe. Einige Juden töteten sich selbst, wenige andere konnten fliehen und stürzten sich in die Mosel. Im folgenden Jahr wandten sich die überlebenden Juden, die sich hatten taufen lassen, mit kaiserlicher Unterstützung wieder ihrem alten Glauben zu. Einige Jahre später setzte sich Heinrich IV. in dem 1103 in Mainz erlassenen Reichslandfrieden ausdrücklich für den besonderen Schutz der Juden ein. Damit nahm der Kaiser eine Herrscherpflicht wahr, die zugleich seine Herrschaftsrechte über die Juden dokumentieren sollte.

Die Vorgänge von 1096 haben die Stellung der Juden in den deutschen Städten als religiös-soziale Minorität offenbar langfristig erheblich beeinträchtigt, auch wenn in den vielen Pogromorten schon nach wenigen Jahrzehnten wieder größere Judengemeinden bestanden. Die Juden wurden erneut durch die Vorbereitungen zum Zweiten Kreuzzug besonders in den Rheinlanden im Jahre 1146 gefährdet. Größere Verfolgungen verhinderte jedoch das Eingreifen Bernhards von Clairvaux. Jetzt häufen sich die Nachrichten über eine stärkere Abdrängung der Juden auf die Zins- und Pfandleihe. Sie betrieben aber noch weiterhin Warenhandel, mit dem sie freilich nun auch in Deutschland immer mehr in Konkurrenz zu den christlichen Kaufleuten gerieten.

In der christlichen Umgebung zeichneten sich die Juden durch eine hochentwickelte Schriftkultur mit langer Schultradition aus. Darin waren wesentliche Bestandteile der jüdischen, arabischen, aber auch der griechischen und lateinischen Bildung eingebunden. Bei gelehrten Juden suchten vereinzelt christliche Geistliche auch in Deutschland Rat, insbesondere bei der Übersetzung griechischer Texte. Aufgrund ihres engen Kontaktes mit der arabischen Kultur waren einzelne Juden als Apotheker und Ärzte unter den Christen hochgeschätzt. So genoß der Trierer Jude Josua bei dem lange leidenden, 1124 gestorbenen Erzbischof Bruno als Arzt ein hohes Ansehen. Nach den Gesta Trevirorum ging Josua, der sich auch durch perfekte Kenntnisse der Chronologie und der jüdischen Literatur und Kultur auszeichnete, in ritterlicher Tracht einher. Erst nach längeren Diskussionen mit dem Erzbischof über die Heilige Schrift und nach vielen Bitten und Aufforderungen ließ sich dieser gelehrte und zur Assimilation bereite Jude von Erzbischof Bruno taufen. Solche Bekehrungen blieben jedoch seltene Ausnahmen.

e) „Familia" und Familie

Die Grundzüge der Gesellschaftsgeschichte in der Zeit des „Investiturstreits" lassen sich in das Spannungsfeld zwischen dem Wirkungsbereich der grundherrschaftlichen „familia" einerseits und der Familie im Sinne der Kern- bzw. Kleinfamilie oder als große Haushaltsfamilie andererseits einordnen. Für die große Masse der Bevölkerung wurde entscheidend, daß in unserem Zeitraum stärker als je zuvor das Wirkungsfeld der „familia" gelockert wurde.

Ein wichtiger Beweggrund für diese Auflockerung ergab sich aus den wirtschaftlichen Veränderungen. Mit dem Vordringen der Geldwirtschaft und des marktbezogenen Warenaustausches wie auch mit der Bevölkerungsvermehrung war eine Intensivierung und räumliche Ausweitung der Agrarwirtschaft und ebenfalls der gewerblichen Produkte verbunden, die insgesamt den Wert der menschlichen Arbeitskraft steigerte. Diese Faktoren veranlaßten die Herrschaftsträger, ihren Abhängigen günstigere Konditionen zu gewähren, wenn sie sich deren Abgaben und Dienste – freilich in gemindertem Umfang – langfristig sichern wollten. Durch finanzielle Ablösungen traditioneller Leistungen und Verpflichtungen, die ihre Hörigen aufgrund der sich ihnen bietenden anderweitigen Möglichkeiten nicht mehr leisten wollten, konnten die Grund- und Leibherren wenigstens kurzfristige Vorteile wahren. Auf diese oder jene Weise gewannen viele Hörige rechtlich oder faktisch größere Möglichkeiten zum Aufbau einer eigenständigen wirtschaftlichen Existenz, ohne dabei noch durch Frondienste und andere Servitialleistungen in der Verfügung über ihre Arbeitskraft wesentlich eingeschränkt zu werden. Die den Freigelassenen und Zensualen gewährte und von weiteren Hörigen durchgesetzte Freizügigkeit ließ ihnen die Möglichkeit, sich in Orten und Städten unter günstigen Bedingungen niederzulassen. Hier wie dort gab das Erbrecht weitere Anreize zur wirtschaftlichen Produktivität im Interesse der engeren Verwandtschaft, insbesondere der eigenen Kinder. Damit wurden wesentliche Voraussetzungen für die wirtschaftliche Existenz der Familie im Sinne der Generationsfolge erfüllt. Mit der Zurückdrängung der Heiratsbeschränkungen zwischen Partnern aus verschiedenen „familiae" und damit der Eingriffsmöglichkeiten des Leibherrn in derartige eheliche Verbindungen wurde der Bestand der Kernfamilie auch für jene gefestigt, die noch leibrechtlich gebunden waren. Diese hatten – wie etwa die Bürger von Worms und Speyer – sich in wirtschaftlicher und herrschaftlicher Hinsicht von ihrem ehemaligen Herrn gelöst und waren dabei auch von jenen Herrschaftsträgern unterstützt worden, die innerhalb ihres eigenen Interessenbereichs auf die Ausschaltung fremder Einflußzonen bedacht waren.

Auf diesem Wege waren insgesamt jene Gruppen innerhalb der ,,familia" am erfolgreichsten, die mit ihren Funktionen im Heerwesen und in der Verwaltung der Herrenschicht nahestanden. Dazu gehörten vor allem die Ministerialen, die im unmittelbaren Dienst ihrer Herren standen und somit auch herrschaftliche, d. h. adlige Aufgaben im Auftrage wahrnahmen. Unter dem Einfluß der zahlreichen politischen Streitigkeiten und militärischen Auseinandersetzungen, die durch den Investiturstreit verstärkt wurden, erhielten persönliche Fähigkeiten im Militärdienst wie auch in der damit eng verknüpften Territorialpolitik ein besonderes Gewicht für die gesellschaftliche Stellung. Die leibrechtlichen Bindungen wurden unter diesen Umständen zugunsten der Ansprüche, die der Dienstmann für seine Leistungen erheben konnte, zurückgedrängt, so daß aus dem Dienstmann ein adelsgleicher Lehnsmann zu werden vermochte. Der Lehnsherr konnte so den Leibherrn verdrängen. Damit schied der Ministeriale aus der ,,familia" aus und konnte zum Begründer einer adligen Familie werden, was freilich für das 11. und beginnende 12. Jahrhundert insgesamt wohl nur in wenigen Fällen realisiert wurde.

In rechtlicher Hinsicht war der Bestand der Familie bei den Freien wie bei den Adligen unangreifbar. Tatsächlich bestand jedoch zwischen diesen Gruppen eine erhebliche Variationsbreite in der Realisierung familiärer Beziehungen. Das wichtigste Unterscheidungsmerkmal war die herrschaftliche Qualifikation des Hauses, des lokalen Zentrums der ,,familia" wie auch der Familie. Bei den Hochadligen bildete sich in unserem Zeitraum im engen Zusammenhang mit ihrer herrschaftlichen Verselbständigung und Regionalisierung ein familiäres Sonderbewußtsein aus, das gleichsam an der Leitlinie des väterlichen Erbes weit in die vorhergehenden Generationen zurückgriff und sich wesentlich auf die Durchsetzung des Erbrechts an herrschaftlich wesentlichen Rechten und Besitzungen – auch im Bereich der Lehen – stützte. Unterhalb der kleinen Gruppe der Hochadligen und der mächtigeren Adelsfamilien bestand bei den rechtlich Freien in individuellen Krisensituationen vielfach die Notwendigkeit, durch Eintritt in ein vertraglich geregeltes Schutzverhältnis Bindungen einzugehen, die den Abhängigkeiten innerhalb der ,,familia" partiell entsprechen konnten oder sogar weitgehend damit identisch waren. Derartige Gefährdungen konnten aber auch durch genossenschaftliche Neubildungen, wie sie in den entstehenden Kommunen politisch wirksam wurden, überwunden oder doch eingedämmt werden.

III. Deutschland in staufischer Zeit: neue Formen und Begrenzungen

1. Die Reichsherrschaft in staufischer Zeit

a) Von der Königswahl Barbarossas bis zum Frieden von Venedig (1177)

Für das Königtum Friedrichs I. blieb seine Ausgangslage langfristig bestimmend. Günstig wirkte sich dafür aus, daß Barbarossa im Herzogtum Schwaben über eine territorialpolitisch untermauerte Machtbasis verfügte, zu der auch die staufischen und die salischen Hausgüter gehörten. Mindestens ebenso wichtig waren seine verwandtschaftlichen Beziehungen. Über seine Schwester Bertha war er mit Herzog Matthäus I. von Oberlothringen († 1176) und über seine Halbschwester Judith mit Landgraf Ludwig II. von Thüringen († 1172) verschwägert. Er konnte ferner an die weiteren verwandtschaftlichen Beziehungen der staufischen Familie, auf die sich bereits das Königtum Konrads III. abgestützt hatte, anknüpfen. Im Unterschied zu jener staufischen Linie besaß Friedrich I. jedoch eine verwandtschaftlich begründete Mittlerrolle zwischen den Staufern und Welfen.

Als Gegenleistung für die Designation durch seinen Onkel Konrad III., der auf die Thronfolge seines unmündigen Sohnes Friedrich verzichtete, hatte der bisherige schwäbische Herzog seinem Vetter die Nachfolge im Herzogtum Schwaben zugesichert. Dieser Austausch in der Nachfolge von Königtum und schwäbischem Herzogtum blieb freilich bis zur Mündigkeit des Königssohnes noch ohne größere politische Bedeutung. Um sich die Wahl zu sichern und sein Königtum faktisch durchzusetzen, mußte Barbarossa vor allem die hochadligen Gegner Konrads III. für sich gewinnen. Dazu zählten in erster Linie die mit Barbarossa eng verwandten Welfen, sein Onkel Welf VI., sein Vetter Heinrich der Löwe wie auch der zähringische Herzog Berthold IV. († 1186), der Schwager des Sachsenherzogs. Nur auf diese Weise konnte Barbarossa auch die Ausweitung des schon lange dauernden Konflikts zwischen Staufern und Welfen auf die europäische Politik eindämmen, wie sie unter Konrad III. in den antiköniglichen Bündnissen Welfs VI. hervorgetreten war.

Seinem Onkel Welf VI. verlieh Barbarossa spätestens im Herbst 1152 bedeutsame italienische Reichsämter und -güter, die teilweise schon Welfs Bruder Heinrich der Stolze innegehabt hatte: das Herzogtum Spoleto, die Markgrafschaft Tuszien, das Fürstentum Sardinien und vor allem die umfangreichen Mathildischen Güter. Dadurch band Barbarossa diesen einflußreichen Hochadligen an die königliche Politik, denn Welf VI. konnte diese Rechtsansprüche in Italien nur mit Hilfe des Staufers durchsetzen. Zugleich geriet Welf VI. auf diese Weise in einen Interessenkonflikt mit dem Papsttum, das die Oberhoheit vor allem über die mathildischen Besitzungen beanspruchte und diese auch gegenüber Welfs Bruder noch realisiert hatte. Mit dem Zähringer Berthold IV. schloß Friedrich I. schon kurze Zeit nach dem Wahlakt einen schriftlich fixierten Vertrag, in dem er ihm gegen die ausbedungene Unterstützung auf dem Krönungszug Ansprüche auf Hochburgund und die Provence zugestand. Dort konnte der Zähringer ältere Rechtstitel geltend machen, die bereits Lothar III. seinem Vater verliehen hatte, ohne daß dieser sie hatte durchsetzen können. Schon vor der Königswahl hatte Barbarossa seinem Vetter Heinrich dem Löwen das von diesem schon lange angestrebte Herzogtum Bayern versprochen. Damit verstieß der Staufer gegen die Besitztitel seines anderen Verwandten, des Babenbergers Heinrich II. Jasomirgott, der seit seiner Heirat mit einer Nichte Kaiser Manuels I. über enge politische Beziehungen zum byzantinischen Hof verfügte.

Diese Vereinbarungen Barbarossas trugen dazu bei, daß die päpstliche Kurie auf die Königswahl keinen wesentlichen Einfluß nehmen konnte. Damit unterschied sich dieser grundlegende Vorgang wesentlich von den Wahlen in den Jahren 1125 und 1138. Auch der Versuch des Erzbischofs Heinrich von Mainz, den unmündigen Königssohn Friedrich doch noch zum Nachfolger zu erheben, schlug fehl. In seiner Wahlanzeige an Papst Eugen III. konnte daher Barbarossa umso überzeugender die Gottunmittelbarkeit seines ihm durch Wahl verliehenen Königsamtes und die Gleichberechtigung der weltlichen mit der geistlichen Gewalt betonen.

Mindestens bis in den Beginn der siebziger Jahre ist die Reichspolitik Friedrichs I. durch ein enges Zusammenwirken zwischen dem Staufer und seinem welfischen Vetter bestimmt. Zunächst sorgte Barbarossa für einen Ausgleich zwischen Heinrich dem Löwen und dem Babenberger Heinrich II. Jasomirgott. Das Herzogtum Bayern wurde dem Welfen schon im Jahre 1154 auch de jure vom Kaiser zugesprochen. Im September 1156 wurde es ihm endgültig als zweites Herzogtum neben Sachsen übertragen. Vom Herzogtum Bayern wurde zuvor jedoch die Markgrafschaft Österreich abgetrennt und als selbständiges Herzogtum unter günstigen Bedingungen dem Babenberger überlassen („Privilegium minus"). Heinrich II. Jasomirgott und seiner Frau Theodora, der Nichte des byzantinischen Kaisers, gestand Friedrich I. für das neue Herzogtum das Erbrecht in männlicher und weiblicher Linie zu. Zudem wurde die Ausübung der Gerichtsbarkeit innerhalb des Herzogtums von der Zustimmung des Herzogs abhängig gemacht. Ebenso bedeutsam war die Begrenzung der Lehnspflichten des Babenbergers gegenüber dem Reich. So mußten sich die österreichischen Herzoge nur noch an der Reichsheerfahrt in den angrenzenden Gebieten beteiligen. Das vom alten Stammesherzogtum Bayern abgetrennte Herzogtum erhielt auf diese Weise einen Rechtsrahmen, der den Babenbergern im südöstlichen Grenzgebiet des Reiches bei der Ausbildung der Landesherrschaft einen Vorsprung gegenüber den anderen Fürsten verschaffte.

Im Zusammenhang mit diesen Verhandlungen erfolgte auch die Heirat Barbarossas mit Beatrix (geb. 1140/44), der Erbin der Freigrafschaft Burgund, im Juni 1156. Da Beatrix in der Hauptsache über jene Besitzungen und Rechte verfügte, auf die der Zähringer und Schwager Heinrichs des Löwen seit 1152 erneut Rechtstitel besaß, wurde Berthold IV. dafür vom Kaiser mit den Vogteien über die Bistümer Genf, Lausanne und Sitten und dem Recht, die Bischöfe dieser Bistümer selbst zu investieren, entschädigt. Dieses Abkommen war nur ein weiterer Schritt des Staufers in der sich später fortsetzenden Verdrängung der Zähringer aus ihren Positionen in Burgund. Die Partnerschaft zwischen Barbarossa und seinem welfischen Vetter äußerte sich nicht nur auf dem Krönungszug von 1154/55 und auf dem zweiten Italienzug des Kaisers (1158–1162).

Nachdem sich die Beziehungen des Kaisers zu Berthold IV. zugespitzt hatten, ließ sich der Doppelherzog im Jahre 1162 von seiner zähringischen Gattin scheiden. Im Jahre 1165 trafen beide gleichzeitig Eheverabredungen mit dem englischen König Heinrich II.: der Welfe sicherte sich darin die erst später vollzogene Ehe mit Mathilde, der ältesten Tochter Heinrichs II., während der Kaiser die Heirat seines damals erst einjährigen ältesten Sohnes mit einer Schwester der zukünftigen Herzogin vereinbarte.

Der Rückhalt Friedrichs I. an Heinrich dem Löwen erleichterte es dem Kaiser, die Ansprüche Welfs VI. in Reichsitalien faktisch beiseite zu schieben, als sich seit dem günstigen Verlauf des zweiten Italienzugs erstmals für Welf VI. die Möglichkeit ergab, diese Rechtstitel in größerem Umfang zu realisieren. Der Tod des einzigen Sohnes Welfs VI., Welf VII., der im Jahre 1167 wie viele andere der Malariaseuche im kaiserlichen Heer vor Rom zum Opfer fiel, ließ das Interesse Welfs an diesen ohnehin nur schwer durchsetzbaren Rechten völlig erlahmen. Gegen eine hohe finanzielle Abfindung verzichtete er in den Jahren 1173/74 zugunsten seines kaiserlichen Neffen.

Noch komplexer gestaltete sich das Verhältnis zwischen Friedrich I. und der römischen Kurie. Es bildete das Zentrum der Reichspolitik Barbarossas und war untrennbar verbunden mit der von ihm intensiv betriebenen Italienpolitik. In dem Vierteljahrhundert zwischen seinem Herrschaftsantritt und dem Frieden mit Papst Alexander III. zu Venedig hat sich Barbarossa mehr als zehn Jahre persönlich in Reichsitalien aufgehalten. Seit dem Beginn des zweiten Italienzugs im Jahre 1158 war bei Abwesenheit des Kaisers fast ununterbrochen ein Legat an seiner Stelle in Reichsitalien tätig.

In einem im März 1153 zu Konstanz abgeschlossenen Vertrag verpflichteten sich Barbarossa und Papst Eugen III. zur gegenseitigen Wahrung ihrer Interessen und Rechte. Der König versprach dem Papst, ohne dessen Zustimmung keinen Frieden mit den Normannen und den Römern zu schließen und dem „König“ der Griechen kein Gebiet auf italienischem Boden zuzugestehen. Mit der letzteren Zusage rückte Barbarossa vorsichtig von dem Vertrag ab, den sein Vorgänger 1148 mit dem byzantinischen Kaiser geschlossen hatte, ohne das Ziel dieses Bündnisses, die Bekämpfung des normannischen Königs, aus den Augen zu verlieren. Eugen III. sicherte dem Staufer seinerseits zu, daß er ihn ohne weitere Forderungen auf dem schon länger geplanten Italienzug krönen werde.

Die im Konstanzer Vertrag vereinbarte Zusammenarbeit nutzte Friedrich I. auch für sein Vorgehen gegen Gegner innerhalb des deutschen Reichsepiskopats. Sie bewährte sich auf seinem Krönungszug, den er im Herbst 1154 begann und auf dem er schließlich im Sommer 1155 von Eugens Nachfolger Hadrian IV. zum Kaiser gekrönt wurde. Barbarossa mußte freilich auf die Bekämpfung des normannischen Königs verzichten, zu der auch Manuel I. Komnenos seine Unterstützung zugesagt hatte. Die Gelegenheit zu einem militärischen Vorgehen gegen das normannisch-sizilische Königreich war zu diesem Zeitpunkt günstig, denn nach dem Tode König Rogers II. (Februar 1154) hatte sein Sohn Wilhelm gegen eine immer wieder aufflackernde Opposition zu kämpfen. Die deutschen Fürsten weigerten sich jedoch, diesen gemeinsamen Vorstoß der beiden Kaiser nach Süditalien in der Sommerhitze durchzuführen. Der staufische Kaiser mußte ebenfalls den Kampf gegen die Kommune Mailand, der eine prokaiserliche Koalition unter Führung der Kommunen Cremona und Pavia gegenüberstand, zurückstellen.

Der Sieg des sizilischen Königs über byzantinische und aufständische apulische Truppen bei Brindisi veranlaßte kurz darauf die römische Kurie, mit Wilhelm I. im Juni 1156 in Benevent einen Vertrag abzuschließen. Darin erkannte der König die Lehenshoheit des Papstes an und verpflichtete sich zu jährlichen Zinszahlungen an die römische Kurie, die ihrerseits dem Normannen weiterreichende Verfügungsrechte über die Kirche seines Königreichs zugestand. Die durch diese Vorgänge erhöhte Spannung zwischen Kaiser und Papst kam im Oktober 1157 auf dem Reichstag zu Besançon zum Ausbruch. Hadrian IV. hatte den Kaiser in einem Schreiben daran erinnert, daß der Papst ihm die Machtfülle des Kaisertums übertragen und ihm noch weitere „beneficia“ überlassen hätte. Rainald von Dassel, damals kaiserlicher Kanzler, übersetzte diesen Begriff bewußt als „Lehen“, also nicht als „Wohltaten“. Die Deutung des Kanzlers, die in der Tat auch die Absichten des Papstes und seiner Legaten traf, rief auf dem Reichstag und auch noch später eine scharfe antipäpstliche Reaktion unter dem Hochadel und auch unter den geistlichen Herrschaftsträgern hervor. Die römische Kurie mußte im Juni 1158, als der Kaiser kurz vor dem Aufbruch zu seinem zweiten Italienzug stand, diese Auffassung ausdrücklich widerrufen und damit anerkennen, daß ihre unter Lothar III. vertiefte Vorstellung über die Vorrangstellung des Papsttums gegen den staufischen Kaiser nicht durchsetzbar war.

Die Gegensätze zwischen Kaisertum und Papsttum verschärften sich noch auf dem zweiten Italienzug Barbarossas. Zuvor hatte die Kurie eine Verständigung zwischen dem normannischen König und dem byzantinischen Kaiser herbeigeführt, der vor allem im Gebiet von Ancona und Ravenna als finanzkräftiger Konkurrent des Staufers auftrat. Nach seinem Erfolg gegen die lombardische Metropole Mailand, die der Kaiser im September 1158 endlich unterwerfen konnte, und dem anschließenden Reichstag von Roncaglia, auf dem Barbarossa unter der Mitwirkung der bolognesischen Rechtsgelehrten ein Programm für eine zentralistisch ausgerichtete kaiserliche Herrschaft in Reichsitalien festlegte, ging der kaiserliche Hof seinerseits rücksichtslos gegen die territorialpolitischen Ansprüche des Papsttums in Ober- und Mittelitalien vor. Dazu gehörte auch die Einordnung der Mathildischen Güter in die Verfügungsgewalt des Kaisers, wobei die Rechtstitel Welfs VI. nur teilweise berücksichtigt wurden.

Das Papsttum fand in der Folgezeit engere Partner in der lombardischen Metropole Mailand und deren Verbündeten, als der kaiserliche Hof nach dem Reichstag von Roncaglia die dort formulierten Zielvorstellungen nicht zuletzt auf Kosten Mailands durch neuartige Formen der Reichsverwaltung in die Tat umzusetzen begann. Mailand erhob sich von neuem und fand bald Bundesgenossen in den Kommunen Brescia und Piacenza. Schon Hadrian IV. stand auf der Seite der aufständischen Kommunen. Nach dem Tode dieses aus England stammenden Papstes brach ein Schisma auf dem päpstlichen Thron aus. Seit dem Herbst 1159 machten sich der kaiserfreundliche Kardinal Octavian, der aus einem Adelsgeschlecht aus der Umgebung Roms stammte, und der als antikaiserlich bekannte Kardinal und Jurist Roland nach einer tumultuarischen Wahl gegenseitig die Papstwürde streitig. Roland-Alexander III. schloß sich offen der mailändischen Oppositionsgruppe an, sein Gegner Viktor IV. fand bei der kaiserlichen Partei Unterstützung. Die Niederwerfung Mailands und seiner lombardischen Verbündeten durch das kaiserliche Heer und die kaiserlichen Parteigänger – darunter auch die mailändischen Konkurrenten Cremona und Pavia, die an der anschließenden Zerstörung Mailands maßgeblich mitwirkten – verringerten im Frühjahr 1162 die Erfolgsaussichten der antikaiserlichen Koalition.

Die Gefährdung der gerade gefestigten kaiserlichen Herrschaft in Reichsitalien vergrößerte sich jedoch schon zwei Jahre später, als es dem byzantinischen Kaiser Manuel I. mit Hilfe seiner reichen finanziellen Mittel gelang, eine neue Oppositionsgruppe unter Führung der Seehandelsrepublik Venedig und unter Beteiligung der Städte Verona, Padua und Vicenza zu organisieren. Dieser „Veroneserbund" verbreiterte sich im Jahre 1167 nach der Katastrophe des kaiserlichen Heeres vor Rom zum Lombardenbund. An dessen Zustandekommen war neben dem byzantinischen Kaiser und dem normannischen König Papst Alexander III. führend beteiligt.

In der Zwischenzeit hatte Friedrich I. mit geringem Erfolg versucht, die bedrohliche Koalition zwischen dem alexandrinischen Papsttum, dem normannischen König, dem byzantinischen Kaiser und den antikaiserlichen Kräften in Reichsitalien entgegenzutreten. Die schon im Sommer 1162 aufgenommenen Verhandlungen mit dem französischen König über die Anerkennung des kaiserlichen Papstes scheiterten. Vielmehr gelang es Alexander III. noch im folgenden Jahr, eine Aussöhnung zwischen dem englischen und dem französischen König zu vermitteln. Heinrich II. geriet jedoch spätestens zu Beginn des Jahres 1164 aufgrund seiner rigorosen Kirchenpolitik in einen scharfen Gegensatz zum alexandrinischen Papsttum. Schon im folgenden Jahr, im Mai 1165, unterzeichneten Gesandte des englischen Königs auf dem Hoftag zu Würzburg die äußerst unversöhnlich gehaltenen Bestimmungen gegen Alexander III. und dessen Anhänger, wozu auch einige wenige Angehörige des deutschen Reichsepiskopats, vor allem die damaligen Erzbischöfe von Mainz und Salzburg, zählten. Etwa gleichzeitig veranlaßte Barbarossa die Heiligsprechung Karls des Großen durch seinen kaiserlichen Papst. Auch auf diese Weise propagierte der kaiserliche Hof die Gottunmittelbarkeit des von Karl neu begründeten römischen Kaisertums.

Einen wirkungsvollen Bundesgenossen hatte Friedrich I. im englischen König, der seine Kräfte auf die fortdauernden Auseinandersetzungen mit dem französischen König konzentrieren mußte, freilich nicht gefunden. Den Entscheidungskampf suchte der Kaiser in Italien, wo sich auch Alexander III. im Schutz des normannischen Königs befand. Dazu brach er im Herbst 1166 mit einem durch Söldnertruppen (Brabanzonen) aufgefüllten Heer nach Reichsitalien zu seinem vierten Italienzug auf. Nach militärischen Erfolgen auch gegen die Parteigänger des byzantinischen Kaisers im Gebiet von Ancona gelang es den kaiserlichen Legaten – den Erzbischöfen Christian von Mainz und Rainald von Köln –, die Römer gegen Ende Mai 1167 bei Tusculum vernichtend zu schlagen. Ende Juli wurde die Leostadt eingenommen und der kaiserliche Papst Paschalis III. in der Peterskirche inthronisiert. Die Anfang August im kaiserlichen Heer ausbrechende Malaria, der auch Rainald von Dassel zum Opfer fiel, machte aber alle weiteren Pläne des Kaisers, der gegen den sizilischen König vorgehen wollte, zunichte. Sinnbild der engen Interessengemeinschaft zwischen Alexander III. und dem sich nun konstituierenden Bund oberitalienischer Städte wurde die Stadt Alexandria, die unter dem Schutz und der Förderung der Lombardenstädte im Jahre 1168 gegründet wurde. Kaiser Manuel leistete für den Wiederaufbau der 1162 zerstörten Stadt Mailand erhebliche finanzielle Unterstützung. Seine weitergehenden Pläne, eine Oberhoheit über wichtige Zentren in Oberitalien durchzusetzen, blieben freilich in den Ansätzen stecken.

Nach dieser schweren Niederlage im Kampf gegen Alexander III. und nach der fast vollständigen Zerschlagung der Reichsherrschaft in Oberitalien bewährte sich für die kaiserliche Machtstellung in Deutschland erneut die Kooperation zwischen Barbarossa und Heinrich dem Löwen. Da das Herzogtum Schwaben mit dem Tode seines Vetters vakant geworden war, setzte der Kaiser seinen erst dreijährigen Sohn Friedrich als Nachfolger ein. Um 1170 übertrug er die Anwartschaft auf das schwäbische Herzogtum seinem noch jüngeren Sohn Konrad (geb. 1167, † 1191), der bald darauf den Namen seines zuvor verstorbenen Bruders und Vorgängers Friedrich erhielt. Faktisch verfügte Barbarossa also selbst über dieses Herzogtum, in dem auch die Hauptmasse der staufischen Hausgüter lag. Da der Kaiser die lothringische Pfalzgrafschaft, deren Schwerpunkte an der Mosel und am Mittelrhein lagen, bereits im Jahre 1156 seinem Halbbruder Konrad verliehen hatte, besaß die kaiserliche Familie nunmehr eine große direkte Einflußzone, die sich vom Mittelrheingebiet über die heutige Pfalz bis ins südliche Elsaß erstreckte und außerdem Schwaben und Franken umfaßte. Wirksam blieben weiterhin die engen verwandtschaftlichen Beziehungen zum Herzog von Oberlothringen und zum Landgrafen von Thüringen. So konnte der kaiserliche Hof auch jetzt noch verhindern, daß Alexander III. im deutschen Reich weitere Anhänger unter den geistlichen Fürsten gewann. Im Sommer 1169 setzte der Kaiser die Wahl und Krönung seines erst dreijährigen Sohnes Heinrich durch und sicherte damit die Thronfolge in der staufischen Familie.

Dennoch bildete das päpstliche Schisma auch für die Stellung des Kaisers im deutschen Reichsgebiet eine ständige Gefahrenquelle. In Reichsitalien hatte es die Grundlagen der Reichsherrschaft erschüttert, auch wenn der Kaiser und sein Papst vornehmlich in Mittelitalien noch größeren Einfluß hatten. Alexander III. gewann nach 1167 in Frankreich und im anglonormannischen Königreich, in dem die Ermordung des Erzbischofs von Canterbury, Thomas Becket (29. XII. 1170), die Position des Königs schwächte, noch stärkeren Rückhalt. In Burgund, Dänemark, Polen, Böhmen und Ungarn verdrängten die Anhänger Alexanders III. die noch verbliebenen Parteigänger des kaiserlichen Papstes.

So blieb die Reichspolitik auch in den folgenden Jahren auf die Lösung des päpstlichen Schismas konzentriert. Die deswegen aufgenommenen Verhandlungen mit dem französischen und dem englischen König wie auch mit dem byzantinischen Kaiser erwiesen sich jedoch als weitgehend wirkungslos. Die Bemühungen um einen Ausgleich mit Alexander III., der an der Einbeziehung des Lombardenbundes in einen Frieden mit dem Kaiser festhielt, scheiterten. Wiederum mußte der Kaiser die Entscheidung in Italien suchen. Die militärischen Aktivitäten des Kaisers auf seinem fünften Italienzug (1174–1178), für den er erneut Söldnerkontingente angeworben hatte, richteten sich zunächst ganz auf die Zerstörung des verhaßten antikaiserlichen Symboles, der päpstlich-lombardischen Neugründung Alexandria. Nachdem er die sechsmonatige Belagerung dieser Stadt hatte abbrechen müssen, konnte der Kaiser trotz dieser offenkundigen Niederlage im April 1175 in Montebello einen Frieden mit dem Lombardenbund schließen, in dem die Spannungen zwischen den alten Rivalen Mailand und Cremona wieder offen hervortraten. Der im Detail noch nicht ausgehandelte Friede zerbrach jedoch bereits in den folgenden Monaten an der kaiserlichen Forderung, Alexandria zu zerstören, und an der ebenfalls erst nachträglich aufgestellten Bedingung des jetzt unter mailändischer Führung stehenden Lombardenbundes, Papst Alexander III. in den Frieden zwischen Kaiser und dem Lombardenbund einzubeziehen. In den bald wieder einsetzenden Kämpfen erlitt das kaiserliche Heer, dem Heinrich der Löwe zuvor seine Unterstützung versagt hatte, im Mai 1176 bei Legnano eine Niederlage. Unter Ausnutzung der Schwächen des Lombardenbundes, aus dem Cremona nach der Schlacht von Legnano ausschied und offen gegen hohe Gegenleistungen des Kaisers zur kaiserlichen Partei überwechselte, erreichten die kaiserlichen Unterhändler im November 1176 im Vorvertrag von Anagni eine weitgehende Einigung mit Papst Alexander III. Darin kam Barbarossa der päpstlichen Forderung weit entgegen, indem er u. a. auch auf die Mathildischen Güter zugunsten des Papstes verzichtete.

Nachdem der Kaiser auf diese Weise die gefährliche Koalition zwischen dem alexandrinischen Papsttum und den verbliebenen Bundesstädten auseinandergebrochen hatte, gewann er in den weiteren Verhandlungen mit dem Papst eine bessere Ausgangsposition. Dabei konnte er sich auch die weitere Verfügungsgewalt über die Mathildischen Güter und für seine bischöflichen Parteigänger, die von Alexander III. zuvor ihres Amtes enthoben worden waren, das Verbleiben in ihren Bistümern sichern. Der Friede wurde im Juli 1177 in Venedig feierlich verkündet. Dort wurde zugleich ein Waffenstillstand mit dem Lombardenbund auf sechs Jahre und mit dem normannischen König auf fünfzehn Jahre vereinbart.

b) Vom Konflikt mit Heinrich dem Löwen bis zum dritten Kreuzzug

Nach dem Frieden von Venedig versuchte Kaiser Manuel I. trotz seiner großen Schwierigkeiten im Osten des byzantinischen Reichs, seine antistaufische Politik besonders in Reichsitalien fortzusetzen. Er stützte sich auf einige wenige mittelitalienische Kommunen, vor allem aber auf das Hochadelsgeschlecht der mit den Staufern zudem verwandten Markgrafen von Montferrat, deren Machtbasis hauptsächlich in Piemont lag. Dieser Koalition gelang es sogar, den kaiserlichen Legaten Erzbischof Christian von Mainz, der nach dem Frieden zu Venedig zugunsten Alexanders III. im Patrimonium Petri tätig geworden war, für längere Zeit gefangenzusetzen, doch wurden diese Teilerfolge nach dem Tode Kaiser Manuels I. im Jahre 1180 politisch bedeutungslos. Bei den im Frühjahr 1183 aufgenommenen Friedensverhandlungen mit dem Lombardenbund besaß der Kaiser eine weitaus bessere Position als beim Abschluß des Friedens von Montebello. Im Frieden von Konstanz vom 25. Juni 1183 mußte Friedrich I. den noch verbliebenen Mitgliedern des Lombardenbundes – an ihrer Spitze Mailand – insgesamt eine große verfassungsrechtliche Selbständigkeit innerhalb der Stadtmauern und im jeweiligen städtischen Herrschaftsgebiet zugestehen. Er behielt aber wichtige Rechte, die unter günstigen machtpolitischen Bedingungen nicht zuletzt hohe finanzielle Einkünfte möglich machten. In diesem Frieden war zugleich ein Bündnis des Kaisers mit der mailändischen Städtegruppe gegen Cremona angelegt. Die Konkurrenz zwischen den beiden großen lombardischen Kommunen nutzte der Kaiser auf seinem letzten Italienzug (1184–1186) zur Stärkung seines Einflusses in der Lombardei. In Mittelitalien und im westlichen Oberitalien baute der kaiserliche Hof nach den Frieden von Venedig und Konstanz sogar wieder ein relativ dichtes Netz von Reichsverwaltungssprengeln auf.

Der Friede von Venedig und die Erfolge, die der Kaiser danach auch im Königreich Burgund – wo er sich im Jahre 1178 in feierlicher Form zum König krönen ließ – erzielte, gaben dem Staufer genügend Rückhalt, um nun gegen Heinrich den Löwen vorzugehen. Der welfische Doppelherzog war der letzte aus dem Kreise jener mächtigen Hochadligen, denen Barbarossa für die Durchsetzung seines Königtums große Zugeständnisse hatte machen müssen. Die Ansprüche der Zähringer in Burgund waren längst durch die kaiserliche Politik beiseite geschoben worden. Welf VI. veräußerte nach dem Verkauf seiner Rechtstitel in Reichsitalien wohl schon im Jahre 1178, spätestens aber 1179, sogar seine umfangreichen schwäbischen Hausgüter zwischen Bodensee und Lech an den Kaiser, wobei er sich freilich für einen Großteil die Nutzung auf Lebenszeit vorbehielt. Barbarossa war es gelungen, bei diesem Kauf, der den alten welfischen Schwerpunkt im Südwesten an die staufische Einflußsphäre angliederte, seinen Vetter Heinrich den Löwen zu überspielen. Der Herzog hatte mit seinem Onkel, der nach dem Tode seines einzigen Sohnes ein besonders kostspieliges Leben führte und sich dabei auch als freigebiger Mäzen hervortat, wohl schon im Jahre 1175 ein entsprechendes Abkommen getroffen, die vereinbarte Summe aber nicht bezahlt.

Die Entfremdung zwischen dem Kaiser und dem Doppelherzog war spätestens zu Beginn des Jahres 1176 offenkundig, als sich der Welfe bei der Zusammenkunft in Chiavenna weigerte, den Kaiser militärisch gegen den Lombardenbund zu unterstützen. Für eine solche Hilfe, zu der der Herzog lehnrechtlich nicht verpflichtet war, forderte er damals vom Kaiser die Reichsvogtei Goslar mit ihren hohen Einkünften aus dem Silberbergbau am Rammelsberg, die Barbarossa jedoch nicht opfern wollte. Spätestens damals zeigte sich, daß das jahrzehntelange Partnerschaftsverhältnis zwischen den Vettern dem welfischen Doppelherzog eine königsgleiche Stellung verschafft hatte, die dieser vor allem im nordöstlichen Reichsgebiet verfestigen konnte. Seine Heirat mit der englischen Königstochter, die 1166 geschlossene Ehe seiner Tochter Gertrud mit dem Sohn Konrads III.

und Herzog von Schwaben wie auch die Wiederverheiratung Gertruds mit dem Sohn des dänischen Königs Waldemar (1131–1182) unterbauten diesen hohen Rang. Selbst im Orient und am byzantinischen Kaiserhof genoß der Welfe großes Ansehen, wie auf seiner Pilgerfahrt ins Heilige Land im Jahre 1172 deutlich wurde.

Der Kaiser nutzte bereits die Verhandlungen mit Alexander III. in Anagni und Venedig, um gegen den Welfen vorzugehen. Während der kaiserliche Hof in Venedig durchsetzte, daß alle von Friedrich I. investierten Bischöfe von Alexander III. in ihrem Amt bestätigt wurden, sollten die unter dem nachhaltigen Einfluß Heinrichs vorgenommenen Neubesetzungen im Erzbistum Bremen und in der Diözese Halberstadt nochmals überprüft werden. Alle Verleihungen der dort als Werkzeuge des Herzogs tätigen Prälaten, die dem Herzog umfangreiches Kirchengut als Lehen überlassen hatten, wurden in diesen Friedensverträgen bereits für ungültig erklärt.

Bei seinem weiteren Vorgehen gegen seinen Vetter konnte sich der Kaiser zunächst ganz darauf beschränken, die Klagen der Gegner des Welfen im Herzogtum Sachsen auf dem Gerichtswege entscheiden zu lassen, statt – wie bisher – vermittelnd einzugreifen. Unter den Klägern trat der von Heinrich einst abgesetzte Bischof Ulrich von Halberstadt hervor. Dieser war mit dem einflußreichen Erzbischof Philipp von Köln verbündet, der in Sachsen auf die vom Herzog eingezogene Erbschaft seines Neffen Anspruch erhob. Zudem bestanden zwischen dem Kölner Erzstift und dem sächsischen Herzog im westfälischen Gebiet schon länger scharfe territorialpolitische Konflikte. Da Heinrich der Löwe den Ladungen zu den anberaumten Gerichtstagen in einem landrechtlichen Verfahren nicht Folge leistete, wurde über ihn die Acht im Sinne einer vorläufigen Friedloserklärung verhängt. Danach eröffnete der Kaiser im Spätsommer 1179 einen lehnrechtlich begründeten Prozeß, dessen wiederum dreifachen Ladungen sein Vetter erneut nicht nachkam. Daraufhin wurden ihm auf der Grundlage eines Fürstenspruchs als Abschluß dieses politischen Prozesses im Januar 1180 auf dem Hoftag zu Würzburg die beiden Herzogtümer und alle Reichslehen aberkannt und der königlichen Verfügungsgewalt zugesprochen.

Im April 1180 wurde auf dem Reichstag von Gelnhausen bereits über die Reichslehen neu verfügt. Das Herzogtum Sachsen wurde geteilt und an jene Machtträger verteilt, die schon seit Jahrzehnten den welfischen Herzog bekämpft hatten: an den Erzbischof von Köln, der das abgetrennte Herzogtum Westfalen erhielt, und an den jüngsten Sohn des 1170 verstorbenen Albrecht des Bären, Graf Bernhard von Anhalt. Beide erhielten damit Rechtsansprüche, die sie jedoch erst gegen Heinrich den Löwen durchzusetzen hatten. Das Herzogtum Bayern – das Heinrich der Löwe ja seit 1156 innehatte, wenn er seine Hauptaktivitäten auch auf Sachsen konzentriert hatte – wurde Mitte September 1180 dem Pfalzgrafen Otto von

Wittelsbach verliehen, der vor allem in den fünfziger und sechziger Jahren die Italienpolitik Barbarossas tatkräftig unterstützt hatte. Doch der Wittelsbacher erhielt wiederum nicht das gesamte Herzogtum Bayern in dem seit 1156 festgelegten Umfang. Vielmehr wurde davon das Herzogtum Steiermark abgetrennt, das dem bisherigen Markgrafen Ottokar von Steyr zugesprochen wurde.

Während der Regierungszeit Barbarossas sind also aus dem Herzogtum Bayern insgesamt zwei weitere selbständige Herzogtümer ausgesondert worden, was einer erheblichen Aufsplitterung dieses großflächigen Machtblocks gleichkam. Nimmt man Sachsen hinzu, so waren nach 1180 in den beiden unter Heinrich dem Löwen in Personalunion verbundenen Herzogtümern fünf Herzoge tätig. Der bereits früher einsetzende Vorgang der Auflösung der Stammesherzogtümer erfuhr also nochmals eine Steigerung, die vom Kaiser bewußt gefördert wurde. Mit den Wittelsbachern ließ Barbarossa in Bayern eine Familie aufsteigen, die bis dahin an territorialpolitischem Einfluß hinter der Hochadelsfamilie der Andechser zurückgestanden hatte. Die Andechser wurden nach Lösung ihrer Lehnsabhängigkeit vom Herzogtum Bayern mit Titeln weit außerhalb des bayerischen Herzogtums entschädigt; sie traten seit dieser Zeit auch als Herzoge von Dalmatien, Kroatien und Meranien auf. Im folgenden Jahr 1181 konnte Friedrich I. mit Unterstützung hauptsächlich der sächsischen Konkurrenten Heinrichs des Löwen den bisherigen Herzog tatsächlich zur Unterwerfung zwingen. Dieser behielt von seinen Allodialbesitzungen nur Braunschweig und Lüneburg. Er mußte sich für längere Zeit in die Verbannung nach England zu seinem Schwiegervater Heinrich II. begeben, aus der er 1185 jedoch zurückkehren konnte.

Die Politik Friedrichs I. verlief in den späteren achtziger Jahren weitgehend in den vorgezeichneten Bahnen. Die schon vor dem Frieden mit dem Lombardenbund (1183) erneut aufgenommenen Verhandlungen mit der römischen Kurie führten nicht zu konkreten Ergebnissen. Die kaiserlichen Vorschläge zielten auf eine Einengung der weltlichen Macht des Papstes in Italien. Eine Realisierung dieser kaiserlichen Pläne hätte faktisch die finanzielle und wirtschaftliche Abhängigkeit des Papsttums vom Kaisertum bedeutet. Gegen die endgültige Überlassung der mathildischen Besitzungen wollte Barbarossa dem Papst und den Kardinälen je ein Zehntel der Einkünfte aus Reichsitalien zugestehen, womit der Papst und die Kurie an die Finanzpolitik der Staufer gebunden worden wären. In den Verhandlungen zu Verona (1184) einigten sich beide Gewalten nur auf die gemeinsame Ketzerbekämpfung.

Seit der Verlobung Heinrichs VI. mit der 11 Jahre älteren Tochter Rogers II. und Tante des damaligen Normannenkönigs Wilhelm II. (1166–1189), Konstanze (geb. 1154), ergab sich für die Kurie eine bedrohliche Situation. Beide in Italien vorherrschenden Mächte, die seit langem zum Vorteil des Papsttums gegeneinander gerichtet gewesen waren, gingen ein enges Bündnis ein, das über den Waffenstillstand von 1177 weit hinausreichte. Es zeichnete sich für die Kurie deutlich die Gefahr ab, daß die Staufer auf dem Erbwege in den Besitz des bis dahin vom Papsttum lehnsabhängigen Königreichs gelangen konnten. Es war zwar damals nicht völlig ausgeschlossen, daß aus der etwa 1179 vollzogenen Ehe König Wilhelms II. mit Johanna, der Tochter des englischen Königs Heinrich II., noch Kinder hervorgehen konnten, doch wurde damit offenkundig schon 1184 auch vom König selbst nicht mehr gerechnet.

Auf diesem Hintergrund wird es auch verständlich, daß Barbarossa im Jahre 1186 nach der Eheschließung zwischen Heinrich VI. und Konstanze jede Rücksicht gegenüber dem Papst fallen ließ. Sein Sohn besetzte das gesamte Patrimonium Petri. Diese Maßnahme stand bezeichnenderweise wiederum in einem engen Zusammenhang mit der politischen Situation – und insbesondere mit der Reichskirchenherrschaft des Staufers – im deutschen Reichsgebiet, denn Papst Urban III. hatte dem Kaiser grundsätzlich das bisher ausgeübte Regalien- und Spolienrecht streitig gemacht. Darüber hinaus hatte der Papst auch in dem schon länger währenden Streit um die Besetzung des erzbischöflichen Stuhles von Trier dem antistaufischen Kandidaten die Weihe erteilt. Die politische Lage spitzte sich noch weiter zu, als Erzbischof Philipp von Köln in seiner territorialpolitisch begründeten antistaufischen Haltung einen Ansatzpunkt für eine weiterreichende Opposition gegen Friedrich I. bot. Dieser Partei schlossen sich nicht nur mehrere geistliche und weltliche Herrschaftsträger in Deutschland an. Erzbischof Philipp wurde auch von Urban III. unterstützt und nahm Verbindungen zum französischen König auf. Zugleich drohte ein Anschluß des dänischen Königs an diese Gruppe. Friedrich I. gelang es jedoch, durch ein Bündnis mit dem französischen König Philipp II. August vom Mai 1187 diese Gefahr einzugrenzen, so daß sich Erzbischof Philipp von Köln dem Kaiser im März 1188 unterwerfen mußte.

Auf demselben Hoftag zu Mainz verpflichteten sich Barbarossa, sein zweitältester Sohn Friedrich, Herzog von Schwaben, und zahlreiche Bischöfe und weltliche Adlige zum Kreuzzug ins Heilige Land. Im Oktober 1187 hatte Sultan Saladin, Oberherr von Syrien und Ägypten, Jerusalem eingenommen, nachdem er im Juli 1187 das christliche Ritterheer bei Hattin am See Genezareth besiegt hatte. Wie dies auch für den englischen und den französischen König, die sich schon früher zum Kreuzzug verpflichtet hatten, zutraf, hatte Barbarossa vor dem festgelegten Aufbruch im Frühjahr 1189 noch wichtige Angelegenheiten zu regeln. Insbesondere mußte er die Gefahr eines Eingreifens Heinrichs des Löwen während seiner Abwesenheit verhindern. Barbarossa zwang seinen Vetter, sich nochmals auf drei Jahre ins englische Exil zu begeben. Zugleich ordnete der Kaiser die Verteilung der Herrschaft innerhalb der eigenen Familie. Heinrich VI., der schon seit 1186 selbständig Regierungsgeschäfte wahrgenommen hatte, wurde mit der Regentschaft betraut. Der jüngere Sohn Konrad, seit einem

Jahr Schwiegersohn des Königs von Kastilien, erhielt die staufischen Besitzungen um Rothenburg. Otto, der wenig später die Tochter des mächtigen und überaus reichen Grafen von Blois (Champagne) heiratete, wurde als Pfalzgraf von Burgund eingesetzt und damit in die Stammlande der 1184 verstorbenen Kaiserin Beatrix eingewiesen.

Das Kreuzfahrerheer brach unter der Leitung des damals etwa 66jährigen Kaisers im Mai 1189 in Regensburg auf. Nach zeitgenössischen Angaben, die sicher überhöht sind, soll es 100000 Mann umfaßt haben. Der Durchzug durch das byzantinische Reich, dessen Kaiser wohl nicht zu Unrecht die normannisch-staufische Allianz als große Gefahr für sein Reich betrachtete und der deshalb schon zuvor ein Bündnis mit Saladin erneuert hatte, stieß auf Schwierigkeiten. Erst nach der Drohung Friedrichs I., das byzantinische Reich zu erobern, entschloß sich der byzantinische Kaiser im Februar 1190 im Vertrag von Adrianopel, die Überfahrt des Kreuzzugsheeres nach Asien zu unterstützen. Nach einem Sieg über das Heer eines Sultans – Schwiegersohn Saladins – bei Ikonium und der Überwindung des Taurus-Gebirges ertrank Barbarossa am 10. Juni 1190 im Fluß Salef. Daraufhin lösten sich viele Kreuzfahrer vom Heer und reisten wieder zurück. Der Rest wandte sich unter der Führung des Kaisersohnes Friedrich von Schwaben weiter nach Antiochia, wo der Leib des Kaisers in der Peterskirche bestattet wurde. Seine Gebeine, die man ursprünglich nach Jerusalem überführen wollte, wurden schließlich in der Kathedrale von Tyrus beigesetzt. Das deutsche Heer gelangte noch bis nach Akkon, dessen Belagerung erst mit der Unterstützung der kurz zuvor eingetroffenen Kontingente der englischen und französischen Könige – Richard Löwenherz und Philipp II. August – im Juli 1191 erfolgreich beendet werden konnte. Schon im Januar 1191 war Herzog Friedrich von Schwaben an einer Seuche vor Akkon gestorben, so daß der weitere Kreuzzug ganz unter der Führung der miteinander rivalisierenden Könige von England und Frankreich stand.

c) Heinrich VI.: im Bann der Mittelmeerpolitik

Kurz nach dem Aufbruch Friedrichs I. in den Orient kehrte Heinrich der Löwe entgegen den Abmachungen aus seinem englischen Exil zurück. Die damit heraufbeschworene Gefahr hinderte den damals 24jährigen Regenten Heinrich VI. an der Erlangung der Kaiserkrone. Diese war ihm im sogenannten Straßburger Vertrag vom April 1189 gegen Rückgabe der päpstlichen Besitzungen – freilich unter dem Vorbehalt der Reichsrechte – zugesichert worden. Nur einen Monat nach der Rückkehr Heinrichs des Löwen nach Sachsen war König Wilhelm II. von Sizilien kinderlos gestorben, und somit wurde Konstanze, seit 1186 Gattin Heinrichs VI., Erbin des Königreichs. Dieser Erbanspruch wurde ihr freilich sofort von einem illegitimen Halbbruder des verstorbenen Königs, Graf Tancred von Lecce, streitig gemacht. Tancred fand vor allem in Sizilien Anhänger. Er wurde sowohl vom Papst als auch vom byzantinischen Kaiser unterstützt und mit Zustimmung des Papstes zum König gekrönt. Richard Löwenherz, der Sohn Heinrichs II. von England, machte ebenfalls Rechtsansprüche auf das normannisch-sizilische Königreich geltend.

Heinrich VI. führte im Juli 1190 mit Heinrich dem Löwen eine Verständigung herbei, indem er diesem außer den Besitzungen um Lüneburg und Braunschweig auch noch die Hälfte der Einkünfte aus der nunmehrigen Reichsstadt Lübeck zugestand. Mit dieser Rückendeckung brach Heinrich VI. im Januar 1191 nach Italien auf. Er erreichte zwar die Kaiserkrönung; das Hauptziel, die Eroberung des Königreichs Sizilien, mißlang jedoch. Kurz nach der Niederlage des Kaisers bei Neapel entfachte der gleichnamige Sohn Heinrichs des Löwen in Sachsen einen neuen Aufstand. Dabei ließ er das Gerücht verbreiten, der Kaiser sei vor Neapel an der Seuche gestorben. Die Lage des Kaisers verschlechterte sich noch weiter durch die Wirren im Zusammenhang mit dem Lütticher Bistumsstreit. Als sich der Kaiser nicht glaubhaft von dem Verdacht reinigen konnte, an der Ermordung des Bischofskandidaten aus dem Hause der Herzöge von Brabant beteiligt gewesen zu sein, weitete sich der Aufstand gegen Heinrich VI. im gesamten deutschen Reichsgebiet aus.

In dieser höchst bedrohlichen Situation erhielt er unerwartete Hilfe. Herzog Leopold von Österreich nahm den mit ihm wegen Vorfällen im Heiligen Land verfeindeten König Richard von England, der auf der Heimfahrt Schiffbruch erlitten hatte und verkleidet durch Österreich gezogen war, Ende des Jahres 1192 gefangen. Der Babenberger lieferte im Februar 1193 den König dem Kaiser aus. Heinrich VI. entließ seinen Gefangenen erst wieder im Jahre 1194, nachdem er aus dem anglo-normannischen Königreich das ungeheuer hohe Lösegeld von 150 000 Mark Silber erhalten und Richard dieses Königreich gegen einen Jahreszins von 5000 Pfund vom Kaiser zu Lehen genommen hatte.

Diese finanziellen Mittel erlaubten dem Kaiser, den 1191 erfolglos verlaufenen Sizilienzug im Mai 1194 wieder aufzunehmen. Vor dem Aufbruch hatte er noch mit Heinrich dem Löwen Frieden schließen können. In diesem Zusammenhang war der gleichnamige Sohn Heinrichs des Löwen im November 1193 mit Agnes, einer Tochter des Pfalzgrafen Konrad von Staufen, verheiratet worden; der Welfe wurde zwei Jahre später (November 1195) sogar Nachfolger seines Schwiegervaters in der Pfalzgrafschaft bei Rhein. Wie schon auf seinem ersten Italienzug, so versuchte Heinrich VI. auch jetzt, in Reichsitalien die sich verschärfenden Parteiungen zwischen den alten Rivalen Mailand und Cremona durch geschicktes Lavieren gegeneinander auszuspielen und sich damit Bewegungsfreiheit für seine Sizilienpolitik zu verschaffen. Gleichzeitig wurde die Reichsverwaltung in Mittelitalien weiter ausgebaut und auch ein dichteres Netz um das Patrimonium Petri gelegt.

Die Eroberung Siziliens erreichte am Weihnachtsfest 1194 mit der Krönung des Kaisers zum „rex Sicilie“ im Dom von Palermo ihren Höhepunkt. Bald darauf setzte Heinrich VI. die traditionell antibyzantinische Politik der Normannen fort. Er verlangte die Abtretung des von König Wilhelm II. 1185 eroberten und dann wieder verlorenen Gebietes zwischen Dyrrhachion und Thessaloniki. Ferner forderte er hohe Zahlungen und die Teilnahme der byzantinischen Kriegsflotte an dem geplanten Kreuzzug. Gestützt auf die Rechtsansprüche seines jüngsten Bruders Philipp (geb. 1176/77), den er im April 1195 mit der byzantinischen Kaisertochter verheiratete, ging er in der Folgezeit noch rigoroser gegen das Ostreich vor. Den Plan zur Eroberung von Konstantinopel mußte der Staufer freilich aus Rücksichtnahme auf das Papsttum zurückstellen, das von einer derartigen Ausweitung der staufisch-normannischen Herrschaft im östlichen Mittelmeer zu Recht eine tödliche Bedrohung seiner politischen Stellung befürchtete.

Heinrich VI. mußte damals noch Rücksicht auf den Papst nehmen, um von ihm die Zustimmung zu seinem Erbreichsplan zu gewinnen, der die bisherige Reichsverfassung in ihrem Kern verändert hätte. Der Erbreichsplan hatte nicht nur die Beseitigung des Wahlrechts der deutschen Fürsten zum Ziel, sondern auch die dauerhafte Vereinigung des sizilischen Königreichs mit dem Imperium. Er bedrohte damit ebenso die bisherige Stellung des Papsttums, das deshalb dem Plan seine Zustimmung versagen mußte. Zwar gelang es Heinrich VI. während seines letzten – einjährigen (1195/96) – Aufenthaltes in Deutschland, auf dem Reichstag zu Würzburg im April 1196 die Mehrheit der deutschen weltlichen und geistlichen Fürsten für diesen Plan gegen das Zugeständnis der Erblichkeit der Reichslehen und des Verzichts auf das Spolienrecht zu gewinnen. Doch sperrte sich noch immer eine größere Gruppe unter der Führung des Erzbischofs Adolf von Köln gegen diese grundlegende Veränderung der Reichsverfassung. So mußte Heinrich VI. die weiteren Verhandlungen zunächst abbrechen, um die Zustimmung des Papstes zu erlangen.

Papst Coelestin III. war sowohl wegen der eigenständigen Kirchenpolitik des Kaisers in Sizilien als auch wegen der Übergriffe der Reichsverwaltung im Patrimonium Petri gegen Heinrich VI. eingestellt. In den seit November 1196 aufgenommenen Verhandlungen forderte er die Abstellung dieser Klagepunkte und vor allem die Anerkennung der päpstlichen Lehnshoheit über Sizilien. Er verweigerte seine Zustimmung zum Erbreichsplan wie auch die Krönung des im Dezember 1194 geborenen Kaisersohnes Friedrich, der zunächst den Namen Constantin-Roger erhalten sollte, zum römischen König. Der Papst beharrte auf seiner Ablehnung auch dann, als ihm der Kaiser – unter Zurückweisung der Lehnseidleistung für Sizilien – ein weiterreichendes Angebot unterbreitete. Über dessen genauen Inhalt sind wir nicht unterrichtet. Nach Aussage Heinrichs VI. sei weder sein Vater, Kaiser Friedrich, noch ein anderer seiner Vorgänger dem

Papst so weit entgegengekommen. Mit größter Wahrscheinlichkeit enthielt dieses „höchste Angebot" des Kaisers auch eine finanzielle Seite. Dem Papst wie auch den Kardinälen sollte an allen Bischofskirchen des Reiches jeweils die höchste Pfründe zustehen. Als Gegenleistung der Kurie war der Verzicht auf alle strittigen Besitzansprüche außerhalb des Patrimonium Petri vorgesehen.

Heinrich VI. sah sich schließlich wegen des päpstlichen Widerstandes, aber auch wegen der Opposition deutscher Fürsten gezwungen, den Erbreichsplan vorläufig fallenzulassen. Immerhin konnte er aber im Dezember 1196 die Wahl seines zweijährigen Sohnes Friedrich zum römischen König durch die Fürsten erreichen. Bis zu seinem Tode am 28. September 1197 in Messina konzentrierte sich der Kaiser auf die Niederwerfung eines Aufstandes sizilianischer Adliger und auf die Vorbereitung des Kreuzzugs. Dieser hatte auch in den Verhandlungen mit dem Papsttum stets eine große Rolle gespielt; er hätte das weitere Ausgreifen der staufischen Reichspolitik im Mittelmeerraum unterstützen können.

d) Der Thronstreit zwischen Staufern und Welfen

Mit dem frühen Tode Heinrichs VI., der nur einen dreijährigen Sohn (geb. 26. 12. 1194) hinterlassen hatte, ergab sich für das Papsttum die große Chance, sich wieder aus der bedrohlichen staufischen Umklammerung zu lösen. Sie nutzte der Nachfolger Coelestins, Innozenz III. Seine ersten Aktionen konzentrierten sich auf die Rückerwerbung und Ausbreitung der päpstlichen Herrschaft vor allem in Mittelitalien.

Im weiteren Verlauf des Jahres 1198 ging der Papst auch gegen die Markgrafschaft Ancona vor, wo der pfälzische Reichsministeriale Markward von Annweiler großen Widerstand zu leisten vermochte. Neben der Markgrafschaft Ancona hatte Markward seit 1195 auch das Herzogtum Ravenna nebst der Romagna aufgrund kaiserlicher Verleihung inne. Ferner war er vom Kaiser auch als Graf von Abruzzen und von Molise eingesetzt worden, so daß seine Amtsbezirke eine Brücke von Oberitalien bis nach Unteritalien bildeten. Da Konstanze, die Witwe Heinrichs VI., als Regentin für ihren Sohn Friedrich die Eigenständigkeit des sizilischen Königreichs betonte und die staufischen Parteigänger bekämpfte, versuchte Markward, die Reichsherrschaft nicht nur in seinen Amtsbezirken, sondern auch im sizilischen Königreich selbst noch über den Tod der Kaiserinwitwe (28. 11. 1198) hinaus zu behaupten. Dies brachte ihm die unerbittliche Feindschaft des Papstes ein, der nach dem Tode der Konstanze als Oberlehnsherr über Sizilien die Regentschaft für Friedrich II. übernommen hatte. Trotz der Unterstützung von deutschen Amtsträgern, von Sarazenen und von der Seehandelsstadt Pisa erlitt Markward im Jahre 1200 bei Monreale (südlich von Palermo) eine Niederlage. Bis zu seinem Tode im September 1202 übte er jedoch auch auf der Insel Sizilien einen maßgebenden Einfluß aus. Dabei war es ihm im Jahre 1202 noch gelungen, den Königsknaben in seine Hand zu bringen. Markward stützte sich bei seinen politischen Aktionen auch auf Weisungen aus dem Vermächtnis des verstorbenen Kaisers.

In Deutschland hatte Philipp, seit 1196 Herzog von Schwaben, sich zunächst um die Thronfolge seines Neffen Friedrich bemüht. Da diese Absicht aussichtslos erschien, ließ er sich im März 1198 durch eine größere Anzahl von Fürsten in Thüringen selbst zum König wählen. Der Grund für dieses Vorgehen des Staufers lag in den Aktivitäten einer einflußreichen antistaufischen Gruppe von Fürsten unter der Führung des Erzbischofs Adolf von Köln, die vom Plantagenet König Richard Löwenherz finanziell unterstützt wurde. Adolf von Köln wie auch der Trierer Erzbischof betrieben zunächst die Wahl Herzog Bertholds V. von Zähringen zum römischen König, der sich jedoch bald darauf gegen Zusagen von Philipp von Schwaben – er erhielt die Vogtei Schaffhausen – auf die staufische Seite ziehen ließ.

Daraufhin drängte Richard Löwenherz auf die Wahl eines Angehörigen des Welfenhauses. Da Pfalzgraf Heinrich, der älteste Sohn Heinrichs des Löwen, sich noch mit weiteren deutschen Hochadligen auf dem Kreuzzug befand, bot sich dessen jüngerer Bruder Otto an, der als Graf von Poitou selbst Lehnsmann des englischen Königs war, im deutschen Reich aber nur über ein Drittel der noch den Welfen um Braunschweig und Lüneburg verbliebenen Herrschaftsrechte verfügte. Der Kölner Erzbischof Adolf I. († 1220) hatte zwar gegen den am englischen Königshof aufgewachsenen Welfen schon wegen des kölnischen Herzogtums Westfalen Vorbehalte. Doch wurden sie vom englischen König auch unter dem Druck der Kölner Bürger, die schon seit längerer Zeit engere Handelsverbindungen nach England pflegten, beiseite gedrängt. Otto wurde im Juni 1198 zum König gewählt und im Juli desselben Jahres in Aachen – also am rechten Ort – gekrönt, nachdem er dem Kölner Erzbischof Sicherheiten für seinen Besitzstand auch hinsichtlich des Herzogtums Westfalen gegeben hatte. Otto konnte seine Stellung in der Folgezeit gegen den Staufer Philipp nicht ausweiten. Dessen Hauptstütze waren die Reichsministerialen, sein Anhang wuchs in der Folgezeit auch unter dem Hochadel. Ottos Lage verschlimmerte sich noch, als im April 1199 Richard Löwenherz starb und dessen Nachfolger König Johann Ohneland dem Welfen keine wesentliche Unterstützung zukommen lassen konnte.

Philipp wurde erst im September 1198 in Mainz am unrechten Ort und von der unrechten Person – dem Erzbischof von Tarentaise – gekrönt. Er konnte bei der Zurückdrängung des englisch-welfischen Einflusses wenigstens zunächst noch auf den von Heinrich VI. auf dem Trifels angehäuften Reichsschatz zurückgreifen. Er stützte sich aber zugleich auch auf die schon im Juni 1198 unternommene Erneuerung des staufisch-kapetingischen Bündnisses. Seine Situation verbesserte sich weiterhin, als Philipp II.

August von Frankreich militärische Erfolge gegen den englischen König erzielte.

Die politische Situation drängte dem Papst die Rolle des Schiedsrichters im Thronstreit auf, in dem der englische wie auch der französische König jeweils für ihren Kandidaten eintraten. Innozenz III. begründete seine richterliche Kompetenz im Thronstreit allein mit der höheren Würde des vom Papst repräsentierten Priestertums über das Königtum und mit der Tatsache, daß das Papsttum mit der Krönung Karls des Großen die Kaiserwürde von den Griechen auf die Franken übertragen habe (Translationstheorie). Der Papst plädierte im Konsistorium der Kardinäle um die Jahreswende 1200 („Deliberatio super facto imperii de tribus electis" im „Regestum super negotio imperii") für den Welfen u. a. mit dem Argument, daß Otto IV. von jenen Fürsten gewählt worden sei, die dazu besonders und hauptsächlich berufen seien – also zu dem engeren Wählerkreis gehörten –, womit bereits die Umrisse des späteren Kurfürstenkollegs angedeutet wurden. Gegen Friedrich wandte Innozenz III. vor allem ein, daß durch ihn das Königreich Sizilien mit dem Kaisertum vereinigt werde. Gegen die Thronfolge der Staufer spreche ohnehin ihre Zugehörigkeit zum Geschlecht der Verfolger der Kirche. Damit brandmarkte der Papst sowohl Friedrich I. als auch Heinrich VI. und Philipp, der wegen seiner Tätigkeit als Herzog von Tuszien (1195/96) bereits von Coelestin III. exkommuniziert worden war. Scharf richtete sich der Papst gegen die Erbfolge im staufischen Haus, um deren reichsrechtliche Verankerung sich Heinrich VI. auch im Interesse der „unio regni et imperii" vergeblich bemüht hatte. Mit dem Staufer Philipp, dem Gemahl der byzantinischen Kaisertochter, konnte schließlich – was Innozenz III. nur andeutete – auch der vom Papst bereits im August 1198 ausgerufene Kreuzzug wieder in die Bahnen der staufischen Eroberungspolitik gegen Byzanz geraten.

Die Entscheidung des Papstes für den damals im deutschen Reich erheblich schwächer fundierten Welfen, der auf die Hilfe des Papstes angewiesen war, war zu diesem Zeitpunkt schon vorbereitet. Otto IV. hatte schon im Sommer 1198 seine Zustimmung zu den päpstlichen „Rekuperationen" in Reichsitalien erklärt und sich zur Unterstützung des Papsttums bei den noch ausstehenden Rechtsansprüchen, die sich noch zu einem erheblichen Teil in der Hand staufischer Reichsverwaltungsträger befanden, verpflichtet. Wie dies Otto IV. nochmals im Juli 1201 in Neuß gegenüber dem päpstlichen Legaten eidlich zusicherte, legte sich der Welfe ferner auf die Durchsetzung der päpstlichen Oberhoheit über das Königreich Sizilien fest, für das die Kaiserwitwe Konstanze dem Papst noch kurz vor ihrem Tode die Vormundschaft und Regentschaft übertragen hatte. Eine ähnliche Bindung ging Otto IV. auch für seine Politik gegenüber den Städten Reichsitaliens und dem französischen König ein.

Das päpstliche Votum für den Welfen und die Bannung des staufischen Königs Philipp konnten die bestehenden Kräfteverhältnisse in Deutschland freilich nicht wesentlich beeinflussen. Neben vielen weltlichen Reichsfürsten traten auch zahlreiche Bischöfe gegen den Papst für den Staufer ein. Philipp konnte sogar im November 1204 Erzbischof Adolf von Köln mit erheblichen finanziellen und politischen Gegenleistungen auf seine Seite ziehen, so daß er im Januar 1205 in Aachen ,,ordnungsgemäß" gekrönt wurde. Philipp kam bei diesen Erfolgen die Niederlage des englischen Königs Johann Ohneland gegen König Philipp II. August von Frankreich zugute.

Nun lenkte auch die römische Kurie ein. Philipp von Schwaben wurde im August 1207 vom Bann gelöst, nachdem er noch in den Jahren 1204 und 1205 mit einem Heer unter der Führung des Bischofs von Worms militärisch gegen die päpstliche ,,Rekuperationspolitik" in Reichsitalien vorgegangen war. Mit Bevollmächtigten des Staufers und des Welfen wurden in Rom die schon zuvor eingeleiteten Verhandlungen weitergeführt. Demnach sollten die umstrittenen mittelitalienischen Gebiete Tuszien, Spoleto und die Mark Ancona einem Neffen des Papstes als Reichslehen übertragen werden, der eine Tochter des Staufers heiraten sollte. Zu der vereinbarten Kaiserkrönung Philipps und der Realisierung der weiteren Verhandlungspunkte, zu denen wiederum die freie Wahl der Bischöfe und der Verzicht auf das Spolienrecht gehörten, kam es jedoch nicht mehr. König Philipp wurde im Juni 1208 in Bamberg von dem bayerischen Pfalzgrafen Otto von Wittelsbach ermordet. Das Hauptmotiv des ein Jahr später selbst getöteten Wittelsbachers bestand wohl darin, daß die bisher mit dem Wittelsbacher verlobte Tochter Philipps mit dem Neffen des Papstes verheiratet werden sollte.

Nach dem Tode Philipps einigten sich die deutschen Fürsten schnell auf Otto IV., der sich im November 1208 nochmals in Frankfurt zum König wählen ließ. Die Bemühungen des französischen Königs, gegen den mit dem englischen König verbündeten Otto IV. den Herzog von Brabant auf den deutschen Königsthron zu bringen, scheiterten. Gegenüber Innozenz III. mußte der Welfe seine früheren Zusicherungen wiederholen, ehe er im Oktober 1209 in Rom zum Kaiser gekrönt wurde.

Unmittelbar nach der Krönung begann Otto IV. jedoch – auch beraten durch die staufischen Reichsministerialen – damit, in Mittelitalien die Reichsverwaltung auf Kosten des Patrimonium Petri wieder auszudehnen. Als Herzog von Spoleto setzte er Anfang 1210 sogar jenen Reichsministerialen Diepold ein, der sich noch zusammen mit Markward von Annweiler und anderen staufischen Verwaltungsträgern der päpstlichen Politik in Mittel- und Unteritalien widersetzt hatte. Nach einem Zug nach Oberitalien im Frühjahr 1210 ließ Otto IV. deutlich erkennen, daß er auch das sizilische Königreich erobern wolle, wo der junge Friedrich II. sich nur mit Mühe gegen die Barone wehren konnte. Diesen Versuch, den Otto IV. mit einem Heer aus deutschen Ministerialen und italienischen Truppen unternahm, beantwortete Innozenz III. im Herbst 1210 mit der Bannung und

Exkommunikation des Welfen, die im Frühjahr 1211 in feierlicher Form mit der Lösung aller Untertanen vom Treueid verstärkt wurde. In Deutschland hatte sich inzwischen mit Unterstützung des Papstes eine Fürstenopposition unter der Führung des Mainzer Erzbischofs, des Königs von Böhmen und des Landgrafen von Thüringen gebildet. Dadurch wurde Otto IV., der sich nach seinen Erfolgen in Unteritalien bereits auf die Eroberung der Insel Sizilien vorbereitet hatte, zur Umkehr nach Deutschland gezwungen, wo er Anfang des Jahres 1212 eintraf. Nur wenig mehr als ein halbes Jahr später folgte ihm der Staufer Friedrich, der schon im April 1212 in Rom Verhandlungen mit Innozenz III. aufgenommen hatte, ins deutsche Reichsgebiet nach.

Schon kurz nach seiner Ankunft in Deutschland erreichte Friedrich II. mit Unterstützung des päpstlichen Legaten im Dezember 1212 auf einem Hoftag zu Frankfurt die Wahl zum König und damit einen Rechtsstatus, den ihm bereits etwa anderthalb Jahrzehnte zuvor sein kaiserlicher Vater verschafft hatte. Die Krönung mußte in Mainz durch den Mainzer Erzbischof erfolgen, da die Krönungsstadt Aachen sich unter der Kontrolle Ottos IV. befand und der Kölner Erzbischof weiterhin auf Seiten des Welfen stand. Als Folge der schon lange andauernden und in den letzten Jahren noch verschärften Auseinandersetzungen zwischen dem englischen König Johann, der weiterhin – wenn auch wenig wirkungsvoll – zu seinem welfischen Neffen hielt, und König Philipp II. August hatte Friedrich II. schon im November 1212 das nun schon traditionsreiche Bündnis zwischen den Staufern und den Kapetingern erneuert. Dieses brachte ihm auch die dringend notwendige finanzielle Unterstützung in Höhe von 20000 Mark Silber ein. Im Kampf gegen den im norddeutschen Raum agierenden Welfen erzielte der Staufer zunächst keine entscheidenden Erfolge. Mit Unterstützung des böhmischen Königs gelang es ihm nur, Otto IV. zum Rückzug aus Thüringen zu bewegen und den Markgrafen von Meißen auf seine Seite zu ziehen. In diesem politischen Zusammenhang ist die Goldbulle von Eger zu sehen. In der feierlichen Urkunde wiederholte Friedrich II. im wesentlichen die schon von Otto IV. eingeräumten Zugeständnisse an den Papst nun mit ausdrücklicher Zustimmung der Fürsten: Diese betrafen die Erweiterung des Patrimonium Petri, den Verzicht auf das Spolien- und Regalienrecht, die freie Wahl der Bischöfe und Äbte, die uneingeschränkte Appellation an die Kurie wie auch die königliche Unterstützung bei der Bekämpfung der Ketzer.

Nur zwei Monate zuvor hatte sich König Johann Ohneland, der seit dem Jahre 1209 wegen der Besetzung des erzbischöflichen Stuhls von Canterbury und der Beschlagnahme von Kirchengut vom Papst gebannt worden war, Innozenz III. unterworfen und sein Königreich vom Papst zu Lehen genommen. Johann Ohneland konnte trotz dieses massiven Einlenkens nicht sicher sein, daß Philipp II. August die ihm wenige Monate zuvor noch vom Papst eingeräumte Vollmacht zur Eroberung des restlichen englischen Königreichs auf der Insel ungenutzt ließ. So versuchte er in enger Verbindung mit Otto IV., den französischen König auf dem Festland anzugreifen. Das englische Heer unter der Führung Johanns wurde jedoch an der Loire geschlagen. Otto IV. erlitt wenig später am 27. Juli 1214 mit dem Heer seiner Verbündeten (den Grafen von Flandern-Hennegau, Boulogne und Holland) bei Bouvines (östlich von Lille) eine schwere Niederlage gegen den französischen König.

Für Kaiser Otto IV. bewirkte Bouvines das Ende seines Einflusses auf die Reichsgeschichte. Friedrich II. ließ sich im Juli 1215 nach der Unterwerfung der welfischen Anhänger im lothringisch-niederrheinischen Raum in Aachen am rechten Ort krönen. Otto IV. mußte im folgenden Monat auch noch aus Köln flüchten. Bis zu Ottos Tod im Jahre 1218 hatte Friedrich freilich immer noch zu befürchten, daß der Reichsepiskopat und der Hochadel sich um den Welfen zu einer antistaufischen Oppositionsgruppe zusammenschließen würden. Auf diesem Hintergrund wird auch verständlich, daß Friedrich II. während dieser Zeit insgesamt eine fürstenfreundliche Politik betrieb. Er versprach Innozenz III. noch kurz vor dessen Tod, auf das Königreich Sizilien, wo sein 1211 geborener Sohn Heinrich schon 1212 zum König gekrönt worden war, nach der zu erwartenden Kaiserkrönung zugunsten seines ältesten Sohnes zu verzichten.

e) Die Reichsherrschaft Friedrichs II. und Heinrichs (VII.)

Das Versprechen gegenüber dem Papst suchte der Staufer aber sogleich nach dem Tode Innozenz' III. zu umgehen, indem er nun die Wahl Heinrichs – den er außer dem Herzog von Schwaben nach dem Aussterben der Zähringer auch zum Rektor von Burgund bestellt hatte – zum deutschen König betrieb. Dieses Ziel war speziell beim deutschen Episkopat, der sich des Gegensatzes dieser Politik zu den päpstlichen Interessen durchaus bewußt war, nur gegen weitere Zugeständnisse von Seiten Friedrichs II. zu erreichen. Unmittelbar nach der Wahl Heinrichs (VII.) zum „rex Romanorum" gab Friedrich II. den Preis für dieses nun erreichte Ziel in dem „Bündnis mit den geistlichen Fürsten" vom 26. April 1220 bekannt. In dieser „Confoederatio cum principibus ecclesiasticis" (Nr. 3, AQ, Bd. 32, Nr. 95, S. 376–385) kam trotz der Zugeständnisse des Königs zugunsten der Territorialpolitik der hohen Geistlichkeit doch auch noch das gegenseitige Interessensverhältnis zwischen den deutschen Reichskirchen und dem Königtum zum Ausdruck. Das nächste Ziel, die Kaiserkrönung in Rom, erreichte Friedrich II. ohne schwerwiegende Zugeständnisse an Papst Honorius III. (1216–1227) am 22. November 1220. Zuvor hatte er im wesentlichen nur einräumen müssen, daß er trotz der bestehenden Personalunion die staatsrechtliche Integration des sizilischen Königreichs in das römische Imperium nicht vollziehen werde. Die weiteren, im Zusammenhang mit der Krönung erlassenen kaiserlichen Verfügungen, die in deutlicher Anlehnung an das spätantik-römische Kaiserrecht Gesetzescharakter haben sollten und daher auf Veranlassung des staufischen Kaisers dem „Corpus iuris" Justinians angefügt wurden, bedeuteten für den Kaiser keine Einbußen. Dazu gehörten die hier verabschiedeten, erkennbar von der römischen Kurie formulierten Ketzergesetze.

Die Nachgiebigkeit der päpstlichen Kurie gegenüber dem Staufer, der innerhalb weniger Jahre tatsächlich wieder die so bedrohliche Vereinigung des normannischen Königreichs mit dem Römischen Reich zustandegebracht hatte, wird erst auf dem Hintergrund der päpstlichen Kreuzzugspolitik verständlich. Es hatte zu den vordringlichen Zielen Innozenz' III. gehört, den päpstlichen Führungsanspruch auch bei der Durchführung der Kreuzzüge zu realisieren. Aus diesem Grunde hatte Innozenz III. auf dem Vierten Laterankonzil, das mit den dort anwesenden 1300 Prälaten in erster Linie der Vorbereitung des Kreuzzuges diente, das Kreuzzugsgelübde Friedrichs II., das dieser im selben Jahr 1215 abgelegt hatte, vollständig unberücksichtigt gelassen. Dem Kreuzzugsaufruf folgten in größerer Zahl aber nur österreichische und ungarische Truppen unter Herzog Leopold VI. und König Andreas, darüber hinaus noch niederrheinische und friesische Kreuzfahrer unter der Leitung des Kölner Domscholasters Oliver und nur wenige Franzosen. Größere Aktivitäten konnten die Kreuzfahrer, denen zunächst eine einheitliche Führung fehlte, nur vor der ägyptischen Hafenstadt Damiette entfalten, wo päpstliche Legaten die Oberleitung über das Kreuzzugsheer durchzusetzen versuchten. Erst im November 1219 führte die Belagerung der Stadt zum Erfolg. Noch während der wenig verheißungsvollen Lage des Kreuzzuges im Jahre 1218 rief Papst Honorius III. auch Friedrich II. zur Mithilfe am Kreuzzug auf. Dessen Teilnahme war im Jahre 1220 umso vordringlicher, als mittlerweile der ungarische König wie auch der Babenberger Leopold die Heimreise angetreten hatten. Die Erneuerung des Kreuzzugsgelübdes durch Friedrich II. bei seiner Kaiserkrönung bedeutete in dieser Situation eine wesentliche Gegenleistung des Kaisers.

Nach der Kaiserkrönung konzentrierte sich Friedrich II. jedoch zunächst ganz auf die Beseitigung der fast chaotischen Zustände in seinem sizilischen Königreich. Er beschränkte sich darauf, 500 Ritter unter der Führung des Herzogs Ludwig von Bayern nach Damiette zu senden. Das Kreuzfahrerheer erlitt jedoch eine große Schlappe, als es nach der Einnahme von Damiette schließlich die Eroberung Ägyptens versuchte. Die im Nilschlamm festsitzenden Kreuzfahrer mußten sich im September 1221 zur Räumung Ägyptens und zu einem achtjährigen Waffenstillstand verpflichten, wofür ihnen freier Abzug gewährt wurde. Trotz des Scheiterns des Kreuzzugsunternehmens und des harten Kirchenregiments, das Friedrich II. in seinem Erbreich ausübte, gestand der Papst dem Kaiser zunächst noch weitere Terminverschiebungen für den Aufbruch zum Kreuzzug zu.

Im Juli 1225 legte sich Friedrich II. jedoch im Vertrag von San Germano endgültig für die Kreuzfahrt fest. Entgegen den Zielsetzungen Innozenz' III. wie auch der ursprünglichen Absicht Honorius' III. wurde darin dem Kaiser die alleinige Führung des Kreuzzugs übertragen. Gegen die hohe Strafsumme von 100000 Unzen Gold und die ausdrücklich mit kaiserlicher Zustimmung vereinbarte Androhung des Kirchenbannes mußte sich Friedrich II. verpflichten, den Kreuzzug in jedem Falle im August 1227 anzutreten. Der Kaiser traf auch schon unmittelbar nach diesem Vertrag Vorbereitungen, indem er im November 1225 die 14jährige Isabella, die Tochter Johanns von Brienne, des Königs von Jerusalem, heiratete. Friedrich II. machte sofort nach dieser Heirat dem bisherigen König die Stellung streitig, indem der Kaiser nunmehr auch den Titel eines Königs von Jerusalem führte, womit er formal im Recht war.

Das Instrument des Kreuzzugs wandte Friedrich II. im Jahre 1226 auch gegen die Städte und Herren Oberitaliens an: Er forderte sie zur Vorbereitung des Kreuzzugs und zur Erneuerung der Reichsherrschaft zu einem Hoftag nach Cremona auf. Daraufhin schlossen sich viele Städte unter der Führung Mailands, der alten Konkurrentin Cremonas, zu einem neuen Lombardenbund zusammen. Den Widerstand dieser oberitalienischen Städte konnte der Kaiser militärisch nicht brechen. Er mußte sich mit der Bannung wegen Friedensbruch und Störung des Kreuzzugs begnügen. Aufgrund päpstlicher Vermittlung erklärten sich die Lombardenstädte schließlich doch noch bereit, ein Kontingent von 400 Rittern zum Kreuzzug zu stellen.

Der schon mehrfach angesagte Kreuzzug des Kaisers schien zu dem mit dem Papst endgültig vereinbarten Termin im August 1227 auch günstig zu beginnen. Doch der Kaiser erkrankte zu Beginn der Schiffsreise so schwer, daß er umkehren mußte. Da er sich in dem Vertrag von San Germano nicht gegen diesen Eventualfall abgesichert hatte, gab der Abbruch des Kreuzzugs dem neuen Papst Gregor IX. die Rechtsgrundlage, den Kaiser am 29. September 1227 zu bannen und ihm damit auch den Kreuzzug als politisches Instrument aus der Hand zu nehmen. Dennoch nahm Friedrich II. im Juni 1228 von Brindisi aus mit 1000 Rittern und etwa 10000 Pilgern den Kreuzzug zur großen Überraschung des Papstes, der ihm dies ausdrücklich verboten hatte, wieder auf. Nur durch einen erfolgreichen Kreuzzug konnte der Kaiser hoffen, den Widerstand der römischen Kurie zu brechen und damit seine Herrschaft im Reich und in Sizilien zu sichern wie auch als König von Jerusalem seine Autorität als Universalherrscher, von dem auch die zeitgenössischen eschatologischen Vorstellungen die Vernichtung des Islam erwarteten, zu stützen. Schon kurz nach seiner Ankunft in Akkon im September 1228 nahm Friedrich II. die Verhandlungen mit dem Sultan al-Kamil, die er schon von Italien aus begonnen hatte, wieder auf. So gelang es schließlich dem fließend arabisch sprechenden und mit der islamischen Kultur wohl vertrauten Kaiser, mit dem ebenfalls hochgebildeten Sultan am 18. Februar 1229 in Jaffa einen Friedensvertrag auf etwa zehneinhalb Jahre zu schließen.

Unter sonstiger Wahrung des derzeitigen Zustands kam Jerusalem mit einigen Orten zwischen der Stadt und der Küste wieder unter die Herrschaft des Königs von Jerusalem, so daß wenigstens der wichtigste Teil der Eroberung Saladins von 1187 wieder rückgängig gemacht werden konnte. Der Felsendom und die al-Aqsā-Moschee blieben als islamische Heiligtümer erhalten. Es fand sich kein hoher Prälat zur Krönung des Kaisers bereit. So setzte sich Friedrich II. am 18. März 1229 in der Grabeskirche zu Jerusalem selbst die Krone auf und betonte damit die Gottunmittelbarkeit seines Königtums. Bei dieser Gelegenheit erließ er ein Manifest an die Christenheit, „in dem er seinen Erfolg ganz als Wunder Gottes und der himmlischen Heerscharen, sich selbst als unmittelbares Werkzeug Gottes darstellte". „An diesem ‚Tag des Heils' faßte und verwirklichte Friedrich II. die Idee seines Davidkönigtums; in Jerusalem umgab er sich zum erstenmal mit dem Nimbus der Gottunmittelbarkeit" (Nr. 445, Schaller, S. 932). Dies sind Proklamationen des kaiserlichen Selbstverständnisses, die von den Zeitgenossen auf dem Hintergrund der weit verbreiteten und auch dem kaiserlichen Hof selbst gut bekannten Endzeiterwartungen allgemein akzeptiert wurden.

Diesen Autoritätszuwachs untermauerte der Kaiser nach der Rückkehr vom Kreuzzug noch durch militärische Erfolge gegen das von Johann von Brienne – dem ehemaligen König von Jerusalem und früheren Schwiegervater Friedrichs II. – geführte päpstliche Heer und aufständische Städte im Königreich Sizilien wie auch durch einen Vorstoß in den Kirchenstaat. Diese Vorgänge zwangen den Papst – auch unter Vermittlung Hermanns von Salza und deutscher Reichsfürsten – im Juli 1230 in San Germano zum Friedensschluß mit dem zuvor noch als „Schüler Mohammeds" und „Verfolger der Kirche" verurteilten Kaiser. Gegen Freigabe des Kirchenstaats, das Zugeständnis freier Bischofswahlen wie auch der Steuer- und Gerichtsfreiheit des Klerus im Königreich Sizilien hob der Papst die Bannung des Kaisers auf.

Friedrich II. hatte damit aber auch wieder freie Hand zum Kampf gegen die abtrünnigen oberitalienischen Kommunen, insbesondere gegen die Stadt Mailand, erhalten, ohne daß der Papst noch als offener Verbündeter des Lombardenbundes tätig werden konnte. Im sizilischen Königreich wurden im folgenden Jahr die Konstitutionen von Melfi erlassen, für Oberitalien ein Reichstag in Ravenna zum November 1231 anberaumt. Der Reichstag führte freilich wegen des Widerstandes des Lombardenbundes nicht zu dem gewünschten Erfolg, so daß der Kaiser die aufständischen Städte im Januar 1232 nochmals ächtete. In Ravenna wurden aber auch wesentliche Fragen, die das deutsche Reichsgebiet betrafen, verhandelt, das der Kaiser seit dem Aufbruch zum Italienzug im Jahre 1220 nicht mehr betreten hatte.

Im deutschen Reichsgebiet war Erzbischof Engelbert von Köln aus dem rheinischen Hochadelsgeschlecht der Grafen von Berg nach der Wahl Heinrichs (VII.) mit der Regentschaft für den erst knapp zehnjährigen „rex Romanorum" betraut worden. Erzbischof Engelbert versuchte vor allem durch die Errichtung regionaler Landfrieden eine Stabilität der politischen Verhältnisse herzustellen. In seinem Bemühen, in Übereinstimmung mit der kölnischen Tradition eine engere politische Beziehung zum englischen Königshof anzuknüpfen und dies auch durch ein Heiratsprojekt zwischen dem staufischen König und der englischen Königsfamilie abzustützen, entsprach er freilich nicht den Intentionen des Kaisers. Friedrich II. verbündete sich vielmehr nach dem erneuten Ausbruch des Krieges zwischen dem englischen und dem französischen König im Jahre 1224 wieder mit dem Kapetinger.

Hinzu kamen Gegensätze zwischen dem in Sizilien weilenden Kaiser und dem erzbischöflichen Reichsregenten in der Behandlung des gefangengenommenen Königs Waldemar von Dänemark. Friedrich II. war bestrebt, von dem dänischen König die Rückgabe des ehemaligen Reichsgebiets zwischen Elbe und Ostsee zu erzwingen, das sowohl Otto IV. als auch er selbst (1214) dem Dänenkönig zugestanden hatten. Erzbischof Engelbert wurde selbst ein Opfer seiner umfassenden Familien- und Territorialpolitik (1225). Statt der von ihm angestrebten Heirat Heinrichs (VII.) mit einer Tochter des englischen Königs wurde der noch immer unmündige „rex Romanorum" im November 1225 mit der Tochter des babenbergischen Herzogs Leopold VI. von Österreich verheiratet. Als Nachfolger des ermordeten Engelbert von Köln ernannte Friedrich II. im Sommer des folgenden Jahres Herzog Ludwig von Bayern zum Reichsregenten und Vormund Heinrichs (VII.).

Mit der kurz zuvor, im März 1226, ausgestellten Goldbulle von Rimini für den Deutschen Orden ging Friedrich II. auch gegen den Anspruch des dänischen Königs über die noch zu missionierenden Gebiete Livland, Estland, Samland und Semgallen vor. Gegen denselben König richtete sich auch das kaiserliche Privileg vom Juni 1226 für die Stadt Lübeck, die inzwischen ebenfalls unter dänische Herrschaft geraten war. Die Lübecker konnten den darin gewährten Rechtsstatus einer Reichsstadt, der sie nur zu geringen Gegenleistungen an den Kaiser verpflichtete, erst im Juli 1227 mit ihrem Sieg über König Waldemar bei Bornhöved absichern, wobei sie von den Hamburgern militärisch unterstützt wurden. Auch sonst zeigten sich seit dem Thronstreit bei den größeren deutschen Städten – insbesondere bei den Bischofsstädten – deutlich stärkere Ansätze zu einer selbständigen Politik. Diese erreichte für das deutsche Reichsgebiet eine neue Dimension in jenem Bund, den die Städte Mainz, Worms, Speyer, Bingen, Frankfurt, Gelnhausen und Friedberg um die Mitte der zwanziger Jahre schlossen. Dieser erste deutsche Städtebund wurde bereits im November 1226 auf einem Hoftag unter dem neuen Reichsregenten Herzog Ludwig von Bayern vornehmlich nach dem Willen der geistlichen Fürsten und Stadtherrn verboten.

Unter Herzog Ludwig, der selbst eine intensive, auch gegen die geistlichen Herrschaftsträger gerichtete Territorialpolitik in seinem Herzogtum betrieb, konnten die geistlichen Fürsten jedoch insgesamt ihre Interessen nicht mehr so leicht durchsetzen wie unter der früheren Regentschaft des Erzbischofs von Köln. Jetzt erhielten Reichsministeriale wie die Schenken Konrad und Eberhard von Winterstetten und der Truchseß Eberhard von Waldburg am königlichen Hof einen größeren Einfluß. Dabei dürfte auch die im September 1227 erfolgte Bannung des Kaisers durch den Papst eine Rolle gespielt haben. Schon im folgenden Jahre 1228 kam es zwischen dem Reichsgubernator und dem nun achtzehnjährigen König zum offenen Bruch. Die sich daraus entwickelnden militärischen Auseinandersetzungen vom Sommer 1229 verliefen für Heinrich (VII.) erfolgreich, so daß er selbst die Regierung übernahm. Die Politik des jungen Königs, der u. a. im Sommer 1230 ein Bündnis von zumeist dem Bischof von Lüttich unterstehenden Städten (Lüttich, Huy, Dinant, St. Trond, Fosses, Tongern und Maastricht) anerkannt hatte, erregte den Widerstand vornehmlich der geistlichen Fürsten, die sich vor allem in ihren rheinischen Residenzstädten von den Selbständigkeitsbestrebungen der Stadtgemeinden in ihren landesherrlichen Rechten eingeengt sahen. Auf Veranlassung des Bischofs von Lüttich wurden auf einem Hoftag zu Worms im Januar 1231 in einem Fürstenspruch alle Genossenschaften, Zusammenschlüsse, Schwureinungen, Bündnisse oder dergleichen, auch wenn diese zuvor vom König oder auch von Stadtherren der Städte zugestanden worden waren, als rechtswidrig erklärt (Nr. 3, AQ, Bd. 32, Nr. 106, S. 418f).

Auf einem weiteren Wormser Hoftag vom April 1231 setzten wiederum vornehmlich die geistlichen Fürsten das „Gesetz zugunsten der Landesherren" („Statutum in favorem principum"; MG, Const. II, Nr. 304, S. 418–420) durch, das auch für die weltlichen Fürsten galt. Es wiederholt in den meisten Punkten die Bestimmungen der „Confoederatio" von 1220. Angesichts der in der Zwischenzeit von Heinrich (VII.) wenigstens partiell reaktivierten königlichen Territorialpolitik und des deutlich gewachsenen Prestiges des Kaisers war das „Statutum" weit mehr als nur eine formale Wiederholung. Bezeichnenderweise waren die Bischöfe von Würzburg und Straßburg, deren Territorien in besonders engem Kontakt mit der staufischen Reichsministerialität standen, die Hauptbeschwerdeführer gegen den König wie auch gegen die Städte. Die Hoftage Friedrichs II. vom Frühjahr 1232 führten zu einer Wiederholung und Verschärfung der antikommunalen Beschlüsse des Hoftags von Worms. Unter Widerruf aller entgegenstehenden Privilegien hob der Kaiser im April 1232 die Rechtsgrundlage für alle Gemeindevertretungen, Räte, Bürgermeister oder andere Führungsgremien oder irgendwelche Amtsinhaber in den deutschen Städten auf, die ohne die Zustimmung des jeweiligen bischöflichen Stadtherrn eingesetzt worden waren (Nr. 3, AQ, Bd. 32, Nr. 113, S. 428–433). Heinrich (VII.) verstieß bereits im März 1232 gegen seine eigenen Gesetze, indem er den Bürgern von Worms u. a. den Stadtrat bestätigte. Als der König nach mehrmaliger Aufforderung durch den kaiserlichen Vater im April 1232 auf dem inzwischen nach Aquileja und dann nach Cividale verlegten Hoftag erschien, mußte er sich eidlich verpflichten, künftig den kaiserlichen Befehlen uneingeschränkt zu gehorchen und den Fürsten entgegenzukommen. Zugleich bestätigte der Kaiser mit einigen Einschränkungen das dem König ein Jahr zuvor abgezwungene ,,Statutum in favorem principum" (Nr. 3, AQ, Bd. 32, Nr. 114, S. 434–439).

Heinrich (VII.) verfügte nunmehr nur noch über einen sehr eingeschränkten Handlungsspielraum. Die Fürsten intervenierten bei dem geringsten Verstoß des Königs gegen die Beschlüsse von Ravenna und Cividale beim Kaiser oder auch beim Papst gegen den König. In dieser Situation entschloß er sich zum offenen Bruch mit dem Vater. Dessen Kampf gegen den Lombardenbund hatte sich seit der Ächtung der aufständischen Städte verschärft. Der König nahm im November 1234 Verhandlungen mit dem Lombardenbund auf, die im folgenden Monat zum Bündnisvertrag mit den Bundesstädten führten. Heinrich (VII.) konnte auch mit der Unterstützung von seiten des französischen Königs Ludwig IX. rechnen, mit dem schon längere Zeit ein Bündnis bestand, während Friedrich II. damals schon mit dem englischen Königshof in Verbindung stand. Dies und wohl auch das Bestreben, dem Anwachsen der Anhängerschaft König Heinrichs (VII.) in Deutschland – darunter mehrere Reichsministeriale, Städte und sein babenbergischer Schwager Friedrich von Österreich – entgegenzuwirken, veranlaßten Friedrich II., im Frühjahr 1235 nach fast fünfzehnjähriger Abwesenheit wieder in das Gebiet nördlich der Alpen zurückzukehren.

Friedrich II. war sich der Unterstützung durch einflußreiche deutsche Fürsten, die ihn schon jenseits der Alpen aufgesucht hatten, im Kampf gegen seinen Sohn sicher. Er zog daher ohne Heeresgefolge nach Deutschland. Dort erschien er wie ein Potentat aus einer fremden Kultur, was ein zeitgenössischer Bericht verdeutlicht: ,,Er fuhr, wie es der kaiserlichen Majestät geziemt, in großer Pracht und Herrlichkeit, mit vielen Wagen, beladen mit Gold und Silber, Batist, Purpur, Edelsteinen und kostbaren Geräten, mit vielen Kamelen und Dromedaren. Viele Sarazenen und Äthiopier, die verschiedener Künste kundig waren, mit Affen und Leoparden, bewachten sein Geld und seine Schätze" (Nr. 11, MG, SS XXII, S. 348). Heinrich (VII.) mußte sich dem Kaiser in der Pfalz zu Wimpfen unterwerfen. Auf einem anschließenden Hoftag zu Worms wurde er für abgesetzt erklärt und in die Gefangenschaft geführt – und zwar zunächst in jene seines erbittertesten Feindes, des rheinischen Pfalzgrafen Otto aus dem Hause Wittelsbach. Nach siebenjähriger Haft in den Gefängnissen des sizilischen Königreiches nahm der Kaisersohn sich wohl selbst das Leben. Die Anhänger Heinrichs (VII.) wurden zumeist begnadigt.

Bei seinem Aufenthalt in Worms, wo sein Sohn zu lebenslanger Haft verurteilt wurde, hat Friedrich II. fast gleichzeitig die schon einige Monate zuvor vorbereitete Hochzeit mit Isabella, der Schwester König Heinrichs III. von England, vollzogen. Dieses Ehebündnis war unter Vermittlung des Papstes zustandegekommen. Es hat das bisherige Bündnis mit dem französischen König nur kurzfristig gestört, obwohl der Kaiser gleichzeitig seinen Einfluß im weiteren burgundischen Gebiet vor allem gegenüber dem dortigen Hochadel zu stärken vermochte und sich der englische König auch eine Unterstützung durch den Kaiser im Kampf gegen den französischen König erhofft hatte. Zur gleichen Zeit wurde der alte welfisch-staufische Gegensatz, der sich viele Jahrzehnte hindurch auf die politischen Beziehungen des staufischen Kaiserhauses zu den Plantagenets wie auch zu den Kapetingern bestimmend ausgewirkt hatte, aufgehoben. Otto, der Enkel Heinrichs des Löwen und Neffe Ottos IV., wurde auf dem Hoftag in Mainz im August 1235 für die den Welfen noch verbliebenen Allodialgüter Lüneburg und Braunschweig zum Herzog und zum „princeps" erhoben. Zuvor hatte er diese Eigengüter dem Kaiser aufgetragen und als Reichslehen zurückerhalten (Nr. 3, AQ, Bd. 32, Nr. 120a, S. 484–491).

Auf demselben Hoftag in Mainz erließ Friedrich II. mit Rat und Zustimmung der geistlichen und weltlichen Fürsten einen Landfrieden für das deutsche Reichsgebiet (Nr. 3, AQ, Bd. 32, Nr. 119, S. 462–485). In diesem Mainzer Reichslandfrieden, an dem sich auch die späteren nachstaufischen Könige und Kaiser immer wieder als Modell zu orientieren versuchten, bemühte sich Friedrich II., die dem deutschen Königtum noch verbliebenen Rechte im Hinblick auf das Gerichtswesen wie auch auf die für das Handels- und Verkehrswesen wichtigen Münz-, Zoll- und Geleitsrechte abzusichern und zu aktivieren. Der Kaiser strebte dabei sogar eine Aufhebung der Zoll- und Münzstätten an, die nach dem Tode Heinrichs VI. ohne königliche bzw. kaiserliche Genehmigung errichtet worden waren. Nach dem Vorbild der Ämterorganisation im staufisch-sizilischen Königreich richtete Friedrich II. die Institution eines königlichen Hofrichters ein, der bei Abwesenheit des Kaisers die königlichen Gerichtsrechte wahrzunehmen hatte. Im Gegensatz zu ihrer erfolgreichen Durchsetzung im zentralistischen ‚Beamtenstaat' Süditaliens hat sich diese Einrichtung freilich in dem ganz andersgearteten Verfassungsgefüge des deutschen Reichs als weithin unwirksam erwiesen.

Der Mainzer Reichslandfriede von 1235 stand zugleich im Dienste der weiterreichenden politischen Ziele des Kaisers, insbesondere seines nur durch den Aufstand des Sohnes unterbrochenen Kampfes gegen die aufständischen oberitalienischen Städte unter der Führung Mailands. Daher ließ Friedrich II. in Mainz die Fürsten die Teilnahme an einem Zug gegen die oberitalienischen Reichsfeinde beschwören, der für das Frühjahr 1236 festgelegt wurde. Auf diesem Zug, der erst verspätet aufbrach, begleiteten den Kaiser aber fast ausschließlich Reichsministeriale aus den staufischen Stammlanden Schwaben und dem Elsaß.

Einige der Reichsfürsten waren freilich durch andere Aufgaben, die auch im Interesse des Kaisers lagen, in Deutschland gebunden. Dies galt vor allem für den Herzog von Bayern und den König von Böhmen. Zusammen mit dem König von Ungarn waren diese nach der Abreise des Kaisers mit der Vollstreckung der Reichsacht betraut, die Friedrich II. im Juni 1236 über den babenbergischen Herzog Friedrich, den Schwager Heinrichs (VII.), verhängen ließ. Deren Aktionen blieben jedoch insgesamt erfolglos, so daß sich Friedrich II. zu Anfang des Jahres 1237 selbst von Italien nach Österreich begab. Wenn ihm auch hier größere militärische Erfolge versagt blieben, so vermochte er dennoch in Wien, das er zur Reichsstadt erhob, die Wahl seines erst neunjährigen Sohnes Konrad IV. (aus der Ehe mit Isabella, der Königin von Jerusalem) durch die anwesenden Reichsfürsten durchzusetzen, ohne dafür den Papst um sein Einverständnis gebeten zu haben. Wie in dem Wahldekret formuliert wird, nahmen die „principes" die Stelle des römischen Senates ein und wählten Konrad IV. „zum König der Römer und künftigen Kaiser" (Nr. 3, AQ, Bd. 32, Nr. 124, S. 502–509). Als Vormund und Reichsgubernator wurde wiederum ein hoher geistlicher Reichsfürst, diesmal der Mainzer Erzbischof Siegfried III. von Eppstein (1230–1249) eingesetzt. Der Versuch, die babenbergischen Herzogtümer Österreich und Steiermark in die Reichsverwaltung einzubeziehen, scheiterte. Die deutlich bekundete Absicht des Kaisers, im Unterschied zu den Vorgängen von 1180 nicht eine Verteilung der Herzogtümer des Geächteten an die an der Niederwerfung beteiligten Fürsten vorzunehmen, bewirkte, daß der König von Böhmen und der Herzog von Bayern sich nach der Abreise Friedrichs II. nach Italien (Herbst 1237) mit dem Babenberger gegen den Kaiser verbündeten. Dies und die weitere Zuspitzung der Konflikte mit dem Papst zwangen den Kaiser sogar dazu, die Ächtung des Babenbergers rückgängig zu machen und ihn wieder als Herzog von Österreich und Steiermark anzuerkennen. Beide Herzogtümer kamen erst nach dem kinderlosen Tode Herzog Friedrichs im Jahre 1246 in die Verfügungsgewalt des Kaisers. Er versuchte, in diesen Gebieten unter wechselnden Statthaltern in den folgenden Jahren eine straff organisierte Reichsverwaltung nach sizilischem Vorbild aufzubauen, was jedoch nur ansatzweise gelang.

f) Kaisertum und Papsttum im Kampf um die Vormacht

In der Zwischenzeit hatten sich die Situation im Reich und insbesondere das Verhältnis zwischen Kaiser und Papst grundlegend verändert. Nach der Rückkehr nach Reichsitalien hat Friedrich II. den Kampf gegen die aufständischen Lombarden, gegen die er schon mehrfach den Vorwurf der Ketzerei erhoben und dabei besonders auf Mailand abgezielt hatte, wieder aufgenommen. Dort hatten inzwischen auch die päpstlichen Legaten gegen die kaiserliche Politik gewirkt. Es kam zu einem offenen Bruch zwischen Papst Gregor IX., der den Kaiser wieder auf einen Kreuzzug abdrängen wollte, und Friedrich II., der dem Kampf gegen die Reichsfeinde in Oberitalien absolute Priorität einräumte. Unterstützt von den verbündeten Städten Pavia, Cremona, Verona, Parma, Reggio, Modena und Ferrara, den Truppen Ezzelinos da Romano (seit 1238 Schwiegersohn des Kaisers) und 10000 Sarazenen aus der von Friedrich II. zuvor eingerichteten Siedlung Lucera besiegte der Kaiser Ende November 1237 bei Cortenuova die Mailänder und deren Verbündete. Friedrich II. schlug das Friedensangebot der Mailänder aus und forderte die bedingungslose Unterwerfung. Nur dadurch schien ihm die Durchsetzung einer intensiveren Reichsherrschaft über das wirtschaftlich hoch entwickelte und daher auch politisch außerordentlich wichtige Oberitalien möglich.

In zahlreichen Briefen des Kaisers an die Könige und Fürsten Europas stilisierte die kaiserliche Kanzlei unter dem maßgeblichen Einfluß des Petrus de Vinea den Kampf gegen die lombardischen Aufständischen zu einer grundsätzlichen Auseinandersetzung zwischen der legitimen Königs- und Fürstengewalt und den Rebellen. Seiner Aufforderung, zum weiteren Kampf gegen Mailand Truppen zu senden, kamen die Könige von Frankreich, England, Kastilien und Ungarn nach und sogar der Kaiser von Nicäa, Johannes III. Dukas Vatatzes, der später (1244) eine illegitime Tochter Friedrichs II. heiratete. Aus Deutschland traf ein großes und gut ausgerüstetes Heereskontingent im Juni 1238 in Oberitalien ein, ferner aus dem sizilischen Königreich wiederum eine Sarazenen-Truppe. Die im Juli 1238 begonnene Belagerung von Brescia führte dennoch nicht zum gewünschten Erfolg, so daß sie im September 1238 abgebrochen, werden mußte. Daraufhin verstärkte sich der Widerstand in Oberitalien, dem jetzt auch der Papst offen seine Unterstützung bekundete. Der Kaiser sorgte seinerseits für einen weiteren Konfliktfall mit dem Papst, als er im Oktober 1238 seinen illegitimen Sohn Enzio mit Adelasia, der Erbin der Judicate Torres und Gallura auf der Insel Sardinien verheiratete. Sardinien gehörte schon seit dem 8. Jahrhundert zum Anspruchsgebiet des Papsttums, wobei es sich auf die „Konstantinische Schenkung“ stützte.

Die schon längere Zeit erwartete zweite Exkommunikation des Kaisers vom Palmsonntag, dem 20. März 1239, wurde vom Papst mit 16 Anklagen begründet. Davon betrafen allein elf das Königreich Sizilien, insbesondere die kaiserliche Kirchenpolitik; weitere bezogen sich auf die politische Stellung Friedrichs II. zur päpstlichen Residenzstadt Rom. Der Kaiser versuchte in der nun heftig ausbrechenden Propagandawelle, sich gegen die päpstlichen Vorwürfe u. a. durch die Berufung auf ein Konzil zur Wehr zu setzen. Die Anklagen der päpstlichen Kurie erreichten im Juli 1239 einen vorläufigen Höhepunkt in einem offenen Schreiben. Darin charakterisierte der Papst den Kaiser als Vorläufer des Antichrist und unterstellte ihm die

Äußerung, „die ganze Welt sei von drei Betrügern, nämlich von Jesus Christus, Moses und Mohammed getäuscht worden“. Der Kaiser habe außerdem alle als Narren bezeichnet, „die glaubten, daß Gott von einer Jungfrau geboren werden könne“, denn „niemand könne geboren werden, dessen Empfängnis nicht die Vereinigung von Mann und Frau vorausgegangen sei“; auch „dürfe der Mensch nichts anderes glauben, als was er durch die Kraft und Vernunft der Natur beweisen könne“ (Nr. 440, Kantorowicz I, S. 455).

Wichtiger als die Repliken des Kaisers auf diese Anklagen war die 1240 erfolgte Besetzung des Herzogtums Spoleto, der Mark Ancona wie auch der südlichen Toscana und damit weiter Gebiete des Patrimonium Petri, die seit Innozenz III. aus der Reichsverwaltung ausgeschieden und der päpstlichen Oberhoheit unterstellt worden waren. Ferner ließ der Kaiser die meisten auswärtigen Teilnehmer an einem von Gregor IX. nach Rom berufenen Konzil auf deren Anreise im Mai 1241 gefangennehmen. Von dem geplanten Angriff auf die Stadt Rom sah der Kaiser im August 1241 ab, als er von dem Tode Gregors IX. erfuhr, da er zunächst die Neuwahl abwarten wollte. Als der Kaiser in der Folgezeit weitere einflußreiche Kardinäle freiließ, wurde im Juni 1243 nach langer, nur kurz unterbrochener Sedisvakanz der Genueser Kardinal und große Rechtsgelehrte Sinibaldo Fieschi gewählt und als Innozenz IV. inthronisiert (1243–54).

In Deutschland blieb die Exkommunikation des Kaisers zunächst ohne Wirkung. Erst im Herbst 1241 – nachdem die akute Gefahr der Eroberung weiter Gebiete Mitteleuropas durch die Mongolen vorüber war – schlossen der Erzbischof von Köln, Konrad von Hochstaden (1238–1261), und der Reichsgubernator Erzbischof Siegfried III. von Mainz ein Bündnis gegen den Kaiser. Beim Erzbischof von Mainz gaben für den Frontwechsel offenkundig territorialpolitische Erwägungen – vor allem hinsichtlich der ihm von Friedrich II. übertragenen Reichsabtei Lorsch, die im Interessengebiet des stauferfreundlichen Pfalzgrafen bei Rhein lag – das ausschlaggebende Motiv. Die Aktivitäten beider Erzbischöfe konzentrierten sich vornehmlich auf das Mittelrheingebiet, die „vis maxima regni“, blieben aber zunächst weithin wirkungslos. Die Abfallbewegung von der staufischen Partei verstärkte sich jedoch im Jahre 1244, als die erneut aufgenommenen Verhandlungen zwischen dem Kaiser und Papst Innozenz IV. scheiterten und der Papst sich über Genua nach Lyon begab, wo er bis zum Tode Friedrichs II. verblieb. Dorthin berief er für das Jahr 1245 ein Konzil.

Vor dessen Zusammentritt hat der Papst nochmals seine Bereitschaft, den Kaiser vom Bann zu lösen, erkennen lassen. Für die päpstliche Verhandlungsbereitschaft haben die erneute Eroberung Jersualems im Jahre 1244 durch die Mohammedaner und die hoffnungslose Lage im Heiligen Land wichtige Anstöße gebildet. Doch zu Verhandlungen kam es schon deshalb nicht, weil der Kaiser weitere Übergriffe im Patrimonium Petri vornehmen ließ und damit auch gegen wesentliche Bedingungen in den Friedensbemühungen verstieß, die zuvor an dem Streben nach Einbeziehung der aufständischen Lombarden gescheitert waren. Auf dem Konzil von Lyon, das nur wenige Bischöfe aus dem Reichsgebiet besuchten, wurde im Juli 1245 die Absetzung Friedrichs II. als Kaiser, deutscher König und König im sizilischen Regnum wegen der Vergehen des Meineides, des Friedbruchs, des Sakrilegs durch Gefangennahme der Prälaten und des Verdachtes der Häresie feierlich vom Papst verkündet. Dieser Akt schloß zugleich die Aufforderung an die deutschen Kurfürsten zur Neuwahl eines „rex Romanorum" ein. Die Könige von Frankreich, England und Kastilien blieben dennoch in der Folgezeit neutral. Nur der König von Ungarn trat offen auf die Seite des Papstes über.

Innerhalb des deutschen Reichsgebietes führte die Wahl des Landgrafen Heinrich Raspe von Thüringen – der im Jahre 1242 vom Kaiser als Reichsgubernator eingesetzt worden war – vom Mai 1246 durch die Erzbischöfe von Köln und Mainz und mit Zustimmung des Trierer Erzbischofs keine grundlegende Änderung herbei. Bedeutsamer war die freilich nur teilweise wirksame Einbeziehung der Herzogtümer Österreich und Steiermark in die Reichsverwaltung. Nach dem Tode Heinrich Raspes im Februar 1247 wählten die drei rheinischen Erzbischöfe im Oktober 1247 den Grafen Wilhelm von Holland zum Gegenkönig, der sich zunächst aber nur auf seine Wähler, einige Bischöfe und den Herzog von Brabant stützen konnte und bald auch die Stadt Köln für sich gewann.

Innozenz IV., der den ersten Gegenkönig mit erheblichen finanziellen Mitteln (25000 Mark Silber) unterstützt hatte, ließ den Kampf gegen den Kaiser auch im deutschen Reichsgebiet vornehmlich mit amtskirchlichen und religiösen Mitteln führen. Anhängern der staufischen Partei unter dem Episkopat drohte er mit der Amtsenthebung, die jedoch nur in wenigen Fällen durchgeführt wurde. Seinen Legaten gab der Papst auch Vollmachten für Ehedispense zugunsten von weltlichen Herrschern auf den Weg, was angesichts der großen Bedeutung von Ehebündnissen – besonders in der Territorialpolitik – mehr als nur ein persönliches Entgegenkommen zugunsten der weltlichen Fürsten bedeutete. Durch den Klerus und vor allem durch die Bettelmönche ließ er den Kreuzzug gegen den Kaiser predigen, indem er allen, die sich am Krieg gegen den Staufer militärisch beteiligten, dieselben Vergünstigungen – darunter in erster Linie den Ablaß von Sündenstrafen – zusagen ließ wie den Teilnehmern am Kreuzzug ins Heilige Land: Jenem Kreuzzug nämlich, für den der Papst auf dem Lyoner Konzil nur mit geringem Erfolg geworben hatte und zu dem im Jahre 1248 der französische König Ludwig IX. aufbrach.

In einem Schreiben vom Juli 1246 an den päpstlichen Legaten in Deutschland hat Papst Innozenz IV. ausdrücklich befohlen, die Predigt für den geplanten Kreuzzug nach Palästina zugunsten des Kreuzzugs gegen den Kaiser zurückzustellen, ohne daß diese Anweisung publik werden sollte. Die kaiserliche Kanzlei hatte schon zu Anfang des Jahres 1246 in einem Rundschreiben an zahlreiche christliche Herrscher auf die Konsequenzen der päpstlichen Maßnahmen gegen den Kaiser hingewiesen: „Denn was bleibt Euch ... von einem solchen Priesterfürsten nicht noch zu fürchten, wenn Uns, der wir durch feierliche Wahl der Fürsten und mit Zustimmung der gesamten Kirche ... auf göttliches Geheiß mit der Kaiserkrone geschmückt sind und noch andere edle Königreiche glanzvoll regieren, jener abzusetzen wagt, dem dieses nicht zusteht." (Nr. 1, Acta II, Nr. 46, S. 50). In demselben Schreiben nimmt der Kaiser auch die Kritik am Lebenswandel des hohen Klerus einschließlich des Papstes auf, wie sie teilweise auch von Ketzern vorgebracht wurde: „Wahrhaftig, die gewaltigen Einkünfte, mit denen sie sich durch die Ausbeutung vieler Königreiche ... bereichern, machen sie rasend". Es sei daher seine Absicht, „die Geistlichen jeglichen Standes, insbesondere die höchsten, zu jenem Zustand zu führen, in dem sie in der ursprünglichen Kirche waren, in apostolischem Lebenswandel die Demut des Herrn nachahmend ... Daher müßt ihr und alle Fürsten mit uns zusammen alle Anstrengungen darauf verwenden, daß sie alles Überflüssige ablegen und, mit mäßigem Besitz zufrieden, Gott dienen".

Die Aktivitäten der päpstlichen Partei in Deutschland wie auch in Reichsitalien brachten im Laufe des Jahres 1248 einige Erfolge. Hierzu gehörte vor allem die Niederlage des kaiserlichen Heeres bei der Belagerung der kurz zuvor vom Kaiser abgefallenen Stadt Parma im Februar 1248. Es bedeutete einen großen Prestigeverlust für den Kaiser, daß dabei die von ihm errichtete Belagerungsstadt, die er allzu optimistisch als Victoria hatte bezeichnen lassen, zerstört wurde und er einen Teil seines Kriegsschatzes und seiner Herrschaftszeichen verlor.

Im Herbst des Jahres 1249 erzielte der neue Gegenkönig Wilhelm von Holland mit der Einnahme der Reichsstädte Kaiserswerth, Dortmund und Aachen Fortschritte, so daß er schließlich in Aachen vom Erzbischof von Köln gekrönt werden konnte. Sein Versuch, in den folgenden zwei Jahren weiter am Mittelrhein Fuß zu fassen, scheiterte jedoch an dem Widerstand der Reichsstädte Boppard, Frankfurt und Gelnhausen. In Reichsitalien setzte sich der Abfall bisher stauferfreundlicher Städte (Ghibellinen), in denen nun das Regiment von stauferfeindlichen Parteien (Guelfen) übernommen wurde, nach der Niederlage von Parma und der Gefangennahme Enzios fort. Hingegen wehrten die kaiserlichen Truppen den militärischen Vorstoß des Papsttums in der Mark Ancona, im Herzogtum Spoleto und in der Romagna erfolgreich ab. Zur gleichen Zeit verwandte Friedrich II. die schwere Niederlage des französischen Königs auf seinem Kreuzzug bei Mansura im April 1250, bei der Ludwig IX. sogar in Gefangenschaft geriet, gegen den Papst, der den Kreuzzug anstatt gegen die Heiden gegen die Staufer hatte predigen lassen und dafür auch große, den Kirchen auferlegte Summen eingesetzt hatte. Der Papst wurde nun auch von Seiten der französischen Königsfamilie und burgundischer Hochadliger bedrängt, mit dem Kaiser Frieden zu schließen.

Die Aussichten Friedrichs II. im Kampf gegen den Papst standen nicht schlecht. Sein plötzlicher Tod am 13. Dezember 1250 in Castel Fiorentino unweit seiner Lieblingspfalz Foggia in der Capitanata veränderte die politische Konstellation in Europa grundlegend. Wie Matthäus Paris berichtet, soll er bei seiner Absolution durch den Erzbischof Berard von Palermo, der diesen Akt trotz des päpstlichen Bannspruchs vornahm, in das Gewand eines Zisterziensers eingekleidet worden sein. Bestattet wurde er jedoch mit prunkvollen kaiserlichen Kleidern in einem Sarkophag aus Porphyr – dem kaiserlichen Stein – im Dom zu Palermo. Als Friedrichs Grab im Jahre 1782 geöffnet wurde, fand man seine Leiche eingehüllt in wertvolle arabische Gewänder aus roter Seide, bestickt mit geheimnisvollen arabischen Mustern. An seiner linken Schulter trug er ein Kreuz in Erinnerung an seinen Kreuzzug von 1228/29.

g) Das Reich nach dem Tode Friedrichs II.

Der Begriff „Interregnum“ kann insofern zu Mißdeutungen Anlaß geben, als von einem Zwischenreich im rechtlichen Sinne zwischen 1250 und 1272 nicht die Rede sein kann. Denn tatsächlich bestand auch nach dem Tode Friedrichs II. das Königtum in Deutschland fast ununterbrochen fort. Dies gilt auch für den Zeitraum vom Jahre 1256, in dem König Wilhelm starb, bis zum Jahre 1273, in dem der Habsburger Graf Rudolf gewählt und gekrönt wurde. In dieser Zeit war mit der Regierung Richards von Cornwall, der im Jahre 1257 von einer Fürstenpartei gewählt und schließlich auch in Aachen vom zuständigen Erzbischof von Köln gekrönt wurde, in rechtlicher Hinsicht ein „rex Romanorum“ bis zum Tode Richards im April 1272 vorhanden. Dieser war freilich nicht von allen Fürsten anerkannt. Eine andere Fürstengruppe wählte im selben Jahre 1257 König Alfons von Kastilien zum „rex Romanorum“, der nie deutschen Reichsboden betreten hat und daher auch nicht gekrönt worden ist. Richard von Cornwall verbrachte hingegen fast vier Jahre in Deutschland. Beide Konkurrenten waren eng mit den Staufern verwandt. Alfons von Kastilien war ein Enkel Philipps von Schwaben. Richard von Cornwall war ein Vetter Kaiser Ottos IV., Bruder des englischen Königs Heinrich und Schwager Friedrichs II.

Friedrich II. hatte in seinem Testament vorgesehen, daß sein ältester legitimer Sohn Konrad IV. mit dem Imperium auch das Königreich Sizilien übernehmen sollte. Konrad IV., der zudem nach Erbrecht Anspruch auf das Königreich Jerusalem besaß, begab sich im Jahre 1252 nach Italien, wo sein jüngerer Halbbruder Manfred (geb. 1232) für ihn im Königreich Sizilien zunächst die Regentschaft übernommen hatte. Er starb jedoch schon im Mai 1254. Er hinterließ einen erst zweijährigen Sohn Konradin. Manfred ließ sich im Jahre 1258 zum König von Sizilien krönen, ohne noch auf seinen unmündigen Neffen Rücksicht zu nehmen. Er griff von Sizilien aus auch in Reichsitalien ein. Dabei knüpfte er teilweise an die Institutionen und politischen Konstellationen aus der Regierungszeit Friedrichs II. an; er gewann auch im Patrimonium Petri Einfluß. Die Bemühungen des Papsttums um einen wirkungsvollen eigenen Kandidaten für den sizilischen Thron führten erst im Jahre 1263 zu einem Erfolg, als sich Karl von Anjou, der Bruder des französischen Königs, unter Anerkennung der päpstlichen Lehnshoheit zum Kampf um das staufische Erbreich bereit erklärte. Im Jahre 1266 wurde er in der Peterskirche zu Rom zum König von Sizilien gekrönt. Noch im selben Jahr besiegte er Manfred in der Schlacht von Benevent. Nach dem Tode dieses Staufers überwand Karl von Anjou, der auch in Reichsitalien größeren Einfluß gewann, zwei Jahre später den letzten staufischen Thronkandidaten, Konradin, den er anschließend hinrichten ließ.

In Deutschland hatte die staufische Herrschaft bereits mit dem Tode Konrads IV. etwa anderthalb Jahrzehnte zuvor ihr Ende gefunden. Im deutschen Königreich entstand ein Machtvakuum, in dem vor allem die Reichsfürsten ihre Vorrangstellung im Reich ausbauen und dabei das jeweils regional und auch zeitlich nur sehr begrenzt wirksame Königtum als Instrument benutzen konnten. Auf diese Weise sind in diesen zwei Jahrzehnten wesentliche Grundzüge der spätmittelalterlichen Reichsgeschichte vorgeformt worden.

Eineinhalb Jahre nach dem Tode Friedrichs II. – also noch während der Anwesenheit Konrads IV. in Deutschland – hat König Wilhelm außer den rheinischen Erzbischöfen, auf deren Unterstützung er bis dahin allein angewiesen war, noch die Zustimmung des askanischen Markgrafen von Brandenburg und des aus derselben Familie stammenden Herzogs von Sachsen gefunden. Dabei kam ihm zugute, daß er zuvor die Tochter des welfischen Herzogs Otto von Braunschweig, der mit den Askaniern verschwägert war, geheiratet hatte. Mit der Nachwahl durch die Askanier stimmte die Rechtsstellung des Gegenkönigs weitgehend mit jener im niederdeutschen Raum vorherrschenden Auffassung überein, wie sie einige Jahrzehnte zuvor Eike von Repgow im „Sachsenspiegel" formuliert hatte. Demnach besaßen bei der Königswahl die drei rheinischen Erzbischöfe, der Pfalzgraf bei Rhein und der Herzog von Sachsen wie auch der Markgraf von Brandenburg vor allen anderen Reichsfürsten ein Vorstimmrecht. Begünstigt durch den Abzug Konrads nach Italien und noch mehr durch den Tod dieses staufischen Rivalen fand Wilhelm bald auch die Zustimmung von wichtigen Orten (wie Goslar, Nordhausen, Mühlhausen, Frankfurt am Main, Gelnhausen, Speyer, Worms, Oppenheim und Hagenau) sowie von anderen ehemals stauferfreundlichen Städten.

Nach dem Tode des Staufers schlossen sich schon im Juli 1254 zahlreiche Städte – darunter vor allem Mainz, Köln, Worms, Speyer, Straßburg, Basel – zu einem Landfriedensbund („fedus sancte pacis"; Nr. 15, MG, Const. II, Nr. 428, S. 579–589) zusammen. Diesem traten fast gleichzeitig auch die drei rheinischen Erzbischöfe, die Bischöfe von Worms, Straßburg, Metz und Basel sowie zahlreiche Adlige bei. Er erweiterte sich rasch und umfaßte im Jahre 1255 etwa 70 Städte im Rheinland, in Westfalen, in Süd-, Mittel- und auch Norddeutschland wie auch zahlreiche geistliche und weltliche Herrschaftsträger. König Wilhelm erkannte diesen heterogenen Landfriedensbund bereits im Februar 1255 an. Der Bund, dessen politischer Zusammenhalt durch das starke Anwachsen seiner Mitglieder erheblich reduziert wurde, bemühte sich nach dem Tode Wilhelms (28. 1. 1256) sogar um die Wahrung von Reichsinteressen, wobei freilich nur die Städte als Handelnde hervortraten.

Trotz der Verpflichtung seiner Mitglieder, bei einer zwiespältigen Königswahl keinen Kandidaten zu unterstützen, konnte der ,,Rheinische Bund" die Doppelwahl von 1257 nicht verhindern. Die Erzbischöfe von Köln und Mainz sowie der wittelsbachische Pfalzgraf bei Rhein wählten im Januar 1257 Richard von Cornwall zum König; König Ottokar von Böhmen schloß sich dieser Wahl an. Der englische Prinz hatte für seine Wahl erhebliche finanzielle Mittel eingesetzt. Die Erzbischöfe von Köln und Mainz erhielten je 8000 Mark Silber, dem Pfalzgrafen bei Rhein wurde eine englische Prinzessin mit einer Mitgift von 12000 Mark zugesagt. Bei der Wahl von König Alfons am 1. April 1257 hingegen war Erzbischof Arnold von Trier (1242–1259) führend beteiligt; daran wirkten ferner mit der Herzog von Sachsen und der Markgraf von Brandenburg sowie wiederum – trotz seiner kurz zuvor erfolgten Stellungnahme zugunsten Richards – der König von Böhmen. Die Doppelwahl von 1257 ist für die weitere Geschichte des Königwahlrechts bestimmend geworden. Faktisch engte sich das Königswahlrecht, an dem ursprünglich grundsätzlich alle Reichsfürsten teilhatten, auf die Inhaber des Vorstimmrechts ein, die damit in die Rolle der Kurfürsten hineinwuchsen.

Während König Richard von Cornwall in seinem Wirkungsbereich weithin auf das linksrheinische Gebiet mit dem Zentrum in Aachen beschränkt blieb, bildete sich im Osten unter König Ottokar II., dessen Zugehörigkeit zu den Reichsfürsten sich wiederum in seiner Beteiligung an den Königswahlen äußerte, ein neuer Machtblock. Ottokar II. wurde selbst mehrfach als Kandidat für die Würde des ,,rex Romanorum" vorgeschlagen. Er war zu dieser hervorragenden Rolle im Reich sowohl durch seine engen verwandtschaftlichen Beziehungen zu den Staufern prädestiniert als auch durch seine erfolgreiche Territorialpolitik, die mit weitausgreifenden, durch Kreuzzüge ins preußische Ordensgebiet abgestützten Plänen im heidnischen Ostseegebiet verbunden war. Der böhmische König (geb. ca. 1230) war ein Enkel König Philipps von Schwaben. Darüber hinaus hatte er 1251 die um zwei Jahrzehnte ältere Witwe Heinrichs (VII.) Margaretha (geb. ca. 1210) geheiratet, die nach dem Tode ihres Mannes zunächst in einem Trierer Dominikanerinnenkonvent gelebt hatte. Für diese Ehe erhielt der böhmische König vom Papst bereitwillig Dispens. Ottokar II.

konnte sich daraufhin das staufische Herzogtum Österreich sichern. Im Jahre 1261 erwarb er noch das Herzogtum Steiermark. Der Besitz beider Herzogtümer wurde 1262 durch König Richard mit der Belehnung des Přemisliden legalisiert. Vier Jahre später betraute König Richard den Böhmenkönig sogar noch mit dem Reichsvikariat in den rechtsrheinischen Reichslanden. Im Jahre 1269 fiel ihm schließlich auch noch das Herzogtum Kärnten mit Krain zu.

Diese Machtbasis verschaffte Ottokar II. eine gute Ausgangsposition für die durch den Tod Richards von Cornwall 1272 notwendig gewordene Königswahl. Diese entschieden die Kurfürsten jedoch zugunsten des weitaus weniger mächtigen Grafen Rudolf von Habsburg. Obwohl von italienischen Ghibellinen vorgeschlagen, wurde auch ein weiterer Nachfahre der Staufer – Friedrich (geb. 1257) aus der Ehe der Kaisertochter Margarethe mit dem Markgrafen Albrecht von Meißen – von der Königswahl ausgeschlossen, zumal der Papst dessen Wahl ausdrücklich verboten hatte. Die sonstigen noch überlebenden Staufer aus der männlichen Nachkommenschaft Friedrichs II. – nämlich die drei Söhne Manfreds von Sizilien – hatte Karl von Anjou nach der Schlacht von Benevent in den Kerker werfen lassen. Dort starben Enzio (1300) und Heinrich (1318). Friedrich flüchtete in den ersten Jahren des 14. Jahrhunderts; er hielt sich noch an verschiedenen europäischen Höfen auf, galt aber schließlich als verschollen. Er soll im Jahre 1312 in Ägypten gestorben sein.

Unter Rudolf von Habsburg entstand im Umkreis städtischer Opposition mehrfach das Gerücht von der Wiederkehr des Stauferkaisers Friedrich. Im Elsaß, am Niederrhein und in der Wetterau, in Schwaben und sogar in Lübeck wirkten um die Mitte der achtziger Jahre angebliche „Kaiser Friedrich". Diese wurden jedoch bald erhängt, ertränkt oder verbrannt. Am erfolgreichsten unter ihnen war Tile Kolup. Er wurde zwar aus Köln vertrieben, erhielt aber bald darauf in Neuß und schließlich in Wetzlar großen Zulauf; ihn suchten sogar italienische Stauferanhänger auf. Rudolf von Habsburg mußte gegen ihn militärisch vorgehen, bis dieses „Kaiserspiel" durch die Verbrennung Tiles als Ketzer und Zauberer im Juli 1285 ein grausames Ende fand.

2. Beharrung und Wandel im Herrschaftsgefüge

a) Verwandtschaft, Erbrecht und Lehen

Für die Reichsgeschichte und das Herrschaftsgefüge im Reich blieben das individuelle, persönliche Verhalten und Schicksal der Könige und Kaiser, aber auch der anderen Mächtigen von großer Bedeutung. Erinnert sei an die Folgen des frühen Todes Heinrichs VI. und an den tiefen Einschnitt, den der Tod seines Sohnes, Friedrichs II., etwa ein halbes Jahrhundert später bewirkt hat. In beiden Fällen kam es zu langen Kämpfen um die Thronfolge. In dem Dreivierteljahrhundert zwischen dem Tode Heinrichs VI. und der Wahl Rudolfs von Habsburg war die Königsherrschaft in Deutschland nur für etwa 25 Jahre unbestritten. Die Gegner konnten sich jeweils auf einen Wahlakt der Fürsten berufen. Die staufischen Thronfolger stützten sich vor allem auf das Geblütsrecht in der engeren Familie. Ihre Gegner waren jedoch auch mehr oder weniger eng mit der staufischen Familie verwandt. Selbst bei einem Wahlakt, der sich gegen die Thronfolge eines Staufers wandte, fühlten sich die Fürsten also an die Verwandten des Herrschergeschlechts gebunden. Nur diesen trauten die Wähler wie auch die päpstliche Kurie die Durchsetzung des Gegenkönigtums zu.

Diese machtpolitische Einschätzung korrespondierte mit dem weit verbreiteten dynastischen Denken, das sich in staufischer Zeit offenbar verfestigte. Auf diese politisch verankerte Einstellung verwies auch Papst Innozenz III., als er im Jahre 1202 die Staufer als Geschlecht der Kirchenverfolger („genus persecutorum") verurteilte und die Welfen davon positiv absetzte. Dennoch konnte derselbe Papst nicht umhin, sich bald wieder den Staufern zuzuwenden. Friedrich II. hat seinerseits die Stellung seiner Familie in geradezu heilsgeschichtliche Dimensionen gesteigert, indem er sie in die damals weithin wirksamen Endzeiterwartungen einfügen ließ. Nach der Rückkehr vom Kreuzzug ins Heilige Land wurde in einer Predigt in der Kathedrale von Bitonto das staufische Geschlecht als das letzte Kaiserhaus der menschlichen Geschichte dargestellt; es werde bis zum Weltuntergang herrschen. Dadurch erhielt die Gegnerschaft des Papsttums gegen den Kaiser und selbst noch gegen seine entfernteren Nachkommen zusätzliche Motive. Diese religiös-politische Einstellung begünstigte offenkundig die Wirksamkeit der Pseudo-Staufer unter Rudolf von Habsburg auch innerhalb der städtischen Bevölkerung.

Die verwandtschaftsstiftende Heiratspolitik, die politische Beziehungen gleichsam untermauern sollte und zugleich Erbansprüche begründen konnte, diente unter den Staufern nicht nur dazu, einzelne Hochadelsgeschlechter innerhalb des Reichs stärker an die Königsfamilie zu binden. Sie wurde jetzt noch mehr zu einem überaus wichtigen Instrument der weitausgreifenden staufischen Universalpolitik. Für seine zwölf Kinder, die Barbarossa von seiner zweiten Frau – Beatrix von Burgund – geboren wurden, hat der Kaiser Eheverabredungen mit folgenden Partnern getroffen: dem späteren König von Sizilien, der Tochter des englischen Königs, der Tante des sizilischen Königs und späteren Erbin des Reichs, mit der Tochter des Königs von Ungarn, mit der Tochter des überaus reichen und mächtigen Grafen von Blois-Champagne, mit dem späteren König von Ungarn, mit dem Prinzen von England, mit der Erbin des Königreichs Kastilien, mit dem einflußreichen Markgrafen von Montferrat wie auch mit der Tochter des byzantinischen Kaisers. Von diesen konkreten Vorhaben konnten freilich aus unterschiedlichen Gründen nur jene mit der Erbin des

Königreichs Sizilien (Konstanze u. Heinrich VI.), mit der Tochter des Grafen von Blois-Champagne (Margarethe u. Otto von Burgund), mit dem Markgrafen von Montferrat (Sophia u. Markgraf Wilhelm II.) und der Kaisertochter aus Byzanz (Irene u. Philipp von Schwaben) verwirklicht werden.

Barbarossas Enkel Friedrich II. heiratete zuerst die Tochter des Königs von Aragon, in zweiter Ehe die Erbin des Königreichs Jerusalem und – nach einer erst nachträglich legalisierten Verbindung mit einer Markgrafentochter – schließlich die Schwester des englischen Königs Heinrich III. Aus diesen vier Ehen gingen insgesamt zehn Kinder hervor. Mindestens neun weitere Kinder besaß der Kaiser aus Beziehungen mit acht anderen Frauen. Diese illegitimen Verhältnisse hatten keinen erkennbaren politischen Hintergrund. Sie haben aber sicherlich dazu beigetragen, daß Papst Innozenz IV. dem Kaiser auch unterstellen konnte, er halte an seinem Hofe mit Sarazeninnen einen Harem. Diesen Anklagen begegnete der kaiserliche Gesandte auf dem Konzil von Lyon: „Die sarazenischen Mädchen ... hält der Kaiser nicht zum Beischlaf – wer könnte das beweisen? – sondern wegen ihrer Gewandtheit und wegen ihrer anderen Kunstfertigkeiten“ (Nr. 12, MG, SS XXVIII, S. 259). Politisch bedeutsame Heiraten hat Friedrich II. sowohl mit seinen legitimen Kindern als auch mit seinen „Bastarden“ gestiftet, wobei er freilich insgesamt nicht so erfolgreich war wie Barbarossa. Seine in Deutschland als Könige eingesetzten Söhne Heinrich (VII.) und Konrad IV. heirateten bezeichnenderweise Töchter aus deutschen Hochadelsfamilien, so daß die normannischen Staufer einen zusätzlichen Rückhalt in Deutschland erhielten.

Die deutschen Hochadligen betrieben ebenfalls eine weitreichende Heiratspolitik. Dafür sei nur an den Welfen Heinrich den Löwen erinnert. Das auf Verwandtschaft begründete Selbstbewußtsein Heinrichs wird in einer Miniatur anschaulich faßbar, die zwischen 1173 und 1180 im Auftrag des Herzogs angefertigt worden ist. Sie wurde in das Evangeliar eingebunden, das das Herzogspaar dem von Heinrich dem Löwen errichteten Blasiusstift in Braunschweig geschenkt hat. Sie stellt eine Krönung des Herzogs mit seiner zweiten Gattin, der englischen Königstochter Mathilde, dar. Der Doppelherzog und seine Gattin erhalten die Krone unmittelbar von Christus: ein beredter Ausdruck des Gottesgnadentums, das die Lehnshoheit des kaiserlichen Vetters gleichsam übersieht. Zeugen der Krönung sind Kaiser Lothar III. und dessen Gemahlin Richenza, König Heinrich II. von England und dessen Frau Eleonore von Aquitanien wie auch dessen Mutter Mathilde, die Witwe des letzten salischen Kaisers. Aufgenommen als Zeugen sind ferner die Eltern Heinrichs des Löwen, nämlich Heinrich der Stolze und dessen Gattin Gertrud, die Tochter Kaiser Lothars III. Auf diese Weise werden die königlichen und kaiserlichen Vorfahren und Verwandten des Doppelherzogs sehr deutlich hervorgehoben. Der Anspruch des Welfen bewegt sich auf demselben Niveau, denn die Kronen, die ihm und seiner Gemahlin von Gottes Hand aufgesetzt werden, gleichen in ihrer

Ausstattung durchaus jenen der königlichen bzw. kaiserlichen Zeugen (Nr. 439, Jordan, S. 184f und Abb. 3).

Fast gleichzeitig, um 1170, wurde im Hauskloster der süddeutschen Welfen, in Weingarten (bei Ravensburg), eine ausführliche Geschichte der Welfen geschrieben: die Historia Welforum, die Welf VI. besonders nahesteht. Der Verfasser führte die Ursprünge des Geschlechts bis in die vorchristliche Zeit zurück. Die Welfen seien aus den Franken hervorgegangen, die wiederum von den Trojanern abstammten. Einer der ältesten Vorfahren habe sich mit der Tochter eines römischen Senators namens Catilina verheiratet und seinen Sohn nach dem römischen Schwiegervater Catulus (gleich Welf) genannt. Der weitere Aufstieg des Geschlechts sei vor allem dadurch erfolgt, daß die Welfen sich große Ländereien selbst erworben und ihren Wohnsitz wehrhaft abgesichert hätten. Auf dieser selbstgeschaffenen, also allodialen Grundlage seien die Welfen in der Lage gewesen, sogar Könige an Reichtum und Ehre zu überragen. Daher konnten sie sich – wie es weiter heißt – weigern, dem römischen Kaiser lehnrechtlich zu huldigen. Um 1230 aktualisierte der Prämonstratenser Burchard aus dem schwäbischen Ursberg das historische Selbstverständnis der hochadligen Welfen: „Dieses Geschlecht war so erhaben und höchst adlig, daß es Gott immer ergeben war, der römischen Kirche stets diente und den Kaisern oft widerstand" (Nr. 14, MG, SS rer. Germ. in us. schol. 16, S. 8).

In politischer Aktion äußerte sich dieser durch Herkunft und Verwandtschaft abgestützte „Widerstandsgeist" von Hochadligen beispielhaft auch in einem Schreiben, das der zähringische Herzog Berthold IV. – damals noch Schwager Heinrichs des Löwen – im Jahre 1161 an den französischen König richtete. Da Barbarossa sich kurz zuvor geweigert hatte, den Bruder Bertholds nach vollzogener Wahl als Erzbischof von Mainz zu investieren, sagte der Zähringer dem französischen König, der im päpstlichen Schisma den antikaiserlichen Papst Alexander III. begünstigte, seine volle Unterstützung in den Auseinandersetzungen mit dem Kaiser zu und vertraute dabei auch auf seine Verwandtschaft. Viele der mächtigen deutschen Fürsten seien ihm – dem Zähringer von königsgleichem Rang – durch Zuneigung oder durch Verwandtschaft, viele auch im Haß gegen den Kaiser verbunden.

Neben dem urtümlichen Mittel der Verwandtschaft spielte in staufischer Zeit weiterhin und insgesamt wohl noch in gesteigertem Maße das Lehnswesen eine große politische Rolle. Wie auch die Päpste bedienten sich die Staufer des Lehnrechts, um ihre Oberhoheit über ansonsten selbständig handelnde Gewalten zum Ausdruck zu bringen. Dieses Instrument wandten sie sowohl in den Randzonen des Reichs als auch im weiteren Einflußbereich an. Wie schon zur Zeit der Salier gingen auch einige der polnischen Teilherzoge unter den Staufern Lehnsverbindungen mit den Staufern ein. Dazu gehörte Boleslaw IV. (1146–1173). Diesen zwang Friedrich I. nach einem Polenzug im Jahre 1157, den er im Interesse des mit Konrad III.

verschwägerten böhmischen Herzogs Wladislaw II. (1140–1172) unternommen hatte, zum Lehnseid, zur Zahlung von Sühnegeldern und zur Herausgabe von Schlesien an die Erben Wladislaws. Ähnliches geschah mit den Königen von Dänemark, von denen Waldemar I. (1157–1182) im Jahre 1162 mit dem Königreich Dänemark belehnt wurde. Selbst König Richard Löwenherz von England mußte als Bedingung für seine Freilassung aus der Gefangenschaft Kaiser Heinrich VI. einen Lehnseid leisten, so daß er während des Thronstreits als einer der Reichsfürsten gelten konnte. Eine lehnrechtliche Abhängigkeit vom Reich ging im Jahre 1195 auch der König von Zypern ein, dessen Inselreich Richard Löwenherz im Jahre 1191 der byzantinischen Herrschaft entrissen hatte. Auf seinem Kreuzzug hat Friedrich II. diese Lehnsabhängigkeit nochmals erneuert. Andererseits haben Friedrich II. und auch Otto IV. unter dem Druck ihrer jeweiligen Lage die Lehnsbindung des sizilischen Königreichs vom Papst zeitweise anerkannt, wenn auch die Staufer vorher und später an der Zugehörigkeit des Königreichs zum Imperium festhielten. Sie gründeten aber auch in diesem Falle ihren Rechtstitel nicht auf einem allgemeinen Weltherrschaftsgedanken, sondern auf dem Erbrecht, das Heinrich VI. mit Gewalt gegen seinen Konkurrenten durchsetzen mußte.

Das Reich verfügte nicht über feste Grenzen im modern ausschließenden Sinne. Auch unter diesem Aspekt ist die früher intensiv erörterte Alternative „Nationalstaat" oder „Universalstaat" irreführend. So knüpften auch mehrere deutsche Hochadlige und sogar geistliche Reichsfürsten insbesondere bei Konflikten mit dem König selbständig politische Kontakte an, die bis zu Bündnissen mit Gewalten außerhalb des engeren Reichsgebiets reichen konnten. Der Hochadel im „regnum Arelatense" pflegte sowohl zu den französischen wie auch zu spanischen Königen enge politische Beziehungen. Diese wurden vielfach auch lehnrechtlich vertieft. Deutsche Adlige gingen Lehnsverbindungen zu den englischen und französischen Königen ein, sei es auch nur in der Form von Rentenlehen. Mit Recht wurde neuerdings betont, daß vor allem zwischen Frankreich und Deutschland nur eine breitere „Streugrenze" existiert habe. „Das hochmittelalterliche Lehnrecht ist seiner Natur nach überstaatlich und kennt keine Grenzen" (Nr. 265, Kienast, S. 542).

Diese Offenheit war nicht nur auf die Grenzräume beschränkt, in denen der politische Einfluß je nach den machtpolitischen Konstellationen schwankte. Sie galt vielmehr für das gesamte Reichsgebiet. Der tiefere Grund lag im Gefüge der Reichsherrschaft. Typologisch ist sie in Deutschland und mehr noch in Burgund eine „Aristokratie mit monarchischer Spitze". Für Reichsitalien kann sie vor allem seit staufischer Zeit eher als eine Monarchie charakterisiert werden, die sich auf eigenständige kommunale, adlige und kirchliche Inhaber formal delegierter Herrschaftsrechte stützt. Dieser verfassungsgeschichtliche Unterschied, in dem sich auch andersartige Herrschaftstraditionen diesseits und jenseits der Alpen widerspiegeln, änderte wenig an dem großen Handlungsspielraum, den in Reichsitalien die mächtigeren, ihrerseits von einer Aristokratie getragenen Stadtkommunen trotz gegensätzlicher Tendenzen der staufischen Reichsherrschaft zu behaupten vermochten. Zweifellos ist die Offenheit der Reichsherrschaft in Deutschland durch den Trend zum Universalismus in staufischer Zeit, der keineswegs auf die Staufer beschränkt war, noch verstärkt worden. Ebenso unbezweifelbar ist die Tatsache, daß damit – in einem komplexen Wechselspiel – die „Aristokratie" in ihren verschiedenartigen Äußerungsformen größere Entfaltungsmöglichkeiten erhielt.

Für die Nähe der „Aristokratie" zur „monarchischen Spitze" wurde es entscheidend, daß es den staufischen Herrschern trotz vielfältiger Bemühungen, die in dem Erbreichsplan Heinrichs VI. gipfelten, nicht möglich war, das Wahlrecht der deutschen Fürsten bei der Thronfolge zugunsten des Erbrechts zu beseitigen. Dieser Nachteil wog umso schwerer, als die deutschen Hochadligen gleichzeitig ihr Erbrecht an den Reichslehen festigen konnten. Die machtpolitische Lage zwang die Kaiser in den meisten Fällen – und dies im deutlichen Unterschied zu den englischen und französischen Königen –, die heimgefallenen Reichslehen nach kurzer Frist wieder an die Reichsfürsten auszugeben. Diese Zwangslage bestimmte auch Friedrich I. zur Vergabe jener Reichslehen, die Heinrich dem Löwen gerichtlich abgesprochen worden waren. Beim Heimfall der Landgrafschaft Thüringen (1190) mußte Heinrich VI. dieses Reichslehen an den Bruder des verstorbenen Landgrafen vergeben. Die Markgrafschaft Meißen konnte der Kaiser hingegen seit dem Jahre 1195 zunächst einbehalten. Friedrich II. sagte jedoch im Jahre 1227 dem unmündigen Landgrafen Hermann II. von Thüringen sogar die Belehnung mit der Markgrafschaft Meißen für den Fall zu, daß der Vater vor der Mündigkeit des Sohnes sterben sollte. Die Einziehung des Herzogtums Österreich und der Steiermark durch denselben Kaiser nach dem Aussterben der Babenberger im Jahre 1246 mußte nach dem Tode Friedrichs II. rückgängig gemacht werden.

Mit dem Prozeß gegen Heinrich den Löwen (1180) wurde in der früheren Forschung allgemein die Abschließung des Reichsfürstenstandes datiert. Gemeint war damit, daß seit dieser Zeit nur noch Adlige und geistliche Herren, die in einem direkten Lehnsverhältnis zum König standen und nur diesem zu Mannschaft und Lehnseid verpflichtet waren, zu den am Reich mitberechtigten „principes" zählten. Tatsächlich stellte aber die Abstufung der übrigen Herrschaftsträger von diesem engeren Kreis der Reichsfürsten, die sich in erster Linie aus den Herzogen und herzogsgleichen Adligen und geistlichen Herren rekrutierten, nur eine langfristig wirksame Tendenz dar, die durch die Ereignisse des Jahres 1180 wohl beschleunigt, nicht aber zu diesem Zeitpunkt schon realisiert war. Danach traten die „principes regni" bzw. „imperii" noch stärker als zuvor als Interessensverband auch gegenüber dem König auf und pochten insbesondere seit dem Thronstreit auf die Durchsetzung ihrer Vorrangstellung.

Diese wurde den geistlichen Fürsten in der „Confoederatio" (1220) von Friedrich II. und den geistlichen und weltlichen Fürsten im „Statutum" (1231/32) von Heinrich (VII.) und vom Kaiser allgemein anerkannt. Die allmähliche Abschließung der Reichsfürsten ergab sich aus ihrem Bemühen, die übrigen Herrschaftsträger auch in lehnrechtlicher Hinsicht von sich abhängig zu machen, sie in ihre eigene Landesherrschaft einzubinden und sie so aus der direkten Rechtsbeziehung zum Königtum zu verdrängen.

Mit diesem langfristig wirksamen Vorgang ist die Lehre von der Heerschildordnung, die erstmals zusammenhängend im Sachsenspiegel Eikes von Repgow um 1220 formuliert wurde, eng verknüpft. Unter dem Heerschild („clipeus militaris") verstand man ursprünglich das Recht, Vasallen militärisch aufzubieten. Seit dem ausgehenden 12. Jahrhundert bezeichnete der Begriff jedoch zunehmend die Stellung des jeweiligen Lehnsmannes innerhalb der Hierarchie der Lehnsbeziehungen. An der Spitze der Heerschildordnung stand der König. Ihm folgten auf der zweiten und dritten Stufe die ansonsten durchaus gleichberechtigten geistlichen und weltlichen Fürsten. Der vierte Heerschild – nach J. v. Ficker der „Normalschild" – stand in Gefahr, von den geistlichen und weltlichen Landesherren mediatisiert zu werden. Diesem folgten dann noch weitere Ränge: die Vasallen des vierten Heerschilds bis hinunter zu den Ministerialen oder den Dienstmannen, den sogenannten Einschildrittern. Letztere konnten nur noch Lehen erhalten, aber keine weitervergeben. Gerade für die unteren Ränge bleibt zu beachten, daß die Heerschildordnung, die um 1270 auch vom Schwabenspiegel übernommen wurde, kein „System zwingender Normen" darstellte, sondern nur „Ordnungsvorschriften" bot. Sie kann keineswegs mit einer sozialen Rangordnung gleichgesetzt werden wie dies bei unkritischer Übernahme rechtshistorischer Systematik zumeist geschieht.

In der Heerschildordnung wurde den geistlichen Fürsten nicht zuletzt deshalb der zweite Rang – noch vor den weltlichen Fürsten – zugewiesen, weil so der Tatbestand berücksichtigt werden konnte, daß viele weltliche Fürsten in großem Umfang Kirchenlehen innehatten und dafür oft nur geringe Gegenleistungen erbrachten. Eine derartige Nutzung des Kirchenguts haben übrigens auch die Könige – vornehmlich in der zweiten Hälfte des 12. Jahrhunderts – vorgenommen. Die Zugehörigkeit der geistlichen Fürsten zum Heerschild war die Folge ihrer Einordnung in das Reichslehnrecht. Diese hatte bereits seit dem Wormser Konkordat festere Formen erhalten. Friedrich I. zog daraus auch noch vielfach Vorteile für die Reichsherrschaft. So verweigerte er dem mit ihm verwandten babenbergischen Bischof Konrad von Passau, der 1164 vom Domkapitel und den Ministerialen von Salzburg zum Erzbischof gewählt worden war, die Belehnung mit den Regalien, weil dieser den kaiserlichen Papst nicht anerkannte. In einem lehnrechtlichen Verfahren, das demjenigen gegen Heinrich den Löwen aus dem Jahre 1180 ähnelte, ließ der Kaiser den gewählten Erzbischof dreimal vorladen und zuletzt verurteilen, weil der Babenberger das Erzbistum durch Usurpation besetzt und ihm weder der Kaiser die Regalien noch der kaiserliche Papst die Spiritualien verliehen habe.

Die Assimilation der geistlichen an die weltlichen Fürsten erwies sich jedoch spätestens seit dem Thronstreit als negativ für die umgestaltete königliche Reichskirchenherrschaft. Das Lehnrecht wurde seit dieser Zeit noch mehr als zuvor zu einem Instrument der Reichsfürsten: Seine zentripetalen Kräfte, die Heinrich II. von England und Philipp II. August von Frankreich in einem jeweils andersartigen Herrschaftsgefüge zu stärken vermochten, entglitten spätestens seit der Wende zum 13. Jahrhundert den römischen Königen zugunsten der Reichsfürsten. Der Vergleich verdeutlicht die Ambivalenz des Lehnrechts. Seine Ausgestaltung spiegelte das jeweilige Herrschaftsgefüge: das Recht beeinflußte nur in einem begrenzten Umfang die machtpolitischen Vorgegebenheiten.

Unter Barbarossa haben die geistlichen Fürsten vor allem in den fünfziger und sechziger Jahren noch einen erheblichen militärischen und finanziellen Beitrag in der Reichspolitik, die sich damals auf Italien konzentrierte, geleistet. Die Grenzen der lehnrechtlichen Leistungen zeichneten sich aber schon damals deutlich ab. Bereits auf seinem vierten Italienzug von 1166/67 setzte der Kaiser Söldner zur Ergänzung des Reichsheeres ein; auch die deutschen Heereskontingente wurden finanziell entlohnt. Die dafür notwendigen Geldsummen bezog der Kaiser vorzüglich von den Städten Reichsitaliens. Die Verfügung über Geldmittel gewann auch aus diesem Grund zunehmend an Bedeutung. Friedrich II. stützte sich bei seinen Kämpfen in Reichsitalien nur mehr in einem geringen Umfang auf die deutschen Reichsvasallen. Bei seinen Aktionen gegen den Lombardenbund griff er seit den dreißiger Jahren auf die in Lucera „kasernierten" Sarazenen und auf die Kontingente seiner italischen Verbündeten zurück. Während die Reichsministerialen noch zur Zeit Friedrichs I. und Heinrichs VI. als wichtige Stütze der Reichspolitik südlich der Alpen dienten, spielten sie unter Friedrich II. auf diesem Aktionsfeld nur noch eine untergeordnete Rolle. In denselben Jahrzehnten – wiederum beschleunigt durch den Thronstreit – verdrängten die Ministerialen, und in erster Linie die Reichsministerialen, ihre dienstrechtlichen Bindungen zugunsten lehnsmäßiger oder auch lehnsrechtlicher Beziehungen.

b) Die Stellung der Kirchen und Klöster

Die Angleichung der Reichsbischöfe an den Adel fand ihren Ausdruck auch in der Verleihung von Herzogtümern an einzelne Bischöfe. Erinnert sei an die Vergabe des Herzogtums Westfalen an den Kölner Erzbischof in der Gelnhausener Urkunde von 1180. Dafür hatte Erzbischof Philipp wahrscheinlich auch zugunsten der kaiserlichen Kasse hohe Beträge aufgebracht. Nach der Inschrift auf seinem Grabmal soll er die riesige Summe von 50000 Mark Silber für den Erwerb des Herzogtums aufgewandt haben. Nach der Unterwerfung Heinrichs des Löwen geriet Erzbischof Philipp bald in schwere territorialpolitische Auseinandersetzungen mit dem Kaiser, deren Verquickungen mit der weiteren Reichspolitik bereits angedeutet wurden. Eine ähnliche Wirkung ergab sich langfristig auch aus der Verleihung des Herzogtums Franken an den Bischof von Würzburg aus dem Jahre 1168. Nicht zuletzt aufgrund der starken Stellung der staufischen Ministerialen konnten die Bischöfe diesen Rechtstitel nicht realisieren. Unter Heinrich (VII.) spitzte sich der Konflikt zwischen dem Bischof und den Reichsministerialen, die mit den königlichen Interessen zugleich ihren eigenen Vorteil verfochten, nochmals zu. Gegen derartige Maßnahmen des Königs und der Reichsministerialen wandten sich auch die Reichsgesetze von 1220 und 1231/32.

Gegenüber diesen Verselbständigungstendenzen, die ohnehin erst seit dem ausgehenden 12. Jahrhundert und vor allem seit dem Thronstreit stärker wirksam wurden, darf jedoch nicht übersehen werden, daß nicht wenige hohe Geistliche sich noch zur Zeit Friedrichs I. im Reichsdienst hervorragend bewährt haben. Dazu gehörte zu Beginn der Regierung Barbarossas Abt Wibald von Stablo-Malmedy, der letzte Reichsabt in überragender Stellung am deutschen Königshof des Mittelalters. Ihn löste zunächst Bischof Eberhard von Bamberg ab. Diesem folgte als wichtigster Berater des Kaisers und bedeutendster Politiker seiner Zeit für mehr als zehn Jahre Rainald von Dassel, der im Jahre 1156 zum Kanzler und drei Jahre später zum Erzbischof von Köln aufstieg. Eine ähnliche Stellung wie Rainald nahm seit der Mitte der sechziger Jahre und vor allem nach dem Tode des Kölner Erzbischofs der ebenfalls einem kleineren Adelsgeschlecht entstammende Christian von Buch ein. Der Kaiser verhalf diesem gewandten Reichspolitiker, der fünf Sprachen beherrschte, im Jahre 1165 zum Erzbistum Mainz, nachdem er dessen Vorgänger – den Anhänger Alexanders III., Konrad von Wittelsbach – abgesetzt hatte. Während seiner knapp zwei Jahrzehnte dauernden Amtszeit (1165–1183) war Christian fast ausschließlich im Reichsdienst tätig. Seit 1171 hielt er sich ununterbrochen in Reichsitalien auf. Als Konrad von Wittelsbach nach dem Tode Christians endlich wieder auf den erzbischöflichen Stuhl von Mainz zurückkehren konnte (1183–1200), schilderte er sehr eindringlich die ruinöse Lage des Erzstifts, das Christian mit hohen Schulden belastet hatte. Viele erzstiftische Besitzungen waren verpfändet, eine größere Anzahl war zudem in die Verfügungsgewalt von Reichsministerialen gekommen. Schließlich hatte ein längerer Aufenthalt des kaiserlichen Hofes und das kostspielige Hoffest, das Barbarossa anläßlich der Ritterweihe seiner ältesten Söhne im Jahre 1184 in Mainz veranstaltete, auch noch die jährlichen Einkünfte des Erzbischofs bis auf ganz geringe Reste verbraucht.

Wie diese Klage bereits andeutet, hat Barbarossa es verstanden, den herkömmlichen Pflichtenkatalog der Reichskirchen weiterhin aufrecht zu erhalten. Neben der Heer- und Hoffahrt, die auch für die adligen Reichsvasallen im begrenzten Umfang verpflichtend waren, belasteten die Frühstaufer die Reichskirchen und -abteien in beträchtlichem Maße durch Herberge und Gastung für den wandernden königlichen Hof und dessen oft großes Gefolge. Ferner beanspruchten sie das Regalien- und Spolienrecht, auf das die Könige seit dem Thronstreit verzichten mußten. Mit beiden nicht klar voneinander unterschiedenen Begriffen wurde das Recht des Königs bezeichnet, das persönliche Vermögen des verstorbenen Reichsbischofs und -abts wenigstens zum Teil einzuziehen und während der Sedisvakanz das Vermögen, die Herrschaftsrechte und die Besitzungen des Hochstifts und Reichsklosters zu nutzen. Seit der Mitte der achtziger Jahre verschärfte sich die Kritik der päpstlichen Kurie an der Wahrnehmung dieser Relikte des Eigenkirchenrechts, um unter den deutschen Reichsfürsten für die päpstliche Politik Anhänger zu werben. Damit hatte das Papsttum bis zum Ausbruch des Thronstreits jedoch nur geringen Erfolg.

In einem Brief an die römischen Kardinäle nannten die geistlichen Reichsfürsten während des erneut ausgebrochenen Konflikts zwischen Kaiser und Papst im Jahre 1186 ihre wichtigsten Motive für ihre prokaiserliche Haltung: Unter dem Zwist zwischen beiden Gewalten müßten sie ganz besonders leiden und ein weiterer Fortgang dieses Streits würde die Minderung der Kirchengüter und damit den Ruin der Kirchen herbeiführen. „Da nämlich viele Fürsten, Adlige und Vasallen von unseren Kirchen bereits Vieles besitzen, sind sie täglich auf noch mehr gierig und warten nur auf eine Gelegenheit, bei der sie über unsere Güter herfallen und diese ihren Zwecken dienstbar machen können“ (Nr. 15, MG, Const. I, Nr. 316, S. 447).

Trotz seiner Situationsgebundenheit läßt der Brief doch die prinzipielle Interessengemeinschaft zwischen dem Kaiser und den Reichskirchen erkennen. Wie der Kaiser die Reichskirche benötigte, um die Übermacht des Adels einzugrenzen, so suchten die geistlichen Reichsfürsten beim Kaiser Rückhalt gegen den Hochadel, aus dem sie freilich selbst in der Regel stammten. Der vom Papsttum – der Spitze der Amtskirche – geforderte Kampf gegen den Kaiser bedrohte die Existenzgrundlage der Reichskirche. Dieser Zusammenhang schränkte auch noch im Thronstreit und selbst in der Endphase des Kampfes Friedrichs II. gegen das Papsttum die Wirksamkeit der päpstlichen Interventionen beim Reichsepiskopat ein. Während dieser Zeit war der Kaiser wegen der Feindschaft vieler Prälaten seinerseits bereit, radikale Konsequenzen zu ziehen, die bis zur Entmachtung der Kirche und ihrer zwangsweisen „Bekehrung“ zur Armut reichten.

Friedrich I. und auch noch Heinrich VI. waren zumeist – vor allem innerhalb der engeren Reichslandschaften und deren Umfeld – noch in der Lage, die Besetzungen der Reichskirchen und -klöster mit Geistlichen ihres Vertrauens vorzunehmen. Dabei schöpften sie den Rechtsrahmen des Wormser Konkordats von 1122 voll aus, soweit sie sich überhaupt daran gebunden fühlten. Der Verlauf des Trierer Bistumsstreits zwischen 1183 und 1189 zeigt zur Genüge, daß der kaiserliche Hof bei der Durchsetzung seines Kandidaten auch vor Gewaltsamkeiten nicht zurückschreckte. Heinrich VI. ließ die Anhänger des vom Papst unterstützten und geweihten Erzbischofs Folmar in Trier und Koblenz gefangensetzen, ihre Besitzungen plündern und das Haus Folmars abreißen. Während des Thronstreits mußten die Konkurrenten um das Königtum auch in dieser Hinsicht auf anderen Wegen vorgehen. So schloß König Philipp im Oktober 1202 während seines Aufenthalts in Trier – im Einvernehmen mit Erzbischof Johann von Trier – mit den Prälaten, Klerikern, Äbten, Ministerialen und mit den Trierer Bürgern einen förmlichen, gegenseitig beschworenen Vertrag, um sie bei der nächsten Sedisvakanz für einen dem König treu ergebenen Nachfolger auf dem erzbischöflichen Stuhl zu gewinnen. Dafür sicherte der Staufer den Trierer Vertragspartnern u. a. die Reduzierung der Abgaben an den königlichen Zollstätten in Cochem und Hammerstein zu (Nr. 15, MG, Const. II, Nr. 7, S. 7f). Dieser Vertrag war dem Staufer umso wichtiger, als die welfische Partei durch den Kölner Erzbischof schon im Jahre 1198 Erzbischof Johann (1189–1212) gegen finanzielle Unterstützung auf Otto IV. festgelegt hatte. Insofern warf Innozenz III. dem Trierer Erzbischof bereits in einem Brief vom November 1202 zu Recht vor, Johann habe sich mit den Trierer Bürgern, einigen Klerikern und Ministerialen zum Schaden des Papstes verschworen.

Seit der folgenreichen Schwächung der königlichen Gewalt in den Jahrzehnten des Thronstreits gewannen die Hochadelsfamilien, deren Angehörige zumeist auch in den Domkapiteln dominierten – freilich auch vielfach miteinander konkurrierten –, immer mehr Einfluß auf die Bischofswahlen. Die Bedeutung des Domkapitels als Wahlgremium stieg seit dieser Zeit. Jetzt griff auch das Papsttum, wenn auch zunächst nur vereinzelt, unmittelbar in die Besetzung von Bischofsstühlen ein. Im allgemeinen aber verlief die Entwicklung zugunsten der mächtigeren Adelsfamilien und der von ihnen angeführten Personenverbände. Dafür sei beispielhaft auf die Grafen von Berg hingewiesen, deren engerer territorialpolitischer Machtbereich bis vor die Tore Kölns reichte. Unter Erzbischof Bruno III., der als erster Angehöriger dieses Grafengeschlechts im Jahre 1191 den Kölner Stuhl besetzte, stieg auch sein Neffe Adolf zum Kölner Dompropst auf. Nach dem Tode Brunos trat dieser Neffe im Jahre 1193 die Nachfolge an. Im Laufe des von ihm maßgeblich beeinflußten Thronstreits wurde Adolf im Jahre 1205 von Innozenz III. zwar abgesetzt; er konnte sich schließlich jedoch wieder gegen den vom Papst zunächst geförderten Bruno von Sayn behaupten. Im Jahre 1216 trat Adolf zurück. Ihm folgte sein Vetter Engelbert. Dieser wurde im Kampf um die von ihm als Erbe beanspruchte Grafschaft Berg im Jahre 1225 von seinem Vettersohn Friedrich von Isenburg ermordet, der seinerseits in seinen Brüdern, den Bischöfen von Osnabrück und Münster, einflußreiche Kampfgefährten besaß.

Das Selbstbewußtsein der zumeist hochadligen geistlichen Reichsfürsten äußerte sich am Ende der Regierungszeit Friedrichs II. wohl am sinnfälligsten in dem etwa um 1250 entstandenen Grabmal des Mainzer Erzbischofs Siegfried von Eppstein (1230–1249) im Mainzer Dom. Neben dem Erzbischof stehen zwei wesentlich kleinere Gestalten. Diese stellen die von den rheinischen Erzbischöfen erhobenen Gegenkönige Heinrich Raspe und Wilhelm von Holland dar. Der Erzbischof berührt die Kronen beider Könige oder setzt sie ihnen sogar auf das Haupt. Das „Interregnum" bot den mächtigeren geistlichen Reichsfürsten tatsächlich günstige Möglichkeiten zur Erweiterung und Festigung ihrer Stellung in der Reichs- und Territorialpolitik. Die schon viel früher begründeten, jetzt noch gesteigerten Unterschiede zur bischöflichen Macht in anderen europäischen Ländern erregte – wie eine englische Quelle zum Jahre 1257 berichtet – auch das Staunen des deutschen Königs Richard von Cornwall: „Sieh, wie kühne und kriegerische Erzbischöfe haben wir in Deutschland . . ." (Nr. 12, MG, SS XXVII, S. 480).

Es wäre jedoch unzutreffend, wollte man die hervorragende Position der rheinischen Erzbischöfe für alle deutschen Bischöfe verallgemeinern. Nicht wenige Bischöfe – vor allem jene in den östlichen Neusiedelgebieten – haben sich im Verlaufe des 12. und 13. Jahrhunderts den weltlichen Landesherren unterordnen müssen, wenn ihre Bistümer nicht bereits seit der Gründung den adligen Landesherren unterstanden. Letzteres traf schon für die von Heinrich dem Löwen östlich der Elbe neuerrichteten Bistümer zu. Selbst unter den älteren Benediktinerklöstern mit großer Grundherrschaft gerieten einige bereits in staufischer Zeit unter die Herrschaft von Reichsfürsten. Nur ganz wenige aus dem großen Kreise der Zisterzienser- und Prämonstratenserklöster bewahrten in reichsunmittelbarer Stellung die Unabhängigkeit von den Landesherren. Ausnahmen bildeten im wesentlichen nur einige Zisterzen – wie beispielsweise Salem am Bodensee –, die von der effektiveren Reichsherrschaft in den engeren staufischen Reichslanden begünstigt waren.

Von größter Bedeutung für die herrschaftliche Zuordnung der Kirchen und Klöster wurde die Vogtei. Die Vögte besaßen die wirksamsten Mittel zur Überherrschung. Vereinzelt bereits im 12., verstärkt im 13. Jahrhundert gelang es zunächst den Bischöfen und daneben noch wenigen Äbten, die Vogteirechte ganz abzulösen oder sie in gewaltsamen Auseinandersetzungen zu verdrängen und durch Beauftragte – zumeist Ministeriale – in die eigene Verfügungsgewalt zu bringen. Nur jene Kirchen und Klöster, die die Macht ihrer hochadligen Vögte einschränken konnten, erreichten eine abgesicherte fürstliche Stellung. Daran entschied sich die Frage, ob sie eine eigene Landesherrschaft aufzubauen vermochten. So war es für den Trierer Erzbischof ein entscheidender Erfolg, als er im Jahre 1197 die Rechte des pfalzgräflichen Hochstiftsvogts ablöste und auf diese Weise die Mitherrschaft des Pfalzgrafen bei Rhein im Erzstift beseitigte.

c) Reichsherrschaft, Territorialpolitik und Ministerialität

Der weiträumigen Wirksamkeit der Reichsherrschaft und dem großen politischen Aktionsfeld vieler Reichsfürsten stand in Deutschland während der staufischen Zeit ein insgesamt verstärktes Bemühen zur herrschaftlichen Durchdringung kleinerer Räume gegenüber. Zwischen beiden Ausrichtungen bestand kein prinzipieller Gegensatz. Friedrich I. und auch noch Heinrich VI. haben in weitaus größerem Umfang als ihre Vorgänger auch im Deutschen Reich Territorialpolitik betrieben. Der Thronstreit hat die Fortsetzung dieser Politik wesentlich erschwert und auch regional eingeengt. Aus der inzwischen weiter gefestigten Stellung der Reichsfürsten ergab sich unter Friedrich II. und Heinrich (VII.) zuletzt ein Interessenkonflikt zwischen der kaiserlichen „Universalpolitik", deren Ziele nur bei Unterstützung oder doch Duldung der Reichsfürsten erreichbar waren, und der Wiederaufnahme der königlichen Territorialpolitik. Die folgenden Kämpfe zwischen Kaisertum und Papsttum ließen für die staufische Territorialpolitik nur noch geringe Spielräume, die Friedrich II. beim Heimfall der Herzogtümer Österreich und Steiermark nochmals nutzte.

In der Territorialpolitik der Könige, Fürsten und anderer Herrschaftsträger behielten auch nach der Mitte des 12. Jahrhunderts die Kirchen und Klöster als Objekte und Stützpunkte einen hohen Rang. Wachsende Bedeutung gewann dabei die Herrschaft über Burgen, Märkte, Städte und Verkehrswege. Mit ihren oft an den Burgen angelehnten Befestigungen erfüllten die urbanen Siedlungen nicht nur militärische Funktionen; sie waren zudem wirtschaftliche „Intensitätsinseln" mit einem relativ hohen wirtschaftlichen Leistungspotential, das ihren Herren die immer wichtiger werdenden finanziellen Einkünfte verschaffte. Mit dieser Urbanisierung waren auch andere Formen des Landesausbaus – wie die Rodungstätigkeit und die Anlage von Dörfern – in den Altsiedellanden und in den östlichen Kolonisationsgebieten verbunden.

Die Territorialpolitik der Staufer konzentrierte sich auf die salisch-staufischen Reichslande. Ihre größte Wirksamkeit erreichte sie über die Reichsministerialen, die in Pfalzen, auf Burgen und in Städten als königliche Verwaltungsträger tätig waren. Mit Ausnahme vom Harzgebiet um die Pfalz Goslar und der Umgebung von Nijmwegen blieb der Norden Deutschlands (jenseits der Linie Nordhausen-Dortmund) auch nach dem Sturz Heinrichs des Löwen der staufischen Territorialpolitik versperrt. Ähnliches gilt auch für das linksrheinische Gebiet westlich der unteren Mosel nebst Lothringen, ebenso für das bayerische Herzogtum südlich der Donau und östlich des Lechs wie auch für Böhmen. Der welfische Besitz zwischen Lech, Bodensee und Donau kam größtenteils erst nach dem Tode Barbarossas in die volle Verfügungsgewalt der Staufer. Zwischen Ulm, St. Gallen und Basel hatte Friedrich I. schon zuvor wichtige Positionen aus dem Erbe des Grafen von Pfullendorf gewonnen, dessen einziger Sohn und

Erbe ein Opfer der römischen Seuche von 1167 geworden war. Im Schwarzwald erhielt die staufische Territorialpolitik erst nach dem Aussterben der Zähringer (1218) eine breitere Basis.

Innerhalb des weiten Wirkungsbereichs der staufischen Reichsministerialität bildeten die siedlungsarmen Wald- und Forstgebiete die bevorzugten Aktionsfelder, da sie eine flächenhafte herrschaftliche Erfassung zuließen. Die Forsten („forestes") waren Bannbezirke, in denen andere Nutznießer und Herrschaftsträger ausgeschlossen waren. Solche Königsforste bestanden beispielsweise im Heiligen Wald („sylva sacra") um Hagenau im nördlichen Elsaß mit so charakteristischen Ortsnamen wie Forstfelden, Königsbruck und Reichshofen. Nördlich davon befand sich der Forst „Lutra" um die Lauter mit dem Sitz der in frühstaufischer Zeit auch in der Italienpolitik hervorgetretenen Reichsministerialen von (Kaisers-)Lautern. Westlich von Speyer bis nach Neudahn erstreckte sich ein weiteres siedlungsarmes Gebiet mit zahlreichen Reichsministerialen, deren in oder auf Felsen gebaute Burgen noch heute die staufische Reichslandschaft erkennen lassen. Dazu gehörte die Burgentrias Trifels, Anebos und Scharfenberg. Erwähnt seien auch der Dreieich-Forst südlich von Frankfurt mit dem nordöstlich anschließenden Büdinger Reichsforst und dem Reichsforst um Frankfurt. In der Umgebung von Nürnberg gaben der Sebalderforst im Nordosten und der Lorenzer Wald im Südosten den Reichsministerialen günstige Entfaltungsmöglichkeiten. Ein Forst lag ferner der Häufung von Reichsministerialen im Gebiet um Cham am Regen in der Oberpfalz zugrunde. Ähnliches läßt sich für das Egerland feststellen und auch für das Pleißenland um Altenburg in Thüringen mit dem Kammer- und Leinaforst. Für das nordöstliche Harzgebiet um die bereits in salischer Zeit eingerichtete Reichsvogtei Goslar war die Verbindung von Forsten und Bergwerken charakteristisch. Die Konzentration auf die Gebiete mit größeren Entfaltungsmöglichkeiten für den Landesausbau verringerte die Konflikte mit den fürstlichen Konkurrenten der königlichen Territorialpolitik. Andererseits gab sie den königlichen Funktionsträgern auch günstigere Chancen zum Aufbau von eigenen Herrschaften.

Die staufische Territorialpolitik setzte sich ebenso wie jene der Fürsten und anderer Herren aus einer Vielzahl kleiner und auch kleinräumig wirksamer Maßnahmen zusammen. Dieses zähe Ringen um Einzelpositionen läßt sich beispielhaft ablesen aus dem Diplom Friedrichs I., das der Kaiser im Februar 1158 während seines Aufenthaltes in Hagenau für das im Heiligen Forst gelegene Zisterzienserkloster Neuburg – eine Gründung seines Vaters und des Grafen von Lützelburg – ausstellte. Darin legte der Kaiser wenige Monate vor dem Aufbruch zu seinem zweiten Italienzug unter anderem fest, daß die Tiere des Klosters im Heiligen Forst weiden dürften, jedoch mit Ausnahme der Schafe. Das Kloster dürfe sich auch Brennholz aus den Wäldern beschaffen, Bauholz hingegen nur auf Anweisung und mit Erlaubnis des kaiserlichen Beauftragten. Nur mit kaiserlicher Zustimmung dürften Ministeriale und Hörige des Kaisers wie auch deren Güter der Klosterherrschaft unterstellt werden (Nr. 16, MG, DD F I, Nr. 206, S. 345f.). Noch detailliertere Bestimmungen traf der kaiserliche Hof im Jahre 1164 in der in Oberitalien ausgestellten Stadtrechtsurkunde für Hagenau (Nr. 16, MG, DD F I, Nr. 447, S. 346–349), wo Barbarossa seit 1160 die später oft benutzte Pfalz ausbauen ließ; in Hagenau hatten auch Reichsministeriale mit überlokalen Aufgaben ihren Sitz. Der Kaiser nötigte die Zisterze Neuburg, in deren Nähe Barbarossas Vater Herzog Friedrich II. von Schwaben auch noch das Zisterzienserkloster Königsbruck gegründet hatte, spätestens 1175 zum Verzicht auf ihre Eigentumsrechte am Heiligen Forst, wofür er das Kloster nur mit dem kleinen Gut Seelhofen entschädigte.

Auch in dieser kleinräumigen Territorialpolitik spielten Käufe eine wesentliche Rolle: So erwarb Friedrich I. im Jahre 1166 für 100 Mark Silber von der Abtei Maursmünster das Dorf Eschbach. Um Herrschaftskomplexe zu arrondieren, wurden häufig auch Tauschgeschäfte vorgenommen. So erhielt Barbarossa zu Anfang des Jahres 1158 von Heinrich dem Löwen aus dem Erbgut von dessen Gattin, der Zähringerin Clementia, die Burg Badenweiler mit hundert Ministerialen und 500 Höfen. Dafür übergab er dem Welfen die im Reichsforst Harz gelegenen Burgen Herzberg, Scharzfeld, den Reichshof Pöhlde, ferner einen Reichsministerialen mit dessen Kindern, Allod und Lehen. Da diese Tauschobjekte Reichsgut – also nicht staufisches Hausgut – waren, entschädigte der Staufer das „regnum" mit Burgen, Gütern, Märkten und seinem Ministerialen Temo von Colditz (nebst dessen Kindern sowie allen Gütern und Lehen, die insgesamt zwanzig „villae" ausmachten) aus sächsischen Besitzungen, die ihm als Erbe zugefallen waren oder die er vom Grafen Rabodo von Abenberg für viel Geld gekauft hatte (Nr. 16, MG, DD F I, Nr. 199, S. 332f).

Ebenso wie die Ministerialen in der Territorialpolitik der Fürsten eine hervorragende Rolle spielten, waren die Reichsministerialen die wirksamsten Träger der staufischen Reichslandpolitik. Seit der Mitte des 12. Jahrhunderts stieg ihre Bedeutung in der allgemeinen Reichspolitik noch weiter an. Vor allem in der Italienpolitik Barbarossas und Heinrichs VI. fanden sie neue Tätigkeitsfelder und Aufstiegsmöglichkeiten, wofür Markward von Annweiler das hervorragendste Beispiel bietet. Seit den achtziger Jahren und verstärkt unter Philipp von Schwaben und Heinrich (VII.) gewannen sie – und unter ihnen besonders die Inhaber der Reichshofämter – wachsenden Einfluß am Königshof. Im Thronstreit wirkten sie bis zur Ermordung Philipps von Schwaben als die wichtigsten Kontinuitätsträger der staufischen Reichspolitik. Philipp rühmte sich in einem Schreiben an Papst Innozenz III.: „Wir haben so viele Ministerialen, daß wir sie kaum zählen können" (Nr. 279, Bosl, S. 618). Sie schlossen sich schnell wieder dem jungen Friedrich II. an. Beim Konflikt zwischen dem Kaiser und seinem Sohn ergriffen viele Reichsministeriale die Partei Heinrichs (VII.).

Im Unterschied zu Barbarossa, Heinrich VI. und auch noch Otto IV. bevorzugte Friedrich II. bei dem Neuaufbau der Reichsverwaltung in Italien seit 1238 Funktionsträger aus seinem sizilischen Königreich, ohne auf deutsche Reichsministeriale zurückzugreifen. Dieser Vorgang und die Bedeutungslosigkeit der deutschen Reichsministerialen am normannisch-staufischen Kaiserhof waren eine Konsequenz der Schwerpunktverlagerung der Reichsherrschaft vom nordalpinen Raum auf das Zentrum des Mittelmeers. Im „Interregnum" verloren die Reichsministerialen zudem für lange Zeit einen festen Bezugspunkt zum Königtum, das nach dem Tode Konrads IV. bis zur Regierungszeit Rudolfs von Habsburg sein ohnehin nur schwaches Wirkungsfeld außerhalb der staufischen Reichslande besaß. Sie gerieten entweder zunehmend in die Abhängigkeit von Territorialherren oder behaupteten – vor allem im Kerngebiet der staufischen Reichslande – eine eigenständige Stellung. Mit dem Ende der Staufer kam auch das Ende der Sonderstellung der aus der Unfreiheit erwachsenen Reichsministerialen. Bereits im staufischen Reichsdienst hatten sich neben den Reichsministerialen viele Grafen und freie Herren hervorgetan. Der Habsburger Rudolf stützte sich bei seiner Neuorganisation der deutschen Reichsherrschaft vornehmlich auf den niederen Adel. Darin waren inzwischen auch viele Reichsministeriale integriert. Für diese Statusveränderung hatte das Lehnrecht einen probaten Rechtsrahmen geboten. Auch in dieser Hinsicht scheinen die Reichsministerialen für die große Masse ihrer, anderen Herren unterstehenden, Standesgenossen Schrittmacherdienste geleistet zu haben.

Festzuhalten bleibt jedoch, daß selbst unter den Reichsministerialen große soziale Unterschiede bestanden und auch noch bis zum Ende der Stauferzeit bestehen blieben. Der Abstand zwischen Reichsministerialen wie Werner II. von Bolanden, Eberhard von Lautern und Markward von Annweiler einerseits und irgendwelchen Reichsministerialen auf unbedeutenden Burgen war außerordentlich. Beispielhaft gehen wir nur näher auf die Bolander ein. Deren Geschichte mag zugleich die Problematik der Reichsministerialität als Instrument der Territorialpolitik in der späteren Stauferzeit verdeutlichen.

Werner II. von Bolanden († ca. 1198), der seit 1170 im Gefolge Barbarossas erschien, war zusammen mit dem staufischen Pfalzgrafen bei Rhein der wichtigste Träger der staufischen Territorialpolitik am Mittelrhein. Er verfügte gegen Ende des 12. Jahrhunderts über große, schon flächenhaft verdichtete Besitzungen und Herrschaftsrechte – darunter auch Vogteien über mehrere Klöster und Stifte – in Rheinhessen und in der Pfalz und darüber hinaus an wichtigen anderen Orten am Mittelrhein. Nach Ausweis des Bolander Lehnsbuchs, das nach älteren Vorlagen um die Mitte des 13. Jahrhunderts redigiert wurde, besaß Werner II. Lehen von 45 weltlichen und geistlichen Herren, darunter auch vom Kaiser und von Herzog Welf VI. Gestützt auf diese längst adelsgleiche Stellung, die durch die

Schwäche des Königtums seit dem Thronstreit noch gestärkt wurde, heirateten seine Söhne Angehörige von Adelsfamilien. Sie beschritten damit erstmals einen Weg, der bald auch anderen hervorragenden Reichsministerialen möglich wurde. Mit diesen sozialen Beziehungen lockerten die Bolander zugleich ihre Bindungen an ihre staufischen Leib-, Dienst- und Lehnsherren. Im Thronstreit stellte sich Werner III. offen auf die welfische Seite. In dem im Jahre 1200 ausgebrochenen Streit um die Besetzung des Mainzer erzbischöflichen Stuhls war er einer der wichtigsten Helfer des antistaufischen Kandidaten Siegfried II. aus der mit ihm verwandten Adelsfamilie Eppstein, aus der auch noch dessen Nachfolger – der bereits erwähnte Siegfried III. (1230–1249) – und Erzbischof Werner (1259–1284) stammten. Während der Unmündigkeit Heinrichs (VII.) gehörte Werner III. dennoch zu den engsten Beratern des Kaisersohnes. In der Endphase des Kampfes der Staufer gegen die päpstliche Partei unterstützte ein Angehöriger der Bolander Hauptlinie, Werner IV., bereits seit 1243 den Mainzer Erzbischof; sein Bruder schloß sich ihm im Jahre 1249 an, während andere Familienmitglieder noch weiter für den staufischen Kaiser und dessen Sohn Konrad IV. eintraten.

Der Aufstieg der führenden Reichsministerialen und ihre seit dem Ende des 12. Jahrhunderts fortschreitende Angleichung an den Adel minderten ihr Interesse am Reichsdienst, von dem sie infolge der Schwächung des Königtums seit dem Thronstreit auch nicht mehr viel erwarten konnten. Die Verdrängung des Dienstrechts, das ohnehin von Anfang an kein „Beamtenrecht" war, durch das Lehnrecht war ein Ausdruck ihres gewachsenen politischen Handlungsspielraums. Mit solchen verselbständigten Funktionsträgern war kein „Staat" zu machen. Sie folgten so den Tendenzen, die bereits die Entwicklung der Reichskirchen bestimmt hatten. Wie diese spätestens seit dem Investiturstreit immer mehr in einen adelsgleichen fürstlichen Rang aufrückten und damit ihre ursprüngliche Funktion zugunsten der Reichsherrschaft verloren, so erreichten die mächtigeren Reichsministerialen seit der Wende zum 13. Jahrhundert selbst eine adelsgleiche Stellung und schieden bald darauf als verläßliche Instrumente der Königsherrschaft gegen die weltlichen und geistigen Fürsten aus, wenngleich sie – ähnlich wie zuvor die Reichskirchen – ihren Aufstieg dem Königtum verdankten.

Aber auch die Ministerialen von Landesherren waren weit davon entfernt, sich dem Willen ihrer Leibherren selbstlos unterzuordnen. So mußte z. B. der babenbergische Herzog Friedrich II. (1230–1246) bereits gegen seine mächtigeren Ministerialen – wie die Kuenringer und Maissauer – gewaltsam vorgehen, die inzwischen in die Stellungen und teilweise auch in die Besitzungen der von Friedrichs Vater, Leopold VI. (1194–1230), erfolgreich bekämpften Grafen und anderen Adligen nachgerückt waren. Auch in anderen Territorien reihten sich die Ministerialen in den Kreis der Herren im Lande ein. Sie gewannen so auch auf dieser Ebene ein Mitwirkungsrecht an der Politik des Landesherrn. Einen solchen Zustimmungsanspruch der Großen des Landes („meliores et maiores terre“) beim Erlaß von neuen Gesetzen und Ansprüchen formulierte bereits ein Beschluß, der 1231 unter König Heinrich (VII.) auf einem Hoftag zu Worms mit Zustimmung der Fürsten gefaßt wurde (Nr. 3, AQ, Bd. 32, Nr. 108, S. 422f). An diese Traditionen konnte auch die Ausbildung von Ständevertretungen anknüpfen, die sich freilich erst seit dem Ende des 13. Jahrhunderts abzuzeichnen begannen.

d) Der Aufstieg der Gemeinden

Unter dem Einfluß weiterer, vor allem wirtschaftlicher Faktoren begünstigten die skizzierten politischen Ereignisse und herrschaftlichen Vorgänge in staufischer Zeit die Vermehrung und zugleich Verfestigung der ländlichen, vor allem der städtischen Gemeinden. Im Zuge des Landesausbaus und der damit verknüpften Territorialpolitik vervielfachte sich die Anzahl der Gemeinden in einem Ausmaß wie nie zuvor. Mindestens in den deutschen Altsiedellanden ist diese Wachstumsrate vor dem späteren 19. Jahrhundert nicht wieder erreicht worden. In den etwa zwölf Jahrzehnten von der Mitte des 12. Jahrhunderts bis zum Ende unseres Zeitraums stieg allein die Zahl der Städte von etwa 200 auf mehr als 2000. Auf diese quantitativen Aspekte soll hier noch nicht näher eingegangen werden.

Für die Entwicklung der Gemeinden in den folgenden Jahrhunderten war ebenso wesentlich, daß vorzüglich die größeren Stadtgemeinden in staufischer Zeit ihre politische Stellung erheblich stärken konnten. Dieser Bedeutungszuwachs förderte gleichzeitig die Entwicklung der gemeindlichen Organisationsformen, die für die Folgezeit maßgeblich wurden.

Die enger werdende Symbiose von Stadt und Herrschaft äußerte sich seit Friedrich Barbarossa in der zunehmenden Bedeutung der Städte als Aufenthaltsorte der wandernden Herrscher. Dabei behielten die Bischofsstädte noch weiterhin einen hohen Rang, doch traten nunmehr noch stärker als schon unter Konrad III. die zu urbanen Zentren werdenden Orte und die neugegründeten Städte hervor. Barbarossa ließ in zahlreichen Orten, die er mit städtischen Rechten ausstattete und durch wirtschaftliche Maßnahmen förderte, zugleich Pfalzen errichten. Dies gilt etwa für Hagenau im Elsaß, für Kaiserslautern, Frankfurt am Main, Gelnhausen, Wimpfen, Eger, Nijmwegen und Kaiserswerth. Die Staufer des 13. Jahrhunderts nutzten zwar noch die Stadtpfalzen oder Pfalzstädte als Aufenthaltsorte und Zentren ihrer Macht, sie gründeten jedoch keine neuen Pfalzen. Ihre Neugründungen waren zumeist nur noch kleinere Burgstädte.

Bei einer größeren Anzahl von Königsstädten nutzten die Staufer die Kirchenvogtei, mit der sie übrigens auch gegenüber einigen Bischofsstädten, wie Basel und Augsburg, ihre Mitherrschaft absicherten. Zu den auf kirchlichem Grund und Boden entstehenden Städten gehörten Schaffhausen, Zürich, die elsässischen Städte Münster im Gregorienthal, Türkheim, Colmar, Schlettstadt, Rosheim, Oberehnheim, Weißenburg, Selz, ferner Sinsheim, Weil, Feuchtwangen und Wetzlar. Gegen diese Methode der staufischen Städtepolitik, die ebenso weltliche Fürsten praktizierten, protestierten die geistlichen Fürsten, so daß Friedrich II. in der ,,Confoederatio" von 1220 eine solche Ausnutzung der Vogtei verbot. Weniger angreifbar waren Kauf- und Tauschgeschäfte oder auch der Heimfall von Reichslehen, womit die Staufer vor allem in den Reichslanden die Königsstädte vermehrten. Das Erbe der Städtepolitik von Hochadligen trat Friedrich I. auch im Falle Lübecks an. Im Jahre 1188 bestätigte Barbarossa der drei Jahrzehnte zuvor von Heinrich dem Löwen gegründeten und inzwischen zu einem wichtigen Handelsort aufgestiegenen Hafenstadt ausdrücklich die Freiheiten, die ihr der Welfe zuvor verliehen hatte.

Während unter Friedrich I. noch ein sehr hoher Anteil der Stadtgründungen innerhalb des deutschen Reichs vom Kaiser veranlaßt wurde, mußten die Staufer seit dem Jahre 1242 auf derartige Aktivitäten gänzlich verzichten. In den nächsten drei Jahrzehnten, in denen die Zahl der mitteleuropäischen Städte insgesamt etwa um 900 auf mehr als 2000 anwuchs, blieben die deutschen Könige von diesem Machtzuwachs gänzlich ausgeschaltet. Das Übergewicht der Fürsten und anderer adliger wie auch geistlicher Städtegründer zeichnete sich jedoch bereits deutlich seit dem Tode Heinrichs VI. ab. Noch vor dem Ausbruch des Thronstreits verfügte das Königtum in Deutschland etwa in einem Viertel der damals bestehenden Städte über maßgebliche Herrschaftsrechte, während dies um die Mitte des 13. Jahrhunderts nur noch etwa für ein Zehntel zutraf.

Die zahlreichen Städtegründungen der Staufer, der Fürsten und anderer Herrschaftsträger dokumentieren zur Genüge das große Interesse der traditionellen Gewalten an den umwehrten urbanen Zentren, die ihnen auf kleinem Raum höchst effektiven militärischen Nutzen und finanzielle Einkünfte ermöglichten. Sie waren aus denselben Gründen grundsätzlich auf eine weitgehende Kontrolle der Städte bedacht. Freilich mußten sie dabei auch die Vorteile der Stadtbewohner berücksichtigen. Dies galt umso mehr, wenn ihre Herrschaft labil war, von Konkurrenten bedroht wurde und sie sich der Treue und Unterstützung der Bürger versichern mußten. Aus dieser grob skizzierten Grundsituation ergaben sich für die politische Führungsschicht immer wieder neue Möglichkeiten, ihre Vorteile und jene ihrer Stadtgemeinde zu wahren und neue Rechtspositionen durchzusetzen. Die Stadtbewohner ihrerseits waren vor allem außerhalb der eigenen Stadtmauern äußerst verwundbar. Vorzüglich die kleineren, vielfach noch sehr jungen Städte mit primitiven Mauern, aber auch die älteren und zumeist auch größeren, besser befestigten Städte waren so auf die Absicherung im regionalen Herrschaftsgefüge angewiesen.

In diesen komplexen Zusammenhängen bestanden äußerst unterschiedliche Beziehungen zwischen den traditionellen Gewalten und den höchst verschiedenartigen Städten. Unter diesen behielten die Bischofsstädte in den Altsiedellanden – insbesondere jene an Rhein, Main, Mosel und Donau – zumeist auch aufgrund ihrer wirtschaftlichen Bedeutung einen politischen Vorrang, zumal sie in den für das Kräfteverhältnis im deutschen Reich entscheidenden Landschaften lagen.

Auf dem angedeuteten Hintergrund erweisen sich die vielfach auch noch in der neuesten Literatur üblichen Schablonen für die Beschreibung der Beziehungen zwischen den „feudalen“ Gewalten und den Städten als unzureichend. Darunter bedarf die pauschale Charakterisierung der Städte als „antifeudal“ oder der traditionellen Herrschaftsträger als „antistädtisch“ („antibürgerlich“) keiner ausführlichen Widerlegung, obwohl dieses im 18./19. Jahrhundert entstandene Interpretationsmuster noch heute auf die Forschung in modifizierten Formen nachwirkt. Fragwürdig ist ebenso die These, daß einzelne Herrscher zeitweise eine „städtefreundliche“ oder aber eine „städtefeindliche“ Politik betrieben.

So soll Kaiser Friedrich I. vor dem Jahre 1180 aufgrund seiner Erfahrungen mit den italienischen Kommunen „ein entschiedener Gegner der Eidgenossenschaft als einer Regung bürgerlicher Selbständigkeit“ gewesen sein (Nr. 466, Maschke, S. 42). Dagegen ist zunächst einzuwenden, daß derselbe Kaiser auch in Reichsitalien – selbst im zeitlichen Zusammenhang mit dem Reichstag von Roncaglia – niemals grundsätzlich die Existenz der Stadtgemeinde in Frage gestellt hat. Vielmehr hat derselbe Herrscher bereits in den fünfziger und sechziger Jahren eine größere Anzahl von Stadtkommunen mit der Einordnung in das Lehnrecht den traditionellen adligen und geistlichen Gewalten Reichsitaliens gleichgestellt. Aber auch die oft angeführten Belege aus dem deutschen Reichsgebiet – die Vorgänge in den erzbischöflichen Metropolen Mainz und Trier – können nicht überzeugen.

Hierfür müssen einige Hinweise auf Trier genügen. Wie bereits im Jahre 1157 verbot Friedrich I. im Herbst 1161 – während seines schon länger dauernden Kampfes gegen die lombardische Metropole Mailand – die „Vereinigung der Trierer Bürger, die auch Schwureinung genannt wird“. Barbarossa reagierte mit beiden Verboten auf einen von mehreren Konfliktpunkten zwischen dem Trierer Erzbischof Hillin und seinem Halbbruder Konrad. Als Pfalzgraf bei Rhein (seit 1156) setzte der Staufer die territorialpolitischen Streitigkeiten mit dem Trierer Erzbischof fort. Dabei konnte er sich auf seine Stellung als Trierer Hochstiftsvogt stützen, mit der zugleich wesentliche Rechte in der Stadt Trier verbunden waren. Die Trierer Führungsschicht, deren selbständiges politisches Handeln wir bereits kennengelernt haben, benutzte die Konkurrenz und errichtete unter Berufung auf den Pfalzgrafen ihre Schwureinung, mit der sie gegen die Interessen ihres erzbischöflichen Stadtherrn neue Rechte durchzusetzen versuchte. Angesichts seiner eigenen prekären Lage, die zusätzlich durch das päpstliche Schisma belastet war, war der Kaiser an der Beendigung der Streitigkeiten zwischen den beiden Fürsten stark interessiert. Er setzte schließlich einen Kompromiß zwischen den Gegnern durch. Gegen Zusicherung anderer Vorteile mußte Pfalzgraf Konrad seine Einwilligung zur Trierer Schwureinung ausdrücklich widerrufen. In seiner Absicht, neuen Konflikten vorzubeugen, bestimmte der Kaiser weiterhin, daß die Schwureinung weder auf Betreiben des Erzbischofs noch des Pfalzgrafen erneuert werden dürfe. Barbarossa hielt es also auch für möglich, daß selbst der erzbischöfliche Stadtherr aus einer Unterstützung der „communio" oder „coniuratio" in der Bischofsstadt Vorteile ziehen oder doch erwarten konnte. Der Kaiser wandte sich also nicht grundsätzlich gegen jede Schwureinung, sondern nur gegen diese Trierer „coniuratio", die das Kräfteverhältnis zwischen den konkurrierenden Fürsten erheblich verändern konnte. Demnach verwundert es auch nicht, wenn derselbe Kaiser einige Jahre später im Diplom für die Bewohner seiner „Pfalzstadt" Hagenau wie selbstverständlich von der Existenz einer Gemeinschaft der Bürger mit eigenem Stadtrecht („civile ius") ausgeht (Nr. 16, MG, DD F I, Nr. 337, S. 173–175; vgl. Nr. 3, AQ 32, Nr. 69, S. 264–267).

Den kaiserlichen Verboten der Trierer Schwureinung widerspricht ebensowenig, daß Barbarossa und Heinrich VI. in den achtziger und neunziger Jahren – jeweils unter anderen politischen Rahmenbedingungen – Bischofsstädten wie Worms, Speyer, Cambrai, Köln, Metz, Verdun und Bremen günstige Privilegien ausstellten. In demselben Jahre 1182, in dem Friedrich I. das Privileg Heinrichs V. für Speyer zugunsten der Bürger bestätigte und erweiterte, untersagte er der (zum deutschen Reich gehörenden) Stadt Trient für alle Zeiten die Konsulatsverfassung, die für die benachbarten Städte Reichsitaliens bereits seit langem bestand und auch von den Kaisern längst anerkannt war.

In einer grundlegend veränderten Konstellation schloß Philipp von Schwaben einige Monate nach dem Tode Heinrichs VI. zu Anfang des Jahres 1198 – also zu Beginn des Thronstreits – mit den Bürgern von Speyer im offenkundigen Einverständnis mit dem zuständigen Bischof einen Vertrag. Darin verpflichteten sich die Städter zur militärischen und wirtschaftlichen Unterstützung des Staufers. Als Gegenleistung bestätigte Philipp neben den früheren Privilegien auch eine angeblich von seinem kaiserlichen Bruder zugestandene Freiheit („libertas"). Diese beinhaltete das Recht der Speyerer, ein zwölfköpfiges Gremium zu wählen, das nach besten Kräften für die Stadtgemeinde („universitas") sorgen und die Stadt mit ihrem Rat („consilium") regieren solle. Philipp von Schwaben, wenn nicht bereits Kaiser Heinrich VI., legitimierte auf diese Weise den Stadtrat und somit faktisch auch die Ratsverfassung, die dem Konsulnregiment italienischer oder auch südfranzösischer Städte nachgebildet war. Etwas mehr als zwei Jahrzehnte später verlieh Friedrich II. das Recht der Stadt Speyer bereits an das bisherige Dorf Annweiler, das mit dem Burgensystem um den herausragenden Trifels, wo auch Richard Löwenherz gefangengehalten wurde, in einem engen Zusammenhang stand.

Ähnlich wie bei den Ministerialen förderte und erforderte der Thronstreit die politische Selbständigkeit der Städte. Unter diesen übte – wie wir uns erinnern – in dieser Zeit die wirtschaftlich bedeutendste Stadt, Köln, mit ihrer Entscheidung für den Welfen Otto IV. bereits einen wesentlichen Einfluß auf die Geschicke des Reichs aus. Was hier auf höchster Ebene geschah, ist nur ein Symptom für den Bedeutungszuwachs der wirtschaftlich und zugleich militärisch wirkungsvollen städtischen Gemeinden in politischen Krisenzeiten, in denen die konkurrierenden Gruppierungen auf eine intensive Nutzung ihres Potentials angewiesen waren. Daraus erklärt sich, daß die Beziehungen zwischen dem jeweiligen Thronbewerber und einzelnen Stadtgemeinden – wie z. B. Trier – vertraglich geregelt wurden und bereits bündnisähnlichen Charakter annehmen konnten.

Die erhöhten militärischen Gefahren veranlaßten die Städte während des Thronstreits vielfach zu größeren Anstrengungen im Mauerbau, was für Köln, Straßburg, Mainz, Lüttich, Verdun, Metz, Bremen und auch für Passau gut bezeugt ist. Zur Finanzierung dieser aufwendigen Gemeinschaftsarbeit, die auch im Einverständnis mit dem Stadtherrn erfolgen konnte, erhoben die Stadtgemeinden zumeist Verbrauchssteuern in der Form der Akzise. Derartige Erweiterungen der städtischen Kompetenzen bargen neue Konflikte mit den geistlichen Stadtherren in sich, die für die geistlichen Institutionen und Personen hinsichtlich der Besteuerung und der Gerichtsbarkeit Immunität beanspruchten.

Die wachsenden Aufgaben und Zuständigkeiten begünstigten eine stärkere Verfestigung der gemeindlichen Selbstverwaltung. Dafür wurden sehr unterschiedliche Lösungen gefunden wie die Einrichtung von Geschworenenkollegien („iurati") und die Einführung der Ratsverfassung. Die Ratsverfassung mit den öfter wechselnden Amtsinhabern setzte sich um die Wende zum 13. Jahrhundert außer in Speyer auch in Lübeck, Utrecht und Straßburg durch. Neben den Konsuln blieben jedoch – wie in Straßburg – noch weiterhin die Schöffenkollegien bestehen. Ohnehin waren in der Regel auch im Konsulat jene Familien tätig, die die Schöffenstühle innehatten. Die Rezeption der Konsulatsverfassung vollzog sich in den folgenden Jahrzehnten besonders rasch in den norddeutschen Städten. In den jüngeren Städten ergab sie sich vielfach aus der Übernahme des Stadtrechts, so daß etwa Rostock bereits im Jahre 1218 gemäß dem Lübecker Vorbild einen Rat besaß. Dementsprechend verlieh auch der Deutsche Orden im Jahre 1233 den Bürgern von Thorn und Kulm in der ältesten Stadtrechtsurkunde für Preußen, die hier auch für die Folgezeit maßgeblich war, das Recht auf freie, jährliche Wahl der Richter. Auf dieser Grundlage konnten Schöffenkollegien und ebenso städtische Räte entstehen. In Süddeutschland breitete sich die Ratsverfassung in größerem Umfang erst um die Mitte des 13. Jahrhunderts aus. Insbesondere in den Reichslandstädten, in denen der König Stadtherr war und seine Rechte durch Amtsträger wahrnehmen ließ, gab das Interregnum auch in dieser Hinsicht neue

Anstöße. Aber auch in Bischofsstädten – wie Köln, Straßburg, Augsburg, Regensburg, Passau, Salzburg, Konstanz, Worms, Speyer, Lüttich, Osnabrück, Bremen und Minden – konnten die Stadtgemeinden in Auseinandersetzungen mit ihren Stadtherren zumeist für sie günstigere Bedingungen und größere Kompetenzen durchsetzen.

Die Reichsgesetze von 1231/23 mit ihren radikalen Bestimmungen gegen die Stadtgemeinden zugunsten vornehmlich der geistlichen Stadtherren hatten sich bereits lange Zeit vor dem Tode Konrads IV. als weithin wirkungslos erwiesen. Spätestens seit dem Jahre 1242, als die antistaufische Partei auch unter den deutschen Fürsten offen hervortrat, hatten sie für den Kaiser ihren politischen Sinn verloren. Entgegen dem Wortlaut dieser Gesetze erlaubte Friedrich II., der ebenfalls in Oberitalien große Stadtkommunen unter seinen Anhängern hatte, der Stadt Regensburg im Jahre 1245 – nach dem Wechsel des dortigen Bischofs auf die päpstliche Seite – ausdrücklich, zur Ehre des Reichs und zum Nutzen der Stadt Räte zu wählen und Bürgermeister einzusetzen.

In den Grundzügen wiederholte sich seitdem die Situation zur Zeit des Thronstreits. Freilich besaßen nun die größeren Städte ein noch stärkeres politisches Gewicht. Es beruhte nicht zuletzt auf finanziellen Leistungen, wie sie in der Reichssteuerliste von 1241/42 erkennbar sind. Demnach zahlten die Städte Frankfurt, Gelnhausen, Wetzlar und Friedberg insgesamt 740 Mark Silber, wobei die darin ansässigen Juden noch weitere Summen an den König leisteten. Jetzt schlossen sowohl König Konrad IV. und Friedrich II. als auch einige Stadtherren wiederum bündnisähnliche Verträge mit einzelnen Städten. Erwähnt seien die Beziehungen der Staufer zur Bischofsstadt Worms, die zusammen mit ihrem aus einer Ministerialenfamilie stammenden Bischof Landolf auf der staufischen Seite blieb. Nur etwa ein Jahr nach dem Abschluß eines Bündnisses zwischen dem Kaiser und über der Stadt Worms erteilte Erzbischof Siegfried III. 1244 seiner Kathedralstadt Mainz, die er aus ihrem Bündnis mit Konrad IV. lösen und an seine antistaufische Politik binden wollte, große Vorteile – darunter auch den Stadtrat („consilium civitatis“). Auf dieser Grundlage konnte die Stadt bis ins 15. Jahrhundert hinein eine vom Erzbischof faktisch unabhängige Politik betreiben.

Die nach dem Tode Konrads IV. verstärkt auftretenden Rechtsunsicherheiten und politischen Gefahren waren die wohl wichtigsten Beweggründe für die Initiative mittelrheinischer Städte – an ihrer Spitze Mainz – zur Gründung des Rheinischen Bundes. Dieser erste große deutsche Städtebund unterscheidet sich in seiner übergreifenden Zielsetzung sowohl von dem der mittelrheinischen Städte als auch von jenem der Lütticher Städte aus den späteren zwanziger Jahren. Am Mittelrhein hatten sich um 1225 benachbarte königliche und bischöfliche Städte verbündet. Der Lütticher Städtebund (1229/30) strebte hingegen eine Absicherung der Rechte seiner Mitglieder gegenüber ihrem gemeinsamen Stadtherrn an. Er enthielt so bereits Elemente einer Ständebildung auf territorialer Grundlage. Diese Ansätze gewannen im deutschen Reichsgebiet jedoch erst in den spätmittelalterlichen Jahrhunderten festere Formen, was ebenso für die ,,ständische" Mitwirkung der Reichsstädte innerhalb der Reichsverfassung gilt.

Die Dorf- und Landgemeinden nahmen am Aufstieg des gemeindlich-genossenschaftlichen Lebens, der vor allem von den größeren Städten getragen wurde, teil. Die Grenzen zwischen Dorf und Stadt, zwischen Stadtbürgern und Bauern, waren ohnehin in vielen Fällen – insbesondere bei den älteren Dörfern und den Gründungsstädten oder den erst jüngst mit Stadtrechten versehenen Siedlungen – fließend. Viele Dörfer wurden gleichsam über Nacht durch einen königlichen oder fürstlichen Rechtsakt zu einer Stadt im Rechtssinne, ohne daß sich wenigstens zunächst die wirtschaftliche und soziale Lage ihrer Bewohner wesentlich änderte. Im Rahmen der Ostsiedlung wurden Städte und Dörfer in vielen Regionen gleichzeitig gegründet. In Schlesien wurden diesen Städten vornehmlich seit dem Rückzug der Mongolen Gebiete mit jeweils 10–20 Dörfern als Weichbild zugeordnet, für die ebenso wie für die Stadt ein deutsches Stadtrecht (zumeist Magdeburger Recht) einheitlich galt.

Nach einer Definition von W. Schlesinger war die Landgemeinde ,,ein dauerhafter, ortsgebundener Verband, der in der Lage ist, über seine Mitglieder obrigkeitliche, insbesondere gerichtliche Rechte geltend zu machen". ,,Sie ist eine handlungsfähige, mit gewissen Selbstverwaltungsrechten ausgestattete bäuerlich-genossenschaftliche Rechtsgemeinschaft, die Zwangsgewalt ausübt". Diese Umschreibung kann ohne größere Eingriffe in eine Definition für die Stadtgemeinde umgewandelt werden. Tatsächlich besaßen beide Kommuneformen von ihrer Ausbildung im hohen Mittelalter bis zum 19. Jahrhundert tief verwurzelte Gemeinsamkeiten. Bei den Dorf- und Landgemeinden haben alte Formen der Nachbarschaft und der genossenschaftlichen Nutzungsberechtigung – vor allem an der Allmende – und ferner gemeinsame wirtschaftliche oder auch militärische Funktionen der Siedler als Ansatzpunkte gedient. Eine besondere Bedeutung besaß die Pfarreiorganisation. Dieser Wirkungszusammenhang tritt besonders in jenen Fällen hervor, in denen die dörflichen Genossen die Wahl des Pfarrers vornehmen konnten. Wesentliche Impulse zur Ausbildung der ländlichen Gemeinden gingen von den Veränderungen in der Organisation der Gerichts- und Vogteirechte seit dem ausgehenden 11. Jahrhundert aus und ebenso von der Nivellierung der persönlichen Rechtsstellung innerhalb der grundherrlichen ,,familiae". Derartige Vorformen und Voraussetzungen gewannen in der Binnen- und Ostsiedlung in größerem Rahmen seit der Mitte des 12. Jahrhunderts neue Entfaltungsmöglichkeiten. Die Erschließung des Landes in bisher wenig genutzten, siedlungsarmen Gegenden begünstigte und erforderte zugleich genossenschaftliches Zusammenwirken und die Ausgrenzung von Räumen mit einem weitgehend einheitlichen Rechtsstand der Ansiedler und Bewohner.

In diese Zusammenhänge sind auch die zahlreichen „villae novae“ in der Reichsromania und im östlichen Frankreich einzuordnen. Ein Modell neben anderen bot der Freiheitsbrief, den der Erzbischof von Reims 1182 an den „maior“, die Schöffen und die weitere Bevölkerung des im Ardennenwald gelegenen Ortes Beaumont adressierte. Die Bewohner dieses bereits um die Mitte des 12. Jahrhunderts befestigten Ortes, die auch Rodungen vornahmen, erhielten mit dieser „Loi de Beaumont“ einen einheitlichen Rechtsstand mit Freizügigkeit und uneingeschränkter Heiratsfähigkeit. Ihre Abgaben und Leistungen wurden fixiert: Grundstückszinse, Zuzugs- und Besitzänderungsgebühren, ein Sechstel der Getreideernte vom alten und ein Siebtel vom neugerodeten Ackerland, Gebühren für die Benutzung der Mühlen und Backhäuser (Bannrechte) mit jeweils etwa fünf Prozent des Mehls bzw. des Brotes und anderes mehr zeigen den Wandel von den alten grundherrschaftlichen Lebensbedingungen zu den neuen Formen der ländlich-bäuerlichen Existenz beispielhaft an. Dafür sicherte ihnen der Erzbischof Erbrecht und örtlichen Gerichtsstand wie auch den Schutz des Marktfriedens zu. Die Bewohner durften den für die Rechtssprechung und für die Abgabenerhebung zuständigen „maior“ (etwa Schultheiß) und die Schöffen („iurati“) wählen. Diese sollten nur auf ein Jahr in ihren Ämtern bleiben, sofern die Wähler nicht anders bestimmten (vgl. Nr. 3, AQ, Bd. 31, Nr. 95, S. 250–257).

Dieser Komplex von gemeindlichen Rechten wurde in der Folgezeit etwa 500 Orten vorzüglich im deutsch-französischen Grenzraum und in der Grafschaft Luxemburg verliehen. Der Freiheitsbrief beeinflußte etwa seit der Mitte des 13. Jahrhunderts auch die Stadtrechtsurkunden, die die Grafen von Luxemburg erteilten. In den deutschen Altsiedellanden sind derartige Modelle nicht so deutlich faßbar. Dennoch sind hier ähnliche Rechtsstellungen vor allem in den „Freiheiten“, Talschaften oder auch Talgemeinden zu beobachten. An der Nordseeküste findet sich innerhalb der Deichlandschaften mit ihren großen Gemeinschaftsaufgaben bereits in der ersten Hälfte des 13. Jahrhunderts sogar die Bezeichnung „consules“ für die Jahresbeamten der Kirchspiele; sie stammten aus den großbäuerlichen Familien. Im Bereich der deutschen Ostsiedlung entstand ein weit verbreitetes, keineswegs einheitliches Siedlerrecht („ius teutonicum“), das als besonderes Dorfrecht für die fremden Siedler auch die Grundlagen für die Dorfgemeinde enthielt. Es konnte sich offenbar bereits auf frühere Ansätze zur Gemeindebildung in den Neusiedlungsgebieten stützen und übernahm zugleich auch Vorbilder vornehmlich, aber nicht nur aus dem mainfränkischen Altsiedelland.

Der Vielfalt der Erscheinungsweisen und Rahmenbedingungen bei den Dorf- und Landgemeinden entsprach die Variabilität der gemeindlichen Kompetenzen. Sie konnten auf die Regelung nachbarschaftlicher Nutzungsrechte an der Allmende und auf schiedsrichterliche Funktionen in Bagatellsachen beschränkt sein, aber sich auch auf die niedere Gerichtsbarkeit erstrecken. Die internen Verfahrensregeln konnten ebenfalls schon hoch entwickelt sein. So gibt Eike von Repgow in seinem Sachsenspiegel als Norm an, daß alle Anordnungen des Bauermeisters, die dieser zum Nutzen des Dorfes mit Zustimmung der Mehrheit der Bauern getroffen habe, für die Minderheit verbindlich seien. Entscheidungsbefugt waren hier wie offenbar auch in den meisten anderen Fällen die Inhaber von Bauernstellen. Unter diesen ragten – wie unter den städtischen Bürgern – die „maiores" und „meliores" heraus, die wohl ausschließlich die gemeindlichen Ämter innehatten.

Ohnehin war die jeweilige Position der Stadt-, Dorf- und Landgemeinden im Herrschaftsgefüge weithin von der gesellschaftlichen Qualität ihrer Führungsgruppen abhängig. Trotz dieser vielfältigen Parallelen bleiben die Unterschiede beachtenswert, denn die Dorf- und Landgemeinden waren im allgemeinen dem Zugriff der Grund-, Orts- und vor allem der Landesherren viel stärker ausgesetzt als die Städte. In den herrschaftlichen Splitterzonen des deutschen Altsiedellandes – insbesondere in den staufischen Reichslanden – konnten sich in der Folgezeit auch kleinere, jüngere Städte noch relativ lange gegen die Territorialherren behaupten. Außerhalb dieser Landschaften blieben hingegen oft auch größere urbane Zentren unter einer stärkeren Kontrolle ihrer Stadt- und Landesherren. Insgesamt behinderte die Territorialisierung jedoch in staufischer Zeit nicht die Ausbildung von genossenschaftlich-gemeindlichen Formen auf dem Lande und in den Städten, vielmehr hat sie dafür Voraussetzungen geschaffen und Impulse vermittelt. Die wirtschaftlichen Faktoren, die auch auf diese Vorgänge eingewirkt haben, sollen uns im nächsten Kapitel beschäftigen.

3. Wachstum und Ausweitung der Wirtschaft

a) Bevölkerungsanstieg, Landesausbau und Urbanisierung

Für den kräftigen Zuwachs der Bevölkerung nach der Mitte des 12. Jahrhunderts bieten die zahlreichen Neuanlagen von Dörfern, Märkten und Städten wie auch deren Erweiterungen die aussagekräftigsten Anhaltspunkte. Sie können freilich nicht einfach in eine Bevölkerungskurve umgesetzt werden. Denn sie sind – wie am deutlichsten bei den Erweiterungen der Stadtmauern und der Neugründung von Städten erkennbar – wesentlich durch weitere Faktoren, insbesondere militärische und territorialpolitische, beeinflußt. Immerhin ist auch aus der enormen Ausdehnung der Siedlungstätigkeit in den ostdeutschen und ostmitteleuropäischen Ländern zu schließen, daß die Bevölkerung im deutschen Reichsgebiet seit der Mitte des 12. Jahrhunderts noch stärker zugenommen hat als im vorhergehenden Jahrhundert.

Die Ausweitung der Anbauflächen in der Binnen- und Ostkolonisation und die Verbesserung der Anbaumethoden schufen für mehr Menschen ausreichend Nahrung. Dennoch sind in den westlichen Altsiedellanden selbst noch in der zweiten Hälfte des 12. und im ersten Drittel des 13. Jahrhunderts immer wieder Teuerungen, Hungersnöte und Hungerperioden aufgetreten. Nach den räumlich weit ausgreifenden Hungersnöten von 1162 und 1175/76 herrschte zwischen 1195 und 1198 in vielen Gebieten des westlichen Deutschland bis hin nach Österreich eine langanhaltende Hungerperiode mit besonders schweren Auswirkungen. In der ersten Hälfte des 13. Jahrhunderts bildete die überregional wirksame Hungersnot der Jahre 1225/26 offenbar eine Ausnahme, während große Teuerungen und Hungersnöte weiterhin jeweils in einzelnen Landschaften auftraten. Insgesamt scheint sich die Versorgungslage mit Grundnahrungsmitteln verbessert zu haben. Dazu trug seit der Jahrhundertmitte in Norddeutschland auch die Einfuhr größerer Getreidemengen aus den ostdeutschen Neusiedelgebieten bei.

Die Binnenkolonisation in den Altsiedellanden hat die Gefahr witterungsbedingter Hungersnöte nicht entscheidend bannen können. Vielfach waren die neubebauten Flächen auf besonders günstige Witterungsverhältnisse angewiesen. Zudem waren auch die Bewohner der Städte in steigendem Umfang von der Überschußproduktion der bäuerlichen Bevölkerung abhängig. Die zumeist unter grundherrschaftlicher Leitung und Kontrolle erfolgten Rodungen führten zu einer Verminderung der agrarwirtschaftlichen Nutzungsflächen außerhalb der engeren Feldflur. Denn mit dem Wald und dem Ödland verringerten sich die Viehweiden, das Nahrungsreservoir für Notzeiten – wie Niederwild, Wurzeln und Beeren – und die Beschaffungsmöglichkeiten für Bau- und Brennholz. Auf diesem Hintergrund kam es oft zu Streitigkeiten zwischen Grund- und Dorfherrn einerseits und Dorfgemeinden andererseits über Allmenderechte, die adlige und geistliche Gewalten mit Hilfe ihrer Bannherrschaft eingrenzen wollten. Die Grenzen der Expansion zeichneten sich derart im weiteren Verlauf des 13. Jahrhunderts deutlich ab.

In den westlichen Altsiedellanden zeigten sich seit der Mitte desselben Jahrhunderts ähnliche Symptome auch in der Verstädterung. Weil hier die Kolonisierung in einigen Regionen – wie im Maas-Schelde-Raum und an Rhein und Donau – bereits bis 1150 ein vergleichsweise hohes Niveau erreicht hatte, blieb die Zuwachsrate im westlichen Reichsgebiet unter dem mitteleuropäischen Durchschnitt. Im linksrheinischen Raum zwischen Mainz und Basel befanden sich um 1150 auf einer Fläche von etwa 280 km Länge und 40 km Breite sieben Städte. In den folgenden hundert Jahren, in denen die Steigerungsrate in den letzten Jahrzehnten besonders hoch war, kamen insgesamt 34 Städte hinzu, was etwa einer Erhöhung auf das Sechsfache entspricht. Hingegen wuchs während desselben Zeitraums im niederdeutschen Gebiet zwischen Ijssel und Elbe nördlich der Linie Deventer-

Osnabrück-Minden die Zahl der Städte nur um etwa zwölf, was nicht mehr als eine Verdoppelung bewirkte. Solche Unterschiede lassen sich auch noch in der Urbanisierung nach der Mitte des 13. Jahrhunderts beobachten. Seit etwa derselben Zeit blieben jedoch die meisten Neugründungen in den stärker urbanisierten Altsiedellanden Kleinstädte mit geringer urbaner Ausstattung. Zudem hatten viele von ihnen eine dörfliche Siedlung als Grundlage. Manchmal wurden auch mehrere Dörfer zugunsten einer städtischen Neugründung aufgehoben. In diesen Landschaften äußerte sich also gegen Ende unseres Zeitraumes ein gewisser Sättigungsgrad in der Urbanisation.

Davon kann in den Gebieten östlich von Elbe und Saale keine Rede sein, obwohl auch hier wiederum große regionale Unterschiede zu beachten sind. Bis auf ganz wenige Ausnahmen, die – wie etwa Lübeck, Altenburg und Meißen – nicht allzu weit von dieser Grenzlinie entfernt waren, existierten in diesem Raum bis zur Mitte des 12. Jahrhunderts keine Städte, die nach den bisherigen archäologischen Befunden – trotz des Vorhandenseins von größeren Kaufleute- und Handwerkersiedlungen – mit den westlichen vergleichbar wären. Östlich von Elbe und Saale und nördlich der Linie Eger-Prag und Troppau wurden bis zur Mitte des 13. Jahrhunderts unter landesherrlicher Initiative – wie der Obodriten in Mecklenburg oder der polnischen Piasten in Schlesien – etwa 250 neue Städte angelegt. Dabei blieben bis zu diesem Stichjahr Ostpommern, Ostpreußen, Kurland und Innerpolen noch weithin städteleer. Hierhin drang die Ostsiedlung erst später vor und damit auch die Urbanisierung. Sie ist neuerdings mit guten Gründen als eine zivilisatorische Verwestlichung Ostmitteleuropas charakterisiert worden. Wir erinnern uns, daß zugleich das engere deutsche Reichsgebiet von den zivilisatorisch überlegenen Kulturräumen im Westen und wohl noch mehr im Süden nachhaltig beeinflußt worden ist.

Die „Verwestlichung" wurde nicht nur von den Städten getragen. Vielmehr besaß sie ihr wohl noch stärkeres Fundament in der parallel dazu laufenden agrarwirtschaftlichen Erschließung durch vornehmlich deutschsprachige Zuwanderer. Mit der gleichzeitigen Anlage von Städten und Dörfern wurden die Voraussetzungen für intensive Stadt-Land-Beziehungen geschaffen, wie sie sich in den Altsiedellanden bereits entwickelt hatten. Auf diese Weise war die Agrarwirtschaft in den östlichen Neusiedelgebieten von Anfang an auf einem relativ hohen geldwirtschaftlichen Niveau stark marktbezogen ausgerichtet.

Die Zuwanderer erhielten mit dem „deutschen Recht" („ius teutonicum") günstigere Bedingungen als die slawischen Bauern. Bald wurde dieser Rechtsstand des öfteren auch der einheimischen Bevölkerung eingeräumt. Daneben bestanden aber beispielsweise in Schlesien die älteren Formen der Hörigenwirtschaft mit Frondiensten fort, die im späteren Mittelalter als Ansatzpunkte für neue Formen der Unfreiheit dienten. Mit der freien Erbleihe, die das Recht zum Verkauf der Grundstücke und zum

Abzug von der Bauernstelle einschloß, und mit der Befreiung von den sonst üblichen Frondiensten, die in Kriegszeiten besonders drückend werden konnten, besaßen die Neusiedler einen faktisch freien Rechtsstatus. Für ihre zumeist großen Bauernstellen wurde ihnen zudem in den ersten Jahren nach der Ansiedlung Abgabenfreiheit zugestanden, deren Laufzeit je nach den Gegebenheiten zwischen vier, fünf, zehn oder sogar sechzehn Jahren schwankte.

Die Organisation der ländlichen und städtischen Siedlungen lag in vielen Fällen in der Hand von adligen, stadtbürgerlichen oder auch bäuerlichen Lokatoren, die im Auftrage von Fürsten, Adligen oder auch Bischöfen handelten. Für ihre Tätigkeit, die sich ebenfalls auf die Anwerbung von Siedlern in den Altsiedellanden erstreckte, erhielten sie Freihufen oder auch andere Vergünstigungen, nicht zuletzt aber vererbbare Amtsfunktionen mit zumeist niedergerichtlichen Kompetenzen (Schultheißen), so daß sie auch für die Eintreibung der Abgaben zuständig waren.

Unter den geistlichen Institutionen hatten die Prämonstratenser und vornehmlich die Zisterzienser einen nicht geringen, früher jedoch überschätzten Anteil an der Siedlungstätigkeit im Osten. Seit der Mitte des 12. Jahrhunderts gründeten die Zisterzienser erstmals in großer Zahl Niederlassungen im Gebiet jenseits von Elbe und Saale. Unter den ersten Zisterzen dienten viele zugleich als Haus- und Begräbniskloster der Landesherren: so Altzelle (1162, Markgraf von Wettin); Doberan bei Rostock (1171, Herren von Mecklenburg); Oliva bei Danzig (in den siebziger Jahren, Fürst von Pommerellen); Leubus (spätestens 1175, polnischer Herzog von Schlesien); Lehnin bei Brandenburg (1180, askanischer Markgraf Otto von Brandenburg). Die Eigenwirtschaft spielte bei den meisten Neugründungen eine geringere Rolle als die Renteneinkünfte aus Grundbesitz und Herrschaftsrechten.

Nach neueren Schätzungen haben sich an der Ostsiedlung während des 12. und 13. Jahrhunderts nur jeweils etwa 200000 Zuwanderer aus den westlichen Altsiedellanden beteiligt. Damit wären im Jahresdurchschnitt nur etwa 2000 Siedler in den Osten gezogen, was bei einer Gesamtbevölkerung von wohl zehn Millionen nur einem Anteil von 0,02% entspräche. Selbst bei einer Verfünffachung dieser Rate läge die Abwanderungsquote noch innerhalb des normalen Bevölkerungszuwachses. Aus diesen Relationen glaubte man schließen zu dürfen, daß die Abwanderung nicht auf einer Überbevölkerung oder Bauernbedrückung in den Herkunftsländern beruhen könne. Dem wird man jedoch entgegenhalten müssen, daß die Lage der Bevölkerung in den Altsiedellanden keineswegs einheitlich und darüber hinaus – wie auch die Teuerungen und Hungersnöte zeigen – zeitlich höchst unterschiedlich war. Derartige regional oder zeitlich begrenzte negative Erfahrungen konnten durchaus die entscheidenden Anstöße für den Aufbruch in die Ferne geben. Für die Auswanderungsmotive waren ohnehin nicht nur die objektiven Zustände in den Auswanderungsgebieten und die nachprüfbaren Chancen in der Ostsiedlung allein entscheidend. Ebenso zu berücksichtigen ist die Frage, wie die Auswanderer ihre Situation in ihrer Heimat empfunden haben und welche Erwartungen sie aufgrund der ihnen zur Verfügung stehenden Informationen über die Chancen in der Ostsiedlung hegten. Eine befriedigende Antwort steht noch aus; sie wird auch durch die Quellenlage erschwert. Jedenfalls ist die Auswanderung in den Osten kein ausreichendes Indiz für eine allgemein ungünstige Lage der Bevölkerung in den Altsiedellanden.

b) Das Vordringen der Geldwirtschaft

In der Mitte des 12. Jahrhunderts bestanden im deutschen Reichsgebiet bereits viele Münzstätten, die sich in den Maas-, Rhein- und Donaulanden wie auch in Sachsen häuften. Um das Jahr 1140 waren jedoch nur noch insgesamt 25 Münzstätten aktiv. Dieser Zustand hat sich in staufischer Zeit grundlegend geändert. Bereits eingegangene Münzstätten wurden neu belebt. Vor allem aber wurden zahlreiche neue Münzen eröffnet. Zwischen 1140 und 1197 sind neuerdings 215 Münzstätten auf deutschem Boden nachgewiesen worden. Davon befanden sich 106 in geistlicher Hand (61 bischöfliche und 45 klösterliche Münzstätten), 81 in der Verfügung weltlicher Herren und 28 in königlicher Regie. Zwischen 1197 und 1270 vergrößerte sich die Zahl nochmals um mehr als das Doppelte auf insgesamt 456. Diese verteilten sich auf 152 Münzstätten von geistlichen Herren (und zwar 106 in bischöflicher Hand, 46 in der Verfügung von Klöstern), 277 von weltlichen Dynasten und 37 königliche Münzstätten. Die Hauptnutznießer in der Zeit nach dem Thronstreit waren also die bischöflichen und noch stärker die weltlichen Fürsten, während die Klöster stagnierten und das Königtum nur noch wenige Prägestätten hinzugewinnen konnte. Die starke Erhöhung der Zahl der Prägeorte erfolgte in enger Verbindung mit der ebenso kräftigen Stadtgründungswelle, an der das Königtum seit der Wende zum 13. Jahrhundert ebenfalls nur noch einen geringen Anteil hatte.

Die neu eingerichteten Münzstätten gewannen mit Ausnahme der königlichen Münze von Schwäbisch Hall bei weitem nicht mehr die Bedeutung, wie sie die Münzen der großen Bischofsstädte besaßen, unter denen jene von Köln und Regensburg hervorragten. Die Vorherrschaft der Münzen in den Bischofsstädten äußerte sich zumeist auch darin, daß die neuen Münzen – wiederum mit Ausnahme von Schwäbisch Hall – nach dem Vorbild der jeweiligen Prägungen in den „Mutterstädten" geschlagen wurden. In den meisten Fällen folgten auch die königlichen Münzen diesem Muster. So prägten die in der Straßburger Diözese gelegenen staufischen Münzstätten Schlettstadt, Hagenau und Offenburg nach Straßburger Vorbild. Auf diese Weise wurde die Vorherrschaft der bischöflichen Münzen in staufischer Zeit vielfach reduziert oder sogar untergraben, woran nicht zuletzt königliche Münzstätten beteiligt waren. So hat etwa der Nürnberger Pfennig auf Kosten des Bamberger und des Regensburger Denars ein beträchtliches Verbreitungsgebiet gewonnen; der Kölner Pfennig erhielt in den königlichen Münzstätten der weiteren Umgebung – wie Aachen, Duisburg und Nijmwegen – eine beachtliche Konkurrenz.

Den größten, langfristig wirksamen Erfolg erzielte die staufische Münzpolitik mit der Münzprägung in Schwäbisch Hall, die Barbarossa etwa 1180 im Machtzentrum der staufischen Stammlande gründete. Die Massenproduktion dieser Münze veränderte im Laufe eines Jahrhunderts das bisherige Münzsystem in Deutschland wesentlich. Von Anfang an wirkte dieser einseitig geprägte Denar, der auch in Form, Bild, Schrot und Korn eigenständig war, weit über die Würzburger Diözese hinaus. Sein Erfolg beruhte nicht zuletzt auf seinem geringen Wert, womit er die guten Münzen zurückdrängte (Gresham'sches Gesetz). Es setzte sich also die Politik des leichten Geldes durch. Am Ende der Stauferzeit gewann der „Haller" (Heller) fast den Rang einer Reichsmünze, deren Umlaufbereich keinen lokalen Beschränkungen mehr unterlag. Träger der staufischen Münzpolitik waren wohl im wesentlichen die Reichsministerialen, die auch in den Pfalzorten und königlichen Städten ansässig waren. Gegen die königliche Münzpolitik, die ebenso wie jene der geistlichen und weltlichen Herren eminent territorialpolitisch bestimmt war, haben die Fürsten vielfach protestiert. Ihre Interessen sind an den Zugeständnissen Friedrichs II. von 1220 und 1231/32 abzulesen. Auch darin äußerte sich der steigende Einfluß der Geldwirtschaft auf die Politik.

Der Verfall der hohen Münzwerte als Parallelerscheinung zu dem „Münzstättenboom" und zur Urbanisierung insgesamt entsprach auch dem Bedürfnis breiter Bevölkerungsschichten nach kleinen Münzen, mit denen sie sich am Marktgeschehen für ihren alltäglichen Bedarf beteiligen konnten. Die vordringende Geldwirtschaft in Mitteleuropa während der staufischen Zeit spiegelt also einen Modernisierungsvorgang, der sich auch in Arbeitsteilung, sozialer Mobilität und in den Einstellungen und Werthaltungen äußerte. Der Abstand der geldwirtschaftlichen Entwicklung Mitteleuropas zur mediteranen Welt blieb aber auch noch am Ende der Stauferzeit beachtlich. Die Annäherung gedieh wohl am weitesten in geldwirtschaftlichen Intensitätsinseln, wie sie als bestes Beispiel offenbar die Stadt Köln mit ihrer überragenden, bis weit nach England verbreiteten Münze bildete.

c) Veränderungen in der Agrarwirtschaft

Auf die Landwirtschaft wirkte im nordalpinen Reichsgebiet in staufischer Zeit eine Reihe von Veränderungen ein, die größtenteils bereits früher einsetzten, nun aber ein noch größeres Gewicht erhielten. Hervorgehoben seien: die Zurückdrängung der Villikationsverfassung zugunsten der Rentengrundherrschaft und verschiedenartiger Pachtformen; die stärkere Ausrichtung der Agrarwirtschaft auf die Märkte mit Ansätzen zu Spezialisierungen; die Anwendung neuer Techniken und Anbaumethoden, die die Erweiterung der Siedlungsflächen erleichterten und die Produktivität steigerten; Verschiebungen bei den Lasten der bäuerlichen Wirtschaft.

Der Rückgang der grundherrschaftlichen Eigenwirtschaft und die Verleihung der Hufen gegen zumeist fixierte Abgaben oder Geldzinsen wie auch die Ablösung der Frondienste gegen Geld begünstigten den Übergang zur „Rentengrundherrschaft". Damit ist ein Ordnungsgefüge gemeint, das ebenso wie jenes der „Villikationsverfassung" sachgemäß nur als Idealtypus verstanden werden darf. Tatsächlich bestanden gerade in staufischer Zeit viele Mischformen zwischen diesen Idealtypen, die ihrerseits eine Vielzahl von Varianten aufwiesen. Die Eigenwirtschaften blieben in vielen Fällen noch bestehen. Besonders häufig traf dies in der Nähe der grundherrschaftlichen Zentren zu, also der Klöster, Städte oder auch Burgen. Viele Villikationen bewahrten ihre Grundformen, sie glichen sich jedoch stärker dem Marktgeschehen an.

Dieser Entwicklungsrichtung folgten auch die Eigenwirtschaften der Zisterzienser. So besaß das Kloster Himmerod bereits im 12. Jahrhundert Höfe in Trier, Andernach, Bonn und Speyer, die auch als Stützpunkte für den Warenaustausch auf den urbanen Märkten dienten. In Speyer befanden sich wenig später allein 19 Klosterhöfe. Zwölf von ihnen gehörten neun Zisterzienserabteien. Des öfteren erweiterten die Zisterzienser ihr System von Nebenhöfen (Grangien) auch auf Kosten von bisher selbständig wirtschaftenden Bauern, die zumeist wohl gegen Entschädigungen von ihren Höfen vertrieben wurden. War der Zustrom der Laienbrüder (Konversen), die einen wesentlichen Teil der Eigenwirtschaft betrieben, im 12. Jahrhundert oft noch größer als der Bedarf an Arbeitskräften, die zudem schon früh durch Lohnarbeiter ergänzt wurden, so trat im späteren 13. Jahrhundert bei vielen Zisterzen ein Mangel an Konversen auf. Dadurch wurden auch diese Reformklöster, die ihre ursprünglichen Ideale seit derselben Zeit immer mehr vernachlässigten, zur Verpachtung von Grangien vor allem bei den entfernter gelegenen Besitzungen veranlaßt. Ansonsten nutzten die effektiv und oft auch musterhaft wirtschaftenden grauen Mönche die Chancen des städtischen Marktes so geschickt, daß viele Abteien bereits in der zweiten Hälfte des 12. Jahrhunderts als reich galten. Dazu trug auch ihre aktive Teilnahme am überlokalen Handel – vornehmlich mit Wolle, teilweise auch mit Pferden – bei.

Eigenwirtschaft betrieben weiterhin kleinere Adlige. Diese legten auch weiterhin Wert auf die Ablieferung von Naturalprodukten, die sie selbst auf die Märkte brachten. Dieses vorteilhafte Handeln hat die Einstellung der kleineren Grundherren offenbar nachhaltig geprägt. Nach dem „Kleinen Lucidiarius" des „Seifried Helblinc", der Sammlung von Lehrgedichten mit zahlreichen zeitkritischen Bezügen eines sonst nicht bekannten

Ritters aus Niederösterreich aus dem Ende des 13. Jahrhunderts, haben sich die Dienstmannen und Ritter am Hofe des Landesherren – wie der Autor beklagt – mit Vorliebe über die Preise von Eiern, Käse, Ferkeln sowie von Weizen unterhalten. Sie interessierten sich besonders dafür, wie eine Kuh zu höheren Milchleistungen gebracht werden könne. Ihre Gesinnung sei auf mannigfachen Erwerb und Gewinn gerichtet.

Unter den Gründen für den Rückgang der großen Villikationen besaßen auch die Schwierigkeiten der Grundherren mit der aufwendigen Verwaltung eine nicht zu unterschätzende Bedeutung. Die schon früher vorhandenen Probleme verstärkten sich, weil die Führungsgruppen innerhalb der „familia" – vornehmlich die Ministerialen – die ihnen zugewiesenen Verwaltungsaufgaben zu einer quasi-adligen Lebensweise nutzten. Darüber klagte kurz nach der Mitte des 12. Jahrhunderts auch der Abt des großen Reichsklosters Fulda. Angeblich waren bei seinem Amtsantritt die Vorratskammern des Klosters so leer, daß die Mönche nichts mehr zum Leben hatten. „Kein Wunder", fährt der Abt fort, „denn die Laien besaßen alle Meierhöfe des Klosters und gaben und behielten für sich, was sie wollten". Die hohen Adligen hätten sich die Klostergüter unter dem Vorwand des Lehens angeeignet. Die weniger Mächtigen („pauperiores") aber hätten Neubrüche und Siedlungen in den Wäldern und Forsten des Klosters angelegt. Trotz größter Anstrengungen sei es ihm nicht gelungen, das gesamte entwendete Gut zurückzuerlangen, „da alle Ministerialen des Klosters sich gegenseitig unterstützen, da sie alle nur das Ihre suchen und nicht das, was Jesu Christi ist. Dennoch erhielt ich von den einzelnen Meierhöfen etwas zurück, manchmal mehr, manchmal weniger" (Nr. 3, AQ, Bd. 31, Nr. 80, S. 212–219).

Aus diesen Schwierigkeiten und den Widerständen auch von Seiten der Grundholden boten die verschiedenen Formen der freien Grundleihe einen Ausweg. Dieser wurde unter Aufnahme römisch-rechtlicher Elemente, wie sie in der Romania schon viel früher praktiziert wurden, allem Anschein nach zuerst im Umland der größeren Städte seit der Wende zum 13. Jahrhundert wahrscheinlich zuerst von den geistlichen Grundherren beschritten. Weingärten wurden vereinzelt bereits im späteren 12. Jahrhundert zu Teilpacht vergeben. Dabei mußte der Pächter einen Teil – zumeist die Hälfte oder ein Drittel – der Erträge an den Eigentümer abgeben. Wenig später wurden in den Rheinlanden Höfe an bäuerliche oder auch stadtbürgerliche Pächter mit Fristen von drei, sechs oder neun Jahren verliehen. In diesen „modernen" Pachtverträgen wurde das Inventar der Höfe nebst Vieh und Geräten in der Regel vom Verpächter zur Verfügung gestellt. Dem Pächter wurden bald schon detaillierte Vorschriften über die Wirtschaftsführung gemacht, um die Erhaltung der Betriebssubstanz bei Erfüllung aller Pachtleistungen zu sichern. Der Pächter mußte unter diesen Bedingungen in besonderer Weise auf eine Steigerung der Produktivität bedacht sein.

Zur Verbesserung der agrarwirtschaftlichen Erträge wurden im 12./13. Jahrhundert die teilweise schon früher bekannten Methoden in größerem Umfang praktiziert. Dazu gehörten eine effektivere Düngung, die Aufstallung des Viehs und der Anbau von Futterpflanzen und von Hülsenfrüchten. Auch Bildzeugnisse aus dem 13. Jahrhundert legen nahe, daß nun Karrenpflüge mit Sech und schollenwendendem Streichbrett, die jedenfalls bei schwereren Böden höhere Erträge ermöglichten, zunehmend eingesetzt wurden. Daneben wurde der vierrädrige Wagen, der oft mit Ochsen bespannt war, auch in der Landwirtschaft als Transportmittel verstärkt verwendet.

Die Belastungen von Seiten der Grundherrschaften gingen ebenfalls in den Altsiedellanden insgesamt zurück. Dafür wurden aber andere Forderungen vor allem von den Vögten und Landesherren an die bäuerliche Bevölkerung gestellt, die wirtschaftlich durchaus einschneidend sein konnten. Vor allem führte die Erhebung steuerartiger Abgaben von den Vögten, Gerichts-, Dorf- und Territorialherren, die ihre Konkurrenz untereinander oft genug auf dem Rücken der Bauern austrugen, zu gravierenden Belastungen. Hinzu kamen Marktabgaben, Münzentwertungen und Zölle, die die geistlichen und weltlichen Herren zu ergiebigen finanziellen Einkünften zu steigern versuchten. Dies wirkte sich auf die bäuerliche Wirtschaft umso stärker aus, je mehr sie sich auf den Bedarf der Märkte und Städte einstellte und davon abhängig war.

Für die wirtschaftliche Lage der ländlichen Bevölkerung war nicht allein die Landwirtschaft entscheidend. In zunehmendem Umfang wurden auch wichtige Gewerbe auf dem Lande und in dörflichen Siedlungen betrieben. Hierzu zählten die Eisengewinnung und -verarbeitung ebenso wie das Spinnen von Wolle, die Töpferei, die Keramik- und Glasherstellung und der Abbau und die Bearbeitung von Edel- und Buntmetallen, die Produktion des unentbehrlichen Salzes in den Salinen, die Gewinnung von Holzkohle und anderes mehr. Auch im Gewerbe waren also Übergänge von der ländlichen zur städtischen Wirtschaft angelegt, die zugleich als „Geburtshelfer“ der Städte dienten und den Handelsverkehr belebten.

d) Ausweitung von Handel und Gewerbe

Die mit dem Landesausbau mächtig fortschreitende Urbanisierung, der starke Schub in der Entwicklung der Geldwirtschaft und die zunehmende Marktorientierung der Agrarwirtschaft sind sichere Zeugnisse für die Steigerung der gewerblichen Tätigkeit und für die Zunahme des Nahhandels. Dieser verfestigte auch die Fundamente für den Fernhandel. Seit der zweiten Hälfte des 12. Jahrhunderts mehrten sich ebenso die Anzeichen für engere Kontakte des Handelsverkehrs in dem sich stetig nach Osten hin erweiternden und im Inneren sich verdichtenden deutschen Wirtschaftsraum mit dem Mittelmeergebiet und mit dem Westen Europas. Neben den breitgefächerten Handelsbeziehungen zum Süden und zum Westen, wo die Messen der Champagne zu den wichtigsten Vermittlungszentren zwischen dem traditionsreichen Mittelmeergebiet und den zukunftsträchtigen Wirtschaftsräumen im Nordwesten Europas aufstiegen, gewannen der deutsche Handel, die darin tätigen Kaufleute wie auch die schnell wachsenden Städte vor allem des deutschen Ostseeraumes große Vorteile von der rasch vorwärtsschreitenden „Verwestlichung" des östlichen Mitteleuropas, die von dem Handelsverkehr selbst wiederum wesentliche Impulse erhielt.

In den Handelsbeziehungen zwischen Deutschland und Italien wurden seit dem ausgehenden 12. Jahrhundert auch deutsche Kaufleute in größerem Umfang aktiv. Über Genua und Venedig gewannen sie Anschluß an die wichtigsten Knotenpunkte des Mittelmeerhandels, der selbst jedoch in der Hand der italienischen Seehandelsstädte blieb. Der Verkehr zwischen Süddeutschland und dem westlichen Oberitalien bis hin nach Genua wurde spätestens um 1230 erheblich erleichtert, nachdem Kolonisten mit aufwendigen Baumaßnahmen eine für Träger und Saumtiere begehbare Brükke aus eisernen Ketten an der Paßstraße des St. Gotthard im Bereich der Schöllenenschlucht errichtet hatten. Deutsche Kaufleute waren in Venedig schon lange vor der Existenz des Kauf- und Lagerhauses der Deutschen tätig, das unter der Bezeichnung Fondaco (aus arab. „fonduk") dei Tedeschi zwischen 1222 und 1225 am Canale Grande bei der Rialto Brücke gegründet wurde. Unter ihnen nahm Bernhard „der Deutsche", der um die Wende zum 13. Jahrhundert zum finanzkräftigsten Bewohner der Seehandelsstadt aufstieg, eine extreme Ausnahmestellung ein. Sein enormes Kapital von umgerechnet etwa 650 kg reinem Silber dürfte dieser Kaufmann, der auch als Kreditgeber für Süddeutsche Hochadlige in Erscheinung trat, wohl hauptsächlich aus dem Import von Silber aus den Minen der Ostalpen an die Adria gewonnen haben.

Einen größeren Aufschwung erlebte ebenfalls der Donauhandel. In diesem waren unter den süddeutschen Kaufleuten die Regensburger führend. Dies bezeugt die 1191 von Herzog Ottokar von Steiermark erlassene Marktordnung für Enns, in der dem Regensburger Hansegrafen die organisatorische Leitung des Marktverkehrs übertragen wurde. Darin wurden aber auch Kaufleute aus Maastricht, Aachen und Ulm neben weiteren Fremden hervorgehoben. An dem über die Donau bis nach Rußland führenden Handel beteiligten sich auch Kaufleute aus Metz, Amberg und Nürnberg, die ebenso wie die anderen Fernhändler auf den Knotenpunkt Regensburg angewiesen waren. Der wichtigste Zielort der Regensburger im Osten war Kiew. Dort war im Jahre 1179 ein Regensburger Kaufmann, der der „familia" des Klosters St. Emmeram zugehörte, bereits seit längerem ansässig; von dort aus pflegte er weiterhin Kontakt mit seiner Heimatstadt. In Kiew fanden die Fernkaufleute Anschluß an den Warenstrom aus dem östlichen Mittelmeergebiet, der über Konstantinopel wie auch über das Schwarze Meer vermittelt wurde; aus Rußland bezogen sie vornehmlich Pelzwerk und Wachs. Die Regensburger vertrieben auf der Donau Tuche aus den nordwesteuropäischen Tuchlandschaften.

Diese Textilien höchst unterschiedlicher Qualität vermittelten rheinische Kaufleute, unter denen die Kölner hervorragten, bis nach Regensburg und teilweise auch noch darüber hinaus. Die Regensburger blieben aber auch selbst am Rheinhandel beteiligt. Mit dem Aufstieg der Messen der Champagne gewannen die Kaufleute aus dem westlichen Reichsgebiet, wo gleichzeitig die Handelstätigkeit der Juden zurückgedrängt wurde, direkten Kontakt zum wichtigsten Zentrum des westeuropäischen Waren- und Geldverkehrs. Dort erhielten die Deutschen einen konkreten Anschauungsunterricht in den hochentwickelten Techniken des Zahlungsverkehrs, des Kreditwesens und der Organisation von Handelsunternehmungen. Darin blieben die Italiener, die bald auch im Geldverleih den Juden in Deutschland Konkurrenz machten, führend.

Im Warenaustausch des nördlichen Europas zwischen West und Ost kam den deutschen Kaufleuten neben ihrer zentralen Lage auch der zivilisatorische Vorsprung zugute. Im Ost-West-Handel wuchs das erst um 1160 von Heinrich dem Löwen neugegründete Lübeck in die wichtigste Vermittlerrolle hinein, die der Doppelherzog auch machtpolitisch gefördert hatte. Die Neugründung an der Trave wurde zum Brückenkopf des Fernhandels zwischen den großen Gewerbelandschaften Nordwesteuropas und dem Ostseeraum. Der Osten lieferte in erster Linie Rohprodukte (Pelze, Wachs, Hanf, Flachs wie auch Erze) und Grundnahrungsmittel (Getreide, Fische und Honig). Um 1300 existierten in Lübeck etwa 40 Kornspeicher, die wohl vornehmlich das für den Export bestimmte Getreide aufgenommen haben. Die seit dem Ende des 12. Jahrhunderts im Ost- und Nordseeverkehr aufkommenden Koggen-Großschiffe, die bei 20 m Länge und 6 m Breite bis zu 100 Tonnen Fracht aufnehmen konnten, ermöglichten nun Massentransporte über die hohe See. Dieser technische Fortschritt begünstigte nicht nur die Entwicklung der norddeutschen Seestädte, sondern auch Änderungen in der Organisation des Handels.

Für den seefahrenden Handel in der Ostsee bildete die Insel Gotland mit Visby einen Hauptstützpunkt. Heinrich der Löwe griff in den sechziger Jahren zugunsten der Gotlandfahrer ein. Die Gesellschaft der Kaufleute aus dem Römischen Reich, die Gotland häufig aufsuchten („universi mercatores imperii Romani Gotlandiam frequentantes"), in der Lübecker, aber auch westfälische und sächsische Kaufleute unter gewählten „Oldermännern" zusammenwirkten, wurde zu einem organisatorischen Kern der „Deutschen Hanse". Die Gotländer und die deutschen Händler erhielten schon im Jahre 1189 vom russischen Fürsten Jaroslav eine Schutzgarantie für ihre Person und ihre Waren vornehmlich für den Handel mit Novgorod. In dieser rasch aufblühenden Stadt am Volchov nahe dem Ilmensee gründeten die Deutschen bald darauf eine eigene Niederlassung am Rande des Marktes im „St. Petershof". Dieser diente den Sommer- und Winterfahrern zugleich als Quartier und Kontor. Die Gotländische Genossenschaft beteiligte sich durch Ausrüstung von mehreren hundert Kreuzfahrern und mit dem Transport von Truppen am Kreuzzug gegen die Livländer (1199).

Seit dem Beginn des 13. Jahrhunderts trieben die Kaufleute aus der Ostsee auch Handel im Nordseegebiet, wofür sie zunächst den Landweg von Lübeck nach Hamburg benutzten. Bis dahin beherrschten die Kölner fast allein den Handel mit England. Sie stützten sich dabei auf Privilegien König Heinrichs II. von 1157 und 1175 wie auch von Richard Löwenherz. Seit einigen Jahrzehnten stand ihnen in London oberhalb der Themsebrükke eine Gildehalle zur Verfügung, aus der sich später das Hansekontor entwickelte.

Die Versuche der Kölner, die unliebsamen Konkurrenten aus der Ostsee, vor allem die Lübecker, aus dem Englandhandel auch unter Anwendung von Gewalt auszuschließen, blieben langfristig erfolglos. Bereits im Jahre 1237 gewährte König Heinrich III., der Schwager Friedrichs II., der Gotländischen Genossenschaft Schutz und Zollfreiheit für alle Waren, die von ihren Mitgliedern in seinem Reich gekauft und verkauft werden. Drei Jahrzehnte später gab er zunächst den Hamburgern (1266) und dann auch den Lübeckern (1267) das Recht, eine eigene Hanse nach Vorbild der Kölner zu gründen. Die Konkurrenz der norddeutschen Kaufleute im Englandhandel wurde erst im Jahre 1282 mit der Gründung einer einzigen „deutschen Hanse" in London gemildert, wenn auch nicht beendet.

Seit dem Anfang des 13. Jahrhunderts nahmen auch die Handelsaktivitäten der deutschen Kaufleute – vor allem aus Köln, Bremen, Hamburg und Lübeck – in Flandern, der damals produktivsten europäischen Tuchlandschaft, erheblich zu. Im Unterschied zu England blieben in den Seehäfen Flanderns schärfere Auseinandersetzungen unter den deutschen Kaufleuten aus. Das Zentrum ihres Handels wurde Brügge, daneben auch Damme. Umfassende Privilegien – rechtliche Sicherheiten, Herabsetzung der Zölle in Brügge und Damme und eine eigene Waage in Damme erhielten sie in den Jahren 1252 und 1253. Der Handel der Deutschen wuchs in der Folgezeit mit dem Aufschwung, den damals die Stadt Brügge auf ihrem Wege zum „Weltmarkt des Westens" nahm.

Die allmähliche Umwandlung der deutschen Hanse von einem mehr oder weniger locker organisierten Personenverband von Kaufleuten aus verschiedenen Städten zu einer Städtehanse vollzog sich erst in nachstaufischer Zeit. Die ersten Vorformen kündigten sich aber bereits an in dem Verfall der Gotländischen Genossenschaft einerseits und in dem Aufkommen von Städtebünden vornehmlich im norddeutschen Raum andererseits. Vorläufer war der 1246 vereinbarte westfälische Städtebund (Münster, Osnabrück, Minden u. a.). Ähnliche Bünde wurden in der zweiten Hälfte des 13. Jahrhunderts auch unter sächsischen Städten geschlossen. Noch bedeutsamer wurde das Bündnis der „Wendischen Städte". Es hat seinen

Kern in dem erstmals 1230 zwischen Hamburg und Lübeck geschlossenen, in der Folgezeit mehrfach wiederholten Bündnis, das sich auch auf die Verteidigung der Handelsstraßen zwischen den beiden Städten (1241) erstreckte und eine Münzvereinbarung (1259) beinhaltete. Die zum Teil harten Rivalitäten Lübecks mit den weiteren Ostseestädten Rostock und Stralsund – letztere wurde sogar 1249 durch Lübeck zerstört – wichen seit dem Ende der fünfziger Jahre Aussöhnungen und Bündnissen. Diese kulminierten 1265 in einem zeitlich unbefristeten Bund, in dem auch eine jährliche Beratung vereinbart wurde. Daran waren neben Lübeck, Rostock und Stralsund noch Wismar, Kiel, Hamburg und Lüneburg, ferner Greifswald, Stettin und Anklam beteiligt.

Im überlieferten Quellenmaterial des 12. und 13. Jahrhunderts tritt der Einfluß politischer Faktoren, Konstellationen und Gewalten auf die Ausformung des Handels viel deutlicher hervor als in jenem der vorhergehenden Zeit. Dies ist nicht nur eine Folge der sich weiterentwickelnden Schriftkultur, sondern auch eine Konsequenz der inzwischen wesentlich veränderten politischen Verhältnisse. Nunmehr wurden auch im deutschen Reichsgebiet – wenn auch keineswegs in dem Umfang wie gleichzeitig in Reichsitalien – Verträge zwischen Städten geschlossen, die damit nicht zuletzt auf die Gestaltung des Handels Einfluß nahmen. Derartige Verträge schlossen die Kölner schon früh mit Trier (1149), mit Dinant (1171) und mit Verdun (1178). Insgesamt noch wirksamer aber waren die Maßnahmen, die die Könige und Fürsten ergriffen, um den Handelsverkehr in den ihnen unterstehenden Städten zu fördern und daraus auch selbst finanziellen Nutzen zu ziehen. Gegenüber den Territorialherren besaßen die Könige in dieser Hinsicht noch immer einen rechtlichen Vorrang.

Unter den staufischen Herrschern hat Barbarossa in dieser Hinsicht die größten Aktivitäten entfalten können. So traf der Kaiser im Jahre 1173 mit Graf Philipp von Flandern eine Übereinkunft, mit der er die wirtschaftliche Entwicklung der Königsstädte Aachen und Duisburg fördern wollte. Die Kaufleute aus Flandern, denen der Kaiser mehr Rechtssicherheit – wie die Befreiung vom Zweikampf – gewährte, sollten demnach die vier vom Kaiser in den beiden Städten eingerichteten Jahrmärkte bevorzugen, was sicher gegen die Interessen der erzbischöflichen Metropole Köln gezielt war. Neben solchen Maßnahmen, die in ähnlicher Form von Heinrich dem Löwen vor allem zugunsten seiner Neugründung Lübeck getroffen wurden, hat Barbarossa bereits zuvor unter Wahrung seiner eigenen Vorteile sich für die Interessen des Handels im allgemeinen Sinne eingesetzt. Bereits im Jahre 1155 reagierte der Kaiser auf die Klage von Kaufleuten, daß auf dem Main von Bamberg bis Mainz neue, ungerechte und „sinnlose" Zölle erhoben würden. Gestützt auf ein Fürstenurteil befahl daraufhin der Kaiser, daß alle Inhaber von Zollstätten ihre Rechtsgrundlage nachweisen müßten. Da niemand sich derart legitimieren konnte, erklärte Barbarossa alle Zollrechte auf dem Main für ungültig, jedoch mit Ausnahme von zwei zeitlich befristeten Zollstätten und dem kaiserlichen Zoll zu Frankfurt (Nr. 3, AQ, Bd. 32, Nr. 62, S. 236–241).

Noch allgemeiner argumentierte die kaiserliche Kanzlei, als Barbarossa im Jahre 1165 die Beseitigung störender Damm- und Wehranlagen am Niederrhein verfügte. Der Fluß solle künftig – wie von altersher – eine freie und königliche Verkehrsstraße sein. Der Kaiser begründete dieses Eingreifen mit seiner Pflicht zur Sorge für das Wohl des ganzen Vaterlandes und für die Bedürfnisse der Armen und Schwachen („salus totius patriae ... et necessitates pauperum") (Nr. 16, MG, DD F I, Nr. 496, S. 422f). Eine solche Argumentationsweise ähnelt bereits jener Motivation, die Friedrich II. im Jahre 1245 in seinem Privileg für die Stadt Speyer, das in zahlreichen Städten verbreitet werden sollte, formulieren ließ. Darin begründete der Staufer die Einrichtung einer 14-tägigen Herbstmesse in Speyer mit dem allgemeinen Nutzen, der durch die Förderung des Güteraustausches eintrete. Hier sind bereits Ansätze zu einem „volkswirtschaftlichen Denken" in der staufischen Politik erkennbar (Nr. 466, Maschke, S. 49). In der Praxis aber überwogen bei den Staufern wie bei den übrigen Herrschaftsträgern in Deutschland territorial- und fiskalpolitische Motive, was im wesentlichen eine Folge des besonderen Herrschaftsgefüges im deutschen Reichsgebiet war. Um sich in der ständigen Konkurrenz untereinander zu behaupten, wurde es für die Herren immer wichtiger, durch Geleitsrechte, Zölle, Münz- und Marktabgaben Einkünfte aus dem sich ausweitenden Handel zu ziehen.

Jetzt gewannen jene Herrschaftsträger große Vorteile, die über ergiebige Eisenerz-, Silber-, Buntmetall- oder auch Salzvorkommen verfügten. Im Siegerland, im Westharz, in der Oberpfalz, in der Steiermark und in Kärnten wurde der Abbau von Eisenerzen erhöht. Zunehmend wurden die Erze unter Tage gewonnen. Zugleich wurde die Verhüttung durch Blaswerke, die von Wasserkraft getrieben wurden, erheblich verbessert. Solche technischen Neuerungen kamen auch der Silber- und Buntmetallproduktion zugute. Neben dem Goslarer Rammelsberg wurden nun auch Vorkommen im sächsischen Freiberg (seit 1168) und seit dem 13. Jahrhundert in Böhmen in großem Umfang ausgebeutet. Ähnliche Fortschritte wurden bei der Salzgewinnung erzielt. Die Salinen im welfischen Lüneburg, im staufischen Schwäbisch Hall – dem Ausgangspunkt des so erfolgreichen Hellers – im bayerischen Reichenhall und dann auch im salzburgischen Hallein waren die wichtigsten Zentren.

Die Nachfrage nach Salz, das dem Heller indirekt seinen Namen gab, stieg mit der stetig wachsenden Bevölkerung, die darauf in größeren Mengen bei der Konservierung von Fleisch und Fisch angewiesen war. Die verbesserten Rohstoffe eröffneten den metallverarbeitenden Gewerben neue Entfaltungsmöglichkeiten, die nicht zuletzt für den Export genutzt wurden. Neben den älteren Zentren in den Maasstädten und in Köln traten seit dem 13. Jahrhundert neue, derart spezialisierte Städte – wie Solingen und Nürnberg – hervor. Die hochentwickelten handwerklichen Fähigkeiten äußerten sich etwa in dem 16 Zentner schweren Monumentalwerk des Braunschweiger Burglöwen, der im Jahre 1166 wohl in einer Braunschweiger Werkstatt gegossen wurde; er war das erste „vollrunde Standbild" (auf einem Sockel im Freien) des Mittelalters. Weitere bewundernswerte Zeugnisse bieten die Werke des Goldschmieds und Emailmalers Nikolaus von Verdun, der im Jahre 1181 seine Arbeiten am Klosterneuburger Altar abschloß. Zu seinen großen späteren Werken gehören der Reliquienschrein der Heiligen Drei Könige zu Köln, der Annoschrein im Kloster Siegburg und der Albinusschrein im Kölner Kloster St. Pantaleon.

Die Baukunst der Romanik und die seit dem zweiten Drittel des 13. Jahrhunderts von Frankreich nach Deutschland vordringende Gotik sind hervorragende Zeugnisse für den hohen Stand des Baugewerbes. Es fand in den zahlreichen Burgen und Pfalzen, in den Klosterbauten und Kirchen auf dem Lande und vor allem in den sich rasch ausbreitenden Märkten und Städten ein reiches und anspruchsvolles Betätigungsfeld. Darin erhielten nun auch die „Bürgerbauten", zu denen neben den Stadtmauern bereits Rathäuser – wie in Köln oder Worms – gehörten, einen steigenden Anteil.

Die Urbanisierung schuf auch für das Textilgewerbe zahlreiche neue Produktionsorte und Absatzmärkte. Ähnlich wie beim Metallgewerbe gewann auch in diesem weiten Tätigkeitsfeld das exportorientierte Gewerbe neuen Auftrieb. Die Massenproduktion förderte die Arbeitsteilung, so daß nun in den Quellen „Spezialisten" – wie Walker, Wollweber, Färber, Tuchscherer und die vornehmlich im Handel engagierten Gewandschneider – deutlicher hervortreten. Im Kölner Textilgewerbe wurde neben dem weiterhin dominierenden Wolltuch auch Tirtei – ein Mischgewebe aus Wolle und Leinen für gröbere Arbeits- und Bauernkleidung – hergestellt. Am Bodensee bildete sich im 12./13. Jahrhundert eine weitere Gewerbeexportlandschaft heraus, die auf die Leinenverarbeitung spezialisiert war. Sie ist dort aus der Hausweberei in den Dörfern, Märkten und Klosterhöfen in enger Wechselbeziehung mit der Städtepolitik vor allem der Staufer entstanden. Im späteren 13. Jahrhundert erreichte die dortige Leinenindustrie bereits einen hohen Anteil am damaligen „Weltmarkt".

e) Ausmaß und Grenzen des Wachstums

Unverkennbar hat sich das wirtschaftliche Wachstum in Deutschland seit der Mitte des 12. Jahrhunderts ingesamt nochmals erheblich beschleunigt. In den Gebieten östlich von Elbe und Saale setzte eine geradezu sprunghaft verlaufende Entwicklung ein, wie sie bis dahin in der Geschichte des Mittelalters wohl einmalig war. Die zivilisatorische „Verwestlichung" erfolgte dort durch Einwanderung und durch direkte Übernahme „westlicher" Modelle und Erfahrungen von Anfang an auf einem hohen Niveau. Damit waren freilich auch teilweise schwere und verlustreiche Kämpfe, politische Überherrschung und religiöse Unterdrückung verbunden.

In den deutschen Altsiedellanden verlief die Ausweitung des Wirtschaftslebens kontinuierlicher. In der Binnenkolonisation wie auch in der damit verknüpften Urbanisierung zeichneten sich hier seit der Mitte des 13. Jahrhunderts bereits die Grenzen des Wachstums ab. Im Gewerbe und Handel bestanden jedoch noch weiterhin gute Chancen. Der stark erhöhte Warenaustausch mit den Nachbarländern bildete eine überaus wirksame Antriebskraft für die wirtschaftliche Angleichung Deutschlands an die mediterranen und westlichen Kulturlandschaften. In einigen Gewerben – so in einzelnen Sparten der Metallverarbeitung und auch der Tuchproduktion – gewannen einige Städte und Gebiete ein „international" vollauf konkurrenzfähiges Niveau. Dabei festigte sich die Mittlerrolle Deutschlands zwischen Mittelmeer und Nord- und Ostsee, zwischen den Messeorten der Champagne und den östlichen Ländern jenseits von Elbe und Saale.

Vom Standort der Moderne hat der grundlegende wirtschaftliche Wandel erhebliche Fortschritte gebracht. Dabei sollte nicht übersehen werden, daß diese vielfach aus äußersten Notlagen, insbesondere Hungerperioden, erwachsen sind, die die Menschen zu neuen, oft risikoreichen Formen der Existenzsicherung trieben. Nicht selten hatten Fortschritte auch Opfer zur Folge. Solche Schattenseiten sind wohl am deutlichsten in der Ostsiedlung erkennbar, die freilich der in den dortigen Gebieten ansässigen slawischen Bevölkerung langfristig auch Vorteile verschaffte. Selbst viele Zuwanderer in die Städte mußten hohe Risiken eingehen, wenn sie sich nicht genügend gegen die Schwankungen auf dem Arbeitsmarkt und gegen Ausfälle bei der Versorgung mit Grundnahrungsmitteln absichern konnten. Aus der stärkeren Durchsetzung der Geldwirtschaft ergaben sich auf dem Lande wie in den Städten für viele Menschen neue Zwänge und Abhängigkeiten. Ebensowenig waren die Einflüsse dieses wirtschaftlichen Wandels auf das kirchlich-religiöse Leben stets günstig, was auch in den immer wieder erhobenen Klagen über die Habgier von Geistlichen und Laien Ausdruck fand.

4. Kirchliches Leben, Frömmigkeit und Bildung

a) Krisen im traditionellen Klerus und Mönchtum

„Zu dieser Zeit begann der Glanz der Kleriker, am meisten aber der des alten Mönchtums, ... zu verblassen". Die Eintragung in die Annalen des bayerischen Prämonstratenserstifts Schäftlarn zum Jahre 1229 (Nr. 12, MG, SS XVII, S. 339) bringt eine Einschätzung zum Ausdruck, die um die Mitte des 13. Jahrhunderts in Deutschland weit verbreitet war. Dafür sprach die schnelle Ausbreitung und die zunehmende Wirksamkeit der Bettelorden in den deutschen Städten seit dem Beginn der zwanziger Jahre desselben Säkulum. Jetzt erwies sich auch in Deutschland, daß das herkömmliche Priestertum und die traditionellen Formen des Mönchtums die inzwischen veränderten und gewachsenen Aufgaben der Kirche in der Seelsorge nicht mehr ausreichend erfüllen konnten. Dieser Befund wurde durch das Auftreten von Ketzergruppen in den größeren deutschen Städten seit der zweiten Hälfte des 12. Jahrhunderts bestärkt. Denn diese begnügten sich nicht mit der schon länger lautgewordenen Kritik, sondern sie lehnten die katholische Kirche als Heilsinstitution insgesamt ab und stellten dagegen ihre eigene Heilsvermittlung.

Die Ursachen für die krisenhafte Situation des „alten" Klerus und des Mönchtums ergaben sich vor allem daraus, daß die innerkirchlichen Reformen, die zumeist um die Wende zum 12. Jahrhundert eingesetzt hatten, seit der Mitte desselben Jahrhunderts auch in Deutschland verebbten. Die Zisterzienser, die Prämonstratenser und die Augustinerchorherren gründeten hier wie in weiteren europäischen Gebieten zwar noch neue Niederlassungen. Bezeichnenderweise blieben aber die in der stadtnahen Seelsorge besonders aktiven Augustinerchorherren in den östlichen Neusiedelgebieten, wo die Zisterzienser besonders erfolgreich waren, weithin wirkungslos. Selbst das Reformzentrum Springiersbach erlebte nach dem Tode seines ersten Propstes, Richard († 1158), einen tiefen Niedergang, den es auch später nie überwunden hat. Etwa gleichzeitig sank die Abtei Hirsau, die noch in der ersten Hälfte des 12. Jahrhunderts zahlreiche Benediktinerklöster reformiert und viele Neugründungen mit ihren Forderungen und Gewohnheiten beeinflußt hatte, zu provinzieller Bedeutung herab. Bei zahlreichen Benediktinerklöstern häuften sich seit den ersten Jahrzehnten des 13. Jahrhunderts die Symptome für monastischen und zugleich wirtschaftlichen Verfall.

Bei den Zisterziensern und Prämonstratensern traten größere wirtschaftliche Schwierigkeiten offenbar erst seit der Mitte des 13. Jahrhunderts öfter auf. Abweichungen von den ursprünglichen Statuten lassen sich bei ihnen vielfach bereits vor deren Überarbeitung und Veränderung beobachten. Obwohl die Zisterzen in den westlichen Altsiedellanden zumeist weit außerhalb der größeren Städte gelegen waren, gewannen viele von ihnen intensive Kontakte zu den städtischen Märkten wie auch zum städtischen Bürgertum, aus dem im 13. Jahrhundert die wichtigsten Stiftungen für die grauen Mönche stammten. In den östlichen Gebieten standen sie schon früh in engen Beziehungen zu den zur Landesherrschaft aufstrebenden Geschlechtern. Dies äußerte sich auch in der Funktion von Zisterzen als Grablegen und Hausklöster dieser Dynasten, wie überhaupt die Zisterzienser den Höfen der Landesherren nahestanden. Die Neugründungen wurden hier – gegen den Wortlaut der Statuten – keineswegs an entlegenen Orten vorgenommen, sondern zumeist an großen Handelsstraßen oder in der Nähe von Städten. Ebenso regelwidrig war die Zurückdrängung der Eigenwirtschaft zugunsten der Rentengrundherrschaft, womit die Zisterzienser sich hier früher als in den Altsiedellanden an die alten Benediktinerklöster anglichen.

Trotz dieser offenkundigen Tendenzen zur Verweltlichung öffneten sich die Zisterzienser entgegen ihrer ursprünglichen Absicht auch in Deutschland um die Wende zum 13. Jahrhundert neuen religiösen Zielsetzungen, als sie Nonnenkonvente in ihren Orden aufnahmen. Selbst nach dem Beschluß ihres Generalkapitels von 1228, keine Nonnenkonvente mehr ihrem Orden einzuverleiben, ließen sie bis 1251 bei päpstlichen Interventionen noch Ausnahmen zu. Auch ohne eine solche förmliche Anbindung, die die Seelsorgepflicht durch die Mönche einschloß, nahmen weiterhin Frauengemeinschaften die fast zur Mode gewordene Zisterzienserregel an. Erst seit der Mitte des 13. Jahrhunderts überließen die grauen Mönche den Dominikanern und den Franziskanern ganz die seelsorgerische Betreuung der religiösen Frauenbewegung. Bis dahin waren in Deutschland mehr Frauen- als Männerzisterzen entstanden. So gab es um 1250 in den Bistümern Köln, Mainz, Trier, Konstanz und Würzburg insgesamt fast 100 Frauenzisterzen, von denen nicht wenige in Städten oder doch in der Nähe von Siedlungen lagen. Die Konventsmitglieder stammten weit überwiegend aus adligen und ministerialischen Familien. In der zweiten Hälfte des 13. Jahrhunderts wurde die Disziplin in den Frauenkonventen zunehmend dadurch untergraben, daß die Nonnen – wie übrigens auch die dem jeweiligen Konvent zugehörigen Laienbrüder und -schwestern – über Privatbesitz verfügen konnten, der nach ihrem Tode an das Kloster fallen sollte.

Das Verebben der älteren und das Fehlen neuer Reformanstöße zwischen der Mitte des 12. Jahrhunderts und der größeren Wirksamkeit der Bettelorden im zweiten Viertel des folgenden Säkulum überschnitt sich mit einer Phase, in der die hohen kirchlichen Amtsträger in den alten deutschen Reichsgebieten insgesamt stärker als in den Nachbarländern auf den Ausbau und die Sicherung ihrer herrschaftlichen Positionen konzentriert waren. Aus den politischen Auseinandersetzungen zwischen Kaisertum und Papsttum gewann die zum Teil scharfe Kritik am Papsttum und an der römischen Kurie immer wieder neue Nahrung. Der Vorwurf, in Rom regiere nicht Petrus sondern der Mammon, war – wie die „Trierer Stilübungen" nahelegen – in den fünfziger Jahren des 12. Jahrhunderts in Deutschland weit verbreitet. An diese „Romkritik" knüpfte einige Jahrzehnte später auch Walther von der Vogelweide († um 1230) an.

Die Vorwürfe von Geistlichen wie auch Laien richteten sich aber vor allem gegen den verweltlichten Klerus, der die Seelsorge vernachlässige und auch sonst sein Amt mißbrauche. In diesem Sinne äußerten sich z. B. mit unterschiedlichen Akzenten die Benediktinerinnen Hildegard von Bingen und Elisabeth von Schönau († 1164), die Dichter Heinrich von Melk (um 1160) und Walther von der Vogelweide, der Zisterzienser Caesarius von Heisterbach († nach 1240), der Passauer Anonymus – möglicherweise ein Dominikaner (um 1260/66) – und der große franziskanische Volksprediger Berthold von Regensburg († 1272). Die kritischen Stimmen kamen fast ausschließlich aus den Altsiedellanden, wo der wirtschaftliche und soziale Wandel auf einem Niveau erfolgte, das am ehesten mit jenem in den südlichen und westlichen Nachbarländern vergleichbar war.

b) Religiöse Bewegungen zwischen Orthodoxie und Häresie

Wie bereits in dem Jahrhundert zuvor erhielt das deutsche Reichsgebiet auch in staufischer Zeit die wichtigsten religiösen Impulse aus Reichsitalien und dem Westen. Die von Anfang an in Deutschland als Häretiker auftretenden Katharer (von dieser Bezeichnung leitet sich das Wort „Ketzer" ab) haben in der Stadt Köln offenbar die ersten Verfolgungen des Jahres 1143 wenigstens teilweise überstanden. Im Jahre 1163 wurden sie jedoch wieder entdeckt. Einige von ihnen wurden im Dom verhört und anschließend auf dem Judenfriedhof verbrannt. Zuvor hatten sie in Köln sogar Schulen gründen und auch angesehene Brüger für sich gewinnen können. Hildegard von Bingen predigte im Jahre 1164 gegen die Kölner Ketzer. Wenige Jahre später fielen die Katharer in Mainz und Koblenz, aber auch in Passau und Wien auf. In der ersten Hälfte des 13. Jahrhunderts wurden sie am Rhein bis hin nach Straßburg, in Trier, in Dörfern um Passau, aber auch in Goslar und Erfurt ausfindig gemacht. Eine größere Gefahr für die Amtskirche ging von diesen offenkundigen Ketzern, denen von kirchlicher Seite schlimme Verfehlungen unterstellt wurden, in Deutschland nicht aus.

Bedrohlicher war wohl die Tätigkeit der Waldenser, die aus der Armuts- und Bußbewegung erwachsen waren. Gegen die „Waldoys" wandte sich bereits im Jahre 1192 eine Synode in Toul. Der Bischof der Nachbardiözese Metz wurde auf sie im Jahr 1199 aufmerksam, ohne sie jedoch zunächst fest zuordnen zu können. Dort hielten, wie aus einem Briefwechsel zwischen dem Bischof und Papst Innozenz III. zu schließen ist, Männer und Frauen aus dem Laienstand gemeinsame Versammlungen ab. Sie lasen einander aus französischen Übersetzungen der Bibel vor. Sie predigten trotz der Verbote der Priester, denen sie unter Berufung auf die Bibel den Gehorsam verweigerten. Sie verachteten alle, die ihrem Kreis nicht angehörten, in der Überzeugung, sie könnten die Heilsworte besser als die einfältigen Priester vermitteln. Noch begnügte sich die Ortskirche mit der Verbrennung der Bibelübersetzungen. Die Verbreitung der Waldenser in Deutschland während des 13. Jahrhunderts dürfte sich weithin mit jener der Katharer überdecken. Unter den Ketzern, die um das Jahr 1231 in Trier drei verschiedene Versammlungsorte („scolae") hatten, befanden sich zweifellos auch Waldenser. Der Franziskaner David von Augsburg († 1272), der Lehrer des Volkspredigers Berthold von Regensburg, bezeugt die Aktivitäten der Waldenser und Waldenserinnen in solchen Schulen: „Tag und Nacht hören sie nicht auf zu lehren und zu lernen". Berthold selbst vermutete unter den „Ketzermeistern" offenkundig viele Ungebildete, wenn er sie aufforderte: „Kehr zurück an den Pflug und zur Weberei."

Neben diesen beiden Hauptgruppen, die von den Angehörigen der Amtskirche nicht immer streng unterschieden wurden, traten seit dem Beginn des 13. Jahrhunderts noch weitere kleinere sektiererische Gemeinschaften in Deutschland – und hier wiederum vorzüglich in den Städten – auf. Größere Aufmerksamkeit erreichten die Anhänger Ortlibs von Straßburg, der bereits von Papst Innozenz III. (also vor 1216) verurteilt worden war. Von den religiös-politischen Auseinandersetzungen zwischen Kaisertum und Papsttum in den vierziger Jahren war die Ketzergruppe stark beeinflußt, die ihr Zentrum in der staufischen Salinenstadt und bedeutenden Münzstätte Schwäbisch Hall hatte. Sie kehrte die Verketzerung Friedrichs II. und seines Sohnes Konrad IV. durch das Papsttum, das sich in seiner antistaufischen Propaganda auf die Bettelorden stützte, um. Für sie waren der Papst ein Ketzer, die Bischöfe und die Prälaten Simonisten. Das wahre Heil ginge vielmehr von den Stauferherrschern aus. In engerer Verbindung mit der religiösen Bewegung standen die wenige Jahrzehnte später (um 1270) im schwäbischen Ries bei Nördlingen auftauchenden Häretiker, deren Lehre von übersteigerter Mystik und pantheistischem Spiritualismus bestimmt war. An den geheimen Zusammenkünften nahmen auffällig viele Frauen teil, was auf die bald wachsende Verbreitung der Mystik in den Beginen- und anderen Frauenkonventen hinweist.

Anders als in Südfrankreich wurde die Verfolgung der Ketzer in Deutschland, wo man sie ohnehin nur vereinzelt und in kleinen Gruppen entdeckte, nicht systematisch betrieben. Nur kurze Zeit nach dem Ende der Kreuzzüge gegen die Albigenser (1229) kam es in Deutschland freilich auch zu formal ähnlichen Vorgängen. Auf Veranlassung des Bremer Erzbischofs rief Papst Gregor IX. im Oktober 1232 zum Kreuzzug gegen die angeblich häretischen Stedinger (zwischen Weser und dem Huntegebiet) auf. Nachdem der erste militärische Vorstoß erfolglos verlaufen war und dabei der Graf von Oldenburg den Tod gefunden hatte, wiederholte der Papst im Juni 1233 den Aufruf, für den jetzt sogar in Holland, Brabant und Flandern gepredigt wurde. Das so mit vollkommenem Ablaß und wohl auch mit Aussicht auf reiche Beute angeworbene Heer schlug im Mai 1234 die Stedinger Bauern bei Altenesch vernichtend. Diese „Ketzerkreuzzüge" waren eindeutig territorialpolitisch motiviert. Sie richteten sich gegen jene zum Teil wohlhabenden Bauern, die in Abwehr neuer Forderungen bereits seit dem Beginn des 13. Jahrhunderts immer wieder gegen ihre Herren rebelliert hatten. Der Vorwurf der Häresie, der bereits auf der Fastensynode von 1230 oder 1231 erhoben worden war, stützte sich auf das Verharren der Stedinger in der Exkommunikation, auf ihre Übergriffe gegen Kirchen und Geistliche und auf ihren Glauben an Dämonen, Zauberei und Wahrsagerei – also auf offenkundigen Aberglauben, wie er auch sonst vor allem in der bäuerlichen Bevölkerung weit verbreitet war und blieb.

Das etwa gleichzeitige, großes Aufsehen erregende Vorgehen des Geistlichen Konrad von Marburg war nicht so vordergründig motiviert. Gestützt auf Vollmachten Gregors IX. führte Konrad, der in derselben Zeit die Heiligsprechung der von ihm geistlich betreuten Elisabeth von Thüringen betrieb, im Jahre 1231 die Ketzerinquisition in Deutschland ein, womit diese päpstliche Ausnahmegerichtsbarkeit erstmals in Europa praktiziert wurde. Das rigorose Rechtsverfahren, das den zumeist anonym Beklagten kaum eine Chance zur Verteidigung ließ, praktizierten Konrad und seine Helfer vornehmlich in den Rheinlanden und in der Diözese Trier. Als er auch gegen Hochadlige – wie den Grafen von Sayn – Anklage erhob, ließen ihn die Bedrohten am 30. Juli 1233 ermorden. Die große Empörung, die die Inquisitionstätigkeit Konrads hervorgerufen hatte, trug wohl auch wesentlich dazu bei, daß Deutschland bis weit in das 14. Jahrhundert von Ketzerverfolgungen vergleichbaren Ausmasses verschont blieb. Erleichtert formulierte ein Trierer Zeitgenosse: ,,Danach (nach dem Tode Konrads) hörte jene stürmische Verfolgung auf, und diese überaus gefährlichen Zeiten ... begannen einer etwas milderen Haltung Raum zu lassen" (Nr. 12, MG, SS XXIV, S. 402).

Bis gegen Ende des 13. Jahrhunderts blieben auch noch die Beghinen und Begharden von Verfolgungen verschont. Diese religiösen Gemeinschaften, die etwa um die Jahrhundertwende im Maas-Schelde-Raum als Bestandteil der viel weiter verbreiteten religiösen Armutsbewegung entstanden sind, lassen sich seit den zwanziger Jahren in anderen deutschen Städten urkundlich nachweisen. Der früheste Beleg bezieht sich wohl nicht zufällig auf Köln (1223), bald folgen weitere Zeugnisse für Osnabrück (1233), Münster (1245), Trier (1252), Hamburg (1255), Lübeck (1270) und Goslar (1274). Um die Jahrhundertmitte sollen in Köln und Umgebung bereits etwa zweitausend Beghinen und Begharden gelebt haben. Den weitaus höheren Anteil stellten auch in Deutschland die Frauen.

Neben den Beghinen und jenen zahlreichen anderen Frauengemeinschaften, die seit der Jahrhundertwende den Zisterziensern und später den Bettelorden in verschiedenen Formen zugeordnet waren, gab es in Deutschland weitere Neuansätze religiösen Lebens. So entstand unter der Initiative des Hildesheimer Domherrn Rudolf, der in der Mitte der zwanziger Jahre in der Erzdiözese Mainz als Kreuzzugsprediger tätig war, der Maria-Magdalena-Orden. Dieser bot den ,,Reuerinnen" – ehemaligen Konkubinen oder anderen ,,gefallenen Mädchen" – die Möglichkeit zu gemeinsamem frommem Leben und zwar zunächst nach der Zisterzienser-, dann nach der Augustiner-Regel. Der Orden verfügte nach kurzer Zeit über viele Konvente in deutschen Städten. Neben diesen eigentlichen ,,Reuerinnen" traten schon bald aber auch Frauen aus besserem sozialem Milieu in die Konvente ein.

Die neuen religiösen Lebensformen waren seit dem Beginn des 13. Jahrhunderts auch in Deutschland vor allem in den Städten beheimatet. Sie waren jedoch nicht allein auf die Städte beschränkt und auch nicht nur aus dem städtischen Umfeld erklärbar. Das Armutsideal fand auch unter dem ländlichen Adel großen Widerhall und vielfältige Unterstützung, die nicht zuletzt den stadtsässigen Gemeinschaften zugute kam. Unter den Hochadligen waren freilich nur wenige, die selbst ein Leben in freiwilliger Armut und Buße auf sich nahmen. Umso größeres Aufsehen erregte das Wirken Elisabeths, der ungarischen Königstochter und der Frau des Landgrafen Ludwig IV. von Thüringen († 1227). Im großen Hungerjahr 1226 ließ sie soviel Getreide aus den landgräflichen Kornspeichern an die Armen verteilen, daß deren Not gelindert wurde. Nachdem sie – Mutter von drei Kindern – Witwe geworden war, widmete sie sich in dem kleinen, aus ihren eigenen bescheidenen Mitteln gegründeten Hospital (1228) vor der Stadt Marburg jahrelang selbst in freiwilliger Armut und in täglicher Arbeit der Pflege von Armen und Kranken, bis sie im Jahre 1231 im Alter von erst 24 Jahren an Erschöpfung starb. Ihr Hospital hatte sie von Anfang an dem Patronat des Franz von Assisi unterstellt, der kurz zuvor von Papst Gregor IX. heiliggesprochen worden war. Bereits wenige Jahre nach ihrem Tode nahm derselbe Papst am 27. März 1235 in Perugia die Kanonisation Elisabeths vor. Die Erhebung ihrer Gebeine erfolgte am 1. Mai 1236 im Beisein Kaiser Friedrichs II., des Hochmeisters des Deutschen Ordens, Hermann von Salza, der Erzbischöfe von Köln, Mainz, Trier und Bremen und zahlreicher anderer geistlicher und weltlicher Großen. Schon zuvor war ihr Grab zum Ziel zahlreicher Pilger geworden. Unmittelbar nach ihrer Heiligsprechung wurde der Grundstein für die von nordfranzösischen Vorbildern bestimmte Elisabeth-Kirche, einen der frühesten gotischen Bauten in Deutschland, gelegt.

Das Franziskus-Hospital zu Marburg ging bereits zuvor an den Deutschen Orden über. Derselbe Ritterorden errichtete schon früh in vielen deutschen Städten Spitäler, wie Ersterwähnungen in Koblenz (1216), Wiesbaden (1218), Köln (1218), Speyer (1220) und Goslar (1227) bezeugen. Auch die übrigen großen Ritterorden besaßen bis zur Mitte des 12. Jahrhunderts in vielen größeren deutschen Städten Hospitäler. Allem Anschein nach reaktivierten nun auch die bei größeren Städten oder an wichtigen Verkehrswegen gelegenen älteren Klöster ihr Hospitalwesen. So ließ auch die in der Trierer Vorstadt gelegene Abtei St. Maximin im Jahr 1240 zu Ehren der heiligen Elisabeth ein Hospital errichten. Seit dem ausgehenden 12. Jahrhundert setzten sich auch Angehörige städtischer Führungsschichten zumeist in der Form von Bruderschaften für den Bau und den Unterhalt städtischer Hospitäler ein. Dazu trug auch der um die Jahrhundertwende in Montpellier entstandene „bürgerliche“ Hospitalorden zum Hl. Geist bei. Auf diese Weise entstanden städtische Hospitäler – zumeist auf bruderschaftlicher Grundlage – beispielsweise in Nördlingen (1233), in Mainz (1236), etwa gleichzeitig in Frankfurt und Ulm (1240) und bald auch in Goslar (1254).

Der knappe Überblick verdeutlicht, wie stark die neuen religiösen Lebensformen in Deutschland auch noch im weiteren Verlauf des 13. Jahrhunderts von Impulsen, Vorbildern und Organisationsformen aus den insgesamt zivilisatorisch weiter entwickelten südlichen und westlichen Nachbarländern abhängig waren. Denselben Eindruck vermittelt auch das erste Auftreten von Geißlerzügen im südlichen Deutschland während des Jahres 1260/61. Diese Buß- und Friedensbewegung war ein Nachklang einer weite Bevölkerungskreise erfassenden religiösen Emotion, die 1260 von Perugia ihren Ausgang nahm und dann rasch auf andere ober- und mittelitalische Städte übergriff. Sie war eschatologisch bestimmt. In Deutschland fand sie aus mehreren Gründen nur noch ein geringeres Echo.

c) Die Bettelorden

Unter den vier großen Bettelorden blieben die ohnehin erst um die Mitte des 13. Jahrhunderts entstandenen Karmeliter und Augustinereremiten bis zum Beginn der siebziger Jahre weit hinter den Franziskanern und Dominikanern zurück. Sie können daher – ebenso wie die weiteren Bettelorden – im folgenden außer acht bleiben.

Die ersten Niederlassungen der Franziskaner und Dominikaner erfolgten in Deutschland fast gleichzeitig in den Jahren 1220/21. Ein früherer Versuch der Franziskaner vom Jahre 1217 war an mangelnden Sprachkenntnissen, aber auch an dem Mißtrauen gescheitert, das ihnen deutsche Kleriker wegen ihrer ungewöhnlichen Lebensweise entgegenbrachten. Bei ihrem zweiten, erfolgreichen Anlauf vom Jahre 1221 führte Caesarius von Speyer († um 1239) die überwiegend aus Italien stammenden Minderbrüder an. Dieser hatte in Paris studiert. Er war während eines Aufenthaltes in Syrien von Bruder Elias, dem späteren General der Franziskaner (1232–1239), in den Orden aufgenommen worden. Die Franziskaner gründeten bis zur Rückkehr des Caesarius nach Italien (1223) ihre ersten Niederlassungen in Augsburg, Regensburg, Würzburg, Mainz, Worms, Speyer, Straßburg und Köln. Mit Unterstützung des Bischofs von Hildesheim erfolgte dann die Ausbreitung des Ordens in Sachsen und Thüringen. Seit dem vierten Jahrzehnt verfügten die Minoriten auch über Konvente zwischen Elbe/Saale und Oder. Der schnelle Zuwachs gab schon im Jahre 1230 den Anstoß zur Aufteilung der Provinz Deutschland in die Provinzen Sachsen und Rheinlande; letztere wurde 1247 wiederum in die Provinzen Köln und Straßburg aufgegliedert.

Um die Jahrhundertmitte bestanden in deutschen Städten ungefähr hundert Franziskanerkonvente mit schätzungsweise zweieinhalbtausend Brüdern. In der nächsten Jahrhunderthälfte hat sich die Zahl der Konvente nochmals etwa verdoppelt. Wie der Vergleich mit anderen westeuropäischen Ländern, wo die Bettelorden seit 1275 nur noch geringe Zuwachsraten erzielen konnten, verdeutlicht, war die anhaltende Ausbreitung der

Franziskaner und der übrigen Bettelorden in Deutschland weithin eine Folge der fortdauernden Urbanisierung vornehmlich im süd- und ostdeutschen Raum. Die Dominikaner blieben in der Zahl ihrer Konvente (Priorate) erheblich hinter den Minoriten zurück. Bis zur Jahrhundertmitte besaßen sie in Deutschland nur vierzig Priorate, also weniger als die Hälfte der Minoritenkonvente. Freilich konzentrierten sich die Dominikaner von Anfang an zielbewußt auf die größten und wichtigsten Städte. In Preußen und in den baltischen Ländern besaßen sie einen größeren Einfluß als die Minderbrüder.

Mit ihren neuen, in hochentwickelten Städtelandschaften erwachsenen und erprobten Formen der Seelsorge trugen die Bettelorden in Deutschland entscheidend zur Verbesserung der Seelsorge bei. Sie trafen hier auf eine Situation, in der die Mängel in der herkömmlichen religiösen Unterweisung und Betreuung vor allem der städtischen Bevölkerung durch die rasch fortschreitende Urbanisierung offenkundig wurden. Zugleich konnten sie hier noch relativ früh auf diesen Vorgang einwirken, ohne daß sich die Mißstände insbesondere bei den jüngeren und zumeist noch kleineren Städten schon verfestigt hätten. Es ist daher wohl kein Zufall, daß die Widerstände des lokalen Klerus gegen die Bettelorden wegen Beichtehören, Predigt und Begräbnis sich am schärfsten in älteren Städten wie Köln (1225) und Straßburg (bis 1254) äußerten. Das zunächst streng befolgte Armutsideal befreite die Bettelorden von den Konflikten um die Gerichts- und Steuerprivilegien der Stifte und Klöster mit den Stadtgemeinden.

Die vielfältige Einbindung der Bettelorden in die Städte, von denen sie auch auf die Bevölkerung des Umlandes einwirkten, und ihre unverzichtbaren Beziehungen zur amtskirchlichen Hierarchie legten den Mitgliedern von Bettelorden die Rolle eines Vermittlers zwischen Stadtgemeinden und geistlichen Stadtherren nahe. So war der Dominikaner Albertus Magnus in den fünfziger Jahren und erneut im Jahr 1271 zwischen der Stadt Köln und ihrem erzbischöflichen Stadtherrn als Schiedsrichter tätig. Hingegen waren die Franziskaner wie auch die Domikaner trotz gelegentlicher Vorbehalte außerstande, in dem Konflikt zwischen den Staufern und dem Papsttum eine neutrale Position durchzuhalten. Spätestens seit der Absetzung Friedrichs II. auf dem Konzil von Lyon waren sie im Dienste des Papsttums auf den Kampf gegen die Staufer festgelegt, gegen die sie auch als Kreuzzugsprediger auftraten. Diese politische Parteinahme hat ihr Ansehen vor allem in den staufischen Reichslanden beeinträchtigt.

Der Franziskaner Johann von Diest tat sich als Kapellan des Gegenkönigs bei der Durchsetzung Wilhelms von Holland hervor, wofür er zuletzt mit der Bischofswürde in Lübeck (1254–1259) belohnt wurde. Ansonsten aber wurden nur wenige Minderbrüder und Dominikaner zu Bischöfen erhoben und diese wenigen blieben zumeist auf politisch unbedeutende Bischofssitze beschränkt. Der Minorit Heinrich Knoderer, der als Berater

Rudolfs von Habsburg 1275 zum Bischof von Basel und später sogar zum Erzbischof von Mainz (1286–88) erhoben wurde, war eine seltene Ausnahme.

An der Schlacht von Dürnkrut (1278) nahm er mit einem eigenen Heereskontingent teil: der Widerstreit zwischen dem Vorbild des Franz von Assisi und dem traditionellen Tätigkeitsfeld des deutschen Reichsbischofs war unlösbar. Dieser Konflikt war sicher auch einer der Gründe, der Albertus Magnus veranlaßte, den Papst schon nach einem Jahr von der Entbindung von seinem Amt als Bischof von Regensburg (1260–1262) zu bitten.

Heinrich Knoderer, der als Sohn eines Bäckers oder Müllers aus Isny (Allgäu) in Paris studiert hatte, und Albertus Magnus gehören zu den wenigen Mitgliedern von Bettelorden, deren soziale Herkunft näher bestimmbar ist. Sicher ist nur, daß Angehörige aller sozialen Schichten bis hin zum hohen Adel in die Bettelorden aufgenommen wurden. Ein großer Teil der in den Konventen führenden Brüder stammte wohl aus Ministerialen- und Ritterfamilien und aus dem übrigen städtischen Patriziat. Vermutlich waren diese sozialen Gruppen im Dominikanerorden stärker vertreten als bei den Franziskanern, die anscheinend in größerer Zahl auch Männer niederer Herkunft aufgenommen haben. Bei den Dominikanern in Deutschland nahmen Deutsche schon früh führende Stellungen ein, was wohl auch auf den Einfluß Jordans von Sachsen zurückging. Hingegen blieben in den deutschen Provinzen der Franziskaner noch längere Zeit Brüder aus Italien bestimmend. Auf diese Unterschiede zwischen den beiden Bettelorden wirkten sich auch ihre verschiedenartigen Einstellungen zum Priestertum und zur Bildung aus.

d) Schule, Wissenschaft und Bildung

Wie in anderen Ländern war der Anteil der Priester bei den in Deutschland wirkenden Franziskanern besonders in der Anfangsphase erheblich geringer als bei den Dominikanern. Bereits Jordan von Sachsen bemühte sich in seiner anderthalb Jahrzehnte dauernden Tätigkeit als Gerneralminister des Predigerordens um die Anwerbung von Studenten an den neuen Universitäten in Frankreich, Italien und England. Unter diesen befanden sich offenkundig relativ viele Deutsche, die wegen der hohen Studienkosten in der Regel aus wirtschaftlich bessergestellten Familien stammten. Da die bis dahin einzige Ordenshochschule der Dominikaner, St. Jakob zu Paris, bald völlig überlastet war, wurde im Jahre 1248 in Köln eine für die deutsche Ordensprovinz zuständige hohe Schule eingerichtet. Ihr erster Leiter wurde Albertus Magnus. Vor seinem Eintritt in den Orden hatte er in Italien studiert und nach 1233 an verschiedenen deutschen Ordensschulen gelehrt, ehe er in den vierziger Jahren in Paris seinen Doktorgrad erwarb. In Köln war zunächst auch Thomas von Aquin unter Alberts Schülern.

Die Wirksamkeit der Franziskaner in Deutschland litt in den ersten Jahren besonders stark unter dem Mangel an Priestern. In der sorgsam ausgewählten Gruppe, mit der Caesarius von Speyer im Jahre 1221 in Deutschland die Mission begann, befanden sich fünfzehn Laien und nur zwölf Priester. Bis zum Jahre 1228 fehlte den Franziskanern in Deutschland ein theologischer Lehrer. In diesem Jahre betraute der Generalminister den Engländer Simon mit dieser Aufgabe, die er im Magdeburger Kloster wahrnahm. Wenige Jahre später (1231) wurde hier Simons Landsmann Bartholomäus Anglicus (* vor 1200, † nach 1250) tätig, der kurz zuvor noch in Paris gelehrt hatte. Er trat insbesondere als Verfasser einer weitverbreiteten, naturwissenschaftlich ausgerichteten Enzyklopädie hervor. In Magdeburg ist wohl auch Berthold von Regensburg ausgebildet worden. Berthold wirkte – zeitweise zusammen mit David von Augsburg, der zunächst Novizenmeister im Regensburger Konvent war – seit 1240 in Augsburg und vielen anderen süddeutschen Städten und Ländern als Volksprediger. In seinen Predigten, in denen er besonders die städtischen Mittel- und Unterschichten ansprach, fand er so großen Zulauf, daß er sie oft im Freien abhalten mußte. Durch eigene Predigtsammlungen und durch Mitschriften, die von Klerikern und Mitbrüdern angefertigt und gesammelt wurden, beeinflußte Berthold nachhaltig die volksnahe religiöse Unterweisung.

Wenngleich das Studium in den Bettelorden in erster Linie auf die praktischen Bedürfnisse von Predigt, Seelsorge und Ketzerbekämpfung ausgerichtet war, so hatte es dennoch nicht nur große Auswirkungen auf die religiöse Unterweisung und Betreuung der städtischen und stadtnahen Bevölkerung. Durch ihre engen Beziehungen zu den geistigen Zentren Westeuropas und durch den regen Gedankenaustausch innerhalb der Bettelorden, der durch die hohe Mobilität zwischen den Konventen verstärkt wurde, leisteten die Bettelorden auch einen wichtigen Beitrag zu der nachhaltig wirksamen Einbindung der deutschen Landschaften in die westeuropäische Hochkultur.

Die Leistungen der Bettelorden treten im Vergleich zu den älteren Orden wie auch zum Stifts- und Pfarrklerus noch deutlicher zutage. Die deutschen Domschulen blieben insgesamt auch weiterhin bei ihrer traditionellen Ausrichtung. Die Bamberger Domschule besaß in der Mitte des 13. Jahrhunderts nur noch regionale Bedeutung. Die einstige Schule des „Reichskirchensystems" hatte offenkundig nicht nur die neue Theologie fast vollständig vernachlässigt. Die in der zweiten Hälfte des 12. Jahrhunderts aufgenommenen Kontakte zum Studium des römischen Rechts in Bologna wurden nicht weiterentwickelt – wohl auch weil dafür in der Reichspolitik seit dem Thronstreit die Resonanz fehlte. Bedeutsamer wurde das Kirchenrecht, wofür handbuchartige Darstellungen vornehmlich über Frankreich vermittelt wurden. Gleichzeitig verfestigte sich in Deutschland die Gewohnheit, daß manche Kleriker – und neben diesen auch Laien – an den Schulen und Universitäten in Frankreich und Italien einige Studienjahre verbrachten.

Die neuen Ansätze erhielten nicht nur bei den stadtsässigen Bettelorden in den wachsenden urbanen Zentren einen Nährboden. Schon vor 1220/21 artikulierte sich in Städten wie Gent und Erfurt das Interesse der Bevölkerung an städtischen Schulen. Im Jahre 1191 ließen sich die Genter das ihnen vorher bestrittene Recht beurkunden, Schulen eröffnen zu können. Der Lübecker Rat erreichte im Jahre 1262 faktisch die Aufsicht über die Schule bei St. Jakob. Dort wurden nicht nur einfache Lese- und Schreibfertigkeiten, die für die Kaufleute und andere Gewerbetreibende immer unabdingbarer wurden, sondern auch Lateinkenntnisse vermittelt.

Erheblich später als in den Städtelandschaften der Romania wurde in Deutschland im Verlauf des 13. Jahrhunderts das Monopol der Geistlichkeit in der Schriftkultur erstmals auf breiterer Basis durchbrochen. Daran hatten die Angehörigen der städtischen Führungsschichten den größten Anteil. Der Bedarf ergab sich nicht nur aus dem alltäglichen wirtschaftlichen Geschäftsverkehr. Er fiel auch bei den zunehmenden Aufgaben der Stadtgemeinden selbst an. So warb die Stadt Lübeck um die Mitte des 13. Jahrhunderts – freilich erfolglos – um einen im Zivil- wie auch Kirchenrecht gleichermaßen bewanderten, an den Universitäten Oberitaliens ausgebildeten Juristen. Vor allem benötigten die größeren Stadtgemeinden jetzt vielseitig kompetente Stadtschreiber, die zugleich als juristische Berater und „Diplomaten“ tätig werden konnten. Solche Stadtschreiber sind in Deutschland seit dem zweiten Viertel des 13. Jahrhunderts in immer dichterer Folge bezeugt. Dazu gehört auch Heinrich von Boitzenburg, der zwischen 1265 und 1282 in Erfurt tätig war. Er war ein Adliger, der in Paris zum Magister und in Italien zum Doktor des kanonischen Rechts promoviert worden war.

Seit der Mitte des 13. Jahrhunderts sind auch die ersten Zeugnisse für eine Stadtgeschichtsschreibung in Deutschland faßbar. Sie weisen neben Worms wohl nicht zufällig auf Köln, die größte Stadt Deutschlands. Am weitesten entwickelt ist die neue Literaturgattung in dem „Boech van der stede van Coelne“, das der Kölner Stadtschreiber und spätere Pfarrer Godefrit Hagen († vor 1301) wahrscheinlich zwischen 1277 und 1287 verfaßte. Auch in dieser Hinsicht bestand zwischen Deutschland und Reichsitalien ein Abstand von etwa einem Jahrhundert.

Seit dem Wirken Ottos von Freising und seines Fortsetzers Rahewin blieb die Geschichtsschreibung in Deutschland weit hinter diesen großen Leistungen der staufischen Hofhistoriographie zurück. Sie fanden zwar noch im Benediktinerabt Otto von St. Blasien († 1223) und Propst Burchard († nach 1230) aus dem Prämonstratenserkloster Ursberg Nachfolger. Doch wurden diese Werke im 13. Jahrhundert kaum noch beachtet, was wesentlich durch den Verlauf der Reichsgeschichte beeinflußt war. Weitaus größeres Interesse gewann hingegen die welfische Hausgeschichte der

„Historia Welforum", die zwischen 1167 und 1174 wohl in dem Kloster Altdorf-Weingarten am welfischen Stammsitz verfaßt wurde. Diese und ähnliche Werke – wie jenes des Gislebert von Mons († 1223/25) über die Grafen von Hennegau oder die fast gleichzeitig verfaßte Chronik von Livland – weisen bereits auf die seit dem 14. Jahrhundert verstärkt einsetzende Landesgeschichtsschreibung voraus.

Ein breiteres Laienpublikum erschloß sich die deutschsprachige Geschichtserzählung. Nach dem bereits um 1080 verfaßten „Annolied", das nach dem bisherigen Handschriftenbefund offenbar nur wenig Verbreitung fand, begann wohl erst um die Mitte des 12. Jahrhunderts auf breiterer Basis die „Übersetzung" klerikaler Geschichtskenntnisse für die Laienwelt, in der die Ministerialen und Ritter die wichtigsten Adressaten waren. In diesen Zeithorizont gehörten nach neueren Datierungen die erste deutsche Reimchronik, die auch vom Annolied beeinflußte Kaiserchronik eines Regensburger Geistlichen, das Alexanderlied des „Pfaffen" Lamprecht und das Rolandslied des Klerikers Konrad.

Der Übergang von dieser Geschichtsdichtung zur „höfischen" Epik war fließend. Wie beim Alexanderlied und beim Rolandslied stammten die Vorlagen und Vorbilder für die höfischen Romane wohl ausschließlich aus dem französischen Sprachraum. Die Rezeption dieser Vorlagen erfolgte, zumindest noch im 12. Jahrhundert, hauptsächlich über die Rheinlande sowohl zum Süden (Bayern) wie auch zum Osten (Thüringen) hin. Bis gegen Ende dieses Jahrhunderts waren die Epiker weit überwiegend Kleriker. Hartmann von Aue († nach 1210), der sich selbst „ritter" und „dienestman" nannte, bildete die wohl früheste Ausnahme. Lateinkenner und „Dienstmann" war in späterer Zeit, als die Laienbildung in Deutschland schon größere Fortschritte gemacht hatte, auch Rudolf von Ems († 1250/54). Ein „ungelehrter", aber durchaus kenntnisreicher Laie war hingegen der größte deutsche Epiker, Wolfram von Eschenbach († ca. 1225).

Die Verfasser von Epen waren in der Regel ständig von Mäzenen abhängig und daher jeweils für längere Zeit an Fürstenhöfe gebunden. So vollendete der „Kleriker" Heinrich von Veldeke († vor ca. 1210) seinen Äneasroman, die „Eneit", zwischen 1184 und 1190 am Hofe des Landgrafen von Thüringen. Etwa ein Jahrzehnt zuvor hatte Heinrich dieses Werk an einem niedrrheinischen Fürstenhof bereits zu etwa zwei Dritteln fertiggestellt, ehe es ihm von einem literarisch interessierten Grafen entwendet worden und dann in den Besitz der Landgrafen gekommen war. Die Minnesänger und Spruchdichter waren hingegen weniger auf eine ständige Förderung angewiesen. Nicht wenige von ihnen gehörten zum hohen und höchsten Adel. Selbst der spätere Kaiser Heinrich VI. hat in seiner Jugendzeit Minnelieder gedichtet; sein Sohn Friedrich II. hat solche Gedichte in sizilischer Sprache verfaßt.

Bis gegen Ende des 12. Jahrhunderts besaß die höfische Lyrik, die in Deutschland etwa zur selben Zeit einsetzte wie die weltliche Epik, ihren

Schwerpunkt im staufischen Südwesten. Dabei kam Friedrich von Hausen offenbar eine Schlüsselrolle zu. Er hielt sich oft am Kaiserhof, selbst in Italien, auf. Er verunglückte 1190 tödlich in der Begleitung des Kaisers auf dem Kreuzzug in Kleinasien. Zu diesem staufischen Hofkreis zählten Ulrich von Gutenburg, Bligger von Steinach, Bernger von Horheim, Heinrich von Rugge und Hartwic von Rûte.

Der kaiserliche Hof verhalf dem Minnesang nach provenzalischem Stil in den letzten Jahrzehnten des 12. Jahrhunderts zum Durchbruch. Möglicherweise spielte bei der Übernahme dieses Vorbilds auch der ständige Kontakt des staufischen Hofes mit Reichsitalien eine wichtige Rolle. Dort befand sich zur selben Zeit – vor allem am Hofe der Markgrafen von Montferrat – ein Zentrum provenzalischer Lyrik. Die derart beeinflußte Lyrik fand ihre höchste Vollendung bei Albrecht von Johansdorf, Hartmann von Aue, Heinrich von Morungen, Reinmar von Hagenau und schließlich bei Walther von der Vogelweide, dem bedeutendsten deutschen Lyriker des Mittelalters und dem eigentlichen Begründer der deutschen Spruchdichtung. Walther erfuhr nach seinem Weggang vom Babenberger Hof in Wien (1198) auch die Schattenseiten eines „fahrenden" Berufsdichters. Sie wurden durch das Lehen, das ihm der Staufer Friedrich II. endlich verlieh, wohl nur kurzfristig aufgehellt.

Die „höfische" Dichtung trat auch in Deutschland während des 13. Jahrhunderts in nähere Beziehungen zu den Städten und insbesondere zu den städtischen Führungsschichten. Diese Verbindung wurde schon dadurch nahegelegt, daß die „Höfe" verschiedener Fürsten selbst zu Städten wurden und sich bereits die Anfänge von Residenzstädten weltlicher Fürsten abzeichneten. In den Bischofsstädten war die Nähe von Hof und Stadt bereits seit langem vorgeformt. Dahinter standen vielfältige Verknüpfungen der führenden städtischen Familien mit dem höfischen Leben. So erscheint es nicht außergewöhnlich, wenn Rudolf von Ems in seinem „Willehalm" den „maister Hesse von Strasburg", der dort zwischen 1230 und 1240 als Stadtschreiber nachzuweisen ist, als Literaturkenner und -kritiker rühmend erwähnt. In Straßburg war auch das Zentrum der gesamten älteren Überlieferung des „Tristan" von Gottfried von Straßburg, der wohl auch aus dem Straßburger Bürgertum stammt. In seiner Versnovelle „Der Guote Gêrhart" stellte Rudolf von Ems, der nach eigenem Zeugnis zu dieser lehrhaften Dichtung von dem Konstanzer Ministerialen Rudolf von Steinach ermuntert wurde, einen Kölner Kaufmann in den Mittelpunkt. Der Sohn dieses durch „güete" und „diemüete" ausgezeichneten Kaufmanns erhielt die Schwertleite und wurde so zum Ritter, damit er eine vornehme Dame heiraten konnte. Um die Mitte desselben Jahrhunderts bezeugt Ulrich von Türheim († 1286), daß ihm „Otte der Bogenaere" die französische Vorlage für seinen „Rennewart" besorgte. Dieser Augsburger Bürger, der auch Beziehungen zu dem stauferfreundlichen Grafen von Hohenlohe hatte, stand also einem Dichter nahe, der von König Heinrich

(VII.) und dem einflußreichen Reichsministerialen Konrad von Winterstetten gefördert worden war.

Auch in anderer Hinsicht spiegelte die höfische Dichtung eine Umorientierung: Seit der Mitte des 13. Jahrhunderts wurden die Höfe der großen Territorialherren in den ostdeutschen und ostmitteleuropäischen Gebieten – wie Brandenburg, Thüringen, Meißen und Schlesien, Böhmen und Polen – zu Schwerpunkten des literarischen Geschehens.

5. Neue Ansätze im Gesellschaftsgefüge

a) Ständelehren zwischen Beharrung und Wandel

Es war auch eine Folge der großen Veränderungen unter den Trägern der Schriftkultur, daß aus staufischer Zeit Ständelehren überliefert sind, deren Verfasser sich in ihrem sozialen und religiösen Standort und Beobachtungshorizont von älteren Autoren deutlich unterschieden.

Dies trifft in besonderer Weise für den lateinisch gebildeten Laien und Rechtskundigen Eike von Repgow zu, der möglicherweise an der Domschule zu Halberstadt Schüler des zeitweise (1215/6–1220) auch in Bologna tätigen Rechtsgelehrten Johannes Zemecke (Teutonicus) war. Wie die Ministerialentochter Tenxwind von Andernach gehörte Eike als Schöffenbarfreier, der zugleich Dienstmann und Lehnsmann zweier Grafen war, nicht dem freien Adel an. In dem von ihm verfaßten bedeutendsten Rechtsbuch des mittelalterlichen Deutschland – im „Sachsenspiegel“, den er auch aus dem Lateinischen ins Niederdeutsche übersetzte – widerlegte er in scholastischer Weise mit biblischen, historischen und juristischen Argumenten wie auch mit Gründen der Allgemeinvernunft die herkömmlichen Rechtfertigungen von Hörigkeit („egenscap“). Entscheidend war für Eike die Gottesebenbildlichkeit des Menschen und die Erlösungstat Christi. Die Unfreiheit sei mit keiner Autorität – auch nicht aus dem Alten Testament – begründbar. Auch die sehr großen Unterschiede, die er in der Rechtsstellung der Unfreien selbst beobachtet hat, sind für ihn ein Indiz für die Unrechtmäßigkeit der Hörigkeit insgesamt. Die Unfreiheit der Menschen sei erst durch Zwang, Gefangenschaft und durch andere unrechte Gewalt entstanden. Darauf habe man ein Gewohnheitsrecht begründet, an dem man nun zu Unrecht festhalte.

Diese Auffassung fand mit den zahlreichen Handschriften, in denen der „Sachsenspiegel“ verbreitet wurde, große Resonanz. Sie wurde um 1275 in das „Kaiserliche Land- und Lehnrechtsbuch“ – den „Schwabenspiegel“, den ein Augsburger Minorit auf der Grundlage des „Sachsenspiegels“ verfaßte – im wesentlichen übernommen und ergänzt. Der Autor fügte hinzu, daß Dienste an die Herren allein als Gegenleistung für Schutzgewährung legitim seien. Wenn die Herren „die lant nit schirment“, so hätten sie auch kein Anrecht auf Dienste. Nicht persönliche Abhängigkeit, sondern nur noch wirksame Schutzherrschaft können demnach als Rechtsgrund für persönliche Dienstleistungen gelten. Der Franziskaner zog damit eine extreme Konsequenz aus den bereits seit dem 11. Jahrhundert überlieferten funktionalen Deutungsschemata.

Auf diesen Grundlagen fußte ebenfalls die Ständelehre Bertholds von Regensburg, dessen Predigten auch von Augsburger Minoriten in den siebziger Jahren redigiert wurden. Darin ist die Unfreiheit als soziales Unterscheidungsmerkmal bedeutungslos. Allerdings ermahnt Berthold die Bauern in besonderer Weise zur Einhaltung der Treue gegenüber ihren Herren. Er kritisiert, daß sie sich ihren Verpflichtungen vielfach entziehen, indem sie sich einem anderen Herrn unterstellen. Daran seien aber oft auch die Herren durch überhöhte Forderungen selbst schuld.

Der Volksprediger hält – in Analogie zu den himmlischen Chören – an einer hierarchischen Ordnung fest. Diese bleibt im wesentlichen durch das traditionelle zweigliedrige Schema bestimmt: die „hoehsten" und die „hersten" sind die von Gott mit geistlichen und weltlichen Herrschaftsaufgaben betrauten Priester, Mönche und weltlichen Herren. Zu letzteren gehören die Kaiser und Könige ebenso wie Herzöge, Grafen, Ritter und Herren und alle weiteren Gerichts- und Gewaltinhaber, zu denen auch die nicht ausdrücklich genannten Stadtgemeinden gerechnet werden können. Das geburtsständische Element tritt also auch bei diesen Gruppen gegenüber dem Amtsgedanken in den Hintergrund. Für die Wahrnehmung dieser Aufgaben sind die Amts- und Herrschaftsinhaber zur Forderung von Diensten gegenüber der weiteren Bevölkerung – den „armen" Leuten – berechtigt.

Unter den „armen" versteht der Franziskaner keineswegs wirtschaftlich Schwache. An die Spitze der sechs Gruppen stellt der stadterfahrene Volksprediger die Bekleidungshersteller wie Weber, Kürschner, Schuhmacher und andere. Diesen folgen die Schmiede und Zimmerleute einschließlich der Goldschmiede, der Münzer, der Steinmetzen und der Drechsler. Danach kommen die Kaufleute, insbesondere die Fernhändler; ferner das Lebensmittelgewerbe – wie die Bäcker, Brauer, Metzger – unter Einbeziehung der Krämer. Ihnen nachgeordnet sind die Bauern. An letzter Stelle unter den neun irdischen „Chören" stehen die Arzneikundigen und die Ärzte. Dem zehnten Chor der gefallenen Engel rechnet der Franziskaner nach seinem vorrangigen Prinzip der Nützlichkeit grundsätzlich die Spielleute und Gaukler zu, aber auch alle – also auch die Priester, Mönche und Herren – die ihr Amt nicht in christlichem Sinne wahrnehmen.

Der Amtsgedanke stützte so die egalitäre Tendenz, die unter Besinnung auf das Vorbild der Urkirche bereits vor den Franziskanern in der hochmittelalterlichen Armutsbewegung zum Ausdruck gekommen war. Er bildete auch den Ansatzpunkt für die Einbeziehung weiterer sozialer Gruppen, die vor allem in den Städten ein stärkeres Eigengewicht erhalten hatten, in eine differenzierte Deutung und Sinngebung. Dieser Vorgang wurde durch die Seelsorgetätigkeit der stadtsässigen Bettelorden begünstigt.

Es bleibt jedoch zu beachten, daß solche religiös motivierte und durch einen neuen Erfahrungshorizont geprägte Deutungen und Auffassungen keineswegs von allen Zeitgenossen akzeptiert wurden. Bezeichnenderweise konnte Eike von Repgow seinen eigenen Standpunkt nicht durch zeitgenössische Autoritäten abstützen. Vielmehr richtete er sich gegen eine bereits seit Jahrhunderten wirksame Tradition, die sich auf die Autorität der Bibel und auf das Gewohnheitsrecht berief. Etwa gleichzeitig (1224) verurteilte der Bischof von Münster jene Hörigen aufs schärfste und bestrafte sie aus Gottes und eigener Vollmacht mit der Exkommunikation, die durch Flucht in die Städte ,,ihren Hals dem Joch der Knechtschaft" entziehen (Nr. 3, AQ Bd. 31, Nr. 111, S. 296–299). Das geburtsständische Prinzip gewann im übrigen auch bei der Abgrenzung des ,,Herrenstandes" und der Ritterschaft vor allem im 13. Jahrhundert erneut große Bedeutung.

b) Ministerialität, ,,Rittertum" und Adel

Seit der Mitte des 12. Jahrhunderts gab es auch in Deutschland von verschiedener Seite immer wieder Versuche, die große Mobilität innerhalb der Führungsgruppen einzugrenzen und in ein festeres Ordnungsgefüge zu bringen. Erinnert sei an die Ausbildung des ,,Reichsfürstenstandes", in dem sich die mächtigeren, zur Landesherrschaft strebenden Adligen zusammenschlossen, so daß schließlich weitere Adlige nur noch durch Erhebung durch den König mit Zustimmung der bisherigen Reichsfürsten in diesen exklusiven Personenverband aufgenommen werden konnten. Diese Abgrenzung der Reichsfürsten lief zeitlich etwa parallel mit Bemühungen um eine rechtliche Absonderung der unfreien Ritter von den Bauern. Gleichzeitig konnte eine große Zahl von Ministerialen auf dem Lande wie auch in einigen Städten Anschluß an die edelfreien Familien finden. Der Aufstieg der Ministerialen führte zu einer großen Ausweitung der Adelsqualität. Er verstärkte auch die Tendenzen zur internen Differenzierung innerhalb der adligen Gesellschaft. Dieser Vorgang erhielt freilich erst im späteren Mittelalter schärfere Konturen.

Die wichtigsten Antriebskräfte für diese grundlegenden Veränderungen innerhalb der adligen Elite waren die Territorialisierung, das dadurch mitgestaltete Lehnrecht wie auch insgesamt der Landesausbau nebst den wirtschaftlichen Faktoren. Wirksam war aber auch das Vordringen eines höfisch-adligen Gemeinschaftsbewußtseins, das seit der Mitte des 12. Jahrhunderts in wachsendem Umfang unter den Vorbildern und Einflüssen der Romania literarische Gestalt gewann. Da diese Faktoren in ihrer Wirksamkeit landschaftlich erheblich variierten, äußerten sich auch die angedeuteten sozialen Tendenzen in vielfältigen Formen mit zum Teil großen zeitlichen Phasenverschiebungen.

Die stärkste Dynamik ging wohl von den Ministerialen aus. Sie waren in den deutschen Altsiedellanden, wo mächtigere adlige oder geistliche Fürsten über mehr als hundert Ministerialenfamilien verfügten, insgesamt weitaus zahlreicher als in den östlichen Neusiedelgebieten, wie beispielsweise in der Mark Brandenburg. Da dort die persönliche Unfreiheit selbst unter der bäuerlichen Bevölkerung – jedenfalls soweit sie nach deutschem Recht lebte – weithin bedeutungslos war, konnte sich die berufsständische Gliederung ungehinderter durchsetzen. Aus denselben Gründen bildete sich in den Territorien jenseits von Elbe und Saale zumeist eine relativ homogene Ritterschaft aus, die in sich freilich wiederum nach ihren Besitz- und Herrschaftsrechten abgestuft war.

Innerhalb der Altsiedellande glichen sich die Ministerialen eher an die edelfreien Lehnsträger an, wenn ihre Herren eine intensive und umfangreiche Territorialpolitik betrieben und über ausreichende Lehen verfügten. Wie aufgezeigt, begünstigten die Formen und Bedingungszusammenhänge der Reichsherrschaft die Verselbständigung und den Aufstieg zahlreicher Reichsministerialen in den staufischen Reichslanden. Nunmehr traten aber auch viele Ministeriale, die von ihren Leibherren keine ausreichenden Lehen erhielten, in die Vasallität fremder Herren ein, womit ihre leibrechtliche Bindung faktisch bedeutungslos wurde. Dabei konnten sich die Ministerialen des Kölner Erzbischofs auch auf den Wortlaut eines um 1165 verfaßten Dienstrechts stützen. Die Angleichung an die adligen Lehnsträger bot auch die Grundlage für Heiraten zwischen Ministerialen und Adligen. Da die ministerialischen Partner jedoch noch weiterhin für einen Teil ihrer Besitzungen an ihren Leibherrn gebunden waren, bedurften selbst Angehörige von mächtigen Reichsministerialenfamilien noch nach der Mitte des 13. Jahrhunderts der Zustimmung ihres königlichen Leibherrn oder einer förmlichen Freilassung. Durch solche Relikte wurde das „Zusammenwachsen" von Ministerialen und adligen Lehnsträgern jedoch nicht gehemmt. Begriffsgeschichtlich äußerte sich dieser Vorgang im 13. Jahrhundert in der Zurückdrängung der Standesbezeichnungen „ministerialis" einerseits und „liberi" bzw. „nobiles" andererseits zugunsten der beiden Gruppen gemeinsamen Titulatur „milites".

Das Aufgehen des unfreien Adels, der Ministerialität, im freien Adel bewirkte eine Angleichung der adligen Elite innerhalb des Deutschen Reichs an jene der romanischen Länder Frankreich und Italien insoweit, als dort die Ministerialität – abgesehen von den Grenzlandschaften – nie eine erhebliche Rolle gespielt hat. Vom Ergebnis her könnte man das „Verschwinden" der Ministerialität, das gleichzeitig auch in den Städten zu beobachten ist, als eine Äußerungsform der „Verwestlichung" Deutschlands deuten. Zweifellos waren wesentliche Faktoren, die diesen Vorgang bestimmt haben, in den besonderen Verhältnissen und Entwicklungen in Deutschland während des 12. und 13. Jahrhunderts begründet. Darauf wirkten offenkundig aber auch Einflüsse ein, die ihren Ursprung und ihre früheste Wirksamkeit in den romanischen Nachbarländern Frankreich und Italien hatten. Hervorgehoben seien die Kreuzzugs- und die Armutsbewegungen mit ihren vielfältigen religiösen und sozialen Konsequenzen.

In diesen Zusammenhängen gewannen für den Aufstieg der Ministerialen auch ihre seit dem 12. Jahrhundert stark zunehmende Stiftungstätigkeit für Kirchen und Klöster wie auch ihre Mitgliedschaft in den Konventen ein kaum zu überschätzendes Gewicht. Prämonstratenser- und Zisterzienserklöster und nicht zuletzt die Ritter- und die Bettelorden boten den Ministerialenfamilien ein reiches und zugleich „lohnendes" Betätigungsfeld. Allem Anschein nach begünstigte dieses sozial-religiöse Fundament auch den Aufstieg einzelner Ministerialensöhne zu höheren Positionen innerhalb der Amtskirche, wenn sie auch selbst im 13. Jahrhundert nur in relativ wenigen Fällen die Bischofswürde erreichten oder sich darin behaupteten.

Mit dem von vielen Faktoren begünstigten Hineinwachsen der Ministerialität in den Lehnsadel stand die Rezeption vor allem der höfischen Dichtung aus der Romania in Deutschland in innigen Wechselbeziehungen. Seit der Wende zum 13. Jahrhundert gewannen die Ministerialen auf die Übernahme, Ausgestaltung und Ausbreitung dieser Dichtung, in der übergreifende ritterlich-adlige Selbsteinschätzungen, Wertvorstellungen und Verhaltensformen literarisch geformt wurden, einen überragenden Einfluß. Bald traten auch hervorragende Ministeriale – wie Rudolf von Steinach, ein Ministeriale des Bischofs von Konstanz, und der Reichsministeriale Konrad von Winterstetten – als Mäzene dieser höfischen Ritterdichtung auf. Der erwähnte Reichsministeriale war wohl der früheste unter seinen Standesgenossen, der selbst zur prägenden Gestalt höfischer Dichtung wurde und den Mittelpunkt einer von gleichartigen literarischen Interessen getragenen „Gesellschaft" bildete.

c) Bauern und ländliche Bevölkerung

Es war eine geradezu notwendige Begleiterscheinung des Aufstiegs der Ministerialen in den ritterlich lebenden Lehnsadel, daß die Ritter von der übrigen ländlichen Bevölkerung abgegrenzt wurden oder sich davon abzuheben suchten. Da wenigstens in den Altsiedellanden die weitaus überwiegende Zahl der Ritter selbst unfreier Herkunft war und da sich zudem unter den Bauern („rustici") sowohl Freie als auch Unfreie befanden, verblieben als Unterscheidungskriterien nur die berufliche Tätigkeit und die Ausstattung mit Besitz und Herrschaftsrechten (Lehen). Diese Merkmale waren jedoch in einer Zeit großer wirtschaftlicher Veränderungen und der Ausdehnung und Vertiefung der Herrschaft für eine Abschließung des Ritterstandes nach unten nur wenig geeignet.

Wie aus dem „Gesetz" Barbarossas gegen die Brandstifter vom Jahre 1186 hervorgeht, erhielten bis dahin offenbar viele Söhne von Geistlichen und Bauern den Rittergürtel und fanden auf diese Weise Aufnahme in den Ritterstand. Es spricht wenig dafür, daß sich diese Praxis trotz des kaiserlichen Verbots in der Folgezeit wesentlich geändert hat. Verständlicherweise besaßen Söhne von Rittern langfristig größere Chancen, ein ritterliches Leben zu führen, wodurch die geburtsständische Zuordnung verfestigt wurde. An der Wende zum 13. Jahrhundert rechnete man im Hennegau jedoch noch mit der Möglichkeit, daß Söhne von Rittern nicht Ritter wurden; in diesem Falle wurden sie rechtlich den Bauern gleichgestellt.

Umgekehrt leisteten sich viele Bauern mindestens im Herzogtum Baiern um die Mitte des 13. Jahrhunderts (1244) einen so aufwendigen Lebensstil, daß gegen ihre lange Haartracht, ihre kostbare Kleidung und ihren Prunk mit ritterlichen Waffen wohl erstmals in einem Landfrieden Bestimmungen getroffen wurden. Darin wurde ihnen jedoch weiterhin zugestanden, daß die Hausväter zum Kirchgang Schwerter trugen. Alle Arten von Waffen bzw. Rüstungen – also auch Kettenpanzer und Eisenhut – durften sie zu Hause aufbewahren, um in einer allgemeinen Notlage des Landes, bei der Abwehr äußerer Feinde und bei der Durchsetzung von Gerichtsurteilen gewappnet zu sein.

Die rechtliche Abgrenzung der Ritter von den Bauern stand also vielfach im Widerspruch zu der wirtschaftlichen und sozialen Nähe von gutsituierten, oft auch mit Amtsfunktionen begabten Bauern und wirtschaftlich minder bemittelten, nur mit geringen Lehen versehenen Rittern. Dieses Spannungsfeld fand auch in der Abwertung bäuerlicher Verhaltensformen in der höfischen Literatur ihren Niederschlag. Langfristig wirkungsvoller erwiesen sich jedoch soziale Anpassungen durch Heiraten und nicht zuletzt Erhebungen von Bauern zu Rittern durch die Fürsten. Viele Bauern wurden so zu Rittern. Mancher Ritter „verbauerte".

Zweifellos war die Lage jener Bauern, die über größere Höfe verfügten, trotz der teilweise neuen Belastungen, die ihnen von verschiedenartigen Herrschaftsinhabern aufgebürdet wurden, in staufischer Zeit insgesamt besonders günstig. Schwieriger zu beurteilen ist die Situation der weiteren ländlichen Bevölkerung mit ihren höchst unterschiedlichen Lebensbedingungen. Wie zahlreiche Quellen bezeugen, entzogen sich jene Landbewohner, die keine oder zu kleine Hofstellen besaßen, bei günstiger Gelegenheit ihren Verpflichtungen durch die Flucht.

Dies taten bereits vor dem Jahre 1158 jene männlichen und weiblichen Eigenleute des Kölner Klosters St. Maria im Kapitol, die zu zwei bei Köln gelegenen Höfen gehörten und einen relativ hohen Kopfzins von zehn Pfennigen zu zahlen hatten. Als die Äbtissin daraufhin die verbliebenen Hufenbauern zusätzlich belastete, um die durch die Flucht wie auch durch die Mißwirtschaft von Verwaltern entstandenen Ausfälle wieder auszugleichen, flüchteten auch diese eigenständig wirtschaftenden Bauern. Angesichts dieser bedrohlichen Lage entschied sich das Kloster zu hohen Investitionen für die Verbesserung des Viehbestandes wie auch des weiteren

Inventars der Höfe. Es reduzierte die Kopfzinse auf zwei Pfennige, beanspruchte jedoch die offenkundig nicht so stark belastenden einmaligen Leistungen von Besthaupt oder Bestkleid und eine Heiratsgebühr von sechs Pfennigen. Unter diesen günstigeren Bedingungen erklärten sich die Hörigen unter Eid bereit, sich mit ihrer ganzen Arbeitskraft für die Ablieferung der festgelegten Geld- und Naturalleistungen an das Kloster einzusetzen, das ihnen die Überschüsse überließ (Franz, Quellen, Nr. 85).

Wie auch dieses Beispiel lehrt, war die Landflucht – ähnlich wie die Teilnahme an der Ostsiedlung oder an der Binnenkolonisation – keineswegs immer durch Bedrückungen von seiten der Herren veranlaßt. Die Flucht war vielmehr oft eine Folge der Erwartungen, die die Landbewohner von einem Leben in den Städten hegten und in denen sie durch die Stadtherren und Stadtgemeinden bestärkt wurden. Den am Handel oder Gewerbe interessierten Landleuten erschienen vor allem die größeren Städte als aussichtsreiches Betätigungsfeld. Dies bezeugt ausdrücklich im Jahre 1181 ein junger Mann: er ziehe den Kaufmannsberuf dem des Bauern vor, denn er habe in seinen städtischen Geschäften einen starken Widerwillen gegen das Landleben entwickelt. Er verkaufte daher seine bäuerlichen Besitzrechte an seinem Zinsgut mit 27 Tagwerk Ackerland, womit er sein Kapital für das Leben in der Stadt erhöhte (Nr. 26, Urkundenwesen, S. 104).

Die Städte übten jedoch nicht nur im engeren wirtschaftlichen Sinne eine Faszination auf die Landbewohner aus. Hinter ihren Mauern gewährten sie den Zuzüglern auch einen stärkeren, in vielen Fällen sogar sicheren Schutz bei Fehden und anderen kriegerischen Gefahren.

Die zunehmende Konkurrenz untereinander veranlaßte die zahlreichen Markt- und Stadtherren, denen in manchen Altsiedellanden bereits seit den ersten Jahrzehnten des 13. Jahrhunderts nur noch kleine ländliche Zwischenräume für die Urbanisierung zur Verfügung standen, den Zuzug der Landbevölkerung mit immer günstigeren Angeboten zu fördern. Zu den Anreizen gehörte auch die in den Orts- und Stadtrechten seit dem ausgehenden 12. Jahrhundert festgehaltene „berechtigte" Chance, in der urbanen „Freiheit" nach Jahr und Tag – manchmal freilich auch nach erheblich längeren Fristen – die noch vorhandenen leibrechtlichen Verpflichtungen und Abhängigkeiten abzuschütteln. Selbst wenn es dem Leibherrn gelang, seinen Hörigen innerhalb dieser Frist zu finden, mußte er zumeist noch vor dem örtlichen bzw. städtischen Gericht den Beweis für seinen Anspruch erbringen. Aber selbst wenn das Gericht zugunsten des Leibherrn entschied, konnten solche Eigenleute in den meisten Fällen unter Anerkennung ihrer Verpflichtungen weiterhin in der Stadt bleiben. So besaßen sie gute Chancen, sich langfristig von den Einschränkungen ihrer Rechtsfähigkeit, die sich vor allem beim Erbrecht nachteilig auswirken konnten, zu befreien. Ihren Rückhalt in der Stadt konnten die zugewanderten Hörigen durch Unterstellung unter den Schutz eines Klosters oder einer Kirche in der Rechtsform der Zensualität absichern. Andere begaben sich wohl auch in ein Schutzverhältnis zu mächtigeren Stadtbürgern, die ihre „Muntmannen" (Schutzabhängige) noch aus anderen Kreisen der städtischen und ländlichen Bevölkerung rekrutierten.

In diesen Zusammenhängen äußerte sich die Wirksamkeit des erst im 19. Jahrhundert formulierten Satzes „Stadtluft macht frei". Davon gingen zugleich starke Impulse für eine Verbesserung der Rechtsstellung auch der in ländlichen Siedlungen lebenden Leute aus. Dafür sei an die Ausbildung von Dorf- und Landgemeinden wie auch an die Bestätigung und Verleihung von Freiheitsrechten für ländliche Orte erinnert. Seit dem Anfang des 13. Jahrhunderts gewährten größere Städte sogar einzelnen Bewohnern oder auch Gemeinschaften in ihrem Umland Teilhabe an den städtischen Privilegien, wofür diese „Ausbürger" oder Pfahlbürger zumeist finanzielle Verpflichtungen eingingen. Gegen diese Vorgehensweise setzten sich die Fürsten in den Reichsgesetzen Friedrichs II. und Heinrichs (VII.) erfolgreich zur Wehr, ohne damit freilich eine Fortführung dieser insbesondere für die Grund- und Leibherren gefährlichen Politik vollends verhindern zu können.

Eine langfristige positive Wirkung ging ebenfalls von der Rodungstätigkeit der Bauern im Altsiedelland aus. Diese „Rodungsfreiheit" war jedoch noch mehr als die „Stadtfreiheit" auf günstige Schutz- und Herrschaftsverhältnisse angewiesen, denn sonst konnten die Forderungen von seiten der Orts- oder Landesherren wiederum zu starken Belastungen werden. So versuchten auch die Erzbischöfe von Bremen das Erbleiherecht, das den Stedinger Bauern in den Ansiedlungsprivilegien zugesichert worden war, in eine abhängige Zeitpacht zu verändern und die freien Bauern damit in eine grundherrschaftliche Abhängigkeit zu bringen. Der dagegen gerichtete Widerstand der Stedinger wurde schließlich – wie bereits erwähnt – in den Kreuzzügen von 1232 bis 1234 gewaltsam gebrochen.

d) Stadtbewohner und Bürger

Der weite Zuzugsbereich der Stadt Köln vermittelt ein eindrucksvolles Bild von der Anziehungskraft, die die größeren Städte bereits im 12. Jahrhundert ausübten, auch wenn Köln als größte deutsche Stadt ein Extrem darstellt. Die Herkunftsbezeichnungen der Kölner Bürger lassen erkennen, daß die rheinische Metropole Zuwanderer aus dem Oberrheingebiet bis hin nach Basel und Zürich, aus dem Südwesten bis nach Würzburg, Nürnberg und Regensburg, aus dem Osten bis nach Erfurt und Goslar und aus dem Norden und Nordosten bis nach Bardowick und Groningen, aber auch aus Dänemark und Norwegen anzog. Im Südwesten reichte das Zuzugsgebiet bis nach Metz, Bar und Verdun, im Westen und Nordwesten bis nach St. Quentin, Valenciennes, Ypern. Vereinzelt ließen sich offenbar auch Engländer in Köln nieder. Den wichtigsten Zuzugsbereich bildeten neben den Orten am Mittel- und Niederrhein die zahlreichen wirtschaftlich schon früh hochentwickelten urbanen Zentren an der Maas und im Gebiet zwischen Maas und Schelde.

Viele der von weither kommenden Zuwanderer waren Kaufleute, die als Kölner Bürger weiterhin vorzüglich mit ihrem Herkunftsgebiet Handel trieben. Die Eltern des Marcmann Lämmchen, der zwischen 1140 und 1178 als Kölner Schöffensenator bezeugt ist und damit bereits zur engeren politischen Führungsschicht gehörte, stammten aus der Maasstadt Huy. Einen ähnlich steilen Aufstieg erlebte die Familie Minnevuz, die zu Anfang des 12. Jahrhunderts aus Basel zugewandert war. Das Fundament bildete auch in diesem Falle die Einheirat in hochstehende Kölner Familien bereits in der ersten Generation. Einer der Söhne des Zuwanderers war in der zweiten Hälfte des 12. Jahrhunderts Kölner Untergraf. Dessen Enkel war Ministeriale und Ritter und verheiratete seine Tochter mit dem Angehörigen einer in Köln „bürgerlich" lebenden Familie adliger Herkunft.

Wie in vielen anderen Städten der deutschen Altsiedellande hatten auch in Köln die Ministerialen einen hohen Anteil an den engeren städtischen Führungsgruppen. Sie waren in Köln in der seit 1180 bezeugten „Richerzeche" (Genossenschaft der Reichen und Mächtigen) organisiert, die die beiden Bürgermeister, die meisten Schöffen und später auch viele Mitglieder des Stadtrats stellte. Mehrere Mitglieder der Richerzeche waren nachweislich Ministeriale des Kölner Erzbischofs oder auch von Kölner Kirchen oder Klöster, vereinzelt sogar Reichsministeriale. Sie besaßen Rechte an Verkaufsständen, verfügten über großen Grundbesitz und waren auch als Geldverleiher tätig. Ministeriale war auch der Kölner Konrad Unmaze (Unbescheiden), der mehrfach als einer der Bürgermeister tätig war. Er konnte dem Kölner Erzbischof Philipp im Jahre 1174 die hohe Summe von 650 Mark Silber leihen, wofür er neben Häusern den Rheinzoll als Pfand erhielt.

In anderen größeren Städten waren Ministeriale auch in großer Zahl in den Münzerhausgenossenschaften vertreten, die zumeist den Geldwechsel und Silberhandel als Monopol besaßen und an der Finanzierung der Münze mitwirkten. Solche Genossenschaften sind beispielsweise in Worms, Speyer, Trier, Regensburg, Passau, Augsburg und auch in Wien bezeugt. Aktive Teilnahme am städtischen Markt- und Geldhandel, Teilhabe an der politischen Führung der Stadt und persönliche Bindungen an den Stadtherrn oder an andere Herrschaftsträger, von denen sie Dienstlehen und bald auch andere Lehen innerhalb und außerhalb der Stadt innehatten, waren so bei vielen stadtsässigen Ministerialen eng miteinander verknüpft. Dabei ist jedoch festzuhalten, daß ihre Mitwirkung am städtischen Handel und Geldverkehr nur in den größeren Städten bedeutsam war. Dort bestanden offenkundig auch enge soziale Beziehungen zwischen den Ministerialen und den reichen Kaufleuten. In den zahlreichen kleineren Städten – wie insbesondere in den Burgstädten – glich das Tätigkeitsfeld der Ministerialen stärker jenem ihrer landsässigen Standesgenossen, wobei der Abstand zu den weiteren städtischen Führungsgruppen größer blieb.

Die Ministerialen bildeten das wohl wichtigste Bindeglied für die Einordnung der Städte in das bestehende Herrschaftsgefüge, in dem sie ja ebenfalls außerhalb der Städte einen selbständigeren Handlungsspielraum gewannen. Die besonderen städtischen Bedingungen förderten ihrerseits die Loslösung der Ministerialen aus ihren leibrechtlichen Bindungen. Sie trugen zugleich aber auch zum Abbau der ministerialischen Privilegien bei, zu denen auch ein besonderer Gerichtsstand gehörte. So machte das Straßburger Stadtrecht von 1270 – acht Jahre nach der Niederlage des Bischofs bei Hausbergen gegen seine Residenzstadt – das städtische Gericht für alle Bewohner, ausdrücklich auch für den „gotshuzdienstman", verbindlich. Daraufhin verließen mehrere Ministeriale die Stadt, die übrigen blieben in Straßburg als Ritter.

Bereits zuvor hatte auch bei den stadtsässigen Ministerialen zumeist das Lehnrecht das Dienstrecht in den Hintergrund gedrängt. Lehnrechtliche Beziehungen konnten ebenfalls Bürger, die nicht aus Ministerialenfamilien stammten, eingehen, wie ein Privileg Heinrichs (VII.) von 1228 für die Bürger von Basel ausdrücklich zugestand. Diese Vorgänge waren in den größeren Städten mit der Zurückdrängung der Stadtherrschaft verknüpft, womit die alten ministerialischen Beziehungen und Privilegien gleichsam ihren Nährboden verloren. Nur in jenen Städten, in denen die lehnrechtlich verankerten Angehörigen der Führungsschicht sowohl gegenüber dem Stadtherrn wie auch gegenüber der Stadtgemeinde sich genügend Handlungsspielräume sichern konnten, entwickelte sich etwa seit der Mitte des 13. Jahrhunderts ein Stadtadel. Dieser stand in engen Beziehungen zum niederen Landadel. Mit der Ausübung von allodialen oder auch lehnrechtlichen Besitz- und Herrschaftsrechten griff diese Führungsgruppe weit über die Stadtmauern hinaus. Sie eröffnete damit zugleich den außerstädtischen Herrschaftsträgern Einflußmöglichkeiten auf die Stadt. Solche gesellschaftlich vertieften Stadt-Land-Beziehungen bildeten auch eine tragfähige Brücke für die Einbeziehung der Ritterdichtung in das städtische Milieu.

Auf diese Weise bahnte sich bei nicht wenigen deutschen Städten innerhalb der Altsiedellande – wie beispielsweise in Straßburg, Augsburg und Regensburg – eine Entwicklung an, die schon viel früher in den Städten der Romania fest verankert war. Dort hatten die Stadtadligen die politische Durchsetzungsfähigkeit der Kommunen zunächst gestärkt, bald aber ihre innere Festigkeit entscheidend geschwächt. Konflikte zwischen führenden Familien zeichneten sich – am deutlichsten wohl in Köln – schon während der ersten Hälfte des 13. Jahrhunderts ab.

Die Vorherrschaft von wenigen Familien, die sich geburtsständisch nach unten abzugrenzen versuchten, schloß den Aufstieg neuer Gruppen, die zumeist im Handel reich geworden waren, in den Verband der Geschlechter nicht aus, zumal auch Angehörige solcher Familien wirtschaftlich in Schwierigkeiten geraten und so einen sozialen Abstieg erleiden konnten. In den meisten größeren Städten bestanden neben Genossenschaften, in denen – wie in Köln in der Richerzeche – die Geschlechter organisiert waren, noch Gilden oder anders benannte Bruderschaften der übrigen Kaufleute. In mitteldeutschen Städten – wie in Halberstadt und Magdeburg – waren Kaufleute- und Gewandschneidergilden weit verbreitet. Diese strebten danach, sich nicht nur den Großhandel zu reservieren, sondern auch den Detailverkauf. Sie trachteten also ebenfalls nach einer Absicherung ihrer Vorrechte gegenüber neuen Schichten, die hauptsächlich aus dem handwerklichen Tätigkeitsfeld stammten. In Köln gehörten der Gilde um die Mitte des 12. Jahrhunderts etwa 200–300 Kaufleute an, unter denen sich wohl nur wenige auch im Handel tätige Handwerker befanden.

Seit derselben Zeit schlossen sich in den größeren Städten auch die Handwerker in verstärktem Umfang zu bruderschaftlich bestimmten Zünften zusammen. Für Köln sind außer für die Bettziecherweber (1149) bis zur Mitte des 13. Jahrhunderts Gründungsurkunden für die Drechsler (1179/82), für die Filzschuhmacher (1225), für die Wollenweber (1230) und Gewandschneider (1247) überliefert. Weitere Hinweise lassen die Annahme zu, daß in derselben Stadt bis zu dem genannten Zeitpunkt mehr als ein Dutzend Zünfte existierten. Ob diese – wie in Köln spätestens seit 1149 – von den Führungsgremien der Stadtgemeinde oder aber von der geistlichen oder weltlichen Stadtherrschaft kontrolliert wurden, hing von dem jeweiligen Herrschaftsgefüge in der Stadt ab. In den weitaus meisten Fällen wurden sie noch im 13. Jahrhundert von den Stadtherren legitimiert, wie dies auch die Reichsgesetze von 1231/32 vorschrieben.

In dieser oder in jener Form waren die Zusammenschlüsse der Handwerker, die in den Quellen höchst unterschiedlich (Amt, Zunft, Gilde, Innung, Bruderschaft, Handwerk etc.) bezeichnet werden, in verschiedenartiger Gewichtung zugleich genossenschaftlich und herrschaftlich bestimmt. In den älteren Bischofsstädten konnten diese Genossenschaften auch an frühere herrschaftliche Organisationsformen für den Marktverkehr wie auch für die Versorgung des Hofes anknüpfen. Dazu boten sich in Städten wie Straßburg, Trier und Worms auch die „Kammerhandwerker" an, die mit ihrer Dienstbindung an den jeweiligen bischöflichen Hof zugleich wirtschaftlich bedeutsame Vorrechte genossen. Solche älteren Organisationsformen wirkten zwar auch noch in staufischer Zeit nach. Insgesamt wurden sie jedoch durch die bruderschaftliche Selbstbindung der Handwerker mit ihren spezifischen wirtschaftlichen, sozialen und religiösen Zielsetzungen überlagert und verändert.

Die Zünfte wurden in Deutschland zum wirkungskräftigsten „Bindemittel" einer breiten städtischen Mittelschicht, die erst in staufischer Zeit festere Konturen erhielt. Ein stärkeres politisches Eigengewicht haben die Handwerker in den größeren deutschen Städten jedoch noch nicht erreicht, was auch durch die Verschiedenartigkeit und Begrenztheit ihrer jeweiligen Interessen bedingt war. Nur in Köln gewannen sie in den Auseinandersetzungen zwischen dem erzbischöflichen Stadtherrn und den Geschlechtern wie auch unter den Geschlechtern seit der Mitte des 13. Jahrhunderts zeitweise eine größere politische Bedeutung. Diese war jedoch teilweise darin begründet, daß sich Angehörige von Geschlechtern zu Vorstehern einzelner Zünfte erheben ließen und diese somit für ihre eigenen Zwecke einzusetzen versuchten. Aber auch darin äußerte sich ein starker Bedeutungswandel der neuen Schichten und Gruppen, die erst seit einer kleinen Zeitspanne im städtischen Umfeld Entfaltungsmöglichkeiten erhalten hatten.

Die verschiedenartigen Genossenschaften und Bruderschaften von Kaufleuten und Handwerkern schufen hinter den städtischen Mauern ein dichtes Netz der Selbsthilfe, in dem bisher besonders schutzbedürftige und auch wirtschaftlich stark abhängige Bevölkerungsgruppen in wachsender Zahl im umfassenden Sinne Sicherheit erwarben. Sie errichteten trotz ihrer starken Eigeninteressen ein Fundament, auf dem die übergreifenden Belange der Stadtbevölkerung auch gegen die Egoismen der Geschlechter zum Ausdruck kommen konnten. Auf diese Weise leisteten sie einen unentbehrlichen Beitrag zur „Offenheit" der städtischen Gesellschaft, die sich in den folgenden Jahrhunderten gegen die starken Kräfte der Territorialherren wie auch gegen die innerstädtischen Tendenzen zur Ausbildung von Vorherrschaft und Obrigkeit behaupten mußte. In dieser Hinsicht erwiesen sich die deutschen Städte insgesamt als widerstandsfähiger als die Städte Reichsitaliens. Diese waren in staufischer Zeit wirtschaftlich und zivilisatorisch insgesamt höher entwickelt. Sie litten jedoch daran, daß ihre inneren sozialen Gegensätze in weitaus geringerem Maße durch die Wirkung von Stadtherren und anderen Gewalten eingedämmt wurden.

e) Juden als fremde Minorität

Die vielfältigen Bestrebungen von Gilden und Zünften zur Durchsetzung von Monopolen und anderen beruflichen Vorteilen wirkten sich auf die wirtschaftlichen Handlungsfelder der Juden beengend aus. Sie trugen dazu bei, daß die Juden immer mehr auf den Wucher abgedrängt wurden, der den Christen von der Kirche verboten wurde. Je mehr sich die christlichen Stadtgemeinden intern organisierten, desto deutlicher trat die Außenseiterrolle der jüdischen Gemeinschaft und Gemeinden hervor. Die Kreuzzüge, die Ketzerbekämpfung und die dogmatische Abgrenzung wie auch die institutionelle Verfestigung der römischen Amtskirche verstärkten die Absonderung der jüdischen Minorität. Dafür ist die auf dem Vierten Laterankonzil von 1215 erlassene Vorschrift bezeichnend, Juden wie auch Sarazenen sollten sich in ihrer Kleidung von den Christen unterscheiden. Darauf stützte sich auch die wohl am frühesten in Frankreich erhobene

Forderung, die Juden müßten einen gelben Ring tragen. In diesen Zusammenhängen erfolgten im Jahre 1240 in ganz Frankreich die Beschlagnahme des Talmud und schließlich in Paris die Verurteilung und Verbrennung aller verfügbaren Exemplare dieses den Juden heiligen Hauptwerkes ihrer nachbiblischen Tradition.

Aus solchen negativen Rahmenbedingungen ergaben sich für die Juden unmittelbare Gefahren, wenn antijüdisch eingestellte Herrschaftsträger über eine effektive Verwaltung und andere politische Instrumentarien verfügten, um Maßnahmen gegen die Juden zu ihrem eigenen Vorteil durchzusetzen. Dazu griff König Philipp II. August bereits zu Beginn seiner Regierung (1180). Er ließ die Juden in seinem Herrschaftsbereich verhaften, erpreßte von ihnen hohes Lösegeld, tilgte bis auf ein Fünftel, das er selbst beanspruchte, ihre Schuldforderungen und ordnete schließlich im Jahre 1182 ihre Vertreibung an. Später wechselten Rückrufe mit starken Beeinträchtigungen und Belastungen der Juden, über die das Königtum auch in den Herrschaftsgebieten außerhalb der Kronlande eine Oberhoheit durchzusetzen versuchte.

Im englischen Königreich leitete Johann Ohneland zu Beginn des 13. Jahrhunderts eine Politik ein, die die Juden einer harten Kontrolle der Zentralverwaltung unterstellte und sie fiskalisch ausbeutete. Hingegen erhielten die Juden auf der iberischen Halbinsel in den Städten und Regionen, die im Rahmen der Reconquista neubesiedelt wurden, insgesamt günstige Entfaltungsmöglichkeiten, so daß zahlreiche Juden aus den südlichen muslimischen Gebieten in die christlichen Königreiche auswanderten.

Im deutschen Reich war die Stellung der Juden während der staufischen Zeit am ehesten mit jener in den christlichen Gebieten Spaniens vergleichbar. In der langen und wechselvollen Geschichte der Juden in Deutschland bezeichnet diese Zeit einen Höhepunkt, der im letzten Viertel des 13. Jahrhunderts bereits überschritten war. Die Juden waren in Deutschland weiterhin wichtige Wegbereiter der Verstädterung. Nach der Mitte des 12. Jahrhunderts wuchsen ihre Gemeinden in den bereits bestehenden Städten. Zugleich ließen sie sich auch in den entstehenden oder neugegründeten urbanen Orten nieder. Die westdeutschen Altsiedellande am Rhein und der weitere südwestdeutsche Raum blieben jedoch die Schwerpunkte der jüdischen Siedlung. In Nordwestdeutschland wie auch im Kerngebiet der Hanse entstanden erst nach der Mitte des 13. Jahrhunderts jüdische Gemeinden, und selbst dann blieb ihre Zahl gering. Ähnliches gilt allem Anschein nach für die weiteren östlichen Neusiedellande, unter denen die Juden in Böhmen und besonders in Prag günstige Bedingungen erhielten.

Die wohlhabenderen Juden besaßen Erbrecht an Ländereien, Häusern, Gärten, Weinbergen und anderen Liegenschaften. In vielen Städten – wie in Köln, Regensburg und Worms – beteiligten sich die Juden mit eigenen Waffen an der Verteidigung der Stadt gegen äußere Feinde. Sie wurden zwar auch in Deutschland aus dem Warenhandel zurückgedrängt, doch blieben sie darin noch weiterhin tätig, wie etwa die Abgabe von Pfeffer und Seide durch die Trierer Juden an den Erzbischof nahelegen. Des öfteren waren sie an der Münzprägung beteiligt, und sei es nur als Lieferanten von Silber. Der Reichsministeriale Kuno von Münzenberg beschäftigte um 1180 einen Juden als Münzmeister oder als Münzpächter. Die Herzöge von Österreich, aber offenkundig auch andere Fürsten bedienten sich – trotz päpstlichen Protests (1233) – der gelderfahrenen, mit dem Rechnungswesen wohl vertrauten Juden in der Finanzverwaltung. Derartige Tätigkeiten waren wohl auch eine Begleiterscheinung oder Folge von zumeist risikoreichen Geldleihegeschäften der Juden mit Fürsten. Auf die Geldleihe (zumeist gegen Pfand) reagierten die Herrschaftsträger seit der Mitte des 13. Jahrhunderts auch in Deutschland mit Begrenzungen der Zinssätze. Darauf nahm im Jahre 1255 auch der Rheinische Bund Einfluß, als er als Höchstgrenze für den Jahreszins bei wöchentlichen Darlehen 43,4% und bei jährlichen 33,3% festlegte.

Im Unterschied zu den ersten beiden Kreuzzügen wurden die Juden bei den späteren von größeren Verfolgungen verschont. Bei den Vorbereitungen zum Dritten Kreuzzug sah sich ein Großteil der Mainzer Juden zu Anfang des Jahres 1188 zur Flucht nach Münzenberg – der Burgstadt des Reichsministerialen Kuno – veranlaßt. Auch die in Mainz zurückgebliebenen Juden wurden jedoch durch das Einschreiten Friedrichs I. und Heinrichs VI. vor ihren Feinden geschützt.

Der wohl schon vorher erhobene Vorwurf, die Juden hätten zu Heilzwecken oder aus rituellen Gründen ein Kind ermordet, bildete im Jahre 1235 in Lauda, im benachbarten Tauberbischofsheim und in Fulda den Vorwand für schwere Pogrome. Die Vorgänge in Fulda veranlaßten Kaiser Friedrich II. zu einer gründlichen Überprüfung. Er ließ den Vorwurf des Ritualmordes zunächst von Fürsten, Adligen und Geistlichen auf seinen Wahrheitsgehalt überprüfen. Nachdem diese zu keinem eindeutigen Ergebnis gekommen waren, beauftragte der Kaiser angesehene, zum Christentum konvertierte Juden, die er aus vielen westlichen Ländern herbeirufen ließ, mit der Untersuchung. Diese gegen das Judentum eingestellten, aber mit den jüdischen Gesetzen, Bräuchen und Schriften bestens vertrauten Fachleute bestätigten dem Kaiser die völlige Unsinnigkeit der Anklage. Daraufhin sprach der Kaiser im Juli 1236 mit Zustimmung der Fürsten alle Juden Deutschlands von diesem abstrusen, auch außerhalb Deutschlands weit verbreiteten Vorwurf frei (Nr. 3, AQ, Bd. 32, Nr. 123, S. 496–503).

Dennoch wurden angebliche Ritualmorde später erneut – sicher in Pforzheim und Weißenburg/Elsaß (1267 bzw. 1270) – Anlaß zu schweren lokalen Pogromen. Insgesamt beschränkten sich die Judenverfolgungen bis zum Ende unseres Zeitabschnitts auf relativ wenige und – mit Ausnahme von Frankfurt (1241) – auf kleinere Orte wie Kitzingen, das hessische Ortenberg (1243) und das thüringische Arnstadt (1264) wie auch Koblenz und Sinzig (1265).

Zweifellos hat das Eintreten der Staufer für die Juden zu ihrer relativ günstigen Stellung in Deutschland beigetragen. Die Kaiser verfolgten damit auch ihre eigenen Interessen, indem sie – ähnlich wie gleichzeitig die Plantagenets und die Kapetinger – die Oberhoheit über die Juden durchzusetzen und darauf ihre finanziellen Forderungen zu begründen versuchten. Den Anspruch auf Reichsunmittelbarkeit der Juden, den bereits Friedrich I. erhoben hatte, verstärkte Friedrich II. erstmals im Jahre 1236 bei seiner erwähnten Intervention gegen die Anklage des Ritualmordes. Dabei beanspruchte er alle in Deutschland lebenden Juden als Knechte („servi") der kaiserlichen Kammer. Er griff damit auf eine weit verbreitete kirchliche Auffassung zurück, nach der die Juden zu ewiger Knechtschaft verurteilt seien.

Der kaiserliche Hof wollte mit der Kammerknechtschaft jedoch in erster Linie das Recht des Kaisers auf die Leistungspflicht aller Juden an die kaiserliche Kammer zum Ausdruck bringen. Tatsächlich aber unterstanden bereits seit langem viele Judengemeinden in Deutschland – wie jene von Köln, Mainz und Trier – den geistlichen Stadtherren, andere – wenn auch zumeist kleinere – waren weltlichen Fürsten untertan. In der Reichssteuerliste von 1241/42 wurden dementsprechend auch kaum mehr als zwei Dutzend Judengemeinden mit Steuersummen aufgeführt. Die Erträge von den Juden machten „nur" zwölf Prozent der gesamten kaiserlichen Einnahmen aus. Die darin aufgeführten Städte zahlten das Fünffache der Judensteuer.

Sowohl die Lossprechung der Juden vom Vorwurf des Ritualmordes als auch die Regelung ihrer verfassungsrechtlichen Stellung durch Friedrich II. von 1236 wurden nach dem Tode des Kaisers vom ungarischen König (1251), vom böhmischen König (1254) und vom polnischen Fürsten von Kalisch (1264) übernommen. Das Kaiserrecht wurde so zum Fundament für die Rechtsstellung der Juden im östlichen Europa. Erst später wurde die „Kammerknechtschaft" im Sinne einer uneingeschränkten Verfügungsgewalt des Königtums über die Juden gedeutet und angewandt.

Unter den verhältnismäßig günstigen Lebensbedingungen konnten die Juden in Deutschland eine Hochblüte ihrer religiösen Kultur entfalten. Um die Mitte des 12. Jahrhunderts wurde den Judengemeinden von Speyer, Worms und Mainz auf einer Rabbinersynode zu Troyes die Führung der Juden in Deutschland übertragen, die sie etwa bis zur Mitte des 13. Jahrhunderts wahrnahmen. In den genannten Städten wie auch in Regensburg, in Würzburg und später in Wien bestanden vielbesuchte talmudische Lehrhäuser. Bis etwa zur Mitte des 13. Jahrhunderts vervollkommneten in Deutschland lebende Juden ihre religiöse Ausbildung vielfach in den Schulen französischer Gemeinden. Dies tat auch Meir ben Baruch noch vor der Talmudverbrennung von 1242 in Frankreich, die er als Augenzeuge miterlebte. Der später nach seinem längeren Aufenthaltsort Rothenburg zubenannte Meir (ca. 1220–1293) war fast ein halbes Jahrhundert der allgemein anerkannte Führer der deutschen Rabbinen. Es ist für die

Verschlechterung der Lage der Juden in Deutschland bezeichnend, daß sich Meir um die Mitte der achtziger Jahre zur Auswanderung veranlaßt sah. Er wurde ergriffen und bis zu seinem Lebensende in Haft gehalten. Die Zeiten waren vorbei, in denen ein Jude, Süßkind von Trimberg (ca. 1200–1250), in deutscher Sprache als Minnesänger an deutschen Höfen auftrat.

IV. Deutschland in europäischen Zusammenhängen

In den mehr als zwei Jahrhunderten, die in diesem Buch beschrieben werden, hat das Leben der Menschen im Deutschen Reich in allen wichtigen Belangen große Veränderungen erfahren. Der Wandel der Lebensformen war so tiefgreifend wie wohl nie zuvor in der mittelalterlichen Geschichte. Er hat offenbar erst im 19. und 20. Jahrhundert eine ähnliche Dimension erreicht. Die bei dieser These geäußerten Vorbehalte ergeben sich aus der Schwierigkeit, eine solche Ausssage nachprüfbar zu machen. Dies kann nur in einem Gesamtüberblick über die deutsche Geschichte geschehen. Die These beinhaltet zugleich, daß der Aufbruch, der in diesen hochmittelalterlichen Jahrhunderten stattfand, für die spätere deutsche Geschichte grundlegend war und gestaltend gewirkt hat. Der vielfältig geformte deutsche Kulturraum wuchs dabei aus einer Randlage in das Zentrum des christlichen Europa, wo er eine Mittlerstellung erhielt. Er nahm immer wieder Antriebe aus dem Westen und aus den reichen Kulturlandschaften am Mittelmeer auf, wo gleichzeitig alte Traditionen von Juden, Muslims und Christen neubelebt und dem christlichen Abendland vermittelt wurden. Über Deutschland wurden diese Anstöße in den Norden und Osten geleitet. Sie wurden hier aber auch eingeprägt und in dieser angepaßten Form weitergegeben. Die im Mittelmeerraum beheimatete Antike wurde auf diese mehrfach vermittelte Weise erneut und verstärkt für das sich erweiternde Abendland fruchtbar gemacht. Die europäischen Zusammenhänge unterstützten den Aufbruch im Deutschen Reich aus zunächst noch vergleichsweise urtümlichen Verhältnissen und leiteten ihn in neue Bahnen der europäischen Geschichte.

Beim Tode Friedrichs II. in seiner fernen Erbmonarchie war entschieden, daß das „regnum teutonicum" eine „Aristokratie mit monarchischer Spitze" war. Das Wahlrecht der Fürsten war gewohnheitsrechtlich verfestigt; die Umrisse des Kurfürstentums zeichneten sich ab. Ein Erbreichsplan, wie ihn Heinrich VI. etwa ein halbes Jahrhundert zuvor erfolglos durchzusetzen versucht hatte, war nun völlig illusionär. Hingegen waren das Erbrecht der weltlichen Fürsten und der Rechtsanspruch der geistlichen Fürstentümer auf Reichslehen und Herrschaftsrechte unantastbar geworden. Das Allodialerbrecht der weltlichen Fürsten hatte das Amtsrecht, wie es im Lehnrecht verankert gewesen war, verdrängt. Dementsprechend nahmen die wittelsbachischen Brüder Ludwig II. (1253–1294) und Heinrich XIII. (1253–1290) im März 1255 gegen das geltende Reichsrecht ungehindert eine Teilung ihres Herzogtums in Oberbayern und Niederbayern vor: Neben Oberbayern sicherte sich Ludwig II. noch die Pfalzgrafschaft bei Rhein. Derartige Teilungen wiederholten sich später in anderen weltlichen Territorien.

Die geistlichen Fürstentümer blieben hingegen unteilbar. Sie lagen weit überwiegend in den Altsiedelgebieten, wo sie sich in den salisch-staufischen Reichslanden häuften. Ihre einzigartige Stellung in der europäischen Geschichte ergab sich aus ihren Wurzeln in der ottonisch-salischen Reichskirchenherrschaft, deren Auswirkungen die deutsche Geschichte bis heute stark beeinflußt haben. In den Altsiedellanden trugen die geistlichen Fürsten nach dem Investiturstreit nicht nur zur Aushöhlung der Reichsherrschaft bei, vielmehr erschwerten sie auch die Ausbildung großer Territorien in der Hand weltlicher Fürsten und verhinderten sie bis auf wenige Ausnahmen. Da in den Neusiedelgebieten östlich von Elbe und Saale das Königtum weithin wirkungslos blieb, fehlte hier der Konkurrenz der geistlichen Gewalten mit den weltlichen Fürsten der Rückhalt. Sie wurden vielmehr gleichsam zu Instrumenten und Bausteinen von relativ geschlossenen weltlichen Territorien, was auch in der Geschichte der Reformation langfristig bedeutsame Folgen zeitigte.

Um die Mitte des 13. Jahrhunderts deutete sich bereits an, daß das politische Gravitationszentrum im deutschen Reich nach dem Untergang der staufischen Reichsherrschaft von den westlichen Altsiedellanden in die bisherigen Randzonen mit ihren vergleichsweise großflächigen Territorien wanderte. Dafür war die verwandtschaftlich begründete Fürsorge des Wittelbachers Ludwig II. für Konradin, den letzten Sproß aus dem Staufergeschlecht, ein Anzeichen. Noch bezeichnender aber war die hervorragende Rolle König Ottokars II. von Böhmen in den Jahrzehnten des Interregnums bis in die Regierungszeit König Rudolfs von Habsburg. Der Habsburger errang zwar in der Schlacht auf dem Marchfelde bei Dürnkrut am 26. August 1278 den Sieg über den Böhmenkönig, doch waren die Bahnen der spätmittelalterlichen Reichspolitik mit den Zentren in Wien und Prag bereits ersichtlich, wenn auch nicht endgültig festgelegt.

Um die Mitte des 13. Jahrhunderts war bereits vorentschieden, daß die Reichsherrschaft im Königreich Burgund – in den südwestlichen Rhône- und in den Westalpenlanden mit ihren unmittelbaren Zugängen zum Mittelmeer und zu Oberitalien – trotz der Erfolge, die Barbarossa und nochmals zeitweise sein Enkel Friedrich II. hier erzielt hatten, zum Scheitern verurteilt war. Der Kapetinger Karl von Anjou wurde zusammen mit dem Papsttum zum Totengräber der staufischen Reichspolitik in Italien. Diese hatte seit Friedrich II. ohnehin ihre stärksten Antriebe aus dem normannisch-staufischen Erbreich erhalten. Die spannungsvolle Verknüpfung zwischen der Universalpolitik von Kaisertum und Papsttum, die ihr Zentrum im Mittelmeerraum und insbesondere in Italien besaß, war im „Endkampf" zwischen Staufern und Papsttum zerrissen. Sie wurde zwar unter Heinrich VII. und Ludwig dem Bayern nochmals aufgenommen, doch geschah dies unter inzwischen völlig veränderten Bedingungen.

Die universalpolitischen Tendenzen, die unter den römischen Kaisern und Königen in der Salier- und Stauferzeit zunehmend auf den zentralen Mittelmeerraum gerichtet waren und sich dort mit der von Westeuropa getragenen Kreuzzugsbewegung trafen, wurden zwar in der Folgezeit eingeengt. Ihre Zusammenhänge und Auswirkungen prägten jedoch den weiteren Verlauf der deutschen und europäischen Geschichte. Die Universalität der Reichspolitik begünstigte die Entstehung von geistlichen und weltlichen Landesherrschaften und die Ausbildung lokaler Gewalten. Diese konnten sich am Landesausbau, an der Urbanisierung und insgesamt am wirtschaftlichen Aufschwung einen wachsenden Anteil sichern, so daß das Königtum vor allem seit dem welfisch-staufischen Thronstreit in einen unaufholbaren Rückstand geriet. In den Neusiedellanden lief die herrschaftlich-politische Entwicklung gleichsam am Königtum vorbei. Es war bereits vor dem Beginn des kontinuierlichen Landesausbaus östlich von Saale und Elbe durch die Auseinandersetzungen des „Investiturstreits" entscheidend geschwächt, so daß die Ostsiedlung das Kräfteverhältnis zwischen Königtum und eigenständiger Fürstengewalt noch weiter zuungunsten der nur in den Altsiedellanden stärker verankerten Reichsgewalt verschob.

Im 19. und auch noch im 20. Jahrhundert haben viele beklagt, daß die römischen Kaiser und Könige des hohen Mittelalters die Grundlage für eine starke Monarchie nicht geschaffen und die Entwicklung zu einem deutschen Nationalstaat verhindert hätten. Diese anachronistische Betrachtungsweise, die sich zu einer Verurteilung der Reichspolitik vornehmlich Barbarossas steigerte, bedarf keiner weiteren Erörterung. Es ist ebensowenig zulässig, die Reichspolitik der Salier und Staufer an demokratischen und europäischen Zielsetzungen der deutschen Nachkriegszeit zu messen. Dennoch ist die Feststellung erlaubt, daß die Kaiserpolitik in ihren Bedingungen und Auswirkungen die Einbindung Deutschlands in die europäische Geschichte gefördert und zur Grundlegung und Entfaltung genossenschaftlicher und gemeindlicher Lebensformen in Deutschland wesentlich beigetragen hat.

Die langwierigen Konflikte zwischen Kaisertum und Papsttum bildeten nur die höchste Ebene in der tiefgreifenden Auseinandersetzung zwischen weltlicher und geistlicher Gewalt. Zusammen mit den religiös-geistlichen Bewegungen und wirtschaftlichen Vorgängen ergaben sich daraus wirkungsvolle Impulse zur Durchsetzung von Freiheiten in Kirche, Herrschaft, Gesellschaft und Kultur. Da sich die Kämpfe zwischen Kaisertum und Papsttum auf die Kernlandschaften des Deutschen Reichs konzentrierten, erweiterten sie hier mehr als in anderen westeuropäischen Ländern nicht nur den Handlungsspielraum der regionalen und lokalen Gewalten. Zugleich begünstigten sie in Deutschland besonders nachhaltig die Entfaltung von Genossenschaften, Bruderschaften und Gemeinden, die ein überaus wertvolles, in der jüngsten Vergangenheit vielfach verkanntes Traditionsgut demokratischen Lebens in Deutschland darstellen. Die genossenschaftlichen, bruderschaftlichen und gemeindlichen Grundformen hatten zwar im vorgegebenen Herrschafts- und Sozialgefüge des deutschen Reichsgebiets – ähnlich wie in anderen Landschaften des ehemaligen Karolingerreichs – eigenständige Wurzeln. Ihre Verfestigung und Ausbildung wurden jedoch durch vielfältige Einflüsse und Vorbilder aus dem Westen und aus dem Mittelmeerraum begünstigt. Erinnert sei an die neuen Anstöße zur Verchristlichung aus der Kirchenreform, der Rückbesinnung auf die Urkirche, aus der religiösen Armutsbewegung und aus den Bettelorden. Zu nennen sind ebenso die Ausweitung und Vertiefung der Handelsbeziehungen, wobei die italienischen Seehandelsstädte – vornehmlich Venedig und Genua – und die Messen der Champagne wichtige Bezugspunkte bildeten, ferner die lange Zeit führende Rolle der vornehmlich aus dem Süden und Westen zugewanderten Juden im Handel und in der Geldwirtschaft Deutschlands wie auch die spätere Tätigkeit der „Lombarden" und „Kawertschen". Hervorgehoben seien schließlich die Gottesfrieden, die aus römisch-rechtlicher Tradition erwachsene Konsulatsverfassung und insgesamt die Ausstrahlungen der romanischen Stadtkultur vornehmlich Reichsitaliens in das nordalpine Reichsgebiet.

Die politische Bedeutung der Genossenschaften, Bruderschaften und Gemeinden wurde durch das rasche Wachstum der bestehenden und durch die Vielzahl von neuen ländlichen und urbanen Siedlungen wesentlich gesteigert und langfristig gefestigt. Der Landesausbau und die Verstädterung erreichten in engen Wechselbeziehungen mit der Bevölkerungsvermehrung Ausmaße, die in den deutschen Altsiedellanden und noch mehr in den östlichen Neusiedelgebieten das Landschaftsbild und das Wirtschaftsgefüge grundlegend verändert haben. Mit der Ausweitung und Verdichtung der Siedlungen ging eine enorme Erhöhung der landwirtschaftlichen und gewerblichen Produktion und Produktivität und ebenfalls eine Intensivierung der Geldwirtschaft, des Handels und der Arbeitsteilung einher. Diese Vorgänge äußerten sich während des hohen Mittelalters in fast allen europäischen Ländern mit einer ungewöhnlich starken Dynamik. In Deutschland führten sie jedoch den insgesamt größten Wandel herbei.

Diese Ausnahmestellung beruhte vor allem auf den im Vergleich zu den westlichen und noch mehr südlichen Nachbarländern primitiven Stand der Landeserschließung und der Stadtkultur Deutschlands vor dem hochmittelalterlichen Aufbruch, der im Unterschied zum 9. und 10. Jahrhundert auch nicht mehr durch Einfälle fremder Völker – wie zuvor der Normannen und Ungarn – gefährdet wurde. Vielmehr wurde der deutsche Siedlungsraum im Zusammenhang der Machtausdehnung von Fürsten – wie der Herzöge von Sachsen, der Markgrafen von Brandenburg, der Grafen von Schwerin und Holstein und der Herren von Mecklenburg, die sich schließlich auch gegen die Konkurrenz der dänischen Könige behaupteten – in die slawischen Länder erheblich ausgeweitet. In den weiteren östlichen und südöstlichen Landschaften erfolgte die Niederlassung von deutschen Bauern, Kaufleuten, Rittern, Priestern und Mönchen unter anderen politischen Rahmenbedingungen. Die dadurch geförderte „Verwestlichung" des östlichen Mitteleuropa führte Deutschland – wie gesagt – aus einer Randlage im Osten der lateinischen Christenheit in eine Mittlerstellung zwischen Westen und Osten, die nicht zuletzt von den Hansekaufleuten und den Hansestädten genutzt und ausgebaut wurde.

Als im dritten Viertel des 13. Jahrhunderts die Expansion in den östlichen Neusiedelgebieten weiterhin große Fortschritte machte – die in der Folgezeit sogar noch übertroffen wurden –, näherten sich der Landesausbau und die Verstädterung in den deutschen Altsiedelgebieten bereits den Grenzen des Wachstums, die von der Bevölkerungszahl, der Landesnatur und den klimatischen Gegebenheiten gesetzt waren. Daher verlief hier auch die wirtschaftliche Entwicklung in den folgenden Jahrhunderten vielfach in eher „konservativen" Bahnen, die an dem im Hochmittelalter erzielten Wandel orientiert waren. Die deutschen Altsiedellande, gleichsam der Mutterboden der Ostsiedlung, wurden für diese Rolle durch ihre breiten Kontaktzonen zu den westlichen und südlichen Nachbargebieten vorbereitet und darin auch unterstützt. Erinnert sei an die Pioniertätigkeit der Siedler aus Flandern und dem Rheinmündungsgebiet, vor allem aber an die aus der Romania hervorgegangenen Zisterzienser und Prämonstratenser und an die Kreuzzugsbewegung. Letztere wurde von Frankreich und dem Mittelmeerraum auch in die Heidenbekämpfung im Osten – unter wesentlicher Mitwirkung von Zisterziensern – „abgezweigt", ehe dort die Ritterorden – insbesondere der Deutsche Orden – das Erbe der Kreuzzugsbewegung übernahmen und fortführten.

Die Klöster, Stifter, Orden und Kirchen hatten fast alle – wohl nur mit Ausnahme der frühen Eremitengemeinschaften, die in Deutschland jedoch ohnehin nur vereinzelt entstanden – einen wesentlichen Anteil an Landesausbau, Ostsiedlung und Urbanisierung. Dabei setzten sie unterschiedliche Schwerpunkte, wofür die frühen Zisterzienser in der ländlichen Einsamkeit und die Bettelorden im städtischen Umfeld Extreme bezeichneten. Aus dieser Beteiligung ergab sich in Deutschland mehr als in anderen europäischen Ländern der sprunghafte Anstieg in der Zahl von Konventen und Kirchen, unter denen nicht zuletzt auch die Pfarrkirchen vor allem in Rodungs- und Neusiedelgebieten Beachtung verdienen. In diesem quantitativen Wachstum äußerten sich jedoch in Deutschland wie in der weiteren lateinischen Christenheit ebenfalls ein starker Wandel und eine Vertiefung der Religiosität. So erhielt das deutsche Reichsgebiet bis zum letzten Viertel des 13. Jahrhunderts eine kirchlich-religiöse Grundausstattung, die in den folgenden Jahrhunderten, abgesehen vom weiteren Zuwachs vornehmlich der Bettelorden, substantiell kaum noch erweitert wurde.

Für den überaus kräftigen und folgenreichen kirchlich-religiösen Aufbruch im Deutschen Reich seit der Mitte des 11. Jahrhunderts kamen die entscheidenden Vorbilder und Impulse fast ausschließlich von außen, aus dem Westen und Süden. Für diesen Tatbestand sei erinnert an Fruttuaria und Cluny als Vorbilder für die Reformzentren Siegburg, St. Blasien und Hirsau und an die Ursprünge der Zisterzienser und Prämonstratenser, der Hospitals- und Ritterorden und nicht zuletzt der Bettelorden. Ausnahmen bildeten in dieser Hinsicht wohl nur einige Reformrichtungen der regulierten Chorherren im ausgehenden 11. und beginnenden 12. Jahrhundert. Die damals zumeist von Wanderpredigern angeführte religiöse Armutsbewegung, die auch unter den Frauen großen Anklang fand, wirkte vom romanischen Westen in das deutsche Reichsgebiet hinein. Ähnliches galt für die verketzerten Waldenser, während die Katharer, die von Anfang an stärker dogmatisch fixierten Häretiker, wohl aus dem Südosten nach Deutschland vordrangen. Auch als Wirkungsfeld der Häresien blieben die deutschen Landschaften im Vergleich zum südlichen Frankreich und zum nördlichen Italien Nebenschauplätze, unter denen die stärker urbanisierten Altsiedelgebiete, wie die Rhein-, Mosel- und Donaulande, wiederum hervortraten.

Die Wellen der religiösen Erneuerung bereiteten zugleich den Weg für geistige Anregungen, die über die Konvente und andere religiöse Gemeinschaften nach Deutschland gelangten. Sie verdichteten die persönlichen Kontakte und förderten den Gedankenaustausch wie auch die Verbreitung von Handschriften, woraus das geistige Leben in Deutschland die größten Vorteile zog. Die nachhaltigsten Wirkungen gingen dabei von den Dominikanern und Franziskanern aus. Die Kölner Ordensschule der Dominikaner wurde zum frühesten Vorläufer von Hochschulen im Deutschen Reich. Die erste Universität wurde hier bezeichnenderweise erst um die Mitte des 14. Jahrhunderts gegründet: also etwa eineinhalb Jahrhundert nach der institutionellen Verfestigung der ersten Universitäten in Italien, Frankreich, England und Spanien (Salamanca 1220). Schon zuvor waren die stadtsässigen Schulen Frankreichs und Italiens das bevorzugte Ziel deutscher Studenten, die dort direkten Anschluß an die geistigen Zentren des Abendlandes fanden. Unter ihnen waren einige, die später selbst großartige, bis heute nachwirkende Leistungen für das europäische Geistesleben vollbrachten. Dabei sei erinnert an den aus Sachsen stammenden Hugo von Sankt Viktor und an den schwäbischen Dominikaner Albertus Magnus. Zusätzlich erwähnt sei der demselben Orden angehörende Wilhelm von Moerbeke aus Brabant (um 1215–ca. 1286, seit 1277 Erzbischof von Korinth), der, zeitweise Mitarbeiter des Thomas von Aquin, der bedeutendste Übersetzer wissenschaftlicher Werke aus dem Griechischen – darunter vor allem Werke des Aristoteles und deren Kommentare – im Mittelalter wurde.

Der Vorbildcharakter des romanischen Westens spiegelte sich ebenfalls in der höfischen Dichtung, deren Zentren auch innerhalb Deutschlands zunächst im Westen lagen. Zukunftsweisend wurde die Tatsache, daß diese

Dichtung der adlig-ritterlichen Elite im Verlauf des 13. Jahrhunderts auch in den Städten auf große Resonanz stieß und diesem Milieu teilweise bereits inhaltlich angepaßt wurde. Die Städte stiegen nun auch in Deutschland zu Mittelpunkten einer stärker von Laien geprägten Schriftkultur auf. Diese erhielt hier in den stadtsässigen und vereinzelt bereits städtischen Schulen, die zunehmend auf die Bedürfnisse und Interessen der städtischen Gesellschaft eingingen, ein breiteres Fundament. Der Abstand zur Schriftkultur der alten Städtelandschaften insbesondere Italiens war auch noch um die Mitte des 13. Jahrhunderts groß. Es waren jedoch schon erste wichtige Schritte auf dem langen Weg zu einer weitgehenden Angleichung getan.

Die umfassenden, wirkungsvollen europäischen Einflüsse, das Fortwirken heimischer Traditionen und die spezifisch deutschen Gegebenheiten – wie der große Umfang der Binnenkolonisation und vor allem die Ostsiedlung – gestalteten den tiefen Wandel und die Neuordnung der gesellschaftlichen Beziehungen im hochmittelalterlichen Deutschland. Eine Aufzählung aller Faktoren, die für diese grundlegenden Vorgänge bedeutsam waren, müßte sämtliche Aspekte enthalten, die in diesem Buche behandelt werden. In fast beliebiger Reihung und Auswahl seien nur hervorgehoben: die Kreuzzugsbewegung und die höfische Dichtung, die wachsende politische Rolle der Gemeinden, die Entstehung des Reichsfürstenstandes, die Aufstiegsmöglichkeiten in Heer und Verwaltung, das Wachstum der Bevölkerung, der Aufschwung von Handel und Verkehr, Landesausbau und Verstädterung, das verstärkte Bewußtsein von der Gleichheit der Menschen, die außergewöhnlich starke Vermehrung von Klöstern, Stiften, Orden und anderen religiösen Gemeinschaften mit ihren höchst unterschiedlichen Zielen und sozialen Bezugspunkten, die Ausbreitung der Schriftlichkeit unter den Laien.

In diesem komplexen Bedingungsrahmen wurde der Zeitraum von der Mitte des 11. Jahrhunderts bis zum Ende der Stauferzeit in Deutschland für den weitaus größten Teil der Bevölkerung zu einem Zeitalter der Befreiung von persönlichen Abhängigkeiten oder deren Abschwächung. Die Belastungen und Einengungen der Unfreiheit wurden wesentlich gemindert und gelockert. In den meisten Städten und auch in vielen ländlichen Gebieten sank die Hörigkeit zur Bedeutungslosigkeit herab oder konnte von den Bewohnern auch ohne förmliche Rechtsakte abgestreift werden. In der Ostsiedlung entfiel sie für die deutschen Zuwanderer von Anfang an, was sich bald auch auf die dort heimische Bevölkerung positiv auswirkte. Die Ministerialen, aber auch andere Gruppen innerhalb der „familia", behaupteten in vielen Fällen ihre Rechte und Besitztitel und errangen unter Zurückdrängung ihrer Pflichten eine Vorzugsstellung, die ihnen den weiteren Aufstieg erleichterte. Zahlreiche Ministeriale wurden schließlich selbst Adlige. Mit der stärkeren Durchsetzung der persönlichen Freiheit glichen sich die gesellschaftlichen Verhältnisse in Deutschland an jene in den übrigen Gebieten des früheren Karolingerreichs an, wo die Hörigkeit bereits zuvor an Bedeutung verloren oder nie ein großes Gewicht besessen hatte.

Hier wie dort wurde die wirtschaftliche Lage, Armut und Reichtum, zum vorrangigen Gradmesser der gesellschaftlichen Stellung. Besonders bei Teuerungen, Hungersnöten und Seuchen wurde die Armut als Schicksal von Massen offenkundig. Die Ohnmacht, Passivität oder auch Verantwortungslosigkeit des ,,pater familias" stellten umso höhere Anforderungen an die christliche ,,caritas". Darauf reagierten auch in Deutschland seit dem 12./13. Jahrhundert in wachsender Zahl, wenn auch immer noch unzureichend, die kirchlichen, bruderschaftlichen und schließlich auch die ersten städtischen Hospitäler und andere Einrichtungen. Sie entstanden aus dem religiös vertieften Bewußtsein der Brüderlichkeit; in Deutschland waren sie von auswärts kommenden Impulsen und Vorbildern – wie den Hospitalsorden und den Bettelorden – verpflichtet. Nach der Loslösung von der ,,familia" erhielt der anderweitig gewährte oder gesicherte Schutz für Person und Besitz umso größere Bedeutung. Existentiell notwendiger wurden nun Rückhalt und Hilfe in (engerer) Familie, in Verwandtschaft, Bruderschaft und Gemeinde oder aber der Schutz von Mächtigen. Auf diese oder jene Weise ergaben sich so unterschiedliche neue Pflichten, die jedoch stärker auf Gegenseitigkeit und auf vertraglichen oder vertragsähnlichen Vereinbarungen beruhten.

Für den Erwerb und die Absicherung der Existenzgrundlagen und der Rechtsstellung bot das Leben in den umwehrten und wehrfähigen Städten zumeist günstigere Voraussetzungen als auf dem Lande. Obwohl sich das Städtewesen in Deutschland im Vergleich zu den alten Städtelandschaften der Romania erst spät wiederbelebte oder überhaupt erstmals entwickelte, bot die militärische, wirtschaftliche und politische Potenz der Städte den Rahmen für die kraftvolle Entfaltung des Bürgertums. Das Bürgertum, das in Deutschland aus der ,,feudalen" Welt erwuchs und mit ihr noch lange eng verknüpft blieb, ist seitdem in der deutschen Geschichte fest verankert und wurde zu einer der historischen Wurzeln des modernen Staatsbürgertums.

Die Verklammerung von Stadt und Land äußerte sich in mehreren Städten ebenfalls im Aufstieg von stadtsässigen Ministerialen zum Stadtadel, in dem sich auch Familien anderer Herkunft zusammenfanden. Damit vollzog sich in diesen Städten spät und auch nur ansatzweise eine Angleichung an die alten romanischen Städtelandschaften am Mittelmeer, in denen der Adel schon längst in den Städten heimisch war. Der Vorgang war zugleich Bestandteil einer enormen Erweiterung und einer Neuordnung der adligen Elite in Deutschland, was wiederum eine Angleichung an andere westeuropäische Länder ergab. Daß er vor allem vom Westen beeinflußt war, läßt sich auch an der zeitgenössischen Ritterdichtung ablesen. Trotz der Versuche, die Ritter von den Bauern rechtlich abzugrenzen, blieben die Übergänge faktisch noch immer offen. Auch die Ansätze zu einer stärkeren ständischen Abschichtung innerhalb des Adels führten trotz der Heerschildordnung bis zum Ende der Stauferzeit nicht weiter als zur Entstehung des Reichsfürstenstandes, der eine deutsche Eigentümlichkeit war. Ansonsten war auch die Adelsgesellschaft weiterhin beweglich.

Ähnliches galt für Klerus und Mönchtum, wo die neuen religiösen Antriebe immer wieder soziale Absonderungen durchbrachen oder doch in Frage stellten. Die Begrenztheit der christlichen Gesellschaft äußerte sich wohl am deutlichsten in den Verfolgungen und Einengungen der jüdischen Fremden, denen später noch Schlimmeres widerfuhr.

V. Bibliographie

Vorbemerkung

Die bibliographischen Hinweise erfassen nach Möglichkeit neuere wissenschaftliche Quelleneditionen und Fachliteratur. Einem ersten Abschnitt „Quellen und allgemeine Literatur", der das grundlegende und übergreifende Titelmaterial bereitstellt, folgen speziellere Literaturangaben, die den einzelnen Kapiteln bzw. Unterkapiteln zugeordnet sind. Einmal genannte Titel werden grundsätzlich nicht wiederholt. Ebenso entfallen Quer- und Rückverweise, so daß es sich empfiehlt, die Literaturangaben des allgemeinen Teils und der Kapitel bzw. Unterkapitel zu kombinieren. Nur in einzelnen Fällen werden Aufsätze aus den im allgemeinen Teil enthaltenen Sammelbänden/Sammelwerken gesondert aufgeführt. Bei den Quellenhinweisen wurden Sammlungen, die deutsche Übersetzungen enthalten, bevorzugt aufgenommen.

Die bibliographische Zitierweise muß dem knappen zur Verfügung stehenden Raum angepaßt, d.h. auf das zur Beschaffung Notwendige beschränkt werden. Untertitel entfallen durchgängig, mehrere Herausgeber und mehrere Erscheinungsorte werden durchweg auf einen reduziert (mit der Kennzeichnung: u. a./etc.). Bei bekannteren Quellensammlungen und Festschriften scheint es vertretbar, Herausgeber gänzlich wegzulassen. Die – in der Regel unveränderten – Nachdrucke bzw. Neudrucke werden nicht vermerkt.

Die Bibliographie ist laufend durchnumeriert. Dieser Numerus currens dient als Orientierungshilfe für die Quellen- und Literaturnachweise im Text.

Abkürzungen und Siglen

ADB	Allgemeine deutsche Biographie
AfD	Archiv für Diplomatik
AHVN	Annalen des historischen Vereins für den Niederrhein
AKG	Archiv für Kulturgeschichte
AmrhKG	Archiv für mittelrheinische Kirchengeschichte
AQ	Ausgewählte Quellen zur deutschen Geschichte des Mittelalters
BDLG	Blätter für deutsche Landesgeschichte
Const.	Constitutiones et acta publica imperatorum et regum
DA	Deutsches Archiv für Erforschung des MA
DD F I	Diplomata (Urkunden) Kaiser Friedrichs I (Unterabt. der MGH)
DHI	Deutsches Historisches Institut
EdF	Erträge der Forschung
Fs.	Festschrift
HGbll	Hansische Geschichtsblätter
HJb	Historisches Jahrbuch der Görres-Gesellschaft
HZ	Historische Zeitschrift
IÖG	Institut für österreichische Geschichtsforschung
Jb.	Jahrbuch, Jahrbücher
JbWG	Jahrbuch für Wirtschaftsgeschichte
LG	Landesgeschichte
MA, ma.	Mittelalter, mittelalterlich(...)
MG(H)	Monumenta Germaniae Historica
Migne, PL	Migne, Patrologia Latina
MPIG	Max-Planck-Institut für Geschichte
NDB	Neue deutsche Biographie
o.J.	ohne Jahr
o.O.	ohne Ort
QFIAB	Quellen und Forschungen aus italienischen Archiven und Bibliotheken
QzG	Quellen zur Geistesgeschichte des Mittelalters (Abt. der MGH)
rer. Germ. in us. schol.	(Scriptores) rerum Germanicarum in usum scholarum (Abt. der MGH)
RheinVjbll	Rheinische Vierteljahrsblätter

SS	Scriptores (Abt. der MGH)
Vjbll	Vierteljahresblätter
VuF	Vorträge und Forschungen
VSWG	Vierteljahrschrift für Sozial- und Wirtschaftsgeschichte
WdF	Wege der Forschung
ZBLG	Zeitschrift für bayerische Landesgeschichte
ZfG	Zeitschrift für Geschichtswissenschaft
ZGO	Zeitschrift für die Geschichte des Oberrheins
ZOF	Zeitschrift für Ostforschung
ZRG, GA	Zeitschrift der Savigny-Stiftung für Rechtsgeschichte, Germanistische Abteilung
ZWLG	Zeitschrift für württembergische Landesgeschichte

Quellen und allgemeine Literatur

Quellen

1. Acta imperii inedita saeculi XIII et XIV, Bd. 1–2, hg. von Eduard Winkelmann, Innsbruck 1880–1885
2. Annali Genovesi di Caffaro e de'suoi continuatori dal 1099 al 1293, Nuova Edizione, ed. Luigi Tommaso Belgrano, Bd. 1–2, Genua 1890, 1901 (Fonti per la storia d'Italia, Scrittori, sec. XII e XIII; 11–12)
3. Ausgewählte Quellen zur deutschen Geschichte des Mittelalters, Freiherr vom Stein-Gedächtnisausgabe, hg. von Rudolf Buchner u. a.
   Bd. 12, Quellen zur Geschichte Kaiser Heinrichs IV., Darmstadt 1968
   Bd. 12a, Quellen zum Investiturstreit, Tl. 1, Darmstadt 1978
   Bd. 13, Lampert von Hersfeld, Annalen, Darmstadt 1973
   Bd. 17, Bischof Otto von Freising und Rahewin, Die Taten Friedrichs oder richtiger Cronica, Darmstadt 1974
   Bd. 19, Helmold von Bosau, Slawenchronik, Darmstadt 1973
   Bd. 22, Lebensbeschreibungen einiger Bischöfe des 10.–12 Jahrhunderts, Darmstadt 1973
   Bd. 26a–26b, Urkunden und erzählende Quellen zur deutschen Ostsiedlung im Mittelalter, 2 Tle., Darmstadt 1975, 1970
   Bd. 31, Quellen zur Geschichte des deutschen Bauernstandes im Mittelalter, Darmstadt 1967
   Bd. 32, Quellen zur deutschen Verfassungs-, Wirtschafts- und Sozialgeschichte bis 1250, Darmstadt 1977
4. Brühl, Carlrichard/Kölzer, Theo, Das Tafelgüterverzeichnis des Römischen Königs, Köln etc. 1979
5. Colorni, Vittore, Die drei verschollenen Gesetze des Reichstages bei Roncaglia, Deutsche Übersetzung von Gero Dolezalek, Aalen 1969 (Unters. zur dt. Staats- und Rechtsgesch. NF 12)
6. Historia Diplomatica Friderici Secundi, ed. Jean Louis Alphonse Huillard-Bréholles, Bd. 1–6, Paris 1852–1861
7. The Jews and the Crusaders, The Hebrew Chronicles of the first and Second Crusades, translated and edited by Shlomo Eidelberg, Madison/Wisconsin 1977
8. Kölner Schreinsurkunden des 12. Jahrhunderts, hg. von Robert Hoeniger, Bd. 1–2, Bonn 1888–94 (Publ. der Ges. für Rhein. Geschichtskde. 1)
9. Die Konstitutionen Friedrichs II. von Hohenstaufen für sein Königreich Sizilien, hg. und übers. von Hermann Conrad u. a., Köln etc. 1973; Ergänzungsbd., Tl. 1, hg. von Thea von der Lieck-Buyken, Köln etc. 1978 (Studien und Quellen zur Welt Kaiser Friedrichs II., 2; 2, 1)
10. Migne, Jacques Paul, Patrologiae cursus completus, Series Latina, Bd. 185 u. 189, Paris 1855 u. 1854

11. Monumenta Germaniae Historica:
12. Scriptores:
Bd. IV–VI, Hannover 1841–44; Bd. VIII, Hannover 1848; Bd. XI–XII, Hannover 1854–56; Bd. XVII, Hannover 1861; Bd. XXII–XXIV, Hannover 1872–79; Bd. XXVII–XXVIII, Hannover 1885–1888
13. Libelli de lite imperatorum et pontificum saec. XI et XII conscripti, Bd. 1–3, Hannover 1891, 1892, 1897
14. Scriptores rerum Germanicarum in usum scholarum: Bd. 16 (Burchard von Ursberg), Hannover etc. [2]1916
15. Leges:
Legum sectio IV, Constitutiones et acta publica imperatorum et regum, Bd. 1–2, Hannover 1893, 1896
16. Diplomata regum et imperatorum Germaniae:
Bd. 6, Die Urkunden Heinrichs IV., Weimar 1941–53
Bd. 8, Die Urkunden Lothars III. und der Kaiserin Richenza, Berlin 1927
Bd. 9, Die Urkunden und Briefe Konrads III. und seines Sohnes Heinrich, Wien etc. 1969
Bd. 10, 1–2, Die Urkunden Friedrichs I., 1152–1158, 1158–1167, Hannover 1975, 1979
17. Laienfürsten- und Dynastenurkunden der Kaiserzeit:
Bd. 1, Die Urkunden Heinrichs des Löwen, Herzogs von Sachsen und Bayern, Tl. 1–2, Leipzig 1941, Weimar 1949
18. Quellen zur Geistesgeschichte des Mittelalters: Bd. 6, Sextus Amarcius, Sermones, Weimar 1969
19. Regestum Innocentii III. papae super negotio Romani imperii, hg. von Friedrich Kempf, Rom 1947 (Misc. Hist. Pont. XII, Collect. 21)
20. Das Register Innozenz III., Bd. 1 (1198/99), Bd. 2,2 (1199/1200), bearb. von Othmar Hageneder u. a., Graz etc. 1964, 1979 (Publ. der Abt. für Hist. Stud. des österr. Kulturinstituts in Rom, Abt. 2, Reihe 1)
21. Rerum Italicarum Scriptores, ed. Ludovico Antonio Muratori, neu hg. von Giosue Carducci u. a., Bd. VI, 2, Bologna 1936 (Annales Pisani)
22. Ruser, Konrad, Die Urkunden und Akten der oberdeutschen Städtebünde, Bd. 1, Göttingen 1979
23. Scrittori d'Italia, Bd. 232–233, Salimbene de Adam, Cronica, Nuova edizione ed. Giuseppe Scalia, Bari 1966
24. Die Traditionen des Hochstifts Regensburg und des Klosters S. Emmeram, hg. von Josef Widemann, Aalen 1969 (Quellen und Erörterungen zur bayerischen Gesch. NF 8)
25. Die Traditionen des Klosters Tegernsee, 1002–1242, München 1952 (Quellen und Erörterungen zur bayerischen und dt. Gesch. 9, I, 1)
26. Weise, Erich, Urkundenwesen und Geschichtsschreibung des Klosters St. Pantaleon zu Köln im 12. Jahrhundert, in: Jb. des kölnischen Geschichtsvereins 11, 1929, S. 1–105
27. Die Zwiefalter Chroniken Ortliebs und Bertholds, neu hg., übers. und erläutert von Erich König u. a., Stuttgart etc. 1941 (Schwäbische Chroniken der Stauferzeit 2)

Regesten

28. Böhmer, Johann Friedrich, Regesta Imperii, IV. Ältere Staufer: 1125–1197, Abt. 2, Friedrich I, 1152 (1122)–1190, Tl. 1–2, 1. Lfg. 1152 (1122)–1158, neu bearb. von Ferdinand Opll u. a., Wien etc. 1980; Abt. 3, Heinrich VI., neu bearb. von Gerhard Baaken, Köln etc. 1972; Namenregister, Ergänzungen und Berichtigungen, Nachträge, bearb. von Karin und Gerhard Baaken, Köln etc. 1979; Abt. V: 1198–1272, Abt. 1–5, Philipp, Otto IV., Friedrich II., Heinrich (VII.), Conrad IV., Heinrich Raspe, Wilhelm und Richard, neu hg. und erg. von Julius Ficker und Eduard Winkelmann, Innsbruck 1881–1901; Abt. 6 (4. Bd.), Nachträge und Ergänzungen, bearb. von Paul Zinsmaier, Köln etc. 1983
29. Regesta pontificum Romanorum (bis 1198), hg. von Philipp Jaffe, Berlin 1851, 2. Aufl., Bd. 1–2, hg. von Samuel Löwenfeld u. a., Leipzig 1885–88, Graz 1956
30. Regesta pontificum Romanorum, hg. von Paul Fridolin Kehr u. a., Abt. II, Germania pontificia, Bd. 1–4, 6, Berlin 1911–1981 (unvollst.), Bd. 1–3, Berlin 1960
31. Stumpf-Brentano, Karl Friedrich, Die Reichskanzler vornehmlich des X., XI. und XII. Jahrhunderts, Bd. 1–3, Innsbruck 1896–1900, Hildesheim 1967

Quellenbibliographien, Quellenkunden etc.

32. Potthast, August, Bibliotheca historica medii aevi, Bd. 1–2, Berlin ²1896
33. Repertorium fontium historiae medii aevi, Bd. 1, Series collectionum, Rom 1962; Additamenta 1 (1962–1972), Rom 1977
34. Typologie des sources du moyen âge occidental, hg. von Léopold Genicot, Fasc. 1 ff, Turnhout 1972 ff
35. Wattenbach, Wilhelm/Holtzmann, Robert/Schmale, Franz-Josef, Deutschlands Geschichtsquellen im Mittelalter (900–1125), Tl. 1–3, Darmstadt 1967–1971
36. Wattenbach, Wilhelm/Schmale, Franz-Josef, Deutschlands Geschichtsquellen im Mittelalter (1125–1273), Bd. 1, Darmstadt 1976

Bibliographien, Literaturberichte

37. Dahlmann-Waitz, Quellenkunde der deutschen Geschichte, 10. Aufl. (DW¹⁰), Bd. 1–2; 5, Stuttgart 1969, 1971, 1980
38. Ehlers, Joachim, Frankreich im Mittelalter (Literaturbericht), München 1982 (HZ, Sonderh. 11)
39. Grundmann, Herbert, Bibliographie zur Ketzergeschichte des Mittelalters (1900–1966), Rom 1967 (Sussidi eruditi 20)
40. Haverkamp, Alfred/Enzensberger, Horst, Italien im Mittelalter (Literaturbericht), München 1980 (HZ, Sonderh. 7)
41. Mayer, Hans Eberhard, Bibliographie zur Geschichte der Kreuzzüge, Hannover ²1965. (Nachtrag:) Mayer, Hans Eberhard, Literaturbericht über die Geschichte der Kreuzzüge, in: Literaturberichte, hg. von Walther Kienast, München 1969 (HZ, Sonderh. 3), S. 641–731

Atlanten, Handbücher, Nachschlagewerke

42. Allgemeine deutsche Biographie, Bd. 1–56, Leipzig 1875–1912
43. Atlas zur Kirchengeschichte, hg. von Hubert Jedin u. a., Freiburg etc. 1970
44. The Cambridge Economic History of Europe, hg. von Michael Postan u. a., Bd. 1, Cambridge [2]1966; Bd. 3, Cambridge [2]1971
45. The Cambridge Medieval History, hg. von Henry M. Gwatkin u. a., Bd. 5, Cambridge 1968
46. Deutsche Verwaltungsgeschichte, hg. von Kurt G. A. Jeserich u. a., Bd. 1, Stuttgart 1983
47. The Fontana Economic History of Europe, hg. von Carlo M. Cipolla, Bd. 1, London etc. 1973
48. Gebhardt, Bruno, Handbuch der deutschen Geschichte, hg. von Herbert Grundmann, Bd. 1, Stuttgart [9]1970
49. Der große Ploetz, Freiburg [29]1980
50. Die großen Deutschen, hg. von Hermann Heimpel u. a., Bd. 1–5, Berlin 1966
51. Großer Historischer Weltatlas, hg. vom Bayerischen Schulbuch-Verlag, Tl. 2, München 1970; Erläuterungen, hg. von Ernst Walter Zeeden, München 1983
52. Handbuch der bayerischen Geschichte, hg. von Max Spindler, Bd. 1, München [2]1981, Bd. 2, München 1966
53. Handbuch der deutschen Wirtschafts- und Sozialgeschichte, hg. von Hermann Aubin u. a., Bd. 1, Stuttgart 1971
54. Handbuch der europäischen Geschichte, hg. von Theodor Schieder, Bd. 2 (in Vorbereitung)
55. Handbuch der europäischen Wirtschafts- und Sozialgeschichte, hg. von Hermann Kellenbenz, Bd. 2, Stuttgart 1980
56. Handbuch der Geschichte der böhmischen Länder, hg. von Karl Bosl, Bd. 1, Stuttgart 1967
57. Handbuch der Kirchengeschichte, hg. von Hubert Jedin, Bd. 3, 1–2, Freiburg etc. 1966, 1968
58. Handbuch der Quellen und Literatur der neueren europäischen Privatrechtsgeschichte, Bd. 1, München 1973
59. Handwörterbuch zur deutschen Rechtsgeschichte (HRG), hg. von Adalbert Erler u. a., Bd. 1–2, Berlin 1971, 1978 (Bd. 3 bis ,,Politische Klausel")
60. Lexikon des Mittelalters, Bd. 1–2 (bis ,,Codex"), München etc. 1980, 1983
61. Neue deutsche Biographie, Bd. 1–13 (bis ,,Laven"), Berlin 1953–1982
62. Sachwörterbuch zur deutschen Geschichte, von Hellmuth Rössler u. a., München 1958
63. Storia d'Italia, hg. von Nino Valeri, Bd. 1, Turin [2]1967
64. Storia d'Italia (Einaudi), Bd. 1, Turin [2]1972; Bd. 2, Turin [2]1974; Bd. 5, Turin [3]1973

Gesamtdarstellungen, Sammelwerke, Sammelbände

65. Beck, Hans-Georg, Das byzantinische Jahrtausend, München 1978
66. Beiträge zum hochmittelalterlichen Städtewesen, hg. von Bernhard Diestelkamp, Köln etc. 1982 (Städteforsch. A 11)

67. Beiträge zum spätmittelalterlichen Städtewesen, hg. von Bernhard Diestelkamp, Köln etc. 1982 (Städteforsch. A 12)
68. Beiträge zur Bildung der französischen Nation im Früh- und Hochmittelalter, hg. von Helmut Beumann, Sigmaringen 1983 (Nationes 4)
69. Boehm, Laetitia, Geschichte Burgunds, Stuttgart [2]1979
70. Bogyay, Thomas von, Grundzüge der Geschichte Ungarns, Darmstadt [3]1977
71. Borst, Arno, Lebensformen im Mittelalter, Frankfurt/M. etc. 1979
72. Bosl, Karl, Europa im Aufbruch, München 1980
73. Bosl, Karl, Frühformen der Gesellschaft im mittelalterlichen Europa, München etc. 1964
74. Bosl, Karl, Die Grundlagen der modernen Gesellschaft im Mittelalter, Stuttgart 1972 (Monographien zur Gesch. des MA 4)
75. Byzanz, hg. von Franz Georg Maier, Frankfurt/M. 1973 (Fischer Weltgesch. 13)
76. Classen, Peter, Ausgewählte Aufsätze, hg. von Josef Fleckenstein u. a., Sigmaringen 1983 (VuF 28)
77. Classen, Peter, Studium und Gesellschaft im Mittelalter, hg. von Johannes Fried, Stuttgart 1983 (Schriften der MGH 29)
78. La cristianità dei secoli XI e XII in occidente: coscienza e strutture di una società, Mailand 1983 (Pubbl. dell' Università cattolica del S. Cuore, Serie terza, Misc. del Centro di studi medioevali 10)
79. Deutsche Geschichte, Bd. 1, Berlin (Ost) [3]1974
80. Die deutsche Ostsiedlung des Mittelalters als Problem der europäischen Geschichte, Sigmaringen 1975 (VuF 18)
81. Doren, Alfred, Italienische Wirtschaftsgeschichte, Jena 1934
82. Duby, Georges, Das Europa der Kathedralen 1140–1280, Genf 1966
83. Ennen, Edith, Die europäische Stadt des Mittelalters, Göttingen [3]1979
84. Ennen, Edith, Gesammelte Abhandlungen zum europäischen Städtewesen und zur rheinischen Geschichte, hg. von Georg Droege u. a., Bonn 1977
85. L'eremitismo in occidente nei secoli XI e XII, Mailand 1965 (Pubbl., wie Nr. 78, 4)
86. Festschrift für Hermann Heimpel, Bd. 1–3, Göttingen 1971, 1972 (Veröffentl. des MPIG 36, 1–3)
87. Friedrich Barbarossa, hg. von Gunther Wolf, Darmstadt 1975 (WdF 390)
88. Fuhrmann, Horst, Deutsche Geschichte im hohen Mittelalter von der Mitte des 11. bis zum Ende des 12. Jahrhunderts, Göttingen 1978, 2. durchges. u. bibliogr. erg. Aufl. 1983
89. Geschichte des jüdischen Volkes, hg. von Haim Hillel Ben-Sasson, Bd. 2, München 1979
90. Geschichte, Wirtschaft, Gesellschaft, Fs. für Clemens Bauer, Berlin 1974
91. Goez, Werner, Grundzüge der Geschichte Italiens in Mittelalter und Renaissance, Darmstadt 1975
92. Graus, František, Lebendige Vergangenheit, Köln 1975
93. Grundmann, Herbert, Ausgewählte Aufsätze, Tl. 1–3, Stuttgart 1978 (Schriften der MGH 25, 1–3)
94. Hampe, Karl, Das Hochmittelalter, Köln [5]1963
95. Haverkamp, Alfred/Lamma, Paolo/Manselli, Raoul, Beiträge zur Geschichte Italiens im 12. Jahrhundert, Sigmaringen 1971 (VuF, Sonderbd. 9)

96. Hellmann, Manfred, Grundzüge der Geschichte Litauens und des litauischen Volkes, Darmstadt ²1976
97. Histoire Générale de l'Europe, hg. von Georges Livet u. a., Bd. 1, Paris 1980
98. Historia Mundi, hg. von Fritz Valjavec, Bd. 6, Bern 1958
99. Historische Forschungen für Walter Schlesinger (Fs.), Köln etc. 1974
100. Das Hochmittelalter, hg. von Jacques Le Goff, Frankfurt/M. 1965 (Fischer Weltgesch. 11)
101. Imhof, Arthur Erwin, Grundzüge der nordischen Geschichte, Darmstadt 1970
102. Institutionen, Kultur und Gesellschaft im Mittelalter, Fs. für Josef Fleckenstein, Sigmaringen 1984
103. Investiturstreit und Reichsverfassung, hg. von Josef Fleckenstein, Sigmaringen 1973 (VuF 17)
104. Jacob, Ernst Gerhard, Grundzüge der Geschichte Portugals und seiner Überseeprovinzen, Darmstadt 1969
105. Jaeschke, Kurt-Ulrich, Die Anglonormannen, Stuttgart 1981
106. Jones, Philip, Economia e società nell'Italia medievale, Turin 1980 (Biblioteca di cultura storica 141)
107. Konetzke, Richard, Geschichte des spanischen und portugiesischen Volkes, Leipzig 1939
108. Leuschner, Joachim, Deutschland im späten Mittelalter, Göttingen 1975
109. Miller, Edward/Hatcher, John, Medieval England, Harlow 1978
110. Norwich, John J., Die Normannen in Sizilien 1130–1194, Wiesbaden 1971
111. Ostrogorsky, Georg, Geschichte des byzantinischen Staates, München ³1963 (Handbuch der Altertumswiss. 12, 1–2)
112. Probleme des 12. Jahrhunderts, Konstanz etc. 1968 (VuF 12)
113. Probleme um Friedrich II., hg. von Josef Fleckenstein, Sigmaringen 1974 (VuF 16)
114. Propyläen Weltgeschichte, hg. von Golo Mann u. a., Bd. 5, Berlin 1963
115. Recht und Schrift im Mittelalter, hg. von Peter Classen, Sigmaringen 1977 (VuF 23)
116. Rhode, Gotthold, Geschichte Polens, Darmstadt ³1980
117. Das Rittertum im Mittelalter, hg. von Arno Borst, Darmstadt 1976 (WdF 349)
118. Seidlmayer, Michael/Schieder, Theodor, Geschichte Italiens, Stuttgart 1962
119. Soziale Ordnungen im Selbstverständnis des Mittelalters, hg. von Albert Zimmermann, Bd. 1–2, Berlin 1979, 1980 (Misc. Mediaevalia 12, 1–2)
120. Stadt und Herrschaft, hg. von Friedrich Vittinghoff, München, 1982 (HZ, Beih. 7 NF)
121. Stadt und Städtebürgertum in der deutschen Geschichte des 13. Jahrhunderts, hg. von Bernhard Töpfer, Berlin (Ost) 1976 (Forsch. zur ma. Gesch. 24)
122. Stoob, Heinz, Forschungen zum Städtewesen in Europa, Bd. 1, Köln etc. 1970
123. Stupor mundi, hg. von Gunther Wolf, Darmstadt 1966 (WdF 101), Neubearb. ²1982
124. Tabacco, Giovanni, Egemonie sociali e strutture del potere nel medioevo italiano, Turin 1979
125. Töpfer, Bernhard/Engel, Evamaria, Vom staufischen Imperium zum Hausmachtkönigtum, Weimar 1976
126. Töpfer, Bernhard/Köller, Heinz, Frankreich, Bd. 1, Berlin (Ost) ²1973

127. Untersuchungen zur gesellschaftlichen Struktur der mittelalterlichen Städte in Europa, Sigmaringen ²1974 (VuF 11)
128. Wort und Begriff „Bauer", hg. von Reinhart Wenskus u. a., Göttingen 1975 (Abh. der Akad. der Wiss. Göttingen, phil.-hist. Kl., 3. Folge 89)
129. Die Zeit der Staufer, Bd. 1–4, Stuttgart 1977; Bd. 5, Stuttgart 1979
130. Zimmermann, Harald, Das Mittelalter, Bd. 1–2, Braunschweig 1979

I. Das Zeitalter in europäischer Perspektive

I. 1. Expansion des Westens im Mittelmeerraum

131. Althoff, Gerd, Nunc fiant milites, qui dudum extiterunt raptores, in: Saeculum 32, 1981, S. 317–333
132. Brundage, James A., Medieval Canon Law and the Crusader, Madison etc. 1969
133. Erdmann, Carl, Die Entstehung des Kreuzzugsgedankens, Stuttgart 1935 (Forsch. zur Kirchen- und Geistesgesch. 6)
134. Die geistlichen Ritterorden Europas, hg. von Josef Fleckenstein u. a., Sigmaringen 1980 (VuF 26)
135. Godfrey, John, 1204 – the unholy crusade, Oxford 1980
136. Hamilton, Bernhard, The latin church in the crusader states, London 1980
137. Herde, Peter, Karl I. von Anjou, Stuttgart etc. 1979
138. A History of the Crusades, hg. von Kenneth M. Setton, Bd. 1, Philadelphia 1958; Bd. 2, Philadelphia [2]1969
139. Hoffmann, Hartmut, Gottesfriede und Treuga Dei, Stuttgart 1964 (Schriften der MGH 20)
140. Mayer, Hans Eberhard, Geschichte der Kreuzzüge, Stuttgart [5]1980
141. Prawer, Joshua, Histoire du royaume latin de Jerusalem, Bd. 1–2, Paris 1969, 1970
142. Runciman, Steven, Geschichte der Kreuzzüge, Bd. 1–3, München 1957, 1958, 1960
143. Setton, Kenneth M., The Papacy and the Levant (1204–1571) Bd. 1, Philadelphia 1976 (Memoirs of the American Philosophical Society 114)

I. 2. Ausweitung der lateinischen Christenheit im kontinentalen Europa

144. Boockmann, Hartmut, Der Deutsche Orden, München 1981
145. Favreau, Marie-Luise, Studien zur Frühgeschichte des Deutschen Ordens, Stuttgart o. J. (1975) (Kieler Hist. Stud. 21)
146. Heimpel, Hermann, Hermann von Salza, in: Nr. 50, Bd. 1, S. 171–186

I. 3. Neue Reichsbildungen und Herrschaftsformen

147. Die Anfänge der Landgemeinde und ihr Wesen, Bd. 1–2, Konstanz etc. 1964 (VuF 7–8)
148. Barrow, Geoffrey W. S., The Anglo Norman era in Scottish history, Oxford 1980

149. Becker, Alfons, Studien zum Investiturproblem in Frankreich, Saarbrücken 1955
150. Brooke, Christopher N. L., The Saxons and Normans Kings, London 1978
151. Brühl, Carlrichard, Fodrum, Gistum, Servitium regis, Köln etc. 1968 (Kölner Hist. Abh. NS 14)
152. Buisson, Ludwig, König Ludwig IX. der Heilige und das Recht, Freiburg 1954
153. Cartellieri, Alexander, Philipp II. August, König von Frankreich, Bd. 1–4, Leipzig 1899/1900–1921/1922
154. Caspar, Erich, Roger II. (1101–1154) und die Gründung der normannisch-sizilischen Monarchie, Innsbruck [2]1904
155. Galbraith, Vivian H., Domesday Book, Oxford 1974
156. Grundmann, Herbert, Rotten und Brabanzonen, in: DA 5, 1942, S. 419–492
157. Histoire de la France rurale, hg. von Georges Duby u. a., Bd. 1, Paris 1975
158. Histoire de la France urbaine, hg. von Georges Duby, Bd. 2, Paris 1980
159. Hoffmann, Erich, Königserhebung und Thronfolgeordnung in Dänemark bis zum Ausgang des Mittelalters, Berlin etc. 1976 (Beitr. zur Gesch. und Quellenkde. des Ma 5)
160. Hoffmann, Hartmut, Die Anfänge der Normannen in Süditalien, in: QFIAB 49, 1969, S. 95–144
161. Hoffmann, Hartmut, Der Kirchenstaat im hohen Mittelalter, in: QFIAB 57, 1977, S. 1–45
162. Hole, Andalus (E. C.), Spain under the Muslims, London 1958
163. Kaiser, Reinhold, Bischofsherrschaft zwischen Königtum und Fürstenmacht, Bonn 1981 (Pariser Hist. Stud. 17)
164. Kamp, Norbert, Kirche und Monarchie im staufischen Königreich Sizilien, Bd. 1, 1–4, München 1973–1982 (Münstersche MA-Schriften 10, I, 1–4)
165. Kamp, Norbert, Kirchenpolitik und Sozialstruktur im staufischen Königreich Sizilien, in: Nr. 86, Bd. 2, S. 948–958
166. Mitteis, Heinrich, Lehnrecht und Staatsgewalt, Weimar 1933
167. Mitteis, Heinrich, Der Staat des hohen Mittelalters, Köln [9]1974
168. Norwich, John J., Die Wikinger im Mittelmeer, Wiesbaden 1968
169. Petit-Dutaillis, Charles E., The French Communes in the Middle Ages, Amsterdam etc. 1978
170. Prinz, Friedrich, Zur französischen Nationwerdung, in: Bohemia, Jb. des Collegium Carolinum 16, 1975, S. 51–68
171. Richard, Jean, Saint Louis roi d'une France féodale, soutien de la Terre Sainte, Paris 1983
172. Riis, Thomas, Les institutions politiques centrales du Denmark 1100–1332, Odense 1977
173. Stenton, Frank M., The First Century of English Feudalism 1066–1216, Oxford [3]1972
174. Ullmann, Walter, Von Canossa nach Pavia, in: HJb 93, 1973, S. 265–300
175. Werner, Karl Ferdinand, Königtum und Fürstentum im 12. Jahrhundert, in: Nr. 112, S. 177–227

I. 4. Bevölkerungsvermehrung, Siedlungsverdichtung und wirtschaftliches Wachstum

176. Gimpel, Jean, Die industrielle Revolution des Mittelalters, Zürich etc. 1980
177. Goehrke, Carsten, Die Anfänge des mittelalterlichen Städtewesens in eurasischer Perspektive, in: Saeculum 31, 1980, S. 194–220, 221–239
178. A History of Technology, hg. von Charles Singer u. a., Bd. 2, Oxford 1972
179. Lopez, Robert S., The commercial revolution of the middle ages 950–1350, Englewood Cliffs, N. Y. 1971
180. Moxó, Salvador de, Repoblacion y sociedad en la Espana cristiana medieval, Madrid 1979 (Cuestiones Fundementales 18)
181. Schaube, Adolf, Handelsgeschichte der romanischen Völker des Mittelmeergebietes bis zum Ende der Kreuzzüge, München etc. 1906
182. Schulte, Aloys, Geschichte des mittelalterlichen Handels und Verkehrs zwischen Westdeutschland und Italien mit Ausschluß von Venedig, Bd. 1–2, Leipzig 1900
183. Slicher van Bath, Bernard Hendrik, The Agrarian History of Western Europe, A.D. 500–1850, o. O. 1963
184. Straus, Raphael, Die Juden in Wirtschaft und Gesellschaft, Frankfurt/M. 1964
185. White, Lynn jun., Medieval Religion and Technology, Berkeley etc. 1978 (Publications of the Center for Medieval and Renaissance Studies 13)
186. White, Lynn jun., Die mittelalterliche Technik und der Wandel der Gesellschaft, München 1968

I. 5. Armut, Buße und Häresie

187. Borst, Arno, Die Katharer, Stuttgart 1953 (Schriften der MGH 12)
188. Grundmann, Herbert, Ketzergeschichte des Mittelalters, Göttingen 1963
189. Grundmann, Herbert, Religiöse Bewegungen im Mittelalter, Darmstadt [3]1970
190. Hérésies et sociétés dans l'Europe pré-industrielle (11e–18e siècles), hg. von Jacques Le Goff, Paris 1968 (Civilisations et Sociétés 10)
191. Istituzioni monastische e istituzioni canonicali in Occidente (1123–1215), Mailand 1980 (Pubbl., wie Nr. 78, 9)
192. Koch, Gottfried, Frauenfrage und Ketzertum im Mittelalter, Berlin 1962 (Forsch. zur ma. Gesch. 9)
193. Mollat, Michel, Les pauvres au moyen âge, Paris 1978
194. Molnár, Amedeo, Die Waldenser, Berlin 1980
195. Schneider, Martin, Europäisches Waldensertum im 13. und 14. Jahrhundert, Berlin etc. 1981 (Arbeiten zur Kirchengesch. 51)
196. Selge, Kurt Victor, Die ersten Waldenser, Bd. 1–2, Berlin 1967 (Arbeiten zur Kirchengesch. 37, 1–2)
197. Werner, Ernst, Häresie und Gesellschaft im 11. Jahrhundert, Berlin (Ost) 1975 (Sitzungsber. der Sächs. Akad. der Wiss. zu Leipzig, phil.-hist. Kl. 117, H. 5)
198. Werner, Ernst, Pauperes Christi, Leipzig 1956

I. 6. Papsttum, Kirche und Mönchtum

199. Beck, Hans-Georg, Geschichte der orthodoxen Kirche im Byzantinischen Reich, Göttingen 1980 (Die Kirche in ihrer Gesch. 1)
200. Benzinger, Josef, Invectiva in Romam, Lübeck etc. 1968 (Hist. Stud. 404)
201. Die Cistercienser, hg. von Ambrosius Schneider u. a., Köln 1974
202. Cowdrey, Herbert E. J., The Papacy, the Patarenes and the Church of Milan, in: Transactions of the Royal Historical Society 18, 1968, S. 25–48
203. Elm, Kaspar, Franziskus und Dominikus, in: Saeculum 23, 1972, S. 127–147
204. Elm, Kaspar, Italienische Eremitengemeinschaften des 12. und 13. Jahrhunderts, in: Nr. 85, S. 491–559
205. Fuhrmann, Horst, Einfluß und Verbreitung der pseudoisidorischen Fälschungen, Tl. 1–3, Stuttgart 1972–1974 (Schriften der MGH 24, 1–3)
206. Fuhrmann, Horst, Quod catholicus non habeatur, qui non concordat Romanae ecclesiae, in: Fs. für Helmut Beumann, Sigmaringen 1977, S. 263–287
207. Fuhrmann, Horst, Das Reformpapsttum und die Rechtswissenschaft, in: Nr. 103, S. 175–203
208. Hallinger, Kassius, Gorze-Kluny, Bd. 1–2, Rom 1950, 1951 (Studia Anselmiana 22–25)
209. Hoffmann, Hartmut, Die beiden Schwerter im hohen Mittelalter, in: DA 20, 1964, S. 78–114
210. Hoffmann, Hartmut, Von Cluny zum Investiturstreit, in: AKG 45, 1963, S. 165–209
211. Hüls, Rudolf, Kardinäle, Klerus und Kirchen Roms 1049–1130, Tübingen 1977 (Bibl. des DHI in Rom 48)
212. Le istituzioni ecclesiastiche della „societas christiana" dei secoli XI e XII, Mailand 1974 (Pubbl., wie Nr. 78, 7)
213. Klewitz, Hans-Walter, Reformpapsttum und Kardinalkolleg, Darmstadt 1957
214. I laici nella „societas christiana" dei secoli XI e XII, Mailand 1968 (Pubbl., wie Nr. 78, 5)
215. Maccarone, Michele, Studi su Innocenzo III, Padua 1972 (Italia sacra 17)
216. Il monachesimo e la riforma ecclesiastica (1049–1122), Mailand 1971 (Pubbl., wie Nr. 78, 6)
217. Neue Forschungen über Cluny und die Cluniacenser, hg. von Gerd Tellenbach, Freiburg 1959
218. Pacaut, Marcel, Alexandre III, Paris 1956 (L'église et l'état au moyen âge 11)
219. Partner, Peter, The Lands of St. Peter, Berkeley etc. 1972
220. Stellung und Wirksamkeit der Bettelorden in der städtischen Gesellschaft, hg. von Kapsar Elm, Berlin 1981 (Berliner Hist. Stud. 3; Ordensstud. 2)
221. Studi Gregoriani per la storia di Gregorio VII e della Riforma Gregoriana, hg. von Giovanni Battista Borino, Bd. 1–7, Rom 1947–1960; Bd. 8ff: Studi Gregoriani per la storia della „Libertas Ecclesiae", hg. von Alfonso M. Stickler u. a., Rom 1970, 1972ff; Bd. 8, Indici dei volumi 1–6, bearb. von Zelina Zafarana, Rom 1970
222. Tellenbach, Gerd, Libertas, Stuttgart 1936 (Forsch. zur Kirchen- und Geistesgesch. 7)
223. Töpfer, Bernhard, Das kommende Reich des Friedens, Berlin (Ost) 1964 (Forsch. zur ma. Gesch. 11)

224. Violante, Cinzio, Studi sulla cristianità medioevale, Mailand ²1975 (Cultura e storia 8)
225. La vita comune del clero nei secoli XI e XII, Bd. 1–2, Mailand 1962 (Pubbl., wie Nr. 78, 3)
226. Die Zisterzienser, hg. von Kaspar Elm u. a., Köln 1980; Ergänzungsbd., hg. von Kaspar Elm u. a., Köln 1982 (Schriften des Rhein. Museumsamtes 10, 18)

I. 7. Bildung und Wissenschaft

227. Abélard et son temps, Paris 1981
228. Albertus Magnus, hg. von Gerbert Meyer u. a., Mainz 1980 (Walberberger Stud., Philos. Reihe 6)
229. Antiqui und Moderni, hg. von Albert Zimmermann, Berlin etc. 1974 (Misc. Mediaevalia 9)
230. Die Auseinandersetzungen an der Pariser Universität im XIII. Jahrhundert, hg. von Albert Zimmermann, Berlin etc. 1976 (Misc. Mediaevalia 10)
231. Berschin, Walter, Griechisch-lateinisches Mittelalter, Bern 1980
232. Chenu, Marie-Dominique, La théologie au XIIe siècle, Paris ²1976 (Etudes de la philosophie médiévale 45)
233. Curtius, Ernst Robert, Europäische Literatur und lateinisches Mittelalter, Bonn ⁹1978
234. Fried, Johannes, Die Entstehung des Juristenstandes im 12. Jahrhundert, Köln 1974 (Forsch. zur neueren Privatrechtsgesch. 21)
235. Grabmann, Martin, Gesammelte Akademieabhandlungen, München 1922–1944, Paderborn etc. 1979 (Münchner Universitätsschriften, Veröffentl. des Grabmann-Instituts NF 25, 1–2)
236. Grabmann, Martin, Die Geschichte der scholastischen Methode nach gedruckten und ungedruckten Quellen, Bd. 1–2, Freiburg 1909, 1911
237. Grabmann, Martin, Thomas von Aquin, München ⁷1946
238. Haskins, Charles H., The Renaissance of the Twelfth Century, New York ¹⁶1972
239. Haverkamp, Alfred, Zur Sklaverei in Genua während des 12. Jahrhunderts, in: Geschichte in der Gesellschaft, Fs. für Karl Bosl, Stuttgart 1974, S. 160–215
240. Heidelberger, Michael/Thiessen, Sigrun, Natur und Erfahrung, Reinbek bei Hamburg 1981
241. Petrus Abaelardus (1079–1142), hg. von Rudolf Thomas u. a., Trier 1980 (Trierer Theol. Stud. 38)
242. Die Renaissance der Wissenschaften im 12. Jahrhundert, hg. von Peter Weimar, Zürich 1981 (Züricher Hochschulforum 2)
243. Science in the Middle Ages, hg. von David C. Lindberg, Chicago 1978
244. Sprandel, Rolf, Gesellschaft und Literatur im Mittelalter, Paderborn 1982
245. Stehkämper, Hugo, Albertus Magnus. Ausstellung zum 700. Todestag, Köln 1980
246. Werner, Ernst, Stadt und Geistesleben im Hochmittelalter, Weimar 1980 (Forsch. zur ma. Gesch. 30)

I. 8. Wandel der Gesellschaft

247. Bosl, Karl, Die „familia" als Grundstruktur der mittelalterlichen Gesellschaft, zuletzt in: ZBLG 38, 1975, S. 403–424
248. Classen, Peter, Burgundio von Pisa, Heidelberg 1974 (Sitzungsber. der Heidelberger Akad. der Wiss., phil.-hist. Kl. 1974, 4)
249. Classen, Peter, Kodifikation im 12. Jahrhundert, in: Nr. 115, S. 311–317
250. Dilcher, Gerhard, Rechtshistorische Aspekte des Stadtbegriffs, in: Vor- und Frühformen der europäischen Stadt im Mittelalter, Tl. 1, hg. von Herbert Jankuhn u. a., Göttingen 1973 (Abh. der Akad. der Wiss. in Göttingen, phil.-hist. Kl., 3. Folge 83), S. 12–33
251. Duby, Georges, Die drei Ordnungen, Frankfurt/M. 1981
252. Duby, Georges, Krieger und Bauern, Frankfurt/M. 1977
253. Duby, Georges, La société aux XIe et XIIe siècles dans la région mâconnaise, Paris 1971
254. Famille et parenté dans l'occident médiéval, hg. von Georges Duby u. a., Rom 1977 (Coll. de l'Ecole Franç. de Rome 30)
255. Hyams, Paul Raphael, King, Lords and Peasants in Medieval England, New York etc. 1980
256. La noblesse au moyen âge, XIe–XVe siècles, Essais à la mémoire de Robert Boutruche, Vendôme 1976
257. Oexle, Otto Gerhard, Die funktionale Dreiteilung der „Gesellschaft" bei Adalbero von Laon, in: Frühmittelalterliche Studien 12, 1978, S. 1–54
258. Parisse, Michel, Noblesse et chevalerie en Lorraine médiévale, Nancy 1982
259. Tellenbach, Gerd, „Mentalität", in: Nr. 91, S. 11–30
260. Verlinden, Charles, L'esclavage dans l'Europe médiévale, Bd. 1, Brügge 1955; Bd. 2, Gent 1977

I. 9. Quellenüberlieferung und Quellenarten

Vgl. unter Quellen und allgemeine Literatur

II. Deutschland von der Mitte des 11. bis zur Mitte des 12. Jahrhunderts: Traditionen und Umbrüche

II.1. Die Reichsherrschaft in der Zeit zwischen Heinrich III. und Barbarossa (1056–1152)

261. Bernhardi, Wilhelm, Konrad III., Bd. 1–2, Leipzig 1883 (Jb. der dt. Gesch. 16, 1–2)
262. Geschichte Thüringens, hg. von Hans Patze u. a., Bd. 2, Köln 1974 (Mitteldt. Forsch. 48)
263. Giesebrecht, Wilhelm von, Geschichte der deutschen Kaiserzeit, Bd. 5, Abt. 1, 2; Bd. 6, fortges. und hg. von Bernhard von Simson, Braunschweig 1880, Leipzig 1888, 1895
264. Hoffmann, Hartmut, Zum Register und zu den Briefen Papst Gregors VII., in: DA 32, 1976, S. 86–130
265. Kienast, Walter, Deutschland und Frankreich in der Kaiserzeit (900–1270), Stuttgart 1975 (Monographien zur Gesch. des MA 9, 1–3)
266. Lechner, Karl, Die Babenberger (976–1246), Wien etc. 1976 (Veröffentl. des IÖG 23)
267. Meyer von Knonau, Gerold, Jahrbücher des Deutschen Reiches unter Heinrich IV. und Heinrich V., Leipzig 1890–1909 (Jb. der dt. Gesch. 14, 1–7)
268. Müller-Mertens, Eckhart, Regnum Teutonicum, Berlin 1970 (Forsch. zur ma. Gesch. 15)
269. Overmann, Alfred, Gräfin Mathilde von Tuszien, Innsbruck 1895
270. Rheinische Geschichte, hg. von Franz Petri u. a., Bd. 1, Düsseldorf 1983
271. Schieffer, Rudolf, Von Mailand nach Canossa, in: DA 28, 1978, S. 333–370
272. Schultze, Johannes, Die Mark Brandenburg, Bd. 1–2, Berlin 1961
273. Servatius, Carlo, Paschalis II. (1099–1118), Stuttgart 1979
274. Töpfer, Bernhard, Tendenzen zur Entsakralisierung der Herrscherwürde in der Zeit des Investiturstreites, in: Jb. für Gesch. des Feudalismus 6, 1982, S. 163–171
275. Wadle, Elmar, Heinrich IV. und die deutsche Friedensbewegung, in: Nr. 103, S. 141–173
276. Ziese, Jürgen, Wibert von Ravenna, Stuttgart 1982 (Päpste und Papsttum 20)

II.2. Elemente und Wandlungen des Herrschaftsgefüges

277. Becker, Alfons, Urban II. und die deutsche Kirche, in: Nr. 103, S. 241–275
278. Bosl, Karl, Die Entstehung der bürgerlichen Freiheit im süddeutschen Raum, in: Les libertés urbaines et rurales du XIe au XIVe siècle, Brüssel 1968, S. 81–95
279. Bosl, Karl, Die Reichsministerialität der Salier und Staufer, Tl. 1–2, Stuttgart 1950, 1951 (Schriften der MGH 10, 1–2)

280. Brunner, Otto, Neue Wege der Verfassungs- und Sozialgeschichte, Göttingen ²1968
281. Büttner, Heinrich, Die Bischofsstädte von Basel bis Mainz in der Zeit des Investiturstreites, in: Nr. 103, S. 351–361
282. Büttner, Heinrich, Schwaben und Schweiz im frühen und hohen Mittelalter, hg. von Hans Patze, Sigmaringen 1972 (VuF 15)
283. Die Burgen im deutschen Sprachraum, Tl. 1–2, hg. von Hans Patze, Sigmaringen 1976 (VuF 19, 1–2)
284. Castorph, Bernward, Die Ausbildung des römischen Königswahlrechtes, Göttingen 1978
285. Classen, Peter, Das Wormser Konkordat in der deutschen Verfassungsgeschichte, in: Nr. 103, S. 411–460
286. Claude, Dietrich, Geschichte des Erzbistums Magdeburg bis in das 12. Jahrhundert, Bd. 1–2, Köln etc. 1972, 1975 (Mitteldt. Forsch. 67, 1–2)
287. Diederich, Toni, Coniuratio Coloniae facta est pro libertate, in: AHVN 176, 1974, S. 7–19
288. Diestelkamp, Bernhard, Gibt es eine Freiburger Gründungsurkunde aus dem Jahre 1120?, Berlin 1973
289. Diestelkamp, Bernhard, König und Städte in salischer und staufischer Zeit, in: Nr. 120, S. 247–297
290. Falck, Ludwig, Geschichte der Stadt Mainz, Bd. 2–3, Düsseldorf 1972, 1973
291. Faussner, Hans Constantin, Die Verfügungsgewalt des deutschen Königs über weltliches Reichsgut im Hochmittelalter, in: DA 29, 1973, S. 345–449
292. Fenske, Lutz, Adelsopposition und kirchliche Reformbewegung im östlichen Sachsen, Göttingen 1977 (Veröffentl. des MPIG 47)
293. Ficker, Julius von, Forschungen zur Reichs- und Rechtsgeschichte Italiens, Bd. 1–3, Innsbruck 1868–1872
294. Ficker, Julius von, Vom Reichsfürstenstande, Bd. 1–2, hg. von Paul Puntschart, Innsbruck 1861–1923
295. Fleckenstein, Josef, Hofkapelle und Reichsepiskopat unter Heinrich IV., in: Nr. 103, S. 117–140
296. Fleckenstein, Josef, Zum Begriff der ottonisch-salischen Reichskirche, in: Nr. 91, S. 61–71
297. Gawlik, Alfred, Intervenienten und Zeugen in den Diplomen Kaiser Heinrichs IV. (1056–1105), Kallmünz 1970 (Münchner Hist. Stud., Abt. Gesch. Hilfswiss. 7)
298. Gernhuber, Joachim, Die Landfriedensbewegung in Deutschland bis zum Mainzer Reichslandfrieden von 1235, Bonn 1952 (Bonner rechtswiss. Abh. 44)
299. Geschichte des Erzbistums Köln, hg. von Wilhelm Neuss, Bd. 1, Köln 1964
300. Geschichte der Stadt Speyer, hg. von der Stadt Speyer, Bd. 1, Stuttgart etc. ²1983
301. Giese, Wolfgang, Der Stamm der Sachsen und das Reich in ottonischer und salischer Zeit, Wiesbaden 1979
302. Glaeske, Günter, Die Erzbischöfe von Hamburg-Bremen als Reichsfürsten (937–1258), Hildesheim 1962 (Quellen und Darstellungen zur Gesch. Niedersachsens 60)
303. Hausmann, Friedrich, Reichskanzlei und Hofkapelle unter Heinrich V. und Konrad III., Stuttgart 1956 (Schriften der MGH 14)

304. Haverkamp, Alfred, Die „frühbürgerliche“ Welt im hohen und späten Mittelalter, in: HZ 221, 1975, S. 572–602
305. Haverkamp, Alfred, Die Städte im Herrschafts- und Sozialgefüge Reichsitaliens, in: Nr. 120, S. 149–245
306. Hirsch, Hans, Die hohe Gerichtsbarkeit im deutschen Mittelalter, Darmstadt ²1958
307. Hirsch, Hans, Die Klosterimmunität seit dem Investiturstreit, Weimar 1913
308. Jakobs, Hermann, Stadtgemeinde und Bürgertum um 1100, in: Nr. 66, S. 14–54
309. Jenal, Georg, Erzbischof Anno II. von Köln (1056–1075) und sein politisches Wirken, Bd. 1–2, Stuttgart 1974 (Monographien zur Gesch. des MA 8, 1–2)
310. Keller, Hagen, Über den Charakter Freiburgs in der Frühzeit der Stadt, in: Fs. für Berent Schwineköper, Sigmaringen 1982, S. 249–282
311. Keller, Hagen, Der Übergang zur Kommune, in: Nr. 66, S. 55–72
312. Köbler, Gerhard, Zur Entstehung des mittelalterlichen Stadtrechts, in: ZRG, GA 86, 1969, S. 177–198
313. Körner, Theodor, Juramentum und frühe Friedensbewegung (10.–12. Jahrhundert), Berlin 1977 (Abh. zur rechtswiss. Grundlagenforsch. 26, Münchener Universitätsschriften)
314. Kottje, Raymund, Zur Bedeutung der Bischofsstädte für Heinrich IV., in: HJb 97/98, 1978, S. 131–157
315. Lewald, Ursula, Köln im Investiturstreit, in: Nr. 103, S. 373–393
316. Maurer, Helmut, Der Herzog von Schwaben, Sigmaringen 1978
317. Mayer, Theodor, Fürsten und Staat, Weimar 1950
318. Metz, Wolfgang, Das Servitium Regis, Darmstadt 1978 (EdF 89)
319. Metz, Wolfgang, Städte als Stützpunkte salischer Reichspolitik, in: Gesch. Landeskde. 7, Wiesbaden 1972, S. 34–50
320. Ministerialität im Mittelrheinraum, Wiesbaden 1978 (Gesch. Landeskde. 17)
321. Ministerialität im Pfälzer Raum, hg. von Friedrich Ludwig Wagner, Speyer 1975 (Veröffentl. der Pfälz. Ges. zur Förderung der Wiss. in Speyer 64)
322. Minninger, Monika, Von Clermont zum Wormser Konkordat, Köln 1978 (Forsch. zur Kaiser- und Papstgesch. des MA 2)
323. Patze, Hans, Christenvolk und Territorien, in: Nr. 78, S. 146–212
324. Patze, Hans, Klostergründung und Klosterchronik, in: BDLG 113, 1977, S. 89–121
325. Planitz, Hans, Die deutsche Stadt im Mittelalter, Wien etc. ³1973
326. Prinz, Friedrich, Bayerns Adel im Hochmittelalter, in: ZBLG 30, 1967, S. 53–117
327. Reuling, Ulrich, Die Kur in Deutschland und Frankreich, Göttingen 1978 (Veröffentl. des MPIG 64)
328. Schlesinger, Walter, Das älteste Freiburger Stadtrecht, in: ZRG, GA 83, 1966, S. 63–116
329. Schlesinger, Walter, Mitteldeutsche Beiträge zur deutschen Verfassungsgeschichte des Mittelalters, Göttingen 1961
330. Schmid, Peter, Regensburg, Kallmünz 1977 (Regensburger Hist. Forsch. 6)
331. Schulte, Aloys, Der Adel und die deutsche Kirche im Mittelalter, Stuttgart ²1922

332. Schulz, Knut, Die Ministerialität als Problem der Stadtgeschichte, in: RheinVjbll 32, 1968, S. 184–219
333. Schulz, Knut, Ministerialität und Bürgertum in Trier, Bonn 1968 (Rhein. Archiv 66)
334. Seeliger, Gerhard, Die soziale und politische Bedeutung der Grundherrschaft, Leipzig 1903 (Abh. der phil.-hist. Kl. der Sächs. Akad. der Wiss. 20)
335. Stoob, Heinz, Gedanken zur Ostseepolitik Lothars III., in: Fs. für Friedrich Hausmann, Graz 1977, S. 531–551
336. Stoob, Heinz, Westfalen und Niederlothringen in der Politik Lothars III., in: Tradition als historische Kraft (Fs. für Karl Hauck), Berlin etc. 1982, S. 350–371
337. Stoob, Heinz, Zur Königswahl Lothars von Sachsen im Jahre 1125, in: Nr. 87, S. 438–461
338. Strait, Paul, Cologne in the Twelfth Century, Gainesville 1974
339. Vogt, Herbert Walter, Das Herzogtum Lothars von Süpplinburg 1106–1125, Hildesheim 1959 (Quellen und Darstellungen zur Gesch. Niedersachsens 67)
340. Voltmer, Ernst, Reichsstadt und Herrschaft, Trier 1981 (Trierer Hist. Forsch. 1)
341. Wadle, Elmar, Reichsgut und Königsherrschaft unter Lothar III. (1125–1137), Berlin 1969 (Schriften zur Verfassungsgesch. 12)

II.3. Wirtschaftliche Grundlagen und Entwicklungen

342. Abel, Wilhelm, Geschichte der deutschen Landwirtschaft vom frühen Mittelalter bis zum 19. Jahrhundert, Stuttgart [2]1967 (Dt. Agrargesch. 2)
343. Altständisches Bürgertum, Bd. 1–2, hg. von Heinz Stoob, Darmstadt 1978 (WdF 302, 417)
344. Blaschke, Karlheinz, Bevölkerungsgeschichte Sachsens bis zur industriellen Revolution, Weimar 1967
345. Borchers, Hertha, Untersuchungen zur Handels- und Verkehrsgeschichte am Mittel- und Oberrhein bis zum Ende des 12. Jahrhunderts, Diss. masch., Marburg 1952
346. Curschmann, Fritz, Hungersnöte im Mittelalter, Leipzig 1900 (Leipziger Stud. aus dem Gebiet der Gesch. 6, 1)
347. Dilcher, Gerhard, Die mittelalterliche deutsche Stadt in ihrer Heraushebung aus der grundherrschaftlich-agrarischen Welt des Hochmittelalters, in: Sozialwissenschaften im Studium der Rechtswissenschaften, Bd. 4, Rechtsgeschichte, hg. von Gerhard Dilcher u. a., München 1978 (Jus-Didaktik, H. 6), S. 95–107
348. Dollinger, Philippe, Der Aufschwung der oberrheinischen Bischofsstädte in salischer Zeit (1025–1125), in: Nr. 66, S. 134–148
349. Dollinger, Philippe, Der bayerische Bauernstand vom 9.–13. Jahrhundert, hg. von Franz Irsigler, München 1982
350. Dopsch, Alfons, Herrschaft und Bauer in der deutschen Kaiserzeit, Stuttgart [2]1964 (Quellen und Forsch. zur Agrargesch. 10)
351. Dopsch, Alfons, Naturalwirtschaft und Geldwirtschaft, Wien 1930
352. Engel, Gustav, Herrschaftsgeschichte und Standesrecht, Bielefeld 1976

353. Ennen, Edith/Janssen, Walter, Agrargeschichte Deutschlands bis zum Beginn der industriellen Revolution, Wiesbaden 1978 (Wiss. Paperbacks, Sozial- und Wirtschaftsgesch. 12)
354. Franz, Günter, Geschichte des deutschen Bauernstandes vom frühen Mittelalter bis zum 19. Jahrhundert, Stuttgart 1970 (Dt. Agrargesch. 4)
355. Haverkamp, Alfred, Die Mosellande im 12. Jahrhundert, in: Zs. für siebenbürgische Landeskde. 4 (75), 1981, S. 21–39
356. Hess, Wolfgang, Münzstätten, Geldverkehr und Handel am Rhein in ottonischer und salischer Zeit, in: Nr. 66, S. 111–133
357. Kaminsky, Hans H., Studien zur Reichsabtei Corvey in der Salierzeit, Köln etc. 1972
358. Kamp, Norbert, Probleme des Münzrechts und der Münzprägung in salischer Zeit, in: Nr. 66, S. 94–110
359. Lamprecht, Karl, Deutsches Wirtschaftsleben im Mittelalter, Bd. 1–3, Leipzig 1885, 1886
360. Linck, Eberhard, Sozialer Wandel in klösterlichen Grundherrschaften des 11. bis 13. Jahrhunderts, Göttingen 1979 (Veröffentl. des MPIG 57)
361. Lütge, Friedrich, Deutsche Sozial- und Wirtschaftsgeschichte, Berlin etc. ³1966
362. Lütge, Friedrich, Geschichte der deutschen Agrarverfassung vom frühen Mittelalter bis zum 19. Jahrhundert, Stuttgart ²1962 (Dt. Agrargesch. 3)
363. Maschke, Erich, Die Brücke im Mittelalter, in: HZ 224, 1977, S. 265–292
364. Metz, Wolfgang, Marktrechtfamilie und Kaufmannsfriede in ottonisch-salischer Zeit, in: BDLG 108, 1972, S. 28–55
365. Mitterauer, Michael, Markt und Stadt im Mittelalter, Stuttgart 1980 (Monographien zur Gesch. des MA 21)
366. Mottek, Hans, Wirtschaftsgeschichte Deutschlands, Bd. 1, Berlin ⁵1973
367. Oexle, Otto Gerhard, Die mittelalterliche Zunft als Forschungsproblem, in: BDLG 118, 1982, S. 1–44
368. Perrin, Charles-Edmond, Recherches sur la seigneurie rurale en Lorraine d'après les plus anciens censiers (IXe–XIIe siècle), Paris 1935
369. Pitz, Ernst, Wirtschafts- und Sozialgeschichte Deutschlands im Mittelalter, Wiesbaden 1979 (Wiss. Paperbacks, Sozial- und Wirtschaftsgesch. 15)
370. Rey, Manfred van, Einführung in die rheinische Münzgeschichte des Mittelalters, Mönchengladbach 1983 (Beitr. zur Gesch. der Stadt Mönchengladbach 17)
371. Schmitz, Hans-Jürgen, Faktoren der Preisbildung für Getreide und Wein in der Zeit von 800–1350, Stuttgart 1968 (Quellen und Forsch. zur Agrargesch. 20)
372. Die Stadt des Mittelalters, hg. von Carl Haase, Bd. 1–3, Darmstadt 1972, 1973 (WdF 243–245)
373. Die Städte Mitteleuropas im 12. und 13. Jahrhundert, hg. von Wilhelm Rausch, Linz 1963 (Beitr. zur Gesch. der Städte Mitteleuropas 1)
374. Stein, Walter, Handels- und Verkehrsgeschichte der deutschen Kaiserzeit, Berlin 1922
375. Stoob, Heinz, Die hochmittelalterliche Städtebildung im Okzident, in: Die Stadt, hg. von Heinz Stoob, Köln 1979 (Städtewesen 1), S. 131–194
376. Suhle, Arthur, Deutsche Münz- und Geldgeschichte von den Anfängen bis zum 15. Jahrhundert, Berlin ⁴1970

377. Über Bürger, Stadt und städtische Literatur im Spätmittelalter, Göttingen 1980
378. Werveke, Hans van, De middeleeuwse hongersnood, Brüssel 1967 (Mededelingen van de Koninklijke Vlaamse Academie voor Wetenschappen, Kl. der Letteren 29, 3)
379. Zünfte und Gilden im Mittelalter, hg. von Berent Schwineköper, Sigmaringen 1984 (VuF 29)
380. Zwei Jahrtausende Kölner Wirtschaft, Bd. 1, Köln 1975

II.4. Kirche, Frömmigkeit und Bildung

381. Beumann, Helmut, Zur Verfasserfrage der Vita Heinrici IV., in: Nr. 102, S. 305–319
382. Bogumil, Karl-Otto, Das Bistum Halberstadt im 12. Jahrhundert, Köln etc. 1972 (Mitteldt. Forsch. 69)
383. Bosl, Karl, Regularkanoniker (Augustinerchorherren) und Seelsorge in Kirche und Gesellschaft des europäischen 12. Jahrhunderts, München 1979 (Abh. der Bayer. Akad. der Wiss., phil.-hist. Kl., NF 86)
384. Classen, Peter, Gerhoch von Reichersberg, Wiesbaden 1960
385. Ehlers, Joachim, Hugo von St. Viktor, Wiesbaden 1973 (Frankfurter Hist. Abh. 7)
386. Fuhrmann, Horst, „Volkssouveränität" und „Herrschaftsvertrag" bei Manegold von Lautenbach, in: Fs. für Hermann Krause, Köln etc. 1975, S. 21–42
387. Grundmann, Herbert, Geschichtsschreibung im Mittelalter, Göttingen 1965
388. Hallinger, Kassius, Das Phänomen der liturgischen Steigerungen Clunys (10.–11. Jahrhundert), in: Studia historica ecclesiastica, Fs. für Luchesius G. Spätling OFM, Rom 1977, S. 183–236
389. Hauck, Albert, Kirchengeschichte Deutschlands, Tl. 3, Berlin etc. ^{6}1952
390. Haverkamp, Alfred, Tenxwind von Andernach und Hildegard von Bingen, in: Nr. 102, S. 515–548
391. Heidenmission und Kreuzzugsgedanke in der deutschen Ostpolitik des Mittelalters, hg. von Helmut Beumann, Darmstadt ^{2}1973 (WdF 7)
392. Jakobs, Hermann, Der Adel in der Klosterreform von St. Blasien, Köln 1968 (Kölner Hist. Abh. 16)
393. Jakobs, Hermann, Die Hirsauer, Köln etc. 1961 (Kölner Hist. Abh. 4)
394. Kurze, Dietrich, Pfarrerwahlen im Mittelalter, Köln etc. 1966 (Forsch. zur kirchl. Rechtsgesch. und zum Kirchenrecht 6)
395. Lotter, Friedrich, Die Konzeption des Wendenkreuzzugs, Sigmaringen 1977 (VuF, Sonderbd. 3)
396. Petersohn, Jürgen, Der südliche Ostseeraum im kirchlich-politischen Kräftespiel des Reichs, Polens und Dänemarks vom 10. bis 13. Jahrhundert, Köln etc. 1979 (Ostmitteleuropa in Vergangenheit und Gegenwart 17)
397. Rösener, Werner, Reichsabtei Salem, Sigmaringen 1974 (VuF, Sonderbd. 13)
398. Schmid, Karl, Adel und Reform in Schwaben, in: Nr. 103, S. 295–319
399. Semmler, Josef, Die Klosterreform von Siegburg, Bonn 1959 (Rhein. Archiv 58)
400. Weinfurter, Stephan, Neuere Forschungen zu den Regularkanonikern im Deutschen Reich des 11. und 12. Jahrhunderts, in: HZ 224, 1977, S. 379–397

401. Weinfurter, Stephan, Norbert von Xanten, in: AKG 59, 1977, S. 66–98
402. Weinfurter, Stephan, Reformkanoniker und Reichsepiskopat im Hochmittelalter, in: HJb 97/98, 1978, S. 158–193
403. Weinfurter, Stephan, Salzburger Bistumsreform und Bischofspolitik im 12. Jahrhundert, Köln etc. 1975 (Kölner Hist. Abh. 24)
404. Zisterzienser-Studien, Bd. 1, Bd. 3, Berlin 1975, 1976 (Stud. zur europäischen Gesch. 11, 13)

II. 5. Gruppen und Gemeinschaften im Wandel

405. Bosl, Karl, Die Sozialstruktur der mittelalterlichen Residenz- und Fernhandelsstadt Regensburg, in: Nr. 127, S. 93–213
406. Bumke, Joachim, Studien zum Ritterbegriff im 12. und 13. Jahrhundert, Heidelberg [2]1977 (Euphorion, Beih. 1)
407. Dollinger, Philippe, Aspects de la noblesse allemande, XIe–XIIIe siècles, in: La noblesse au moyen âge, XIe–XVe siècles, hg. von Philippe Contamine, Paris 1976, S. 133–149
408. Epperlein, Siegfried, Bauernbedrückung und Bauernwiderstand im hohen Mittelalter, Berlin (Ost) 1960 (Forsch. zur ma. Gesch. 6)
409. Fischer, Herbert, Die verfassungsrechtliche Stellung der Juden in den deutschen Städten, Breslau 1931 (Gierkes Unters. 140)
410. Fleckenstein, Josef, Die Entstehung des niederen Adels und das Rittertum, in: Herrschaft und Stand, hg. von Josef Fleckenstein, Göttingen 1977 (Veröffentl. des MPIG 51)
411. Fleckenstein, Josef, Zum Problem der Abschließung des Ritterstandes, in: Nr. 87, S. 252–271
412. Fleckenstein, Josef, Zur Frage der Abgrenzung von Bauer und Ritter, in: Nr. 128, S. 246–253
413. Germania Judaica, hg. von Ismar Elbogen u. a., Bd. 1, Tübingen 1963
414. Irsigler, Franz, Freiheit und Unfreiheit im Mittelalter, in: Westf. Forsch. 28, 1976/77, S. 1–15
415. Johrendt, Johann, „Milites“ und „militia“ im 11. Jahrhundert, Diss. phil., Erlangen 1971/72
416. Lazzarino del Grosso, Anna, Gerhoch di Reichersberg, Stato della ricerca, in: Pensiero Politico 4, 1971 (Florenz), S. 3–20
417. Leyser, K(arl), The German Aristocracy from the Ninth to the early Twelfth Century, in: Past and Present 41, 1968, S. 25–53
418. Liebeschütz, Hans, Synagoge und Ecclesia, hg. von Alexander Patschovsky, Heidelberg 1983
419. Mitterauer, Michael/Siedler, Reinhard, Vom Patriarchat zur Partnerschaft, München [2]1980
420. Monumenta Judaica, hg. von Konrad Schilling, Bd. 1–2, Köln 1963
421. Oexle, Otto Gerhard, Die mittelalterlichen Gilden, in: Nr. 119, Bd. 1, S. 203–226
422. Reuter, Hans G., Die Lehre vom Ritterstand, Köln etc. 1971 (Neue Wirtschaftsgesch. 4)
423. Rösener, Werner, Bauer und Ritter im Hochmittelalter, in: Nr. 102, S. 665–692

424. Schmid, Karl, Zur Problematik von Familie, Sippe und Geschlecht, in: ZGO 105, 1957, S. 1–62
425. Schreiner, Klaus, Sozial- und standesgeschichtliche Untersuchungen zu den Benediktiner-Konventen im östlichen Schwarzwald, Stuttgart 1964 (Veröffentl. der Komm. für gesch. Landeskde. in Baden-Württemberg, Reihe B, Forsch. 31)
426. Schulz, Knut, Zum Problem der Zensualität im Hochmittelalter, in: Beiträge zur Wirtschafts- und Sozialgeschichte des Mittelalters, Fs. für Herbert Helbig, Köln etc. 1976, S. 86–127
427. Schulze, Hans K., Rodungsfreiheit und Königsfreiheit, in: HZ 219, 1974, S. 529–550
428. Schwer, Wilhelm, Stand und Ständeordnung im Weltbild des Mittelalters, Paderborn ^{2}1952 (Görres-Ges. zur Pflege der Wiss., Veröffentl. der Sektion für Wirtschafts- und Sozialwiss. 7)
429. Stemberger, Brigitte, Zu den Judenverfolgungen in Deutschland zur Zeit der ersten beiden Kreuzzüge, in: Kairos NF 20, 1978, S. 53–72 und 151–157
430. Töpfer, Bernhard, Ursachen für Fortschritte und Stagnationserscheinungen in der Feudalgesellschaft, in: ZfG 31, 1983, S. 132–146

III. Deutschland in staufischer Zeit: neue Formen und Begrenzungen

III. 1. Die Reichsherrschaft in staufischer Zeit

431. Borst, Arno, Reden über die Staufer, Wien 1978
432. Cleve, Thomas C. van, The Emperor Frederick II of Hohenstaufen, Oxford 1972
433. Csendes, Peter, Die Kanzlei Kaiser Heinrichs VI., Wien 1981 (Österr. Akad. der Wiss., phil.-hist. Kl., Denkschriften 151)
434. Engels, Odilo, Die Staufer, Stuttgart etc. 1972
435. Federico Barbarossa nel dibattito storiografico in Italia e in Germania, hg. von Raoul Manselli u. a., Bologna 1982
436. Fleckenstein, Josef, Friedrich Barbarossa und das Rittertum, in: Nr. 86, Bd. 2, S. 1022–1141
437. Haverkamp, Alfred, Friedrich I. Barbarossa, in: Die Großen der Weltgeschichte, Bd. 3, Zürich 1973, S. 418–439
438. Herkenrath, Rainer Maria, Die Reichskanzlei in den Jahren 1174 bis 1180, Wien 1977 (Abh. der Österr. Akad. der Wiss., phil.-hist. Kl., Denkschriften 30)
439. Jordan, Karl, Heinrich der Löwe, München 1979
440. Kantorowicz, Ernst, Kaiser Friedrich der Zweite, Bd. 1, Berlin ^{4}1936; Bd. 2 (Ergänzungsbd.), Berlin 1931
441. Koch, Walter, Die Reichskanzlei in den Jahren 1167 bis 1174, Wien 1973 (Veröffentl. der Hist. Komm. der Österr. Akad. der Wiss., phil.-hist. Kl., Denkschriften 115)
442. Lamma, Paolo, Comneni e Staufer, Bd. 1–2, Rom 1955, 1957
443. Rieckenberg, Hans Jürgen, Arnolt Walpot, der Initiator des Rheinischen Bundes von 1254, in: DA 16, 1960, S. 228–237
444. Rösener, Werner, Südwestdeutsche Zisterzienserklöster unter kaiserlicher Schirmherrschaft, in: ZWLG 33, 1974, S. 24–52
445. Schaller, Hans Martin, Endzeit-Erwartung und Antichrist-Vorstellungen in der Politik des 13. Jahrhunderts, in: Nr. 86, Bd. 2, S. 924–947
446. Schaller, Hans Martin, Kaiser Friedrich II. Verwandler der Welt, Göttingen ^{2}1971 (Persönlichkeit und Gesch. 34)
447. Schaller, Hans Martin, Die Kanzlei Kaiser Friedrichs II., Tl. 1–2, in: AfD 3, 1957, S. 207–286; 4, 1958, S. 264–327
448. Zinsmaier, Paul, Die Reichskanzlei unter Friedrich II., in: Nr. 113, S. 135–166
449. Zinsmaier, Paul, Die Urkunden Philipps von Schwaben und Ottos IV. (1198–1212), Stuttgart 1969 (Veröffentl. der Komm. für gesch. Landeskde. in Baden-Württemberg, Reihe B, Forsch. 53)

III. 2. Beharrung und Wandel im Herrschaftsgefüge

450. Angermeier, Heinz, Landesfriedenspolitik und Landfriedensgesetzgebung unter den Staufern, in: Nr. 113, S. 167–186
451. Berthold, Brigitte, Sozialökonomische Differenzierung und innerstädtische Auseinandersetzungen in Köln im 13. Jahrhundert, in: Nr. 121, S. 229–287
452. Büttner, Heinrich, Zähringerpolitik im Trierer Raum während der zweiten Hälfte des 12. Jahrhunderts, in: RheinVjbll 33, 1969, S. 47–59
453. Diestelkamp, Bernhard, Welfische Stadtgründungen und Stadtrechte des 12. Jahrhunderts, in: ZRG, GA 81, 1964, S. 164–224
454. Eckhardt, Albrecht, Das älteste Bolander Lehnsbuch, in: AfD 22, 1976, S. 317–344
455. Engel, Evamaria, Beziehungen zwischen Königtum und Städtebürgertum unter Wilhelm von Holland (1247–1256), in: Nr. 121, S. 63–107
456. Engel, Evamaria, Finanzielle Beziehungen zwischen deutschen Königen und Städtebürgern von 1250 bis 1314, in: JbWG 1975, Tl. IV, S. 95–113
457. Engel, Evamaria, Städtebünde im Reich von 1226 bis 1314, in: Bürgertum, Handelskapital, Städtebünde, Weimar 1975 (Hansische Stud. 3. Abh. zur Handels- und Sozialgesch. 15), S. 177–209
458. Fein, Hella, Die staufischen Städtegründungen im Elsaß, phil. Diss., Frankfurt/M. 1939 (Schriften des wiss. Instituts der Elsaß-Lothringer im Reich NF 23)
459. Friedland, Klaus/Goez, Werner/Müller, Wolfgang J., Politik, Wirtschaft und Kunst des staufischen Lübeck, Lübeck 1976
460. Gattermann, Günter, Die deutschen Fürsten auf der Reichsheerfahrt, Diss. masch., Frankfurt/M. 1956
461. Goez, Werner, Der Leihezwang, Tübingen 1962
462. Helbig, Herbert, Der wettinische Ständestaat, Münster etc. 1955 (Mitteldt. Forsch. 4)
463. Holbach, Rudolf, Stiftsgeistlichkeit im Spannungsfeld von Kirche und Welt, Tl. 1–2, Trier 1982 (Trierer Hist. Forsch. 2, 1–2)
464. Kuhn, Walter, Die deutschen Stadtgründungen des 13. Jahrhunderts im westlichen Pommern, in: ZOF 23, 1974, S. 1–58
465. Martin, Thomas, Die Pfalzen im 13. Jahrhundert, in: Herrschaft und Stand, hg. von Josef Fleckenstein, Göttingen 1977 (Veröffentl. des MPIG 51), S. 277–301
466. Maschke, Erich, Städte und Menschen, Wiesbaden 1980 (VSWG, Beih. 68)
467. Metz, Wolfgang, Die staufischen Güterverzeichnisse, Weimar 1933
468. Rabe, Horst, Frühe Studien zur Ratsverfassung in den deutschen Reichslandstädten bzw. Reichsstädten Oberdeutschlands, in: Nr. 67, S. 1–17
469. Rösch, Gerhard, Venedig und das Reich, Tübingen 1982 (Bibl. des DHI in Rom 53)
470. Schlesinger, Walter, Die mitteldeutsche Ostsiedlung im Herrschaftsraum der Wettiner und Askanier, in: Deutsche Ostsiedlung in Mittelalter und Neuzeit, Köln etc. 1971 (Stud. zum Deutschtum im Osten 8)
471. Schmid, Karl, Gebetsgedenken und adliges Selbstverständnis, Sigmaringen 1983
472. Schwind, Fred, Nachstaufische Reichsministerialen in der Wetterau und am Oberrhein, in: Nr. 67, S. 72–93

473. Schwind, Fred, Zur Verfassung und Bedeutung der Reichsburgen vornehmlich im 12. und 13. Jahrhundert, in: Nr. 283, Tl. 1, S. 85–122
474. Steinbach, Hartmut, Die Reichsgewalt und Niederdeutschland in nachstaufischer Zeit (1247–1308), Stuttgart 1968 (Kieler Hist. Stud. 5)
475. Stoob, Heinz, Formen und Wandel staufischen Verhaltens zum Städtewesen, in: Nr. 122, S. 51–72
476. Südwestdeutsche Städte im Zeitalter der Staufer, hg. von Erich Maschke u. a., Sigmaringen 1980 (Stadt in der Gesch. 6)
477. Töpfer, Bernhard, Stellung und Aktivität der Bürgerschaft von Bischofsstädten während des staufisch-welfischen Thronstreits, in: Nr. 121, S. 13–62
478. Troe, Heinrich, Münze, Zoll und Markt und ihre finanzielle Bedeutung für das Reich vom Ausgang der Staufer bis zum Regierungsantritt Karls IV., Stuttgart 1937 (VSWG, Beih. 32)
479. Weibels, Franz, Die Großgrundherrschaft Xanten im Mittelalter, Krefeld 1959 (Niederrhein. Landeskde., Schriften zur Natur und Gesch. des Niederrheins 3)
480. Zillmann, Sigurd, Die welfische Territorialpolitik im 13. Jahrhundert (1218–1267), Braunschweig 1975

III. 3. Wachstum und Ausweitung der Wirtschaft

481. Dirlmeier, Ulf, Mittelalterliche Hoheitsträger im wirtschaftlichen Wettbewerb, Wiesbaden 1966 (VSWG, Beih. 51)
482. Dollinger, Philippe, Die Hanse, Stuttgart [2]1976
483. Ennen, Edith, Aachen im Mittelalter, in: Zs. des Aachener Geschichtsvereins 86/87, 1979/80, S. 457–487
484. Die Grundherrschaft im späten Mittelalter, Tl. 1–2, hg. von Hans Patze, Sigmaringen 1983 (VuF 27, 1–2)
485. Kamp, Norbert, Moneta regis, phil. Diss. masch., Göttingen 1957
486. Kamp, Norbert, Münzprägung und Münzpolitik der Staufer in Deutschland, in: Hamburger Beitr. zur Numismatik 17, 1963, S. 517–544
487. Pommern und Mecklenburg, Beiträge zur mittelalterlichen Städtegeschichte, hg. von Roderich Schmidt, Wien 1981 (Veröffentl. der Hist. Komm. für Pommern, Reihe V, Forsch. zur Pommerschen Gesch. 19)
488. Schildhauer, Johannes/Fritze, Konrad/Stark, Walter, Die Hanse, Berlin (Ost) 1974
489. Sprandel, Rolf, Flandrisch-lübeckischer Fernhandel und die deutsche Ostsiedlung, in: Nr. 80, S. 130–143
490. Studien zur Geschichte des sächsisch-magdeburgischen Rechts in Deutschland und Polen, hg. von Dietmar Willoweit u. a., Frankfurt/M. etc. 1980 (Rechtshist. Reihe 10)
491. Thiele, Augustinus, Echternach und Himmerod, Stuttgart 1964 (Forsch. zur Sozial- und Wirtschaftsgesch. 7)

III. 4. Kirchliches Leben, Frömmigkeit und Bildung

492. Baader, Gerhard, Naturwissenschaft und Medizin im 12. Jahrhundert und Hildegard von Bingen, in: AmrhKG 31, 1979, S. 33–54

493. Bertau, Karl, Deutsche Literatur im europäischen Mittelalter, Bd. 1–2, München 1972, 1973
494. Bumke, Joachim, Mäzene im Mittelalter, München 1979
495. Freed, John B., The Friars and German Society in the Thirteenth Century, Cambridge, Mass. 1977 (Mediaeval Academy of America, Publication 86)
496. Hildegard von Bingen 1179–1979, hg. von Anton Philipp Brück, Mainz 1979 (Quellen und Abh. zur mittelrhein. Kirchengesch. 33)
497. Höing, Norbert, Die „Trierer Stilübungen", in: AfD 1, 1955, S. 257–329; 2, 1956, S. 125–249
498. Köhn, Rolf, Die Verketzerung der Stedinger durch die Bremer Fastensynode, in: Bremisches Jb. 57, 1979, S. 15–85
499. Mac Donnell, Ernest W., The Beguines and Beghards in medieval culture, New Brunswick 1954
500. Patschovsky, Alexander, Der Passauer Anonymus, Stuttgart 1968
501. Patschovsky, Alexander, Zur Ketzerverfolgung Konrads von Marburg, in: DA 37, 1981, S. 641–693
502. Pitz, Ernst, Schrift- und Aktenwesen der städtischen Verwaltung im Spätmittelalter, in: Mitteilungen aus dem Stadtarchiv von Köln 45, 1959, S. 3–483
503. Pixton, Paul B., Die Anwerbung des Heeres Christi, in: DA 34, 1978, S. 166–191
504. Sankt Elisabeth, hg. von der Philipps-Universität Marburg in Verbindung mit dem Hessischen Landesamt für gesch. Landeskde., Sigmaringen 1981
505. Stauferzeit, hg. von Rüdiger Krohn u. a., Stuttgart 1979 (Karlsruher kulturwiss. Arbeiten 1)
506. Störmer, Wilhelm, „Spielmannsdichtung" und Geschichte, in: ZBLG 43, 1980, S. 551–574
507. Wriedt, Klaus, Das gelehrte Personal in der Verwaltung und Diplomatie der Hansestädte, in: HGbll 96, 1978, S. 15–37

III. 5. Neue Ansätze im Gesellschaftsgefüge

508. Awerbuch, Marianne, Weltflucht und Lebensverneinung der „Frommen Deutschlands", in: AKG 60, 1978, S. 53–93
509. Chazan, Robert, Emperor Frederick I, the Third Crusade, and the Jews, in: Viator 8, 1977, S. 83–93
510. Fleckenstein, Josef, Vom Stadtadel im spätmittelalterlichen Deutschland, in: Zs. für siebenbürgische Landeskde. 3 (74), 1980, S. 1–13
511. Klinkenberg, Hans Martin, ‚Bürgerliche Bildung' im Mittelalter, in: Studien zur deutschen Literatur des Mittelalters, hg. von Rudolf Schützeichel u. a., Bonn 1979, S. 334–370
512. Kurze, Dietrich, Häresie und Minderheiten im Mittelalter, in: HZ 229, 1979, S. 529–573
513. Schulz, Knut, Stadtrecht und Zensualität am Niederrhein (12.–14. Jahrhundert), in: Soziale und wirtschaftliche Bindungen im Mittelalter am Niederrhein, hg. von Edith Ennen u. a., Kleve 1981 (Klever Archiv 3), S. 13–36
514. Stadt und Ministerialität, hg. von Erich Maschke u. a., Stuttgart 1973 (Veröffentl. der Komm. für gesch. Landeskde. in Baden-Württemberg B, Forsch. 76)

Orts- und Personenregister

Vorbemerkung

Das Register dient der Groborientierung, es ist kein Auskunftsmittel für speziellere Fragen. Die Orte und Personen werden im weiteren Sinne aufgefaßt, so daß auch Flüsse, Regionen, Territorien und Länder sowie Personenverbände und in Orten implizierte Sachbetreffe (z. B. Synode von ...) aufgenommen wurden. Wegen Raummangels mußten Binnengliederung ganz und Verweise weitgehend entfallen. Die Aufnahme verschiedener Stichwörter, insbesondere „Deutschland" und „Europa" erschien nicht sinnvoll, im übrigen wurde bei den Einträgen auf die notwendige Repräsentanz geachtet. Der Eintrag geographischer Namen entfällt in der Regel, wenn sie Bestandteil von Pesonennamen sind bzw. zur Titulatur gehören.

Abkürzungen

Bf. = Bischof; Bm. = Bistum; Ebf. = Erzbischof; Ebm. = Erzbistum; Fam. = Familie; Fl. = Fluß; Fs. = Fürst; Gem. = Gemahlin; Gf(n) = Graf(en); Gft. = Grafschaft; Hzg(e) = Herzog(e); Hzm. = Herzogtum; Kg. = König; Kl. = Kloster; Ks. = Kaiser; Lgf. = Landgraf; Lgft. = Landgrafschaft; M. = Mönch;Mgf. = Markgraf; Mgfin. = Markgräfin; P. = Papst; S. = Sohn; S./St. = San, Santa; Sankt; T. = Tochter

Karte

Mitteleuropa und Reichsitalien um 1200

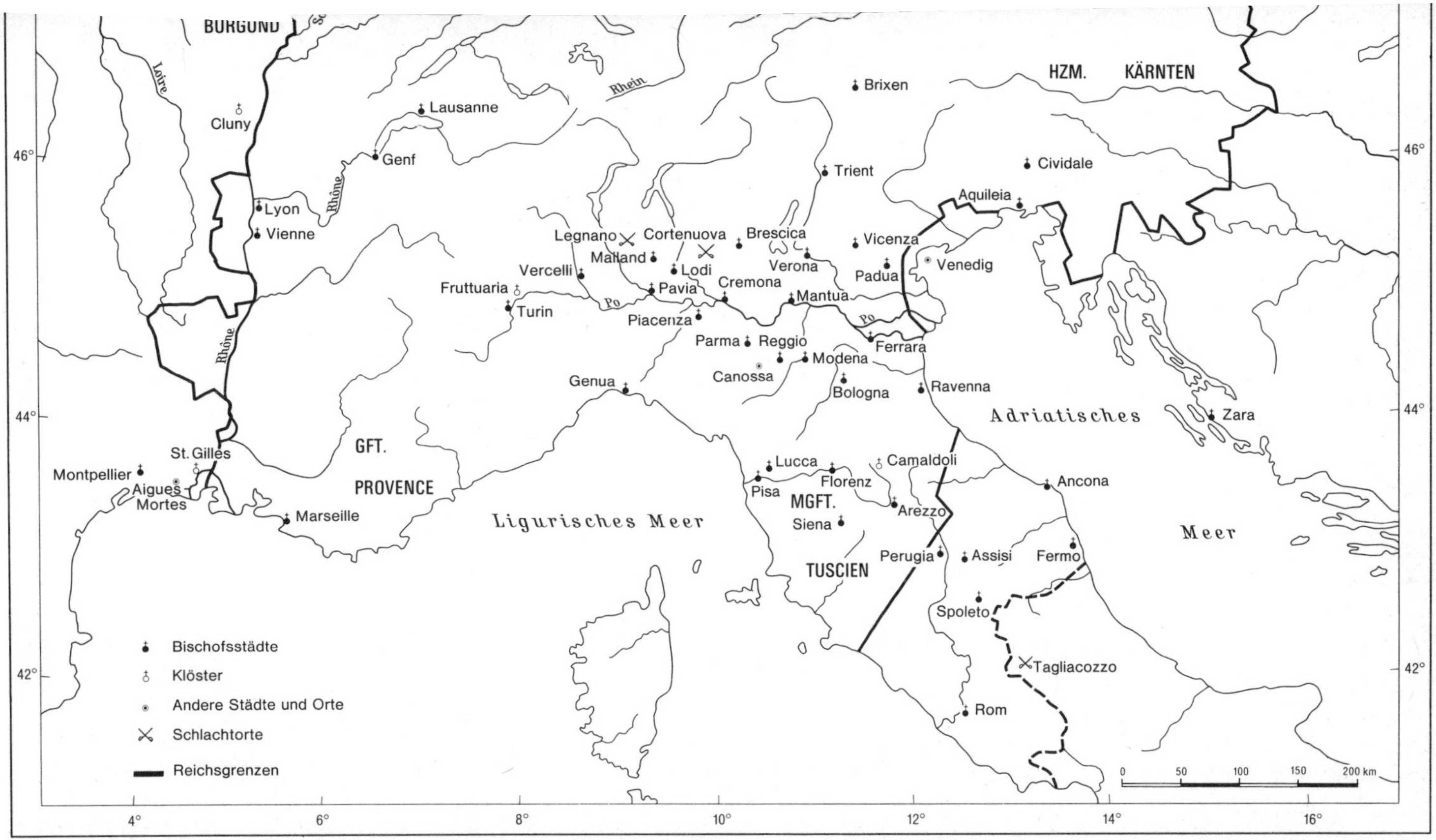
BURGUND
HZM. KÄRNTEN
Loire
Rhein
Rhône
Po
Cluny
Lausanne
Genf
Lyon
Vienne
Brixen
Trient
Cividale
Aquileia
Legnano
Cortenuova
Brescica
Mailand
Lodi
Verona
Vicenza
Padua
Venedig
Vercelli
Fruttuaria
Turin
Pavia
Cremona
Mantua
Piacenza
Parma
Reggio
Modena
Ferrara
Canossa
Genua
Bologna
Ravenna
Adriatisches Meer
Zara
GFT. PROVENCE
St. Gilles
Montpellier
Aigues Mortes
Marseille
Ligurisches Meer
Lucca
Pisa
Camaldoli
Florenz
MGFT. TUSCIEN
Arezzo
Siena
Ancona
Perugia
Assisi
Fermo
Spoleto
Tagliacozzo
Rom
Bischofsstädte
Klöster
Andere Städte und Orte
Schlachtorte
Reichsgrenzen
0
50
100
150
200 km
4°
6°
8°
10°
12°
14°
16°
46°
44°
42°